碧血黄沙

黎汝清 著

人民文学出版社

图书在版编目(CIP)数据

碧血黄沙/黎汝清著. —北京:人民文学出版社,2011(2020.6 重印)
(黎汝清战争经典系列. 全新修订版)
ISBN 978-7-02-008576-7

Ⅰ.①碧… Ⅱ.①黎… Ⅲ.①长篇小说—中国—当代 Ⅳ.①I247.5

中国版本图书馆 CIP 数据核字(2011)第 131618 号

责任编辑 付如初
装帧设计 陶 雷
责任印制 徐 冉

出版发行 人民文学出版社
社 址 北京市朝内大街 166 号
邮政编码 100705
网 址 http://www.rw-cn.com

印 刷 三河市鑫金马印装有限公司
经 销 全国新华书店等

字 数 453 千字
开 本 680×1000 毫米 1/16
印 张 32.25 插页 3
版 次 2012 年 1 月北京第 1 版
印 次 2020 年 6 月第 3 次印刷

书 号 978-7-02-008576-7
定 价 65.00 元

出版说明

黎汝清(1928—2015),深受广大读者喜爱的老作家。他1944年参加革命,参加过济南战役、淮海战役和渡江战役。在战争年代曾立过两次二等功、三次三等功,并获三级解放勋章,享受国务院特殊津贴。

黎汝清著有长篇小说多部,多次荣获各类各级奖项,被誉为“党史小说第一人”“红色经典巨匠”。新中国成立后创作的《万山红遍》《海岛女民兵》即享有广泛的社会影响。改革开放后其创作的党史小说《皖南事变》甫一问世,即震惊文坛和史界。这部作品在众览大量史料的基础上,大胆突破题材禁区,直面我党、我军领袖人物之间的矛盾,对他们进行合理的人性推理,探求历史谜团中的偶然和必然,从中勾勒出令人信服的历史逻辑。

此后,他继续沿着党史纪实小说的道路探索前行,先后完成了《湘江之战》《碧血黄沙》。三部作品因关注我党、我军历史上的三次重大挫折,被称为“战争悲剧三部曲”。出版二十余年来,长销不衰,堪称党史、军史上的经典作品。2012年我们又以“黎汝清战争经典系列”为名重新修订出版,以满足广大读者的要求。修订的主要内容包括《皖南事变》《湘江之战》的章节标题。在征得作家本人同意的情况下,还删除了三部作品中普遍存在的比较冗长的心理独白等等。此次再版,依据的是2012年版,仅更正了文字的错讹。

黎汝清的这三部小说出版多年来,一直拥有良好的读者口碑,也曾先后被多家出版单位出版。但目前我社是唯一同时享有这三部作品的专有出版权的单位,本次集中修订推出,是在精益求精的基础上,让文学经典恒久传承。

人民文学出版社编辑部

2020年5月

目　录

第一卷　重返绝境

第二卷　历史之秘

第三卷　兵败祁连

第四卷　大军西征

第五卷　命运多舛

第六卷　前程难测

第七卷　归宿,归宿

人　物　表

——我　方

陈昌浩　西路军军政委员会主席兼政治委员。
安宝山　红五军骑兵团参谋长。
张琴秋　西路军总政治部组织部部长。
尹洪菲　西路军地方工作部科长。
江子文　西路军政治保卫局特派员。
江子敏　西路军前进剧团演员,江子文之妹。
杜丽珍　西路军总医院护士长。
于家林　英雄团政治处主任。
李大壮　妇女先锋团战士。

——敌　方

马元海　字子涵,马家军临时参战部队总指挥。
张慎之　马家军临时参战部队总参谋长。
马龙飞　黑马旅一团团长。
马步芳　国民党新二军军长。

——其　他

田世昌　盗马帮首领。

马向真　原马仲英的随军阿訇，隐士。

马正良　黑马旅马家军之鹰，马向真之子。

万中元　考古学家。

旺迪登巴　尧乎儿族（解放后称裕固族）青年，向导。

诺尔布藏木　蒙古族中年人，向导。

郭元亨　万佛峡道人。

第 一 卷

重返绝境

第一章　猖狂追击

史料：

红军三大主力会宁会师前，鉴于敌情变化，中央军委即考虑提前执行《宁夏战役计划》，以三个方面军合力夺取宁夏，打通苏联，以实现西北抗日的新局面。

一九三六年十月二十五日至三十日，四方面军总指挥部遵照中央军委和红军总司令部的命令，陆续指挥西渡黄河，共渡过二万一千八百余人。其中三十军辖第八十八、八十九两个师共六个团，九军辖第二十五、二十七两个师共六个团，五军辖第十三、十五两个师共四个团，另有总指挥部机关及直属骑兵师、特务团、教导团、妇女独立团等。广大指战员信心百倍，斗志昂扬，决心为实现《宁夏战役计划》，完成中央军委赋予的光荣任务而英勇斗争。

由于河东红军主力在麻春堡、官桥堡地区多次设伏诱歼胡宗南部未果，而敌人已进至靖远、打拉池、中卫等地，打通了增援宁夏之敌的通路，并将红军主力同河西部队的联系割断。

十一月八日，党中央和军委认为《宁夏战役计划》已没有执行的可能，准备将河东红军组成南路军（一、二方面军）、北路军（四军、三十一军）东渡黄河入晋，进行大规模战略转移。要求河西部队组成西路军，独立从新疆方向接通苏联。党中央和军委在《作战新计划》中提出："徐、陈所部组成西路军，以在河西创立根据地，直接打通远方为任务，准备以一年完成之。"十一日，党中央及军委下达命令，决定四方面军河西部队改称西路军，成立西路军军政委员会，任命陈昌浩为主席、徐向前为副主席，委员有：陈昌浩、徐向前、曾传六、李特、李卓然（以上五人为常委）、熊国炳、杨克明、王树声、李先念、陈海松、郑义斋。军政委员会是西路军的最高领导机关，“统一的管理军事政治与党务”。四方（面）军总指挥部临时改为“西路军总指挥部，其组织照旧不变”。

西路军在极为不利的条件下与马家军连日苦战，在给马家军沉重打击的同时，自己也损失惨重。在高台、临泽失守后，在倪家营子地区又苦战二十余天，红西路军面临着险要的前景。于是在一九三七年二月二十一日，突围东返，向西洞堡、龙首堡一带转移。马家军的一个骑兵旅和一个宪兵团紧追而至……

马龙飞的黑鹰团风驰电掣般地向西洞堡奔驰，戈壁滩的砾石，在马蹄的撞击下像吃惊的蚱蜢，惶然四散跳起，高举在黑色狗皮大帽之上的长刀，闪着粗野的寒光，天地间弥漫着蒙蒙尘埃，像预告大火来临的轻烟。

马龙飞挥动着七星军刀，带头急驰，就像依山刺出的黑剑的锋尖。他的胞弟马龙腾——三营营长，紧随他的身后，他们都崇尚前敌总指挥马元海“死打硬拼，身先士卒”的战斗作风。

按说，这把黑剑的锋尖应该是马元海本人，现在他却跟随在黑马旅后面。他的乌骓马因不能带头驰骋，委屈得曲颈扬头，喷鼻狂啸咴咴嘶吟。他又记起了两天前的一场激烈争执，他的参谋长用半关切半揶揄的言词降服了他。

倪家营子东郊那一幕也真叫惊险，那生死攸关的一瞬，足令马元海铭记一生。

红西路军由于高台、临泽接连失利，元气大伤。但他们因势孤力单反而勇气百倍，激发出血战到最后一口气的决心。二十余天的血战有损无补，为了摆脱全军被歼的命运，争取战场主动权，西路军总指挥部决定突围东返。

突围的部队像决堤的洪流，以山崩地裂之势冲垮了马家军的三层包围线。

马元海只身匹马去阻拦突围的潮头，不惜遭受灭顶之灾。他的青骢马立即身中数弹倾跌下去，他从地上爬起来，瘸着被马压伤的腿还没有站直，一把滴血的刺刀带着千钧仇恨，猝不及防地直抵他的胸前，他的咽喉已经感到刺刀冲来的那股寒风。十分之一秒后，他将血花四溅，仆倒在沙场上……

就在这快如闪电的瞬间，一匹黑马突然撞进他与那把刺刀之间，其快其猛犹如出膛的炮弹，竟把那支步枪和持枪的红军冲出十米之外……

这匹黑马的驭手就是警卫排长马正良。

马元海立即拉过备用的乌骓马，左脚踩镫，正要骗腿上鞍，马缰却被参谋长拉住了。

“怎么？”马元海得意洋洋地说，“你看，那把刺刀连汗毛都不敢碰我一下，有胡达①在上。”

“总指挥，这是侥幸，你就是再勇敢，也只能起一个士兵的作用！”

“你说什么？”马元海吼叫一声，“你瞧不起勇敢？滚到后面当怕死鬼去吧，别来拦我！”

“将在谋而不在勇！”参谋长由于急切也粗暴吼了一声。

马元海只好从战斗队形里退了出来，痛楚地盯着参谋长说：“以后我怎么服众啊？”

“身先士卒是古代的信条，即使古代，为将之道也是智、信、仁、勇、严。你扳着指头数数看，勇是五个指头中的无名指……”

“那么你是大拇指了？”

“就算是吧！”张慎之故作自豪地笑笑，“兵者，诡道也，上兵伐谋……”

“你别他妈的吹牛，当心我撤了你。”

“你撤不了，”张慎之安详地笑笑，“这是军长（指马步芳）私下里跟我交代过的，用我的智谋，用你的勇气，智在先，勇在后，而我，却希望你

---

① 胡达，词来源于维吾尔语，意为真主，是伊斯兰教信奉的唯一的神。

能变成智勇双全的总指挥。”

“这么说，我的参谋长并没有选错。”马元海狠劲拍了一下张慎之的肩头，拍得太重了，竟使不算瘦弱的参谋长向后趔趄了几步，然后推心置腹地说，“你要知道，我就像一个赌博迷，不下场憋得难受。”

马元海前面出现了行进中的撒拉族宪兵团。

黑马旅以骑兵特有的狂傲和优越感，从宪兵团旁边疾驰而过，飞溅的砾石和尘沙扑在步兵身上。

“快步啊，弟兄们，去晚了，就连破草鞋也捡不着啦！”

“别得意……”宪兵团的士兵们带着妒意回击着，“从马上摔下来准比跌个跟头来得重。”

回答他们的是旋风般的驰骋和扑面而起的尘沙，蹄铁在戈壁滩上踏得火星飞溅。

马元海勒住马向宪兵团的士兵喊叫着：

“弟兄们，要快些追啊！共军正在龙首堡和西洞堡等你们哪！”

“总指挥，我们再快也跑不过四条腿的！”

“可是，打围子、攻寨堡就靠你们了，骑兵追上去踩住他们的尾巴，抓俘虏就是你们的任务了！”

“都是一伙叫花子兵，抓到俘虏也沾不了好处，还得养着他们！”

“怎么没有便宜占？”马元海催马随宪兵团而行，宪兵们前前后后簇拥着他，“我唱个歌儿给你们听。”

> 共军有女兵一千四，
> 个个都是弘化女，
> 论功行赏发给你，
> 不用彩礼领回去。

宪兵团的士兵们乱哄哄地拥到马元海的马前，嚷叫起来：“真的都是红花女？总指挥在逗我们！人家都说黄花闺女，可没有说红花女的！”

“笨蛋，我说的是弘化女，不是红花女，难道你们没有听说凉州城南有个弘化公主坟吗？那可是……”马元海回头问他的参谋长，“弘化公主是哪个朝代的？”

“唐朝！”

“对，是唐朝皇帝的女儿嘛！”马元海一时兴起，发挥了一下，“和文成公主是姊妹俩，一个进了藏，一个送到西域来！”①

张慎之忍不住微笑，但他不想纠正这位自以为是的总指挥。

总指挥的话引起了马家军的极大兴趣。

“弘化女再多也轮不到当兵的！”

“你亲自抓住就是你的了！”

“这可是总指挥说的！”宪兵团的士兵们欢叫起来，好像弘化公主就在他们面前。

“绝不食言，可是，照你们这样慢慢腾腾，连个屁也抓不到，”马元海用马鞭向前一指，“给我跑步前进！”不等宪兵团团长下令起步，他便扬鞭催马向消失在远方的黑鹰团追去。

马龙飞、马龙腾并马齐奔，狞恶的脸上洋溢着得胜者的倨傲。

他们面前出现了纵横数十里的“风雕群落”。

这是西北黄土高原独有的一种地貌，当地人称之为“雅丹”。“雅丹”是维吾尔语，原意是具有陡壁的小丘，正像形成桂林山水的那种“喀斯特”地貌一样，是一种奇特的自然景观，是大西北漠风的艺术创造，也可以叫作“风化土堆群”。

不是名山胜景，胜过名山胜景。

覆盖着皑皑积雪的高峻的祁连山，挡住了西南方的温湿气流，北方的无阻挡的漠风如刀似剑，扬尘剥土，如水击岸，如浪淘沙，千年切磋，万年琢磨，凸凹不平的原始地貌，便呈现出奇特的形态。

那些犹如风化岩石般的土丘，奇形怪状——

① 弘化公主和文成公主都是唐太宗的宗室之女，西域地区早在汉代就在中央政权的有效控制之下。唐王朝初建，为了保持和加强这种控制，保证丝绸之路畅通，采取了武力威慑和和亲政策。贞观十四年（640 年）弘化公主与吐谷浑国王诺曷钵成婚。文成公主于贞观十五年（641 年）与吐蕃王朝赞普（国王）松赞干布成婚。

如雄狮，如猛虎，如爬龟，如坐猴，如圆塔，如炮垒，如废墟，如坟墓……有的什么也不像，其中梁峁连断沟谷纵横，处处散落着稀稀拉拉的抗干旱抗风沙的碱蒿子、索索柴、骆驼刺……在漠风中高吟低咏，像一曲古代的悲歌。可这一切在“哒哒”的马蹄下，变得沉默无声，像一个隐秘的童话世界。

从一马平川疾驰而来的黑马旅，在这里受到了阻拦，其中一匹没有及早收缰的马冲到海螺形的土丘上，人仰马翻……密集的队形前后紧接，立即发生了互相冲撞。

马龙飞命令放慢速度，寻路而走，就像黑色的潮头冲进礁石堆中，分成弯曲的波浪，在回旋中激荡奔流。

就在这时，一排枪弹向黑马旅劈面射来，四挺机枪从正面和侧面怒风般地向骑兵横扫。

马龙腾的马在土丘前直立起来，他看到眼前的土丘后面露出几顶军帽和黑黝黝的枪口，没听见枪响，只看到枪口吐出的轻烟。

他的光板黑皮袄的前襟上“噗噗噗”爆开了三个小洞。只觉得被尘锥猛撞了一下，他就马刀向上一扬，翻跌下去。他的右脚没有脱出马镫，腹部中弹的坐骑嘶啸着转身猛奔，与后面的一匹马冲撞在一起。那个骑手也翻身落马，狼皮帽子像黑皮球似的在土丘间乱滚……

马龙腾被他的伤马拖出了几步，另一匹急冲而来的马来不及闪避，石臼大的铁蹄正踏在他那装满了羊肉抓饭的肚子上，发出皮球爆裂的“噗哧”声。他一声嚎叫，血从口中冲出，像红色的喷泉射出一丈多远，溅落在米黄色的陡壁上。

又有几匹马从他身上踏过去。

马龙腾还没有死，他滴血的脸歪扭着，伸出痉挛的手去摸他的苇叶长刀。这种刀与一般马刀不同，与红军的宽头大砍刀更是相去甚远，它细长如剑，像拉直了的日式指挥刀，锋利轻便，挥舞起来呼呼生风。

马家军还特制了一种嵌有七颗金星的长刀。这是给作战最勇敢者的最高奖赏，在河西作战的部队中获此荣誉的只有两人——马元海和马龙飞。

马元海是一九三四年在“四马联军宁夏拒孙”的战役中①,因战功卓著得此奖赏;马龙飞则是在高台与红五军作战所得。马龙腾曾口出狂言:第三把七星军刀将落他手!

马龙腾仿佛看到他的刀上有七星闪耀,想折身坐起,没有成功。

又一只马蹄踏在他的脸上,他喷出了最后一口血,吐出了最后一口气。七星的光芒在他的脑幕上闪了一下就熄灭了。

马龙飞脑子里这时才跳出了这四个字:“中埋伏了!”

急驰的马队像狂泻的激流,后退是不可能的。他只能率领他的黑鹰团先头营,迎着弹雨跃过土丘向前猛冲。

他的战马,有名的“黑钻石”,他从马贩子田世昌那里夺来的神骏,竟然从两米高的土丘上跳了过去。这是平时无法超越的障碍,今天,它创造了奇迹。

“好马!”他赞叹了一声。这是一匹大宛马中的佼佼者,当初,他宁愿把田世昌逼反,也把这匹千金难买的名马抢到了手。为此遗患无穷,也不后悔。

他刀劈了几个伏击者,“黑钻石”踏过几个人体,冲开了伏击线的缺口。有十几匹马,跟随着他像破网的鱼似的冲向埋伏阵地的纵深。

战斗是惨烈的,千篇一律却又绝不相同的拼杀。

马龙飞自傲于“黑钻石”的神奇,纵马猛冲,带着猝发的狂欢。他忘记了自己已经脱离了大队,只顾宣泄拼搏的激情,只顾展示胯下神骏的腾跃。就像在赛马场上,他处于遥遥领先地位的那种心情,那是一种陶然状态,忘了他的部队和他自身的处境。他是骑手,也是杀手,却不是真正的指挥员,包括他们的总指挥马元海在内,几乎都是临阵随意调拨,并无周密计划。他们的勇猛、蛮力、精湛的刀法、高超的骑术,弥补了指挥上的缺陷。

---

① 这是历史上一次军阀间极为复杂的斗争。一九三三年夏,蒋介石任命孙殿英为青海西区屯垦督办,令其率所部四十一军开往青海。四马:宁夏的马鸿逵、马鸿宾,青海的马步芳、马步青,与孙殿英原无冲突,孙此次率兵西进,侵犯了四马的地盘,“四马拒孙”联合阵线立即形成。

其实,马步芳深谙马家军指挥上的长和短,他派来了并非他的宗族和亲信的参谋长,协助马元海来对红军作战,但是,要改造一支部队的素质,比蚂蚁登山还难。

马龙飞以他的单骑突袭,连连越过别的战马越不过的土丘、沟壑,手上高扬的是为全马家军所羡慕的七星刀！他那握刀的手像去捧奖杯那样兴奋得发抖……他忘记了已经远远地离开了自己的团队,任马肆意奔驰。

前面出现的又是两米高的土丘。那“黑钻石”一声吼啸,前蹄呈八字形一跃腾空而起,前胸宽阔地敞开,两眼向着灰蒙蒙的远方,纵过土丘,正要凌空落下,这时,一支生锈的长矛斜矗着对准了它的前胸,借着它猛烈前冲的重力,插进它的腹腔。

那“黑钻石”长啸一声又向上纵了一纵,訇然歪倒下去。

马龙飞被摔到两丈开外,如果不是那个持矛者也被震昏倒地的话,这个黑鹰团团长也就没有命了。

马龙飞立即翻滚起来,拎起那个跌在地上的持矛者,他惊讶地怔住了,眼前竟然是个孩子。从他脸上的稚气来看,最多也不过十五岁,腰间挂着一把拴着红布条的军号。“原来是个胎毛未退的小号兵!”马龙飞左手揪住他的领口,右手执着七星军刀,像要把他摇碎。

小号兵被马龙飞抖醒了,呆愣地看着凶煞神似的仇敌。

第二章　你算个屌

马龙飞不轻不重地把小号手推了一把，小号手竟轻飘飘地跌倒在两米之外，马龙飞的刀挥了起来，又停在半空，在瞬间犹豫了一下：杀这个手无缚鸡之力的孩子，会不会给他的军刀带来羞辱？

这时，那个坐在地上的小号兵，顽强地站了起来，向前跨了两步，和马龙飞怒目相视，毫无惧色。

这两个力量悬殊的对手，在互相怒视的五秒钟里，都清醒地弄清了对手的外形和处境：

小号兵面对这个三十多岁满腮虬须凶神恶煞般的壮汉，立即联想到关帝庙里手执青龙偃月刀的黑周仓；

马龙飞面对这个只有他腋窝高的披着破毡片的小号手，立即联想到在戈壁滩上手执牧羊鞭的尕娃。

一头恶虎盯视着一头羊羔；

一只兀鹫盯视着一只黄雀。

马龙飞从小号兵破毡缝制的马甲式的上装看上去，一张枯黄干瘦的小圆脸，沾满灰垢，干裂的双唇挂着血丝。由于寒冷，他的人中上挂着两行明晃晃的鼻涕。这是一张小叫花子的脸，只有那双睁大的眼睛天真烂漫深奥难测，像明亮的阳光，庄严宁静光芒四射。这是一双经过战阵的勇士的眼睛。他在小孩的眼睛里寻找恐惧，这是他所希望的，但找到的却是一种倨傲的神情。而这倨傲的目光带着一种轻蔑的冷意，利剑般地向他直抵过来，马龙飞觉得如针扎般一阵刺痛。

那眼睛是会说话的：

“你力气大,我力气小,你有刀,我没有刀,可是,我不怕你!”

“长大了,是条好汉!”马龙飞脱口而出,忍不住夸了一句。

小号手的嘴角抖动了一下,以毫不掩饰的轻蔑回答了这句夸奖,出现在似笑非笑的嘴角上的话,却是火焰写成的:“我瞧不起你!”

马龙飞被激怒了,他缓缓地举起刀来,那刀带着身经百战杀人如麻的威严,有千斤重,刀尖直指小号手的胸口:“跪下!”

声音不高,却是一个杀手满腔愤怒的爆炸。

小红军比巍峨的祁连山还要沉稳,岿然不动,他看着胸前那把滴血的马刀,仰起黄黄瘦瘦的小脸,对眼前的凶煞神睥睨了一眼,抖动的嘴上,竟绽出一个淡淡的微笑。他也缓缓地举起右手,用手背抹了一下鼻涕,回了四个字:

“你算个屌!”

这也是一声爆炸。这四个字,带着一个十五岁孩子的天真烂漫和顽皮,带着一个参军三年的革命战士的崇高和尊严,像四块尖利如狼牙的横飞的弹片,撕裂了马龙飞倨傲的心房。一股猝发的疼痛使黑鹰团团长眼冒金星,充溢其胸的是一种受了侮辱的恨火怨毒,每一组肌腱都鼓荡得簌簌颤抖。

他把指向小号手的马刀抽回,又缓缓地扬起,右臂拉向身后,在抡臂猛劈的瞬间,他产生了十分之一秒的迟疑,这是来自他内心的犹豫:

如果他面对的是武装到牙齿的巨人,他愿意跟他拼杀五十个回合,当对方失手被他把刀捡击落在地时,他也会说:“把刀捡起来,老子杀一个没有武器的人,算不上好汉!”即使对方重新拾起刀剑把他砍伤、杀死,他也死而无憾,因为是死在一个强者手里。

可是,他面前站着的是一个手无寸铁的孩子,显然不是他的对手。力拔山兮气盖世的霸王,举的不是千斤大鼎而是一根稻草,有什么荣耀可言呢?

马龙飞错了,他面对的是真正强硬的对手。对手的锐利武器不是滴血的刀剑,而是极度藐视他的目光。

刀剑可以刺伤皮肉斩断筋骨,藐视的目光却可以击碎高傲自信和自尊。

在马龙飞抡臂欲劈而又迟疑的瞬间，小号手的目光竟然先击中了他："你算个屌！有谁怕你?!"马龙飞觉得所有风雕都活动起来，向他发出"嘻嘻"的冷笑，极目处，黑青色的祁连山在他眼前倾斜起来。马龙飞竭力稳住身子，似乎已经难以承受这可怕的时刻。他产生了毁灭一切的激情，重新运了一口气，挥刀猛劈。

小号手看着对手的马刀划出红色电光般的弧线，连眼皮也不眨，依然挺立在那里。直到他的左肩被刀刃"喀嚓"切入，发出重浊的骨折之声。

一劈两半或一斩两截都是不确切的，马龙飞的刀是从小号手的左肩斜向右胯。他期待着小号手在刀落之时，会发出一声撕肝裂胆的惊叫或"扑通"一声跪地哭喊求饶，但他失望了，小号手紧咬血珠滚出的双唇连个"哼"字都没有发出。在他上身下身都倾倒在自己的血泊中时，那双慢慢凝定的眼睛盯视着马龙飞的满脸血迹，依然是极度的轻蔑，仍然是那四个字：

"你算个屌!"

小号手完成了自己的塑像，躺在河西走廊的沙碛中。

这一切——包罗万象的心灵搏战和敌对行为，只发生在十五秒钟之内。

五十年后，在西路军革命烈士纪念馆里，陈列着小号手那把压瘪了的铜号和他的事迹，姓名籍贯是从他的一个染血的学文化用的小本上找到的：

> 我姓刘，叫苦娃，四川万源麻家坳人，七岁给大财主刘西禾家放牛，十三岁参加红军，改名喜娃。
>
> 刘喜娃，学文化，为穷人，打天下；
>
> 苦不怕，死不怕，干革命，走天下。

后来征集史料的人，三下万源，都没有打听到刘喜娃的家。

马龙飞也因这个小号手无畏的感召和轻蔑的羞辱，载入了史册。

马龙飞盯视着他刀下的小红军，佝偻下一米八三的腰身，一把扯下他披在身上的破毡片，擦了擦七星长刀上的血迹。他避开那双稚气的瞪圆的眼睛，却无法逃避给他致命伤害的声音："你算个屌！"

这个轻蔑的词，又在他的胸腔里爆裂开来，闪着火光，三十年的人生尊严被这声辱骂击碎了。这声辱骂带着十五岁孩子的崇高与威严，像只沉重的巴掌打在他的腮帮子上。

后来，这声辱骂带着一种难忍的辛辣味，在马龙飞心底滞留了两年，直到他死之前，又借用这句辱骂打在日本侵略军松井少将的脸上。然后才开颜一笑，合上了双眼。

此时的马龙飞，手提着滴血的长刀，并没有盖棺论定，他还要继续为恶或是行善、犯罪或是立功。

解释历史，要站在高处。因镇压太平军留下恶名的左宗棠，却在河西走廊上，因绿叶森森的"左公柳"留下了爱民如子的光辉形象。历史是复杂的，人也是复杂的。历史是人创造的，反转过来，人也不能脱离历史。

马龙飞也是这样。怎样来审视他手中这把滴血的长刀呢？这把长刀曾砍掉冯玉祥国民军的头颅，也曾劈开国民党孙殿英四十一军官兵的胸腔。有多少对有多少错？

这把刀也镇压过其他少数民族部落。它的功罪由谁评说？请看《青海三马》中的历史记载：

> 一九二二年，马麒派侄子马步元率骑兵镇压今同德赛力克寺藏族僧俗等的抗税暴动。近千人的马部骑兵先镇压了环曲乎、环科日两个部落，接着攻入赛力克寺，焚烧一空。

那一年，马龙飞才十五岁，就已经骑马上阵挥刀杀人了。

一九二七年河湟事变之后，一九二九年春天，马仲英[①]从藏区挥戈指向西宁地区，攻取了贵德、湟源。马麒派胞弟马麟率兵截击，差一点

---

① 马仲英原名马步英，是马步芳的近族兄弟，因家族派系斗争，在倡乱时改名马仲英，以示与马步芳决绝之意。

被俘。那时,马龙飞的长刀上又染上了同族弟兄的鲜血。这里面有多少是多少非?

再看《青海三马》中这样的一段历史记载:

> 一九三九年八月九日间马彪师各族先后渡过颍河,常以“小骑群”的游击形式,袭击淮阳一带日军,而主要任务是侦察淮阳一带敌情……最后以马秉忠全旅人马渡河,围困了淮阳城。当时日军从开封调来了一百辆大卡车援兵。双方展开激战,马秉忠旅长在苦战时中弹身亡。马彪师长坚令血战到底,并派一旅旅长马元祥率部渡河支援,马元祥旅长也在战斗中负伤。
>
> 事后,在水寨为阵亡将士马秉忠等召开军民追悼大会,并在墓前立纪念碑。

马龙飞也在被追悼之列。那时,他躺在抗日战场上,他身边是与他同时中弹的黑色骏马,手中握的还是七星长刀。象征马家军荣耀的七颗金星在夕阳中闪烁。他的血一滴滴渗进中州大地,和着颍河水潺缓流淌,正像那个小红军的血流在河西走廊的沙碛之中。

日军虽然打了个“胜仗”,但它付出的代价却是双倍的惨重。松井少将听说砍死他的小野少佐的马回回团长也受了重伤,望着布满皇军武士尸体的原野,怒声吩咐:

“抬他来见我!”

“恐怕不能!”松井的副官诚惶诚恐地说。

“为什么?”

“抬到半路上他就会死!”

“那好,我去……”

松井跳下高大、火红的大洋马,站在马龙飞面前:“你是马龙飞?投降,我可以饶恕你!”松井的汉语说得很好。

马龙飞躺在地上,滴血的嘴角绽开了一朵微笑。那个十五岁的红军号手出现在他面前,在他心灵上划出伤痕的四个字,又尖刀一样戳了他一下。他寻到了最为有利的武器,比他的七星马刀锐利十倍,它不能

砍伤松井的皮肉,却能刺碎这个侵略者的心:

“你算个屌!”

马龙飞深刻地体验到这个短语全部的悲壮,体会到一种蔑视对手的快感。

松井少将愣怔了一下,仿佛听到了一颗地雷的炸响,他的右手本能地一纵,疾电般地握住了指挥刀柄:

“死啦死啦的!”

但是,那把七星马刀比指挥刀挥动得更快。马龙飞横刀切断了自己的喉管。

松井少将站在血泊横流的大地上,慢慢地把抽出三分之一的指挥刀送回刀鞘里去,他被死者打败了,喃喃地说:“死了一条好汉!”

那句“你算个屌”的诟骂与轻蔑,也像烧红的烙铁烙在他的心上。他蓦然意识到自己受了侮辱,空茫的胸腔里刹那间升腾起怨毒恨火,他需要一个狂烈的血腥的报复。他下令把缴获的马回回军的二百匹战马,统统用机枪扫射在苇塘洼里。

马龙飞站在被他劈死的小红军面前,绝不可能预料到以后将发生什么。但他此时,正像两年后松井少将站在他的尸体前一样,垂下头颅,像一个犯人:

劈死一个手无寸铁的孩子,算得了什么英雄好汉?他始终没有向我的威力屈服。

马龙飞像冻僵了似的耸着肩,变成了一个全身筋肉了无生气的人,颓然地慢慢蹲了下去,他看到了小号手那双用麻绳绑着破布的赤脚,那脚趾是青紫色的,血痂上沾着泥沙。他无论如何想象不出:一个十几岁的孩子,用这样的一双脚丫,竟然走了万里征程,他身上奔流的是什么样的血液,他胸腔里跳动的是颗什么样的心?他更想象不出,他在听了耗子叫就怕得发抖的年龄,为什么竟然轻视他那威慑敌胆的马刀,而且那样无情地反击他,共产党到底给他吃了什么壮胆强心的药?

他看到了那个小红军的血,像红色的泉水渗进了黄褐色的沙碛里,留下了深刻而悲壮的痕迹,似乎以此来证明他马龙飞的无能和卑劣。

这时，他才注意到他的“黑钻石”还没有死去，马眼里流着混浊的泪，喉咙里随着血沫的湍流发出呼噜呼噜的声响，四条腿像抽筋似的抖动，腹腔里沿着矛杆咕嘟咕嘟地冒着血水，在彻骨的寒风中蒸发着腾腾热气。昏黄的夕阳照耀着那大宛名马的昏黄的泪珠，那是对马龙飞的无言的谴责：

“我是马中之龙，我是天马，我是神骏，竟然死在这样一个顽童手里，而且死得这样悲惨，你竟然不能救我，岂不惭愧？……”

马龙飞似在与马争辩：“到底是你害了我，还是我害了你？”

大宛，原为汉代西域国名，在大月氏东北，现在的苏联中亚细亚乌兹别克费尔干纳盆地，产良马，尤以汗血马（汉代称为天马）最为著名。杜甫曾写过一首《房兵曹胡马诗》：

胡马大宛名，锋棱瘦骨成。
竹批双耳峻，风入四蹄轻。
所向无空阔，真堪托死生。
骁腾有如此，万里可横行。

马龙飞不懂得杜甫诗，却懂得名马。当他看到马贩子田世昌骑着这匹“黑钻石”而且千金不卖时，他就动了杀机。但他未能杀死田世昌，却得到了良马。

马龙飞心烦意乱，用绝望的目光望着那杆戳入“黑钻石”腹腔的长矛，那矛杆还有两尺露在外面。他歪斜着扑过去，两手像拔河似的拽住了矛杆，血凝住了，他无力拔出，只有被拖动的战马发出哀怨的叹息，甩动的马尾扫了他一脸血泥。

马龙飞瘫坐在地上，黯然神伤恹闷欲绝，忘记了置身战场。渐渐远去的密集的枪声，他充耳不闻，像进入一个恍惚的梦境。

这时，马元海的警卫排长马正良急驰而来，在他身边勒住了奔马。那马直立起来，发出咴咴嘶鸣，他身后带来一匹空马。

这是一个年轻力壮面貌威猛的回族青年，嘴上生着浓黑的短髭。他跟马元海、马龙飞虽然品性不同，但性格却有相似之处，都像桀骜难驯的烈马，都是敢死猛士、尚武杀手，喜欢恃强斗狠。

他的狼皮大帽在来路上被子弹打飞了，蓬蓬的黑发在漠风中飘拂，脸上汗水淋淋沾着沙尘，既沮丧又狼狈。他跳下马来，声音哽咽：

“团长，总指挥要我来战场找你……”

“找我干吗？我又没死！”马龙飞气急败坏，“还带匹空马来，是准备驮我的尸首吗？”

马正良无暇理会马龙飞的一脸狰狞和恶声恶气，像喊醒一个醉汉似的叫道：“快上马走吧。总指挥已经命令全旅撤退，我们的黑马旅完了！总指挥找不见你，急了，要我……”马正良举手抹掉了夺眶而出的泪水。

“这……这怎么可能呢？”马龙飞像是梦中发出的呓语，“这么快……”

“我们开头中了埋伏，后来，又遭到了敌人骑兵的袭击。”

“他们哪儿来的骑兵？”马龙飞逼视着马正良。他不相信已经发生的事实。

第三章　甘新路上

黑鹰团冲进风雕群落之前大约十五分钟，在四十里之外的甘新公路上，出现了一支奇特的队伍。

前面是一个身材修长面孔英俊的马家军军官，他头戴灰鼠皮帽，身穿羊羔皮袄，脚蹬高筒马靴，腰挎苇叶长刀，嵌满子弹的皮带上挂着沉甸甸的大号左轮手枪。他得意洋洋地骑在高头大马上，威风凛凛。

他的身后是七名俘虏。

七名被俘的红军神态自若。他们不像是刚从战场上下来的，虽然是衣衫褴褛难避风寒，精神却很饱满。显然，他们已经得到了充分的休整，在充足的饮食给养后，面黄肌瘦的脸上呈现出几分红晕。七个人被一根长绳牵着，更准确地说是牵着一根长绳，随马而行。

七名红军俘虏的后面，是一个骑在马上的马家军小兵。粗看上去，他是一个白净俊俏的孩子，狗皮大帽遮去了半截脸，只露着两只明如秋水冷若寒星的眼睛。他手上提着一支驳壳枪，腰带上挎着一把精致绝伦的保安刀。

这种保安腰刀，颇似一把短剑，有点像蒋介石在庐山军官训练团颁发的"军人魂"。那剑不过是一种利器，这保安腰刀却是一件精美的工艺品。它出自甘肃临夏保安族艺人之手，在内木外铜的刀鞘上，雕饰着一条虬曲欲飞的金龙，西斜的阳光照耀着它，闪闪发光。

从外形看，他绝不是一个战士，而像某个高级将领的勤务兵。他坐在马上，左顾右盼。漠漠大野，寂然无声。

巴丹吉林沙漠的黄风，吹过合黎山和龙首山之间的隘口，漫过汉长城的烽燧，从左面吹拂着他。他转脸向右，那里是白皑皑的祁连山的雪峰，他脸上蓦然间浮起一片凄楚的暗云。

他复又向前方纵目远望，看见从两百米外的山洼里，突然冒出了一队骑兵，一、二、三、四、五……他粗数了一下，轻轻地叫了一声："安参谋长！"

他这声喊叫是多余的，在前面的参谋长显然也发现了，立即勒住了战马："敌人只有一个骑兵班……准备战斗，一切看我的眼色行事，江子敏……"他的眼睛望着后面的小骑士，"把你的驳壳枪交给史排长！"

"为什么？"江子敏柳眉微蹙，满脸绯红，两眼盯住他的参谋长，好像受了侮辱。

"因为他比你有战斗经验！"

"四年前我在鄂豫皖的时候，就有战斗经验啦！"江子敏用驳壳枪管把狗皮帽向上一顶，露出全部面容——原来是个女子。她那张在大漠风沙侵蚀下的脸，带着大别山的秀丽与祁连山的冷峻相撞击后的凄美的柔光，带着连日战火淬砺出来的英毅之气。战马、腰刀、狗皮大帽，使世上一切娇艳的女子黯然失色。

她那决不服从的声音里饱含着屈辱之愤，凡是有眼力的人一看就知道，她与安参谋长的关系非同一般。

时间不允许争辩了，参谋长无可奈何地把扬起的手掌猛劈了一下，对面前的队伍只说了一句："史排长，注意配合我！"便拨转马头，向奔驰而来的骑兵队迎上去，这是有意对江子敏的侮慢。

江子敏颇带恨意地咬紧了红唇。她看见敌人的骑兵飞速地迎了上来。

她紧张、兴奋，撮拢薄唇嘘嘘有声，把驳壳枪的大机头在光板皮袄上猛力一擦，顶上了子弹，目光里闪射出一种任性的冲动。

"站住！"参谋长举起右手，用最地道的凉州话拦住了直冲而来的骑兵班，"你们是哪一部分的？"

带头的显然是个班长。他又瘦又高，用半眯的眼睛盯视着参谋长的灰鼠皮帽，判断这个拦路诘问的人的身份。

马家军对着装并无严格的规定，随意性很大，有许多骑兵的战马、服装、军刀都是从家里带来的。但也大致有些区别，在适合于防寒的大皮帽上，就有狗皮、狼皮、灰鼠皮、狐皮、旱獭皮之分。约略可以判断出等级的差别。

“你是哪一部分的？”马家军的骑兵班长是个冷硬的家伙。他并不买这个级衔肯定比他高得多的军官的账。

“我是二九九旅手枪队的队长！”参谋长恶狠狠地盯着这个“毫无礼貌”却很精明的家伙，声冷字重地说，“你还没有回答我呢！”

“我们是总指挥部的！”

“你们到哪里去？”参谋长厉声呵斥，“下马，我有话跟你们说！”

“我们执行的是总指挥交给的任务！”班长并不下马。

“我执行的任务比你们的更重要！”

班长看到“手枪队长”身后的七名俘虏，也看到他腰里的左轮手枪。

“队长！你的任务跟我们有什么关系？”班长有恃无恐，并不把一个旅的手枪队长放在眼里。

“有！”参谋长森冷严苛地说，“我听说近处有流散共军组成的游击队，我这些俘虏中有两个团长一个师长……”

“那又怎么样？”骑兵班长焦躁起来，“我们有紧急任务，耽误了事情谁负责？！”

“我怕这些重要俘虏让突围而出的共军劫去，我要你们帮助押解。”

“办不到！”骑兵班长脸色变黑，被这个手枪队长异想天开的纠缠惹恼了，说得很果断，“谁叫你们不多派人押送的？”

“我们出发时……”参谋长发现自己的计策出现了漏洞，他知道，任何假的，都经不住反复推敲。他恨透了这个精明的家伙，急忙自圆其说，“我们出发时，还不知道倪家营子的共军已经向这个方向突围……”

骑兵班长早已不耐烦了，他的马也焦躁地踏动着四蹄。

“队长！不要跟这个混蛋啰嗦！”江子敏催马猛冲过来，竟是那样突如其来，“凡是不听命令的一概军法从事！”她“乒乓”两枪把那个班长和另一个士兵撂下马去，接着用她的驳壳枪指着吓蒙了的骑兵班，

"哪个敢动!"

这一下简直把参谋长也弄愣了,他来不及赞佩这位女中豪杰的确来得干脆,也立即临机应变,顺手拔出左轮手枪,重又下了命令:"统统下马!"

"俘虏"队里的史排长作了个手势,七个人全都撒开握在手里的长绳扑向了马队。这是迅雷不及掩耳的袭击。

两个手疾眼快的敌兵,刚刚抽出明晃晃的马刀,就被两只短枪击中了心窝,倒撞在马下。

第四章　黑马队的奇袭

马龙飞的黑鹰团率先钻入风雕群落，像一头冲进荆棘丛中的猛兽，左冲右突，遍体鳞伤不能脱身。后面的两个团却稳住了阵脚。

张慎之建议撤出风雕地区，从北路沿黑河南岸绕道追击，兜剿共军阻击部队的后方。这在骑兵来说，并不困难。

马元海出于一种微妙的心理，却要等一等看。他高踞马上，观察着战场。这次小挫与他的草率轻敌有关。他在率兵跟追红军西进时，也曾欣赏过这一带的雅丹地貌，但他求胜心切，又加判断失误，认准红军在西洞堡在龙首堡等着他，像扼守倪家营子一样，凭险抵抗，根本没有想到共军会在中途设了埋伏，他承认红军指挥员比他技高一筹。

他还想继续强攻，在兵力上，他是一个富豪。再说，冲进风雕群落中搏战的骑兵，要想撤出来，也许比冲过去更难。“开弓没有回头箭”，赌注已经投出，岂有收回之理？

这时，从黑马旅后方的沙滩上，陡起了一朵小小的乌云，风驰电掣般卷了过来，旋起一股升腾的黄尘。

“总指挥，是不是我们的侦察排回来了？”张慎之对来自后方的这支骑兵队有些疑惑。

“不像。”马元海举起了望远镜，一色黑马旅的装束，“这是派去催宪兵团急进的骑兵班！”他说得很肯定，只是不明白为什么回来得这样快。

张慎之放心了。这的确是一个骑兵班，不超过十四马，可是，他们这样死命地赶来是为什么呢？他的心又提了起来。

骑兵班迅速地接近，张慎之又举起了望远镜。他已经看清了狼皮帽子下的眉眼,那眉眼晃动不定,不像,那骑马的姿势不像。可是,这个骑兵班是哪里来的?独立骑兵旅的?来干什么?二九九旅的?

张慎之那灵活的头脑,多种可能都想到了,就是有一种可能没有想到——穿着马家军服的红军对他们的袭击。因为用一个骑兵班袭击一个骑兵旅是不可能的!那不是以卵击石,而是以卵击山。

张慎之,这位武汉黄埔分校(后改为中央军事政治学校)的高材生,虽然熟读兵书,却只想到"弱者守,强者攻",而没有想到"以弱袭强"。

自古以来,战争是单纯而又复杂的。就其基本色彩来说,只不过六种颜色:战不过攻守、术不过奇正、形不过虚实。这块攻、守、奇、正、虚、实六彩"魔方",在古今中外的军事家手上,变化出无穷无尽绝不相同的图案。

结果真的出现了"以卵击山"。

迎面袭来的只有九匹战马,第一排子弹就射向了马元海的指挥部。一个卫兵倒撞下马来,碰到了马元海的马臀;马元海的马骤然一惊,向前一纵,也许这个偶然的动作救了他的性命,他的旱獭皮帽被击落下来。

这猝不及防的枪声起到了百倍的心理效果,兵书云:

> 猛兽失险,童子曳戟而追之;蜂虿入袖,壮夫彷徨而失色。以其祸出不图,变速非虑也。

也就是说,猛兽一旦失去凭借,小孩子都可以手执长矛去追它;黄蜂小虫突然钻入袖中,临危不惧的壮士也会张皇失措大惊失色。就是因为祸出突然,猝不及防,来不及考虑。凡使敌人不意之法,皆出于常识、常法、常规之外。

九匹黑马小队是一支从天而降的奇兵,是真正的外国典故中所说的"黑马"。

他们对黑马旅的杀伤是有限的,对黑马旅所造成的混乱却是无限的,就像影剧院里爆响了一颗手榴弹。

当黑马小队旋风般地冲进黑马旅的大队时，那些马家军的“勇士们”个个惊极而呆。他们的脑子一时转不过弯来，想不出这几匹黑马是从哪里来的，都是自己人呢，干吗乱冲乱撞起来？是叛乱还是发疯了？他们看到的是枪口、马刀和一张张振奋的强悍的脸。

这是一股雷鸣电闪的黑色风暴，直到这股狂风从他们身边刮过，枪击刀砍，人仰马翻，血肉横飞，掀起无限恐怖时，他们才意识到这是化了装的红军骑兵！

“不好！共军抄了我们的后路！”

“共军包围了我们！”

“同志们冲啊！我们的骑兵团来啦！”奇袭者们边杀边喊，横斜着向对面一个百米高丘冲去。

“准备迎敌！”马元海两眼发黑，大叫一声，坐在马上像庙里的怒目金刚，狰狞可怖。

他的命令是模糊不清的，加大了部队的混乱：准备迎敌，如何准备？是前进还是后退？敌在何方？

黑马旅把这支骑兵小队的举动无限地夸大了，他们当成这是大队人马的前锋，随后有一个骑兵师袭来。想象中的敌人比实有敌人更加可怖。

突然性显示出巨大的效果，就像元首的阅兵台上，即使只出现一个手执炸弹的刺客，也会造成万千军队的恐慌。

马家军虽然凶猛，却不是训练有素的部队。一时间所表现出的慌乱和溃散，真使人不可想象。他们互相冲撞，互相倾轧，互相践踏……这种黄水决堤般的溃败，就是拿破仑身处现场也是枉然。

马元海和张慎之带着卫队前去阻拦，开枪打死了几个倒霉鬼，依然无效。张慎之反被溃败的骑兵撞下马来，马元海也只好随着溃军奔逃！

兵败如山倒，那种崖崩地裂式的倾塌，使人触目惊心。

骑兵的溃败比步兵严重十倍，自相践踏造成的死伤无法计数，那枪声，那喊叫，谁也搞不清是红军还是自己人的。

这时，马元海才想起马龙飞，他命令警卫排长去找他，不管是死是活也要把他找回来。

平时，都是些视死如归的人，现在却像处在噩梦中，这是一种盲目的、病态的、有传染性的恐怖。

马元海终于明白了，溃退的队伍就像向悬崖狂奔的马群，谁拦截谁被撞倒踩死。你只能引领他们向前奔跑，在奔跑中慢慢变向转弯……

马元海不得不下令部队后撤。后撤，却起到了为溃散推波助澜的效应。

他们向西退了十五里才慢慢停住。这时天已黄昏，山谷间已浮荡起暮霭，马元海跳下马来，问后面赶来的卫兵："参谋长呢？"

"他被溃兵冲下马来，摔断了胳膊，还在后边……"

这时，步行的宪兵团才出现在地平线上。

宪兵团全都是撒拉族人，格外剽悍。他们穿着老羊皮袄，戴着狗皮大帽，每人一支短枪一支步枪一把大刀，可谓装备精良，战斗威猛，即使大刀压住脖子，刺刀抵住胸口都不肯投降。饥寒交迫的红军，体弱力薄，两三个人才能扭住他们一个。马元海迎上前去，命令他们原地宿营，准备明天投入战斗！并叮嘱加紧防范，当心共军偷袭。

"总指挥，黑马旅是不是打了败仗？"宪兵团长悄声问道。

"有一点损失！"马元海淡淡地说，"西宁来电，要我们不顾一切代价阻击共军东返，只要我们把他们拖住，就一定能打败他们！……今天是正月十几？"

宪兵团长不明白总指挥问话的意图。

"大概是十三吧！"

"好，明天你们上去，打个胜仗，元宵节我要犒劳你们，吃个肚儿溜圆，喝个一醉方休！"

"伤亡准会很大！"宪兵团长不太乐观。

"损失，我们不怕，我们有六万民团补充部队，有三万匹战马在军马场里等我们选用，我们怕只怕共军跑了，不能杀个痛快……"

张慎之来见马元海，他的胳膊用三角巾吊在胸前。

“军人总是身上百处伤，胸前挂勋章。怎么？你倒好，身上无一伤，胸前挂臂膀。”马元海开着玩笑，“没有伤筋折骨吧？”

“没有，只是脱臼……总指挥，这次失利，有个教训：不能轻敌。我们总认为他们弃甲曳兵狼狈奔逃，放胆猛追。现在看来，他们是且战且退……”

“什么失利？”马元海对这句刺耳的话大为反感，大叫大嚷，“死几个人伤几匹马能算失利？五十个回合看分晓！明天，我再发动进攻，就是把宪兵团全搭上我也毫不在乎！”

张慎之看到总指挥动了感情，他知道，这时的反驳必定更激起他的蛮干，只好笑笑算了。

当黑马旅纷纷溃退的时候，那个“黑马”小队正向一道山梁后面跑去。粗壮的骏马在八十里的急速奔驰之后，已是大汗淋淋，腿上沾满泥沙，湿漉漉的身上血迹斑斑。它们越跑越慢气喘吁吁，而后不再奔驰，缓缓地走上一个大约有五十米高的山丘。

这时，太阳已经落在地平线上，那迸射的红光犹如鲜血浸漫了西南方的天空，红得令人震撼，好似冒着腾腾热气，暖融着祁连山的雪峰。

“安参谋长，”江子敏提着马鞭，紧靠着她的首领，掩饰不住的兴奋，洋洋自得地提议说，“我们应该在他们宿营时再去袭击他们！”

“不！得利不可再往。”参谋长故意望着风雕群落，掩饰着对这位刚毅女性的赞赏，“你看，我们打埋伏的部队都后撤了！”

“我们为什么不跟上去呢？”史排长站在他们两人的身后说，“我们本来就是去找总部的啊！”

“我们这样的打扮，准会跟部队发生误会！”江子敏反驳史排长，显然，她并不想回总部去，“我们为什么不独立游击？”

只有参谋长深深地懂得她不愿回总部的隐衷。人生之路是多么曲折回环，它有多少甜蜜和辛酸?！这个刚烈的女性，在奋战之后，仍有无尽的炽情从体内涌迸散发，光彩照人。可是，她的内心最隐秘处却滴着痛楚的泪。他有些怕她，用残忍的意志力抵制着她的魅力。即使在解决敌人骑兵班时，她机智和果决地从窘境中把他救出，他也没有夸奖她，冷淡得不近人情。

“今天是正月十三，月亮很快就出来了。”参谋长依然谁也不看，盯着风雕群落，像在自言自语，“史排长，你带三个人去捡子弹，当然，手榴弹更好。”然后，他转身用马鞭向山洼里一指，“今晚，我们在那里宿营。”

山洼已经很暗，那里有一个几户人家的村庄。

这个首领似乎具有一种无可置疑的权威性，从他每一句强烈自信的言词里，谁都看出这个参谋长喜欢独断专行。

半个小时后，他们进驻了只有三户人家的屯庄。参谋长用地道的当地口音与老乡交谈，得知那个山丘叫望山峁。他在摇颤的油灯下，写了一张纸条：

陈、徐首长：

我们九匹战马在寻找总部时，恰逢黑马旅的后卫，故予以突袭，收到意外的效果。路见撒拉族宪兵团亦向龙首堡方向开进，预想明天将有激战，我们暂不归队，埋伏此地以出奇兵，配合正面战场。

唯弹药已尽，今夜当潜往战地自行解决。我们潜伏之地为望山峁山洼，以期再收奇袭之效。

特此报告，并请指示。

红五军骑兵团参谋长安宝山

二十三日晚

安宝山慢条斯理地把纸条折成三角形，然后写上“交总部陈、徐首长”，抬头看看站在灯旁的江子敏，犹豫了一会儿，说：“子敏，我想请你把信送到总部去……如果一个人有困难，我再派夏班长陪你去。总部若有指示，夏班长可以带回，你留总部归建！”

“你总想把我赶回总部去，”江子敏恨恨地说，“我很清楚这是为什么！”

“既然清楚就好！”

“我越清楚就越不去！”

“你总是违抗我的命令。”

“当我们两个初次穿上马匪的军装时，你是怎么说的？”江子敏目光如剑，直抵安宝山的眼睑。

安宝山苦涩地叹了口气，然后无可奈何地喊了一声：

“夏长宁！”

第五章　胜利的眩惑

一九三六年十月上旬：

经过万里转战的工农红军一、二、四方面军，在甘肃会宁会师，胜利结束了长征，在中国革命史上展开了新篇章。

一九三六年十月二十三日至二十五日：

陈昌浩、徐向前奉命率红五军、红九军、红三十军，强渡黄河西征，执行中央军委制定的《宁夏战役计划》。

一九三六年十一月八日：

由于中国时局颇富戏剧性的急遽变化，党中央、中央军委认为《宁夏战役计划》已无执行可能，准备将河东红军组成南路军（一、二方面军）、北路军（四方面军的四军、三十一军）东渡黄河入晋，进行大规模的战略转移。

一九三六年十一月十一日：

中央正式命令河西部队组成西路军。这是带有根本性的战略变动。西路军为执行新的任务，连日与马家军激战，在重创敌军后，改变北上宁夏夺取定远营的路线，分三路纵队向西进发，去实现《平（番）大（靖）古（浪）凉（州）战役计划》。

一九三六年十一月十三日：

红九军袭占古浪，守敌逃窜，吸引马家军向古浪地区集中。红三十军乘虚向西疾进，先围凉州，后占城西四十里铺，并于十八日克永昌，二十一日克山丹。红五军随后跟进。

一九三六年十一月十六日：

马元海指挥三个骑兵旅、两个步兵旅及四个民团，猛攻古浪。

九军急促应战，苦战三日，突围而出，敌我双方均伤亡两千余人。九军军长孙玉清负伤，参谋长、二十五师师长、二十七师政委均壮烈牺牲，九军元气大伤。

一九三六年十一月十九日：

中央电示西路军总部："你们任务应在永昌、甘州、凉州、民勤地区创立巩固根据地……并可以一部在民勤地区活动……使敌疑我西路军主力由民勤经定远营配合陕甘企图。"

中央要西路军在永凉地区建立根据地的主要意图，是为了造成河东红军与西路军在河西会合的假象，迷惑敌人，调动蒋介石的兵力扼控黄河，以掩护河东主力红军东进或南出，进行大的战略转移。

历史使命，落在西路军的肩头：永凉一线，地处河西走廊的蜂腰部，南面是冰封雪冻的祁连山，北面是腾格里大沙漠，大路两旁是荒凉的戈壁滩，极利于骑兵运动，敌人很容易做到进退"神速"。红军在永凉地区建立根据地，不进不退，不东不西，正好被动挨打，给敌人以进击之机！

这里没有党的工作基础，马家军都是本乡本土，为了保护地盘，必然与我拼死搏战。马步芳提出"宁死一万人，不丢一寸土"的口号，足见其与我殊死战斗的决心。不论从地形、给养、民情、敌情条件来看，都不容我军在此持久立足。

一九三六年十一月二十四日：

西路军向中央反映在永凉地区建立根据地的困难，用长达六百五十字的电文，陈述敌情我情，请求中央重新考虑西路军的行动方针。

一九三六年十一月二十五日：

中央立即复电，仍要西路军坚持。电文指出："毛炳文东撤利于你的发展，主力应准备东进一步，策应河东。"同时说："远方接济，三个月内不要依靠。目前全靠自己团结奋斗，打开局面……"

这样，西路军只好在险恶的环境里孤军苦斗，与暴烈绝情来势凶猛的马家军鏖战到底。

先是凉州西北四十里铺之战；再是永昌东南八坝之战；三是永昌以西水磨关之战；四是永昌之战；五是山丹之战。

一九三六年十二月十二日：

西安事变发生。中国时局处在瞬息万变的激烈动荡中。这时，西路军作为一支战略机动力量，随时待机策应河东红军的斗争，甚至还要配合张学良的东北军和杨虎城的十七路军的行动。

一九三六年十二月十四日（西安事变发生后两天）：

中央军委电示徐、陈，令西路军"一面争取凉州之补充旅和二马到抗日方面来；一面准备接通兰州和准备以一部适时占领安西地区。总之，西路军是负责奠定抗日后方和接通远方的使命"。

这是既要向东接通兰州，又要准备向西接通远方（苏联），任务是艰巨的。

一九三六年十二月十八日：

中央电示徐、陈："你们任务应基本的放在打通远方上面，限明年一月，夺取甘、肃两州……除开远方，暂时没有任何力量可以直接帮助你们。"这是要求西路军西进。

一九三六年十二月二十日：

周恩来致电毛、朱、张，提出西路军应逼近兰州，同时以一部骑兵向靖远游击。

此时，西路军根据中央指示正准备西进，但中央根据周恩来的电报又指示西路军东返，电文说："在整个战略方针上看，西路军以东进为有利，只要二十天到三十天内到达静宁、隆德地区，便可与于学忠、王以哲之八个师配合作战，至少可以钳制胡、毛、曾、关，而利我主力在东边放手打仗。张学良极盼你们来，答应在兰州补充子弹、被服。"

一九三六年十二月二十五日：

西安事变和平解决，当晚二十四时周恩来致电毛、朱、张，指出："四方面军主力不便东下，仍以留原地并打通安西为妥。"

一九三六年十二月二十七日：

军委主席团电示徐、陈、军政会、彭、任："西安事变和平解决，前途甚佳，西路军仍执行西进任务，占领甘、肃两州，一部占领安西。开始西进的时机及如何作战，由你们决定。”

西路军撤离山丹、永昌地区，根据中央电令，顶着西北高原凛冽风雪冒着零下三十度的严寒向临泽、高台地区开进。

一九三六年十二月二十八日：

西路军总部及三十军离开甘新大路，进驻倪家营子。当即被敌发觉。马元海于二十九日电告马步芳：“红军大部离开甘新公路进入甘州（即临泽）南的倪家营子，占寨堡四十三处，星罗棋布于周围十里之地，总数约有一万三千余人，确系主力。”

一九三六年十二月三十日：

红军九军一部攻临泽未下，进驻城东南沙河堡。

马步芳指示马元海，密切注意红军行动意图，做好分割包围歼灭红军的战役准备。

一九三七年一月一日：

红五军攻占高台。

一九三七年一月二日：

西路军总部向军委报告：“如敌无大的压迫，即大部留高、抚（即临泽）休整。如被敌迫，即准备布（部）署肃州，以一部诱敌进展。”

一九三七年一月四日：

西路军又向军委报告：“高台以东人粮极富，以西则甚荒凉，据点少且远，正值天寒，如主力进则齐进，道路、粮、房、敌骑均不许可，打则齐打，亦只有坐待消耗……”建议军委“如何以外力帮助我或以外交武力扼阻二马，或令三十一军、四军过河配合，则我损失必少，任务更易完成，或则我们即均在高台战敌，远方物资用外力送下，亦属必要”。并表示“西路军抱最大决心克服空前困难，不怕牺牲，照前电完成任务”。

显然，西路军向中央提出的建议是不可能实现的。

一九三七年一月五日：

军委电令西路军：“即在高台、临泽地区集结，暂勿西进。全军集结于两三点，大力训练，伺机消灭敌人。”

一九三七年一月七日：

西路军军政委员会对西路军行动方针向军委作如下分析和建议：“（一）西路军单独在高台、洪水行动一到两个月，争取灭敌一部，但欲迅速与彻底消灭属不易，这不能不使西进困难；（二）东进在目前无敌的有利条件下较易做到，如果延搁根本大计，滋长二马之力而后击之更不易；（三）我处倪家营子到洪水约一百九十里，沿途粮、房便利，洪水到北大通三百六十里，必须三天露营……非万分必要时，不轻采取。西路军暂时在原地行动，重要是灭敌西进……”

一九三七年一月七日—八日：

中央军委两次电示西路军：“动员全军在临、高地带，消灭敌人来完成创造根据地任务……切勿分兵去安西。”并进一步说明，“并没有变更你们的基本任务，也没有要你们久停不进，仅要你们暂勿西进。”

一九三七年一月八日：

张国焘个人署名致电西路军将领，主要内容是：“蒋回南京后亲日派扣张并向西安进兵，目前整个战略中心是巩固张、杨部队和红军的联合，在西安附近击退亲日派所领导的进攻，稳定抗日派，争取中间的动摇派别，求得停止内战一致抗日的实现。这种方针是正确的，并已得到中外舆论的同情……目前西路军是处在独立作战的地位，要达到创造甘北根据地和接通新疆的任务，必须击退二马的进攻，消灭其一部，在临泽、高台、甘州地区站住脚跟，如此远方接济才能到手和更有意义，对于西北整个局面的配合才更有力……军委对西路军的指示是一贯正确的，对西路军是充分注意到的，不可能经常提供给情报，因为电台声音过小的缘故，如果还有因过去认为中央路线不正确而残留着对领导的怀疑，是不应有的。应当在部队中，特别在干部中，提高党中央和军委的威信。”

显然这份电文不是指示，而是解释与劝导。

一九三七年一月十二日：

西路军集结在临、高地区后，马步芳、马步青部五个骑兵旅、两个步兵旅及炮团、民团，在飞机配合下，蜂拥而至，在前敌总指挥马元海指挥下，先以一部分兵力钳制倪家营子地区西路军主力，而后集中力量猛攻高台，红五军苦战至一月二十日，惨遭失败，军长董振堂、政治部主任杨克明、师长叶崇本以下两千八百名红军指战员，除个别突围外，全部壮烈牺牲。

一九三七年一月二十四日：

敌人于一月二十日占领高台后，气焰嚣张，当即回军猛攻临泽。临泽红军激战三日。一月二十四日临泽失守。突围部队集中于倪家营子，同时，九军也撤离沙河堡，到倪家营子集结。至此，西路军一万余人，全部集中在倪家营子四十三个屯庄里。于是，在倪家营子地区，敌我双方，展开了历时二十余天的浴血苦战。

一九三七年二月二十一日：

西路军面临着极为险恶的前景，孤军奋战有耗无补，伤亡日增，敌人却有充足后备力量，攻势不断加强，西路军召开军政委员会，在中央不能派兵来援的情况下，提出自救东返的主张。于是在二月二十一日突围东进，急速向西洞堡、龙首堡一带转移……于是就发生了一九三七年二月二十三日下午，在风雕群落中的那场激战。

一九三七年二月二十三日下午，马元海发现自己原本是一场虚惊之后，第二天投入了他的宪兵团。红军并没有像马元海判断的那样，在寨堡屯庄中恭候他来进攻，而是用杀“回马枪”的战术，给予迎头痛击，把宪兵团全部歼灭在西洞堡北面坦阔的戈壁滩上。

当战斗接近尾声的时候，陈昌浩和总指挥仍然站在龙首堡大地主张龙官屯庄的小白楼上，用八倍望远镜视察着战场。

陈昌浩将大衣皮领竖起，侧着身子，以抵御迎面袭来的凛冽寒流。他忽然想起了古代的一首边塞诗，忘记是谁的了，只记得两句：

明月如霜照白骨，
恶风卷地吹黄沙。

这些极尽悲壮的诗句没有给他带来凄苦之感，反而使他兴奋起来。一种夺取更大胜利的渴望在他心中燃烧，萌生了一种久已期待的激情。放下望远镜，他转身对站在他右首的总指挥说：

“今天取得了比昨天大得多的战果……是一次带有决定性的胜利！”

总指挥对“决定性的胜利”颇有异议，但他并不直接反驳这种顺口说出来的话，只是说：

“这一仗，对马元海是个不小的打击，有利于我们东返……”

“这个打击给我们带来了转机！”陈昌浩明显地表示出他想的与总指挥想的不一样，“我们可以重新考虑我们的行动方针！”

陈昌浩突如其来的设想，使总指挥颇感意外，这不过是一次战斗胜利，并不是决定性胜利，有什么可以改变行动方针的必要呢？他想：这只不过是陈昌浩被意外的胜利所振奋，顺口说说而已。镇定沉稳的性格使他并不急于表态，也不跟他争辩，只是默默地注视着战场。

陈昌浩并不在意总指挥不置可否的沉默态度，也不再注意胜负已成定局的战场，他目视空阔的旷野，全神贯注于自己的思绪：

他的思绪并不遥远，而是目前战斗胜利引起的一种想象。他的面前，蔚蔚青天，漠漠荒野，皑皑雪峰，是一望无垠的屏幕，挥师杀回倪家营子的壮阔场景，一幕一幕在他面前展开。千军万马像喧腾的巨流，步兵行进，骑兵驰骋。他仿佛听到了蹄踏戈壁的哒哒声。

这个意念，似乎是突如其来，事实上，早已潜隐在内心深处，形式上是来源于纯军事的思考，实质上，却是出于政治上的顾虑。

陈昌浩已经认定自己的设想切实可行，便决心把它变成实际行动。他需要得到总指挥的支持。沉默了一会儿，他兴冲冲地说：

“好啦！一出威武雄壮的戏剧落幕啦！气候也越来越冷了。‘疾风冲塞起，沙砾自飘扬。马毛缩如猬，角弓不可张。’鲍照对塞外寒冷的体验是很深的！咱们下去暖和暖和吧，我想，应该杀回去！”

“杀回去？”总指挥猛回头盯视着军政委员会主席。这个决定太出乎他的意外了，好不容易突围出来，刚刚把握了一点战场主动权，怎么能重投罗网再进重围呀？

“咱们下去再谈吧！”陈昌浩似乎料到总指挥准会反对，便率先沿着梯坎走下塔楼。

第六章　心理重负

也许胜利之后比失败之后更为繁忙，陈昌浩和总指挥从塔楼上走下来后，就被司、政、后的领导者包围了。他们立即投入了千头万绪的军务中：

重新部署防务，筹集粮饷，调整干部，安排伤员，处理俘虏，分配战利品，休整宿营……一切都在零乱而有秩序中进行。

如果陈昌浩不再提出重返倪家营子的主张，总指挥是不会主动找他辩论的。因为事关奇重，总指挥在处理日常军务时，心中总有一种牵挂，陈昌浩的“杀回去”的主张给他心理上造成深深的潜忧。

繁杂的军务，两个小时就安排妥了，有许多未了事宜由部门首长——参谋长李特、政治部主任李卓然、供给部长郑义斋去分头处理。他们都是经验丰富办事干练的人，尽可以放手让他们去全权处理自己职权内的事。

军政委员会的正副主席需要沉静下来进行决策。

张龙官的客厅非常宽大，警卫人员已经生起了炉火。

战略决策既是简单的，也是困难的。就像手中举着一个棋子，这是关键的一步，关系着全局的生死。

首先是对敌我态势的争辩，这是决定东返还是西进的前提。总指挥认为这个胜仗并没有改变敌强我弱的基本态势，绝不能为这个小胜所眩惑，错误地估计了形势。

这个态势本来不难明白，马家军在河西走廊的参战部队约计六万八千余人。溃散一个骑兵旅，丧失一个宪兵团，并不是了不起的损失，而且他们还会很快得到补充，我们却只有一万多人，非战斗人员占了将近五分之三，况且，我们是无后方的孤军，有耗无补，即便勉力支撑，也不可能持久。

这种对局势的利弊权衡，对敌我态势的判断，在一个统帅的作战活动中，占有特殊的地位。有人把这种判断称为直觉，很像文学艺术上的灵感。这种内在的洞察力和感知力的强弱，就成了具有同等军事知识和经验的将领高低不同的分野。直觉，就是通常所说的那种军事才华，那种能够临机应变的素质。

陈昌浩虽然热情、勇敢、精明、干练，并且自从他担任红四方面军总政治委员和西路军军政委员会主席以来，一直握有大政方针的决定权，但他在军事上却缺乏这种感知力，他不是军事天才！他的才能，不在军事方面。

不管陈昌浩有多少固执，总指挥的分析是有说服力的。陈昌浩迟疑了很久，才说出他们必须回返倪家营子的另一个原因："我们这次东返，是出于自救，但是，中央并没有明令我们这样做……"

"可是，中央有许多电文是要我们'以便利击敌保存实力为目的，行动方针由你们自决'。我们应当根据实际情况作出决断。"

"我们现在主要问题是取得中央的信任。"陈昌浩向火池子里加了几块木柴，腾起的火苗映照着他脸上凄楚的暗云。他的脸苍白中带有浮肿，反映出内心沉重的潜忧，"我想我们给中央的某些电文是不妥当的，很容易引起误解……"他只觉得自己的心就在火池子上烧烤，忍不住站起来，走到门口透口气。

"你指的是哪些电文？"

陈昌浩回到火池边，缓缓地坐下，揉着胸口，似把心头某种痛苦揉碎："比如我们一月四日的电文，说高台以东人粮极富，以西则甚荒凉，据点少且远，正值天寒，如主力齐进，道路、粮、房、敌骑均不许可……中央会不会认为我们愿意东返而不愿西进呢？"

"我们讲的全是实情。"

"这里的实情，中央很难了解，也许认为我们有倾向性呢。接下来，我们向中央提出的建议更是欠妥，我们要求三十一军、四军过河配合，则我损失必少，任务更易完成……这样，我们等于要求把四方面军的所有部队开到河西来……我们忘了四方面军跟着张国焘另立中央所犯的错误，是最最敏感的……中央会不会怀疑我们又要独断独行，把四方面军集中到河西，再来一个独立行动，把我陈昌浩看成张国焘第二呢？”

总指挥的心不由得“咯噔”一沉，缓缓地说：“这是一种多虑吧？”

其实，他知道这并不是多虑，而是他平时很少去想就是了。此时，他盯视着火池子里柴块燃烧时爆裂的火花，仿佛看到自从一九三五年六月，一、四方面军在懋功会师后直到目前，黏滞在这段空间里的混浊的沙尘。

“你想想中央对我们的批评吧，当我们提出如果上级不派四军、三十一军①来援，西路军则难以完成西进任务时，中央是怎么指示我们的呢？我可以一字不差地背出来：‘依据你们自己与当前敌人力量对比情况，依据国内与西北的环境，如果蒋介石不能或不愿停止二马向你们进攻，又不愿主力红军派兵向你们增援，则你们唯一的方针，是调动敌人，寻求机会逐渐削弱之与各个击破之。’”继而严厉地批评我们，“‘你们对过去所犯的政治错误，究竟有何种程度的认识呢？何种程度的自我批评与何种程度的转变呢？我们认为今后的胜利是与过去政治错误的正确认识与彻底转变是有关系的……’你想想呢，我们向中央提出的一切困难，都被视为缺乏自我批评精神，视为坚持过去的错误。”

陈昌浩苦恼地向火池子躬下身去，两手在火上翻弄，似乎在以此驱散心头的寒冷，减轻背上的重负，但热烘烘的火池子，烤不化他心头上凝结的霜花。

张龙官客厅里的一切红木家具都隐在暗影里，闪着猪肝色的幽光，唯有挂在侧面墙上的飞天大壁毯，在幽暗的朦胧中，给人一种超然物外、飘飘仙去的幻觉。

一时间，他们都沉默无语。

---

① 四军、三十一军都是原来四方面军的部队，西路军指名要这两个军过河西援，不能不引起某种联想。

总指挥只是一袋接一袋地吸烟，他用惯了旱烟袋，即使有卷烟供给，他也把它拆碎抖进烟袋荷包里用旱烟袋吸。这个朴实无华的烟袋荷包，寄托着深隐的感情。这是一九二九年底他跟程训萱结婚时，妻子连夜给他缝制的。正像当时歌词里所唱的："一针针，一线线，缝尽爱和恋。"

陈昌浩似乎承受不了沉默的重压，仰起脸来，又缓缓地说：

"再从张主席（指张国焘，他说顺了口）一月八号给我们的电文看，中央对我们的成见是很大的，现在，我不知道他的处境如何，可是你仔细琢磨琢磨，他向我们强调什么呢？强调'军委对西路军的指示是一贯正确的……如果还有因过去认为中央路线不正确而残留着对领导的怀疑，是不应有的。应当在部队中，特别在干部中，提高党中央和军委的威信'。这就是说，我们的一切不符合中央指示的想法，都被视为对中央正确路线的怀疑，都被视为坚持过去所犯的错误。我们所有的挫折和失败，都被视为对过去的错误没有认识、没有转变、不坚决执行中央指示有关，在这种情况下，我们怎么办？你总是强调独当一面的高级干部执行上级指示必须从实际出发，不能机械地盲目地执行上级指示，好像可以'将在外君命有所不受'，实际上，说句牢骚话吧，也只能'君叫臣死臣不得不死'了！"

说完又沉重地垂下头去，他一直挺拔的脊背弓了起来，脸上阴云密布，胸中雷电交作。

总指挥感到陈昌浩个人的包袱的确背得太重了。长征期间，他曾经是张国焘错误路线的积极支持者，现在又身负西路军军政委员会主席的重任，中央又把西路军的行动与过去的错误联在一起，他的顾虑自然要比别人多。他只能唯命是从。

但是，这种唯命是从并不是真正坚强的党性，而是一种变相了的"自私"，置千军生死于不顾，不敢坚持正确的措施，不敢实事求是。

在红军优秀的将领中，总指挥的性格是独特的，他不是叱咤风云、森冷严苛、临敌生威的那种猛将；他镇静沉稳，谦和自守，不求显扬。知识才华含而不露是他的品格特征。

他平时很少说话，总是身体力行，说起来也总是慢声慢语，却简洁中肯。他几乎没有发火的时候，像一个慈祥和善的兄长。他不与人争高下，善于忍让。

他外柔内刚，是个山崩于前地裂于后而面不更色的人，在部队中他是享有很高威望的优秀指挥员。他理解陈昌浩的苦衷，但事关全军的生死存亡，他不能不据理力争了：

"昌浩同志，我们都是共产党员，坚持真理，是我们入党时的誓言，我们应该认识到对上负责和对下负责的一致性，只有对部队负责，才是真正的对上负责。面对千军生死存亡，我们个人的得失算得了什么呢？"

"不，关于我们的行动方针我已经思虑很久了。"陈昌浩猛然站起，在客厅里踱了几步，一种蚀骨的哀愁反映在他浮肿的脸上，叹息了一声，重又坐到火池子旁，凄然地望了总指挥一眼，"你还不知道吗？中央把西路军当作一支机动的战略力量，忽而令我们向东，忽而令我们向西，忽而令我们停止，都是因为全国局势的变化所致，问题在于我们并不了解全局，或者说不够了解全局，这是一；

"这次胜利不管是否是决定性的胜利，我们总是有了很大的缴获，有了很大的补充，比在倪家营子苦战二十多天的收获还大，损失却微乎其微，全军精神振奋，信心大增，这是二；

"在没有中央命令的情况下，由于形势危急，东返自救，这能不能成为理由，我很犹豫，就像一个为了全局胜利而派到一个山隘口上打阻击的部队，只能与阵地共存亡，而不能因为损失过大就撤出阵地……这是三；

"中央给我们在肃、甘、安建立根据地的任务显然没有变……这是四……"

总指挥为之动容了，他低沉的声音里有一种内在的冲动："昌浩同志，你说的全是需要，不能说不对；而我想的却是可能，我们现在人困马乏，还有什么力量建立根据地呢？我再重复几句，我们好不容易突围出来，回去不是自寻灭亡吗？"

总指挥很少这样激动过。

"我们不必再争了，"陈昌浩和缓地说，"明天召开军政委员会再来讨论决定吧，让我们再想一想。”

在总指挥起身的时候，陈昌浩想起了一件事，需要跟他商量：“安宝山回总部来了，他带来了一个骑兵小分队，这次作战胜利，他们勇敢机智的配合，起了很大作用，你看怎么安排他们的工作？”

“你先找他谈谈吧，我们的几个主力团的干部没有配齐，请组织部统一考虑一个意见，报总部来批一下就行了。我们还是应该好好休息一下……我也希望明天的会议不要拖得太长！”

第七章 龙渠会议

会议一开始,就出现了可怕的沉默,时间似乎凝住了,就像历史本身停住了脚步,恭候会议作出与西路军成败攸关的决策。

陈昌浩的倾向性是很明显的:重返旧地,坚持斗争,等候中央新的指示,等候时局新的转机,为了避免出现他与总指挥昨晚那种争辩,他提出了防止军事上的右倾机会主义,反对右倾逃跑。

与会者都是从历次路线斗争中过来的,这两顶沉重的政治帽子扣在会场上,哪个还敢轻易表态?哪个还敢提不同的意见?

所有与会者都不愿意先发表意见,有的埋头吸烟,有的看着手中的地图,却都在思考如何说好。

显然,陈昌浩提出重返倪家营子,出乎大多数同志的意外。虽然他讲了一、二、三、四条西返的理由,但是大家在东返自救的兴奋遐想中走得太远了,要想扭转回来是困难的。

与会的大多数同志不管是直接接触还是间接了解,都知道陈昌浩的个性特征:他是才学渊博的知识分子,能写文章,能讲演,讲起马列主义来一套接一套;懂好几国洋文;他年轻气盛,有才华,有热情,有干劲,做事雷厉风行。仅就这些,还不能获得许多工农干部的尊崇,因为他们最瞧不起"夹皮包,作报告,会总结,会提高"的只讲空话不干实事的领导者。而陈昌浩兼有文官武将的共有特色,既是理论家也是实干家。在鄂豫皖根据地时,张国焘也让他三分。

在莫斯科中山大学时,他是二十八个布尔什维克(张国焘称之为二十八宿)之一。那时,他瞧不起张国焘,认为他是老右倾机会主义者。可是,当生活转入新的航道时,他们都跟着急流转弯,在整肃鄂豫皖党政军组织时，陈昌浩发现张国焘并不右倾，在大肃反时，却是苛烈绝情、左得出奇。

左的人并不事事都左，右的人也并不事事皆右。后来，他与张国焘一道工作期间，一直配合得很好。他忽然发现原来的所谓左、右，并没有严格的界限，就像两个人共攀一座陌生的荒山，一个说从左边上好，一个说从右边上好，目标都是一样，既可以争个面红耳赤，也可以平心静气商量一番。

当陈昌浩由共青团分局书记接任曾中生的红四军政治委员职务时，他和张国焘在大政方针上就完全一致了。在白雀园"大肃反"时，两人配合得紧密而且默契。自从他当了四方面军的总政委之后，简直可以说是不可一世了。那时他才二十五岁，并不是成熟的年龄。他那文化人好冲动的气质与他独当一面的重任，是不相适应的。他并没有发现他的地位犹如身处悬崖绝壁的那种致命的危险。

他肯干、敢干、能干，他甘冒锋镝亲临前线，这里摘引总指挥在事过五十年后的一段颇具传奇色彩的回忆：

> 那天白天，陈昌浩坐上飞机到黄安上空扔炸弹，散发宣传品，骚扰敌军。这架德式机是四川军阀刘湘的军用飞机，我们于一九三〇年初在宣化店缴获的。驾驶员叫龙文光，从南京驾机回四川，迷航后汽油烧完，被迫降落在根据地。飞机运到新集后，陈昌浩坐上它穿越白区，去过皖西根据地。他那时才二十七岁（据史料记载，陈昌浩一九〇六年生，此年应为二十四岁），干起来真行，也有办法，怕驾驶员不可靠，在白区降落，就带上手枪，也拿着手榴弹，逼他听指挥。

此外，还有许多令人听之颇为纳罕的事：

一位局长正因一件十分挠头的事而烦躁懊恼时，电话铃响了，他拿起电话想也没有想就骂了句：

"他妈的，偏在这种时候来电话，你就不会等一会儿吗？"

他"啪嗒"一声，把耳机拍到支架上，竟然没有听出这是总政委的声音。

陈昌浩丢下电话,催马找到那位局长,搂头就是一马鞭。那位局长竟然忍受了。也难怪一方面军在长征路上与他们会合后,深感四方面军中有军阀作风。

四方面军的参谋主任舒玉章是个刚直不阿的人,因对前线情况的看法与陈昌浩不同,激烈争论起来,拍了桌子,后来,陈昌浩竟然把这个"犯上作乱分子"当成反革命处死在沙河滩上。

凡是从鄂豫皖来的四方面军的干部,对白雀园"大肃反"莫不谈虎色变,心胆震颤。在五十年后,总指挥有这样一段回忆:

> 我和程训萱同志是一九二九年底结婚的,她是黄安人,家住檀树岗程伍德村,妇女工作干部。我老在前方打仗,她在后方工作,我们难有见面团聚的机会。一九三二年反四次"围剿"时,我在七里坪一带打仗,战局很紧张,我无法回家看她,叫警卫员把袜子拿给她补一补,好行军作战。警卫员悄悄对我说,程训萱被抓走了,人家说她是改组派。她命运如何,我不得而知,也不便过问,听候组织"审查"就是了,还是打我的仗。
>
> 部队撤离鄂豫皖根据地后,我一直打听她的消息。没有人知道,也没有人告诉我。一九三七年到延安,才听说她和王树声的妹妹等一批人,都被杀了。我就问周纯全,为什么把我老婆抓去杀了,她有什么罪过?周说:"没有什么罪过,抓她就是为了搞你的材料嘛。"

这次西路军军政委员会,仍然笼罩着往日大肃反的暗影:不同的意见,不同的设想,不同的方法,很容易被当成路线问题,很容易被当成反领导也就是反党问题,谁还敢畅所欲言呢?

大家都等待着总指挥发言,以便从两个领导人的意见中作出选择。总指挥坐在右角上,一袋接一袋地吸烟。他的内心是激动的,可是,冲动,不是他的性格。

大家都互相交换着眼色,互相鼓励着对方先讲。连李特这样好放炮的人也沉默无声。

陈昌浩看出大家要等候总指挥讲出不同的意见,便用锐不可当的目光巡视着会场，声凝字重地说：“大家还推托什么？有话就说嘛，关于行动方针，我和总指挥昨天晚上就讨论过了，今天主要是听听大家的意见嘛，集思广益嘛。”

语调之冷，令人触之若冰。他开始点名了：

“老王，你是副总指挥，你先说说吧！”

王树声一向是真诚坦率的人，敢于耿言抗辩，直展胸臆，从不转弯抹角。但他的弟弟妹妹在大肃反中被捕被杀的余悸仍留在心头。他战战兢兢，如临深渊，如履薄冰，说得十分谨慎：

“我们这次胜利的确不可低估，对我军武器弹药的补充，对我军士气的鼓舞都是很大的；我们损失小，缴获大，也是以往战斗所没有的……”王树声顿了一下，很艰难地说出了一个“但是”，他说，“但是，这次胜利是很值得分析的，马元海在高台、临泽、倪家营子一连串的得逞，冲昏了头脑，他总认为我们像惊弓之鸟漏网之鱼那样只顾奔逃，所以他长驱直追；骄兵必败，敌人的失败在于麻痹轻敌，而不是力量薄弱……可是，再返回倪家营子，我们是不是还有这样的战机？我想应该慎重考虑。”

陈昌浩的脸色阴沉沉的，他有些不耐烦了。这种发言听来似乎对他的主张并不反对，但是，也不支持。不支持也就等于反对，只是不愿说出来就是了。他希望得到参谋长明确的支持。他目示李特发言。

李特的地位是举足轻重的，他是军政委员会的常委之一，王树声却不是。李特一向是站在陈昌浩一边的，而且，跟得很紧。由于处境和地位不同，在东返还是西返问题上，李特却很难无条件地站在他一边。

陈昌浩考虑的是如何取得中央的信任，李特和总指挥、副总指挥一样，考虑的是部队的处境，部队的生存。这个好放大炮的人的发言比王树声还要谨慎，因为他更为了解陈昌浩的性格。

在他心目中，陈昌浩是坚毅果断而有强烈事业心的人。这是他的突出的长处，可是，他十分严厉，甚至非常极端，如果他喜欢你，就会极力赞扬你，赋予你很大的权力，赏无吝色；若是他对你产生了反感，就会毫不留情地惩罚你，杀无怜容。

“现在的关键在于我们还不太了解全局。昌浩同志在我们没有中央指示情况下东返自救的考虑是正确的，从我们西路军的局部来看，东返是应该的；可是从整个局势来看，是不是妥当呢？当然，重返倪家营子，艰险也不可轻视。我看，最好在这里暂停，听候中央的指示。”

李特耍滑头，绕了个大弯，似乎给会议献了个两全之策。自身的经历使他体验到一种人生哲理：人人都懂得“忠言逆耳利于行”，可是，历史上愿听逆耳之言者能有几人？！

陈昌浩脸上的灰斑变成了深茶色，眼睛不再看任何人了，只盯着眼前的地图。他所期待的衷心支持和热烈拥护落空了。无疑，这对他的自尊心是一种强刺激，对他的无上权威也是一种挑战。当然，平时，对他的某些主张是可以讨论的也是可以反驳的，那是在他允许的范围之内，而不是他已经作出的结论。

他两眼冷峻地盯着地图，并不是想根据已有的意见改变自己的决定。即使是聪明人，当他钻入牛角尖时，也会蒙住了智慧的眼睛，听不见理智的呼声。他面对地图视而不见，他的思想在痛苦地对抗面前出现的现实，拐进了歪道。他感到会议出现的状况不仅有伤他的尊严，而且意味着背叛，他甚至猜疑总指挥背着他向其他人做了说服工作。他的胸中涌动着受辱的愤懑之情。他的感情是坚强的也是脆弱的，很脆弱。

长期以来陈昌浩习惯于周围的人不加争辩地赞同他的意见，好像已经成了一种常规。这种只能赞成不能反对的环境把他的感情养娇了，把他的理智弄乱了。他的本来已经十分顽强的自信心，在赞扬声中得到滋养而迅速膨胀起来，他总是认定自己的判断万无一失，并且说出这些判断时毫不犹豫。

陈昌浩在烟雾腾腾的客厅里，感到一种凛冽的寒气，寒气里弥散着苦涩的畜粪气味。他把地图向前一推，准备大发雷霆，但他强抑住了，只觉得许多痛苦的思绪在心中翻滚，一腔怒气涌上了面孔，他说：

“即使等候中央的指示，也要返回倪家营子去等。我觉得我说的理由已经够充分了，越在艰难困苦中，我们越要坚定必胜信心……悲观失望是十分危险的！”为了加重最后这句话的分量，他用拳头擂擂铺着地图的方桌，重又说了一遍。

这一来，与会者的脸色变得窘困而又难堪，蒙着一层愁云，严肃到近乎阴森。在这种气氛中，很难进入深沉的思考，站在铁刺笼中跳舞，谁还敢随意伸展手脚？

一向对军事行动不表示任何意见的政治保卫局长克制住焦虑不安，叹了一口气说："困难总是有的，我看，还是由领导同志决定吧！部队嘛，令行禁止，没有任何打折扣的余地，革命，就是坚决战斗到底！"

这话，很难说对错，可是，它解脱了与会者的重负。有时，大家希望充分发扬民主，可是，这个"民主"要承担严重政治责任时，大家又感到还是领导怎么说咱们就怎么干来得更安全些。

几个军的干部也都表示遵从领导的决定。本来，军政委员会就是一个集体领导机制，理论上是完美无缺的，少数服从多数，可是，自从张国焘的家长制作风形成后，民主集中制成了一种形式，还是第一把手说了算，约定俗成，大家希望陈昌浩最后表态。

陈昌浩重又把推开的地图拉到自己面前，这的确是独当一面的领导者的为难之处，既怕大家不同意自己的意见，又怕大家不表示意见。他重新审视地图，并不是希望在早已熟知的图面上得到什么新的启示，而是在坚定一种他还没有完全考虑成熟而又被与会者弄乱了的合理方案。

这时机要员报告了一声，送来了中央的一份电文：

甲，固守五十天；乙，我们正用各种有效方法援助你们！

电文明确而又简洁。

陈昌浩手执电文来不及在送报簿上签收，就猛然站起，脸上又恢复了坚毅自信的神情，以使人难忘的姿势，向与会者大声朗读了两遍。虽然他有意控制住兴奋的表情，但他的激动仍然从所有动作中表现出来。

中央站出来证明他的决策是正确的；反转过来，他的决策是符合中央的精神的，他站得高看得远。

会议的议题改变了：就如何执行中央的指示请大家发表意见！

全体一致表示按中央指示去身体力行，没有任何异议，当即散会，各自投入繁忙的军务中去了。

一时间人去房空，足有三十平方的张龙官客厅里，只剩下陈昌浩一人。

这就是后来称之为“龙渠会议”的情景。

陈昌浩一人呆在客厅里，任凭警卫人员收拾坐具，清理灰烬，向茶缸里续水。他仍然离不开那张地图。他接到中央指示后的亢奋情绪，像热水烫了的水银柱陡然上升，那电文在他的眼前像礼炮似的爆裂成绚丽的火花，但这些火花未能持久，倏忽间就消逝了。一种突然袭至的失落感和迷茫感压在他的心头：

决策之花能不能结出胜利之果，需要事实的检验，这时，陈昌浩才意识到自己全神贯注于军用地图的目的，是寻求未来的前景。他想起了去年十月二十七日，西征大军在横扫黄河西岸守敌之后，十一月六日，制定《平大古凉战役计划》时的心境。那是多么豪迈的激情啊，那是多么壮阔的前景啊。那时他站在这张地图前，看到遍地红旗在漫漫沙海中飒飒飘扬。

刚刚过去两个月，竟然产生了恍如隔世之感，如今，他面对的仍然是那张地图，却无法再唤起那种振奋的感情了。眼前也不出现千军万马高歌猛进的画面了。黑色飞蛾似的不祥预感，在他眼前不停飞动。

陈昌浩突然感到了前所未有的疲惫，他沉重地坐在太师椅里。

这时他才冷静地想到总指挥、副总指挥、参谋长的忧虑绝不是多余的，他们都是意志坚强身经百战视死如归的人，指责他们“悲观失望情绪和右倾逃跑思想”，简直是无稽之谈，在感情上带给他们多深的伤害？陈昌浩有点愧悔了。

他双肘撑着桌面，双手揉搓着酸涩的眼窝，忽然想起他曾读过一本书，书名记不起来了，却记得其中的一段话：

> 在人生的长河中，每人都有进退两难的时刻，它强迫你必须当机立断，作出抉择：选对了，进入天堂，选错了，坠入地狱。

我们的抉择是对的吗？陈昌浩重又陷入深深的思索。

这似乎超出了他的性格范围，他一向认为自己英明果断，一旦决定绝不后悔。

他记得恩格斯说过："防御就是武装起义的毁灭……"重返倪家营子，必然重新陷入防御。"可是我们的防御是积极防御。"他不知在反驳谁。

"可是，即使初具军事常识的人也懂得绝不应消极防御，问题是积极防御也是有条件的，不能说凡懂得积极防御的人就能防得住。"也不知谁在反驳他。

他不愿在这种庸人自扰的思绪中纠缠过久，一句古诗涌上心头："成则为王败则亡，英雄成败本寻常。"没有什么可犹豫的。

他毅然站起来，喊值班参谋收好地图，他要去医院看一看分娩之后尚在病中的妻子，也想起了他们寄养在倪家营子的新生婴儿。

第八章　特别批准

陈昌浩从客厅里走出来，刚迈下三级石砌台阶，他就停住了，从这个四方院的东厢房里传来悠扬的长笛声。这声音犹如慈爱的母亲呼唤海外游子似的把他攫住了，这是一首鄂东北民歌。

陈昌浩酷爱音乐，早在莫斯科中山大学时，他就是歌剧、舞剧、音乐剧场的热心的观众和听众。在中大联欢会上，他和张琴秋的男女二重唱——俄罗斯民歌《三驾马车》曾风靡全校，甚至引起当时张琴秋的丈夫沈泽民的嫉妒心，那时，她已经有了女儿小玛娅了。

长笛吹奏的鄂东北民歌与异国风味的俄罗斯民歌，风格迥然不同，但它立即把陈昌浩带回了早已淡忘的故乡。

这曲调带着大别山丛林的伟美，带着清泉的灵动，带着烂漫山花的幽香，带着春天的暖意，带着少女的情怀，带着对幸福的憧憬沁入他的肺腑，把大地之美和骚动不安的心境展现在他的面前，在婉柔凄清之中杂有金戈铁马的铿锵之声。

陈昌浩感到有一种新的从未体验过的感情在心中苏醒过来，他真想立即回到大别山的深山老林之中，像儿子向慈母扑去那样，紧紧地偎依在她的胸怀。

这曲调带着吹奏者极深的情感，有一种不可遏止的欲望要表现出来，把吹奏者自己的观念、思绪和感觉带给别人。这是一个具有天赋并且训练有素的音乐家才能吹奏出的曲调。

陈昌浩想起来了，他曾听过这支长笛的演奏，那是前进剧团的演员江子敏，总部特派员江子文的妹妹，在前进剧团被打散之后，听说她牺牲了……

他走进东厢房，在幽暗的炕沿上，坐着吹奏者，她没有戴大帽子，头发剪得很短。果然是她！陈昌浩心头涌起一阵喜悦："啊！是子敏！你回来了，见到你哥哥没有？"

"噢，是总政委啊。"江子敏用的还是老叫法，"我正要找你呢，见你们开会，我在这里等……"江子敏站了起来，以天真烂漫而略带野性的目光望着军政委员会主席。

"女娇娃，面子大。"在战争时期，女同志，特别是有才华的女同志是首长的宠儿。他们一般不像上下级，而是像温和的兄长对着撒娇任性的妹妹，她们提出的要求，很少有被回绝的。江子敏与陈昌浩可以说是老熟人了，当她在鄂豫皖上演小歌剧《廖棚卖柴》而轰动全军时，他们就认识了。演出之后，他还请她吃了一顿丰盛的饭，由编剧尹洪菲作陪。

"有什么事？"陈昌浩似乎有点怯惧，他知道江子敏与她丈夫关系很僵，在长征路上就提出离婚，这是最难办的了。"只要合理的……"他注意到江子敏奇特的装束，尤其是腰中挂的那把精美的保安刀。

"不但合理，还是小事一桩。"江子敏说得很轻巧，很严肃，"你大概还不知道我是怎么回来的吧？"

"是的……你哥哥从没有跟我讲起你的下落，我们都很担心……"他避免提起她的丈夫。

"这么说安宝山参谋长也没有讲起我？"江子敏的声调里荡漾着一种悲哀和恨意。

"没有。"陈昌浩略带迷惑和遗憾。望着这个装束奇异的女演员，他似乎悟到了什么，"难道你是跟安宝山他们一起……"

"是的……我是和他们真正共过患难共同战斗过的……"江子敏伤心地恨恨地说，"可他们把我抛弃了！"她的眼里忽然涌满了泪水，重铅似的滚落在两腮上。

"抛弃了？这是怎么回事？"陈昌浩指着炕沿，"你坐下，慢慢说。"他扭头看看身后的木凳，也与江子敏同时坐下来，"抛弃？你应该回总部……"

“安宝山是不是到夜老虎团当团长去了?”

“是的,他把他的骑兵小分队也带到夜老虎团去了。这么说是他把你放在了总部,这不很正常吗?”

“我是他的骑兵小分队的一员,我要求到夜老虎团去……”

“那里没有女同志的编制。”

“我可以做战场救护……”

“救护营也都是男的,唯独医生例外,可你并不是军医呀?”

“我要战斗!”

“那也只能到妇女独立团去。”陈昌浩凝视着这个女战士的俊俏的脸,仿佛急于一眼把她看穿似的,“我不明白,你为什么要离开总部呢?你的编制在总部,而且你的家……不,你的爱人……现在也在总部……”

江子敏被一种锐器刺疼了似的颤抖起来,胸中似有爆裂之声,那长笛在她手中就要撅断了。

“我们总部还想重新组建一个宣传队,”陈昌浩不敢再提她的家了,“正在物色演员,你原来就是剧团的台柱子……”

“我不想在总部,我不想再演戏了。”

“要干什么呢?”

“我要上战场,去做救护工作。”

“你是党员吧?”陈昌浩严肃起来。

“勉强是吧。”

“那么,你应该服从组织决定……太任性不好,”陈昌浩仍然心平气和地说,“况且,现在是非常时期,大家都在危难中……你的爱人情绪不好,身体也不好。”

“这个家是组织上强加给我的……在感情上我不能忍受,如果组织批准我们离婚……我留在哪里都行!”

“这不好,”陈昌浩深感问题的棘手了,“一切都放在局势稳定之后再说,现在顾不上……而且他是我的老战友,是个意志坚强的革命者……你应该体谅他。”

“坚强的革命者不一定是好丈夫……组织上要我凭党性跟他结

合,可是,现在却不能要我凭党性来忍受……我没法控制我的感情,也不想控制这种感情……我……我真想死……"

"现在是打仗的时候,个人的生活问题都应该放在后边……子敏,你要理智一些。"

"政委,我觉得我很理智了,我只要求解除婚约给我身心自由。"

"不能强迫组织表态,"陈昌浩声色俱厉地站了起来,作出军务繁忙的样子,"你去找组织部好不好?"

"我去过了,好几处我都找过了,组织部要我留在宣传科;我哥哥要我留在保卫局;我丈夫要我回到他身边去。我只能来找总政委……"

"这三个地方都可以。"

"我想,我要求到战斗部队并不影响任何人,我可以像男子汉一样战斗……而且我已经战斗过了,并不逊色。"她丢开长笛,抽出了寒光闪闪的保安腰刀,得意洋洋地说,"看,自己得的!"

"你不觉得在战斗部队里生活不方便吗?"陈昌浩对江子敏的性格发生了兴趣,重又坐了下去。他觉得她有些地方很像张琴秋,这样的女同志的确是可以当妇女团长的。看来古代那些传奇式的女英雄并非虚构。

"所以我不想换掉这身装束……只是皮帽子太大了,我可以改小……再说,我并不封建,安宝山会给我安排个合适的地方的!"

也许这句话泄露了天机,陈昌浩忽有所悟,他约略地计算了一下时间:高台是一月二十日失守,今天是二月二十六日,安宝山从高台脱险到归队,相距一月有余。他说道:"你跟安宝山是什么时候相遇的?你们两人在一起生活了很长时间吧?"

陈昌浩的语调虽无责备之意,却使江子敏意识到他竟产生了令人痛心的误解,她神态坦然略带恼意地说:

"是的,是很长时间,可是并不像你想的那样!"

"我想的哪样?"陈昌浩的确想到他们可能有不正当的关系,但他无意来追究这些,他没有想到江子敏不但没有回避反而主动提了出来,其目光,其神情,隐含着一种挑战的意味。尽管他长期做政治工作,有了解多种思想的习惯，却拿不定主意，要不要就这个问题深谈下去。一个月的时间，未免太长了，他无法用想象去填补这一个月的空隙，“咱们还是不谈这些感情问题吧，既然安宝山把你留在总部，那么，也就是说，他感到你跟他到夜老虎团里去不合适。”陈昌浩边说边站起来，表示他还有别的事情要去处理。

陈昌浩有意避开她与安宝山的关系，江子敏反而产生了一种虽然轻微却很难堪的屈辱感，她也站起来两眼灼灼如焚，以毫不掩饰的冲动抗辩说：

“政委，你应该把我的话听完，你误解了我们相处的时光……”声调之冲，颇似命令，整个四方面军还没有一个人敢跟陈昌浩用这种方式讲话，“我们经过了千难万险带回了这支小分队，而且……”她不屑于再提袭击黑马旅的战斗了。

“好吧，”陈昌浩不但没有生气，反被江子敏无所畏惧的真情和执着打动了，“我答应你的要求……”

“空口无凭，你写个纸条吧，不然，安宝山准不收我！”

“你看，人家不收……你还非去不可。”

江子敏递上一个小本。

陈昌浩接小本在手，忽然又犹豫了，他觉出问题的严重性，这绝不仅仅是一个人的安排问题，重又坐下来。他处理事情从来没有这样拖泥带水过，他盯视着又坐回原处的江子敏，不无担心地试探似的说：

“能不能再问一个问题？”

他要提的问题太严重了，很怕使他们的交谈陷入窘境。

“我准备回答所有的问题！”江子敏坦直得有点吓人，似乎一切不名誉的行为她都可以供认不讳。

“你结过婚，而且两人关系不睦，安宝山知道吗？”

“我把一切都和他讲了……这就是他带走了小分队中的七个，唯独把我留在总部的原因。”

“他对你的婚姻和家庭抱什么态度？”

“他不表示任何态度……把我留在总部不正是他的态度吗？”

“我赞成他的态度。”

“他是屈从于某种世俗。”江子敏不无伤痛地说。好像这种世俗观念亵渎了她内心最为神圣的东西。

战神与爱神并不相悖，在血淋淋的战斧挥劈之下，爱神的翅膀仍然自由飞翔。

“你能说说你们的相遇吗？”陈昌浩看看手表，“不过，越简单越好。”他总觉得违犯四方意见，自己批条子很不合适，他更担心的是后果。

“我们前进剧团在去九军演出的途中被敌包围后，逃出多少人来我不清楚。我是单独突围出来的，因为我会骑马。我不顾一切向外冲，马被打死了，我躲进一个老乡家里。

“这是一家牧民，男人到北大山放牧去了，也许是赶着马群躲避战争去了。家里有一个五十多岁的妇女和一个十七岁的女孩，她们收留了我，把我藏在柴棚里……有一天，我们刚刚吃完晚饭（她们都是两餐），天还很亮，突然响起了马蹄声，我已经来不及向柴棚里躲藏了，只好蹲在屋里粮囤的后面。

“进来的是马家军的两个骑兵。他们是来搜查流散的红军的，一个是连长，一个是他的卫兵，这是我后来知道的。他们一眼就看中了那个小姑娘……”

江子敏省略了匪兵要强奸那个小姑娘以及她跟安宝山相遇的过程。

那是最惨不忍睹的时候，面对两个武装到牙齿的彪形大汉，老妈妈除了跪地哀求外毫无办法；江子敏蹲在粮囤后面，手无寸铁，连根柴棒都没有，她曾几次想冲出去……但她知道那是毫无意义的愚蠢举动，克制住了。

就在那小姑娘衣裳全被扯开，哭喊憋在喉咙里的时候，又有一个马家军的士兵撞进屋来，江子敏心想完了……没想到后来者猛然挥刀劈向那个卫兵额顶，那卫兵急忙一闪，马刀劈进他的左肩，显然，后来者身体虚弱，刀刃入之未深；那卫兵一声大叫，抽出刀来，屋内空间太小，那抡起来的刀尖碰到房梁上；后来者趁机抽刀戳进了那个卫兵的胸膛，那卫兵仆倒在后墙上。

那连长从小姑娘身上猛然跃起，来不及操起丢在一旁的军刀，从背后抱住了后来者，两人一齐跌倒在地上扭打在一起……那连长力大如熊，几番搏斗把后来者压在地上，他用左臂压住对手的脖颈，右手摸着了腰间的保安腰刀，只是单手无法立即从鞘内拔出……

此时，一只纤巧有力的手帮他拔了出来，既快又猛地从背后插进了他的心窝。

江子敏只用几句话就讲完了她与安宝山相遇的过程。

"你很勇敢！"陈昌浩由衷地赞叹着。

这种赞叹反而使江子敏难为情了，脸红红地说："还不是危险逼出来的！"

"也算是吧！"陈昌浩漫应着。

其实，他并不这样看，他一向认为勇敢是一种潜在的性格素质，遇到外来的契机，就物化成英雄行为。

"后来，安宝山和我都换上了敌人的军装。他当连长，我当他的卫兵……我们在寻找总部的路上，碰见了两名九军八十一团流散的红军，一个是排长夏长宁，一个是班长史大年，他们告诉我们，还有几个受伤的同志留在一道山沟里。

"安宝山决定救援他们，可是带着伤员在敌人窝里来往是危险的，那时，倪家营子被敌人重重包围着，我们怎么办？即使我们冲进去，又有什么实际意义呢？"

"没有必要冲进去！"陈昌浩说。

"安宝山决定远离战场，进了北山，在那里养精蓄锐，把几个伤员治好。我学着护理他们，当我们听说总部向东突围时，我们九个人都已经养得身强力壮了。"

"看来你很佩服安宝山。"

"是的，至今，我觉得安宝山的一切作为都是精明的、果决的，使我们这支小分队在战斗中发挥了意想不到的威力。"

江子敏不再往下叙述了，留下了一个月的生活空白。这中间他和她发生了什么事情？

他们两人四目相视了足有十几秒钟。

“这么说,你是爱上他了!”陈昌浩的眼睛这样说。

“是的! 也许他并不爱我。”江子敏的眼睛这样说,“可是,我要到他的团里去,奋战而死也心甘!”

两人一时间都不知道还要说什么。

江子敏穿着马家军的皮袄,束着皮带,挂着腰刀,旁边放着两尺长的竹笛。她的身影笼罩着勇士的威严和少女的柔情,就像大别山的那支民歌,高亢、婉转、悲凉,一种神秘的情感缭绕着陈昌浩。

爱,往往来不及追寻原因,也许正因为江子敏饮过了男女情感的浊水之后,才百倍强烈地企盼着甘洌的清泉。她跟安宝山一个月的相处,只能用幻想、希冀、向往去填充空余的时间,世界上凡是苦苦追求而达不到的总是最美的,它令人神往痴迷。

陈昌浩是读过大量文学作品的人,他从江子敏的目光里看到了类似吉卜赛姑娘卡尔曼式的一种放纵的、难以驾驭的野性:她既是一束芬芳的花,也是一把利刃。他曾经升起对她发一顿脾气的念头,而现在的火气却散淡得很微弱了。火星飞闪了一下,就化成了灰烬,心中反生出一点点内疚。他旋开了黑杆的犀菲利钢笔,口气变得温和起来:

“好,我给你写个纸条……”

安团长:

特准江子敏同志去你团工作,请保证她的安全。

陈昌浩即

江子敏接过纸条,很注意地看了一遍,顽皮地笑了,这笑很美:“政委,你这里用词不当,‘保证安全’,”她顽皮地指点着纸条,“在战场上谁能保证谁的安全呢?”

“你认为怎么写才好呢?”

“当然,这也挺好!”

江子敏戴上狗皮帽子向陈昌浩敬礼。她那空荡荡的心一下被安宝山的身影填满了。

江子敏兴冲冲地走出厢房，刚步下台阶，就蓦然站住了，兜头碰上了前进剧团的编剧尹洪菲。

尹洪菲更是惊诧，他的目光悚然一颤，第一个反应就是："怎么？你还活着？也没有被俘？"

他们两人在几秒钟内互相瞠目而视，都没有出声，终于从震骇中醒转过来。

"哦，我的老大，你是从天上掉下来的吗？"尹洪菲走上去跟江子敏握手，"说句不好听的，我大有白日见鬼的感觉！"

"哟，我的尹大编剧，"江子敏学着对方的声调，"说句好听的，我知道你活着。"

"你何以知道？"尹洪菲放开江子敏的手，退后一步，上下打量着江子敏。

"我们前进剧团被围时，你刚好去总部送审剧本，所以我一直怀疑敌人事先向你透露了消息。"说完哈哈大笑。

"子敏，你的心真硬，想到前进剧团死的死，伤的伤，被俘的被俘，你倒笑得起来！"

"笑比哭好，这是战争！"

"你哪儿来的这身装束？"

"难道你不知道吗？"江子敏拍拍保安腰刀，洋洋自得地说，"亲手缴获的！"

"这么说你既没有受伤也没有被俘？"

"冲出来的也许只有几个，我就是其中之一，"江子敏非常奇怪地问，"你不知道我参加过黑马队的奇袭吗？"

"哦？没有人讲起过，你真的参加了？"

"这身装束不就是证明吗？"

"你真了不起！"尹洪菲由衷地赞叹着。

江子敏傲然一笑，问道："你现在到哪里去？"

"回部里去呀……"

"哪个部？"

"地方工作部啊，我现在是地方工作科代理科长啦！"

“哟,当了大官了,科长就是科长呗,干吗还要代呢?”

“我要求的。”

“不懂。”

“临时观点嘛。我还想重新成立个小剧团,还是当我的编剧,我并不是当官的料。宣传部同意成立个宣传队,就是找不到演员,子敏,到宣传队来吧。”

“不想干!”

“别开玩笑了,你本身的经历就是一出戏,我编你演,保证比《廖棚卖柴》更抓人!”

“不,我要下部队!”

“不信!”

“你看!”江子敏把陈昌浩的字条递给他。

“子敏,太可惜了,你是天才的演员。”尹洪菲恍然顿悟,用寻根究底的目光盯着江子敏兴奋的脸,微微笑了,略带告诫和嘲讽地说,“子敏,我懂了。”

“你懂个鬼!”江子敏听得出他那声调的含义。

“我不记得是哪一位文学家说过,爱情是一首美好的歌,但它却不容易谱写成功。”

“我只想追求,不管它能不能成功。”

“子敏,我佩服你的硬气,可是,作为女子,似乎柔一点更好!”

“是刚是柔是天生,大概应了那句话:江山易改本性难移。”江子敏一改逗趣的口吻,沉声地问,“喂,你打听过于薇的下落吗?”

“据说是牺牲了……”

江子敏脸上掠过惨然的神色,但转瞬就消失了,换成欢快的略带傲气的声调说:“尹代科长,有空到我们老虎团去!”

她向尹洪菲摇摇手中的批条,转身走了。

尹洪菲望着她的背影,慨叹了好久。

第九章　倪家营子

倪家营子注定要载入史册。

红军西渡黄河进入河西走廊之后，曾在一条山、古浪、永昌、山丹、高台、临泽等地区与马家军进行了一系列互有胜负的战斗，但没有一处像倪家营子这样惨烈、持久、宏大、惊心动魄。

倪家营子由四十三个村屯组成，使人联想到古代战场上的大营垒，或是现代战场上纵深几十里的堡垒群。如果凌空鸟瞰，那是南北长约十六华里东西宽约四华里的一张长方形的军棋盘，四十三颗大小不等的棋子散布其上，静静地等待着一场电闪雷击般的大搏战。

它雄踞在祁连山北麓的戈壁滩上。

这里的每个村屯都是黄土夯筑的黄土围子，有的厚达一米半、高达四米半，非常坚固。每个方形围子之内住着两户三户或四户人家，有钱人家一般都是独立的屯庄，颇似加了厚厚围墙的北京古旧的四合院。

在宽达一米半到两米的围墙上，筑有垛口和瞭望楼，那些豪富之家的村屯，就像一座小小的紫禁城。

这是千百年来，当地居民为了阻挡西北边陲的沙暴、漠风、酷热、严寒、匪祸兵乱，构筑的窠巢。在这种方形的围墙上，土枪、土炮、大刀、长矛、砖石、木棒，全是守卫的武器。每个村屯都是一个易守难攻的碉堡。

在某种意义上来说，它比碉堡更像碉堡，因为四周围墙上没有窗洞，只有一个厚重的高而窄的小门，像一个紧锁的保险柜，八面漠风吹不进这个安乐窝。四面房屋的门窗，都向院内的方形天井而开。

在这个堡垒集群之间，隔着田地、树林、沟渠和场坪。这样大的村屯，在大西北的荒漠上实属罕见。它好像是历史巨人早有安排，期待着迎接红军西路军与马家军这场史无前例的鏖战。

自从这场数万人反复冲杀的血战之后，这里的每寸土地，每个村屯，每片树丛乃至每块砖石，都可以告诉你一个悲壮的故事。

陈昌浩骑着新缴获的灰斑马，随着总部机关回到倪家营子。李特骑着青色马在后面紧跟着他。

血红的晚霞溅落在戈壁滩极处那条地平线上，像是不吉的预兆，使他眼前出现一片血光，使整个大地惶惶不安，有块铅色的条状云，伸展在那里，四周燃烧着红边，像凝固的一片血迹。

当陈昌浩进入北半部的村屯下营子时，他认为走错了地方。

仅仅离开了五天的倪家营子，他已经不认识了。五天前的倪家营子虽然遍体鳞伤鲜血淋淋，却还生气勃勃，激情奔腾。

现在，它却死了。在他们撤离之后，它被马家军的马蹄踏得粉身碎骨了，活像一堆从古火山劫后的余烬中发掘出来的史前废墟。

他的马，在废墟残骸中颠踬着，踏着灰烬和血迹斑斑的碎尸残骸。

弹痕累累的倒塌的黄土围墙，像一堆堆黑黄相间的乱石，从冒烟的土地上兀立出来。

大火焚烧了五天，仍然在倒塌的墙壁间不愿熄去，喷吐着浓烟。呼啸的漠风仍不能吹散蒸腾着的焦煳味。血腥气仍然从许多僵硬的躺在血污中的尸体上和发黑的门洞窗口中散发出来。

到处是早已冷却的灰烬和还在燃烧冒着蒙蒙热气的马鞍、绳索、牛粪、草堆、草鞋、毡片、棉絮和家具。在乱七八糟的废墟上方，还有未倒的住房和部分墙壁，撕裂的年画——《三英战吕布》《樊梨花征西》《刘海戏金蟾》的残片在风中颤抖，血衣的布片挂在院内的树枝上微微晃动，像飘拂的旗帜。

断壁上还残留着红军宣传队用石灰、白粉写的标语：

欢迎甘青民团参加红军抗日！

中国人不打中国人，联合起来打日本！

联俄联共，抗日救国！

这些标语上溅着血迹。

沉寂的街道，不再有任何喧嚷，也闻不到炒包谷、烙面饼的香味，更听不到“马家军骑兵不可怕，沉着瞄准来打它……”的歌声。

陈昌浩和李特并马而行，他们越往里走，惨烈的景象就越是触目惊心。

在二十一日突围之前，西路军总指挥部设在下营子缪家屯庄，政治部设在曹家屯庄，供给部和兵工厂设在总指挥部附近的罗家庄子。缪家庄子还先后驻扎过妇女抗日先锋团和总医院。三十军军部驻在李家庄子，部队布防在倪家营子西南方向；九军布防在西北方向，两军阵地相连，与敌对峙。

凡是红军驻扎的村寨、屯庄、庄院的围墙上，都挖了射击孔垒了垛口，构筑了防御工事，在阵地外围设置了鹿砦。

这时那块铅色条云散失了，正向蔚蓝色的天空投射出绚丽的光辉，青色的、红色的、紫色的、黄色的光芒，像一把打开的折扇，铺满了整个西部天空。南面的祁连山的雪峰罩上了一层金色，像跳动的火焰。好像整个宇宙在燃烧！

陈昌浩突然勒住了战马，惊骇地望着缪家屯旁边的田野上一片奇形怪状的尸体！

他们把西路军突围时未能带走的伤员，全部拖在这块足球场般大小的收割后的麦田上，用一个团队的骑兵来回践踏，直踏得骸骨碎折肉成泥浆。

陈昌浩感到一股森森寒气浸入肌骨。他仿佛听到了断墙的呻吟、村屯的哀嚎、野草的低泣，犹如万千灵魂不愿归去。

有几根被炮弹打折却没有落地的树枝，悠荡着像由皮连接着的手臂。他的心悚然一沉，袭来一股难以遏止的怯惧与惶惑。

陈昌浩是久历沙场、饱经忧患、死神挡道处之泰然的人，面对目前的惨状，也为之心寒胆裂了。

“立即组织人掩埋！”陈昌浩脸色铁青向李特交代了一句，眼睛仍没有离开那片旷野。那些昔日的战友，伏尸喋血，在泼血似的晚霞中，在寒风的吹拂下，千结百纳的破衣烂衫，微微颤动，像临终前的痉挛。

“通知特务连，把同志们的遗体集中到那道深沟里，”李特用马鞭指着一个方向，向通信员吩咐着，“就地掩埋！”

这时有两个背着线拐子的架线兵走过来，他们漠然地看着这一切，对陈昌浩和李特的作为熟视无睹。他们只关心临时电话线的架设，拉着黑色被复线从废墟的间隙中穿过。他们并不向首长们敬礼，他们的目光从陈昌浩和李特的脸上木然地滑过去，寻觅可以挂线的树杈。

他们用电话线绑着毡片的脚，啪哒啪哒地踏过血洼就像踏着草地上的鲜花一样无动于衷。他们是那样沉着、平静而又尽职，像正常运转中的一个部件。

“喂，把它拖过来。”一个高个子战士站在一株烧焦的沙枣树下，吩咐跟在身后的矮个子，“能拖得动吗？”他指的是一匹炸碎的马。

“试试！”矮个子丢下线拐，拉起了只剩下一副骨架子的马尾巴，但他拉不动。

“班长！冻在地上啦！”

“我来！”

那个班长提了一根短棒，把冻在地上的马骨架撬了起来，然后两人合力拉到树下，当作垫脚石，把电话线架在虽然烧黑却还坚牢的枝丫上。

那班长向马骨架留恋地望了一眼：“这上面还有很多没有剜净的肉，还有这四只马蹄……”

“我敢说这是狼啃的！”矮个子战士望着那粗大的马尾巴，“班长，这马尾巴真漂亮，我家里就有个黄马尾做的掸子，用了几十年都不掉毛，可惜这个是黑的，若是白的就棒啦！雪白……”

“我看你就找个白的吧，可是，你现在带上它有什么用？掸战壕吗？”

“将来总有用的。”

“娶媳妇掸炕上的土？”班长意味深长地笑了，“黑的白的都不吉利，还是找个红的好！”

“可是不知为什么，马家军的红马特别少，有黑马旅、花马旅、白马旅，就是没见红马旅！”

“黄马也不多，”班长也觉得迷惑不解，“这只有军马场的人才知道为什么……好啦！”班长挂好了线，从马骨架子上跳下来，“你的主意不错，将来搞了马尾巴掸子，是个长久的纪念……眼下是架线要紧。”

“班长，”矮个子战士重又背起线拐，手中拽着电线，“你说，咱们为什么又回到倪家营子来？”

“我看……够戗……这个用不着咱们费神，动脑筋多了是要秃头的！”他们扯着电线消失在废墟之中，像两个时隐时现的幽灵。

陈昌浩下意识地望了他们一眼，当局者迷，战争中有许多心态不是和平环境中长大的人所能理解的。在极端困苦艰难中所产生的欢乐与亢奋是不可思议的。

四周一片寂静，这不是平常那种没有声音的寂静，而是嘈杂中的寂静。它是内在的，几乎听不到一声枪响。寂静预示着更为惨烈的战斗即将来临，战神，就像一只偷嘴吃的猫，慢慢逼近，逼近。

陈昌浩望着消逝无踪的那两个电话兵的去处，心头掠过一阵苍凉，“愁看京口三军溃，痛说扬州七日围”。他对返回倪家营子的决定产生了怀疑，感到一种重压，觉得需要道义上的支持和心理上的安慰，他回头问李特：

“中央指示我们固守五十天以待救援，你以为怎么样？”

“倪家营子已经不是从前的倪家营子了，在这一片废墟里是很难持久的，中央当然急于援救我们，可是中央还要顾全大局，而且，远水难救近火。”

李特摇摇头，他还没有把内心的话全部说出来。可是陈昌浩是聪明人，他想出来了。目前的西路军也不是初占高台、临泽时的西路军了。要求中央派大部队到河西来是不现实的，甚至是不可能的，那很可能使更多的部队陷入困境。派少数部队来，杯水无补于车薪。

可见，总指挥是对的，待援是靠不住的，是消极的，目前必须立足于自救！反悔是没有用的。

大批部队拥入村屯，按照预先划定的防区，进入临战状态。倪家营子立即活了，处在极度喧嚣和纷乱之中。

“喂！喂！我们又回来啦！”

“他娘的，就像进了猪圈！”

“咱们的倪家营子生了一场天花！”

“不管怎么说，比在戈壁滩上打伏击舒服多了！”

“咱们向总部首长提个建议，叫前进剧团来演一场好不好？江子敏的《廖棚卖柴》绝啦！”

“前进剧团已经是去年的皇历啦，我觉得咱们自己就要演出一场《倪家营子大血战》啦！”

这欢快的一群看到陈昌浩和李特时，便沉默无声了。他们从他俩身边开过去。一离开他们立即又欢腾起来！

“你们听说了没有？江子敏调到夜老虎团去了！”

“瞎说，她到老虎团去干什么？”

“是新任团长安宝山把她要了去的呗！”

“你又瞎猜了！他凭什么把她要了去？”

“奇袭黑马旅有功呗！”

“要她去干什么呢？”

“这可不知道。”

“江子敏去吗？”

“下命令还能不去？”

“净胡传乱猜……听说是她要求去的！”

“你专会胡编乱造，这不可能……”

“怎么不可能？天下美人爱英雄嘛！”

“你说反了，天下英雄爱美人！”

“不准自由主义小广播！”

如果不是连长严声呵斥，这个争论可以无尽止地延续下去，充分体现出“传言难信”，也体现出“人言可畏”。

“部队的情绪还是很高昂的！”陈昌浩看着从身边开过的部队，自宽自慰地说，语调里表现出性格的倔强，抵拒着心中升腾起来的焦虑。

“部队显然是支天下无敌的部队，拖不垮打不烂，况且，自古以来，置之死地而后生，在生死决斗中，战斗力是能得到充分发挥的。”

李特说得很富感情色彩。他期望给陈昌浩以支持鼓舞，等待他的高兴反应，却没有想到军政委员会主席怔怔地看着戈壁滩上那血河般的晚霞，微蹙的眉宇间竟流露出一种怅惘情绪。

陈昌浩此时正感到自己权重如山也负重如山，李特的“置之死地而后生”使他产生了一种迷失感。他何曾愿意把部队“置之死地”呢？他的一切决策所产生的结果他都负有责任，不管是光辉的胜利还是巨大的牺牲。

“走吧，回指挥部去吧。”陈昌浩把马鞭向前一指，“一想到吃马肉就反胃……我宁愿吃红薯。”

“首长，”警卫人员告诉他，“今天是你最爱吃的包米糊糊。”

“你们看，谁说战争生活艰苦？”陈昌浩高兴起来，眼睛闪闪发光，“吃上两碗玉米粥，再杀上几盘棋，神仙过的生活……”

“跟你下棋提不起兴趣来，”李特揶揄地说，“大概你够得上四流水平！”

“可惜咱们没有国际象棋，”陈昌浩认真地表示遗憾，“在莫斯科中山大学时，我是棋赛亚军……沈泽民才是第五名。”

他不由得叹了一声，这事说起来好像很近，近如眼前；又好像很远，远在天边。

陈昌浩和李特刚刚转过一堆废墟，猛然一惊，他们马前突然出现了一个披头散发的女人，披着破烂的单衣，手持一根木棒，两眼直勾勾地瞪视着他们，那是凄冷的呆痴的目光。

“我的孩子呢？”

“你的孩子？”陈昌浩没有反应起来，但那情景却使他震骇不已。

“我的孩子呢？”她伸出木棒，拦在他的马前。

“主席，这女人是个疯子！”李特催马搡开疯女人的木棒，给陈昌浩开路。

那女人木然地看着他们，依然不停地发问。

“我的孩子呢？”

“在那里！”李特用马鞭指着废墟，应付着这个疯女人的纠缠。

那女人转过身去，用木棒在废墟堆里挑拨着，挖掘着，嘴里嘟念着：“我的孩子呢？”

这声音是那样凄切绝望，陈昌浩打马走过去很远，耳畔依然震响着这个声音：

“我的孩子呢？”

陈昌浩想到了自己的寄养在群众家里的婴儿，现在他在哪儿呢？

第十章　营地之夜

形似混乱实是井井有条的喧嚣，搅动着倪家营子的黄昏。即使是一片断壁颓垣，注入生命的血液，它也是活的。

在落日余晖中望去，四十三个屯庄犹如乱石嵯峨的山地，其中总指挥部的缪家屯庄和夜老虎团守卫的王家墩，就是耸立在山地里的石峰，灿射中天的霞光抚摸着它，溅射着生命的色彩，庄严得令人瞠目。这是造化用它的七彩巨笔创作的一幅举世无双的《倪家营子血战图》，它将在历史的艺术展厅里闪耀着奇异的光彩。

美是形形色色的，皑皑的雪山是美；寂然无声的大漠是美；布满鲜花的草原是美；酿成灾害的熊熊森林之火是美；海上的惊涛骇浪是美……就艺术而言，血淋淋的战争、搏杀，不但伟美而且雄壮。

总指挥部所在的缪家屯庄，两米厚的高墙依然挺立着，两座箭塔式的瞭望楼被火焚烧过，只留下黑黑的三面围墙，成了一座残缺的瞭望台，以其十五米的高度雄踞在其他庄屯之上。

陈昌浩匆匆地吃了两碗玉米糊之后，就登上瞭望楼，这时总指挥和作战局局长郭天民已经巡视了各军各师的防守阵地，也来到瞭望楼的平台上。

这个瞭望楼与龙渠张龙官屯庄的小白楼不同，既没有盖顶也没有廊柱，颇似长城上的烽火墩。

总指挥身经百战，是红军中杰出的将领之一，在战场上他没有那种叱咤风云的腾腾杀气；谋虑深沉、不动声色、从容不迫才是他的指挥作风。

重返后的倪家营子，使他本来就十分忧虑的心境变得更为黯然了。

但他组织性极强，一旦有中央指示，一旦有组织决定，他就坚决服从。

陈昌浩听见脚步声转过身来，圆亮的眸子里涌聚着难以尽述的感情，颇带几分愧疚地说："总指挥，倪家营子让敌人糟蹋得不成样子了，这会增加我们防守的困难。"

总指挥听出陈昌浩的语音里荡漾着某种歉意，但他除了重复前天说过的忧虑以外，几乎找不到可以宽慰军政委员会主席的话。他叹息了一声："的确增加了防守的困难，但即使能够有条件防守又有什么意义呢？我想象不出中央会有什么有效办法能够援助几千里之外的一支孤军……想想吧，千山万水，铁关险道，顽敌追堵……他们怎么来得了？防守只能是日益消耗最后毁灭，除了突围东进或是西上，没有任何办法能够摆脱目前的困境。"

陈昌浩默然有顷，而后沉声说："凡知不可为而为者，必是不能不为。"

总指挥沉默不语，他不愿再回到龙渠会议的争论中去了。他采取了既来之则安之的态度，并把话题转到防守上去："我估计我们还有一天的准备时间，马元海新败之后，他得重新调整部队……张琴秋同志身体怎么样？你应该抽空去看看她，在这种地方在这个时候坐月子，太受罪了！"

"这就是女人的苦处……我总感到历史给咱们这些革命者涂抹了特别浓重的宿命色彩，只能随遇而安。"陈昌浩望着暮气升腾灰蒙蒙的夜空，不由得浩叹了一声。那个寻找孩子的疯女人又出现在他眼前——她还在废墟里挖掘。

他记起倪家营子苦战的那些夜晚。那是一个多么凶险之夜啊，周围布满敌人的篝火，战马嘶鸣，踏着冷凝的大地，走马灯似的围着倪家营子奔驰。

夜风呜咽，似啾啾鬼鸣，灯火、手电，四处闪射，像幽幽磷火，废墟、沟壕似起伏的坟场。

那就是张琴秋的分娩之夜……

那时，多么想突围而出啊，为求生存流血牺牲在所不惜。现在，却又自动回来了。周围没有敌人，我们却在等候敌人包围上来，这是一种什么样的逻辑？陈昌浩想不明白。东方有一种白蒙蒙的淡光漫入暗蓝色的天空，正值农历正月十六，月亮就要升起来了。天地间浩浩苍苍，神秘难测，祁连山的雪峰银光闪闪，迤逦无边，像一支拥动的白盔白甲的劲旅。

"我想趁敌人还没有调整好部署之前，再给马元海写封信，敦促他明晓民族大义，停止进攻，联合抗日，现在国共合作了，我们也应该和解。"

"你已经给马元海写过很多信了，"总指挥对此并不抱希望，"中央也一再向蒋介石交涉，要他下令二马停止对我们的进攻，可是，有什么用呢？蒋介石是狡猾的，他一面明令停止，暗中却要消灭我们，他用马家军打我们，再用我们消耗马家军，一箭双雕。"

"这一点，马步芳、马步青都应该是清楚的，他们不应该为蒋介石火中取栗，枉自损伤了自己……我们要把道理讲得更清楚一些。"

"我不反对做这方面的努力，但恐怕收效甚微，甚至无效。目前二马不是东北军，河西走廊并没有日寇入侵，所以我们提联合抗日就缺乏说服力。问题是我们还要在二马的地盘上建立根据地，马步芳提出'宁死一万人，不失一寸土'的口号，可见其与我作战到底的决心了……卧榻之侧，岂容他人酣睡，这是历史常识。"

一声枪响，子弹带着暴躁的音流，划过倪家营子的上空。接着由远而近，响起哒哒的马蹄声。

在刚刚升起的淡淡月光里，有一支马队，大约有三十匹马，怒风般地绕着倪家营子奔驰。

"马元海来得好快！"陈昌浩惆怅地说，"是不是先头部队？"

"这是马元海故弄玄虚，无非是敲山震虎，向咱们耍耍威风，"总指挥判断说，"明天不会有大的战斗……"

"马元海自从有了张慎之之后，变得滑头多了，高台、临泽的几次战斗看得出来。"

"其实，马元海并没有充分发挥他的优势，"总指挥略带感慨地说，

“如果我们双方的兵力态势对换一下，不出三天他们就完了。马元海在对我们的进攻中，失误是很多的，他追击我们，没有集中兵力，一个黑马旅孤军深入就是个错误；第二天又派出宪兵团，也是白白送死。就像下棋一样，他不善于车马炮卒联合进攻，往往是单车、单炮、单马，单进，不大可能奏效。这一点，军校出身的张慎之可能懂得，但他的计谋也只能在马元海接受时才起作用。”

“这就是功过是非难分之处，有些人胜了是贪天之功，有些人败了，却是代人受过。”陈昌浩感叹着，“上下左右的制约太厉害了，往往迫使你去做本来不愿意做的事。”

“兵贵神速，”总指挥不愿进入哲理性的思考，仍按照自己的思路说下去，“马元海并没有充分利用骑兵优势，因为在戈壁滩上不像山区，最利于战马驰骋。我们一天一夜的艰苦行军，他们几个小时就赶到了；我们百里行军之后累得精疲力竭，骑兵在百里奔驰之后，仍然锐不可当。如果我们有五个骑兵旅两个步兵旅对付与我们军力相等的敌军，几天就会把他们打垮。”

敌人的骑兵消失了，目的何在？

陈昌浩忽有发现地说：“安宝山打游击很有一套，也许我们应该让他带领一支骑兵游击队，专事奇袭敌人后方，比他去当团长作用会大一些！”

“他曾向我谈过，可是，西洞堡龙首堡那种奇袭不会重现了。我们也曾经有过骑兵师，五军也有过骑兵团，结果很快就被敌人打垮了。马家军的骑术是天生的，他们从小就有基本功，马上砍杀射击技艺都很精湛。我们的骑兵都是新手，没法与他们抗衡。西洞堡的袭击，是利用了敌人的慌乱，如果当时，马元海也罢，马龙飞也罢，只要稍微镇静，派一个骑兵排去追，安宝山他们的小分队也就完了。”

陈昌浩默然，总指挥讲得是有道理的。

三十军程军长有急事请示，总指挥下了平台。

此时，明月已高高升起，倪家营子洒满了清辉，皎洁的银光温柔地笼罩着战地，像微风中飘动的轻纱，一种使大地昏昏欲眠的意味从陈昌浩的心头流过。

月光是神奇的,用它朦胧的帷幕掩盖了狰狞丑恶的具象,升华成一个童话般的世界,使人展开想象与联想的巨翼,在广阔无垠的宇宙任意飞翔。

陈昌浩不记得哪本书上所描写的月夜景色了:"银色的月光好像一身白得耀眼的寡妇丧服,覆盖着广阔的沙滩。"他觉得这位文学家有点画蛇添足,何必点明"寡妇"的丧服呢？那应该是黑色的,只有结婚礼服才是白纱的。

倪家营子的喧嚣反衬出夜的宁静,他又想到傍晚看到的惨烈的一幕,现在却不觉得那么触目惊心了。这无边月色,带给死难者一种永恒的安宁。

"任何事物都在变化之中,"陈昌浩好像悟出某种禅机,"只有死亡走向永恒。"他觉得眼前这一切向他传输出一种带有中世纪的声息,恍若梦境。

夜色平静,很冷,那暗蓝色的天空像海。他没有见过中国的海洋,忆起的是苏联的黑海。那是一九二八年夏天,他们中大学生到苏联南部黑海之滨的游览胜地——索契度假,优美旖旎的风光使他叹为观止。

记得有一天,他登上索契城的最高点大阿洪山,整个索契尽在眼底,向南眺望是无际无涯的碧蓝的海洋。他弄不懂为什么叫作黑海。导游告诉他,黑海是与北部的白海相对称。其实黑海不黑,白海也不白。

向东北方向眺望,是终年积雪的高加索群峰,正像他眼前的冰封雪冻的祁连山。他记起导游给他讲的那个关于高加索勇士峰和兀鹰峰的传说:

一个勇士持剑和一只九头鹰作战,他一连砍掉了兀鹰三个头,他也被兀鹰的利爪抓得遍体鳞伤。这位勇士身上滴着血奋力抵挡九头鹰的扑击,他奋力搏战又砍掉了兀鹰的三个头;他身上的伤也越来越多,血流如注,力量也越来越弱了;他又冷又饿,喋血石山,当他再砍掉兀鹰两个头之后,他用尽了最后一点力气,流尽了最后一滴血,倒下了,至死还举着那把剑。他化成了那座勇士峰。

陈昌浩望着那座陡峭的山峰,心情舒展了许多,赞叹人生搏斗之美之壮,全部思绪异彩纷呈,全部悲苦从心头滑落,像卸掉了一身沉重的铁甲,周身感到轻松。

一阵急促的脚步声把陈昌浩唤到现实中来,上来的是特派员江子文,告诉他快去看望张琴秋。她昏过去了。

第十一章　被撕裂的婴儿

张琴秋半倚在土炕上，身后垫着一卷破被絮。她脸色灰白，眼窝下陷，蓬乱的黑发遮住半边额头，在摇颤的枯黄色的油灯下，给人一种死神将临之感，把陈昌浩吓了一跳。他轻轻地走近她，张琴秋的眼睛微微张开，想给丈夫一个宽慰的笑，但没有成功，两颗晶莹的泪珠从眼角里滚落下来，重如铅水。

她又无力地合上了眼睛。双手搭在胸前，抖个不停。

这曾经是一双多么美的手啊，洁白，丰润，现在却沾满污秽，露着青筋。她颧骨微突，两腮凹陷，嘴唇干裂，但长眉秀目依然动人，只是了无生气，像一枝被风霜摧折的枯萎的花，像一株雷电劈倒的树。

护士长杜丽珍守护着她。

"这是怎么了，出了什么事？"陈昌浩用目光询问护士长。

杜丽珍用手势回答他：病人刚刚苏醒，目前需要安静，没有生命危险，请放心，但不要问是什么原因。

陈昌浩只好在一条长凳上坐了下来，屏住呼吸，生怕一口气就把妻子游丝似的生命吹断。

张琴秋是一月五日分娩的，是初次进驻倪家营子后的第七天。

战火中生孩子，和平时期的人们是难以想象的。但是，对于经过万里长征的女红军来说，就比较司空见惯了。

战争并不排斥爱情，就像百丈悬崖的石缝里仅靠一抔泥沙滋养，仅靠几滴夜露的浸润而开出的鲜花，它比在花圃里的繁花更可贵，更值得珍惜，因它备受折磨而散发着异香。

有多少个红军的孩子，生在雪山草地之上和风狂雨骤的行进途中，没人统计过。她们把这些呱呱坠地不曾吃一口妈妈的奶的婴儿留给当地群众，接着就踏上新的征途。

在分娩那天，陈昌浩曾向妻子开玩笑说：“穆桂英在战马上生孩子，你比她有福分，生在咱们医院里。”

“那是小说家的虚构，他们不懂得刚生了孩子是不能骑马的，会大出血而死……”

“生活中常有奇迹出现！”

“我是不大相信奇迹的，但我们再难再苦也不会失去信心，”张琴秋叹息道，“这是我们早在莫斯科时就选定的道路……用鲁迅先生的话说：‘用笑脸来迎接悲惨的厄运，用百倍勇气来应付一切不幸。’”

“可是，没有想到有这样多的曲折和痛苦。”

两个人都没有想到，谈话会沿着这样一条干巴枯燥的河床弯曲着向前缓缓流淌。

张琴秋沉默了一会儿，好像对经历的痛苦咀嚼了一番，而后说：“那时候，我们的心比天高，血比火热，投死为国，以义灭身。我记得那时的一次学习会上，你引用前人的话说：‘贤者不悲其身之死，而悲其国之衰。’……当时，我很佩服你这句话。”

“其实，那是我们知识分子的劣根性，”陈昌浩自嘲道，“口头上理论上讲得多，听起来都是豪言壮语，实际上，都是拾古人、名人的牙慧，还不如千百万工农的口号‘怕死不革命，革命不怕死’来得实在响亮。”

谈话绕了个大弯之后，张琴秋提出了令人揪心的难题：“咱们的孩子怎么办？生下来我就不敢看他，也不敢喂他，人家说只要一喂奶，母子分开就难了……”

“只能留给当地群众抚养了，在这样的环境里，带着一个婴儿是不堪设想的。”

“护士长告诉我，何成基家的侄媳妇来看过孩子，她想要……她刚死了小孩，有奶喂。”

“何成基？”陈昌浩听说过这个名字，想了想，“他不是何家屯的大户吗？我们一进驻，他就带着钱财逃跑了。”

“就是他家。”

“不，我们的孩子不能变成寄生虫……不能成为剥削者。”

“你怎么变得这样狭隘了？”张琴秋不无遗憾地反驳丈夫说，“地主养的儿子并不见得都是剥削者。在莫斯科大学的同学中，有几个是真正工农出身的？再说，眼前也只有他家敢要，生活条件也好一些。”

陈昌浩想想也对，如果没有一定的权势，收留红军的孩子能不能保全都成问题，再说，等孩子长大后，革命也就成功了，正像《国际歌》里所唱的——“鲜红的太阳已经照遍全球了。”“也好，给孩子起个名儿吧，将来，我们再把他领回来。”

“我想好了，就叫秋平吧！”

“为什么叫秋平呢？”

“那是有多种含义的，”张琴秋笑笑说，“直接取意是来自王维《出塞》的名句：‘暮云空碛时驱马，秋日平原好射雕。’”

“那就把咱们的秋平托付给倪家营子吧！”陈昌浩以强做出的兴高采烈掩饰着心中的苦涩和酸楚。这毕竟是他的第一个儿子啊！

本来，病中的张琴秋重返倪家营子时，是怀着见见儿子的强烈愿望的，但她忐忑不安，生怕发生什么意外，却又按捺不住那种兴奋的心情。“啊，秋平，你长大了吧？长胖了，会笑了吗？你像谁？你生在战场上，将来也是一个革命战士吧？你爸爸说等你长大了，革命就成功了，我想不可能那么快……妈妈希望你成为一个什么样的人呢？”

张琴秋给儿子设计出千百种前程：军事家？文学家？科学家？还是……她的心灵舒展着，歌唱着，种种幸福的渴望在她的心里萌芽、长叶、开花。

她是一个优秀的革命者，又是一个普通的母亲。

她们仍住在原来住过的李家屯庄，这里的一切她都熟悉。这是村苏维埃委员李明松的家。李明松是一个思想开明的中年农民，红军政策的热烈拥护者。当她进入门廊时，马灯熄灭了，杜丽珍到供给处去添油，她请张琴秋打着手电（这是非到不得已时才用的）先早一点进屋坐下来喘口气。她已经累得站立不住了。

屋里很黑，她不舍得浪费电池，倚着门框等待眼睛适应了黑暗再走进去。这时她听到一种声音，是一种抓搔声，她想这是老鼠，可是又不像。她用手电向屋里扫了一下，不由得尖叫了一声。她看到李明松那高大的身躯躺在地上，血从他的左胸流了出来，好像已经干了。刀子从那里扎进去，竟然还有刀把露在外面。

一种立刻跑开的愿望抓住了她的心。但她克制住自己，整个倪家营子都被部队住满了，她向哪里去呢？又有哪个地方没有血迹没有死人呢？

张琴秋不是神经衰弱的人，她也是一员能征惯战的女将。她不明白为什么这具尸体，给她带来那么严重的恐惧。

杜丽珍终于回来了，她们喊来几个战士，把李明松抬了出去。这时，战士们才发现屋里还有两具尸体——李明松的老婆和儿子。

杜丽珍从尸体血污的胸口上揭下了一块牛皮纸，上面写着："跟着共产党共产共妻去吧！"

屋里有一张桌子，两条凳子，桌上还有一些未吸完的烟蒂，说明凶手们在这里开过会，或者是凶手们对苏维埃委员全家进行过审讯，而后把他们杀了。

经过简单的清扫，张琴秋斜躺在土炕上。她累极了，很想睡，深深感到自己的虚弱，但她无法摆脱浓烈逼人的血腥味。

这时，墙壁上一张隐在暗影里的陈年旧画，《年年有余》里的抱着大鲤鱼的胖娃娃，引起她急于要见见孩子的欲望。何成基家的屯庄离这里不超过一百米，她要杜丽珍提着马灯，把儿子抱来给她看上一眼！她知道这并不是理智的表现，但她无力抗拒胖娃娃微笑的诱惑；他在画上向她眉目传情，她听到那小巧的嘴里吐出了"妈妈"的叫声，她闻到了婴儿的乳香……这一切是温馨的柔和的也是撼人心魄的，因为她是母亲。

张琴秋等待着。

一个披头散发神情恍惚的女人走进来，张琴秋没有认出她是谁，但她猛然从炕上站起来，忽然见到那个女人仆地跪倒："你那孩子叫他们给撕了,像撕一只鸡……”

那女人抱头大哭。

张琴秋竟然没有弄清出了什么事情。当她记起这女人就是何成基家的侄媳妇时,她犹如一株被雷霆摧折震裂的巨树,无力地晃了一晃倾跌下去。

杜丽珍跑进来,把那半疯的女人推出去,扶起张琴秋。她看见江子文进来,便催他去叫总政委。

那个疯女人继续用她的木棒,在废墟里去寻找她喂了将近五十天奶的婴儿。

四天前,那惨绝骇极的瞬间,李淑贞永难忘却。

红军突围而出的第二天早晨,何成基和逃亡的地主们回到了倪家营子,他们首先捉捕没有来得及逃离的村苏维埃委员们,把他们惨杀在村屯里。

何成基审讯杀害了李明松,带着满身血迹回到家里,听到侄媳妇屋里有婴儿的啼哭声,他推门进去,凶相毕露地站在李淑贞面前:“这是哪儿来的!”何成基指着侄媳怀中的婴儿,觉得手里少了点什么,才想起那把腰刀留在李明松的胸腔里了。

李淑贞愣愣地看着叔公那一双血红的眼睛,僵立在炕前,把婴儿死死地抱住。

在李淑贞眼里,这位叔公本是一位忠厚长者,祥和的圆脸挂着温和的笑容。她不明白他怎么忽然变成了另一个人,暴烈绝情,来势凶险。

“说! 哪儿来的?”

李淑贞全身打颤,喃喃而语,连她自己也不知说了些什么。

“是不是共产婆留下的孽种!”

李淑贞只是骇然地张大了嘴巴,睁大了眼睛。

怀中的婴儿哇哇大哭,声音洪亮,出奇地扯心抖肺。

何成基已经忘了平时推崇的伦常,一手抵住李淑贞的乳房,一手从她怀里揪出了婴儿,既快且猛。婴儿停止了哭声,在这个杀人凶犯的手里挣扎。

“孩子有什么罪?”平时逆来顺受的侄媳猛醒过来,全身透射出冷厉森然之气,像一只母鸡为了幼雏而怒视着凌空扑下的鹰鹫。

何成基忽然眯眯笑了,这笑,比汹汹杀气更使李淑贞悚然而栗。他把婴儿拎在手里,像拎着一只鸡。

“给我!”侄媳妇逼前一步,其架势悲极凄绝,要拼死争夺。

“很好!”

何成基用赞赏的目光看着这个敢犯虎威的晚辈,僵持了两秒钟,一种报复仇杀的狂然激情涌入他的心胸。他提婴儿的右手猛然往上一纵,左手抓住了婴儿的另一条粉红色的柔软的腿,快如电闪。

一声惨号……殷红的血花直溅到李淑贞的脸上。

她只觉得天旋地转,双腿一屈,跌坐在地上。从此,她一闭上眼睛就会看到婴儿的血花溅上天空……

陈昌浩一时间心乱如麻。对一个母亲来说,失子之痛是无法宽慰的。他也找不到任何语言诉说他的心境,只听见在院内宿营的战士中,有一只孤独的口琴,轻轻地吹奏着《苏武牧羊》,如泣如诉,如丝如缕,唤起人们难以言喻的悲凉:

苏武,留胡节不辱,
雪地又冰天,穷愁十九年,
渴饮雪,饥吞毡,
牧羊北海边。

这歌声,像一个嚼够了生活苦果,尝尽了人世辛酸的老人,在向人们诉说,使陈昌浩进入一种美丽而又可怖的虚幻境界,充满着历史的原味。那时苏武在汉武帝元年以中郎将持节出使匈奴,被扣逼降,囚于地窖,食毡毛饮冰雪坚贞不屈,后流放北海牧羊达十九年之久。

汉武帝曾任用卫青、霍去病对匈奴发起反击战争,经过河南、河西、漠北三大战役,基本上解除了匈奴对西汉王朝的威胁,派张骞两次出使西域,开辟了“丝绸之路”。

两千年前的历史,历历如在昨日,连年征战,尸骨堆山,血流成河,

"狭巷短兵相接处,杀人如草不闻声",面对万千战士的死亡,为一个婴儿的夭折而悲伤,不是过分了吗?

"琴秋,千家万户沉血海,世上几人能无仇?过分悲伤是不必要的。"

张琴秋像是哀极而痴,目光凝定宁静悠远地望着墙上那张年画,仿佛寻根究底地确认一个事实,确认一个悲痛的命运的奥秘。而后,她的目光落在陈昌浩悲苦的脸上,眼角重又滚下几滴清泪。

"当初你是对的,我们不该把孩子送给一家地主。"

这其实是一个误区,如果送给一个穷苦人家,不但孩子难保,甚至连收留者也受牵连,不能因为没有发生,就以为是安全的。陈昌浩不想反驳她,一变宽慰的口吻而成责备:"我们今天不只是孩子的父母,我们还是革命战士,还是西路军的领导,部队西渡黄河是两万一千八百人……为了一个婴儿……"

江子文趁机向杜丽珍作了个手势。两人离开了,留给这对惨遭不幸的夫妻一个倾诉衷肠的机会。

但是,两人相对无言。

"噢,我想起来了,"张琴秋急切地说,"好像有人说过,何成基没防备我们回来,也许还来不及逃走。"

陈昌浩立即走出门外,把江子文喊了回来:"快,通知各部队,立即清查潜藏在屯庄里的反动分子,接受'高台'的教训,绝不能叫他们里应外合!"①

江子文是有经验的保卫工作者。陈昌浩知道他会非常有效地对付这些破坏分子,并不仅仅是为那个夭折的婴儿复仇。

陈昌浩和张琴秋的爱情有一段极为曲折的过程。

张琴秋一九〇四年出生在浙江桐乡县石湾镇,陈昌浩一九〇六年出生在湖北汉阳。张琴秋比他大两岁,在莫斯科的时候,他在张琴秋眼

---

① 我军占领高台时,有敌民团八百余人投降,我收编后令其守城,在敌围攻高台时叛变,里应外合,县城很快被敌攻破,我被迫进行巷战。

里还是小弟弟，而那时，张琴秋已经有个女儿小玛娅了。

那时，张琴秋和沈泽民是一对幸福的夫妻，是在中大学生中被羡慕的对象。那时，陈昌浩虽然已经跟杜作祥结婚，但他仍然是张琴秋的崇拜者。她聪慧、美丽、坚强、多才多艺，是形象美心灵美性格美的化身，唯一不足的是她的身材不够修长。如果有人问他最理想的妻子什么样？他一定会回答：像张琴秋那样足矣！

陈昌浩酷爱音乐，他把张琴秋比作一首高亢、婉转、优雅、甜美的歌。无论在课堂上还是生活区，每见到张琴秋，总有一种甜丝丝的感情缭绕着他。

在陈昌浩的生活经历中，也曾有许多女性对他表示好感，然而，没有一人能够像张琴秋那样诱发他产生出如此丰富纯真的情愫。

这种情愫，在一次联欢会上，他与张琴秋合唱俄罗斯民歌《三驾马车》时，达到了高潮。

他知道他应该约束自己，但还是因而陷入了一种焦渴的痛苦。见到张琴秋时，有一种无法解释的喜悦感，同时，又有些神情沮丧、茫然若失，总是情不自禁地望着她的背影，听着她的声音。

他被一种感情折磨着，却又不敢承认就是恋爱，他曾用极端鄙视自己的办法来抵挡这种诱惑，他怒斥自己："背着自己的爱人，想着别人的爱人，这是一种不道德的卑劣的行为！"

另一个他却站出来为自己辩白："难道想一想也犯罪吗？……人非圣贤，孰能无过？"

他甚至祈求命运让他与张琴秋永不见面，以断绝这种非分的欲念，但是命运却偏要把他们联结在一起。

张国焘、沈泽民、陈昌浩于一九三一年春，同时被派往鄂豫皖苏区工作。作为沈泽民的妻子，张琴秋也一同前往。

根据中央决定，鄂豫皖特委撤销，组成中央分局，并成立鄂豫皖省委，中央指定由张国焘、陈昌浩、沈泽民、曾中生、舒传贤、徐宝珊、王平章、蔡申熙八人组成分局，后来又补充了郭述申、周纯全、高敬亭三人。张国焘任分局书记兼军委主席，沈泽民兼省委书记，陈昌浩为共青团分局书记。在同年九月，他接替了曾中生红四军政治委员的职务。

一九三一年十一月七日,红四方面军在红安七里坪宣告成立,由徐向前任总指挥,陈昌浩任政委。那时的张琴秋在红四军随营学校当政治委员。一九三二年十月,四方面军撤出鄂豫皖时,张琴秋被派往红七十三师当政治部主任,一直在陈昌浩的领导下工作。

沈泽民同志病逝之后,张琴秋和陈昌浩两人的感情都自由了。但他们的感情正在与日俱增时,却因政治原因受到了挫折。

那时,陈昌浩是张国焘路线的积极拥护者和执行者,张琴秋却不是。她曾经与曾中生、邝继勋、刘杞、王振华等同志批评过张国焘在军事方面的错误,也批评过他的军阀主义和家长式的领导作风。

一九三三年春,张国焘撤销了张琴秋红四方面军政治部主任的职务,派她到红江县(今为通江县的涪阳坝)去代理县委书记,后来又担任了总医院的政治部主任,继而又改任妇女独立团团长兼政委。

由四方面军的政治部主任到妇女独立团团长,一落千丈。

张琴秋在张国焘的打击下挺过来了,直到一九三五年春天,她才跟早就倾慕她的陈昌浩结婚。

那时,他们在决定共同生活时,有一句虽然谈不上海誓山盟却让人永志不忘的诺言:

如果命运加给我们难以忍受的苦难,我们两人就并肩共同承担!

现在,是他们共同承担苦难的时候了。

废墟中的口琴声突然停止了,夜,忽然静得怕人,是一种瀚海的宁谧。他们仿佛远离了战争。

"你在想什么呢?我现在觉得好多了……"半躺着的张琴秋坐了起来,喝了一口温水。

"啊!"陈昌浩从沉思中被唤醒了,"我在想,我们在莫斯科的时候……"其实,这是他临时想出来的托词。

"现在那里比这里还冷……冰天雪地……那里的秋天真美,我永远忘不掉市郊那些白桦林……"张琴秋简直在无话找话了。

"还记得那年圣诞节的联欢会上,我们两人唱《三驾马车》的情景吗?简直风靡一时,全校到处都唱。"

“当然记得……长征途中，咱们婚礼上，又唱过一次。”他们两人，不约而同地用怀旧来驱赶心头的凄苦之情。

“秋，我们再唱一次吧，夜太静了……”

“不要唱。”张琴秋那灰白的脸上复活了片刻青春的光彩，“只要轻声地哼……”

冰雪遮盖着伏尔加河，
冰河上奔跑着三驾马车；
有人哼唱着忧郁的歌谣，
啊，唱歌的是那个赶车的小伙！

小伙子你为什么这样愁闷，
为什么低着头打不起精神；
是什么事情叫你这么伤心，
问小伙的是那个乘车的人。

一种缥缈的、梦幻般的炽情在屋里回旋，感情冷漠的人，绝不能哼得这样动人，它能激荡起心潮也能把沉睡的大漠唤醒。

你看吧，这几匹可怜的小马，
它跟我冒风雨走遍了天涯；
可恨那恶财主要把它们买去，
今后的重重苦难等待着它。

是我日夜操劳把它们养大，
纵然饿肚皮也舍不得卖它；
可是家有生病的老母等待医药，
不卖它们我有什么办法?!

此时杜丽珍倚在门口，眼里含着泪花，忍不住跟着哼唱。他们都处在醉心忘情的状态，不知是轻松还是沉重，不知是喜悦还是伤痛。

这首纯朴无华的民歌，能够唤起人们的无限感触。此时，杜丽珍竟想起自己辛酸的遭遇，心潮陡起，不能自制，头抵门框，掩面哽咽起来。

就在这瞬间，神迹一般，回到她的家乡大别山去了，她听到那里山林的呼啸，流泉的琤琤，看到金色的霞云在金刚台的极峰之上缭绕。二十五年经历的碎片，纷乱地在她脑海里闪过，她看到她家茅屋上的炊烟，好像昨天才离开那里；她看到她的初恋情人魏洪生，身穿灰色的军装向她走来……

杜丽珍被特派员江子文轻轻推了一把，一切幻象四散飞去。

“你怎么哭了？”

“没什么！”杜丽珍抹了一把泪水。

“政委呢？”

杜丽珍指了指屋里。

江子文办事干练，他以极为兴奋的声调向陈昌浩报告：七个反动分子搜到了五个。

第二天早晨，在龙王庙前的广场上，召开军民大会，公审之后，把他们就地正法了！

第十二章　血战第一天

这天血战，因带有决定性质，空前激烈。敌人暂时退下去了。一时间，枪声、炮声、杀声、喊叫声，全都停止了。

安宝山站在弹痕累累的王家墩的高台上，这个屯庄也像总指挥部所在的缪家屯庄一样，以其两米半厚的高墙兀立在众村屯之上，像群山耸立中的一个高峰。

安宝山的眼前是一片空旷的野地，在沟壕、掩体和沙棘丛中，隐现着成堆的死马和敌我双方战士的尸体。

这些尸体都在双方射程之内，如果不在漆黑的夜间，很难打扫战场。

"双方大约死伤两千人！"安宝山用望远镜巡视着倪家营子周围的战场，"这不过是第一场恶战。"

尸体横躺竖卧，堆在一起，半跪着，半蹲着，半趴着，互相推拒着，紧紧搂抱着，挤压着，胸前插着枪刺，背后嵌着马刀，其中夹杂着死去的战马。

安宝山觉得不像是战场，而是高踞在云端之上的战神，把战斗者从万米高空投掷下来，堆聚在那里。

此时，从祁连山上漫过来的轻烟似的暮云，在夕阳下燃烧起来，变成一条紫色的天河，从高耸的山峰上奔泻而下，漫过平缓的沙滩，从战地上滑过生气勃勃斑驳陆离的阳光湍流，给大地抹上一派暗红色的油彩，为人间留下一幅惊心动魄的图画。

安宝山的望远镜停留在尸体堆上，因为一只高举鬼头刀的手臂吸引了他。这只手是枯黄的，风雪严寒，漫漫尘沙和饥饿，赋予这只手以沉重的力量和崇高的尊严。

这只手没有砍下去，他的生命就停止了，但他不愿放下，不愿停止战斗。安宝山隐隐约约地看到这只手臂在空中挥动时留下的弧形的轨迹。这轨迹闪动着寒光，高悬在战场之上，凝固在旷野的空间里。

安宝山看得清这个战士的脸，却猜不出他的年龄，只看到他的左胸直劈进一把长刀，也许这把刀先于他一秒钟终止了他的生命，致使他抡圆的手臂没有砍落下来。

他的胸口上血已凝结成紫褐色，溅满灰色的单薄褴褛的军衣，好像那血还在流，夹着他的汗水，夹着他的向往流进黄沙之中，滋润着古老的瀚海，和古代卫青、霍去病、班超麾下的勇士们的鲜血溶在一起，在华夏大地上留下深刻的悲壮的痕迹。

他的身边躺着三具马家军的尸体。这场实力悬殊的搏杀，是如何进行的，也许已经是千古之谜，安宝山无论如何也想象不出，这只枯干如柴的手臂怎么能与三个马家军同时搏战，是什么样的因素给这只手臂注入了邪魔般的蛮力？

……

安宝山的望远镜缓缓移开，他在战场上搜索着，这时，他才意识到自己在寻找两个人。

一个是江子敏。

他对江子敏怀着一种奇异的感情。他是一个有战斗经验的指挥员，却不是有经验的恋爱者，他没法正确对待江子敏的爱恋。

江子敏投入战场救护工作，到现在还没有回来。他对这个坚强的女性有愧，但他怎么能把她留在自己身边？他本能而非所愿地抗拒江子敏的依恋："她是结过婚的、有丈夫的……"

爱，无疑是一种高尚的事，是美好生活的结晶，是无边草原上的鲜花，是森森绿树上的甜果。爱情，能把一个苦难的世界照得光辉灿烂，爱情，可以不怕死神，可以抵御万种痛苦。

可是，爱情又是注定多灾多难的。不经八十一难，很难取到真经。

这种具有神力的情感发生在已婚者的身上，就必然陷入一种痛苦的悲剧之中。谁都知道，“不要把自己的幸福建立在别人的痛苦之上”。可是，事物总是二律背反，你要追求自己的幸福就会妨碍别人的幸福，你若不妨碍别人的幸福，就得牺牲自己的幸福。就看你作何抉择……你的心灵越干净，你把爱情看得越圣洁，你的痛苦也就越深。

安宝山面对生活中的斯芬克司之谜，也只能托付给时间老人和命运之神！

战争，有时是最好的裁决；死亡，能使一切恩恩怨怨矛盾纠葛得到了结。

当安宝山意识到江子敏有可能牺牲的时候，他的心一阵紧缩。

“我跟她的恋情大概不会幸福，都太刚强，不能刚柔相济！”安宝山似乎在反省自己，剖析自己。是不是他已经认定，当两个刚强的意志发生冲突时，其中一个必然要征服或者摧毁另一个呢？在这里，他不能解释他的心境，即使是哲学家、心理学家、文学家，有史以来，谁能穷尽人生的诡秘和心灵的深奥呢？他们能说出像江子敏这样不称心的婚姻应该怎么办吗？维持好还是拆散好？哪一种更合乎道德？

安宝山还在寻找另一个人——他们团的政治处主任。他原来是总部的一个通信参谋，一个有专业知识的年轻人，是重返倪家营子之后调来的。

“安团长，我来向你报到，我叫于家林！”

“你好，我已经接到组织部的电话了，没有什么可以向你介绍的，我比你早上任一天。”

他们只是握了握手。

当天晚上，安宝山又和于家林相遇了，就在这王家墩的平台上。

“你在看什么呢？”

“我在向祁连山致意，”于家林笑笑。这是一张清瘦的典型的知识分子的脸，笑得很坦然，很真诚，很书生气，“这明月下的高山大漠，有一种可怕的美！它庄严，神秘，我想象不出山里面是什么样子！”

“也许我们终有一天会钻到祁连山里去！”

“真的?”

“只有进山,才能发挥我们山地作战的特长;也只有进山,才能抵销敌人骑兵的优势…… 因为我原来在骑兵团,所以深知骑兵的长和短。”

好奇心压倒了一切,于家林不禁发出感叹声:“我从小就喜欢幻想……很想进祁连山里去看看……不知它有多么长,多么宽?”

“幻想是文学家的事情,不是军人的事情。”

“我本想做一个天文学家。我在万源高中读书的时候,看了一本《伽利略》,看了他写的《星空使者》,迷上了宇宙的研究,时常自己苦思冥想……”

“结果……参加了红军?”

“那时红军在万源和四川军阀刘湘的几十万人马展开了旷日持久的战争,九军的电台就安在我们家里。台长是个很有学问的人,后来我就当了报务员,迷上了无线电,但我始终没有放弃研究宇宙的目标。”

“你对宇宙有什么新发现吗?”安宝山有点调侃地说。

“当然有:一个细胞就是浓缩了的宇宙,宇宙就是扩大了的细胞。”

“你这个发现是别人说过的还是经过科学家鉴定的?”

“都不是。可是我的一个同学拍拍我的肩膀,竖起大拇指说:‘你真伟大!’”

两人不由得哈哈大笑。

就是这个政治处主任,第一天参加战斗,就没有回来。

安宝山用望远镜在尸体堆里找不见他。

突然,在战场外的地平线上,在夕阳的光流里,黄尘腾空,出现了疾驰而来的骑兵!

“准备战斗!”

安宝山给收缩后的团队下了命令。

迎面驰来的马队在临近警戒线时,突然转向,往南疾驰,前面是一色的黑马,像旋风推赶下的一团乌云;接下来,是一队红马,像一片野火滚过;后面是一队花马……拖着一派黄烟。

安宝山看出来了,马元海并不想夜晚进攻,而是向被包围者示威,这是他的惯伎。这些马队围着倪家营子走马灯似的旋转，更远处，便是步兵旅的包围线，像几条黑色的毒蟒盘卧在那里。

安宝山是甘肃凉州（武威）人。本来，什么地方人，对事情的成败并无多大关系，可是，在特殊情况下，命运就会出人意料地显露出微妙的契机。有时因为一句口音不对而遭受厄运，而安宝山因为是甘肃人，所以他乔装成马家军时才未被识破。

他父亲是凉州城合盛当铺的店员，当铺被盗，仇人把赃栽到他父亲的头上，不堪受辱又有口难辩，便自缢身死。

那时安宝山在文庙附近的一所私立学校读书，思想活跃，成绩优良，性格却恃强好胜，不无偏颇。父亲的冤死，使他受到了连累，许多妒忌他的同学，当面奚落他为"偷儿"！

"我从未偷过别人的东西！"他愤怒地向同学们呐喊。

"谁说你偷过东西了？"有个同学以毫不掩饰的嘲弄诡辩说，"偷儿者，偷贼的儿子也！难道不是吗？"

安宝山全身哆嗦着，泪水流下来，一声吼叫，猛然向诽谤者扑过去。当脸一拳，打塌了仇敌的鼻梁。

当天，他就离开了学校。

那一年（1925年）一月，段祺瑞任命冯玉祥为西北边防督办，八月又命他办理甘肃军务事宜，冯玉祥的国民军进军甘肃。

冯玉祥利用甘肃地方军阀间的对立，首先把最强大的回族势力拉在国民军一边，作为进甘内应，然后分别把汉族军阀各个击破，以达到消灭割据全省政权归于统一的目的。

一九二七年初，冯玉祥所部已雄踞三陇。

一九二八年，马仲英起事反冯，将骑七旅调往武威。在这期间，马步云凭借武力随意屠杀武威群众，致使社会极度动乱，因此国民军孙连仲部进兵将其击溃，马步云逃回西宁，后被国民党捕杀。

就在这一年，十九岁的安宝山参加了国民军，在孙连仲部当司书。后来参加了蒋、冯、阎中原大战。

冯、阎战败之后，退守黄河北岸新乡、修武一带。那时董振堂是国民联军第十三师师长。联军总部的苏进是个共产党员，也是董振堂的老朋友，他把安宝山介绍给了董振堂，在董振堂师部当中尉参谋。安宝山这年二十一岁，苏进介绍他参加了共产党！

冯玉祥的西北军失败之后，蒋介石趁机把几十万钞票塞进孙连仲的腰包，将这支吃了败仗的队伍调往山东济宁，改编为二十六路军。董振堂的第十三师缩编为十五师七十三旅，董振堂任旅长。

一九三一年春，蒋介石调二十六路军南下江西"剿共"。同年十二月十五日，二十六路军一万七千余人在宁都举行起义，后改编为红五军团，这就是西路军红五军的前身。

安宝山由司书升任连长、营长到团参谋长，虽身经百战，却未能充分发挥他的军事才能。他在大兵团中是一个被人调拨的棋子，没法体现他独立思考的特点。

在红五军中，他跟政治部主任杨克明关系很好，谈起来甚为投机。因为杨克明曾是四川省二路红军游击队的中队长，又在川东游击队中工作了一个时期，对于游击战争颇有见地。

安宝山渴望有一支游击队在自己手里，借以发挥他的游击才能。红五军在高台几乎全军覆没，安宝山却用甘肃人的特点和游击才华拯救了自己。

安宝山看着那些来往奔驰的马队，他知道这是马元海特意精选出来的骏马。他作为骑兵团参谋长，一向羡慕名马。他不记得哪位世界文学家说的了：天下之美，莫过于满帆的巨舶、飞奔的神骏和婆娑起舞的美女！

安宝山的望远镜紧追着那些马队，与其说是巡逻，不如说是赛马。戈壁滩，是纵马驰奔的广阔无垠的竞技场。这些马拼全力飞奔，作为骑兵团参谋长，这些马队对他是很有诱惑力的。

在马元海的骑兵旅中，以黑马最多而且最为活跃，这就是青海一直传为神奇的"乌龙驹"。据《西宁府志》记载：

> 青海湖中有山曰海心山，青海湖冰封后，牧民把牝马放牧海心

山，与天外飞来的龙马交配受孕。隋大业五年，炀帝西巡西宁，遣人在海心山牧马以求龙驹。

“龙驹”史称“青海骢”。这种马分布在祁连山中浩门河（又称大通河）河谷的草地上，俗称浩门马，与甘肃的吐谷浑马、内蒙古的三河马、新疆的伊犁马并称中国的“四大名马”。

浩门马躯体稍小，但外形匀称，灵活敏捷，力速兼优。其中最为精壮的还是吐谷浑马，当地俗称“乔科马”。产地在甘肃省夏河、玛曲、碌曲，这是一种隋、唐时代西域游牧民族——吐谷浑培育的优良马种，后来以其产地定名为“河曲马”。这种马躯体匀称，形状俊逸，肌肉丰满，筋腱有力，快步如飞，嘶鸣咆哮，颇有腾空入海之势……这种马，黑、骝、栗、青、白，五色俱备。

马家军把各色马分编成统一色的马队，以此炫耀它的阵容。

安宝山被马队的魅力诱惑着，他想：假如我有两个骑兵旅，马元海，咱们就可以在这戈壁滩上较量一番了……他心头骤然涌聚起一种豪勇气概和拼杀的酣畅。

空旷凛寒的天空越来越暗，红红的太阳被地平线吞没了，但它仍然挣扎着，散射着赤热的光，浸红了西天暗淡下去的苍穹，暖融着隆冬寒风刺骨的旷野。

那最后的一线阳光使一条灰云凝成紫葡萄的色彩。终于，这一线红晕也熄灭了，像战士的鲜血溶入地下，默然无声。天地在灰蒙蒙的暮霭里融为一体，狼爪子似的严寒拼命地撕扯着安宝山单薄的毡衣，他那身马家军的皮袄，在派夏长宁去偷袭雷家屯敌人弹药库的时候，送给一个叫朱力生的战士了。

随着夜的加深，寒气越来越重。如果不去思考未来的艰险，暂且抛开敌我界限，倪家营子四周，突现出一种蔚为壮观的景象：

敌人的警戒线上，大约相距五十米就有一堆既照明又取暖的篝火，像闪光的红宝石项链，一圈一圈挂在倪家营子的脖颈上，又像火焰缀成的花环放在万千烈士的墓前。

安宝山一生经历过多次血战，也许在这里出现的是他生命史上的一次战争奇观：

在篝火的闪耀中，那些马队轮番奔驰，翻钵似的马蹄叩击着冰封大地，在憧憧黑夜中，在篝火的映照下，像从地狱中冒出的凶神恶鬼。

安宝山背后响起脚步声。来的是陈昌浩，后面跟着江子文。他急忙转身，没有敬礼。激战后，许多繁文缛节都省略了，只喊了一声"陈政委"，并向江子文点了点头。

"今天你们团打得很苦。"陈昌浩与安宝山并肩站在半坍塌的围墙前，"于家林还没有回来吗？"

"没有！"

他们两个虽然都与江子敏有着特殊的关系，却一句也没有提到她，谁也难问安宝山为什么把她派到火线上去。

"他没有作战的经验，"陈昌浩惋惜地说，"于家林书生气十足，是他要求下部队的。一个团政治处主任，没有必要到一线去。"

"战争，很难说哪里最安全。"安宝山并不顺着陈昌浩的思路说，也许他此时想到了陈昌浩为江子敏写的那张纸条："请保证她的安全。"

"你们准备怎么坚守呢？"陈昌浩有意忽略这些并不顺耳的话，他明白，在苦战之后，人人都格外烦躁，不能过分计较，"要不断创造新的经验嘛，战争是最有创造性的一门科学，最忌墨守成规……你们在龙首堡的突袭就很有成效。"

"我们对打敌人骑兵还缺少经验，对付骑兵，最好是用炮，每发炮弹不但给敌人一大片杀伤，而且造成骑兵的混乱，可惜，我们缺少的正是炮兵。"

"我们却不缺乏革命精神！"江子文插话，有点气势凌人。如果不是以坚定的革命者为己任的话，那也是有意在陈昌浩面前表现其坚定性，"据我所知，目前部队战斗热情极高，倒是有些高级指挥员心灰意冷……"显然，他并不专指安宝山。

安宝山极为反感地转身面对着江子文，他讨厌这种专唱高调的人，忍不住反驳道："那是因为高级指挥员想得更远看得更深，考虑的不是个人生死，而是部队的命运。"

用这种情绪反驳保卫局的特派员是合理的,也是危险的。

陈昌浩不愿发生不愉快的争辩,继续问道:“你们准备怎样有效地对付敌人呢?”

“我们除了防守外,也只能小打小闹。我派出了两个分队,一是去袭扰敌人的封锁线,一是袭击敌人雷家屯的弹药库……这是昨天向师部军部报告过的。原来是想在阵地前沿挖几道陷马壕,伪装起来,当敌骑冲到壕前再勒马就来不及了。”

“是个好办法,可以让骑兵自相践踏。”

“这要在保密的情况下才行,而且现在冰天雪地,十字镐砍下去只是一个白印子,既没有那么多工具,也没有那么多力气。现在连沙枣树做的鹿砦也被敌人烧光了……敌骑冲击,无阻无挡。”

江子文对这种面对困难叫苦连天的情绪很是反感,但他不想说了,独自无聊地望着敌人的封锁线。他对妹妹并不特别关心。两人脾性、思想相去甚远,见面不争即吵。

几声猛烈的爆炸,有三处篝火先后在爆炸声中飞溅起来,那火花像金色的喷泉向上飞射,然后碎成无数晶莹的红宝石,随风散播在夜空里,异彩纷呈,只有节日的礼花焰火才能与之相比。

“炸得好! 炸得好!”

“成功了! 成功了!”

前沿部队欢呼起来。

在火焰飞溅中,可见篝火四周敌人惨烈的呼叫和四散奔逃。有的当即卧倒,胡乱射击,曳光弹火蝗似的在暗空中乱飞。

接着是骑兵的奔驰,更激烈的射击。

月光下黑影憧憧,恍若魔怪,时隐时现,浓烟像有生命的巨灵摇摇晃晃呼啸着凌空上蹿,展示出战地之夜奇异的景观!

袭击者旋风似的冲到篝火堆旁,枪刺刀劈,夺取敌人的枪械、弹药、食品……但在后撤途中,又被敌人骑兵拦截击倒。

这些小小的接触比白日的大战还更牵动着两个营垒的心。小分队回来了,派出三个战斗小组九个人,回来了五人,带回来三支马枪、五把军刀、一百多发子弹。敌人伤亡难计。

“这种袭击是很奏效的!”陈昌浩热情地赞扬,“往后要多派战斗小组……”

“让敌人不得安宁!”江子文附和说。

“这种袭击是不带决定性的,”安宝山仍然缺乏热情,“即使稍有缴获,仍然是拼消耗性质,况且,这种袭击不会常有……这不是根本办法。”

在得手之际,安宝山反而看不到前景。

“安团长,你这种情绪很危险。这是一种信心的动摇!”江子文居高临下地指责安宝山,以吐遭受反驳时的那口怨气。他作为总部的特派员,不但要维护部队的纯洁,还要保证部队的政治坚定性。他知道无论张国焘还是陈昌浩,都喜欢他这一点。

“特派员,为了表现你的革命坚定性,你可以留在我们团的阵地上,给部队作个榜样!”

“如果我是团长,我就绝不会对胜利失去信心!”江子文感到安宝山有意对他挑衅,语音神态都表示出一种恨意。

“那种盲目的信心,并不是真正的信心!”安宝山又忍不住反驳,他不了解江子文的性格。①

凡是了解江子文的人,都知道他的长短。他性格坚强,脾气暴躁,自尊心特强。他的政治坚定性令人赞叹。他崇拜张国焘和陈昌浩,把他们的言行奉为真理。他会满腔热情地去完成上级交给的任务,表现出特别的机敏和魄力。就像搜捕潜隐在倪家营子的反动分子,行动迅速而又森然绝情。这是张国焘和陈昌浩所喜欢的特性。但他有时非常偏激,往往坚持已经失去意义的教条,而否定新出现的真理,甚至否认眼前的既成事实,刻板机械而不实事求是,自以为是忠于职守。

江子文看人是绝对的,分好人和坏人,如果他认定某人有哪几点优点时,他就全力赞成他,认为是最好的干部;当你引起他的反感时,那就

---

① 安宝山原是五军团,属一方面军;江子文一直在四方面军工作。他们之间都不甚了解。

坏透了！他喜欢唯命是从的人。张国焘、陈昌浩喜欢他的这种忠诚，却不喜欢他的思想方法。所以江子文的资历虽老，却没有把保卫局的领导重任加到他的身上。

安宝山的思虑也就是陈昌浩的潜忧，所以陈昌浩并不反感。他宁肯让江子文和安宝山争论下去。

“团长！前面阵地上有人爬过来了！”蹲在旁边的作战股长提醒争辩中的首长们。

“敌人偷袭！”江子文神情紧张地叫了一声，立即站到陈昌浩前边，好像要以他修长的身躯挡住向首长飞来的子弹。

安宝山缓缓地举起望远镜。他认为江子文的表现颇带做作的成分，敌人偷袭，将为前沿多层警戒线挡着，对站在制高点上的首长安全不存在任何威胁。

月光弥天漫海地吞没了一切，战地，在乳白色的轻纱似的月光里魔幻化了，给人一种虚无缥缈的不真实感：神秘、死寂、苍凉、阴森、可怖……

安宝山的望远镜把战地拉得很近，但看不真切。

他看见尸体堆翻动了一下，艰难地撑坐起一个人来，然后，那人坐了一会儿，似在喘息。也许是辨别方向，又向前一倾跌倒下去，又慢慢移动起来。

“小吴，是一个伤员，你看见了吧？去把他背回来！”

“要提高警惕。”江子文沉声说，“不要上敌人的当！也许是敌人呢。”

“那也要把他背下来。”

警卫员下了平台，弯腰向那个倒下的人跑去。

敌人的警戒线上也骚动起来，用排枪向我方射击。

有十几匹马向活跃起来的战地奔来。我方立即回击，有几人落马，剩下的骑兵又退了回去，旷野里响起战马的长嘶，刺耳的野兽般的嚎叫和惨烈的号哭。

倪家营子四周就这样时紧时松儿戏般地“小打小闹”着，双方都在这种紧张与松弛中获得一种快感……思考、估计、预测着可能出现的奇迹，充满激情，完全沉浸在双方斗法的勾魂摄魄的战争魅力之中。

一轮不太圆的明月低低地挂在东方天际，从东北方的龙首山悠悠然飘来几条带状乌云，像黑水河似的慢慢地移过月面。倪家营子四周便处在时明时暗之中，高空寒星闪烁，地上篝火明灭，战马飞奔，曳光弹纷飞，人影憧憧，这种奇特的景象颇似妖域仙乡，令人迷惑不安。

去战地救护的人员回来了，报告说：背回来的是江子敏。

安宝山的心突然一沉，用变了调的声音问道："在哪里？"

"送到卫生队去了。"

陈昌浩、江子文和安宝山三人急匆匆地下了平台，在救护人员的引领下去看这位幸存者。

第 二 卷

历史之秘

第一章　血战后的狂欢

就在安宝山、陈昌浩、江子文站在王家墩的平台上，瞭望倪家营子四周战地的时候，雷家屯马元海的总指挥部大厅里正举行着盛大的酒宴。

厅外是零下二十度的严寒和清冷的月光，厅里却是一片热烘烘的喧嚣。

在马元海和他的参谋长张慎之看来，西洞堡、龙首堡的失利未必是一件坏事，它成了一个诱饵，使西路军重又落进他的重兵包围之中。

马步芳来电敦促他们：全力以赴，不惜任何代价，以求全歼。

他们给倪家营子留下了两天的准备时间。在这段时间里，他们调集了五个骑兵旅、两个步兵旅以及炮团、民团近三万人，把倪家营子层层包围。

第一天的血战，他们虽然损失惨重，却也看清了红军的命运：如不突围，在内无粮弹外无救援的情况下，必然坐以待毙；如果再次突围，他们就用骑兵全力追击，势在必胜。马元海洋洋得意地吩咐副官置办酒筵，亮得几乎变白了的双眼流露出满足的神色：

“消灭红军，这是把里攥着的了！”

大厅里安排了十二张方桌，桌面上摆满了烤全羊、大块辣子鸡、黄花炖鸭、千层牛肉饼、八宝蜜食，还有香气四溢的名酒——凉州曲和陇南春。在马元海、张慎之的首席上，还摆了水晶饼和冬菇炖驼蹄。

这里聚集着作战最勇敢的各级军官和士兵。

这种盛宴既是马家军式的，更是马元海式的。

张慎之坐在马元海身旁，慢慢地品着凉州曲酒，像个局外人。但是，没有一个人像他那样冷静地怀有巨大秘密和用心，密切地观察着这一群马家军里的精英们。

"孩子们！今天打得好！"马元海举杯在手，开始了他的演讲辞，"我马元海先敬各位一杯！"他一仰头喝下去。

"今天，我又接到了陈昌浩的一封信，说什么中国人不打中国人，要跟咱们联合起来共同抗日……真叫人笑掉大牙！"

"去他个屎的！谁信？"

"还不是打不过我们耍花招！"

下面嚷嚷起来。

"参谋长已经回复了他，抗日不到东北去，偏向没有日本鬼子的西北来，居心何在？"

"他们一渡黄河就打我们……打死了马廷祥参谋长，还有脸说中国人不打中国人！"

"我们要为马参谋长报仇！"

"军长说了，河西是咱们马家军的，甘、青、宁都是咱们的，不管他是什么党什么军，要占咱们的地盘就得拿命来！军长的口号大家还记得吧？"

"当然记得！"

"喊几遍我听听！"

"宁死一万人，不失一寸土！！！"

喊声如雷，声震屋宇。

"很好！今天晚上我让大家喝个痛快，吃个痛快，玩个痛快，明天，给我杀个痛快！"

霎时间厅堂成了酒店饭馆，更像一个匪巢。这里已经没有了军阶年龄的差别，消失了任何畏惧和警觉，全成了饕餮之徒，啃着羊腿，嚼着鸡块，举着酒杯，猜拳行令，大喊大叫。

有的单腿跨在凳子上，有的靠在墙壁上，喝得脸紫耳热脑涨心躁，有的把大皮帽子坐在屁股下，有的把皮袄丢在墙角里，敞开胸怀，露出毵毵的胸毛。

马元海要的就是这个热闹劲，他有意放纵他的部下，鼓励他们为所欲为，以使这些被他怂恿娇惯的部下，在他“爱兵如赤子”的美誉下，喋血疆场为他效力！

马元海的性格是多重的，他爱财、爱马、爱酒、爱女人，打起仗来却从不爱命。

他与马步芳的性格恰恰相反。后者长于运筹帷幄，从不亲临战场，而他却甘冒锋镝，是个敢与死神微笑对视的家伙。他身高两米，膀宽腰圆，浓眉环眼，视搏战为欢乐。他在战场上与敌对砍时，喊的不是“杀、杀、杀”，也不是“嗨、嗨、嗨”，而是“好、好、好”。他的脸上挂的不是咬牙切齿的怒意，而是惬意的微笑，只是这笑容因用力变得比凶煞神还要狰狞。

马元海是天生的杀手，他强大的臂力在搏战中体验到一种高度的快感，一听战马长嘶，一见马刀闪亮他就心荡神驰。他有一种征服欲，一想到掌握了别人的生死大权，就缓缓地捻弄着短须，嘴上浮现出洋洋自得的笑意。

马家军中有许多人尊崇他也模仿他。

马元海经历过几十次恶战，既没有死也没有伤，因此，他相信自己的力量也相信命运。他在一九三二年，庆祝马步芳三十岁生日时，举着酒杯对他的表弟说：“子香（马步芳的字），凡是打硬仗恶仗就派我去。”

“为什么？”

“我是马家军里的程咬金，福将，出兵必胜！”

这次派兵河西走廊，在“两军相逢勇者胜”的用兵格言下，马步芳立即想到了他。

马元海仅是海南警备第二旅旅长，因为他只适于战场作战，而不适于平时治兵，所以他的二旅没有多少固定的部队。这次马步芳派他到河西前线任前敌总指挥，高踞在骑五师师长马步青和其他各旅旅长之上，操有河西参战部队（五个骑兵旅、两个步兵旅，还有炮兵团、手枪团、宪兵团，还有近二十个民团，约有七万兵马）的指挥全权，就是利用了他能征惯战的特性。

宴席上一片喧闹，地上丢满了羊骨头、鱼刺和饭菜。一个个醉醺醺的，还在碰杯狂饮。划拳成了赌博，赌皮帽，赌腰刀，赌战马，甚至赌自残自伤——把木炭火放在臂肘上，看谁烧得最久，谁面不更色。

个个脸上泛起酱紫色的斑块，眼光变得血红。酒气熏天，口吐脏言秽语，龇牙咧嘴，头发蓬乱，怪相百出。笑闹之后，渐渐出现了纷争，有的握刀而起，比刀法，比臂力，骂骂咧咧，眼看就要结怨动武。

"他妈的给我停住！"马元海猛然站起，"当啷"一声掷杯于地，"从现在起，谁也不要再动酒杯！咱们来点快活的，我喜欢巴颜喀拉山海南藏族的民歌，我喜欢看藏族姑娘跳舞。在海南警二旅时，我也能跟藏族姑娘一起跳，一起唱，简直像腾云驾雾遨游天宫一样，神仙都不如我快活，可是你们都不会。马正良，还是把你的四胡拉起来，让大伙唱几段'花儿'吧！"

一个粗壮的汉子站了起来，这就是传令排长马正良。他的一头黑发是鬈曲的，下巴棱角分明，高直的鼻梁上有两道浓眉，透出桀骜难驯的气质。他没马元海粗壮，也没有马元海高大，由于他的骑术高超、刀法纯熟，而获得"马家军之鹰"的称号。他没有上过学，但不是粗人，少年时代受过良好的家庭教育。正因为他拉一手好四胡，酷爱音乐的马元海才留他在传令排里。

大厅立即安静下来，四胡的深情的音流像清水河从山崖上奔泻而下，涌满了整个大厅，流进了已经半醉者的心田。在音韵的滋润下，那些酒肉之徒的全身肌肉都松弛了。

回族和蒙古族、藏族、哈萨克族、维吾尔族一样，都是能歌善舞的民族。

他们立即沉浸在琴声的温柔的流水里，接着各种乐器——笛子、龙头琴、三弦琴加入进来，成了合奏：

> 战火起，战刀亮，枪炮声声响，
> 我们应征入伍离开了家乡，
> 跨上骏马，奔赴火线，去打仗，
> 告别了美丽的草原和牧场。

舍不得父母兄弟姐妹，
舍不得心爱的情人，
舍不得心爱的娇妻幼子，
也舍不得朋友邻里众乡亲。

这歌声朴素无华，带着浓郁的甘青地方风味，缓缓地在大厅里回荡，每个音符都饱浸着民族的剽悍、牧民的豪壮和温情，就是不会唱的士兵也忍不住合着节拍哼哼起来。

明日征战沙场不知能不能回归，
不知能不能见到尊敬的父母姐妹，
我愿平安地生活在故乡的土地上，
和美丽的妻子永不分离比翼双飞。

歌声忽由高亢变成悲伤，如泣如诉，在战火中磨砺得粗野冷酷的杀手不见了，变得柔和温情，成了父母的孝顺儿子和妻子的忠实、多情的丈夫。他们被这歌声制服了，充满蛮劲的肌肉筋腱变得软弱无力了，像冷硬的冰块在温煦的阳光里溶化成一湾春水，有的忍不住伏案哭泣。

马元海不由得打了个寒战。

他记起去年视察新兵营时，有七八个身穿红装的新娘不顾一切传统道德礼教，扑进新兵队伍里，和新郎抱在一起，拖住新郎，狂哭乱嚎，披头散发在地上打滚。

他石化了似的站了很久，而后怀着一种无名的惆怅悄然离开。

在新兵营里，这些悲歌通宵达旦，互诉衷肠，夜不能寐，想起今日背井离乡，明日战死荒野，无不肝肠寸断，听者为之心碎。

音乐的力量是不可思议的，它能把兽变成人，也能把人变成兽。

马元海知道这种温柔之声、思乡之情，会使斗志消溶净尽。他这才清醒地意识到，战地之上需要的是铜鼓洋号，而不是花儿少年这样的情歌。

恰在这时，参谋长也低声提醒马元海："不能再唱了，对士气不利！"

马元海站起来，向大厅做了个威严的手势："孩子们，别唱了，你们是军人，不是情郎！我现在向你们宣布一项命令，我们出征之时，军长特制了三把七星军刀。"马元海向后一招手，护兵双手托上一把长刀，他"铮锒"一声抽出鞘来，那长刀在汽灯"呲呲"响的白光下，熠熠炫目。

"这上面有七颗金星，表示像北斗七星那样坚定不移，对我们的'团体'忠贞不贰，要将它奖给这次作战中最为勇敢的猛士——我们马家军之鹰！"

"第一把，已经奖给在高台战斗中功勋卓著的黑鹰团马龙飞团长了，这是第二把……

"本总指挥素守信义，公正无私：赏，不分尊卑；罚，不分亲疏。从不亏待为马家军奋战的忠勇之士。"

会场上全都屏息凝气，不知这个荣誉会落在什么人头上。所有人都全神贯注在马元海的脸上，等待他把名字宣布出来。

"在历次战场上，马正良排长奋力搏杀，有目共睹……"

这时所有的目光都集中在马正良身上，有人鼓掌，有人喊叫，有人欢呼，只有一双血红的眼睛露出残忍的妒意。

"马正良由排长升为连长，到黑鹰团去任职！……现在，马正良接刀！"

马正良神态庄严，趋前几步，单膝跪地，双手捧刀，把绷紧的热烘烘的脸贴在冷冷的刀面上。

大厅里响起一片掌声。

"在今后的战斗中，我要你天天血洗这把军刀，绝不能玷污它的荣耀！"

马正良仰起脸来，父亲的脸老在他面前打晃，断断续续地说："真主训导我们：你们当亲爱近邻、远邻、伴侣，当款待旅客……我父亲在送我入伍时对我说过：'不要枉杀无辜！'……总指挥，我将勇猛作战！"

"你是军人！你就是一把锋利的军刀！"马元海目露威光，森冷严苛，他对马正良的回答不甚满意，"你必须为'团体'利益战斗到最后一口气，流尽最后一滴血！要你向哪里打，你就向哪里打；要你杀谁，你就杀谁！"

"只要是真主的旨意……"

马正良站起来,退后数步,正要将刀入鞘,马元海手执明亮的玻璃酒杯喊了一声:"马正良看镖!"劈面向马正良抛去;马正良信手将刀向上一挑,疾如电闪,"当啷"一声,酒杯化成无数碎片,带着闪光四下溅落!

"好!好!"

掌声骤起。

马正良刚刚坐定,就听到一个嫉恨而又轻蔑的声音:"马正良,你敢和我比刀吗?"

一个生着半脸酱紫色胎痣的大汉站了起来,他醉醺醺的眼睛呈现出一种可怕的疯狂激情,怒视着马正良,"嚓啦"一声,抽出了马刀:"要么把我的命拿去,要么把七星刀给我。"

这是马龙飞的堂弟马龙跃,黑鹰团的一营营长。他对马正良获得如此奖赏很不服气。马正良在战场上杀人并不比他多,仅仅是在共军突围时,他一马冲前救了马元海的命。他不敢说出来,却认定自己比马正良更强。

大厅里笼罩着恐怖的气氛,谁也没想到会出现这种局面。

马正良忽觉脸如火烧,转瞬又冷得铁青,凝然不动。

那半脸胎痣的马龙跃跨前一步,刀尖倏然指向马正良的左胸,强迫马正良应战。

谁也不知道下一秒钟会发生什么事情。

"马营长!"马元海怒喝一声,"不得无礼!不要让马家亲族的血在内讧中再流!不要眼红,不要嫉妒!这里还有第三把,大伙为最后一把七星军刀,到战场上拼杀吧!"

马龙跃的刀无力地垂了下去,像挨了棒打的狗,低下头,回到座位上抱头痛哭。

争夺最后一把七星刀的欲火,在每个士兵心头燃烧起来,发出兽性的嚎叫。

马元海继续煽动着部下越烧越旺的战斗激情:"我绝不是长敌人的志气灭自己的威风,平心而论,共军是一支能征惯战的军队,他们的妇女儿童都是英雄好汉，我们和他们打了很多仗，正是棋逢对手将遇良才，他们只是不占天时地利，内无粮草外无救兵，孤军作战，以步兵对骑兵……”马元海继续用他的激将法。

“俗话说：好汉怕赖汉，赖汉怕急汉，急汉怕那不怕死的！他们是背水一战，必然死拼硬打，我们啃的是硬骨头……身上百处伤，才能胸前挂勋章，最后一把七星刀在等待着它的主人！……就看谁能得到它！”

一时间，他们变成了疯狂的一群，大厅里震响着。张慎之静静地看着这一群被战争狂热所陶醉了的暴徒。

就在这时，大厅剧烈地跳动了一下，两盏大汽灯，钟摆似的晃荡着，接着是一声沉雷般的轰响，屋顶的灰尘哗哗落下，汽灯熄灭了。令人毛骨悚然的黑暗带着一种末日的恐怖压了过来。

最初以为是地震的人猛醒过来，张慎之第一个喊出：“军火库！”

大厅里的人群夺门而出，站在天井里，惶惶不安地看着西北方不远的雷家屯庄上空升腾的火焰。

几十米高的火浪、浓烟，随风飘过大厅的上空，湮没了寒森森的月光。炮弹继续蹦起爆炸，无数条闪电金蛇，在烟云中搏战、摇摆、飞迸、抽搐；炮弹的隆隆声，子弹“啪啪噼噼”的炸裂声塞满了天空。

有人冒着被炸弹飞片击中的危险，登上瞭望楼。

“好惨！”他们看到了火的狰狞炫目可怕，看到在爆炸声中倒塌的村屯的废墟。

“有什么惨的？”马元海和张慎之也登上瞭望楼，他不动声色，“这叫你打我一拳，我踢你一脚。”他回头问张慎之，“你怎么想？”

“我想，没有弹药，倪家营子要多完整几天！”

“我想，这是正常的消耗，明天电请军长速运军火，不要进库，由各旅自行保管！倪家营子是早一天还是晚一天的事儿。”马元海伸伸懒腰，打了个很响的哈欠，“走吧，咱们睡觉去，好一个热闹的元宵夜啊！”他下了瞭望楼。

爆炸延续了半个小时，灿然直射中天的火焰也疲倦了，不再狂跳乱舞，黑烟上升化为乌云，弹药库便在这梦幻般的乌云升腾中沉没了。

漆黑的大厅亮起烛光，杯盘狼藉的餐桌上落了一层灰尘，疯狂的一群像喝了醒酒剂，都沮丧地看着眼前的景象，仿佛是经历了一场变幻莫测的梦境。

“孩子们！”马元海面对懊丧的部属，一种突如其来无法控制的冲动支配了他，“咱们的盛宴不能让一个小小弹药库的爆炸给破坏了，今天，咱们非要玩个尽兴不可，大伙肉吃饱了，酒喝足了，该玩玩了，我们的五个牢房里还关押着四十三个共军女俘，他娘的……你们去炮轰她们吧，这叫一报还一报……今晚玩个痛快，明天给我杀个痛快！”

马元海把手一摆，五十多名狂徒欢啸一声，向关押女俘的牢房拥去！

只有马正良握着七星军刀站在天井的寒风里，今天是他最为荣耀的日子。最初的几分钟里，他被一种狂热的激情燃烧着，现在他的心却在欢乐和悲哀中波动。明天，他将挥舞军刀投入厮杀。

他想到那些女俘的遭遇只感到一片茫然，他既不理解她们为什么到西北来遭此危难，也不理解他的伙伴们为什么在兽性发作时竟然狂欢得起来……他也不理解自己所有行为的意义，这一切，也许只有他那隐居的父亲能够回答。

“是的，总指挥说得对，我只不过是一把军刀！可是，我实在不愿作一把军刀！我有自己的心，也有自己的灵魂！”

这时，有人在背后拍了拍他的肩膀，他带着一种梦中惊醒的诧异回转身来：“啊！是参谋长！”

“你怎么不跟他们一道去玩玩呢？”

“不！我不愿意……”

“既然那样，你就到我的屋里来坐一会儿吧！”

第二章　秘密与目标

张慎之今年三十七岁，二十年来，他怀着一个最巨大的秘密生活着，为这个秘密所诱惑，所左右，他费尽了心机，却不知如何利用这个秘密。

这个秘密也许会给他带来齐天洪福，更可能给他带来杀身之祸。因此，他才把名字由张慕雄改为张慎之，以时刻提醒自己谨慎从事。

张慎之经过多次考证，他是汉代名臣张奂、张芝之后裔，便以此视为荣耀。

据《后汉书·张奂传》记载：

> 奂，字然明，敦煌酒泉人。奂与皇甫规友善，奂以梁冀故吏免官禁锢，凡诸交旧莫敢为言，唯规荐举前后七上，在家四岁复拜武威太守，平均徭赋，率厉散败，常为诸郡最，河西由是而全。其俗多妖忌，凡二月五日产子及与父母同月生者悉杀之。奂示以义方，严加赏罚，风俗遂改，举尤异，迁度辽将军，武威多为立祠，世世不绝。

在张慎之心目中，他的远古祖先是忠君爱民为世人敬仰的先贤明哲，是战功卓著的勇武将领，一生极为廉洁，后因得罪宦官，遭受禁锢之祸，禁锢归田里，回到弘农郡（陕西）华阴县，终年七十八岁。张奂病危时留下遗嘱：不要棺椁，把尸体放在灵床上，穿便服，早晨死晚上埋即可。

张芝是张奂的长子，字伯英，是有名的书法家，时称“草圣”。晋代大书法家王羲之对汉魏书迹唯推钟（繇）张（芝）之草书。

张慎之常以有此祖先而自豪。他自幼聪颖，素怀壮志，却因他的祖父张显扬留有一纸遗书而改变了他一生的行程。这份遗嘱，他已经倒背如流：

马文录占据肃州城九年。广集珍宝，富可敌国，因吾为其亲近侍卫官，得谙其秘。同治十二年春，左宗棠大军云集肃州四郊，以百营兵马攻打肃州，危急之时，马文录将其珍宝装入两口缸内，加以密封，诡称陈年老酒，实为钻石、美玉、古玩，价值连城。令我率领侍卫四人，分抬两缸，趁夜雨之际，埋入地下。

掩埋之后，马文录亲置美酒佳肴款待我们五人，我们都是他的贴身侍卫，情同骨肉，愿同生死，唯我深知马文录之为人，据其巨大秘密，事关奇重，必死无疑，古来如斯。但我立意逃生，故熟记掩埋之地，精确之坐标只有马文录知晓，而我只知约略方位，距鼓楼东券门约一百步之胡杨树侧。

马文录亲酌五杯葡萄美酒示饮。我掬饮时将酒倾入袖中。其四人不知其诈，饮后腹痛难忍，在地翻滚，我亦作此痛苦之状，趁其不意猛然跃起，伏兵无备，我乃夺门而逃；伏兵追捕，因雨夜极黑，我虽跌伤，却幸而脱险为里人藏匿。

三日后马文录失败，暗忖此宝来不及转移，我遂逃他乡。此宝埋藏之地唯六人所知，四人已死，唯吾与马文录两人，他兵败投降，已被监禁，而唯吾自由也，但吾伤病在身，无力将宝取出。此秘若泄外人，为夺此财，则我必遭杀身灭口之灾，故留此嘱传诸后世有福有能之子孙，当占有之，生命攸关，唯望慎之慎之。

这份嘱书落在他父亲张高昌之手，他曾扮作商人，从陕西华阴县到肃州探察。

古谚云，"人为财死，鸟为食亡。"财宝，也许比地位、荣耀、权势对人具有更大的诱惑力，即使不太贪婪的人，当他握有财宝的机密之后，他的希望之火也会不断燃烧，而且越烧越旺，寝食难安，充满各种幻想，为将来得到财宝之后，绘制一幅奇妙无比的图画。

张高昌回家之后作了一份考察实录：

余光绪三十二年秋至肃州，鼓楼已于去年重修。因无旧图，不知高台扩展几许，高台之上，木楼三层，砖包基座券门通逵四达，四面门额曰：东迎华岳、西达伊吾、南望祁连、北通沙漠。唯东券门百步之外胡杨树已不存在。要开深窖，须动土发掘，非有权势之人，不可为也。

张高昌百思不得取宝之法。于宣统元年病重死去，是年张慎之九岁，上两密件存其母手中，待其成年，始传到张慎之手上。

张慎之从小就是个好幻想的孩子，聪明过人，对新鲜事物具有遏制不住的好奇心。在十七八岁时，便广读各种书籍，对《晚清文学丛钞——域外文学卷》入了迷。张慎之在金陵大学文科毕业后，又筹资赴美留学，在伊利诺伊大学攻读市政，获政治硕士学位，半年后，又转入哥伦比亚大学研究教育，寻求救国济民之道，同时谋取自己辉煌的前程。回国那一年母亲已经年迈，便把祖父和父亲的秘嘱交给了他。

他对祖上的秘嘱在省立资料馆里重新作了考订，对河西走廊的历史、地形、风貌、政治情况都作了详细研究。

他先确定了马文录获取大宗珍宝的可能性。

马文录原是青海循化撒拉族人，猎户，后广招兵勇占据肃州青山头为王。这位山大王力量日益壮大，便勾结惠回堡哨所秘密起事，于同治四年（1865 年），率众攻占肃州城，据城九年，拥兵自重广集珍奇。肃州乃丝绸之路要道，又是汉代以来的古城。汉时，酒泉郡辖领禄福、表是、乐涫、玉门等九县。唐《元和志》载“肃州领福禄县（晋代将禄福改为福禄），西至州一百里，本汉乐涫”。后来的下河清皇城，正是汉代乐涫城的旧址，这一代汉墓密布，地下文物财宝埋藏极丰，有许多稀世奇珍流落民间。

马文录原系山匪，广集珍奇定非妄传。

若要发掘此宝，必须握有兵权，割据肃城，采取极妥善之法，发掘之后，要有亲信力量予以保护。

强烈的欲望是一种无法想象的强大力量，它是迈向成功的动力。张慎之就是本着谨慎而又执着的态度，一步一步接近自己的目标。如果他不能完成，他已经准备下第三份秘嘱，交给他十一岁的儿子。他本着祖传父、父传子、子传孙的耐心，一代一代往下传，他相信命运的契机总会到来。他总觉得，那两缸珍宝应该是属于他的家庭所应有，那是上天安排给他们的！这里已经渗入了一种感情和宿命成分。

张慎之自信，他正一步一步向目标接近。

当然，他有时也产生动摇，审慎地警告自己是不是对这种梦想过于执着，最终自己是不是会像梦游者那样失足落入冰窟中。“人见利而不见害，鱼见饵而不见钩。”他要谨防这个“害”与“钩”。

张慎之的第一步就是广积知识，他知道丰富的知识储备是达到目标的必要条件。要得到这笔财富，保留它运用它，没有高超的智慧和技能是不能完成的。

这笔财富如何得到，又如何保存，如何运用，他曾设计过上百种方案，如果都展示出来，会是一部很有趣味的书。

他像爬山一样，分为短期、中期、终极目标，按照“慎之再慎之”的原则，一步一步迈进，既耐心又锲而不舍。

张慎之的第二步，便是投笔从戎，他必须把握一支军队。他的远古先人张奂就做过武威太守、度辽将军、大司农和护匈农中郎将嘛。更何况像马文录这样一个据山为王的草寇，竟然据肃州达九年之久，广积珍奇，而他仅仅是挖取一个宝窟还做不到吗？在处处烽火的军阀混战时期，要想发迹并不困难。

于是在马麒的宁海军迅速扩大时，他投入了马家军。

马氏家族的发迹人是马海晏，受其姻亲马占鳌之子马安良的提携，矢志效忠清室，受宠于慈禧，从而登上了政治舞台。

光绪二十六年(1900 年)八月，马海晏死后，马麒承袭父职，在民国元年任西宁镇总兵。

在清末民初甘肃驻军号称“陇上八镇”中的西宁镇，地处边陲，辖地辽阔，为八镇中雄镇之一。民国四年(1915 年)马麒由总兵升任甘边宁海镇守使兼蒙番宣慰使，青海军政大权自此集于一身。

马麒在数十年的动乱离合中，深感没有军队就没有一切。他说：“革命初败，军阀蜂起，从中央到地方皆是军人当道的世界。升官靠军队，发财靠军队，扩充地盘也靠军队。”他呈报甘肃督军(那时青海只是甘肃省的一个行政区，一九二九年元月，青海才独立建省）并报陆军部核准，将西宁各军统编为西宁青海巡防马步军，简称宁海军，自任总统领，其弟马麟为帮统，那时共八个营，分为左、前、右三路，共一千三百人。

马麒决心仿照北洋军阀督练新军办法，使其成为一支新式的地方武装。邀请湘军出身的颜镇南主持训练，又邀请保定陆军速成学堂毕业回甘肃的张昌荣为总教官，采用新式操典进行训练。一九一八年至一九二二年宁海军迅速扩大，兵额增到三十二个营，约三千人，在当时的甘肃各镇中，除马鸿逵的兵力与之相当外，其余回汉各镇兵力皆居其下，它为马家军阀事业奠定了基础。

张慎之就是在这种情况下投入宁海军的，按当时他的智慧、才能、学识和胆魄，他是很容易飞黄腾达的。但是，他很快发现自己错了。

宁海军的组建方针是以马氏家族为核心，如果和马氏家族没有血缘宗亲关系，要想掌握兵权是困难的，甚至是不可能的。

但他必须耐心等待时机，除此之外别无他法。后来，他只能在马家军内任文职官员。

一九二八年，马麒派张慎之去南京国民党中央陆军军官学校受训，回青海后，在马步芳的暂编第一师任参谋，用其智能，却不让他掌握兵权。

马步芳的用人原则像他父亲马麒、叔父马麟一样，部队的军官来源和使用，是综合了家族、亲友、民族、宗教之大成，他的师级以上骨干像马彪、马驯、马禄、马德、马步康、马步銮、马步勋、马全义、马呈祥等都是他的本族兄弟、堂叔、堂侄；像韩起功、韩有禄、韩起禄、马元海、马元祥、谭呈祥等，虽不是本族，却都是姑表、姨表兄弟或甥婿。

有些团营军官的挑选虽不像师以上骨干那样严格，但也都在亲信范围之内；连排军官成分稍杂，却也都是在战争中屡经考验对马家军死力效忠之后选拔的。

马家军采用征兵制，年龄在十七岁以上、五十岁以下的男丁，均须应征，并强令自备枪械、鞍马，同时辅以招募制，大批土匪、流氓和铤而走险的游民应招拥入部队。

在马步芳的高级军官中，如马朴、马禄、马忠义、马元祥、马成贤等，原来都是横行临夏、化隆一带的大盗。马步芳以其凶悍招收部属，以提高部队的战斗力。这些人在战争中残忍凶狠，视人命如草芥。

张慎之在这样一支部队里，要想取得举足轻重的军权，几乎是不可能的。他思之再三，必须在马家军中寻找靠得住的人，代行自己达到预想的目标。

在马仲英倡乱期间，张慎之正在南京中央军校学习，自认失去了一次机会。在马仲英失败之后，他又稍感庆幸，颇有塞翁失马，难言祸福之感。

第三章　梦想与现实

那是去年十月二十八日上午，秋天的阳光照耀着马步芳军部的二层楼前花木扶疏的庭院。

马步芳新二军军部的指挥机构是非常简单的，领导机构除了军长马步芳、参谋长马德外，就是副官处了。副官处就等于他的办公厅，下面就是军马处、传令队、执法队，此外，还有一个专管交际接待迎来送往的承启处，执行类似秘书处的职能，这个处的中校处长就是张慎之。

司令部的机构不大，内部设施也很简陋。

当张慎之接到去兵部街新二军司令部参加紧急军事会议的通知时，他吃了一惊。他从来没有参加过军事会议。在忐忑不安中，一下子又牵动了萦绕在心中的那根弦。

会议室里充斥着一种逼人的严肃的气氛，马步芳坐在案桌一端的虎皮椅里，一脸阴沉。他的嘴角沉重地下垂，白皙的圆胖的脸上流露出平时少有的肃杀之气。

参谋长马德坐在他的左首，以便马步芳随时提出军事方面的咨询。

接下来，在长案的两边就座的有海南警备旅第一旅旅长马朴、三〇〇旅旅长韩起功、二八九旅旅长马步康、二九九旅旅长马继融。这些人都身着军服挎着马刀，只有马元海一人例外。他穿着长袍马褂，面露笑容。张慎之进来就座时，他还眉飞色舞地向他挤了挤眼睛，而后诡秘地笑笑，颇带得意之色。

他们每人面前都有一个白似羊脂的夜光杯。

张慎之顾不上猜度马元海眼神的含义，但他知道马步芳对这位表兄特别宽容。

在历次战斗中,马元海是以勇敢出名的。

别人喊的口号是:“弟兄们向前冲啊!”

他喊的口号是:“弟兄们跟我冲啊!”

在战场上别人是横眉怒目,他却是喜笑颜开,把死神视为美女新娘。

马步芳喜欢这员猛将。

张慎之刚刚在空位上落座,马德就宣布开会。

他首先讲解了红军于十月二十五日强渡黄河后与骑五师的战斗态势:

“昨天,五师第一旅和第三旅在吴家川、尾泉等地进行阻击,共军渡河部队攻势凶猛,战斗十分激烈。我骑兵师不得不向一条山、锁罕堡一线撤退,进行节节阻击,情势十分严重,共军有继续西进模样。

“初步查明共军有五军、九军、三十军,共约三四万人①。马师长急电请援,我军正在浴血奋战。马进昌团损失惨重,军长决定即派大军,星夜驰援,以期歼灭共军在一条山附近。”

然后,他请马步芳讲话。

马步芳讲得很简短,却动了感情,脸上突然出现了憔悴的神色,声音也变得分外沉重。

“我们的生存受到了威胁,我们的荣耀蒙受了耻辱,我们受到了突然的侵犯和猛烈的进攻,我们的地盘我们的家业我们的‘团体’处在危难之中……”

马步芳眼眶湿润了,用泪眼巡视着他的家族、他的部队的将领,他要把他的部队变成一支哀军。马元海的笑容消失了,变得冰冷而又凶险。

“团体”,是马步芳自撰的一个词,它的含义既具体又笼统,既明确又含糊,既能小也能大,又可作多种解释。

它可以指他的家族,指他的政体或是他的部队,他把他的一切都网

① 这是马步芳故意夸大敌情,以求速援。

在这个“团体”之内，是个容纳集团利益和任意伸缩的大筐篮。

平时，他就把他的一切势力范围的一切组织，都称作我们的“团体”。这个“团体”的兴衰和他本人紧紧联在一起，“团体”即是他的独立王国。他要这个“团体”无限扩大，他还没有统一中国的野心，但华夏的西域，多国之域——曾是三十六国的版图，在他的独霸之下，并不是不可能的。“团体”，也就是他心目中的独立王国。

事情大概都如此，任何强暴丑恶都可以用最美丽的外衣掩饰起来，用动人的词语为自己的罪行辩护。

“西北地区是我们的！突袭河西，不管他们有什么理由找什么借口，都是我们的眼中钉肉中刺！他们打得我们好惨！”马步芳含在眼角里的泪珠滴落下来，落在酒杯旁边，乒然有声。

张慎之不禁悚然而惊，他看出马步芳这种半戏剧性的表演引起的效果非常可怕。他扫了在座的马家将领一眼，看到那些人僵冷的脸上，肌肉像得了疟疾似的簌簌发抖。仇杀的血腥激情似乎像滚烫的熔岩在他们每人的脉管里翻滚。

马步芳深深懂得他的家族里的精英需要的是什么，这些平时爱财、爱酒、爱马、爱女人的勇士们，为他们的“团体”将不惜抛弃一切。

马步芳沉默了足有十秒钟没有说话，他让他点起的怨毒恨火在他部下的胸腔里升腾到将要爆裂的程度。他看见马元海的右臂上由于劈杀误伤而刚刚弥合的创口迸裂了，一块殷红的血从白纱布下洇了出来。

马步芳丰润白皙的右手本能地一纵，抓起了眼前的那个夜光杯，站了起来：“救兵如救火，我委任马元海为前敌总指挥，提升中校承启处处长张慎之为上校参谋长，立即出兵驰援！”

张慎之的心悚然沉落了一下，继而又提了起来，一时间脑海里轰轰乱响，犹如万浪奔涌。这是他做梦也没有敢想的事，也是他梦寐以求的事。各种念头和幻景在混乱的脑海波涛里起伏。他把双手十指交叉在一起，身子前倾，迫使自己镇定下来，但仍然抑制不住全身微微颤抖，像在一只轻舟上飘荡。在迎面扑来的骇浪惊涛中，不知是福是祸，但他的直感却看到有一星明亮的灯火在很远的地方闪烁。

那不是从宝窟中闪出的光亮吗？

这种恍惚状态持续了很久,马步芳下面讲的很长的一段话他都没听清。直到大家猛然站起,举杯在手时,他才像从大梦方醒的蒙眬中清醒过来,慌忙持杯随大家站起。

“现在大家举起杯来,我们为即将出征的将士们干杯!”

所有人都一饮而尽。

张慎之竟然没有品出是什么酒。

卫士们又给每人斟酒。

“再为我们的‘团体’兴旺发达、前程无量干杯!”

一饮而尽之后,卫士们又斟满酒杯。这时,张慎之才看出这是他的故乡陕西白水出的杜康酒,“何以解忧,唯有杜康”!

“最后,为我们马家军旗开得胜、马到成功干杯!”

又是一饮而尽,放下了酒杯。

“今天是一个悲伤的日子,仇恨的日子,没有盛宴,只有三杯酒为你们饯行!等到凯旋之日,我再大宴三天欢迎你们!”

马步芳摆了摆手,卫士捧上三把鲨鱼皮鞘的军刀。

“今天,由马总指挥带去三把七星军刀,这是我们马家军的荣耀,它是坚定、忠诚、勇敢的象征,马元海总指挥在两年前阻击孙殿英西上的战役中,首先获得了这个荣誉。我希望在河西作战中,我们马家军的勇士们毫无愧色地得到它!”

马元海郑重地把三把军刀双手接过,放在眼前的长案上。

“宁死一万人,不失一寸土!是你们誓师出征的口号。现在先让我们宣誓——”马步芳握起了他的拳头。

与会者都高举右拳,声音低沉凝重:

“我们发誓:宁死一万人,不失一寸土!”

马元海突然把他的空杯像握着日式手榴弹似的举在头上:“宁作玉碎,不为瓦全!”

那只老山玉夜光杯“啪啦”一响,在他轻轻一握之下粉碎了,带着鲜血的碎屑像冰碴洒落在桌子上!

当张慎之心事重重而又兴致勃勃地从会场上走到庭院中时,马元海从后面重重地拍拍他的肩头:“我欢迎你这个参谋长!”

“说实在话，我有点意外……”

“是我指名要你的！”

“噢，谢谢你的推举！”张慎之诚挚地说，“不知为什么你选中了我！”

“姚秘书长经常夸你，把你说成是个能文能武的全才。我需要一个摇鹅毛扇的，你满肚子都是墨水，咱打仗空下来，不能光喝酒玩，你得给我讲古讲今解闷儿。你能文我相信，你能武，咱们得战场上看……”

张慎之听了一时弄不清心里是什么滋味，他想做个名副其实的参谋长，不想做个供马元海消遣解闷的弄臣。

马德从后面赶上来，拦住张慎之，低声说：“走！跟我到‘馨庐’去，军长要见你。”

马元海豁达欢快地扬扬手：“你们快去吧，我已经听到我的乌龙驹叫唤了！”

马德警告说：“元海哥，记住：骄兵必败！”

“明丞（马德的字）！不必多虑，这不是骄兵，这是信心！”

第四章　馨庐之谈

“馨庐”是马步芳的公馆。马步芳字子香，经名胡塞尼，光绪二十八年（1902年）出生于甘肃河州。小时曾习阿拉伯文，后来就读西宁国民学校，粗知《古兰经》。成年后，随父马麒从戎，加入宁海军，那时，他就认识张慎之，但过往并不密切。后历任营长、团长、旅长、师长、军长……直到后来担任八战区副司令长官、第四十集团军中将总司令、青海省政府主席、国民党西北军政长官公署上将长官，爬上了马家军事集团所追求的权力顶峰。

张慎之作为承启处处长，时常进出“馨庐”。但他只到三个地方：一是庭院花园中小凉亭，他曾在这里和马步芳下过象棋；二是汉白玉楼上的大平台，在平台上可以眺望西宁周围四时八节不断变换的壮丽景色，夏日在此纳凉谈天说地，中秋在此赏月，冬日在此观雪；三是装饰豪华的客厅。这里有名贵的壁毯地毯，有各式紫檀家具和牛皮沙发，在礼品架上放了古董、瓷器、玉器、金器和牙雕。

其他各室除了本家亲族和贴身副官、用人，外人是无法进入的。张慎之深谙马步芳的为人，绝不逾越雷池一步而窥察其隐私。

这次，马步芳邀见张慎之是在他的客厅，有军参谋长马德相陪。如此隆重接见，不能不使往日诚惶诚恐的张慎之，有受宠若惊之感。

张慎之洞察马步芳，除了下属应该了解他的上司之外，仍然是那个着魔似的目标驱使他不放过任何机会。他犹如一个窃贼，无时不窥测可以伸手的地方。

张慎之远在马麒的宁海军时，就跟马麒的幕僚李乃棻过往甚密，因为他们都是陕西人。张慎之以极为谦恭和真诚的姿态拜他为师。

那时，凡是涉世较深的人，几乎都懂得“多个朋友多条路，多个仇人多堵墙”的道理。

在马麒主政期间，为了生存发展，一方面不遗余力地结交上层封建军阀和各级官僚政客，千方百计求得他们的支持；另一方面，他懂得凡励精图治之君无不思贤若渴，凡昌明兴盛之时，无不是人才济济。他积极招揽当时的有识之士，组成了一个数以十计的智囊团。

这个智囊团中的主要骨干人物首推黎丹、周希武、朱绣、李乃棻，以及黄文浚、朱炳、姚钧、张勤仲、李钟美等人。

张慎之很敬佩黎丹。他是湖南湘潭人，系清代云贵总督黎培敬之孙，副贡出身，先任甘肃西宁州知州。在马麒任西宁镇总兵时，当时甘肃政权多为湘军旧属所控制，马麒很重视与湖南人的关系。黎丹是湖南都督谭延闿的表弟，曾任过谭的秘书。马麒即聘黎丹为幕宾，后来黎丹任西宁道道尹。其间，每遇军政大事，马麒必求教于黎丹，黎丹便为其精心谋划，悉中要害，甚得马氏尊崇。冯玉祥势力冲决西北后，马麒处境危险，黎丹力主镇静，委曲求全，坐观时变，终使马麒化险为夷，渡过难关。

马麒病故后，黎丹拥戴马麟继任，制订“定青拓边政策”。黎丹不但处事稳重老练，而且是一位学者。他擅长诗词书法，早在一九二〇年他就创立了“青海藏文研究社”，主持编纂《汉藏大辞典》，汉藏合璧《分解名义大集》等，致力于汉藏文化教育事业二十余年。

但是，张慎之与黎丹接近甚难，暗忖对达到所求目标亦无大益，便转拜他的同乡李乃棻为师。

李乃棻是军人出身，性格耿介，对马麒犯颜直谏，无所顾忌，由于他恃才傲物，得罪人很多，不受重用，但对马家上层人物特性洞察甚深。在他病重之时，张慎之厮守病榻，待之若父，恭聆教诲。李乃棻深为所动，便把自己一生为人处世之得失，谆谆教之。并把马步芳的特性写给张慎之，嘱其熟记而后焚毁。他对马步芳的评价是：

> 此人聪明绝伦精力充沛，记忆力强，计划筹谋快如泉涌，处事果决，当机立断，往往切中，不拖延，尚快速，皆出其父其叔其兄

之上。

知人善任，因人而异，量才录用，读书不多，但领悟力特强，古奥文句，皆能心知其意。文告书信每改动一字一句，宿儒亦为之惊叹。

生性险狠，赏无吝容，杀无亲疏，森冷严苛，悍将骄卒，莫不慑服。

信谗言，先入为主，不易改变其初衷，喜新厌旧，大胆使用新人，使之后来居上。

有才智，有胆魄，有囊括四海之意，并吞八荒之心，其叔虽亲如手足，竟被取而代之，颇具无毒不丈夫之气质。有时，亦有扶弱抑强的侠义之风。

善运筹帷幄之中，而不敢驰骋疆场亲冒矢石。

独断专行，有时感情用事，喜时可以原宥部下大错，怒时亦可妄杀无辜。

长于清谈应对，诙谐生风，短于登台讲演。

好色成癖，威逼利诱皆可为之，虽无圣贤之洁，亦无伤大德。

能礼贤下士，延揽人才，为人慷慨，尚能听逆耳之言，故书"以铜为镜，可以正衣冠；以古为镜，可以知兴替；以人为镜，可以明得失"挂于床左；书"兴国之君，乐闻其过，荒乱之主，乐闻其誉"，挂于床右。

善笼络人心，殷勤接待各地区前来拜见的各族头面人物，飨以美食，馈以厚礼，甘言相慰。沽名钓誉者，非上交不谄下交不渎之德也。

"居移气，养移体"，在其青云直上之后，亦不免得意忘形，不似以前礼贤下士矣。

然尊者有过，圣者有耻，盗亦有德，人心难测，变异多端，且其喜怒无常，予夺随意，望汝多自体察，所谓伴君如伴虎者也。

君子之所取者远，则必有所待；所就者大，则必有所忍。吾平生多受挫，乃性过刚不能忍耳，望汝谨记。

张慎之思之再三，把借马步芳之力发掘宝窟之设想——那是一个危险的蓝图——取消了。

此次被任命为河西参战部队的总参谋长，结交马元海以下的马家家族之精英机会必多，而且驰骋河西，在战乱之中，血流干，人死绝，城镇燃烧，房屋倾圮，率队挖掘，易找借口，易掩耳目。他仰目向天，内心自问：

“是不是天赐良机？”

张慎之刚刚在客厅的皮沙发上坐定，就听到马步芳的发问：

“张处长，”他竟然没有称他的新任职衔，是亲切？是习惯？还是表示总参谋长一职是临时性的呢？在座者均无暇细考，只能留待以后琢磨。“共军绝非一般军队可比，不能视之等闲。元海求胜心切，无视一切艰险，虽有两军相逢勇者胜之语，然而，骄兵易败；我军虽然勇猛无比，同仇敌忾，却缺乏正规训练，不讲战略战术，凡为将，必智为先、勇次之。你在中央军校成绩优良，今日有用武之地了……”

“感谢军长的重用，”张慎之诚惶诚恐地说，“我将竭诚尽力不负军长的厚望。”

“元海勇猛绝伦，轻视谋略，你去可以弥补他的不足。”

马步芳站起来踱步：“希望你尽心尽职，以‘团体’利益为重，敢于直言抗辩，如有分歧，可急电告我。”

“军长可以放心。”

“你对战争成败有什么想法？”

“我对胜利充满信心！”

“有什么根据？”

“我们占有天时、地利、人和，我们以骁勇无比的骑兵对付其饥寒交迫疲惫不堪的步兵……战场主动权全在我们手中。”

“所言甚当，凯旋之日，我当重赏。全军出征在即，我不多耽搁你的时间了。府上之事，悉托明丞照看，你就放心出发吧！”

送走张慎之，马步芳与马德对弈。马德连负两局，三局又现颓势。马步芳疑惑不解，手执棋子问道：“明丞，你的棋艺今天欠佳，不似往日，有什么心事吧？”

“河西共军，本不足虑，唯怕蒋介石的中央军借追剿之名渡河西进，那可就麻烦了！”

“所虑甚是，我们力求速战速决！”

晚上，他的小小的歌舞厅里传出高亢激越的镲鼓丝竹之声，这是马步芳最喜欢听的《河州大令》，兼有甘、青、宁地方歌谣的柔情和他家乡民歌的温馨，散发着草原的清香，宣泄着牧民的粗犷豪放的热忱，教人心神飘荡，忍不住翩跹起舞。

“孔子谓季氏，八佾舞于庭，是可忍也，孰不可忍也。”

孔子为政，先正礼乐，那个时代是非常严格的。在周天子庭前的歌舞队伍只能有八列；诸侯六列；大夫只能四列。季孙氏鲁大夫，竟然也敢享天子之礼，排上八列舞伎，如此僭越，谁能受得了？那是非治罪不可了。时代毕竟越来越开明，马步芳的歌舞能排几队，谁管得着？

马步芳和马元海一样，酷爱歌舞，在后来竟然甘冒被刺杀之险，把被俘的红军组成新剧团以供其玩赏。

但是今天，河西战鼓动地而来，马步芳的情绪虽然极力镇定，仍然不能回到歌舞升平的宁谧之中。古人云：钟鼓之声，怒而击之则武，忧而击之则悲，喜而击之则乐。其意变，其声亦变……马步芳的耳畔弥散着一片杀伐之声，他退出舞厅回到书斋。

提笔挥毫录唐诗一首，题赠子涵率大军出征：

弓背霞明剑照霜，
秋风走马出咸阳。
未收天子河湟地，
不拟回头望故乡。

这种悲壮之情在马步芳心头停留了一会儿，重又步入舞厅。他的情绪却被突然袭上心头的两句古诗破坏了：

战士军前半死生，
美人帐下犹歌舞。

马步芳在管弦声中，仿佛听到西宁大校场上战马嘶鸣，蹄声哒哒。他又从舞厅走出，登上平台，看到满街灯火，这天是夏历九月十四，皓月当空，部队过处，爹娘相送，哭声四起，仿佛有鬼影憧憧。

他记起自己一生连年征战，处处烽火，时时狼烟，战地空旷无垠，村镇焚为焦土，一片生机勃勃的大地，顿时变得人迹灭绝，疮痍满目，一片苍凉。

他感到一股冷气从足底上升，渗透了全身，接着打了几个寒噤。清冷神秘的月辉，照耀着匆匆北行的部队，像一条巨蟒爬进祁连山口。夜风呜咽，明灭闪动的火把恰如幽幽磷火，仿佛进入了一场奇幻迷离的血腥噩梦。他冷漠坚定的脸上显出异常的苍白与惶惑，眼前又浮现出那些难以描述的残酷的战争！

他首先想到的是他的族弟马仲英的“河湟事变”，直杀得尸骨遍荒野，千里无人烟。他们不仅为排斥异己而殊死搏斗，而且为权为利骨肉相残。这些本族、本教、异族、异教，各派政治集团、各路军阀势力，连年混战，谁能分清是非？谁能分清功罪？争权夺利，像两页巨大的磨盘，碾碎了人民的尸骨，无止无休。

他又想到了一九三二年到一九三三年间的青藏战争，而后就是与宁马联合的拒孙战争，为生存而去死亡，为获利而丢弃一切。

“春秋无义战”，他何曾进行过义战？保卫自身的利益就是一切行为的准则，如果红军不到河西来，蒋介石调他一兵一卒他也不愿意。他在军事会议上作了受侵害的委屈的样子，当然不全是做戏，但是，如果他有十倍百倍的兵力，他就要挥师横扫，统一全国；如果他有千倍万倍的兵力，他就要武力征服世界！

在马步芳看来，弱肉强食，优胜劣败，是万世不变的法则！

力量弱时被人打，力量强时打别人……利益一致时，宿仇也变成朋友；利益相背时，骨肉也成了死敌。

马步芳想到了历来宫廷中的残杀。他心头一颤，猝然感到一股袭面而来的寒气。他避开从祁连山雪峰上吹来的冷风，把脸转向西南，他感到沙特阿拉伯的干燥的漠风从万里之外飘浮而来。

他的族叔马麟不是怀着对他威逼迫害的隐痛不甘退隐，在十月十二日启程飞往南京向蒋介石告状,然后含恨赴麦加朝觐的吗?

“何必含恨?”马步芳望着伊斯兰教的圣地,那里有穆罕默德的圣陵。他自信,他对伊斯兰教同他族叔一样虔诚,他比他族叔更懂得《古兰经》的教义,“大道之行也,天下为公,举贤以临国,官能以敕民。谁能光大我们马氏家族的荣耀?谁能扩展我们马氏家族的基业?你是继承了我父亲的余烈,子承父业不比弟取兄业更为合理?而且我们两人,谁是庸才谁是英才?谁学足以通古,才足以御今,智足以应变,强足以守官?”

马步芳自辩之后,变得心定神宁,心安理得了。

此时,夜已渐深,舞厅里的鼓乐已经消隐。善解人意的赵副官知道,万马出征的夜晚不是缓歌曼舞凝丝竹的时候,马步芳不会到舞厅来了,便令那些歌舞美人退了下去。

马步芳步下平台,回卧室就寝。

忽有笛声如丝如缕,绵绵不绝,搅得他心神难安,披衣又起,伫立门边谛听。

笛声如泣如诉,似有无穷幽思泛起。他凝然不动良久,忘记了身外一切,忘记了侵衣透骨的夜寒,直到一曲终了。

他忽然推门而出,冲入吹奏者的房中,“嘤其鸣矣,求其友声”,不顾一切把他最宠爱的女郎抱起。

不久,他们便进入了温柔之乡!

此时,漠风骤起,月色昏昏。

张慎之骑马跟在马元海身后,正走过北川河桥,进入祁连山南麓,达坂山主峰的仙密大山。正在西坠的月光俯瞰着他们。

“总指挥,你想什么呢?”张慎之看着马元海在马上晃动的背影,很想探求一下这员猛将心灵的奥秘。

“我想,如若是我处在成吉思汗的时代,指挥这支大军,能不能打到欧洲!”

张慎之没有想到这位赳赳武夫竟然这样浪漫。

“何止打到欧洲,以二十世纪的装备,打十二世纪的战争,可以横扫天下。”

“我倒不想跑那么远，我不像你，会说洋文……再说，那些外国娘们儿也不好玩。如果我真是成吉思汗，我就会成立西域大帝国，我当皇帝，你当宰相，咱们搞它个三宫六院七十二嫔妃，歌舞升平度一生……喂，成吉思汗是怎么死的？好像他也来过咱们河西！”

“来过，”张慎之的记忆很好，“哪一年我不记得了，他西征灭了西辽和花剌子模，打败了俄罗斯联军，后来又率兵攻打西夏，遭到西夏顽强抵抗，第二年被西夏打败，他郁闷成疾，病死军中。据说，就死在河西走廊的清水……”

“清水，我去过，离酒泉不远了。”马元海兴致勃勃地大放厥词，“说真的，我倒希望把共军赶回陕西你的老家去，我就带骑兵追赶……”

“为什么这么想？”

“听说陕西米脂出美女，貂蝉不就是米脂人吗？”

“那我可得向你声明，我们华阴县离米脂足有八百里，再说有没有貂蝉这么个人都很难说，我们华阴可是专出母夜叉的地方。”

“那我可就追得没劲了！”马元海叹了口气，反问道，“你出征的时候想什么呢？”

“我……我想我做的一个梦……”张慎之笑笑。

“梦？上午接命令，下午忙出征，你什么时候做的梦？”

“午饭之后，打了个瞌睡。”

“梦不会很长！”

“我梦见一群闪着金光的飞鸟穿过黑沉沉的云幕，落到咱们出征的地方，轰然一声，顿时化成百丈长虹，散落下五彩缤纷的宝石花！我就醒了！”

“有趣！那是炮弹的爆炸！”

“我看到的明明是宝石！”

“很好，总指挥想美人，总参谋长想宝石……这仗准能打赢！”

张慎之的梦是临时编的。他回家与妻子告别时，把祖父、父亲的遗嘱托付给妻子。他万一有什么不幸，他十四岁的儿子将继承他富可敌国的财产。

第五章　危险的试探

张慎之把马正良带进自己房间里，让他坐在铺着狼皮褥子的小炕沿上，端给他一盘黑瓜子，让他稍候一会儿，便坐在灯下，起草向马步芳催要弹药的电文，交电台主任徐寿彭发出。

马正良嗑着瓜子，想不出参谋长要跟他谈什么。

住在隔壁的马元海已经扬起了如雷的鼾声。

“我首先祝贺你的提升和受奖！”

“谢谢参谋长！”马正良淡然地回答，拘束之中存有几分戒心。

“你的琴拉得很好，在马家军的作战部队里，有你这样文化素养的人不多。今天我很兴奋，很想找个人像朋友似的随便谈谈。你上过什么学校吗？”

“没有，是我父亲教的！”

“你父亲在哪里？家里还有些什么人？”

“只有父亲一人，母亲早就去世了。”

“家里靠什么生活？”

“父亲有些积蓄。”

“那么你离开家后，老人由谁照看？”

“父亲身体很好……家里还有个又聋又哑的大叔……”

“那么他还要照看聋哑人了？”

“不，聋哑大叔很健壮，他照看父亲。”

“你父亲一定很孤单了？”

“不，他有满屋藏书。”

“噢，你家是书香门第，你父亲一定是很有学问的人了？”

“他原来是随军阿訇。”

“随军？你父亲也是军人？”

“……”

“他也在宁海军里服务过了？他叫什么名字？也许我们还认识呢？”

“他叫马向真……”

张慎之自信记忆力特强，却想不起在随军阿訇中有这么一个人。

按说，这种吱吱嘎嘎拉锯式的谈话早该结束了，想一句问一句，问一句说一句，不多一字，叫人难受。张慎之也已察觉马正良不是他希望的那种促膝谈心倾诉衷肠的对象，更不是爱私利害公义之人，笼络其心甚难。

但是，马正良这种不卑不亢，虽不多言，却句句诚实的回答，深深吸引了他。

“你家在哪里？也许有机会去拜访他。”

“在永昌，柴山堡，离汉长城很近。”

“那是苍凉之地！”

“很适合父亲半隐居的生活……”

“他怎么能允许你从军呢？你是孤子。”

“用父亲的话说，他是理性多于感情，我是感情多于理性，我不能像他那样生活……”

“我倒觉得你是理智型的，比如，你不多酒，得了最高奖励也不兴高采烈，当大伙欢叫着去争夺女俘时，你却沉默无言，本来，今夜值得狂欢的应该是你。”

“不欺妇孺，不杀无辜……这是父亲的教诲。”

“你在军中，朋友多吗？”

马正良摇摇头。

“四海之内皆兄弟也，你为什么不广结友人？”

“黄金易得，知心难求……我是个不合群的人。”

“这我理解，曲高则和寡。”

张慎之陷入沉思之中。生活中充满悖论，他感到马正良正是他需要之人，又是他最不需要的人，就像寻觅一个坚贞专一忠于爱情而又背叛丈夫的情妇，需要一个对别人恶对自己善的双重人格。

张慎之是聪明之人，自信精通世事，练达人情，却又走不出他的误区：他总想在生活中找一个可以背叛任何人，却又无限忠于他的伙伴。

“参谋长，”马正良在张慎之愣神的时候站了起来，“如果没有别的事，我回去了。”

“噢，可以，可以，”张慎之不无遗憾地说，“我们以后还是有机会谈谈的。”他也站起来，忽然想到了几句要紧的话问，“你父亲是在哪个部队里当随军阿訇的？”为了不引起马正良对他寻根究底的猜疑，又补充说，“我在总部多年，怎么会不认识呢？”

“他在马仲英部队里，在马仲英失败之前，他就居家赋闲了。”

张慎之历数了马仲英的四个随军阿訇，却无一个叫马向真的，但他不便再问，而且他已经看出，马正良正为自己多言有些后悔了。

“噢，噢。”张慎之做出毫不在意只是随便问问的样子，把马正良送出门去。

他用适度的冷漠，掩饰找马正良“密谈”的真正企图。

马正良走后，张慎之沉思了好久，神龙见首不见尾，似藏似露的马向真强烈地吸引了他。

他相信马向真是马仲英的随军阿訇之一。他在司令部多年，见过各种编制名册，记不起这么个名字。

他眼前忽有亮光一闪，恍然大悟：“这是一个化名！向真，向真，向往真理，向往真主，向往真实者也……”他立即赋予这个人物以神秘的色彩，产生了一种直觉：也许这位隐士能帮助他解开这个难解之谜吧？

“明者远祸于未萌，智者避危于未形。”十数年来，张慎之谨慎从事，害怕一招不慎全盘皆输，反而忧虑重重，莫衷一是：水至清则无鱼，人至慎则无智。奇和险往往是连在一起的，不冒风险，智有何用？

生活，就像一座云遮雾绕的山林，从远处看来，犹如仙境，呈现出朦胧之美，如果近看，就会看到残枝败叶，蚁穴虫窝。

张慎之的获宝美梦，一旦落实，就感到危险万分：

在没来河西担任总参谋长之前，他就设计过多种方案，但没有一种不存危险：

他曾设想把这个秘密出卖给马步芳，达成秘密协定：发掘之后，可以对半分或是四六分。

发掘方法可以采用一九二八年国民革命军第十二军军长孙殿英挖盗清东陵慈禧墓的方法，但绝不会引起那样大的震动。因为那是尽人皆知的皇陵，而他的宝窟却是谁也不知道的洞穴。

只要用军事演习为借口，在测定的地点挖个小小的地下掩蔽部就是了。当发现那两个密封酒缸时，就运往“演习”指挥部，当众宣称挖出了两缸陈年老酒。马步芳就效法当年西汉骠骑将军霍去病，击败匈奴凯旋，将汉武帝送来犒赏他的一缸御酒，倾入金泉之中，与全军将士共饮，传为千古佳话，后来，金泉也就更名为酒泉。

在古酒泉之后，再来一个今酒泉，由兵家、学士、文人、墨客，留于言谈、史籍、诗文、传说、歌谣之中。

如此美事，马步芳何乐而不为呢？张慎之想入非非了。

接下来，就是如何保存这些财宝，如何运用这些财宝。麝因脐死蚌因珠剖，他的安全可就大成问题了。几度梦中，蒙面大盗闯入他的帐内，刀触咽喉，逼他交出一切，蓦然惊醒，冷汗淋淋，心悸肉跳。

仔细一想，不过是一场虚惊，因为财宝仅有两人（不包括亲属）知道，应是千古之谜。他将不动声色，或做官，或为民，他将逐渐广置田地——这是烧不掉抢不去的不动产。

“总是有办法的！世上百万富翁何止千百……”他为自己的迂腐多虑而自责了：“你什么时候变得这样优柔寡断了？菜都摆到桌上了，还愁如何吃吗？”

本世纪八十年代，匈牙利建筑师鲁比克为了建筑上的需要，种瓜得豆，设计出了风靡全球的魔方。它是不同颜色的六面体，每面有九个小方块，转动起来，变化无穷，据说可以变幻出千万种图案。四十年代的张慎之，也发明了一种“魔方”，那就是他的探宝、挖宝、藏宝、用宝的种种方案，即使那宝窟挖掘不到，由此而激发出的智慧，所创造的方法，也会像鲁比克一样，种瓜得豆，写一部挖宝奇书。

张慎之像扭动手中的魔方一样，在想象挖掘宝藏的种种方案。它可以千变万化，令人着迷，眼看转成一面红了，无意间一扭，突然跳出一块黑色，越扭红格越少而黑格越多，几乎使他陷入疯狂。

他的挖宝美梦第一步就出现了不可逾越的障碍，他的思考是形象而生动的：

当他向马步芳宣布这个秘密的时候，马步芳反应是冷淡的，而后露出一个讥讽的微笑：

“非常有趣，我听了一段当代的天方夜谭，它虽然没有‘南木特’①悦耳，却使人陶陶然如饮佳酿，如做美梦……”

“军长！这是祖上至嘱，绝不虚妄。”张慎之直言抗辩像是祖先受了侮辱。

“那么，真的有此原件？”

马步芳表现得完全像柳宗元在《贺进士王参元失火书》中所写：“始闻而骇，中而疑，终乃大喜……”请承启处长快些将至嘱取来，大有先验货再还价后付钱之意。

张慎之怀着既兴奋又不安的心情，把那张“宝窟指南”放在马步芳的黄色柚香木桌上。

马步芳目光如锥如电如火，庄重地专心致志地看了三遍，然后激动地仰起脸来：

“你准备用什么方法去发掘？”

张慎之把想了不下十遍的方法告诉了他。

“你准备怎样分发这两缸珍宝？”

“你一缸，我一缸，先分为甲、乙，然后抓阄，我相信军长的运气比我好……”

“那好，一言为定！”马步芳站起来，满面喜色，“事不宜迟，你去制订‘演练计划’吧，要像真的。”

“我一定做得天衣无缝！”

“我相信……晚上，十一时十三分准时把计划送到我办公室来。”

---

① 甘南藏戏，藏语称“南木特”，即“传记”之意，亦称“拉卜楞藏戏”，由藏族民歌、舞曲、僧歌演变而来。马步芳、马元海均爱此乐。

“用不到那么长时间,下午四时之前我就会弄好!”

张慎之竟然敢于改动马步芳规定的时间,因为大行不拘细谨,仿佛他们已不是上下级而是伙伴关系了。

“不行,下午这里人多事杂,晚上我照常要看歌舞,准时前来吧。”

张慎之点头应是,他在得意之时,竟然大礼不辞小让,忘了给马步芳敬礼,兴冲冲地走了。得意而不忘形太难了,利令智昏太易了。

张慎之的假演练真掘宝的计划,详尽周密到自我陶醉的程度。“这是惊世杰作”,似乎已经载入世界奇闻录了。

当他准时出现在马步芳的办公室时,空无一人,马步芳的卧室却亮着灯,他兴冲冲地推门进去。

突然一阵枪响……

“林冲误入白虎堂”的念头刚在脑幕上闪动了一下,就倒在血泊里了!

“抓刺客啊!”

那是一阵杂乱的惊呼声和脚步声。

张慎之想到这里,心中猛然一凉。马步芳要置他于死地太容易了,方法可以千种,时机可有千次。

他终于明白了。“指南图”交出之日,就是他死亡之时。陡然间,一股透骨的寒气掠过脊背,悚然产生了不祥的预感,隐约意识到命运不是惠顾而是嘲弄。这份拿不到手的“遗产”,就像勾魂摄魄的伥鬼一样,非把他送入虎口不可。

他又扭动了一下“魔方”,蓦然间又跳出了一个红格,出现了新的转机:

“我可以交给他一个赝品,一张修改过坐标的指南图,他离了我就无法找到宝窟……”

当然,还不完善,他又扭动了一下,又跳出一个红格子。

“我可以当众公开宣布出来,有口皆碑,谁也不能公然加害于我……”

当然,还不完善,他又扭动了几下,接连跳出几个红格,似乎很快就又变成一面红了。

一会儿黑云当头，一会儿福星高照，既不是一面红，也不是一面黑，而是杂色相混。

"必要时我捐献给国家，只要求十分之一的奖励……"黑红之间又出现了蓝格。

"不到山穷水尽无路可寻时，我不走这一步。"

黑红蓝之间又出现了白格。

张慎之的所有知觉几乎被这个宝窟（也许叫魔窟更好）囚禁住了，他梦幻般地在这个"魔窟"中来往奔突，时而走进一座珠光宝气的宫殿，时而又坠入蛇蝎蜈蚣成团的洞穴。

后来，一位文学家的一句名言挽救了他："一切都在希望与等待中。"

他强制自己耐心等待，时不至不可强生也，事不究不可强成也，欲速则不达。时机不到，蛮干必糟。他一方面耐心待机，一方面从古籍及名著中寻找成功的秘诀。

到河西来，当了数万人的总参谋长，给他提供了双重时机。圣人不可造时，时至亦不可失。急了不行，慢了也不行。

他的第一步是首先当好马元海的参谋长，以他的学识，以他的聪明，以他在军官学校的优异成绩，做到这一点并不难。

其实，马元海的参谋长比他想象的要好当得多。

如果一个指挥员他长于运筹帷幄，对参谋工作就会提出极高的要求。古兵家称之为"庙算"，也就是战争计划，战略决策，那需要参谋长提供各种可靠的精确的数据。

两个马穆鲁克兵①绝对能打得赢三个法国兵，这是对个体力量而言；可是一千个法国兵总能打败一千五百个马穆鲁克兵，这是对总体而言。

---

① 古代在马穆鲁克与奥斯曼战争中，马穆鲁克的士兵以高大强壮著称，犹如马家军中的撒拉族士兵，体格强健。范长江在《中国的西北角》一书中多处提到回民的强悍，他写道："汉人十中有九个身体孱弱，衣服褴褛，鸦片烟残害后的苍黄瘦脸挂在多半的汉人头上！凡是身体壮实，衣服整齐，骑高骡大马者，都是回回！"

由此可见,整体是由个体组成的,整体力量却不等于个体力量的总合。战争是力量的较量,但智谋的力量是很难用数与形表现的,因此战争中常常出现“以弱胜强,以少胜多”的结局。

要以小的代价换取大的胜利,这是任何兵家追求的目标,要达到这个目标,除了指挥员的智慧、勇敢、果断、应变等等因素之外,那就是参谋部提供大量的精确的数据和情报,因为数有虚实,形有真假。如果参谋部提供的情况不实,就很容易造成指挥员的判断失误。

战争中的参谋长是最忙的人。

可是马元海不需要这些。他的指挥带有很大的盲目性和随意性,有点儿蛮干和乱来,现代语叫“瞎指挥”。

参谋长的作用马元海弃之不用,把张慎之降到了一个“顾问”的地位,可有可无,空下来,听他说古,用他解闷。

张慎之成了最空闲的人,上有总指挥,下有办事员,他承上启下,成了名副其实的“承启处长”,官复原职。

按说,马元海这种瞎指挥的缺陷是致命的,非打败仗不可,可是马家军有几个突出的长处弥补了他的不足。

首先是占有天时、地利、人和,他用保卫民族、保卫宗教、保卫地盘(家乡)煽动起来的狂热的怨毒恨火,化成血腥搏杀的激情。

此外,他握有骑兵的优势,犹如两个搏斗者,一个手握匕首,一个手执长矛……步兵追步兵,追错路,就贻误了战机;骑兵追步兵,追错了路,拨转马头重来,仍然能达到目的。

马元海个人的战斗作风是亲临战场,登上山头站在马镫之上,战场状况一目了然,现场调度比后方遥控更切合实际,更能随机应变。

在张慎之的阵中日记中有这样一段感触:

> 总指挥最推崇“将在外君命有所不受”。对军长来电指示如何部署如何作战一概置之不理,你说你的,我打我的。有一次竟然冲动起来,向我大喊:“既然让我执棋对阵,就用不着别人支招。”
>
> 我以军令如山,军人以服从上峰为天职相劝,总指挥顿时敛容,怫然不悦,声冷字重曰:“我马元海爱骏马爱美人爱财宝就是不爱脑袋,军人就是活得自在死得痛快……出主意由你,听不听

由我。”

我只能唯唯而已。

张慎之这样绘声绘色地书写阵中日记，除了他既有闲暇也有兴趣外，应该说是略有心机的。他怕万一战争失利，他会成为马元海的替罪羊。马步芳不给他权力，却要他承担责任。他处在胜则无功，败则获罪的地位。到那时，他将拿出阵中记载为己申辩。

自此之后，他对作战，只是点到为止，绝不坚持己见："败了那是你的事，反正我提醒过了，你不采纳我有啥办法?"这种明哲保身的态度，很为马元海所欢迎。他们关系处得很融洽。

张慎之万变不离其宗。他把马元海当成了第二个与他合伙发掘财宝的伙伴。他认为与马元海合伙的危险，肯定比与马步芳合伙小得多。

第六章　永昌之夜——审俘

张慎之把马正良送出门去。墙上年事已高的挂钟,用伤风苍老的沙哑嗓音,当当当当地敲了十一下。这是他平时应该睡眠的时候,今晚,却毫无睡意。

他把桌上的马灯捻得很亮,而后在桌边坐下来。他不知今夜马元海又拉了哪个姑娘陪宿,他曾多次劝他绝不能拉女俘做伴,并给他讲了一个“宫娥刺虎”的故事,以免出现惨遭刺杀的悲剧。今晚雷家屯弹药库被炸,作为总指挥,竟然睡得如此酣沉,张慎之不由对他产生了几分敬意。

张慎之却不行,今天他思绪万端,犹如彩蝶、蜜蜂、苍蝇、蚊蚋一齐扑向心头,嘤嘤乱飞。

他首先想到的是跟马正良枯燥得没有一点水分的谈话,就像嚼一节干透了的甘蔗。他已经完全把马正良排除在他挑选的伙伴之外,只有马向真越来越吸引他。可惜马正良提供的线索太少,他没法浮想联翩去作种种揣想。但这些散点火星,却燃起他越来越强烈的欲望。

人生之奥,世界之秘,生活之谜,往往具有永恒的诱惑力,引起人们满腔热情地,乃至不顾一切地去探索它。

张慎之虽然强自镇静,但纷乱的思绪却无法集中在一件事情上。他打开了一本书,这是从凉州一家豪绅的藏书室里顺手取来的《乐府诗集》,强制自己看下去:

> 如天有眼兮何不见我独漂流?
> 如神有灵兮何事处我天南海北头?
> 我不负天兮天何配我殊匹?

我不负神兮神何殛我越荒州?
制兹八拍兮拟排忧,
何知曲成兮心转愁。

胡笳声声,催人泪下,张慎之仿佛听到蔡文姬的低泣,那是她整个灵魂吐诉出来的绝叫。

杀气朝朝冲塞门,
胡风夜夜吹边月。

一千七百多年前的诗句,和今晚的情景是多么贴切。

张慎之一下回到现实中,他把书“啪哒”一合,立刻想到今晚绝非寻常,他应该记入阵中日记:

公历一九三七年二月二十八日,晴,白日风沙颇大,夜,月朗星稀,临泽·黄家屯。

我军进入河西走廊以来,先战于干柴洼、横梁山、古浪城、永昌城、八坝、山丹。后战于高台、临泽、倪家营子。历数苦战,以今日最为激烈,总指挥亲临火线,倾全力攻击。

我军部署:

东北方向由韩起功旅、马呈祥手枪团及所属民团;

西南方向由马彪旅、韩荣福炮兵团及所属民团;

东南方向由马继融旅及所属民团;

西北方向由独立骑兵旅及所属民团。

从晨七时发起攻击,战至下午五时,反复冲杀达数十次之多。受到顽强抵抗,我方伤亡惨重,达七百余人,马四百余匹。但我军随减随补不乏兵源,战力不衰。

共军伤亡不详,预计也不下七百之数,但其内无粮弹外无援兵,孤军奋战,创痛皆起,饥寒相迫,绝难久存。军座最忌共军东返,严令追堵不惜代价。因事关奇重,驰军猛追,故招致西洞堡之挫败。

张慎之自知西洞堡之败是因轻敌麻痹所致,但他必须在阵中日记中找到开脱之辞以备将来查考。

共军本应乘我追击受挫之时，急速东进，一向狡诈之敌，不但弃其有利时机，反而西返重入绝境，不知何故。莫非固守待援？或是西去新疆？

待援，似不可能，千里援军何时能至？

西进，却又不像，从西洞堡到倪家营子仅数十里，为何不乘西面空虚兼程而进，反而滞留此地，筑垒挖壕待我来攻？莫不是有大的行动需要他们配合？我建议此情应电告军座，总指挥认为没有必要。

弹药库被炸，总指挥只当作正常消耗上报，我也只能听之任之。

也许总指挥是对的，连续投入兵力不惜代价，速战速决，以不变应万变，只要取得胜利，万错皆可不咎……

张慎之写至此处，意犹未尽，笔在手中旋弄了很久，却不知写什么好了。

他把阵中日记翻了几面，目光停留在永昌那篇记述上。这是一种下意识，后来才意识到这里是马正良的家乡。如果早在去年十二月初苦战永昌之时，他就知道马正良的身世的话，他会带一队骑兵专程去拜访他的父亲马向真。那会是一个多么好的时机。

永昌之夜记载是简单的，内容却是无限的。

公历一九三六年十二月十二日，阴，永昌·高家堡。

连日激战，互有胜负，双方均伤亡惨重。

凉州四十里堡激战之后，继而是永昌东南八坝之战，我军为截断敌军永昌与山丹的联系，分割包围，便于聚歼，双方激战于永昌城西三十里处的水磨关。此敌为三十军之八十八师，极为顽强。激战一昼夜，后敌又派八十九师增援。为免腹背受敌，我主动撤出战斗。此役我损失约四百人马，敌伤亡亦甚重。

次日集中五个旅与四个民团强攻永昌，并有兰州绥靖公署派出的三架飞机助战，敌守城系主力部队，其总部亦在城内，故据城顽抗。我军七次猛扑，均未突破，并有一架飞机被击中起火，落于城东山谷之中。

与此同时，我以骑兵、步兵各一旅及两民团进攻山丹。山丹为五军所守。我军进攻系钳制性质，兵力较弱。山丹城东北方向是由乐都民团助攻，被敌察觉，全力突袭，民团长陈濂无战斗经验，任部队溃散。敌军遂出城追击，民团反成诱饵，敌竟弃险追出十余里，被我骑兵逆袭其后背，并断其归路，溃散之民团复又杀回，出城敌军约七百余人，悉数被歼。城中敌人遂据城固守。

敌有城垣可凭，城郊地形开阔，易守难攻，我建议总指挥改强攻为围困，辅以巧攻，总指挥采纳此计。战争遂成胶着状态。

公历一九三六年十二月十三日，雨夹雪霰，永昌·高家堡。

这天总指挥命我审讯一个共军俘虏，据说是一个营长。并不指望他提供更多的军事情报，对于共军多少人，多少枪，总指挥并不十分关心，多也罢，少也罢，总是要打到底。最关心的是共军的战略意图，他们为什么要向西来？是侵占河西？还是远去新疆？军座来电一定要阻止共军东返是什么意图？保持共军河西、河东的分离状态便于消灭？还是奉蒋委员长的命令如此部署？不得而知。

我却想了解这些共产党人，他们为什么这样顽固？即使妇女儿童也苦战到底，死而无怨，他们为什么呢？……

俘虏被抬了进来，他受了重伤，满身是血，死灰色的脸跟蹲了十年死牢的囚犯差不多，闭着眼，张着嘴，黑色胡茬里露出洁白的牙，看不出他的确凿年龄，额角上有一条不深的刀痕，凝着血斑，他已经到了死亡的边缘。

“水！水！”

我叫卫兵端给他一碗水。那卫兵向他张开的嘴上倒下去，他呛水了，全身剧烈地痉挛着，但他睁开了眼睛，看了看室内的人。

“你如实回答我的提问，我会叫医官来为你治伤！你应该活着！”我说得很真诚很温和，他应该受到感动。

"我不能躺着回答你……把我扶到椅子上!"

不是请求而是命令。

我做了个手势,让两个卫兵把他架在椅子上,谁知这个气息奄奄血将流尽的躯体里,竟然爆发出邪魔般的力量,从失去戒备的卫兵手里猛地夺过了手枪,举手就打。显然是对着我的,我还来不及作出反应,他的手臂被卫兵打了一拳,子弹打进墙角。

两个卫兵立即扑到他身上,一个按住他的手臂,一个扼住他的咽喉,拔出腰刀插进他的胸腔。这一切动作几乎是在两秒钟内完成的。

我看到那个俘虏两脚乱蹬双手乱抓,一阵僵直性的痉挛,胸前血如泉涌。两个卫兵惊魂甫定站了起来。那个战俘的布满猩红血沫的嘴唇里吐出了几个微弱却又清晰的字:

"我不是俘虏!"

随着最后一个字的消逝,他立即气绝身亡。

审讯室里足足冷场了半分钟,我脑子里最初跳出的几个字是:此后审俘不能大意。

第七章　永昌之夜——宝藏

张慎之继续翻阅阵中日记。

公历一九三六年十二月十六日，阴，大风，永昌·高家堡。

战争处在胶着状态，互有攻防，但不激烈。双方似乎都在坐待局势改变。

今天下午，军参谋长马德率队赶来永昌，方知十二月十二日张、杨发动西安事变，马德在此召开旅以上军官会议，一方面传达马军长对西安事变的态度，一方面检查军纪，部署下一步作战计划。

马德带来马军长《复南京军政部何部长电》和《复陕西中华回族救亡联合总会电》，让我给与会者宣读——

复何部长电云：

南京军政部部长何钧鉴：

文酉镇电奉悉。张、杨叛变，委座被劫持，职等不胜愤慨。奉电前因除随时与附近友军确取联络外，对于甘绥署人员避难来青者均已妥为招待安置，祈释廑念。职深受国恩愧少报，处此叛军共匪重围环绕之下，职等只知报效党国，报效委座，粉身碎骨在所不惜。枕戈待命。

恭候机宜敬闻。

马步芳叩删未警机印

马德要我给与会者解释电文，何应钦的文电是十二日发的，马军长的删电是十五日回复。沉思三日，可见郑重。

在我宣读给陕西中华回族救亡联合总会的电文时,半躺在炕上的马元海扬起了如雷的鼾声。我以目示马德,是否还要读下去,马德走过去,拍了拍马元海的穿着皮裤的腿:"元海哥,你起来坐着听,西安事变委座被劫,这么大的事,你怎么好睡觉?"

"你们说的我都听着哩!"

"我们说的是什么?"

"早日把共军消灭呗!"

众皆窃笑。而后马德讲话,他说:

"现在是谁当权我们拥护谁,谁力量大,我们接近谁。军座意思是审时度势,静观时变,趋利避害。谁对我们'团体'有害,就是敌人,眼前危害我们的是共匪,是燃眉之急,危险之敌,除了彻底消灭之外,别无出路……"

马元海微微笑了,满脸自得之色:"明丞,你说了半天跟我说的那一句一样。"

众又大笑。

马元海设晚宴为马德洗尘,酒至半酣时,他低声对马德说:"我们在前些日子消灭了共军的前进剧团,俘获许多女演员,子香来电说女俘留在军中易生祸患,要我全部押送西宁,我扣下了几个漂亮的,今晚你要不要?"

"别胡闹!"马德正色说,"你这样怎能整饬军纪?"

"这和军纪有什么关系?前天我下令枪决了骑二师强奸本族妇女的一个排长,他们竟扬言报复,他敢!……我就是'只准州官放火不准百姓点灯',河西战场上只有一个总指挥……谁敢攀比?"

"子涵,你喝多了。我沿途劳顿想早点睡。你啊,不爱江山爱美人,早晚要后悔……"

"明丞,此言差矣,自古英雄爱美人……你啊,人间的快乐都没有享受过……"

"你总是什么都不在乎……"马德不无责备地说,但他和军座都懂得"生材贵适用,慎勿多苛求"。

第二天，马德回西宁，临行前，暗嘱我规劝总指挥注意言行。“生为百夫雄，死为壮士规。”他希望总指挥除勇敢之外，成为全军的表率。

我以美利坚合众国南北战争中的罗伯特·里和尤利塞斯·格兰特之不同应之，马德参谋长以我之说为然也。

这篇记述，张慎之是颇费心机的。他是准备未来有朝一日，公开此日记，以证实自己之明智及尽职。四面讨好八面玲珑，“君子防未然，不处嫌疑间”，以明防前，以智虑后。

他向马德讲的美国两将军，是一个典故：

罗伯特将军在人的心目中是一个标准的军官形象，出身高贵，相貌英俊，举止高雅，在内战爆发的十年前就是西点军校的首长，威望很高。一八六一年南北战争开始，罗伯特成为南部军队的总司令，对林肯总统的联邦军队作战，屡战屡胜。

格兰特却大大不同，他也曾在西点军校受过训练，在一八四六年的对墨西哥战争中也曾立过功勋，一八五四年才是上尉军衔，因贪杯渎职离开了军队，当了农民，又开过一家商店，勉强维持妻儿温饱。

南北战争开始，他被当作有作战经验的军官为联邦军队任用，指挥一个团队在维克斯堡取得了一次重大胜利。林肯苦心遴选一个能够战胜罗伯特的军事指挥员，他从此次胜利中看到了格兰特的指挥才能。

林肯内阁成员却不赞成委以重任，说此人行为不检，在军内嗜酒，缺少君子气。林肯总统却说：“我要的是能打胜仗的将军而不是君子。”

非君子的格兰特终于打败了具有君子风度的罗伯特。

张慎之的这个故事，既赞扬了马步芳像林肯那样敢于起用格兰特那样有缺陷的将领，又为马元海不拘细节的行为作了开脱。

显然，这次谈话，马元海已经知道了。在马德走后的第二天晚上，竟然约张慎之到他卧室里对酌，请他大讲美国南北战争。当他得知格兰特的许多生活轶事后，如饮甘醪，缓缓地捻弄着短短的胡须自得地问：“这个格兰特可上了世界名将录？”

“当然，当然。”

其实，张慎之并不了解格兰特的生活，只是顺口瞎编，使他与马元海颇多近似，以愉悦马元海的情绪，迎合他的虚荣心。

“你看我能不能？”

“那就看我们能不能打败窜入河西的共军了。”

欲望，比实际获得更具有吸引力，张慎之设法把话题引到发掘宝藏上。他把马步芳排除之后，便在马元海身上寄托着希望，他觉得马元海不玩阴谋，刚直豁达，是“义不负心，忠不顾死”的人，和他结为伙伴，危险较少。他在绕了许多弯之后，装作忽发奇想，给马元海讲了个探宝历险的故事，这个故事并非完全虚构，但也不乏捕风捉影，又加他握有历史依据，讲起来却完全像是真的。

那是一个“草草杯盘供语笑，昏昏灯火话平生”的夜晚，远处零落的枪声，反衬出战区之夜的宁谧。马元海盘膝坐在狼皮褥子上，嗑着黑瓜子，嚼着木炭火上刚刚烤熟还“吱啦吱啦”响的羊肉串，津津有味地听张慎之讲古。

“这要先从大唐征服西域说起，唐高祖李渊武德年间，大约是武德二年（公元619年）……”张慎之特意把年代说得准确具体，以增加自己故事的可信性和真实感，“西域的西突厥和高昌两国入长安纳贡。

“那时，高昌是西域大国，物产丰富，又是汉代丝绸之路的要冲。公元前一三八年，汉武帝派张骞出使西域。那时，现在的河西走廊是匈奴国，他去西域目的就是寻找被匈奴打败而西迁的大月氏族人，以联合力量从东西两方共同夹击匈奴，途中被匈奴俘获，拘禁十年；脱逃之后，经过大宛、康居、大夏一些中亚国家，终于找到大月氏国，但是大月氏族人由游牧无定的部落‘行国’改向农业定居，不愿意再杀回匈奴，张骞只好东返，途经匈奴又被俘虏，再遭拘禁一年有余。后来又第二次出使西域，虽未达到联络大月氏、乌孙夹击匈奴的目的，但开辟了中西文化交流的通道，密切了汉朝与西域的关系。”

马元海感到张慎之扯得太远了，哈欠一声：“高昌国在哪里？是不是现在的永昌？”

“我查过，好像高昌国有两个，这有待历史学家们去考证。”

“怎么会有两个？你讲的是哪个？”

“我讲的是前一个，而不是后一个。”

“这是一笔糊涂账吧？”马元海失去了信任和兴趣。

“我先说后一个。据凉州史记载：公元一二七二年，只必帖木儿在西凉府（今武威城亦凉州城）北三十里处筑了一座小城，元世祖赐名永昌府。当时在武威地区，除了蒙古族外，还有以纽林的斤为代表的高昌回鹘，以阿台不花为代表的西域回鹘，这两个部落势力很大。公元一三〇八年纽林的斤在永昌府嗣为亦都户（维吾尔族的国王，当时称畏兀儿），一三一六年元仁宗封他为高昌王。我们从武威城北路过的时候，那个叫‘张府’的村屯，就是高昌王府的旧址。‘亦都户高昌王世勋碑’就是在这一带出土的。前几天在武威城开军事会议的时候，我还去看过。

“我想说的那个高昌国是在唐代以前的高昌国，唐太宗贞观十四年，也就是公元六四〇年，侯君集灭高昌，以其地置西州，据我考证，是在新疆吐鲁番一带。

“那时的高昌国国王叫麴文太，他派使入贡大唐，尽是奇珍异宝。唐太宗派使到高昌，要他们遵从唐代汉人的风化。本来高昌国臣服于大唐就不甘心，大唐要同化他们就更恼火了，便对使者说：‘鹰飞于天，雉伏于蒿，猫游于堂，鼠噍于穴，各得其所，岂不能自生邪？’那意思是说，各有各的生活习惯，各有各的民情风俗，鹰在天上飞，雉在蒿草里卧，猫在堂屋里走，鼠在洞穴里吃东西，都生活得自由自在，互不相干，为什么非要强迫我们遵从你们的规矩呢？硬要鹰向草窝里钻，硬要老鼠学猫的样子，有什么必要呢？

“唐太宗闻之大怒，要武力征服这些不服天朝教化的野蛮人，其实是为了保障西部边陲的国防安全，保证丝绸之路的畅通，便派能征惯战的骁将侯君集去征讨。

“麴文太听到之后震惊万分，急召群臣商议对策。百官各有主张，大致分为三种：

“第一种是武官，极力主战，他们认为大唐出兵高昌，路途遥远，近八千里，戈壁、沙漠，茫茫无人烟，没有后方的远征一向是兵家之大忌。

大军出征，粮草食宿必难解决，无水无草风寒如刀，睡在荒漠上岂不冻死？岂不渴死？如带大量辎重，行进必然迟缓，何年何月才能到达？沿途必然疲病交加，岂能为战？高昌军同仇敌忾，以逸待劳，以一当十岂能不胜？如果唐军派少数轻骑而来，虽比大军迅速，但军力微弱，不正好前来送死？他们分析了唐军的种种不利条件和高昌国的种种有利条件，认为应该坚决抵抗；

“第二种多是文官，主和，他们认为既然已经臣服，何不委曲求全？免得生灵涂炭……”

“文官总是软骨头！”马元海愤愤地说，“为国而战视死如归，管他打胜打败？”

“但是文官考虑的是后果，凡事有进有退，能屈能伸，以卵击石并不是明智之举，他们认为唐军不像武官们分析的那样无能。‘万里赴戎机，关山度若飞’，一旦大唐重兵压境，小小高昌不就玉石俱焚了吗？

“凡事总有上中下三策，文武官员各陈己见，都有道理。武官偏于感情，只顾杀个痛快不计后果；文官偏于理智，审时度势。这就出现了折中法，坐以待变，能胜则战，不能胜则降。

“麴文太采纳了后者，一方面秣马厉兵，一方面作退守之计，因为高昌地处丝绸之路要冲，来往商贾多集于此，高昌本来国力殷富，珍奇古玩稀世珠宝蓄藏极多，便在城郊挖宝库数处，秘密埋藏，凡埋藏之人，尽皆赐毒酒杀死，以灭其口……”

“这么说，那些宝藏到现在还埋在地下了？”马元海目光闪亮，玩笑地拍拍胯部，“咱们消灭了共军之后，我就带三万兵马西下高昌挖宝去！”

“关键是要找到埋藏的地方……而且还要弄清是不是被人发掘过了。”

“那么，你是知道的了？”

“不，我只是听到祖辈们的传说……”

“你祖辈？你老家不是陕西华阴县吗？”

“可是我祖上一直是在西域做官。”

“哦？很新鲜，什么官？”

张慎之概述了自己的身世，他把自己祖上的遗嘱移时错位，“真话假说”以作试探。

“这几处宝藏只有少数几人知道，而且绘制了地图，用暗语指明了坐标，当时还不懂得密码，却懂得暗记，即使得到此图，也要有学问的人才能猜出……”

“你有这张地图?”马元海虽是粗人，大大咧咧，却很精明，他总感到张慎之心中有个什么秘密。他也在作某些试探，以诱发张慎之的谈锋，“那就好了，挖出来，我跟你对半分，下半辈子咱就有福享了!”

“你听我往下说，”张慎之对马元海的提问、许诺和向往不置可否，当作玩话放了过去，“唐太宗派大将侯君集率兵征讨，他本是唐初代国公李靖手下的将领，善于用兵，在贞观九年他跟李靖一道大破吐谷浑。李靖曾以三千劲骑孤军深入大破突厥军，为侯君集提供了远程奔袭的作战经验，他挥兵急袭，突临高昌。

“高昌军吓蒙了，他们没有想到唐军来得那么快，急忙据城苦守。但唐军用云梯攻城，居高临下，高昌军只好献城投降。

“唐军将高昌国王及文武百官尽皆解京发落。尽掠宫中所余珍宝、金银、古物，但不知尚有大批更为贵重的珍奇埋在窟穴之中，收藏指南图者均在被俘之列，不敢带在身边，随手藏匿被褥之中，失落他人之手。

“抢掠宫中之物者，即使得到此图，也不解其意，可能当废纸丢弃，也可能落在有识之士手中，慢慢猜透其中奥意。但一时无力发掘，俟候时机。

“后来，高昌国被俘的国王和近臣透露了宝藏的信息，愿献此宝窟赎身。但‘指南图’却不在身边。

“唐太宗深知高昌自梁武帝天监五年由麴嘉立国至贞观十四年而亡，共传九世，历时一百三十四年，所积珍奇一定远远超过所得之数，便知是真，急派专使赶往高昌寻图，早已不知下落……这就成了千古之秘。”

“后来呢?”马元海发生了强烈的兴趣，他的脸上出现了富有表现力的热情，那是一种馋涎欲滴的神态。他眯起眼紧盯着张慎之的脸，就像审视着那张藏宝图,那图上有珠光宝气熠熠耀目。

“后来,这张神秘的寻宝指南图出现过几次,以至搞得互相残杀,而且此图也弄得真假难分,以至无数英雄为此殒命……”

“你说,你说,”马元海产生了一种强烈的参与意识,“我倒要听听,长长见识。”

张慎之像伸腿试探河水深浅似的忖度了一下,生怕自己讲得过分直露,会引起马元海的疑心,但是,既要作案又不留痕迹是困难的。他继续绕着弯说:

“第一次出现是在二百二十七年之后,是张义潮归唐那一年。”

“张义潮? 这个人我听说过。是好人还是坏人就很难说。”

“历史是非总是这样的,我们把共军看成是凶恶的敌人,共军也把我们看成是凶恶的敌人。‘将军夸宝剑,功在杀人多’,既可以说成英雄升上高位,也可以说成凶手遭受酷刑。我们可以从张义潮归唐说起。

“在唐太宗李世民先后平定薛仁杲,取得陇上(今甘肃东部)土地,俘虏了李轨取得了凉州,打开了河西走廊,接着攻破了吐谷浑、高昌,开拓了安西四镇,这四镇是龟兹、焉耆、于阗、疏勒;玄宗年间又收得复石(今青海一带),开元年间设置河西(今凉州一带)、安西、北庭(今新疆一带)的各个节度使,统兵防守,这正是古诗里说的:‘边庭流血成海水,武皇开边意未已。’武皇就是指的唐玄宗李隆基。‘万民厌干戈,三边尚未和……’你说这是他的功还是他的过?

“边庭有重兵防守,安定了将近四十年,到了天宝末年安禄山在范阳起兵造反,在洛阳称大燕皇帝,后为其子安庆绪所杀;史思明先发兵援安庆绪,后又杀安庆绪自称大燕皇帝,改元顺天,不到两年史思明又为其子史朝义所杀……”

“这样杀来杀去,天下就没有忠义之人了! 还谈什么是非?”马元海叹道,“到了年老之后,咱们找个地方隐居去,坐在高山观虎斗,站在桥头看水流,你专门给我讲古,我就供你酒喝……”

这个生性豁达素无所畏惧的猛将的心境,顷刻之间为之悚然了。张慎之竟惊异地发现马元海突然衰老了许多,他不知马元海的这种心灰意冷的情绪对他的目标是否有利。

“必须有一宗财宝才能安闲度日，才有良马，才有轻裘，才有美人歌舞，才有亭台楼阁，才有美酒佳肴……”

“你是不是真想让我带兵去发掘高昌宝库?”

“有这个意思!”

“那今晚我可要做个好梦了，”马元海哈哈大笑，“好啦，书归正传，我对张义潮归唐不感兴趣，我想听听那张探宝指南图……”

一阵激烈的枪声打断了他们的探宝话题。

张慎之急忙站起，正好跟撞进屋来的警卫连长碰了个满怀：“总参谋长！敌人偷袭!”

这时屋顶上的机枪响了，对着街口狂扫。

“叫他们不要乱打枪，”半倚在被卷上的马元海猛然坐起，怒声吩咐着，“把敌人放进院里来打……不要像上回一样，搞得自己打自己。”

“走！咱们到屋顶上去看看!”总参谋长推着警卫连长出了房门，他知道马元海为什么发怒，但他毕竟不愿把袭扰者放进院里来。

那是三天前，红军一个小分队袭击了马朴的独立骑兵旅旅部，引起了旅部警卫部队和骑兵一团的误会，死伤三十多人，天亮才发觉是自己打自己。马元海下令以后凡有偷袭者，看清了再开枪，放进院里打，叫共军有来无回。

张慎之登上屋顶，机枪就停止射击了，只有村东还有枪声和喊叫声。过了大约五分钟，慌乱的村屯就慢慢安静了，在东南方向的张家寨又有枪声响起。他要传令队长给张家寨驻军打电话，转述了马元海的命令。

张慎之回到屋里，看到马元海闭目养神，便轻声说：“小打小闹，没事!”

其实马元海是在凝神沉思，他睁开眼睛揶揄地笑笑：“全都是一群怕死鬼，一点都沉不住气……快说你的那张探宝图吧!”

“你的那张探宝图”？这句话使张慎之的耳朵“嗡”的一响，脸色一下变灰了，心立即扑扑通通狂跳起来。他在落座的时候镇静了一下自己，又喊勤务兵在火池子里加柴，当他想到这可能是马元海无意间的语误，并不是真正猜透了他的隐秘，心情也就慢慢沉静下来，然后又嗑了几颗瓜子，装作回想被打断的话头，使自己恢复到讲述时的常态。

第八章　永昌之夜——论史

“我想还是先从西域的历史说起吧，这样，你可以判断出第一次出现的藏宝指南图的真伪。”张慎之来了个引而不发跃如也，燃起马元海探宝的欲望，加强故事的真实性，并鼓励这位总指挥喜欢河西走廊，在潜意识中，他能够成为挖掘马文禄宝库的伙伴。

他仰头看了看挂钟，才八时十九分，夜还很长。

“在三千年前，西域就有一个总称为羌的游牧部落，到了战国和秦代，在河西有大月氏人，是一个‘控弦十万’的大部落，他们赶走了乌孙人，称霸河西，直到西汉初年，匈奴入侵河西，又迫使大月氏西迁。

“匈奴是我国的一个古老民族，商朝叫鬼方、昆夷，西周叫猃狁，春秋时叫狄，战国时叫胡。匈奴打败大月氏之后，变得非常强大，成为西汉王朝的严重威胁，割断了西域和中原早已存在的联系，汉王朝和匈奴的战争势在必行。公元前一二三年二月汉武帝派大将卫青出定襄击匈奴，四月卫青复出定襄，霍去病因战功封为冠军侯。公元前一二一年骠骑将军霍去病出陇西击匈奴，过焉支山……”

“那就是现在我们所处的位置吧！”马元海曾听说过霍去病收匈奴浑邪王、休屠王，而后扫荡了匈奴五国，还缴获了匈奴的“祭天金人”。

“是的。”

“焉支山不就是南面的大黄山吗？”

“很对，河西地区收归西汉王朝以后，就列为四郡，据守两关，以巩固西部边陲。”

“两关，那就是嘉峪关和玉门关了？”

“不，嘉峪关是明代洪武五年间（公元1372年）由征虏大将军冯胜修筑的。当时的两关指的是玉门关和阳关。都在敦煌县境，玉门在西北，阳关在西南。古诗里有‘西出阳关无故人’就是指的那个阳关，它是通西域的门户。四郡是指武威、张掖、酒泉、敦煌。

“西汉王朝在取得军事上政治上的胜利后，公元前一一九年，汉武帝又第二次派张骞出使西域，这次西域因为没有匈奴威胁，就带了副使及随从三百多人，各备战马两匹，携带牛羊万头，还有价值一万万钱的金帛财物，出长安经平凉、靖远，从哨口过黄河，经武威、山丹、临泽、酒泉、安西、敦煌出玉门关，过伊吾、交河城、龟兹（新疆库车）、疏勒（新疆喀什）至乌孙；又派副使到大宛（今中亚费尔干纳盆地）、身毒（今印度），最远到达安息的阿湾（今伊朗哈马丹）。

“值得一提的是西汉王朝以酒泉、敦煌为前哨阵地，进一步向西扩展，与匈奴继续展开了争夺西域的激烈战争。公元前一〇八年汉武帝派大将赵破奴击虏楼兰王，再打败车师国，就是现在的吐鲁番盆地，这就是我说的高昌国的所在地域。

“公元前一〇四年八月，汉武帝派二师将军李广利发属国之千骑及郡国囚徒、恶少年数万人马，攻击大宛，打了败仗，第二年正月退回敦煌。公元前一〇二年秋天，再次进攻大宛。大宛人杀大宛王毋寡投降汉朝，西汉得大宛汗血马三千匹！”

“好家伙，如果这些马配备给咱们的骑兵旅就好啦！”马元海玩笑说，“我可以打到高昌国去！”

“如果你处在西汉时代，膂力就能征服一切，你可以横扫西域，”张慎之半带真诚半带玩笑地说，“很可能成为霍去病式的骠骑大将军，那就名彪青史了。在两千年后的今天今夜，我讲的不是霍去病而是马元海征西域了……”

“你他妈的灌米汤也不会，”马元海哈哈大笑，“霍去病算个屁，我有三千铁骑，准比成吉思汗打得还要远！”

“那得有个条件！”

“什么条件？”

“有我给你当参谋长！”

“你比我还会吹大牛！”马元海开心地大笑，竟然产生了把两千年前的战争和两千年后的战争混为一起的幻觉。他更适应于冷兵器时代，那时，他就可以在万马军中取上将之首如探囊取物了。他忘记了张慎之向他抛出的诱饵“指南图”，而沉浸在古代西域的权力争夺和连年征战的杀伐之中了。“大漠风尘日色昏，红旗半卷出辕门”的景象，对他更具有吸引力，“讲下去，张义潮归唐……”

“如果这里能找到一部《汉书》就好啦，还有《方舆纪要》，可以看着西域图来解说，那更容易说明白，《史记·匈奴列传》《唐书·突厥传》，还有唐僧玄奘讲述的《大唐西域记》，都有说不完的故事。”

“喂，薛仁贵征西，是不是也在这里？”

“那是张义潮归唐以前的事，相差一百八十多年哩。”

“你把薛仁贵忘了，太不应该。”

“他打的是败仗……”

“败仗就更应该讲。”

“那还得从头来，说到哪里了？”

“你开了三个头，高昌国藏宝、张义潮归汉、三千匹大宛汗血马……”

“你又提出了薛仁贵，一个晚上讲完几千年历史可不容易。那是一个乱麻团……”

“说吧，揪着哪个头不都可以向外抽……”

“其实，西汉征大宛，付出的代价比三千匹汗血马高昂得多，只有一点，就是向西域炫耀武力，对匈奴贵族也是一种威慑，对开通、繁荣、发展丝绸之路很有好处。

“经过几百年的内乱、战争，汉亡之后，三国鼎立。公元二六五年统一于西晋，不到五十年又陷于分裂，此后内乱长达三百多年，河西走廊就经历了西晋、前凉、前秦、后凉、西凉、北魏、西魏、北周，九个割据政权的统治，北魏统治了九十六年，最长，前秦统治十年，最短，以后就到了隋、唐。

“唐朝初年，西突厥控制西域，吐谷浑占有青海、新疆南部，不但阻断东西交通，而且成为大唐王朝的严重威胁，贞观九年唐太宗派大将李靖降服吐谷浑，四年后，又派侯君集灭了高昌，还征服了焉耆和龟兹。

“唐朝天宝、至德、乾元、宝应、广德年间(755 年至 763 年,不到八年换了五个年号)由于安史之乱,西域边陲精兵征调入援,于是吐蕃乘虚入侵,终于成为唐朝的心腹大患。广德元年(763 年)连长安都被吐蕃占领,遭到空前浩劫,到第二年,河西各州县都沦陷吐蕃之手,统治河西达七十年之久,河西各族苦难深重。

“沙州人张义潮乘吐蕃内乱,聚众起义,收复河西十州。到大中十一年(857 年),吐蕃统治的河西、陇右才算光复。张义潮入朝,官拜河西十一州节度使,金紫光禄大夫,检校吏部尚书兼御史大夫、河西万户侯、右神武统军、南阳郡开国公。

“张义潮入朝之日,归义军的大权全部委交给侄儿张淮深,高昌国的那张藏宝指南图,就落在他手里,他应允与献图人平分珍宝,并委以司徒之职,当献图者将图予以细解之后,张淮深当即挥剑把他杀了,反诬以行刺的罪名……”

“真是不仁不义的东西!”马元海骂了一声,“他挖掘了吗?那图会不会是假的?”

“还很难说。张淮深是唐昭宗大顺元年(890 年)接的图,离高昌灭亡(639 年)已经过去二百五十一年,地形变化很大,张淮深带人按图勘察,持图将行,突然变生肘腋,张义潮的女婿瓜州刺史索勋突然发生政变,张淮深猝不及防当场被杀,他的夫人陈氏和六个儿子延晖、延礼、延寿、延锷、延信、延武同时被砍了头。”

“那么,又是为了指南图了?”马元海说,“这不成了一张勾命图了吗?”

“围绕着这张图的确发生了许多悲惨的事情,奇怪的是索勋并没有立即派兵发掘。多少年来,我查遍了各种史籍、传说、轶闻,找不到半点蛛丝马迹。后来,这张图又第二次出现,当然还是带着斑斑血迹……”

这种传奇式的叙述使马元海全神贯注,并诱发了他的全部想象力:“这个姓索的得到图没立即发掘,我能想得出来。”

“为什么?”

“能解这个图的只有两个人,一个是献图给张淮深的人,一个是张淮深本人，他们都死了。”

“很对。”

“索勋必须解开指南图的密码，你当参谋长的人能想出上面有什么密码吗？”

“这很容易，也很难，譬如画有×或○或＊是什么样的坐标，是房是丘是树？从坐标向东向西向南或是向北，走出多少步、多少尺、多少丈才是宝窟，是应该标好的，可是不能明标，只能暗记，从中找规律性的东西。按着明标的数据是挖不到的。”

“可以大面积开掘！”马元海说。

“那就需要大量的人力和时间。”

“你说第二次出现……”

“索勋夺权之后，就自封为节度使，叫他的儿子索承勋当了沙州长史，还让张义潮的孙子张承奉当副节度使。”

“这是做幌子给人看的。”

“的确是这样，他要用此掩盖血腥屠杀亲族的真相，当时的唐昭宗李晔刚刚即位，鞭长莫及，只得承认既成事实。

“这种亲族篡夺仇杀，必然积怨甚深，报仇雪恨与争权夺利结合在一起，无止无休。张义潮的第十四女是凉州司马李明振的妻子，李明振便用为孤子遗孙雪冤的名义，也像索勋突袭张淮深一样，起兵急袭索勋，索勋猝不及防，被李明振所杀，这真叫以其人之道还治其人之身。杀了索勋，李明振报告朝廷，由张义潮之孙原来的副手张承奉任归义军节度使，权力又回到张家手中，是为正宗，朝廷也只好承认既成事实。

“张氏之祚又因李氏而重振，这段历史完全真实，这是有碑为证的，《李氏再修功德记》中写了这样的话：‘辜恩剿毙，重光嗣子，再整遗孙。’其实，李氏又取代了索氏的全部权力，李明振的长子李弘愿当了沙州刺史兼节度副使，次子李弘定当了瓜州刺史，三子李弘谏当了甘州刺史，李姓女婿比索姓女婿篡夺得更为彻底，这种懿亲互相残杀，权力转移，一幕接着一幕……上层谋权谋利，苦了士兵和百姓。”

“那张指南图又落到李明振手里了？”马元海急切地要弄清那张图。

“可是李明振是凉州司马，无法派兵到高昌遗址去大面积挖掘，只好秘藏待机。他扶张承奉上台接替索勋，本意是把他当作傀儡，谁知张承奉颇有他祖父张义潮敢作敢为不甘人下的遗风，闻说李明振藏有此图，便派人索取，并答应平分共享，李明振只好交出。

“此时，唐朝已经衰败，后梁、前蜀、吴越诸国纷纷篡唐叛唐，天复四年（904 年）八月，朱全忠杀昭宗李晔，拥太子李柞即位，更名为李柷，为昭宣帝，改号天祐。这位唐朝末代皇帝在位四年就亡于后梁，开始了五代十国时期。

“就在天祐二年（905 年），张承奉跟他造反归唐的爷爷相反，造反叛唐，自立为圣文神武皇帝，白袍加身，自称金山白衣天子，建号西汉金山国，因为地处边陲，他可以负隅与中央群雄抗衡，直到后梁太祖朱晃开平五年（911 年）金山国被回鹘可汗之弟狄银打败，投降回鹘。”

“为什么叫金山国？”马元海的想象力是丰富的，“是不是因为有那张高昌国的藏宝图？还是已经发掘了？”

马元海提醒张慎之，他已经完全沉醉在历史兴衰、权力更替、为了自身和集团利害互相残杀的悲壮凄惨中了。

“现在就讲那张图，”慎之回到探宝的主题上，“张承奉不知是否猜出了那张图的密钥，便开始了大面积发掘。在第三天的一个夜间，一员负责挖掘的小将带着两个扈从突袭了挖掘指挥部，杀死了督导官，把图纸劫走了……张承奉勃然大怒，派部队四处搜捕，没有结果，后又派专骑侦破，直到梁太祖乾化元年（911 年）回鹘入侵，仍然没有找到……此图直到四百六十年后才第三次出现。”

“你对这张图的第二次失踪有什么判断？”

“这是很难的！”张慎之不无得意地说，“我是作过各种判断的……最后，我确定了最合理的一种。”

“你说。”

“在大面积的三天发掘中，我想那员劫图的小将已经发现了埋藏的地方。这个小将精明透顶，首先，他不愿意发掘出来供张承奉所有，其次，他知道，发掘成功之日，就是他被灭口之时，当他一发现洞穴时，便又埋了起来，把挖掘方位引向别的地方，而后把图劫走，放到适当时候由他们少数人来挖掘……”

“这很合理!”马元海立即表示赞成,“可是,为什么这些人仍然没有挖去?”

“指南图被劫,显然使挖掘停顿。由于张承奉穷凶极恶地追捕,劫图者必然远遁……为什么几百年后,再次出现,这当然是个难解的谜,只能猜测推想……”

“他妈的张承奉是当了没有找到金山的金山国王了!”

“张承奉西汉金山国不久就灭亡了,党项族在西北建立西夏割据政权,直到公元一二二七年西夏亡于成吉思汗。这段历史在《文献通考》里记载得非常详细,却找不见开掘高昌国宝藏的片言只语。”

马元海觉得张慎之为了解开高昌宝藏之谜,竟然花了这样大的力气进行考证,实在是超出了好奇心的范围,心中突然闪过了一个念头:“难道他已经掌握这个宝窟的秘密,想借助我的力量前去开掘?”

这个念头出现非同小可,那可就言者有心,听者也有意了。马元海打起精神,用寻根究底的目光注视着讲述者,凡事一引起别人的疑心,就很难隐瞒自己的真形了。

马元海改变了自己的策略:“这是很好听的一个惊险故事……很像是真的。快说那张图第三次出现。”

张慎之也在观察着马元海,觉得他对挖掘宝窟越来越有兴趣之时,忽然变得热情顿减,不相信是真的了,不会是欲擒故纵吧?他怀着一种祸福难料的心情既谨慎又大胆地讲下去:

“元代,东西交通已经非常发达,西方的波斯、大食、印度、伊尔汗等国有大量商贾来内地经商,还有西方诸国到中国来朝贡的使节、僧侣、学者、商团。那时的中国是文明古国,不是东亚病夫,西方人对中国崇拜得五体投地,有名的旅行家马可·波罗就由于羡慕中国文明,不顾万难千险,不远万里踏上了寻求东方世界神秘的路程,漫游了中国,还在中国做了十七年的官。”

“他是哪国人?”

“是意大利人,他到中国来的那一年才十七岁。”

“公元一二九二年回国,著了一部《马可·波罗游记》,他的旅程就经过高昌国遗址附近，我看的是一位美国人的英译本，地名都是译音，很不准确，其中写了很多轶闻秘事，写了沿途的风俗民情和各种强盗刺客……”

“这些你另找时间讲给我听，先讲那张指南图第三次出现。”

“后来，我在上中学时候，听我祖父给我讲了高昌国宝窟的故事，因为我先祖张奂、张芝都在河西做过官，许多逸闻秘事代代相传。

“明太祖洪武年间，朱元璋派征虏将军冯胜，副将陈德、傅友德兵分三路，出塞西征。傅友德以骁骑为前驱击败元兵，先至永昌，然后又打败元太尉尕儿只巴，进至甘州，大破元将失剌罕，直逼肃州，又射杀元将平章不花，进军到沙州，三路兵马，唯傅友德一路势如破竹，获得全胜。

“这时，有一个沙州居民，献给他那张高昌宝藏指南图，以求奖赏。傅友德是一员能征惯战的骁将，不是熟读诗书通晓历史的人，斥之为无稽之谈，认为是个骗局，准备对献图人施以重刑。”

“为什么要献给他？为什么保存了四五百年没有去挖？”

“我要讲的正是这一点，那人为了证实自己无罪，便将保存此图的渊源说了一番，那又是一场血淋淋的残杀。那三个劫图的小将脱逃之后，三个人不可能同时走，也不可能长期在一起等待时机，再说这张图保存在谁手上呢？如果保存图的人在其他两人睡觉的时候逃跑了怎么办？也无法把三人同时捆在一起……”

“可以把图画成三份，人手一纸。”马元海完全进入了角色。

“那就更是后患无穷了，三个人必然争先去挖，去抢……”

“是的，也不是办法。”马元海设身处地一想，的确不是办法，若是他在分图时，他定会把另外两个持图者杀死，那会造成互杀。

“脱逃的第二天就开始了夺图的搏杀，结果两个人死了，剩下的一个在互杀中也受了伤，但他得到了图。

“可是，一个受伤的人，单独去挖宝窟是不可能的。而且他也深沉地思考过了，除了有血缘关系的亲属才有可能同心合力挖掘而不互相残杀，这就面临着三大问题：

“第一，要有发掘的同伙，组成发掘的力量；第二，发掘之后同心同德而不互相残杀争夺;第三,如何保守机密,而不被有势力的个人和团体掠劫。

“这三个条件具备是太难了,于是这个受伤的持图的人只好交给他的后代,等待时机,一直等了四百五十多年,几十代人都无法寻到这种条件。最后终于绝望了。

“由于傅友德不但智勇双全,而且爱民如子,为人刚直,献图人家中贫困异常又有老幼妇孺无法顾养,思及傅将军忠义之士,不会加害于他,只要给他些许奖赏,便可获得温饱……

“大丈夫以信义为重,傅友德赏其百金而后嘱其切勿再对人言,以免杀身之祸,献图者千恩万谢,并发誓不与人言,怀赏而去。”

“那么傅友德把它发掘去了?”马元海作出急切的样子,内心却等待着张慎之的下文。

“没有,献图当夜就发生了一件令人不解的事情,傅友德之图被盗,献图者全家被杀,至此,据我所知,这张图就再也没有出现过,成了千古之谜。”

这时墙上的挂钟已经指着十一时。

马元海的余兴未休:“这是不是傅友德耍的花招?既藏了图又灭了口。”

“当然不排除这种可能。”张慎之被这些试探吓住了,如果真是这样,世上还有可信之人吗?他本来是拿傅友德影射马元海的,现在马元海竟首先想到此计,难保他在挖掘马文禄的宝窟时不灭口独吞,张慎之的心境黯然了,但他向马元海解释说,“另一个可能性也许更大些,来献图者晋见傅友德时被人窃听去了。”

“依据不足。”

“依据还是有的,傅友德在沙州驻扎了很久,却没有派人去挖掘。”

“会不会严守秘密了!”

“如果挖到富可敌国的财宝,不可能不留痕迹。”

“明朝洪武年间离现在有多少年?”

张慎之在纸上算了一下,一九三七年减一三七二年,等于五百六十五年。

“这么多年就没有一点蛛丝马迹？你先祖传说的是不是可靠呢？……”

“都很难说。”

马元海感到了张慎之谈锋的冷落。

“如果我带着三万人，去高昌城的遗址挖他个入地三尺，怎么样，我敢保证绝不会发生互相残杀争夺。”

“怎么能呢？”

“我就向所有参挖部队宣布，论功行赏，我得大头，你得中头，部下得小头，多发一个月的饷，保证人人尽力挖！可是，他妈的，有没有人说马元海是孙大麻子第二呢？”

九年前震惊世界的孙殿英东陵盗墓，历历如在目前。

“这是宝窟，不是墓穴，是无主之财，谁挖到归谁，只是这种大面积挖掘是很困难的，甚至是不可能，西域地下宝藏甚多……”

张慎之的心血涌动了一下，他想把马文禄的宝藏说出来，因为马文禄的财宝就在酒泉，故城南门遗址尚在，鼓楼虽已重修，地址未变，这是马文禄的私人财产，进行挖掘，是比较现实的。他甚至想到，假托祖上听到的另一种传说，真话假说，披露一点。

可是，他仍然觉得这是危险而又危险的，沙州献图之人不就是前车之鉴吗？他在“慎之而又慎之”的心理下，终于没有脱口而出。

“哪里还有宝藏？”马元海追问一句。

“这……这要看指什么？”张慎之用明知故问争取了几秒钟的时间，急中生智，找到了托辞，“是财宝还是文物？”

“当然是指财宝，那些破罐子烂坛子谁要？”

“那可是值钱的古董啊！”

“高昌国比秦始皇他老奶奶还古，早埋到沙海里了，那张图就是在你我手里也变成废纸了，你说哪里还有吧！他妈的，过不了多久，就把河西共军打垮了，我们的部队空下来干啥？挖宝去！”

张慎之已经完全冷静下来了：

“就说酒泉附近的下河清皇城吧，那里汉墓密布，从两汉、魏晋、南北朝以至隋唐，是有九百多年发展历史的古城，地下墓葬里埋的财宝古物数都数不清……这里地势高又干旱,连尸体都坏不了……”

“那么,咱们打完仗就带兵挖汉墓去,”马元海开玩笑地说,“当孙大麻子第二,不流芳百世也要遗臭万年……快活就行。”

“那可就冒天下之大不韪了!”

“你讲的这个故事不就成了狗咬尿泡空喜欢了!”

“它可以叫我们做一些寻宝的美梦!”

张慎之察觉马元海已经对他有所猜疑,为了冲淡这种印象,他又讲了《马可·波罗游记》中的最精彩的篇章第二十三章《山老和他的迷宫花园》、第二十四章《山老惯于训练刺客》和二十五章《山老的下场》。

但是,马元海已经听得没有兴味了,打了个哈欠,而后两人就寝。

张慎之不知马元海睡眠如何,但没有立即扬起鼾声,说明他在思索,也许沉浸在波澜壮阔、曲折复杂、惊心动魄、丰富多彩的历史画卷之中了。

张慎之仍然不能确定马元海是不是他的理想对象,就像一个热恋中的年轻人,对于他所追求的姑娘毫无把握,如果贸然亲吻,迎来的是热烈拥抱还是一记响亮的耳光不得而知。

如果仅仅是一个耳光,张慎之宁愿冒千次危险,即使他的脸颊被打得像烤煳的馕饼,他也心甘情愿,可是,高昌国宝藏所引出的血淋淋的后果,他是不敢贸然一试的。当然,高昌国宝藏未必真有,很可能是历代人的想象猜测和传闻,但情同此理,生活现实很可能比传闻更为残酷。

这一夜,张慎之仍然处在希望与等待中,他一直等待到倪家营子战后的狂欢之夜。

张慎之在狂欢之夜,遍观马家军中“精英”们的言行,觉得马正良比马元海更符合他的理想。

马正良虽然是一个刚刚提升的小小连长,但前程却是无量的,飞黄腾达并不困难。马仲英倡乱时,才十七岁,这位时人称之谓“尕司令”的小小营长,带着七个人发动了一场兵连祸结的事变,一直从青海打到甘肃,再从甘肃打到新疆,马仲英有此能量,马正良也许有过之而无不及呢。

张慎之决定放弃世故练达变化万端居心难测的马步芳和马元海,选取尚未被世俗教坏磨圆的年轻人。

他跟马正良交谈之后,失望了,在门口怅然地站了很久,就像一个发明家,看到了实验的再次失败,产生了一种病态的痛苦。他认准这宗珍宝已经是属于他的,就像焦渴得喉咙冒烟的人,守着清泉而不能饮,这是一种痛苦,他们三代已经受尽了这种酷刑。如果他这一辈还不能挖出,这个精神重负就又落到他的儿子身上。

张慎之已经很难分清占有这张指南图是福是祸了。

发掘宝藏,似乎并不是他的生活需要。他的夫人是一位大家闺秀,是殷实之家,而他,原来的中校承启处长,现在的上校参谋长,每月不包括外快,有二百大洋的收入,夫妻二人守住一个还在读中学的儿子,生活中还缺少什么呢?还有什么值得寝食难安焦虑不宁的呢?把这张指南图烧掉算了,什么也不会损失。

但是,发掘宝藏,却成了一种心理需要,凡应属于我的,我必得到,得不到不就是失掉吗?他失掉一个富可敌国的宝窟,还能不痛苦吗?

他回到桌前,呆愣地坐着,石化了似的陷入无尽的忧思之中。桌上的马蹄灯暗淡下去,挂钟当当敲了两响,已经是第二天的凌晨了。

“拿破仑还缺少什么呢?一个科西嘉岛上的破落户登上了法国皇帝的高位,为什么还要发动连年战争呢?为什么还要甘冒严寒死亡远征俄罗斯?

“如果仅仅是为了生活之必需,那些保险柜里存有亿万资产的大企业家,还要兢兢业业干什么呢?一旦破产拔枪自杀,难道他可怜到没有保证晚年温饱的生活费用了吗?”

张慎之终于找到了自己必须挖宝的理由,他的思绪像转磨一样,转了千百圈圈后又回到原来的位置上,仍是那十字秘诀:

慎之再慎之,希望与等待。

他的智慧在这种强烈的追求中闪光,他的寻宝“魔方”不断地翻转出新的花样。

第三卷

兵败祁连

第一章　最后的愿望

史载：

我军重返倪家营子后，马家军的围攻越来越猛烈。这里已被敌人洗劫一空，围墙房屋仅余断垣残壁，给防守带来极大困难。经过七昼夜的血战，我军伤亡惨重，待援无望，西路军已面临全军覆没危险。军政委员会一致决定再次突围，沿祁连山转移。

在总部命令全军从倪家营子向祁连山北麓三道流沟一带突围前，四十三个村屯已是处在被分割的状态。全军大部队突围后，倪家营子的零星战斗并没有停止，许多星散班排，各自为战，与洪水般拥入的敌人，展开逐房逐屋的最后战斗。这种毫无胜利、毫无生还希望的战斗，残酷而伟大。

安宝山接到二营营部的电话，五连还剩下一排人，被敌分割包围在刘家屯无法突围，请求派部队接应他们出来。还没有等他作指示，电话线就断了。

二营电话里提供的情况不确切，五连被围在刘家屯的不是一排，而是九名指战员。他们没有接到突围的指示，被困在一堆房屋的废墟里。

在黎明前的黑暗时分，他们听到了狂烈的冲杀声，活在废墟里的指导员潘义山判断这是大部队突围的迹象，但他没有接到命令，不能擅自行动，因为他们这个据点是被当作一颗拔不掉的钉子插在这里的。

他们配备了最好的武器，子弹也最充足。到重返倪家营子时，全连还有九十三个人，虽然没有公开宣布，平时大家也不挂在嘴上，但是，谁都明白，五连是主力师、主力团、主力营中的主力连，是英雄中的英雄，是利剑的剑尖，是具有光荣传统的英雄连。

这些话谁都没有说。只是在长征途中包座之战，强攻固守在大戒寺后山高地的胡宗南四十九师的最后阵地时，师长向他们连喊道："那是一颗铁胡桃，你们五连就是钢门牙！"

果然，这颗钢门牙咬碎了那颗铁胡桃。

这次，师长又说："刘家屯是插在阵地前沿拔不掉的硬钉子！"

五连这颗钉子直到全军突围都没有动。

七昼夜的苦战，九十三人还剩了九人。去跟营部联络的通信员倒在返回刘家屯的途中，一排子弹像黄蜂似的扑到他的身上。他几乎没有感受到任何痛苦，在倒地后的一秒钟里就溘然而逝了。

西路军大部队突围之后，带走了敌人的主力，他们倾全力尾追不舍。拥进倪家营子的是大通民团、张掖民团和循化民团。他们对倪家营子不熟，刘家屯废墟尚没有处在他们搜索的罗网之中。

一九三七年三月六日早晨，黄澄澄的阳光从射击孔和裂隙中，强劲地劈入废墟的昏暗，直射着尚没有完全坍塌的土炕和墙壁，在明亮的光束中飘荡着黑芝麻似的灰尘。

这时，一支枪口从射击孔中伸出去，一只颤抖的手轻轻地将无名指（他的食指和中指均被打断了）伸进扳机护圈里。

"别开枪！"这是指导员的命令声。

那只扣扳机的手停住了，但很不情愿。

"能打中他，我认准了，那是个指挥官！"

"没有我的命令，谁也不准开枪！"

指导员的脸色憔悴得可怕，身上满是血渍。如果不是他在包座之战中身先士卒，此时他会被视为怕死鬼的。这一点，他从几个人的眼神里看得出来。

目前的处境一目了然，只要从裂隙中望出去，遍地都是民团，他们有的在吃早饭，有的在休息，有的在拣战利品……还没有开始大规模地搜索战场。

这支遗留在废墟中包括三个重伤员在内的九个人，就像大潮退后留在小水洼里的鱼，前程是可以预见的。

问题是毁灭的方式、毁灭的时间、毁灭时的精神状态。

半坍的炕上躺着五个人，三个伤员，两具尸体。连长牺牲在废墟外面的三十米处。他们还能清楚地看清他的脸，他的脖颈上有一道很深的刀口，是马刀砍的！尸体布满了焦黑的阵地，马蹄踏起的是黏稀的血泥，人人对于这种阴森可怖的景象，都早已见惯不惊了。

在废墟的有限空间里挤坐着六个人。

袋里没有粮，壶里没有水，硝烟、血污、汗酸、大小便，混合成了使人窒息的呃呃欲呕的恶味。伤员的痉挛与呻吟，周围狂呼乱叫的敌人……阳光下升腾的血红色的雾霭……远去之后不能再回的战友……构成了一幅令人难以承受的绝境。

“指导员，我们还等什么呢？”还是那个断了食指的射击者，发出了责备似的质问。

潘义山紧咬着干裂凝血的嘴唇，不作回答。他回答不出在等待什么。

等待战友们来接应？就是傻瓜也不存在这种幻想。等待灯油耗尽坐以待毙？这有多么窝囊！这是任何人都不愿接受的。他们都是从长征途中杀过来的战士，都是英雄，等死不如拼死！等待敌人搜索到身边，甘作俘虏以求生存？这更是不能容忍的了！

“指导员，冲出去！早拼死早痛快！”

“对对！活受罪，不如拼了好！”

这个意见占了上风。潘义山如果不作出明确的使大家满意的回答，他的威信和权力就丧失了。在这种气氛下，只要有人带头喊一声“同志们冲出去啊！”他是制止不住的，到这种时候，谁也不会听他的命令了。他的第一个最鲜明的念头，就是唤起大家对生的欲望，对生的追求：

“同志们，革命，需要的是英雄，需要的是火种，不是莽汉！冲出去一死了之，死个痛快，这是懦弱还是勇敢？”

“不怕死当然是勇敢！”

那个断指的战士动了动嘴，却没有出声。他觉得这是一个值得再仔细想一想的问题。

指导员用严厉的目光，扫视着所有人的脸："在幸福的环境里，活着容易去死难；在难以忍受的环境里，死去容易活下来难。受不了苦难的折磨是脆弱……"

"那怎么办呢？"

"我们要坚持到最后，即使活出一个人去，也比拼光了好，也是胜利，也会有人出去告诉人们，说明我们这九个人是怎样战斗过的！"

潘义山是个善于思考的指导员。他通过多年的观察，深深懂得：当人们为绝望情绪所压倒而产生出一拼了之的冲动时，是一种明强实弱明坚实脆的反常心理，是生的欲望灭绝之后的反应，就像一个强烈追求不到的东西，转而鄙弃它一样，是一种自暴自弃。他要把人们在绝望时的求生欲望之火燃烧起来。

"我们还能活着出去吗？"

"为什么不能？"

"那就看谁的运气好了！"

"我参加红军时，妈妈给我挂了个护身符。"说这话的是重返倪家营子时，要把马尾巴带回家当掸子的架线兵，"她说我有神仙保佑……"

所有人从死亡的重压下活转来了，眼睛里闪出一种希望之光，甚至出现了些许轻松的气氛。潘义山的话收到了"望梅止渴"的效应。他说："现在我来检查咱们的实力，包括身上的刀枪、弹药、食品和自己的体力。我第一个先报：

"潘义山，驳壳枪一支，子弹五发，烤马肉一块。只有三处轻伤，不妨碍行动……"

除了三个重伤员外，其余六人全都负有多处轻伤，但都能行动。除指导员的实力外，尚有步枪两支，手榴弹两枚，鬼头刀一把，刺刀两把，子弹四发；干炒面半袋，红枣一袋，马肉数块。

"很好。"指导员用充满信心的语调说，"如果量力分配武器，每人都有，我们还是有战斗力的！"

“指导员,敌人在集合……是不是突出去!”监视敌人的哨兵报告说。

“不行!现在是白天,在戈壁滩上,一眼望到十几里外,骑兵几分钟就能追上我们!必须等到晚上。”潘义山说得斩钉截铁,“现在我重新调配武器。”

他命令那个缺了两个指头的战士,把步枪交给架线兵。架线兵宁肯要一颗手榴弹,他同意了。

太阳越升越高。倪家营子四周全都是此起彼伏的枪声。

潘义山的判断和决定是正确的:敌人集中之后,除留下部分打扫战场外,主要力量是搜捕四散的突围者,敌方主力跟随我方主力向三道流沟方向去了。追捕四散在旷野里的突围者们的任务,就落在这些民团身上。他们骑兵不多,这是少数星散突围者尚可以“漏网”的唯一的机缘。

潘义山拿出笔记本来:“我们九个人,属于原来五连的只有三人,其他都是不太熟悉的。现在,我有个提议,每人把自己的姓名、职务、家庭地址讲出来,我写在一张纸上,抄成九份,每人身上带着一份——当然,还可以说说自己的愿望,只要有一个人活出去,就能把我们九人的情况带出去,交给组织,将来我们每个人的愿望就都有实现的可能……”

“若是落到敌人手里呢?”

“我们已经没有秘密可言了。”

“我赞成!”

“指导员,你先说,我们学你的样!”

这几乎比任何故事都具有诱惑力,“愿望”,这是每个人心头的秘密。在面对死亡的时刻,每个人的愿望不会是一样的吧?

“那好,我先说……”指导员稍稍沉思了一下,“我是湖北省黄安县武成乡潘家店人,一九一三年生,一九三〇年加入红军,一九三一年加入中国共产党,历任班长、副排长、排长、副连长,现任八十八师二六三团二营五连指导员。

“我家里有父亲母亲,还有三间茅屋。我的妹妹在我十岁那年卖给了一家财主当丫头，革命时，地主带着她逃到武汉去了。我曾想在革命成功之日，能把妹妹找回来，能把那三间东倒西歪的茅屋翻盖成新屋……大别山的人民都过上好日子。没想到两年后就离开家乡到了川陕边区，那里比大别山还苦。长征，跑遍了半个中国，没有一处不穷苦……现在又到河西来。

“我不知道革命什么时候成功，也不知道穷苦人什么时候过上好日子，我们村里出来了三十多个青年人，据我知道的，已经牺牲了二十三个。要说我有什么愿望，当然是革命成功，人民过好日子；再就是找到我妹妹，父母能有个安乐的晚年；我今年二十四岁了，在我们山区早就该结婚抱娃子了。我有个未婚妻，是和我们家一样穷的人家，她现在在哪儿，我也不知道……

“现在，我的最后的愿望，就是能把你们带出去！”潘义山叙述得很平淡，但他看了战友们一眼，眼圈突然红了，“可是……”他没法再说下去，就不合文法地打住了，哽咽似的说，“下一个，谁说！”

大家隐隐意识到，这种留言式的谈话，事实上，就是最后遗嘱。

“我叫张荣新，”那个断掉两个手指的战士说，“四川达县人，今年十九岁，战士。”

“家庭住址？”潘义山停住记录，打断他说，“说不定有人会到你家看看你的父母双亲的！”

“我没有家，也没有父母……”

“怎么会呢？”

大家等待他说下去。

张荣新的脸憋得血红。他的身世很复杂，他不能说。他的父亲是个猎户，刚娶了一个在山区里称得上标致的妻子，在他进山时，被当地的恶少奸污了，后来生下了张荣新。

那位猎户后来发现妻子不贞，孩子也不是他的，便假装进山狩猎，暗藏在房后的树丛中，等到那个恶少又去跟他妻子同床时，他用猎刀杀死了他们两人，把张荣新丢在地上踢了一脚，进了山就没有回来。

张荣新是被邻居养大的，乳名叫丢儿，参加红军后才有了现在的名字。

“反正我不知道，”张荣新气鼓鼓地说，“我是个孤儿！”

“为什么姓张呢？”

“那是养父家的姓。”

“那么写你养父的家吧。”

“不。”张荣新摇摇头。他不愿意有朝一日把他的身世再翻出来，他本想说他们也不在了，但似乎在诅咒养育他的恩人，便改口说：“在我参加红军那一年，他们到外乡讨米去了。”

“你的愿望呢？”

有人猜他要找到自己的生身父母。张荣新却回答说：“我脾气坏，不能团结人，也没有入党，我没有什么愿望。”

“你打仗很勇敢，”潘义山鼓励说，“总有什么要求吧？”

张荣新摇摇头，然后看着炕上的两具尸首。这是一排长和副连长，他忽然提出了一个使所有人都震骇的愿望：“我的愿望是跟他们一起死在倪家营子！”

这个平时对人对事都显得冷漠的人，说出这个愿望后，泪如涌泉。

是的，在倪家营子这三十平方公里的土地上，牺牲了多少西路军的指战员？

潘义山不可能得出准确的数字，他只能有个大略的估算：经过古浪、高台、临泽等地的酷烈战斗之后，两万一千八百人的西路军大约减员八千人；第二次重返倪家营子时大约还有一万三千多人。这次突围出去多少呢？潘义山不清楚，五连的惨重伤亡当然不能作为全军伤亡的依据，但可以作为参照，如果突出去五千人的话，第二次返回倪家营子的七个昼夜的血战，就伤亡八千人！

潘义山不知道总部的比较精确的数字，不管上浮还是下降，增几个或是减几个，已经没有实际意义了。

如果敌人的伤亡略高于我，是一万人，那么，倪家营子每平方公里的土地上，就浸入了六百人的鲜血。

潘义山忍不住从废墟的缝隙中向外望了一眼，那是多么惊心动魄的一瞥啊！但他来不及从人生的角度对这场悲剧进行深入的思考。

思考的角度不同，答案也就各异。

大家为此沉默了足有两分钟。

太阳继续升高，明亮的光线照亮了阴暗的角落。有一个女护士偎倚在墙角里。她是这里唯一的女同志，很少说话，端庄地倚坐在那里，对所有人的讲话，她都显出兴味盎然的样子。她的神态有几分忧凄，她的面容算不上漂亮，却很文静，流露出一种心敛意宁的丰采，给人以爽心悦目之感。她似乎从深思中醒转过来，轻声曼语地说："我叫罗芳，一九一六年生，家是大别山麻城县牛家畈。爸爸是个木匠，有钱供我上了四年学。在山村里，我算是有文化的了。现在是护士，从前也是护士。一九三〇年，学校的老师参加了红军，我也跟着参加了红军。那年我十四岁，在红军医院里当小护士。后来随军到了川陕，在万源保卫战后期，大概是一九三四年春天，我跟医院刘医生去安插伤员，回医院的路被敌人卡断了，刘医生的脚受了伤，虽是轻伤，可也不能爬山；那年我十八岁，身体很弱，背不动他……"

罗芳蓦然打住了，她仿佛说漏了嘴，不想再说下去了。所有战友都期待地望着她，等她说下去。罗芳似乎自我鼓励了一番，吞吞吐吐地说：

"我们就隐藏在一个烧木炭人住的草棚子里，那棚子很小，里面有一个小锅灶，一袋子米，还有一小包盐。那盐，我们舍不得吃，留着给他洗伤口……我们就在这个草棚子里住了九天……"

罗芳又打住了，她实在不该在这里停住，这就给听众有时间产生浪漫的联想。九天，一个男医生和一个女护士住在山野无人的草棚子里，供人想象的空间太大了。

这是一种奇妙的人生现象，罗芳的不动声色不动感情的平静如流水的叙述，竟把大家从死亡线上拉到一个新的天地中。

这些踏遍千山万水的战斗者，什么人间美景、大自然的风光没有见过？他们又看到大别山中横断天际的金刚台的险峰，又看到大巴山那苍凉的陡峭的悬崖，又听到嘉陵江大渡河的波涛的呼啸，又嗅到了毛儿盖、若尔盖大草原的幽幽花香……雪山、草地、险关、隘道，谁能写尽它们的深邃、伟美、雄浑、博大？

即使衣不蔽体，食不果腹，无日不战的苦难，也没有压倒他们，也没有吓住他们！赤着双脚冒着零下二十度的严寒，横渡百里戈壁千里沙漠，这是多么壮美！有谁身感神受，经历过这西部边陲的宇宙洪荒？

“那九天，我们吃完了粮食，刘医生的脚也能走路了。我们在那烧炭人的粮袋里放了两块银元，下了山，去找部队……这九天……这九天……我一辈子不忘……”

罗芳断断续续的叙述，像一泓澄澈的溪水，不时遇上挡路的石块，它必须经过波涌浪溅之后才能过去，连三个重伤员也停止了呻吟。

潘义山也早已不再记录，把小纸本放在膝盖上，全神贯注地望着罗芳那苍白瘦长的脸。也许只有他才完全理解罗芳的心情，他觉得这位原来不为他注意的女护士变得好看了。

谁也不去打断她，谁也不去提问，免得一声不当的语言，击碎了这个五彩玻璃缀成的太虚幻境。

“刘医生比我大六岁，是河南光山县人，齐鲁大学医学院毕业。他爱好文学，这九天里，给我讲了各式各样的故事，把我引向一个从来不知道的世界。

“这九天，是我一生最幸福的九天。我记起来了，一九三四年的旧历三月十四，那是我满十八岁的生日，杜鹃花就像一片片野火烧遍了远近山崖！

“刘医生的脚已经痊愈了，我们应该穿过敌人的封锁去找部队。我突然变得愁肠百结了，当然感到的不只是生离死别的痛苦，而是还有另外的忧虑……”

罗芳已经不是向周围的战友叙述，而是面对着自己的内心，她话语的小溪已经不再为羞涩、愧悔的石块阻拦，而是沿着平滑的斜坡一泻千里了。

“我们忧虑回去之后，怎样向组织交待？医院里那些眼尖嘴利的姐妹们会怎么想？会怎么问？我怎么回答她们？我从小就痛恨谎言，我怎么能欺骗她们？

“更可怕的是刘医生是结过婚的人，他的妻子是齐鲁大学医学院的同学，一个比我还漂亮的姑娘，刘医生给我看过她的照片，她在家乡的医院里工作。因为他们有一个婴儿，她才没有跟丈夫一起到部队里来。刘医生并没有欺骗我，是他首先把他的经历全部告诉了我。

“他有妻子，我再爱他，这是我一生所犯的不可挽回的错误。可是，我不后悔，如果生活再让我重走一次，仍然别无选择。我知道，任谁都不会理解我，只有我自己原谅自己。

“当然，我也按照世俗的道德，深深地谴责着自己。这短短的九天，我相信这是我一生对错难分的九天，直到今天，事过将近三年之后，我还不知道九天带给我的是痛苦多于幸福还是幸福多于痛苦……

“在寻找部队的路上，我们几经危难。回到医院之后，组织上当然要审查我们离队的这段时间，安插伤员用去七天，我们隐藏在山林里用去九天，找回部队用去十二天，这样长的时间，我们俩都要分别作出交待，先是政治问题：有没有被俘叛变行为？再是生活问题，有没有不正当的男女关系？三是思想问题，有哪些非无产阶级思想？有没有动摇？四是组织纪律问题，为什么没有按时完成任务？为什么没有按时归队？

“一遍一遍又一遍地交待，我头都昏了。如今只要回想起被审查的那些日子，就遍体冰凉，我是那么哀伤欲绝。那时全军正在反刘湘的六路围攻，不像在鄂豫皖白雀园大肃反那样有充足的时间和巨大的声势……处理是宽大的，刘医生留党察看两年，到部队卫生营去工作；而我，留党察看半年以观后效。

“这半年的考验本来就算不上什么，可是，新的痛苦突然降临，两个月后，我发现自己怀孕了，我呕吐不止。我忍受着，隐瞒着，紧紧包裹着，动作越来越笨拙，我觉得同志们开始在背后嘁嘁喳喳，用怀疑和怜悯的目光看着我。我不知如何是好，心焦如焚，有几次我想从悬崖上跳下去。可是肚子里的小生命猛力向上冲涌，揪住了我的心：‘妈妈，我要到人世来跟你在一起生活……’是的，刘医生已经不属于我了，他有自己的事业自己的家庭，而我，除了这个孩子就一无所有了。

“凡事我都勉强振作精神，抱着‘车到山前终有路，船到桥头自然直’的态度去迎接未来的打击。但是，由于我神情恍惚，老是出错，我有时忘了给伤员按时打针，有一次差点给病人服错了药……护士长早就注意到我了，她在一天夜里，把我拉到村外，低声问我：‘是不是

有了?’

“我的眼前一下子昏黑了,我知道这一天是早晚要来的,可是真的来了我仍然像受了一下雷击,只觉得火星乱迸,我昏倒在她的怀里……

“我不想再说那些苦难屈辱的日月了,我的孩子终于在不足月的情况下出世了。我记得很清楚,那是一九三五年二月初三,正是四方面军北出陕南的时候。大部队分三路从铁锁关、宁强、阳平关向东北挺进。后来情况又发生了变化,回头向南,据说是配合一方面军长征,要强渡嘉陵江。

“领导问我,是把孩子送给当地群众,还是我也退伍,和孩子一起留在川陕边自谋生路?

“在新区,我一个举目无亲的女红军,抱着刚满月的婴儿能有什么活路呢?我只好舍弃我的孩子,随军出征。

“我的最后的心愿能说什么呢?我的心愿很多,指导员,你的本子是记不完的……”

潘义山完全沉浸在罗芳的叙述里了,听到罗芳提到他,才猛醒过来,本子从膝盖落在地上,急忙拾起,带着一种愧意说:“罗芳,你说。”

罗芳从她的毡毯缝制的很精巧的“马甲”里,摸出写在香烟盒纸上的地址,一字一顿地念道:

> 四川省广元县,花挢区中和场,分水村,杨洪昌收养红军之子,乳名平平,大号杨刘罗。

念完,她怕潘义山把字记错,解释说:“杨刘罗不是杨柳萝。”

“我知道,”潘义山说,“这是你们三人的姓!”

“找到这个孩子,是我说不完的愿望中的最大愿望了!”

第二章　庄严的毁灭

罗芳说完了,她没有落泪。即将毁灭的废墟静谧无声。怀有好奇心的听众不敢发一声提问,也不敢说一句同情怜悯的话,只听见有几声惋惜的叹息。大家用沉默来回答罗芳这一段能够粉碎一切的感情的迸泻。死亡,对于蹲伏在废墟中的人,已经不是可怕的事情了,对于三个重伤员来说,女护士的经历成了一针镇痛剂。

太阳又升高了,射进废墟的光线已经强得刺眼了。似乎在警告他们,最后的时刻即将来临。

"谁再说!"潘义山又问了一句。

这时,炕上的一个重伤员,嘴里叫出了两个字:"我……渴!"

大家都互相望了一眼,凡是带军用水壶的人都摇了摇空空的水壶。

"谁有尿!"这是张荣新的叫声。

"两天滴水没进,哪有。"电话兵嘟囔着。

罗芳猛然站起来,向重伤员走过去。她是女护士,却没有任何办法帮助她的伤员。

"水……"那伤员祈求般地请求着。

"你要等一等……天黑,我们到水沟里去灌水……"她知道,水沟里已经没有水了,只有血泥,她下意识地去摸他的脉搏。

伤员身上起了僵直性的痉挛,目光呆滞,像被人推入虚无缥缈之中。她知道他的生命已经到了最后时刻,她用手抓住他的手,处在弥留状态的伤员感受到她的抚摸,伤员苍白的嘴唇包着的黑黄色的牙齿间闪过了一个动人的微笑,最后的一线生命力全部凝聚在目光里,望着女护士的脸,喃喃地低语着:"你……你……"

“你最后的愿望呢?”罗芳不知自己这样问的动机是什么,是有意延长他的生命吗?还是知道他有说不出的要求,而犹豫不决呢?

谁也判断不出这个愿望是什么,谁也不知道罗芳如何回答他。

只见罗芳那素来静止如水的脸上,突然露出异样的表情,决然地向伤员俯下脸去,吻了他一下——

“啊……”那重伤员像受了电击似的全身战栗着轻叫了一声,眼里涌满幸福泪水,开始了死亡的过程。罗芳稍稍离开他,只见他的头猛然一歪……

潘义山首先把自己沾血的帽子慢慢揪了下来,能站起来的人,全都默立着,向牺牲的战友致哀。他们惊异地发现,牺牲者死气沉沉的脸上,好像有一线超然于尘世之外的喜悦的光辉。

“我们还有八个人了!”潘义山又坐回原来的地方,所有人也都回到原位。他等待了一会儿,让心情平静下来,“谁接着说……”

“我说……”这是躺在炕上的另一个重伤员,“我叫黄加述,我的最后愿望是留一个手榴弹给我,你们走!”

“你的家乡地址?”

“这无关紧要……”

“指导员!”放哨的战士惊叫了一声,“敌人来啦!”

潘义山把笔记本向兜里一塞,扑向裂隙,果然有一队民团直直地朝他们走来。远处的戈壁滩上敌骑飞驰,刀光在阳光中闪耀,枪声却很稀疏。他们在红军没有子弹的情况下,多用马刀砍杀,像过节一般地欢呼狂叫。

“准备战斗!”潘义山轻声叫了一声。

罗芳也握起她分配到的一颗手榴弹。但她并不想抛出去,她准备在敌人抓她时,与敌人同归于尽。更何况,在不能转身张臂的废墟里,是无法把手榴弹扔远的。

突然,张荣新一跃而起,从女护士手中把手榴弹夺了过去,没有指导员的命令,从裂隙间冲了出去,在地上绊了个跟斗,打了个翻滚,站起来,迎着敌人挺立着,把手榴弹举在手中。

这种突兀的情景使敌人呆愣了几秒钟,张荣新把手榴弹抛向敌群,却没有爆炸。

他立即被两把马刀同时砍中,跌倒在地上。

他的愿望实现了。他的遗体和连长的遗体相距两米远,但他们的血却在黝黑的沙碛中流在一起,那一丛沾血的芨芨草,在他温热的血肉之躯抚慰下簌簌抖动。

那两个砍倒他的民团士兵在两下脆响的枪声中也同时跌倒下去。

废墟被大约五十名民团包围了。他们先用排枪向废墟射击,效果不大,便用火攻。

他们拖来了原来红军用以防守的鹿砦——沙枣树、胡杨、赤白柽和杨柳树。这些民团士兵像做儿戏似的不顾废墟中的冷枪射击,围着刘家屯堆柴,并且越堆越近。

潘义山"哎呀"惊叫了一声。

罗芳急忙挤到他身边:"指导员,你伤着哪里了?"

"没有。我把最后一颗子弹打出去了……我无法实现把大家带出去的愿望了……只有一个共同的愿望可以实现:誓死不做俘虏!那颗手榴弹在谁手里?给我!"

这时,民团已经点火了,滚滚浓烟带着糊辣味冲进废墟。守卫者们咳呛起来。不久,就要窒息在其中了。

"投降吧!我们优待俘虏!"

"你们不是要联合抗日嘛,投降吧!投降就跟你们联合!"

火仗风势,"噼噼啪啪"地冒起熊熊的火苗,在浓烟中呼啸着腾空而起,然后被风吹弯,像吐着红信的金蛇,嗞嗞地嘶叫着向废墟攻击。

躺在炕上的一个重伤员受不住烟熏,翻滚下地。另一个已经昏迷过去了。所有人都把头拱在地上,以躲避使人窒息的浓烟。

"大家都围……围……咳咳……过来……"潘义山咳呛着,站起来,把最后一颗手榴弹举上头顶。人人呛得涕泪交流。

"不!……我不能死,我……有护身符……"那个电话兵爬出裂隙直直地冲到火堆里。民团欢叫着向他开枪,他在火中挣扎着翻滚着,却没有叫喊,不一会儿,他就不动了,扭曲着躺在半红半黑的火灰中。

就在这时,废墟中响起了一声爆炸……

除去两个重伤员和两个牺牲在刘家屯废墟外的战士,还有四个人,在那一声电闪雷鸣中向四面倾倒下去。

第三章　出卖者

梨园口西南方向的沙砾滩上，震响着冰雹般的马蹄声。

红马旅沿着西流沟追击进入祁连山口红军的第一个波浪，已经旋卷过去了，沙滩下留下一片尸体。

从南流沟漫卷下来的红军又冲了出来，一边抵抗，一边向梨园口疾进，黄马旅紧跟在后面冲击。

沿东流沟追击的是马龙飞的黑鹰团。

西路军最初的突围方向是倪家营子西北方向的威狄堡一带。这一带大约有几十个村落星罗棋布在祁连山北麓三道流沟的沙滩上。这里的东、西、北方向都是沙漠、戈壁、石滩，只有一道流沟的河滩上有虽然干旱却很肥沃、可以耕种的土地。

西路军总部决定向西北方向突围，是一种两难选择中较为优越的一种。按军事要求，他们应该从倪家营子向南突围，从梨园口直接冲进祁连山中，借以发挥我军山地作战的特长，限制敌人骑兵的优势。但是，西路军在倪家营子守卫的七个昼夜里，粮食已经颗粒不存，这样进入冰封雪冻的荒山，即使追兵不至也很难生存。他们必须到威狄堡一带备粮，取得进山的补充。

可是，马家军紧追不舍，星散在沙石滩上的村屯没法作长时间的守卫，伤亡极大，不得不再次从威狄堡向梨园口突围，沿三道流沟进入祁连山。

三道流沟是祁连山北麓的缓坡地带，高山的水流冲出了两道河：一条是陈家河，一条是碓子河，把广阔的沙滩一分为三，称作东流沟、南流沟和西流沟。

现在，三道流沟都在激战。干涸的冬季，河床铺满乱石，河岸是高高低低的石崖。这些凸凹不平坑坑洼洼的地貌，是天然的掩体、堑壕、散兵坑，便于红军边抵抗边撤退。可是，敌人的骑兵拼命冲杀包抄，抵消了突围者的地理优势。

红军不敢恋战，不顾一切从梨园口撤进祁连山，向白银、康隆寺、石窝山急进，以求快些摆脱敌骑跟追。

张琴秋躺在担架上，两个强有力的警卫员抬着她，夹进东流沟突围者的洪流中，不久，就被远远甩在后边了。一支黑马队追上了他们。

两个担架员一死一伤，猝然倒地；满身血迹的张琴秋摔出担架，滚落在沙滩上。

几十匹战马从她身上飞跃过去，她的身上脸上溅满了马蹄踏起的尘沙。这些骑兵把她当作已死之人，只顾纵马向梨园口去堵截红军的主力部队。

她和前头的担架员都没有立即站起来，这就救了他们的命。张琴秋已经不存任何的希望了，她吃力地抽出放在衣兜里的小号勃朗宁手枪，对准自己的鬓角，坦然地扣动扳机。

但是，她忽略了，子弹没有上膛。这时前头的担架员猛然跳起，一把夺过小巧的手枪，怒吼道："大姐！你这是干什么？我背你走！"

"不！我不愿意当俘虏！"

那担架员却不想听她再说什么，几乎是粗野地把她拽起来，像揪着一袋粮食似的抡到背上，直奔山坡……但他只跑了几十米就仆倒下去。

他坐起来，气喘吁吁，满脸虚汗，混合着泪水，对摔在地上的张琴秋说："我背不动了，只能扶你……"

这时，他猛然看到灰蒙蒙的沙滩极处，在紫红色的天空下，黑旋风似的卷来一支马队。

"快走！"担架员猛然跳了起来。

一把比一般马刀稍长的七星军刀带着呼啸的风声把刚刚站直的担架员劈倒在地。那骑兵勒住战马，把刀指向张琴秋。

张琴秋坦然地面对滴血的刀锋："杀吧！"

这个持刀者是新任骑兵连长马正良，他的马因骤然停住了奔驰，暴躁地嘶啸着旋转着身子，它的同伴们从它身边疾驰而过。

马正良盯视着张琴秋："女的？"

他把刀收回，拨马向他的骑兵连追去！

张琴秋反而有些失望。她不明白这个凶猛的马家军劈死了担架兵却为什么不杀她。

她愿意死在战场上，却又求死不得。她仍没有摆脱自杀的念头，但她却找不到她的勃朗宁手枪了，想不起失落在哪里。

一想起有可能被俘，她的心就紧揪起来，升起无限忧虑。在革命部队中，往往把被俘看作软弱和耻辱，而且在未来的漫长岁月中，袭来任何政治风雨，都有可能把她推向黑色的深渊。

然而，生活总是按着自身的逻辑运行，在劫难逃。就在这遍地尸体、伤员和失散者的沙滩上，她落进了民团手中。

死，很难。

有时，活更难。

第二天凌晨，张琴秋终于汇集到四百多名男女俘虏群中。他们迎着凛冽的冷风被押向梨园堡——那是坐落在祁连山梨园口北面的一个很大的屯庄。

他们被民团押解着，蹒跚着摇晃着东倒西歪地走过沙碛石滩。

那是一列不成队列的悲惨的队伍。

民团的士兵们，一边走，一边奚落着侮辱着鞭打着他们。

张琴秋被一个粗壮高大的女俘搀扶着，几乎是半拉半拖着向前走！

"快走！快走！"民团用枪托捣着男俘。

押解他们的是大通民团，这个民团在倪家营子伤亡很大。他们对红军也就特别凶狠，对女俘则稍稍宽容一些。

"啪！"一声枪响。一个倒地不起的男俘，被枪杀在沙河滩上。

"为什么打死他？"

"他不走！"

"那也不应该！"

“我恨他们！”一个民团士兵嘶声喊叫着，“我本家的两个哥哥都死在他们手里……”

马家军本来纪律就很松弛，民团就更谈不上纪律。他们是临时纠合的一群，只有保地盘这样一个目标团结着他们。他们追求的是血腥的拼杀和丰盛的战利品！

“快走！快走！”押解者喊道，“谁不走就枪毙！”

张琴秋看到沿路到处是红军的尸体，绝大多数是马刀砍死的，显得特别触目惊心。

“放开我，我不想走了。”张琴秋向她的搀扶者说道，“叫他们把我打死好了！”

“不！你不能！”那个强有力的搀扶者低声说，“大姐，你不认识我，可是我认识你！”

“你是哪个单位的？”

“妇女抗日先锋团！”

“我应该认识……”张琴秋审视着搀扶者的脸。

“一千四百多人，你不可能个个认识。组织部长可只有一个！”

“你叫什么？”

“李大壮。”她有点自豪地欣赏着自己的名字，而后又低声嘱咐说，“大姐，你要改个名字！要挺住，能屈能伸……”

张琴秋竟然要别人来鼓励，觉得不可思议。她一向认为自己是最为坚毅的啊。她用感激的目光看着她的同伴。

“好的，我叫苟秀英……”

她不知为什么顺嘴说出这样一个名字。这是在她当妇女独立团长的时候，一个女战士的名字。她意识到她的伙伴竟然告诉她改名字，可见对方是一个有经验的坚强而又谨慎的人。

不是特别熟悉的人，此时已经很难认识张琴秋了。她的土灰色的脸上有一层细鳞般的糙皮，不再清秀白嫩鲜艳，不再闪着青春的光辉。眼角上有着深深的褶皱，枯干的嘴唇布满了白色的燎泡，脸上的污秽被汗水冲出一些条痕，塌陷的眼窝，高耸的颧骨，泥尘血迹汗水揉成乱毛毡似的头发，褴褛的衣衫，沮丧的神情，呆滞的目光，嘶哑的声音，蹒跚的脚步，僵直笨拙迟缓的动作……已经无法辨认她的年龄，五十岁？六十岁？都像。

可是，不管她的变化多么厉害，有一双嫉恨的眼睛却认出了她。那是稍微比她走在前边的女俘，她回头望了她几次，终于冲到她身边："张部长，你还认识我吗？"

就这几个字，令人触之如冰、如火、如刀，蕴含着毁灭一切的憎恨之情，飞动着她对她数年以来的积怨。

"我不认识你！"张琴秋认识这个女俘，这人原来就是她当妇女独立团团长时的一个战士，"你认错人了！"

"烧成灰我也认识你！"

"我叫荀秀英。"

那女俘扬起一声冷笑："荀秀英？那不就是已经死了的二班长吗？你贵人多忘事，那好，我就来提醒你一下吧。四年前，在旺苍坝抬伤员时……"

张琴秋果真记起来了。那是红四方面军举行陕南战役期间，她带领妇女独立团担任运送弹药和伤员的任务。就是这个女兵，在运送伤员时，搜了敌人伤兵的腰包，把一个金戒指和一副金耳环私藏起来，拒不交公。她叫吴金花。

张琴秋严厉地处罚了她，开除了她的团籍，关了她三天禁闭，叫她当众检讨错误。

几年来，这个受处罚的女人，一直没有忘怀。刻骨铭心的复仇心理，已成为维系她生命的一根精神支柱。她远远地望着惩罚过她的人，无时不伺机报复。

恨，可以不共戴天，可以不分是非，可以不顾后果，可以同归于尽。

"滚开！你这条狗！"李大壮忽然明白她们对话的性质了，她放开张琴秋，猛力向那个女俘扑过去。

两个人翻滚在地上，李大壮把高大的身躯整个压在那个瘦小的女俘身上，如果她手中有把匕首，这个女俘立刻就完了。她双手死死地掐住吴金花的脖子。吴金花的眼珠子凸出来直翻白眼，她无法喊叫，两手两脚在沙地上乱扑腾。

如果不是押俘虏的民团过来干涉，再有一分钟，吴金花就会气绝身亡了。李大壮背上挨了一枪托，她站起来，用变了调的声音，阔着嗓门向着俘虏群大喊："当心，吴金花是条咬人的狗！"

这条狗终于被强烈的报复意识所驱使，出卖了她的仇人。在一个月后，伪《河西日报》上刊登了这样一条消息：

> ……当陈昌浩匪逃窜时，将其妻张镜秋弃乱军中，被我青海一百师部队生擒，解送青海。张镜秋系俄国留学生，在伪四军总司令部，任妇女部长，兼组织部长，精通五国文字，现年二十余岁。在倪家营战役中曾生产小孩云。①

这次出卖并没有造成严重后果，因为出卖者怕被人掐死，不敢当面指认，只向敌人报告了张琴秋的特征。敌人根据"精通五国文字，现年二十余岁"的特征是无法跟"苟秀英"对上号的。出卖者也只是一般地了解张琴秋，连名字也只知道谐音。张琴秋只精通俄文、英文，精通五国文字那只是崇拜者的传言。

中午时分，民团把所有俘虏押解到梨园堡东西两个大围子里，每人竟然分到了一碗荞麦粥。

下午，风很大，飞沙走石。

大通民团团长韩进禄和两个团副开始作俘虏甄别。吴金花供出了张琴秋，民团团长对陈昌浩的夫人、组织部长并不过分看重，只是要她指认。吴金花说她不在这个围子里。

韩进禄告诉她，晚上将男俘女俘分开，那时再指认也不迟！

围子外，民团布置了三层岗哨。其实，就是敞开门叫俘虏们逃跑，能够走动的也不多。他们都知道大部队已经进了深山，即使逃出去，追赶部队也是不可能了，流落在荒滩上，不是饿死就是被追杀。尽管人人怕当俘虏，既然已经被俘，也就"既来之则安之"了。

晚饭，仍然是每人一碗荞麦粥。

---

① 此消息中的错误之处，皆因敌人不了解真情所致。如伪四军系指过去的四方面军；张琴秋误为张镜秋；是年张琴秋是三十三岁，误为二十余岁。

黄昏时分，东院的男俘被带到西院来，西院的女俘被带到东院去。

吴金花看到了张琴秋和那个女壮士。她们仍然偎在一起，她装作没看见，蹲在她们对面的墙角里。

天色迅速地黑了下来。

吴金花昏昏欲睡，但她不敢睡得很实，她怕偎在对面墙根下的女壮汉悄悄走过来把她掐死。

这时，她听见耳边响起一个轻柔的声音："你今天下午供出张琴秋得到什么好处啦？"

"你问这话什么意思？"出卖者警觉起来。

"如果有奖赏的话……"

"你也想供出几个？"

"为什么不呢？"

"我供出这个张镜秋，不是为了奖赏……"

"呃？"

"是为了报仇！她处罚过我。"

"是冤枉了你？"

"也不……不全是……我只是为了解恨！"

"这很不好吧？"那轻柔的声音仍平静而和蔼，"你打仗本来还是挺勇敢的。"

"解恨和打仗是两回事。"

"你得想想……"

"明天我就指出她来。"吴金花狠毒地说。

"那不成了叛徒了吗？"

"是不是叛徒反正一样，依我看，落在这步田地，谁也别想活着出去。"

"你呢？"

"我想活，所以我要张镜秋死！"

突然，她的脖子被一条绳子——大概是腰带勒紧了。她本能地用双手去撕，用脚……她的双脚被人摁住了，她的双手也被人扼住了。

她全身拼命地扭动着，听到自己喉骨的断裂声，接着就是一阵僵直性的痉挛，舌头伸了出来，一头像芨芨草似的乱发向旁一歪，就把双腿伸直了。全身的肌肉还在微微抽搐颤抖。

“把她拖到一边去，”行刑者厌恶地说，“又臊又臭，我这手一辈子也洗不干净了！”

行刑者说错了，那是双惩恶扬善的纯净的手！

出卖者的恶死，对被俘者是一种鼓励。

“干吗不拖到中间空场上去？让大伙看看她的尊容多好！”

在天微明时，叛徒的脸上已经被唾沫和痰盖住了。大家都交换着各种眼色，心照不宣。

这天是漫阴天，东北风甚至还送来些许暖意，凡有经验的人都知道，这是一场暴风雪的先兆。

早饭来得特别晚，大约十点钟才用美孚汽油桶送来。一阵羊肉的浓香立即在围墙内扩散开来。

红柳条编的箩筐里盛满烤得微黄的馕饼。

大概以前出现过俘虏抢饭的场面，这次马家军特别防范，有四个持枪者守卫着。一个军官模样的胖子提着短枪，向女俘们宣布：“姐妹们别动，每人都有一份。今天，有西宁军部来的赵处长给大家训话，都要守纪律！”

这时，他才猛然发现离他身后不远处躺着一具女尸：“这是怎么了？”

他两眼射出凶光，扫向所有女俘。但他来不及追查了，急忙吩咐持枪的民团士兵：“快，快，快拖到一边去！”

满院子的女俘都像怕瘟疫似的用恐惧的眼睛盯着死尸，生怕拉到她们面前来。

两个民团士兵还算精细，一人拖着一只脚，把它拉到留给俘虏们解大小便的一个角落里去。这时，大通民团团长韩进禄，还有带着照相机的两名记者，陪同赵处长走了进来。

赵处长穿着笔挺的中校军服，脸上挂着温和的微笑，谦恭地向女俘们招手致意：“同胞姐妹们！军座要我来看望大家，迎接大家去西宁！

现在是国共合作全民抗日新时期,欢迎你们悔过自新投到我们队伍里来……”

韩进禄一边鼓掌一边叫着:“大伙鼓掌!”

记者拍照。女俘们都无人鼓掌,但记者们并无遗憾的表示。

“你们前进剧团的人,都在西宁的新剧团里唱歌跳舞,他们在那里等候你们。今后我们相处的日子还很长,今天就不多打扰了,你们开饭吧!咱们明天见!”他送给女俘们一个微笑,晃晃戴着白手套的手掌,就告别了。

女俘们一下子拥向盛馕饼的箩筐,有人竟抢起三个。看守者打了她一马鞭:“一人只准拿一个!”

记者拍照。

有人不等分羊肉汤,就伸手去捞漂在上面的肥羊肉。不顾皮鞭的殴打,狼吞虎咽地塞到嘴里。

记者拍照。

饥饿,是一种酷刑。在抬进馕饼、羊肉汤的瞬间,张琴秋也忍不住咽口水,这是任何意志都无法控制的生理现象。她曾惊惧地想道:“如果敌人用饮食作为诱惑,说:‘谁悔过自新谁有饭吃!’那么,这满院的六十三名女俘中有多少人能经受住考验呢?”幸好,这种事情没有发生。

此时,人们所有的精力心智全部凝注在馕饼和肉汤上,谁也不想下一分钟会发生什么事情,更想不到未来是什么样的命运在等待着她们,当然,也不在乎记者们如何拍摄她们抢食的镜头。

张琴秋也吃着李大壮靠强壮的身躯为她抢来的馕饼,看着眼前的景象,简直像在发高烧时出现的幻影一般。

午后,韩进禄又带着一个记者进到院子里来。

他找不见昨天那个检举张镜秋的人。

“在那儿!”有人指给他看。

一个杀人不眨眼的魔王,竟然被突如其来的景象惊骇得后退了一步,甚至无法对此立刻作出解释。他还来不及再有别的感觉,就像脑袋受了猛击之后昏迷不醒了,他看见那女俘被臭烘烘的粪便掩盖了。

记者拍照。

韩进禄终于觉醒过来了，猛然转身对着女俘们盯了足有五秒钟："你们杀死了她？"

没人应声。

"说，是谁杀了她？"

没人应声。

"那好，不说，晚上没有荞麦粥给你们吃了！"

谁都知道，他做到这一点不费吹灰之力。

"是她自己勒死的！"

"自己？为什么？"

"她把大便屙在裤裆里，有人说她臭，她害臊了，就解下腰带……"那女俘绷着脸做了个勒脖子的动作。

许多女俘都忍耐不住，先是哧哧后是哈哈大笑起来。

眼看韩进禄就要向嬉笑者挥皮鞭了，可是没有，他凶恶的眼里突然露出惶惑和颓丧的表情，扭头对拍照的记者喃喃地说："现在不查了吧，把这个情况告诉赵处长，到西宁再查吧，只要不跑，张镜秋总在里边。"

记者遗憾地点点头。他本来希望拍一张张镜秋被指认的照片，现在落空了，为了补偿，他对着女俘们又乱拍了一通。

第四章　过去的传说过去的歌

一蔸极耐干旱却近枯死的芨芨草，因为有几滴露水充满了生机。这群挣扎在死亡线上被俘的女红军，却因几餐荞麦粥和几块烤馕饼，又变得精神抖擞了。

马家军不是为了慈善和人道，而是为了她们有力气长途跋涉，走过沙漠，穿过祁连山，跨过大通河到达西宁。

明天，这群女俘就要跟随着赵处长，这个未来的管理“新剧团”的赵永鉴，踏上未可知的行程。

这天夜晚，天气很冷，由于有了食物，耐寒力增强了。她们都紧紧偎依在一起，借以互相取暖，并体验着战友间的患难与共的温情。

强壮的帮助虚弱的，坚毅的帮助懦弱的，几乎人人心中都迸发着一种高尚的为集体而自我牺牲的热情。

这是一九三七年三月八日（农历正月二十六）的夜晚，没有月亮，张琴秋蜷缩在战友们共同张开的一片毡毯下，背靠着土墙，把膝盖收起顶着下巴，两臂紧紧地抱着小腿。她，一米六〇的短矮身材（这是她端庄秀丽中的唯一的遗憾——不够修长）聚缩成一团，自我解嘲地笑笑，我真是名副其实的妇女“团长”了。

风不大，却很尖利，尽管她如此蜷缩，寒冷依然钻进她的肌肤。她偶尔仰起脸，从围墙上望出去，那里是祁连山的迷蒙的峰峦，无边无际，横断暗蓝色的天空，像冷凝的灰云，像神界鬼蜮的不可逾越的城墙。

夜风从围墙上扑落下来，带着悄悄细语，梨园口方向仍然传来如潮的枪声。那音流像彗星的光波似的拉宽变淡，漫过苍穹，弥散在寒冷的大气中。

她无法判断西路军总部现在在哪里，陈昌浩是否安全，她更无法预想。

和她紧靠在一起的李大壮，已经扬起齁齁的鼾声。正所谓“能者劳智者忧，无能者无所求，饱食而遨游”。张琴秋不能入睡，她思虑万端，愁肠百结，一生的喜怒哀乐，像无数溪水一齐会聚在心头。她不知从何想起，唯有感觉变得分外敏锐。白天发生的一切，一幕一幕地映现在她面前。她忽然看到有人走动，慢慢地向她接近……

张琴秋绝不是胆小之人，此时却感到一种新的惶恐，习惯地摸了摸腰胯，那是她平时放勃朗宁手枪的地方。她准备防卫。也许另外一个吴金花式的叛徒白天不敢出卖她，晚间向她突然袭击。她唯一的措施是握紧双拳，并且准备随时把李大壮推醒。

那人没有扑过来，而是蹲到她面前，轻声叫道：“大姐，你还没有睡吗?”

“大姐”，这既是往日某些人的习惯，也是被俘后通常的称谓，姓名、职务、同志，皆隐藏在这两个字中。

“你是谁?”张琴秋保持着足够的警惕。

“我是以前妇女独立团的战士!”

“你要干什么呢?”张琴秋的心头掠过一阵难以尽述的感情，“我不认识你，我也不在独立团，我叫苟秀英……”她一时不能理解这个人为什么来找她，四年的风风雨雨和苦难的折磨，都已经变形了。

“我想告诉你，那个吴金花是我把她勒死的!”

“噢!”张琴秋不知如何表示，她极力想认清这个战友的脸，看到的却只是黑糊糊的暗影。

“我能和你挤在一块吗？我叫叶红果。”

“来吧!”张琴秋向李大壮身边靠了靠，留出了一点空隙。

叶红果挤到她身边，带给她些许温暖：“大姐，在路上我就认出你来了。很想找你说说话……你还记得米仓山下的永宁街吗？我的腿受了伤，你背着我爬了一座山……”

“我记得永宁街，只是不记得那些战斗了，打的仗太多了……”

“那时，我们歇在山坡上，忽然来了一匹红马，那是陈昌浩政委，他叫你唱一首苏联歌……"

张琴秋猛然抓住了叶红果的手:"我记起来了!"

此刻,当彼时彼境重现眼前时,张琴秋是多么激动啊!一切细节都清晰入微,米仓山的巍峨的峰峦如在目前,那神秘幽寂的森林景色令人心慑。她背着受了伤的小战士,坐在山坡上,山下是嘉陵江的支流——东河,远远望去像一条弯曲的碧绿的绸带。

那时陈昌浩还没有和她结婚,但在莫斯科大学时就钟情于她。那是一个战斗的空隙,陈昌浩骑马到妇女独立团来视察,事实上,是找她谈心。

他们坐在富有弹性的茅草地上,善解人意的风,把杜鹃花的清香和仲春的醉意吹进他们的心中。

"唱支歌给我们听吧。"陈昌浩要求着,看看身边的受伤女战士,"用中文唱……"

"还是俄文更有韵味!"

"不,俄语……"陈昌浩向女战士扭了扭头,"她听不懂!"

张琴秋先是低声哼了哼,定准了音,然后放声唱起来:

再见吧,再见吧,可爱的城市和乡村,
遥远的征途在召唤着我们;
我们都是勇敢有为的青年,
踏着黎明的寒霜参加红军。

吻别吧,吻别吧,可爱的姑娘,
共青团员们要奔赴战场;
我们去了,你们不要悲伤,
胜利之后我就转回家乡!

革命的号角已经吹响,
前进路上的障碍全部扫荡;
为了粉碎乌云般的敌人,
我们高举手中的刀枪。

"团长,"受伤的女战士问道,"什么叫温别罢姑娘?"

"'温别罢'就是苏联出产的又甜又香的果子!"陈昌浩向女战士解释说,"可以送给小伙子们吃!"

张琴秋哈哈大笑。

女战士知道首长开她的玩笑,但是,她无论如何弄不懂"温别罢"是什么意思。

"你叫什么名字啊?"陈昌浩问。

"我叫叶苦果。"

"啊,苦果多么难吃,干革命就是为了不再受苦嘛……我看你就叫叶甜果吧!"

"不!我不愿叫人啃我。"女战士也顽皮地笑了,"我叫叶红果吧!"

"只要你们团长同意,我没有意见!"陈昌浩向张琴秋使个眼色,颇带责备的意味说,"你看,你看,你领导的战士连个'吻别'都不知道,咱们最好作个示范……"

张琴秋满脸通红,用大姐对小弟弟的口吻说:"你啊,在战士面前,要注意点影响。"这话是用俄语说的,叶红果听不懂。

"当然得讲点战略战术。"陈昌浩说的也是俄文,然后用中文逗女战士说,"你骑我的马好不好?回永宁街……"

"那怎么行?"叶红果难为情了。

警卫员向叶红果使个眼色,就把她扶上马去,她注意到方面军的陈政委和她们团长远远地落在后边了。

叶红果奇怪地问警卫员:"你怎么把首长丢下了?"

"我说你是个傻丫头!"

"我傻?"叶红果生气了,从来没有人说她傻,"傻在哪里?"

直到陈昌浩跟张琴秋结婚,叶红果才知道自己傻在什么地方……

"大姐,明天就要分班排了,"叶红果说,"我要跟你编在一个班里。"

"很好。"张琴秋感动地说,"只要我们团结在一起,就什么也不怕。"

“我怕你身体太弱，还怕有人再出卖你。”

张琴秋无法回答，只是轻声对叶红果说：“睡吧，有你和李大壮，我心里踏实多了。”

围墙外响着民团巡逻哨的脚步声。女俘们有的已经睡了，有的在嘁嘁喳喳地窃窃私语，有的手边放着石块，准备对付那些兽性发作时的团丁们。

枪声、风声时高时低，既像叹息又像惨嚎，仿佛诉说着无尽的冤情和恐惧。

张琴秋紧闭着眼，强迫自己入睡。她很清醒地进入一种梦幻，她看到祁连山那乱石嵯峨的峰峦犹如群兽卧伏在那里，它们一声声嘶叫，用万千只脚爪扒搔着大地，仿佛要怒吼一声立即向她扑来。

她又看到那些冰冷的岩石变成了人，瞪着冷硬的无情的眼，活了千万年那样古老。它们在窃窃私语，她听不懂它们说什么，只觉得它们不怀好意，莫非想倾塌下来压倒她，埋葬她，毁灭她，把她也变成石块？

她的手脚冻麻木了，真的像石块一样麻木僵硬。她的头脑一阵清醒，一阵迷糊。她听见一千种声音在悄悄耳语，还有低泣声。她在似睡非睡中，弄不清这是梦幻还是现实。

李大壮说着梦话，好像跟什么人争吵，但语音不清。那立意要保护她的叶红果的头，歪到她的怀里，睡得很沉，她的心是甜的。

这种时睡时醒边睡边醒的状况，很像十二年前在西伯利亚的火车上，车厢东摇西晃“吱吱嘎嘎”，车轮“咣当咣当”无休无止地响。

那是一九二五年十二月的最后几天，气候比眼前还冷，铁路两边是无穷无尽的披雪的森林。

那时她蜷缩在藏青色的粗呢大衣里，怀着一种纯洁崇高的感情。她的新婚爱人沈泽民无意于窗外苍凉雄浑的景色，埋头读着俄文原著。那是列宁一九一二年十一月在《真理报》上写的《新生的中国》。他看到张琴秋耐不住寂寞，就读给她听，那时，她的俄语还处在初学阶段，沈泽民借以提高她的熟练程度。

辛亥革命把被人讽之为“东亚病夫”的中国，带进了一个新时期，唤起了民族的革命精神，为光明的未来开辟了道路。列宁写道：

先进的文明的欧洲对中国的新生是不感兴趣的。四亿落后的亚洲人争得了自由，觉醒了起来，参加了政治生活。地球上四分之一的人口已经从酣睡中清醒，走向光明、运动、斗争了。

那时，革命后的苏联正处在经济困难时期，没有煤炭，火车靠烧木柴运行，车上没有暖气，也没有热水，厕所也被冰封，没有餐车，只能在较大的车站上买到几块冻得硬邦邦的面包。他们要在这样的旅途上度过十二个昼夜才能到达莫斯科，多么艰苦漫长的路程啊！

但是，这些革命的先驱者们，无法预想未来革命征途上会出现多少险山、恶水、弯道和沟壑。他们正处在对人对事都过分理想化的年龄。

"乌拉尔山！"

有人望着窗外高叫了一声，人们一齐向西行列车的北面窗口拥去。这是苏联东欧平原和西伯利亚平原之间的大山，它的走向是南北的，北起喀拉海的伯达拉茨湾，南至奥尔斯克，绵延二千多公里。十二年后张琴秋望着祁连山的雪峰，总是和乌拉尔山脉联在一起。

乌拉尔山有着无穷无尽的传说。与他们同车的一位女教师，得知这些粗通俄语的青年男女是到苏联来寻求革命道路时，对他们就表现出极大的热情和友谊，一个接一个地给他们讲乌拉尔的传说故事，给张琴秋留有深刻印象的是"五彩宝石"，后来，她曾多次讲给妇女独立团的战友们听。

那是在古老的年代，一个名叫丹尼尔的年轻的雕石工匠，立志要雕刻一件举世无双的精美的艺术品，他相信自己高超的雕刻技艺，却找不到完美无缺的石料。

一个看磨房的老爷爷告诉他，在蛇山里有一种五彩宝石，可以雕刻出美丽无比的工艺品。但是蛇山是个危险而又神秘的去处，很多人都去过，却没有一个人能回来。

"为什么没有回来？是死在山里了吗？"丹尼尔是个勇敢的青年，他不怕死。

磨房老人告诉他，因为没有人回来，就不知道未能回来的原因。据人们猜测，有两个原因：一个是蛇山上的五彩宝石有毒蛇猛兽妖魔鬼怪守护,没有神力的人是必死无疑;一个是蛇山里有毒蛇变成的美女,她把蛇洞变成世上最美丽的地方,到了那里就被迷住不想回来了。

这两个猜测,丹尼尔都不害怕,他告别了未婚妻,带着刀斧、铁锤和凿子,进了蛇山。

那是一个极其凶险的裂口,巨石就像吃人的狼牙,一看就叫人毛骨悚然。丹尼尔看了也觉得触目心惊。可是,为了他的追求,他还是钻进去,前面就是火海刀山他也要闯到底。

当他向前走了几步之后,就是向下倾斜的石阶,寒气逼人,每下一个台阶就增添几分阴凉与神秘。那山沟,犹如一座古代的漆黑的墓道,似乎永远达不到尽头。丹尼尔突然停住了,打了个寒战,前面躺着几具白花花的骷髅,闪着生涩的冷凝的光。

"退回去吧,再向前走,你就得死!"

丹尼尔紧握着斧头,每个神经细胞都紧张起来,准备防卫,他产生过瞬间的动摇,因为他不相信自己比那些已死的人更有力量。那些粗大的骷髅,说明他们生前都是两米以上的身躯。

但他没有回头。作为一个雕石工匠,追求的就是精美的艺术品。那五彩宝石深深地吸引着他,即使付出生命,他也要走完这段路程。

他的眼前出现了绿光,那不是蛇的眼睛,而是从石洞深处闪射出来的。"宝石!"他大叫一声,不顾蟒蛇的威胁直奔过去。

那是一块举世罕见的孔雀石,足有半个背篓那样大,铜绿色墨绿色和天蓝色相间,闪着金刚钻似的光泽。这正是他希望的那一种,他要把它雕成一个盛满各种花朵的花篮。

第三天,他就喜气洋洋地回到家里。他答应他的未婚妻,在花篮雕成之日,他们就结婚。

两年之后,果然雕成了。这个孔雀石花篮被全村人誉为稀世奇珍,丹尼尔也成了石雕名匠。"就是皇宫里也没有!"在新婚的舞会上,人人啧啧称赞着。磨房老爷爷也来了,他来祝福这对幸福的青年人,无意间却对孔雀石花篮说了一句不太得体的话:"现在只有花篮没有花,若是五彩石雕出来,那就漂亮无比了!"

丹尼尔立即沮丧地垂下头去,新婚的兴致被这种情绪破坏了。青年朋友们都怪老人多嘴。丹尼尔却说:“不,是我不好,我没有实现我的诺言……”他突然抡起锤头,“咣啷”一声把孔雀石花篮打碎了。在人们都为之震惊惋惜的时候,丹尼尔消失了。

丹尼尔重又回到蛇山,踏过蛇窟继续向前寻找。不管危险多大,绝不回头。他的面前,忽有火光一闪,接着是山崩地裂的爆炸声,他被震倒在地,岩石纷纷落下,滚到他的身边,差一点把他砸碎。

一团沙尘过后,他眼前展现出一片奇异的洞天——一座奇伟、壮丽的地下迷宫,各种华丽的石柱、石笋、石钟乳,千姿百态,各种树木花卉色彩斑斓、冰清玉洁、璀璨耀目,各种珍禽异兽飞腾奔跑。丹尼尔忍不住去抚摸一株摇曳多姿繁花满枝的花树,不由大吃一惊,这树原是各种宝石所雕成。

啊!这就是五彩石的神奇的展现啊!丹尼尔高兴地叫道:“我终于找到它了。”

的确,他找到了,在他的脚下到处都是五彩宝石,他正想插入梃棒撬起一块,却被一个温柔的声音止住了:“你喜欢吗?”

丹尼尔抬起头来,看到对面石龛里站着一个冷艳清奇的仙女。

“是的,我很喜欢!”

“那你必须留在这里!”

“不!我要把这美丽的五彩宝石带给人间。”

“要么你留下,要么空手而回。”

“我绝不留下,我不应独享这里的美丽,我的未婚妻还在等我……”

“那你必须空手而回!”那守山女神声冷字重地说,“发誓永不说出你看到的一切!”

“办不到!”

“你必须死!”

那女神立即露出了真形,是一条鳞光闪闪的蟒蛇,它向丹尼尔喷出一股毒液,丹尼尔立刻感到一阵难忍的奇寒,永远凝冻在蛇山之中了!

……

“这是个悲惨的传说。”当时坐在列车里的张琴秋对故事的结局深表遗憾,“若是我讲这个故事,我就改变这个结局!”

“怎么结尾?”几个人同时问她。

“丹尼尔的勇敢、无私的追求感动了那位仙女,让他把五彩宝石带到人间,让他跟未婚妻过幸福的生活!”

(后来,她给妇女独立团讲故事时,用的就是这个结尾。)

“这只是你的愿望,”那女教师反驳说,“生活却不是这样。”

“生活就应该这样!”张琴秋争执着。

……

蜷缩在围墙中的张琴秋,久久地凝视着十二年前的自己,沈泽民和那位苏联女教师,一切都细致入微,清晰得惊人。如今回想起这一段生活时,她是不是对信仰、战争、民族、人生,有新的理解呢?

她的左边,李大壮睡得烂熟,她的辗转反侧都不能惊醒她;叶红果在她的怀中也睡熟了,还说着谁也听不清的呓语。

张琴秋终于模模糊糊地睡了。她也像丹尼尔那样,走进了一座冰山,那冰是彩色的,心想,噢,丹尼尔寻找的五彩宝石原来是些冰块啊!突然她看见吴金花站在她面前,好似一个女巫,对她嘿嘿冷笑。

“你要冻死在这里,永远出不去了!你惩罚我,我也惩罚你!”

那妖婆伸出鸡爪似的手对她一指。张琴秋看到自己立刻成了晶莹透亮的冰雕,直立在嵯峨的岩石之中。她这时有两个我,一个是成了冰雕的张琴秋,一个是具有生命具有心灵能够思想能够感受的张琴秋。那个有生命的张琴秋不愿自己孤独地站在荒漠的冰山之中,便上去推那冰雕,只听几声玻璃碎裂似的脆响,那冰雕立即碎成冰碴飞溅开去,带着啸响散成了满天寒星!

张琴秋惊醒过来,祁连山的雪峰清晰地紧贴在布满星星的天幕上。枪声依然很紧,在宁静的深夜里,显得特别悠远。

她记起小时候,祖母喜欢给她圆梦,那时,她觉得祖母对梦的解析总是应验的,后来上了中学,就不信了,知道那是迷信。但她现在却在想,难道命运真的在向她显示什么吗?

第五章　濒临绝境

史料：

九日晚，马元海用数团兵力强占了南流沟、西流沟中间地带。西路军集中兵力出击，激战一昼夜，未能将敌击退。敌遂将第三十军、第九军隔断。十日，徐、陈报告中央军委："现已无粮，附近地区均无粮缺水，三百米以内亦用电台联系。"坚持到十一日夜，又不得不向南突围转向祁连山区。十二日，刚到梨园口，敌骑兵即跟踪而至。第九军为掩护第三十军展开战斗，英勇抗击，夺占了梨园口西山头，与敌几经冲杀，损伤两个多团，被迫后撤，第九军政委陈海松、第二十五师政委杨朝礼、第九军政治部宣传部长黄思彦，均在战斗中英勇牺牲。敌随即倾全力向第三十军压迫，该军第二六四团全部损失，第二六三团也大部损失。总部乃指挥余部利用山麓地势，边战边撤，退入祁连山，部队兵力连大批伤员在内已不满三千人。西路军经过四个多月的艰苦战斗，至此归于失败。

"子文！"陈昌浩喘息着在一块较为平坦的山坡上停下来，"我们在这里坐一会儿，等总指挥他们上来。"

紧跟在后面的江子文选了块背风的山洼，布置好警戒，在陈昌浩身边坐下，让从威狄堡带来的向导坐得稍近一些，以便随时询问。

"我们的损失太惨重了！军师团三级干部损失也很大！"江子文说。

"是的！"

陈昌浩开始不明白江子文为什么老提这些他已经知道的事。

“我们连伤员在内恐怕不满三千人了！”

“是的。”陈昌浩忽然意识到这位坚定的革命者，老提这些令人沮丧的事，是一种铺垫，“子文，你好像有话要说，何必吞吞吐吐呢？”

“常言说千军易得一将难求，西路军由两万多人打到现在，而且已是弹尽粮绝，伤员、病号、妇女……”江子文说得很艰涩，“即使马家军不再追堵攻击，失败也是已成现实了，我们已经没有力量完成打通国际路线和建立根据地的任务了，就是自救也很困难，我们走出祁连山能剩下多少人都很难说。”

江子文在绕弯子，陈昌浩等着他的下文。他明白，承认现实才是实事求是的态度，并不是悲观，而是一种冷静和勇气。

“主席，我认为这样大部队的行动是摆脱不了敌人跟追的，早晚被这群饿狼一口口吃掉……”

“你有什么好主意吗？”

“如果部队分散打游击，”江子文仍不愿意照直说出来，他怕陈昌浩一口拒绝后就不好办了，必须先把理由说充分，“总部的首长们怎么办？目标太大了，一支小游击队是无法保证首长安全的！”

“你的意思是让我们离开部队？！”

“是的，只能这样。”

陈昌浩感到问题的严肃性。在部队危难之际，首长先离开部队，这在感情上是说不过去的！那对部队将产生什么影响呢？不离开部队，会是什么后果呢？

陈昌浩沉默了好久，需要考虑的问题很多。

“这对部队、对首长都有好处。”江子文继续阐述他的主张，“保护首长安全，说实在话，这是部队的沉重负担。我是一个长期做保卫工作的人，很有感受。我们必须对首长负责，也就是对革命负责……如果敌人一旦知道总部首长留在军内，必然穷追不舍，给部队带来很大危险，行动笨重，很难适应游击环境，必须缩小目标！”

陈昌浩是精明的人，他当然知道江子文建议的合理性，但他仍需要江子文把理由说得更充分些，取得道义上的支持和精神上的庇护。不然，会被人误解为怯懦。

在七年前的鄂豫皖根据地时期，他坐上新缴获的敌机到黄安上空去撒传单扔炸弹时，就有不少人劝过他，这样具有危险性的战斗任务，一个主要负责同志有没有必要去冒险？但他还是迈着坚决的步伐，义无反顾地登上了飞机。

后来，他要到皖西根据地去视察，中间隔着白区，他又要坐缴获的敌机去，又有不少同志劝他。这次与在黄安上空飞行不同，那是一个被红军包围的县城，这次却是飞越白区的上空。“那有什么关系？”他拍拍腰中的短枪，又要了两颗手榴弹，“他（指敌机驾驶员）不见得敢与我同归于尽！”

战争时部队的政治工作者，崇高威望的获得除了政治水平外，更重要的是勇敢，是身体力行。

在危难之时，首长率先离部队的决心是不容易下定的！陈昌浩不能不考虑：总指挥会有什么想法？这样回到陕北去，中央会有什么想法？上下左右的同志们会有什么想法？

“不，全军处在危难的时候，我不能离开部队。董振堂同志、杨克明同志、陈海松同志……都牺牲了，还有许多领导同志受了伤……不！我宁愿跟同志们一起战死！”

陈昌浩动了感情，他刚才一一提到了各军的领导干部的伤亡，却没有提到自己的夫人张琴秋。以她那样虚弱的病体，还有生还的希望吗？被俘，对女同志来说是双倍的苦难，除了精神折磨、非人的待遇、终身的遗憾外，有多少女性能脱得了敌人的侮辱？

“不，不能离开部队！”他坚定着自己，甚至还产生了亲自上阵带队冲杀与敌人决一死战的渴望。

此时，天色已届黄昏，总部还没有赶上来，马场滩、康隆寺方向的枪声依然十分激烈。

但现实与理智往往比感情更有力量，陈昌浩在一阵激情冲动过后，就陷入了利弊权衡……

“死，对一个革命者来说并不难做到，”江子文一心说服西路军军政委员会主席，他有信心做到这一点。因为劝首长离队的想法，在倪家营子突围前就已经萌生了，“问题是，死，并不是你的责任，你是负有重大历史使命的人……胜败是兵家之常，自古以来，即使数次全军覆没，只要将帅还在，就能东山再起。”

江子文虽然没有举出具体范例，这个道理却具有很强的说服力，给历史知识异常丰富的陈昌浩阻塞的思路推开了一扇窗。古今中外的历史上，这样的事例比比皆是。就连一代风云怪杰拿破仑在一八一二年远征莫斯科遭到惨败后，不也把几十万大军丢弃在俄罗斯冰天雪地的原野上，只带少数随从在夤夜之中脱险而去吗？

“也许你是有道理的！”

江子文继续提供他想过多次的依据：“这次西路军的失败，在军事指挥上不能说没有缺点，可是，我们也打了很多胜仗，我们的失败主要是客观困难，让谁来指挥都是无法取得胜利的！”

这些话完全说到陈昌浩心里去了，他认为江子文虽分析得还不够全面不够透彻，主要精髓却抓住了。

我军以长征之后的疲惫之师，进行无后方的作战，粮弹匮乏，面对装备精良粮弹丰实兵源充足的敌人，以步兵对骑兵，再加上民情、气候、地理环境，再加上忽停忽走忽东忽西的拉来拉去……能造成敌人如此惨重的伤亡，能坚持四个多月的战斗，已是庶几无愧了！

如果把我军的困难一一列出，如果把敌方的优势条件也一一列出，那是很有说服力的！

这是一场悲剧。这场悲剧的成因正像马克思、恩格斯从历史唯物主义观点出发，科学地阐述了悲剧产生的社会历史必然性，他们认为，悲剧冲突本质上是“历史的必然要求和这个要求的不可能实现”的矛盾冲突。

对于这一点，陈昌浩是太熟悉了。在莫斯科大学时，就这个问题，他曾跟几个同学展开过辩论，他拿出了巴黎公社的失败作为例证。因为客观上不具备胜利的条件，巴黎公社再握有真理，也只能存活七十二天。

陈昌浩完全想通了，恹闷难舒的心境豁然开朗：是的，我应该回中央去，向中央陈述一切，在短短的电文里是无法使中央理解西路军的困难的！这里的困难，是出乎任何预想的。当我们西渡黄河时，我们不也是对困难认识不足吗？我们给中央打了很多取得胜利的电报，也有不少表示能够完成任务的电报。在西洞堡取得反击胜利后，我不也是做出重返倪家营子的决定吗？

我们身历其境，对困难都认识不足，何况数千里之外的中央呢？如果我们战斗到最后一滴血，谁能向中央报告西路军失败的原因呢？我离开部队不但无愧，而且是必须的了。

"子文，你说得也对，可是，我们少数人离开部队能安全到达陕北吗？"

"这个问题，我在倪家营子时就仔细想过了，现在是国共合作时期，只要避开马家军的搜索就会安全……"

"避开马家军可不容易。"

"现在马家军注意力全部放在我们大部队方面，而且对总部机关盯得更紧。在这种情况下，"江子文说出了自己的安排，还临时补充了很多细节，"我组织一个警卫排，由我带着，再带上一名医生一个护士，这样一个精干的小分队，在黑夜穿插出去并不困难。这里不像戈壁沙漠，在山区里只要伏在地上或是转个山弯，就不容易发现，而且敌人追捕多用骑兵，我们就专走骑兵不能通行的山路……"

无疑，这些安排是周到的。

"这个问题怎么提出来呢？我自己走很不好吧？总指挥会怎样说呢？"

"用军政委员会决定的方式提出来，大家是不会有意见的！"

这时，从山口上有部队开过来了。陈昌浩和江子文都站起来。

第六章　石窝分兵

石窝会议，是西路军军政委员会的最后一次会议。

当陈昌浩宣布西路军已经失败，无法继续完成中央早期赋予的打通国际路线和在甘西建立革命根据地的任务时，久历沙场的战将们都泪落纷纷。

尽管宣布前都知道事态的严重，却总希望失败不是事实，总希望回天有力。失败一旦被正式确认，就很难承受得了。但大家都知道全军处在九死一生中，个人也处在九死一生中。

陈昌浩的声音非常沉重，像是背上压着个磨盘："十二日，中央给了我们指示，要西路军保存现有力量，根据实际情况，一是冲向蒙古边境，一是就地分散打游击……根据我们的理解，主要是保存有生力量，保存革命火种……中央指示我们冲向蒙古边境，这是从便于支援我们、接应我们考虑的……但是从现实情况看，冲向蒙古边境困难很大，冲向新疆可能较为有利。"

陈昌浩说得很艰难，声音疲惫而嘶哑，像个无油的车"吱吱嘎嘎"地推进："中央早在半个月之前就组成了援西军①……可是，救兵如救火，他们远在三四千里之外，我们是无法等待他们了。我们应该立足于自救……"

到会的西路军军政委员会的委员和各军主要负责人，都全神贯注地倾听着军政委员会主席沉重的声音。他们的心情是极为复杂

---

① 中央二月二十七日决定组成援西军，刘伯承为司令员，张浩为政治委员。三月五日，军委令援西军从淳化、三原出动，向镇原方向开进。陈昌浩说的是约数。

的，宣告西路军失败，在他们心灵上造成的创伤是难以描述的。这既是西路军的悲剧，也是两万一千八百人的个人的悲剧，当大家的心灵感到这一点时，还不能真正认识它的成因和含义，也不能预想它的后果。

他们还隐隐意识到，宣告西路军的失败，并不是悲剧的结束，而是旧的危难的延续，新的危难的开始。他们对抗这种危难的唯一武器是对革命的坚定性、对敌人的憎恨和勇于牺牲的精神。

“西路军的失败，”陈昌浩继续说，“有多少客观原因，有多少主观原因，有多少是下面的责任，有多少是我们的责任，有多少血的教训，我们将会作出总结……”

“但是，我们的下级指战员是没有责任的，他们尽了最大的努力，忍受了难以想象的困难，发扬了革命精神，指到哪里打到哪里，不愧是忠于革命事业的工农红军……”

康隆寺方向的枪声越来越清晰了。阻击部队正与追敌进行喋血奋战。总指挥提议会议要加速，后面的准备工作很多，一面下令部队顶住，坚持到黄昏之后，以便掩护机关、伤员、妇女团分散突围。

陈昌浩并不准备大家多作讨论，他继承了张国焘的个人说了算的工作作风。他崇尚决策三要素：第一要素，就是要有一个决策者，要有绝对的权威性，他不喜欢那种七嘴八舌议论纷纷。他要民主的时候，大家可以随便说；他要集中的时候，那是谁也不能反对的！凡是了解陈昌浩作风的人，都极为谨慎。

决策的第二要素就是要有一个明确的目标。第三要素，就是达到这个目标的途径。当陈昌浩觉得自己一切都很明确的时候，他是不允许过多讨论的：

“现在的问题是自救。自救的目的是争取最大的保存——保存干部，保存战斗部队。有的同志提议，西路军军政委员会的主要负责同志——也就是我和总指挥，离开部队回陕北向中央报告工作，借以缩小部队的目标和负担，军政委员会认为这个意见是可取的！”

这个宣布并没有引起与会者很大的震动。至于军政委员们还没有研究就宣布为军政委员会的决定，也无人计较，因为他们都是有经验的军事指挥员，总部首长离去还是留在部队，对西路军的命运已经不起决定作用了，何必作无谓的牺牲呢？

大家表示拥护军政委员会这个决定，实际上，是陈昌浩的决定，他连总指挥的意见都没有征求过。

最后，他宣布西路军军政委员会结束工作，成立新的领导机构——西路军工作委员会，由李卓然、李先念、李特、曾传六、王树声、程世才、黄超、熊国炳等同志组成，李先念统一军事指挥，李卓然负责政治领导。并将会议结果向中央和中央军委作出报告，电文如下：

> 为适应目前战略环境，为保存力量，分三大支队活动。张荣率十五团及伤员及特务团一部为一支队，约千余人，枪百余；树声率二十团及骑兵两连，共约七百人，为一支队；先念率三十军之基本主力，约五个营为一支队，工委会随此支队行动。

从张荣所率的千余人的支队仅有枪百余，就可以看出突围者面临的困难了。

新的领导机构一旦成立，立即投入了分散突围的准备工作。江子文便去组织保护首长离队去陕北的小分队。为了首长安全，他选用了勇敢精明干练的两个军事干部陈明义、肖永银带领，本想带更多的部队，怕目标过大，便只带了一个排。

人在极端繁忙中，一旦空闲下来，总有一种失落感和空虚感。总指挥对陈昌浩决定他离队回陕北去，持有异议。即使已经作了决定，他仍然无法掩饰他的左右为难的心情。在几十年后，仍然难释于怀，他在回忆中写道：

> 散会后，我还想动员陈昌浩，不要回陕北。我拉着他的手，恳切地说：昌浩同志，我们的部队都垮了，孤家寡人回陕北去干什么？我们留下来，至少能起稳定军心的作用。我看还是不要走吧！陈昌浩同志很激动地说：不行，我们回去要和中央斗争去！他要斗争什么呢？无非是西路军失败的责任问题。那时，我的确不想走，但没有坚持意见，坚决留下来。事实上，李先念他们，并不想让我走。我迁就了陈昌浩的意见，犯了终身抱憾的

错误，疚愧良深……

陈昌浩仍然坚持他的决定。总指挥语重心长的提示，却深深地触动了他的感情。

"是的"，陈昌浩望着茫茫山野，望着奇形怪状的巨岩，黯然长叹一声，落下泪来，"总指挥说得对，我们的部队都垮了，孤家寡人回陕北去干什么？"一种无颜见江东父老的伤感之情涌上心头，同时，又想到他的妻子张琴秋，他只身回陕北去了，她却留在这里，生死不明。还有他那被撕碎的婴儿，他的内心深处袭来一阵灼痛，就像撕开了一个还没有愈合的伤口，奔突的激情倾泻而出，写下了他平生第一首诗《兵败抒怀》：

壮志匡神州，
拔剑扫妖氛；
勇士战场死，
祁连葬英魂。

他的声音微微发抖，"文章憎命达，悲愤动诗情"，字字以千钧之力由灼痛的肺腑往外喷涌，犹如神灵驱使。当他后来重整这些诗句时，连自己也为有如此澎湃激情而震骇了。

全军沉血海，
敢顾家与身？
痛悼诸战友，
长风万里吟。

耿耿怀大义，
凛凛报国心；
不求垂青史，
愿作铺路尘。

悲愤碎肝胆，
革命倍艰辛；

抬头望宇宙,
歌罢泪纷纷。

诗情如涌泉奔泻而出,他从未体验过这样的创作快感。此时天空布满阴霾,渊默无声,只觉得自己的诗句犹如海浪撞击山石发出震耳的轰响,只觉得祁连山的巍巍雪峰碎裂崩塌纷纷洒落。

十六年后,他回想起此时的激情,试图把《兵败抒怀》中的未尽诗情延续下去,勉强在纸上写了几句:

千秋论功罪,
万事任浮沉;
征途多歧路,
更布荆与榛。

满眼云与雾,
难辨伪与真;
……

苦思良久,再也写不出了,心灵之泉已经枯竭,诗思不再涌流。

陈昌浩在一阵激情亢奋喷发之后,感到无限的倦意。

他知道,他目前的脚下就是他命运的顶点。在长征中,他跟张国焘犯了严重的政治错误,他曾怀着勃勃雄心,在红西路军的胜利完成任务中,建立功勋,重新取得中央对他的信任……谁想到落到今天这个地步。

这次失败的成因及后果,他虽有一些直觉的粗略的设想,却没有来得及冷静地全面体察、深究……

"我是负有责任的……"他想到这里,对于自身使命的绝对自觉与自信变得茫然了,他弄不清其中有多少难言的委屈之情和个人的私心杂念。

他沉重地坐在铺着军毯的岩石上,那心灰意冷失望的情状带有某种庄严的成分,令人敬畏令人生怜。警卫人员远远地站着,不去打扰他,也没有勇气仔细端详他,因为注视一个尊敬的首长的激动惆怅,自己也感到痛苦!

在此时刻,陈昌浩应该是千思万虑同时奔临,谁也想不到他此时的脑幕上是一片空白,只有一种强烈的感觉——孤单。

周围的枪声很紧,他却觉得一片浩瀚的宁静,能听见自己心脏的跳动声。只有山风的呼啸和飞旋的尘沙给他轻轻的抚慰。

也许直到几十年后,他才回想起这时的情感是在人生重大关头,在休戚荣辱大转折的关头,与自己的过去告别:一九三七年三月十五日后的陈昌浩,已经不再是一九三七年三月十五日前的陈昌浩了。

荒凉寂寞的石窝山的巉岩,阴沉沉地凝望着天空,也凝望着木然呆坐的原西路军军政委员会主席的悲苦的脸,连峭厉的山风的呼啸声也变得苍老憔悴了。

“政委! 我们就要走了!”

三个新建支队的负责同志来向陈昌浩告别,陈昌浩听到这几个震撼心灵的字眼,全身一阵颤抖,袭来一阵冷彻肌骨的寒意。

“我们就要走了!”字字含着泪,沾着血,是从破碎的心灵里滴落出来的,颇带永诀的意味。

陈昌浩猛然站起,他没有看这些同志伸过来的手,只是看着他们含泪的眼睛。突然张开双臂,与他们紧紧地拥抱。

在一阵互道“保重”之后,相对无言了好久。“此中有真意,欲辨已忘言”,千言万语拥塞喉头,反而无话可说了。

明天,不,就是眼下,他们就要各奔东西了,这绝不像平时送他们出征,即使面对死亡也没有今天的分别摄人心胆,今天是骨肉分离。

平时,他们接触很少,除了工作关系外,几乎没有个人之间的交往。他们的性格、嗜好、工作作风、生活习惯、表达感情的方式也绝不一样,但他们是为一个共同理想共同目标团结在一起的战斗集体,一旦离别,就像抽筋剔骨般伤疼。“世上万般哀苦事,无非死别与生离。”此一分手何时才能相见?

如果此时,忽然有一道命令:全军聚集在石窝山与敌人拼到最后一口气,流尽最后一滴血,大概不会有人提出异议,甚至而庆幸而欢呼。

生离死别可以爆发山崩地裂的感情。

“好啦,好啦,”陈昌浩终于沉静下来,“丈夫纵有泪,不洒离别时,我们总有见面的时候!”他向所有告别者拱拱手,“我们都各自珍重吧!”说完,猛然转过身去,告别者看到他的双肩微微颤抖……

第七章　兄妹之间

安宝山被一种可怕的力量从一块借以隐蔽身体的巨岩上推落下来，摔在生满杂草的石缝里。

他感到迷迷糊糊，脑袋“嗡嗡”作响，全身袭来一阵一阵彻骨的疼痛。他不知道伤在哪里，只知道一颗炮弹落在他的身后。他想呕吐，但吐不出来，眼睛冒着金花，一阵阵地眩晕。他能听到自己的呻吟。他想翻身爬起来，试了几试，他放弃了这种努力。

在倪家营子的七天血战中，他三次受伤，都不太重，只是腿上一处非常讨厌，妨碍他攀援石山。那次受伤使他特别恼火，一个本团战士与冲进村屯的敌人拼搏杀红了眼，受伤之后，躺在地上。当他越过阵地时，这个躺在地上的战士没有看清是谁就给了他一刀。

他不明白，警卫员为什么不来救他……这时已是黄昏时分，如果部队向石窝山撤退，他就会被抛弃在这块夹石缝里了。但是，不可能，他是团长，即使剩下一个班，也会有人来找他。

为了掩护全军——特别是总部机关、伤员、妇女向石窝山撤退，他们团（经过倪家营子七昼夜激战后，已不足三个连了）就是一个连也必须顶住。

双方的仇恨和暴烈是相等的！这里已经不是正义与邪恶的较量，而是力量与力量的搏杀了。

嵯峨的山石，抵住了骑兵的狂奔，但敌人的步兵旅、民团和炮兵仍然保持着优势。

枪炮声喊杀声在山野里回荡，发出不间断的滚滚雷鸣。

鲜血从岩石上滴下来，在山谷间汇成血泊，在寒风中冒着蒙蒙蒸气。

安宝山知道他的团已近全部拼光,尚有许多班组各自为战,凭借险要作最后的抵抗。

安宝山对自己的束手无策产生了一种恨意。山谷间依然枪声密集,但在他的四周却静得像块坟地。他不知道总部还派不派增援部队,但他知道由他们团来坚守的阵地,无论如何也守不到天黑。

他想高喊几声“有人吗?来人啊!”可是,他的喉咙像塞了团棉花,只发出沙哑的低吟。他只好闭起眼来睡眠,把自己交给命运去随意安排。

终于听到了脚步声,他下意识地去摸甩在身边的驳壳枪,但拿不到。

“啊!团长,你在这里!”

安宝山听出这是江子敏的声音,睁开了眼睛。

“你哪里受了伤?”江子敏仿佛怕触到他的疼处,只轻轻地摸着他的手。见他的身下汪着一摊血,她脸色突变。

“警卫员呢?”他看见江子敏脸如死灰,额上沾着煤灰似的烟痕。

江子敏摇摇头,这时,她突然震骇地大叫了一声,急忙用拳头抵住了自己的嘴巴。她看见离安宝山的头只有半米的地方有半条血淋淋的腿。开始她以为是安宝山的,后来才从沾血的鞋子认出,是警卫员的!

“团长,他们大概都炸死了。”江子敏眼含着泪水,“你等一会儿,我去找人……”

“子敏,你应该先给我包扎,我的背像烙铁烙着……”

“我的手直打哆嗦,”江子敏的声音也打着哆嗦,“我看不得你的伤口,我就要晕倒了。”

安宝山完全不理解,这样一个持短刀刺杀马家军,几乎天天在战场救护的刚烈女子,忽然表现得如此怯懦,连给他包扎伤口都要吓晕。但他隐隐感到江子敏目光里的细腻柔情,这使他分外难过——“医生不给亲人治病”,因为关心太切了,志乱神迷。

“子敏,你很爱我吗?”

“你干吗问这个?”

“因为我有事拜托你!”

“你说。”

“把枪递给我……”

江子敏捡起安宝山的枪,忽然起了疑心:“你要枪干吗呢?”

“安排前程!”

“前程?”

“我要跟全团的战士永留祁连山!”

“自杀?”

“你如果爱我,就代劳吧!”

江子敏仿佛看陌生人那样瞪着她所钟爱的人。有生以来,她从来没有经受过这样的时刻,在这几秒钟里,感到万分惊愕满腔怨愤……她一时无法理解这种全新的感受,只觉得鼻翼两侧飞快地搐动,像得了热病一样,身上每一组肌腱都在瑟瑟发抖……她再也不能忍耐了,猛地扑过去,既快且重地在他苍白的腮上打了一记耳光!

“可耻!”

江子敏嘴唇抖动,眼里涌满了泪水。两人在半米的距离内面对面都愣住了,各自喘息不宁。

江子敏猛然站起,把驳壳枪插在腰里,把大狗皮帽子一把揪下,砸在安宝山胸前,一头长发披散开来,转身冲下了山崖。

灰色的云团加重了暮色,安宝山听到他所守卫的阵地上又枪声大作,陷落的阵地又恢复了生气。他知道,总部又投入了新的阻击力量,山口的战斗者已经不是他们团的人了。

安宝山左思右想,除了死之外,找不到任何出路。他无法判断自己的伤情如何,但他知道,像他这样的伤员,除了就地安插之外,不可能摆脱马家军的追击。在山路上,除了背负外,担架无法抬平,他要连累很多人!

此时,他对死不存任何畏怯,全身的灼痛使他希求早一分钟去领会那与世长辞的宁静!他闭上了眼睛。

安宝山听到了脚步声……乱纷纷的，是好几个人。

江子敏汗湿的长发，垂到他的脸上，他睁开了眼。

“轻一些！”她吩咐救护者。然后戴上自己的狗皮帽子，死死地拉着他那滚烫的手。

江子敏把安宝山护送到石窝山总部医院时，天已经微明了。

她向护士长杜丽珍提了个奇怪的要求：把她的长发剪成和尚头！

“你疯了？这么一头乌黑的头发……想要都要不来呢！”

“我甚至连眉毛都想刮掉！”

“你去睡一会儿吧，别胡闹了。安团长的血流得很多，伤并不重，弹片在背上刮了一层皮……”

江子敏猛然从护士长的药包里抽出医用剪刀，对准自己头当顶，铰下了一把头发，接着又胡乱地剪了几把！

“你这是干什么？”

“剪发又不犯纪律！”接着她乞求说，“大姐，你不能让我这样像狗啃的一样吧？”

杜丽珍只好接过剪刀为她修剪。

“真不知你怎么想的！”

“我有我的打算！”

“哟，你们这是在干什么？”苏院长认出了江子敏，“你哥哥找你！要你快去见他！你却在这里女扮男装！”

“院长！你猜对了！”

“小杜，你快点给小江收拾，完了到院部来一下！”

“什么事？”江子敏故作生气地说，“你就不能当着我的面说？医院里也有秘密？”

“哪里都有秘密，你小江就没有秘密？”

有人叫苏院长。他向杜丽珍嘱咐了一声“快来”，转身向动手术的帐篷跑去！

“护士长，安团长的伤势能随军突围吗？”

“不能！这些重伤员只能就地安插。”杜丽珍一下明白了江子敏的用意，“你想陪安团长留下？”

“是的！”

“若是组织上不同意呢？”

“怎么会？找人陪还找不到呢。”

江子敏的神气好像在说：即使违犯纪律，我也要留下。

“恐怕你哥哥不同意！”

“他管不着我！”

“你还有那不顺心的婚姻呢？”

“以死相抵！”

“对你真没有办法。”杜丽珍深深地叹了口气，“你太刚强了，不行！……怎么修都像狗啃的，难看死了！”

“我怕好看！”

“好啦，”杜丽珍又吸了口气，把齐耳的短发给她修修齐，“我去院长那里。”

“你同意我留下了？”

“我为你担心。”

“护士长，你能徇点私吗？”

“徇私？我能有什么私好徇呢？”

“给安团长多留一点药品！”

“我尽量……”

“我的好姐姐！”江子敏死死地抱住杜丽珍，初是啜泣，继而呜咽，把杜丽珍的脸上都沾满了泪水，“谢谢！谢谢！”

苏院长把杜丽珍引到手术房（帐篷）外面，轻声地说：“总部首长要带一个小分队回陕北去！除了警卫人员保卫干部之外，要带一名军医一名护士。”

杜丽珍心中“咯噔”一震，她还没法想象这个决定的全部含义，只知道自己命运将有改变。

“你的担子很重，贵重药品是很少了，可是，你要尽量带，要保证首长身体健康……”

“哪个军医去？”

“就是你！”

"我并不是军医。"

"这是江特派员的决定!"

杜丽珍知道这是江子文的特意安排,但她仍然问道:"医院派人,为什么由他来指定?"

"也许是总部的考虑……"

"护士是谁?"杜丽珍原以为军医是别人,护士由她来担任的。

"特派员看来是要他妹妹去,刚才,找她去了!"

"那好,我去准备!"

杜丽珍不知是应该高兴还是应该苦恼。她只是想着江子敏的请求,借给首长准备药品,稍稍多给安团长留出一点,还是比较容易的。她觉得这种徇私里含着一种难以言明的神圣的感情。可是,她忽然怔住了:江子敏若是跟随小分队回陕北,谁来陪同安宝山呢?

其实,一般伤员的安插是没有条件留人陪同的,只能托付给当地居民,给他们留下一些报酬,除此之外,毫无办法。

当江子敏戴上狗皮帽子,去看安宝山时,他已经敷好药安然地睡了。这是好兆头。江子敏坐在他旁边守护着他。手里拿着安宝山挎包里的一本《今古奇观》。这是从倪家营子地主家的书橱里拿来的。书面已被血粘住,她轻轻地揭开。

江子文找到了她,没有立即发现她已经剪短了头发:"你快准备一下,跟我们出发!刚才我来找过你……"

"到哪里去?"

江子文把他的安排告诉了妹妹。

"不,我并不是真正的护士,既然杜护士长去,还要我干什么?更何况,男护士多得很。"

江子文示意妹妹坐下,他知道妹妹的拗脾气。

"你知道下一步的安排吗?"

"不知道。"江子敏表现出应有的关切,这太重要了,会关系到她和安宝山的命运。

"全部队伍要分散游击,分为左支队和右支队……"

“伤员在哪个支队?”

“你不要打断我!”

“你说!”

“你总是自作主张!”

“我自己做主的事情太少了,就像我的终身大事!”

“不提这个好不好?”

“你说吧,不是牵扯到军事秘密吗?”

“还谈什么秘密? 很快就要公开动员的!”

“那你就简单一点!”

“左支队是以三十军为主组成,大约一千来人,全是主力。他们负有打通国际路线的任务,向西! 总部机关跟随这个支队。

“右支队分两部分,一部分由王副总指挥带领,从石窝山向北打,主要牵制敌人,进行游击;另一部分由张荣带领,伤员病号妇女都在这个支队,战斗力最弱……”

“为什么要这样分呢?”

“如果主力部队和伤员后勤人员在一起,必然被拖住,同归于尽! 这是从革命大局考虑的!”

“重伤员呢?”

“只能在山区的群众家里安插!”

“敌人搜查呢?”

“这是毫无办法的事!”

“我准备随重伤员一起……”

“这是最危险的,尤其是女同志……”

“我已经变成男子汉了!”江子敏把大皮帽子一揪,露出了短发。

江子文惊愕得好久没有说出话来,忽然他猛地冲上去,握紧拳头,厉声呵斥道:“胡闹!”

“有什么胡闹的? 现在死活都顾不上,还怕少一把烂头发吗?”江子敏并不怕哥哥的拳头,坦然地迎接着,睥睨的目光直抵特派员怒气冲冲的眼睛。

“你留下的理由是什么呢?”

“安团长伤很重,我要护理他!”

“你不是护理人员!”

“人人都是护士,人人都有护理战友的责任!”

“你是不是爱上他了?”

“就算是吧!”

“这是非法的,不正当的!”

“你没有资格说我!”

“这个人是宁都起义过来的,情绪有些悲观。”

“我看不出。你刚才那种情绪才悲观呢!”

“你真是不知好歹。我命令你跟我走!”

“是用什么名义?哥哥的?我不听!特派员的?你得找我们的领导!”

“我已经跟苏院长说了!”

“我的领导不在医院!我是由陈政委亲自批准配属到英雄团的!”

“真对你没办法!”江子文全身发抖大声嚷叫着,“妈妈从小把你惯坏了!”

“这跟妈妈没有关系!”

“你太不听话了!”

“我不是杜丽珍,她太软弱了,她太可怜了!哥!你以后少管我的事……”江子敏的语调里流露出一种恨意。

妹妹提到他和杜丽珍的底细,江子文的心就像被剜了一刀,两眼气得赤红,伤痛至极地高叫了一声:“随你便吧!”扭头大步走去。

第八章　生离死别

尹洪菲在乱石间匆匆地走着，到处都是伤员。他焦虑不宁地寻找着一个人，随便见到一个医护人员，揪住就问："你知不知道吴部长在哪里？"

"不知道。"回答者看到他焦灼的样子抱歉地摇摇头。

伤员太多了，而且都散布在山洼石缝中，它不像大城市的医院里，标明房间、床号，而且还有登记簿和问讯处。

他有些焦虑。向支队部请了两个小时假来看望生病的老首长，能否见到他呢？

这是名副其实的石窝山。好像大自然之神，在发酒疯时，狂怒地把一座山，从宇宙的极处抛掷下来，摔得粉碎，乱七八糟地堆积在这里。

大约下午三点钟，灰蒙蒙的阳光照耀着铁青色的岩石。苍苔掩覆着的山崖，发着生涩的墨绿色的光影。这里没有路，只有宽窄不同的石隙和弯曲的水冲沟。石缝间生着干硬的山草和荆棘。

有一道山崖倾斜着，仿佛跺一下脚，它就会崩塌下来。比房间还要大几倍的巨石互相依托着、挤压着，像搏斗中的兽群。

西路军总部，选择这里作为集结休整分兵的地点，无疑是正确的。它可以有效地阻挡住敌人骑兵的冲击。

尹洪菲无望而又顽强地在各个山洼里寻找。他的眼前出现一幕幕悲壮的情景。

他远远地认出一个躺在担架上的重伤员，是二六三团副政委罗立功。他的弟弟正蹲在担架旁跟他告别，脸上挂着明晃晃的泪痕："哥哥，我不想去左支队……"

“为什么?”罗立功的脸像一张一捻就碎的陈年黄纸,“你身强力壮……”

“我要留下来掩护你们。”

“糊涂话!”

“我们从长征路上一路打过来……我不能把你丢在这里。”

罗立功的脸上漾出一个苦涩笑容:“你想想,抬着这么多伤员,能向哪里走?”

“那我们就死在一起……”弟弟一边说一边哭。

尹洪菲立在一边,背上起了一阵寒栗。

“啪!”罗立功枯瘦的手带着一个老战士的崇高和尊严,打在弟弟的泪腮上,发出重浊的声响。

弟弟捂着脸,停止了哭泣。他惊呆了,看到哥哥颈部的绷带又有鲜血洇出,显然,那伤口又崩裂了。

“死在一起?”罗立功气喘吁吁地叫道,“为什么不能牺牲一个保存一个?”

弟弟愣愣地看着他,似乎没有立刻明白哥哥所说的真意何在。

“立勋,你是班长了,”哥哥的声调里含着某种歉疚,看着弟弟脸上还没有消失的掌印,“你应该懂道理了……跟着左支队杀出去……将来,你们再打回鄂豫皖,二老双亲也许还在……”罗立功眼里涌满了泪水,却忍着,强制着不使它落下来,“立勋……把我头下枕的这条围脖拿去……山里冷……”

“哥哥……”罗立勋哽咽着。

“快!”罗立功像下了一道不可抗拒的命令。

罗立勋不敢推托,取过哥哥灰毛线织的围脖,就像托着哥哥的遗物,那上面有两个对穿的弹洞和没有洗净的血迹……

尹洪菲觉得还是不过去打招呼为好,转身走向另一个石窝。他蓦然止步,在他眼前的山石裂隙间有一对情人在告别,他不知前行好还是后退好。

男的大约有三十来岁,身上背着行囊和药包。女的大约二十三四岁,身上也挎着药包。

“咱们还能见面吗?”女的像大病后的一声呻吟,那颤抖的声音流溢出内心的尖锐的隐痛。

“让我们希望着……”男的有些焦躁不安,向上掂了掂行囊,“莹,我应该走了。”

“你带上它!”那女的从红十字包中摸出剪刀,当头剪下一缕黑发,挽成个结。

男的抓在手中,揣进贴身的布袋时,突然扑过去,两人哽咽着拥抱在一起。几秒钟后,男的坚决地把女的推开,转身跑去。走过尹洪菲面前,也不看他一眼。

女的愣愣地看着男的远去的背影,绝望的眼睛里却始终无泪。

尹洪菲走过她的面前,他从未见过这样的心碎形毁的表情。他深深体会到生离比死别更难。死别是瞬间的、猝发的,甚至来不及体验痛苦的滋味,就溘然而去了。生离,却像从整体上撕去一块肉。

尹洪菲穿过石隙,又是一个山洼。他听见有人叫他,猛回头,看到了江子敏,他像见到救星似的向她跑去,差一点被脚下乱石绊倒。

“子敏!”

“哟! 尹大科长!”江子敏一半尊重一半嘲弄地迎上去,跟他握手,“你来干什么?”

这手绵软而有力,似乎凝聚了她的全部热情。尹洪菲觉得有一种豪气直透肝胆,跟她秀美的脸庞极不统一。一个男子,“不患不能柔,唯患不能刚”,作为一个女子,她是刚强得有些过分了,给人一种“露锋三寸阴风号”的感觉。

“我来看看吴部长,转了半边山也找不到! 急得直想哭。”

“这不是男子汉的话。”

“你知道,我只有两个小时的假,赶不上部队就完了!”

“我带你去吧,他们在另外一个山洼里……跟我走。”

脚下没有路,他们边走边说:“你们左支队把我们丢下去游山逛景去了!”

“你羡慕就跟我们去吧!”

"我没有说羡慕……"

"子敏,你打算怎么办呢?"

"我跟安宝山在一起。"

"他的伤很重吗?"

"重也罢,轻也罢……"江子敏说得坚定冷厉而又森然,"我和他在一起,这是主要的,是死是活在所不计。"这话好像是说给命运之神听的。

"你跟别人想的都不一样。"

"干吗一样?你看,你看,"她用纤手泛指着山野,"那些身经百战的男子汉都在哭天抹泪的,只有我笑。"

"子敏,丈夫有泪不轻弹,只因没到伤心处……现在宣布西路军已经失败,又面临着天各一方,英雄不怕死,却怕失败。"

"可是,你忘了胜败是兵家常事,还有自古英雄谁无死。"

"子敏,人家说有的女子'艳若桃李,冷若冰霜'……大概你就是这样的……我不知你的心是铁还是肉!"

"是火!"

江子敏说完又笑。她的笑很不纯净,弥散着凄苦的灰尘。这笑,是有毅力的人,在与内心痛苦刀剑相搏时发出的闪光。

"我再次佩服你的刚强!"

"别夸奖啦……喏,吴部长在那里!"江子敏指给他一个担架,"我不过去了。"然后扬扬手转身而去,走了几步,又回身大喊,"尹科长,咱们后会有期!"

吴永康一如往常,安详而又平静。他躺在担架上望着暗灰色的天空,目光十分悠远。目前的险恶处境仿佛和他无关。

他是广西兴业县人,一九一九年中学毕业,自费留学日本,攻读的是冶金专业。

他是一个典型的知识分子,许多人不理解他为什么选中了冶金这一行。一九二五年他在日本加入中国共产党,就像鲁迅、郭沫若先学医后为文一样。他一九二六年秋回国,负责当时中央的两种秘密刊物

《红旗报》和《上海报》。一九三二年夏，他在红四方面军总部任秘书，后来担任川陕省委秘书长兼宣传部长。

他的肠胃有严重的溃疡病，又在翻山时落下悬崖，摔断了腰。这种伤和病，即使在大城市的医院里都很难治愈。

院长来告诉他，准备跟随右支队中张荣同志所带的一股行动。他坦然地笑笑："一切服从组织安排，我在医院里是个普通的伤病员……"

尹洪菲专门请假来向他告别，使他心里泛起一种感激之情，想海阔天空痛快淋漓地畅叙一番，最初是一般的互相问候，而后坚持要尹洪菲扶他坐起来："见到你，我很愉快……"

"说实在的，我很为你担心。"

"这倒不必……革命者从不把死亡看成灾难和不幸，就像麦种不死换不来麦穗的新生。"

"道理容易懂，做起来却很难。"

"现在同志们都交换地址，好像以后再难相见似的，其实生离死别是人之常事。等将来相见时，我们就各自有一番不平凡的经历了。'生前富贵草头露，身后风流陌上花'，只要死得其所，无愧于革命，无愧于国家，就应该高兴……"

尹洪菲一想到他们不可能见面，吴永康的豁达，反而使他加倍哀伤。

张荣来看吴永康，他跟尹洪菲也是熟人，便把他拉在一旁低声说："现在我的工作特别难做，尤其是伤员和女同志……他们认为是被抛弃了。女同志还好，伤员就更难办了。他们最怕的就是安插……你知道安插意味着什么？"

尹洪菲不明白张荣为什么跟他讲这些，吴永康却听懂了："张荣！你跟洪菲在嘀咕什么？无非是要把我安插在群众家里。快过来，我这个地方工作部长不正是自得其所吗？"

他们两人又回到吴永康身边。张荣说："让你在无保护的情况下……我感情上说不过去。"

"战争需要理智……革命需要保存力量。如果左支队掩护我们，必然同归于尽——就像两个战友，一个受了重伤，从感情上讲，他应该背着伤员突围，这样必然同归于尽。从理智上讲，这个重伤员应该拖住敌人，保护战友突围出去……”

“可是，大家总动感情。”张荣叹了口气。

“现在情况特殊，正常情况下，应该以强救弱，当救不了时，就应该以弱救强……牺牲一个逃出一个，总比同归于尽好。张荣，你有个观念应该改过来，我现在是你的兵……”

“谢谢部长，你启发了我，”张荣跟他握握手，“我可以说服部队了！你们谈吧。”说完匆匆离去。

张荣走后，尹洪菲和吴永康被打断的话头再也续不起来了。千言万语反而不知说什么好了。尹洪菲忽发奇想，从怀里摸出一把小洋刀：“部长，留个纪念吧。”

这简直有点小孩气了。其实，这把精美的艺术品他是不应该送人的，这是于薇送给他的定情之物。

“拒收赠品是不礼貌的，可是，这把小刀我不要，你跟我说过它的来历。”吴永康在尹洪菲身上巡视了一遍，然后笑笑说，“咱们都太穷了，我看你这个纽扣耷拉着，我正缺一个……”

他说的是尹洪菲胸前的一个被树棵子几乎扯掉的牛角扣。穿千层不如腰一横，尹洪菲把破皮袄缅起来，用麻绳一扎，纽扣就无用了，尹洪菲一把揪下来递给他，真可谓礼轻情意重了。

吴永康从担架一头的军毯下，拉出当枕头的皮挎包，放进纽扣，抽出一个笔记本来：“来而不往非礼也，我比你富一些，有两个本子，只是非常可惜，都用过了，记工作的，我留着；这个记心得的，我给你。‘君子交有义，不必长相从’，说实在话，三个月来，我们工作中是上下级，思想感情却是符合‘上交不谄，下交不渎’的君子之风的！”

“可是，你自己的心得……”尹洪菲捧着日记本，有些为难。

吴永康看出他的心思，便说：

“说实在话，这本记了几页的心得，我是当作遗物留给你的。从今天起，我们就风流云散，天各一方，后会无期了。我是一个唯物主义者，我能正视现实，我知道什么样的危险在等待着我。陶渊明在他的《拟挽歌》里说‘有生必有死,早终非命促’。我是九死一生,你却是九生一死。你年轻力强,比我活下去的机会多,我留给你这个本子,也有私心所在,这是我刚刚想出来的。此行西去,磨难重重,难如玄奘西天取经。用此本子,记下此行吧,当然只能记其概略,那么,你将来在‘大军远征气若虹’的记述中,有咱们这段友谊的记载,我也就虽死犹生了!”

他说得平静如潺潺春水,尹洪菲止不住泪流满面。他在少年时,曾目睹过革命志士慷慨赴死的场景。吴永康的平静反而比慷慨激昂更摄人心魄!

“喂! 喂! 尹洪菲!”尹洪菲一听就知道是江子敏喊他,“你怎么还不走哇? 留下跟我们一块儿吧!”

他的心怦然一动。在溃散之中,组织结构是松散的,去留并不十分严格。一个新集结的连队,往往带来十几个番号,互不认识,聚散无常,掉了人无法寻找,见到部队跟上就走!

如果此时尹洪菲想留下,左支队是不会派人来找他的。两个人又凑到一起,不知出于什么样的情感。此时,他不愿意离开江子敏:“安团长是随队突围还是就地安插?”

“走出石窝山再定。”

尹洪菲不知说什么好了,如果此时再劝她去左支队,她准会恼的。两人一时相对无言,却又觉得还有很多话要说。江子敏看到尹洪菲的泪痕,忽然漾起一个奚落的微笑,舔舔干裂的嘴唇,挖苦说:“洪菲,大丈夫泪不轻弹,你哭过了。”

“子敏,你……”尹洪菲一想到这位坚强女性的命运,又想落泪。

“既然你不想留下来跟我们一起,”江子敏故作怒容,挥挥手说,“那就快滚吧!”接着又展颜一笑,她用极不尊重的方式,表达他们之间的亲密无间。

尹洪菲始终笑不起来,泪水又涌进眼眶,不敢溢出,带着酸辣的刺疼回流到肚里。

他本想也狠巴巴地回敬她一个玩笑,却说不出口来。他忽然发现江子敏的笑容犹如一朵干枯的花朵,没有光泽没有芬芳,隐含着某种怆恻和悲凉。

尹洪菲不知道她的内心是什么滋味，只知道这是一种浸着泪的笑。她那刚强的心中有多少难言之隐呢？她不会像吴永康家乡的椰子果，用坚硬的外壳包藏着一颗温柔如水的、多愁善感的心吧？

尹洪菲不敢说："走！跟我到左支队去吧！"但又不想就这样相对无言地离开她。他看到了她挂在腰间的那把保安腰刀："子敏！咱们交换个纪念品吧！"

"好啊！先看你的！"她向他伸出手来。

"得先答应，不准反悔！"

"拿出来再说！"

尹洪菲又把那把精致的小刀拿出来："我用小的换你那把大的！不会太小气吧？！"

江子敏把小刀接过去，在手里掂了掂，她的目光深处倏然微颤了一下，登时敛容，那蕴含着无限恨意的声调就像扇过来一记耳光："你们男人全是混蛋！"

尹洪菲惶悚地后退了一步。江子敏甩手把小刀掷到他的胸口上，两眼灼灼如焚，嘴唇战栗："这是于薇送给你的吧？你怎么把姑娘的心送人呢？"

她好像感到无穷委屈，泪如涌泉，沿着腮帮子潸潸流下。她在替于薇哭还是为自己哭？抑或是为所有女性的不幸哭？

尹洪菲完全惊慌失措了。他的腿在打弯，如果不是周围有人来去匆匆，他真想跪在她面前，一边扇着自己的脸颊一边诅咒自己："我是混蛋！我是混蛋！"

她扭身走了，头也不回。

尹洪菲看着她的背影，呆愣了很久，直到回荡在山间的军号声把他唤醒。

枪声骤然大作。

尹洪菲向左支队集结地拼命奔跑！

第 四 卷

大军西征

第一章　旺迪登巴

——地方工作科代理科长尹洪菲的自述

三月十四日夜晚，左右支队同时出发。我赶回左支队时，他们已经开进了，我只得跟随在部队后尾，因为天已黑定，部队行进很慢。

此时，西北方向的枪声此起彼伏。我的眼前，老是晃动着两个人影——吴永康和江子敏。

我们走了一天一夜，似乎已经远离了战争。看来，这种分左右支队以弱掩强的方针是有效的。右支队向北向东突围，分散游击，使敌人产生了错觉，认为西路军已经溃散，企图返回河东，他们倾全力堵截、追击、搜索。左支队则得以脱离敌人，茫茫大山挡住了敌人骑兵的追赶。

我们面对的敌人就是更为冷酷无情的大自然了。

向导旺迪登巴告诉我，三月份是祁连山最冷的季节，他看着衣不蔽体的队伍，摇摇头，不相信我们能活着走出祁连山去！

旺迪登巴是肃南县的牧民，尧呼尔族①。作为地方工作部的干部，我对当地的民族习惯、民族心理都很注意。他很聪明，有特强的好奇心，见过世面，到过安西敦煌，会说一口半生不熟的汉语。

我为了提高他的信心，向他解释红军是一支什么样的队伍，意志有多么坚强，向他解释极端艰苦的生活锻炼了红军的耐力，耐饥耐渴耐寒。后来，我找到了一个最能说明问题的事例——冬泳。在冰天雪地之中，穿毛靴重裘都会伤风感冒，有了锻炼，就能一丝不挂跳入冰水

---

① 尧呼尔族，溯源于唐代的回鹘，也称“西拉玉尔”，历史上也曾称“撒里畏吾”“河西回鹘”“黄蕃”等。1953年成立自治县时，经本民族协商，决定取与“尧呼尔”相近的“裕固”（兼有汉语富裕巩固之意）作为自己民族的名称。

之中……

他眼睛闪闪发光，突然摸着我的手臂，颇带感悟似的说："唷，你们身上有了寒毛！"

对我来说，这是一个新的发展。果然，我身上的汗毛变黑变长了，肌体的自我防御能力真是令人惊叹，甚至想象到自己有可能流落深山，过起茹毛饮血住洞穴披树叶的野人生活。

人，是伟大的！为生存而搏战的人，更是伟大的！

但是，入山第二天，我又感到了自己的渺小。

在夜晚宿营时，我找到了一棵老树。我不知这是什么树，不是松，也不是杉，但它粗壮，根部有一个凹槽像一张高背的沙发椅，能为我挡风。我背靠着冷硬树身迷糊起来，开始自以为得计，选了个唯我独有的好地方。

和战斗部队比起来，我的穿着属于中上水平。我有一件羊皮小袄，有毡片包脚，在红军的八角帽上，又加了两块护耳的狗皮。看上去未免滑稽，可是人人都是"奇装异服"，那也就无所谓了。为了抵御风寒，找不到破布片，有人竟然用芨芨草编了个老鸦窝形的草帽，扣在头上。有的把一块破布裹在脸上，撕一个洞露出两个眼睛，活像蒙面大盗。

寒冷使我难以入眠，我像刺猬似的蜷缩起来，胸腹很暖，背、屁股和下肢却冷得厉害，打着哆嗦，清鼻涕直流。

"祁连六月堆晴雪，赤日当空冻云结"，我不记得这是谁的诗了，细吟起来，令人毛骨悚然。

我觉得脉管里流动的已经不是热血，而是冰碴。我再把膝盖搂紧，竟然还有一丝暖意流向心头。

我迷迷糊糊地睡了，眼前出现了火光似的幻影。我很清楚，这样下去很可能冻死，想大喊一声，舌头僵直了，吐不出声音，只能咯咯、咯咯地打牙巴骨。

山风越吹越强劲，不断地发动攻势，一次一次地冲锋。所有的山林都震响着愤怒的吼声，悲凉，凄厉，阴森。我虽然经受过几次荒漠大风，领略过"一川碎石大如斗，随风满地石乱走"的威势，其寒冷度却没有祁连山尖刻深沉。

背后的老树，怀着与我共患难的情感，与狂暴的山风抗争，那苍老如虬龙的枝丫，像抡枪挥剑那样发出咔咔的拼搏声。

我被冰海淹没了，肢体已经麻木，手脚都已僵直，站不起来了。我是经历过长征的人，三过草地，两度翻越大雪山，可是，这一夜比那些苦难集中起来还要难忍，寒风掠走身上所有的暖气，全身像在酷刑台上栗栗发抖。一根枯枝"咔吧"一声从树上飞落下来，打在我的脸上，好像在预告几小时后的命运。

本来，我身体健壮，适应力强，现在，青春的活力遗弃了我，生命的火苗就要被祁连山的凛冽寒风吹熄了，死的念头在脑幕上盘旋。

我为什么这样虚弱？我不该把我那份马肉交给二班长。可当时，我别无选择。

警卫连一排二班是我们的尖兵班，二班长在过一段陡路时，莫名其妙地摔下去了。

我跟他们的连长跑到崖下去。一扶他，他就痛得呼天喊地，豆大的汗珠满脸乱滚，他的腰摔断了。

连长对他的粗心有些生气，那么宽的山路怎么会落崖呢？

"连长，我饿坏了，头直发晕……"

我跟连长都很为难。腰断了，既不能走，也不能抬，只能就地安插。可是，四野茫茫，没有人烟。

"你们快走吧，不要管我！"他向我们大叫。

这是理智的呼声。我们找不到任何安慰他的话，指导员给他留下了三支烟（后来才发觉忘了给他留火柴），我给他留下我一天的粮食——一块猫头大的马肉。

这对那个落崖者来说，完全是没有用的，我们这样做只是为了心理上的安宁。

现在，二班长怎么样了？不可想象。

忍了一天饿，算是对他尽了一份心意，尽了一份责任，我不后悔。现在，我就要死了，这样死，觉得冤枉。我有万千个心愿还没有实现，死，应该壮烈一点，不能悄然无声地离开人世，像一片风吼雨啸中飘零的枯叶。我看到一群饿狼，把我拖拽到山石间，争夺，撕裂，分食之后，还剩下一堆碎骨……那就是三个小时后的尹洪菲。

我大概还能活两个小时，生命的火苗还在奄奄一息中燃烧。

明天凌晨，总部的人们会找到我的被狼啃剩的骨架，他们会从我的小刀、我的挎包、我的笔记本、我的钢笔、我的服装认出我来，死亡花名册会使我名垂青史……

首先找我的应该是旺迪登巴。我去邀请他给红军当向导时，他两眼充满疑惧，呆愣了好久。在他眼里，我们是一伙匪帮，在官兵追剿之下，无路可走。我们会抢光他的家财，而后逼他带路。

当我走进他那独立小屋时，我呆愣了一下，低矮的小屋，装饰一新，墙上挂着一方壁毯，上面编织着五彩花纹，旺迪登巴一身新装——他穿着氆氇长袍，头戴细绒毡帽，脚蹬长筒毡靴，腰挎三角藏刀……我顿然醒悟，他是一个结婚不久的新郎。

我按着汉族的礼仪，向新婚夫妇贺喜，而且顺口说了一大串祝福之辞，什么白头偕老、早生贵子之类。显然，我的彬彬有礼使旺迪登巴大出意外，我的作为绝不像是土匪行径。

这时我们的部队都坐在村外休息，无一人进入这个小小山村。部队的歌声，送进他的小屋，听不清唱词，却听出了音韵，那也不会是土匪队伍所能。

他冷冷地问我的来意。

我说我们的大军要穿越祁连山，到安西一带。在附近的牧民中，只有他汉语最好，而且去过敦煌，请他带路。我的态度极为坦诚，当即拿出了十块银元作为报酬。

他向帐幔作了个手势，说他新婚只有三天，新娘不会同意。

旺迪登巴的妻子是个开朗的姑娘，我这种不是强迫而是请求的做法深深打动了她。

她表示遵从丈夫的决定，并礼貌地向远方客人祝福，希望我们一路平安。这等于给了我们最大的支持。我急忙向与我同去的张干事要了一个金戒指（我们所带烟土、戒指、银元均是用来购买物品和工作活动的经费），送给新娘，聊表我的感谢之忱。

我遵从汉族的男女授受不亲,请旺迪登巴代收。

旺迪登巴摘下腰间的那把三角藏刀回赠,以舍命陪君子的慷慨接受了我们的邀请。

那把藏刀非常精美,刀鞘内木外铜,铜壳上刻着二龙戏珠的花纹。刀身系优质钢材锻打磨制,锐利无比,既是防身利器,也是工艺佳品。他后来知道我将此礼品交公,分外惊奇:“那是送给你的!”

“军纪规定交公!”

他连连点头:“好! 好!”

在河西走廊的历次战斗中,群众主动救护我们的伤员,并不完全是了解红军的宗旨,也不是出于阶级觉悟,根本原因是纪律严明秋毫无犯,使他们认为面对的是一支义军。

这使我想到吴永康部长写在笔记本上的一段偶感杂想:

> 西渡黄河以来,我们一直提“有我无马,有马无我”的口号。
>
> 经过几次战斗,尤其是古浪之战受到惨重损失之后,出现数起杀俘报复以泄愤恨的违犯俘虏政策的事,处理不严,部队感情用事,在送解途中擅自处死俘兵,使之拼死脱逃。敌方则以此特晓部队,促其与我殊死决战。十二月以后,就很少抓到活的敌人了! 嗟呼,是为教训。

我的思路再回到旺迪登巴身上。当时我提出一个小时后就要上路,很得体地躲出小屋,让他们夫妇告别。

五十分钟后,旺迪登巴就换上了旧日服装,背着一杆猎枪,牵着一只猎狗,跟我们出发。仅仅相处一天,我们就成了密友。

由于工委总部的首长们对他的尊重和爱护,他非常高兴,不但尽职,而且以他的山区生活知识和经验,帮助部队解决了许多困难。

他告诉我们山中野菜哪些可以吃,哪些有毒;可以在什么情况下,猎取野牛、野驴、黄羊。

连日翻山,需要保护的就是双脚,一双草鞋,两天就磨烂了。他教部队把牛羊皮剥下,剪出比脚大数指形状,四面戳洞穿进线绳,脚踏毛面把绳两头猛拉,便成了毛朝里皮朝外既暖和又坚韧的皮鞋了。

我甚至忽发奇想，动员他参加红军，那他就是第一个尧呼尔红军了。

思绪很乱，我无论如何想象不出吴永康部长和江子敏现在在哪里，是什么样的境况。当他们知道我是先于他们死在这荒山树下时，他们作何感想呢？

我有意把思绪引向鄂豫皖，那里是我久别的家，那里有我的父母和妹妹。我家是湖北黄安，这在山区来说是个较大的县城，也是红军最早的活动中心。我十四岁那一年，北伐军打到了武汉，革命之声响遍湖北各地。黄安党支部首先争取了县教育局的领导地位，动用“至诚学款”开办公费学校和乡村贫民学校。这笔至诚学款是当时县教育局控制的一笔巨款，是黄安南乡一些资本家在沙市的六十年的存款，革命者把它作为家乡办学的基金，培养这些资本家的掘墓人。在开展平民教育的同时，农民协会就蓬蓬勃勃发展起来。一九二七年初就对地主豪绅撕破脸皮，开始了打土豪分田地的斗争。接着农民就武装起来。有一首民谣可以看到当时革命的声势：

小小黄安，人人好汉；
铜锣一响，四十八万；
男将打仗，女将送饭。

我家道小康，祖父曾在县里当过录事之类的小官，父亲却是地道的冬烘先生。他为人慷慨，不会理财，家境渐渐衰落，他倡导义务教育，所得甚微，这就苦了我的母亲。革命中，父亲参加了县农会，管理文书，写标语出布告。一九二九年，他送我参加了红军。那年我十七岁。

我跟随父亲读遍了《论语》《孟子》《诗经》《幼学琼林》，后来，我自然迷上了《三国演义》《水浒》和《西游记》，尔后从父亲书柜里偷出了十部《晚清文学丛钞》。我如获至宝，日夜手不释卷，真可谓废寝忘食，如饥似渴地狂读猛记。眼界大开，自认为饱享了人间至福。这是集晚清以来翻译的外国文学之大成，从诗歌、戏剧、寓言到小说，无不具备。我有七年私塾垫底，读文言文毫不吃力，而且觉得它言简意赅，意味深厚,像喝一杯浓茶。读起白话文来,反而觉得如吞淡水了。

这些书,在西路军的前进剧团中,竟然无人读过,我不能不十分惊讶,因此我也就成了见多识广的饱学之士。每逢战争间隙和工作之余,或行军途中,我的周围总拥聚着很多好奇心特强的演员们。我的讲述简直使他们着魔入迷,不时发出啧啧赞美和吁吁叹息,有时还使他们热泪盈眶,唏嘘啜泣!

领受别人的感谢尊崇是一种高级的精神享受,就是生性拘谨冷漠的于薇,也因我的讲述洋溢着少有的热情。江子敏是我最热烈的听众,她崇拜我的学识,却不赞赏我的性格,太书生气了,她戏称我为"温情主义者"。只有特派员江子文对我不满,因为我所讲的内容,尽管有许多人生哲理,却没有无产阶级革命的条文。所以他一向对我们这些布尔乔亚的革命坚定性表示怀疑。其实,他也是个有文化的人。

人们最喜欢听的大概是几部长篇,首先是林纾译的大仲马的《玉楼花劫》、君朔译的大仲马的《侠隐记》和抱器主人译的《基督山恩仇记》,还有苏曼殊译的嚣俄的《惨世界》。我最感兴趣的还是司各德的《撒克逊劫后英雄略》和林纾译的迭更司的《块肉余生述》,还有斯吐活的《黑奴吁天录》。①

像我这样易动感情的人,在革命部队里,既不能做叱咤风云的军事指挥员,也做不来严肃的政治工作,做一个文化人,也是自得其所了。

"文章憎命达",我希望我能成为一个文学家,我并不怕生活艰险。司马迁在《报任少卿书》中说得很对:"文王拘而演《周易》,仲尼厄而作《春秋》,屈原放逐,乃赋《离骚》,左丘失明,厥有《国语》,孙子膑脚,兵法修列……"所以,这次随军西征,万千苦难,我毫不在乎。

记得在一九三二年深秋,我随四方面军撤离鄂豫皖时,父亲为我送行,他又老又瘦又黑,眼前是黄叶满坡,脚下是潺潺溪水,颇有"风萧萧兮易水寒,壮士一去兮不复还"的意味。父亲说:"孩子,革命好难噢!"

我说:"你要保重!"

---

① 这些翻译多在1900年前后,早的有1847年申报馆印本,1907年翻译占多数,当时译的人名书名均不规范,如雨果译为嚣俄,《悲惨世界》译为《惨世界》,斯托夫人译为斯吐活,《汤姆叔叔的小屋》译为《黑奴吁天录》等。

父亲说:“爹今年五十七了,自视为老朽,虽不敢说生而为英,死而为灵,也得争个纵死犹闻侠骨香……”

当时我的心往下一沉,一个冬烘先生能说出这样豪迈的话来,很使我吃惊,有点慷慨赴死的味道。

“我不放心母亲和妹妹!”

“十年天地干戈老,四海苍生痛哭深,即使你留在家里又有何用?”

我与父亲挥泪而别。

回首家乡山水,那里有两株高大的枫香树,在夕阳中燃烧。我打了个踉跄,在那里站着我的妹妹和母亲。因为怕她们受不住,父亲和我曾约定绝不告诉她们。

她们怎么来了?从哪里得知我要远行?

她们为什么不赶上前来?站在百米之外,内心里怀着什么样的隐衷?

我产生过几秒钟的动摇:跑到她们面前,向她们告别一声,听听她们的叮咛和嘱咐?

我不敢这样做,我害怕儿女情长,英雄气短。

我看到母亲的头发在风中飘拂,我看到妹妹高扬的纤纤小手,似要把我攫住……我急忙扭过自己的泪脸,追上队伍永不回头!

我现在几乎无法想象他们的处境,正像他们也无法想象我的处境一样。我又看到了母亲和妹妹的身影,又看到那两株高大傲岸的红枫,又看到那萧瑟秋风中的满地黄叶和潺潺溪水。

有两颗滚烫的泪珠凝在我的腮上,立即结成了冰珠。

我不敢再想,不敢让思绪在家乡的土地上滞留,我的脑子已经开始麻木了……

我把思绪凝结在于薇身上。这个姑娘痴迷地钟情于我,但我对她的感情却很淡薄。她送我这把小刀,我不敢拒收,那对她的自尊心将是无情的伤害。我收下了,在她看来,就等于接受了她的爱情。剧团里的同志们都知道了这件事,有的竟然跟我要喜糖吃。我既不够结婚的资格,也无此心,但闹得满城风雨让人哭笑不得。

于薇牺牲了,是剧团里的幸存者告诉我的。我不知道她牺牲时的情景,她也许会喊着“尹洪菲”的名字死去,也许她会恨我,因为有几次我有意疏远她,表示我对她并不像她想象的那样爱她……如果她怀此痛苦死去,我将抱憾终生。

我的思绪渐渐远去。闭着眼睛,反而能看清无限的远方。什么最为博大?人的思想。什么最为迅速?人的思想。我的身体也随着思绪飞去,身轻如云如雾如电如光,可以随心所欲地在茫茫银河中穿行,飞向无限,飞向永恒,我明白了,那就是死亡。

我觉得我的脸被一种毛烘烘的东西触动了几下,我的思绪又闪了闪光,带着一种梦中惊醒的震骇,心想:狼来了……

我听到“汪!汪!汪!”的吠叫声,我完全清醒了,这是旺迪登巴带的猎犬“黑箭”。

但是,我一点都不能动,也发不出声音。又是一阵吠叫声。不知过了多少时候,我听到了脚步声,我睁开了眼睛。

我看到有人走近了我,他提着猎枪,戴着毛蓬蓬的帽子,这是旺迪登巴。

“啊!”他叫了一声。我没有反应。他以为我死了,他把手捂到我的嘴上。“活着!”他轻轻地搬动着我,从石缝中捧来积雪在我脸上摩擦,然后脱下他的氆氇,把我包裹起来,向着总部的几座帐篷走去!

第二章　风雪之夜

——地方工作科代理科长尹洪菲的自述

我终于在牛粪火旁活转过来。第二天行军，旺迪登巴要我紧跟着他，免得我再自作主张，拿生命冒险。

这天风变小了，空气有些闷。旺迪登巴预言将有一场暴风雪，要我们找个据点暂避。

据史料记载：祁连山，介甘青两省之间，屏河西走廊之南。西南—东北走向。全长一千多公里，宽二百公里至五百公里不等，平均海拔在四千米以上，主峰天梯山高达六千四百米。河西地区雨量稀少，祁连山的千年积雪，就是河西绿洲充沛的水源。

万山丛中，居民点极少，即使有，也只是几户人家。总部机关，像作战指挥和无线电台等要害部门早已占满，部队仍然是露营。

因为这天气候颇带暖意，总部决定多赶一些路程。部队沿峡谷行进，选派几名枪法准的射手，骑上总部多余的马，跟随旺迪登巴进入两边的山林，去猎取野牛野驴和黄羊。据旺迪登巴说，这山里偶尔还有梅花鹿和赤鹿。

每逢打到猎物，部队则欢呼雀跃，声震山谷。

野牛每头一千多斤，野羊也有七十多斤，只要猎到数头，便可供不足千人的部队数天之食，盐巴奇缺，食之无味，但不致像在倪家营子南流沟那样，三天两头挨饿。

最难的是沿途安插伤病员。

三十军副军长兼八十八师师长熊厚发，在三道流沟左臂负伤，开始伤势还不太严重，随队而行，伤势急剧恶化，总部只好把他留在山区，再留下一名医护人员和一个排的兵力，就地打游击。实际上，也是一种安插，如果我以后能知道他们的经历，那真是弥足珍贵了。

这天傍晚，夕阳在云隙中露了一下脸，我看到了自然最为壮丽的奇观。它鲜红如血，泼满了西部天空，浸红了灰暗的流云，那青色的崖石，也像一堆堆没有烧透的熔岩。巨大的海浪似的山峦，在落日余晖照耀下，特别庄严神圣，一想到我们将把它踏在脚下，就觉得不可思议。

所有西征者都为这令人震骇的景色倾倒了，只有旺迪登巴皱着眉头，认定某种祸患已从远方悄悄逼来。

"喂，尹科长，今天晚上你要跟着我……"

"嗯。"我答应着。那天夜里如果没有"黑箭"，我就完了！

沉思间，有一片浓云，像一瓶墨汁泼在画面上，徐徐洇漶开去，鲜艳多彩的山谷立即暗淡了，阴气越来越重，万物失去了自己的色彩形状，完全湮没在暮色之中，只有耸立的雪峰高擎着灰色的天穹。

按照向导的提议，总部在一个只有四户牧民的居民点宿营。由于大军突至，牧民们急忙躲进山间岩洞，没有来得及把粮食带走。这天夜晚，每人吃到了一碗米粥，在米缸里留下几块银元、一封信。旺迪登巴认为留信大可不必，牧民中识字的太少，但他让我把纸条念给他听，以满足他的好奇心：

> 尊敬的乡亲：
>
> 我们是中国工农红军，是老百姓的子弟兵，为联合各民族抗日救国，大军路过你家，食用贵户粮食约六十斤，留银洋二元，以抵粮价。未经允许，希多原谅。

下面就是部队的番号。

旺迪登巴又说："好！好！"

他是聪明人，知道我们这封信不仅是一种手续，也是一种宣传。我们大军过后，这张纸条就会由粮主拿着传遍牧区，对红军的秋毫无犯就会有口皆碑了。

旺迪登巴日益跟红军接近，几乎把自己当成这支大军的一员，这使我非常高兴。他的"黑箭"也跟我亲近起来。我应该感谢它，没有它我就无法看到今日黄昏时分的祁连奇观了。

“黑箭”是一只牧羊狗，全身黑油光亮无一杂色，只有四只脚毛是白色。旺迪登巴告诉我，它的名字原来叫“雪里站”，觉得没有气魄，给它改了。

旺迪登巴建议我们挤在一个羊圈旁的石壁小屋中。小屋又小又矮，进门要深深弯腰。里面只能躺下我们两人，狗也挤在我们身边。他收集了很多牛羊粪，准备夜间生火。他预言今夜将有特大风雪。

我不太相信。此时，我看不出暴风雪的征候，只看到远方的天边升腾着灰黄色的浓雾。

部队唯一的任务就是走路，机关都非常空闲。陪同向导的任务本应由我们科的张干事负责，因为旺迪登巴对我特别友好，他便让我陪同。这位张干事是个棋迷，他时常忙里偷闲，找青年科的乔干事拼杀。在倪家营子时，有一次他一边下棋一边说了句出格的话，让江子文批评了一顿，勒令他写了检讨。

他对乔干事说：“我这盘棋之所以反败为胜赢了你，就是‘弃子以取势’，就跟咱们西路军一样，是战略棋盘上的那颗被遗弃的子！”

江子文听说之后，要严厉处分他。吴永康部长替他说了几句公道话，他说：

“弃子取势这是象棋高手运用的战略，就像我们一个军要独立完成一项歼敌任务，但必须有兄弟部队派出一个团挡住增援之敌，于是这个团就配属于我军领导，这个团面临阻击敌人的重担，顶住数倍于我的敌人的压力，必然付出惨重代价，甚至全团与阵地共存亡，以保证我们军歼敌一个师的任务……这就是局部和全局的关系。从打阻击的那个团来说，这是一次被动挨打拼消耗的败仗，但从整个战役来说，付出一个团的代价，却取得了歼敌一个师的胜利！从局部看，埋怨情绪是可以理解的；从全局看，这样安排是必要的合理的！……张干事的比喻不确，应该检查，但原意并不错，任何时候都有个牺牲局部保证全局的问题嘛！你看，在王家墩的一个连全都拼光了，还不准后退，不正是为了全局控制一个制高点吗？”

江子文想想，也有道理，张干事才得以脱险。从此以后，张干事就不说“弃子以取势”而说“弃子改杀法”了！

空下来，旺迪登巴问我有没有娶亲，我做个无可奈何的手势，说军人四海为家没有办法结婚。他做出遗憾而同情的样子，说我虽然是个有学问的人，却没有他幸福。命运似乎有点不公。可见人与人的价值观是不一样的。

人要完全根绝私念是不可能的，他作为向导，总部对他的生活是特别保证的，他有时分一些给我，我也乐于享用。

我抚摸着偎在我们中间的“黑箭”，忽然想到一段历史故事：那是《东周列国志》里说的，有周人献给卫灵公一条猛犬，名叫灵敖，身高三尺，色如红炭，能解人意。左右人等有了过错，灵公就呼唤灵敖咬他，敖起立啮其额，直到咬死才罢休……我问旺迪登巴，他的“黑箭”能不能懂得他的心意。

他说懂得。

我说今夜有暴风雪，很可能有许多战士像我那夜一样，冻死冻僵，尤其是岗哨，更容易出事，他能不能派“黑箭”出去救他们脱险。

他说可以试试。

将近千人的队伍，听起来好像十分庞大，其实落进祁连山的大冲沟里，就像海里漂荡的几片树叶。由于天寒风烈，大家东一堆西一团地聚在一起取暖，显得特别零落。回想西渡黄河时两万一千八百余人组成的浩荡大军，现在剩了个零头的零头，令人倍感凄凉。

旺迪登巴带着狗到各营地绕了一圈，回来就生起了牛粪火。

对火沉思，记起《凉州府志备考》中，有一段记载：

> 《辍耕录》：回纥野马川，有木曰琐琐。烧之其火经年不灭，且不作灰。彼处妇女取根制帽，入火不焚，如火鼠布云。

我问旺迪登巴可有火烧一年不灭的东西，史志所记是否可信。

旺迪登巴不能回答，却说了一句很精明的话：“世上无奇不有。”

我又问他，《酉阳杂俎》一书中说：祁连山上有仙树实，行旅得之，止饥渴。也叫四味木，其果如枣。以竹刀剖则甘，以铁刀剖则苦，以木刀剖则酸，以芦刀剖则辛（从化学角度考虑，我倒相信）。《河西旧事》中记载：祁连山有仙树，人行山中，以疗饥渴，辄得之，饱，不得持去，平居时亦不得见。后有按语曰：此果如罗浮山之杨梅、归美山之橘柚也。

旺迪登巴摇摇头，他没有见过。但史志上已经说明，本地人是见不到的，只有饥渴将死生命危殆的旅行者才能遇到，且不能贪心带走，吃饱为止。这就带有某种传说性质，但我希望能在旅途中尝到一次仙树之果，也许就能长生不老了。

旺迪登巴告诉我：现在我们是在热水大坂，如果明天翻过去，就会到托来牧场。然后再翻过乌兰大坂就到了疏勒河了。为了省油，没有点灯，我没法看地图。

他说托来牧场，夏天非常漂亮，现在是看不到了，引为遗憾。

我说，我对草原景色，并不陌生。在长征路上，在懋功、卓克基、松潘、毛儿盖一带，我饱览过草原牧场的风光……后来，旺迪登巴给我讲盗马贼田世昌的故事，夜已经深了。

枯坐了一会儿，没有找到更有趣的话题，都倒头睡了。“黑箭”卧在我们中间，像小烘炉似的温热。牛粪火闪着微光，与我那天夜里独蹲树洞真有天壤之别。

开始我睡得很沉，后来，我被一场噩梦惊醒了，隐隐听到祁连山的喘息声……睁开眼，看到旺迪登巴和“黑箭”都睡得很熟。这场噩梦是由旺迪登巴关于祁连山盗马贼的传说引起的，据他说，那不是传说，因为他亲眼看见过盗马贼的首领田世昌。

开头，我不太相信这些绿林响马的传说，但他描述得很仔细很实在，好像是真的。

他说田世昌是甘肃临夏东乡族人，大约有四十来岁，头发乌黑透亮，胡须又浓又长，高鼻梁，眼深眍，很有神，是个劫富济贫的好汉。他原来是马贩子，为了几匹好马，受了马步青和马龙飞的陷害，以后他就拉起一支骑兵队伍，专门跟马家军作对。他对牧民很好，从不抢掠牧区，有时抢掠了马家军马苑里的军马，还送给牧民。因为马后臀上烙有军马印记，牧民们没有人敢要。

一年以前，田世昌被马家军骑兵追捕，曾藏在旺迪登巴家里。在他新婚之前的一个深夜，有一个骑马人给他送来了一挂壁毯和一身新娘的服装。一年之后田世昌未忘救命之恩，这使旺迪登巴非常感动。为了不被牵连，旺迪登巴没有向外声张，只说自己从外地用两匹骏马换来的。

这真引起我极大的好奇，我所见的那张质地优良图案华贵的挂毯，绝不是一个普通的牧民所应有。他未能向我提供更多的细节，却给我留下了想象的余地。

我们这次西行，如果与田世昌的盗马帮相遇，将会出现什么局面呢？结果，田世昌在我梦中出现了，他带着一个几十人的马队向我袭来，我只有孤身一人，其他人都在山沟里酣睡，我呼喊他们，却无人相应，我只好躲进牧民家的小屋，把门关紧……

田世昌的马队包围了我的小屋，走马灯似的围着小屋奔驰，他们高叫着要砍死我，因为我知道他们的秘密。后来，他们就跳下马来用脚踹墙，用刀劈门。小屋在摇晃，似要崩塌，我听到门板的折裂声……

我完全惊醒了，正是“夜阑卧听风吹雨，铁马冰河入梦来”的意境。只觉得小屋受到巨浪的冲击，又是一阵折裂声，轰然倒下。我明白了，那不是门，而是山坡上的树。

旺迪登巴预言的暴风雪果然来了，它来得比预言的迟，却比预言的猛，像万马奔腾而来，祁连山像俯伏在地上的蟒蛇在暴风雪的淫威下扭动发抖。

旺迪登巴也醒了。

屋外有人高喊，伴有隐隐的军号声，有人敲门。

我打开门销，却无法推开，门被雪堵住了。我们内外结合，才拉开了条门缝，一股寒气迎面冲进。是总部紧急通知：

要大家离开陡崖，免得雪崩被压在雪下！并抱紧固定物，不要让风卷走。已经有一个连队被埋在雪中，正设法抢救！

“黑箭”对着屋外的暴风雪汪汪狂叫。

我想，此时全军上下，没有比旺迪登巴选择的这间小屋更安全的地方了。

向导把粪火吹旺，我问他雪崩压死了人，有什么办法抢救。他摇摇头:“暴风雪不过去,什么办法也没有!”

屋外被雪光映得挺亮,好像清晨来临的曙光。屋外是一片折裂声,山坡上独立的树木,都被落雪压折被风吹倒了!

“明天还能走吗?”我问。

“不行。”

我暗自庆幸,我跟经验丰富的向导在一起。人们在与暴风雪搏斗的时候,我们却用保安腰刀切割黄羊肉,在粪火上烤熟,抹上盐粉,慢慢品尝。

张干事发现了这个安乐窝,跟乔干事借口跟我下棋,扒开门外积雪硬是挤了进来。我们东扯西拉,等着风停雪止。

乔干事说,世上有许多事情约定俗成,很不合理,却又承认,就是连皇帝、圣人、大文豪也不例外,只有他乔老爷超越世人之上。他说射和矮两字是颠倒了的,射应该读矮,矮应该读射。他问张干事:“射怎么写?”

“身寸啊!”

“你看,身高一寸是不是矮?”

张干事自然目瞪口呆。根据中国文字的形成与发展,这是有道理的。

“矮怎么写呢?”

“矢委啊!”

“矢不是箭吗?委不是抛弃吗?委之于地的成语不是尽人皆知吗?将矢抛出去,不是射吗?”

我忘了反驳,脱口连说有理有理;张干事点头称是,身体前倾,谛听下文。

乔干事又说:“重和出也是颠倒着的!”

“为什么?”张干事来不及细想,急声发问。

“出怎么写?”

“山上加山啊!”

“重如泰山,再加上一座山,还不是重吗?……再看重,上头是千,下头是里，千里在外，不出门哪能行千里呢？”

“对！对！”

我们都交口赞成。

这时，我忽然想到了法国大文豪左拉发起的“梅塘之夜”。

“梅塘”是左拉的别墅之名，那时，他刚出版了《小酒店》，饮誉文坛，在读者心目中，堪与雨果的《悲惨世界》相媲美。当时，许多年轻的作家经常到他的梅塘别墅议论文学艺术，其中最常去的有莫泊桑、赛阿尔、阿列克西、埃尼克、于斯曼等小说家。一八八〇年的一个风雪之夜，左拉提议每人讲一篇有关普法战争的故事。他第一个先讲，就是后来的《磨房之围》，其次是莫泊桑讲，后来写成了《羊脂球》。每个人都把自己讲的故事写成中短篇小说，六位作家的六篇小说集成为《梅塘之夜》，后以左拉和莫泊桑的两篇最为出名，成为传世之作。

我想，如果张干事、乔干事、旺迪登巴也是文学家，我们真可以写一本《祁连山之夜》了。

木板门外有扒搔声，接着是“黑箭”的低嚎。旺迪登巴急忙打开门，“黑箭”满身披雪冲了进来，呜呜如哭，用它白森森的利齿，咬着主人的裤脚管向门外拖。

旺迪登巴对狗做了个知道了的手势，而后对我们说：“出事了！”

我浑身一颤，陡然间一股透骨的寒气掠过脊背。张干事、乔干事也跟着我站了起来。

第三章　俩哨兵

——地方工作科代理科长尹洪菲的自述

雪停了，风不止，铺天盖地一片白，只有挂不住雪的陡崖，仍露出铁青色，闪着生涩的寒光。山的褶皱被雪填满，峡谷中的沟壑被雪抹平，为山行者布下了危险的陷阱。

我们四人跟在“黑箭”后面。它在雪中艰难地扑跳着，拱嗅着，为我们开路。我们已经猜想到有埋在雪中的战士等待我们救援。

深雪中行走非常吃力，把腿从深雪中拔出来再踩下去，走了不到百米，我们就气喘吁吁了！

旺迪登巴要我们沿着他蹚开的雪沟走，这样就省了我们许多力气。我为找到了一个好向导而自豪，决心分手时要重重谢他，给他以丰厚的报偿。

我们蹒跚着走了大约有二百来米，眼前出现了一座壁立的赤褐色的陡崖，像一块冻硬了的猪肝堆在那里，在突出的山石棱上挂着条条块块的落雪，像猪肝上的脂肪。

“黑箭”向着它狂叫，石壁又把声音送了回来，在山谷中扩散，音流互相撞击，混合成一片嗡响。我们看到有的部队从雪堆的重压中钻出来，怀着奇怪的目光注视着我们。

在石崖底座的平坡上，不厚的积雪被峡谷中的劲风拉起白色的七八米高的旋柱，像平原上旋风卷起的沙尘，水火无情，似乎风的威力也不在水火之下。那雪粉在风的鞭打下，抽陀螺似的急剧地直立起来，像扭动的白蛇，发出咝咝的啸叫声，向上直钻，仿佛底下是火热的鏊子，烙得它直蹦直跳直叫，但钻到高处之后又跌落下来，向崖下的沟壑洒去！

我们眼睛一亮，在崖下平坡上的一块岩石边，出现了两个哨兵。这是多么普通的景象，其中一个站着，倚着岩石；一个坐着，枪横在双膝上，警惕地注视着我！

那个站着的哨兵我不认识，他张着嘴抬着手，好像向我无声地喊着："站住！"他那整齐的牙齿闪着白光，在青紫色的嘴唇间，显得特别鲜明，犹如一排珍珠。

那个坐着的哨兵，坦然地瞩望着前方，满怀着生活的渴望，瞪视着未来，又像凝神沉思，向着茫茫山野发问："我为什么到这里来？我要到哪里去？"

一阵强风向他袭来，他的额发微微抖动。他的眉棱上有颗豆大的黑痣，由于脸色青紫不太显露，近了，才能看清。我心头一颤，猝然感到一股袭面的寒气。

"于刚！"我呼叫了一声，急急向他奔去。

两个哨兵依然无动于衷。

我急忙去拉那个站着的哨兵的手，仿佛摸到的是青紫色的冷硬的岩石。我全身起了鸡皮疙瘩，急忙缩回，回头望着站在我身后的旺迪登巴。

他从容地把手放在哨兵凝固的嘴上，颓然地说："没有救了！"

张干事、乔干事缓缓地摘下了皮帽……

"怎么办？"张干事问，"怎么把他们掩埋。"

"没有必要掩埋，也无法掩埋！"

"就让他们这样吧！"乔干事略带漠然地说，"只可惜没有子弹鸣枪致哀！"

我们未能救他们也无法救他们。

我比他们几位都显得哀伤，因为于刚之死，使我欠于薇的一份情意，重又升上心头。

那是前进剧团被打垮，我调到总部地方工作科之后，一个挎驳壳枪的年轻战士，在倪家营子的大街上碰见了我，后来才知道他是有意来找我——

“尹科长,你以前是前进剧团的吧?”

“是的。”

“我叫于刚!”他的眉棱上豆粒般的黑痣在他毫无血色的脸上显得很突出。

“噢……”我不知道他向我自报姓名何意,只是伸出手握握他的手,“你在哪里工作?”

“我是首长的警卫员……”

“你……”

“我是于薇的弟弟!”

“噢……”我不知道说什么好,他的确与姐姐有相似之处,有些腼腆,带着乞求和悲郁的神情。显然,他是从于薇那里知道我的。“你有什么事吗?”

“我想下连队去,不好向首长说。”

“你是想让我帮你说?”

“是的。”

“为什么要下连?”

“我想上火线……”

“好的……我一定帮你说……”但我内心里却觉得他缺乏战士的刚气,太柔弱了,还是当个勤务兵更合适。接着又说了一些服从组织分配之类的话。

其实我并没有认真帮忙,不愿为此事直接去跟首长反映,仅是向他们警卫排长说了几句,勉强做到“受人之托、忠人之事”的本分,并未起实际作用。他能到连队当兵是因为战斗部队减员太大,只能从勤杂人员中补充而已。

这个极为普通的战士,就这样永留在祁连山中了。他向前凝视着。他的姐姐就牺牲在他身后的戈壁滩上。

“把他们的枪带回去吧!”

张干事说完就要拉枪,枪已经和哨兵凝结在一起。

“住手!”我仿佛被灼伤似的大叫了一声。

“可是这枪……”张干事把手缩回来，疑惑地看着我。

“留给他！”

我感情冲动地想捍卫这座雕像。我的面前已经不是两个牺牲的战士，它们是祁连之魂！

“那……我们回去吧！”乔干事催促着。

雪停了，寒风依然呼啸着，我不知在这个缓缓倾斜的山崖下站立了多久。

“来人了！”旺迪登巴悄声地说。“黑箭”向山谷里汪汪叫了几声，被向导制止了。

这时有三个人从峡谷中走上来，这是他们连队的。

他们知道我们是总部的，顺便说了几句通常问候的话。我们把两个战士已经冻死的发现告诉他们。他们也向我们介绍着情况：

“这场风雪，比他妈的马匪的军刀还狠杀人不见血……”

“七连有十几个人压到雪底下闷死啦！”

“他们选的不是地方！扒都扒不出来。”

“反正怎么死都是一样。”

“你们来干什么？”我对这两尊雕像产生了无尽感情，准备用总部科长的“权威”来保证它们不被伤害。

“收集武器！”

我还没有来得及喊出“留给它们”，其中一个战士，也许是班长、排长，攥住枪身，扭动着，晃动着，发出玻璃破碎的咔咔声，而后他猛力一拽，随着枪支脱出，那两个粘在一起的雕像从底座上翻跌下来，发出金属般的声响！

“你们准备怎么处理它们！”

我的声调里充满愤怒之情，眼里噙着泪水。

“首长……由我们来负责好了！”

说话的大约是个排长。另外一个奇怪地看着我，好像我是局外人似的。另一个刮着枪支上的冰碴，带着挑战意味反问我：“还能怎么处理？”他的手向峡谷摆了一下，“除了石头就是雪……”

第四章　换向导

——地方工作科代理科长尹洪菲的自述

风停雪止之后，天仍然是阴沉沉的，这对行军来说是一件幸事。如果雪后有强烈的阳光照射，眼睛便被强光刺伤造成雪盲，这是我们长征路上过大雪山时的教训。

总部决定雪后行进，要我陪同旺迪登巴去总部研究开进路线。

祁连山是一条大山脉，不是一座高峰。我不熟悉祁连山，却被地图上的祁连山吓住了。工委总部首长跟向导一齐俯身地图研究路线时，我才感到人的生命和大自然的伟力相比，真是纤若尘埃。

面对地图，很容易看清，我们从石窝山沿着小长干河谷西行，经大岔牧场，翻过走廊南山，进入黑河野牛沟峡谷，南行翻越托来山的热水大坂，向托来牧场开进。

我们现在的位置就是大坂山口。北有托来北山，南有托来南山，大雪山、疏勒北山、疏勒南山、野马南山、党河南山，就像一只手掌伸出的五个指头，必须选定沿哪一条指缝开进，才能避开敌人，达到西出祁连进入新疆的目的！

如果走出热水大坂，沿着托来河谷西行，从图上看这是最容易的一条走向，但有两个障碍，照直向西，被山脉横断，进入一条死胡同，必须向西北拐弯，沿托来河谷渐渐向北，这样就不是西进，而成了北出，它的出口就是文殊山、肃州和嘉峪关，正好闯进敌人重兵防守之地，必然重新落入敌人骑兵的围追堵截之中。

最后确定越过托来河谷南行，翻过托来南山的乌兰大坂，进入疏勒河谷，然后转向西行。这条路从地图上看，非常难走，路过尕河、扎尔马格河，到茶柯大坂，过考克赛河，经花儿地、崩坤沟、硫磺沟，到音德尔大坂，再沿大雪山南麓过龚岔大坂，越过大雪山出龚岔口，越过戈壁滩，到达鹰嘴山的石包城，过鹰嘴山水峡口向安西开进，进入沙漠，开往新疆星星峡，这就有可能避开强敌的追堵。

这条路，旺迪登巴去敦煌时走过，我们都充满信心。

我们早已摆脱了敌骑的追赶，因为骑兵在冰冻的山石上无法奔驰，稍一不慎就会连人带马摔下石崖粉身碎骨。有些大坂，大队骑兵就根本无法翻越，处处都是一夫当关万夫莫开的隘口，只要放一个班就能把敌骑挡住，有大山屏障敌骑又无法包抄。

没有了敌情，饥饿、寒冷、疲倦、疾病四大敌人却紧紧揪住我们不放，像一群无时不跟踪的饿狼，我们只能杀军马充饥。

部队仍然不断地减员，死人已是司空见惯，悲伤不再。停下休息，部队就高唱歌曲，唱《活捉马步芳》，唱《马家骑兵不可怕，沉着瞄准来打它》，唱新编的《巍巍峨峨祁连山》。

旺迪登巴对这支打不垮掩不烂、革命意志永不倒的部队，敬佩之至。他曾经表示，如果没有新婚的妻子，他会一直陪同我们到新疆。

走出大坂山口，就是托来牧场。它不像我想象的那样美丽，在白茫茫的积雪之下，露出稀稀拉拉的黄色的枯草尖。它夹在南北两山之间，向西延伸望不到尽头，苍凉沉郁，让人心虚胆战，浮起无尽的凄楚。

漠漠大野，寂然无声。近千人的队伍突然拥入，仍然不能惊扰它的寂静。我纵目望去，远接天际，这就是我进入祁连之后，看到的最辽阔的牧场。它没有用身披绿草红花的夏装来迎接我们，冬雪掩盖了它的秀丽妩媚，但它以古老的野性的苍莽、深幽，铺展在我们面前。阳光，从薄薄的云缝里投射下来，四周景物像着了魔法，霎时之间光灿鲜耀，向我们炫射着刺目的寒辉，像晶莹无比的钻石铺满了整个河谷。大自然向从死亡线上走来的九百名战斗者显示了全部的壮丽和瑰奇。

“劈啪——”一声枪响，在寂然无声的河谷里扩散开去，比战场上的万炮齐发更使人震惊。那暴躁的音流撞到南山上，南山又撞回北山，变成一派嗡嗡轰响。

“谁走火了?!”

有人刚刚发出这样的惊问,就被另一种奇异的景象惊呆了。

从南山峡谷中拥出一群黑色的野牛,第一眼使人误认为敌人的黑马旅向我们突袭,黑潮般向我们迎头奔来……忽而又转向西北……在雪原上,像一片落地的黑云,被疾风催赶……大约有上千头。

我在《凉州府志备考》的《兽类卷》中,看到野牛品类很多,我记忆中只有几种:

一种是竹牛,角甚长,黄黑相间,重数百斤;

一种是白牛,记不清其特征;

一种是封牛,在《凉州异物志》里有详细记述,但我只记得其背如驼。疏勒国曾向汉顺帝献封牛,以作贡品;

一种是野牛,高丈余,其头若鹿,白色,出西域……

还有一种野牛,叫马见愁。说西域有兽如火,含水巽马目,马则瞑眩欲死,故马皆畏之。

这群黑色野牛,不知属于何种,每头不下千斤。如果能打到三头五头,全军数日之粮就有了。

战士们在无命令的情况下都纷纷取枪,但牛群在三百米外,快如怒风,还没有来得及举枪瞄准,那片黑云就飘进北山峡谷,消逝无踪了。

战士们带着遗憾之情把子弹退出。

谁知这时,从南山的同一个峡口里拥出一群黄羊,像黄色波浪向雪原上奔流。这些黄羊跑得比牛还快,但不知由于何故惊扰,在河谷中央扩散开,竟有几头撞到我们队伍中来。

这种意外使部队来不及举枪也不能举枪,那会打中自己人。“抓黄羊!”有人欢叫了一声,行进队形忽然散开,围捕黄羊。就在这时最不该发生的祸事发生了——

旺迪登巴正举起猎枪,忽见几个人影从他面前闪过,他需要跑前几步,然后转身射击才能避开人群。这时,他正巧踩在一块雪盖下的岩石缝中,大叫一声倾跌下去。他的脚踝骨“咔吧”一声,扭伤了!他的猎枪在他仆倒在地时响了,打起一溜雪尘,黄羊在雪地上翻了个跟头,“黑箭”不失时机地扑上去,咬住了它的咽喉……

我们顾不上看狗羊搏斗，急忙向旺迪登巴围过去，军医也立即赶来，为他按摩包扎。大概痛苦难忍，他的眼里噙着泪水。在这种时候，损失一个向导非同小可。总部首长们闻之也赶来慰问：“伤势怎样？”

“还不能断定是否骨折，短期内走路是不行了！”

“骑马呢？”

“恐怕无法踏镫，会痛得受不了！”

“怎么办？”军部首长问我。

“只要近处有牧民……”我心中袭来一阵刺痛，心想：恐怕很难找到旺迪登巴这样的好向导了，即使找到新向导，旺迪登巴怎么办呢？我提议稍微缓一会儿再跟旺迪登巴商量一下。

这时，有人报告，刚才旺迪登巴那一枪，打伤了一个战士的腿。

总部首长严令他们不要声张，绝不能让旺迪登巴知道。

旺迪登巴告诉我，只有过了乌兰大坂才能到达苏来考克赛。那里是肃北盐池湾蒙古族部落的春牧地，冬天仍有一部分牧民住在那里。那里有他一个朋友叫诺尔布藏木，一起跟他去过敦煌，他可以说服他给我们带路，冬季，他总是躲在家里，应该可以很容易地找到他。

我不能不问，他自己怎么办？像他这样，抬着他，走过漫漫长途是困难的。他提出把他放在考克赛的朋友家里，等脚能走动时，自己返回石窝山。我们商量再三，只能如此，别无他法。

后来他又建议，我们先组织一个侦察分队，少数人先到达考克赛，免得惊扰他们。如果他们见大军齐至，躲进深山，找他们就困难了。

我和张干事带领一个侦察班先行出发，翻越乌兰大坂，进入疏勒河脑的考克赛，已经是第三天的中午了。尽管我们行动迅速，但是，大军翻越乌兰大坂进入疏勒河谷的消息，还是先于我们到达了考克赛河的花儿地。我们小分队一在茶柯大坂山头露面，牧民们已经纷纷赶着牛羊避居深山，只剩下三户贫苦牧民没走。这三户人家是诺尔布藏木、艾仁青、诺尔布特力。

艾仁青和诺尔布特力怕我们要他们带路声称自己有病，诺尔布藏木看上去又干瘦又苍老。我们把他们三人召集到诺尔布藏木的蒙古包里。

诺尔布藏木的毡包，在他们三家中是最大的一个。包门不是毡帘而是木板门，比一般毡包更为稳固。这种毡包我在张掖时住过一天两夜，对它的格局曾作过研究。包顶为一圆形天窗，直径可达一米左右，用以通气、通烟、采光，夜晚或是雨雪天，使用毛毡覆盖。包门有一米半左右，进包总要弯腰。蒙古包的门都是向东开。怕触犯禁忌，我不敢细问。

诺尔布藏木的毡包很大，房架由十二个折叠的哈那（壁龛）组装而成（最小的蒙古包只有四个哈那），直径大约在五米上下，这就等于一间近二十平方的住房。包的中央是土石砌成的炉灶，还有可以放碗筷的锅台。炉灶四周铺着毛毡，毡上还铺了牛皮。

在毡包的正面，放置着一张脱了漆的红色长方矮桌。在进门的左首，放着一口红色木箱，上面有描金的图案，箱上放着折叠成长条的花被。右角则放着橱柜、奶桶、木桶、面盆和其他日常用具。

按蒙古族习俗，入门的正面和左面为家中长者和宾客坐寝之处，跟汉族正面左首为上的习俗近似。

从包内的陈设看，诺尔布藏木是个多口之家，属中等生活水平。当我们突然而至时，他家的其他成员赶着牛羊进了深山，他因为年事已高，看上去不下五十岁，留在包里看家。

我们坚持让诺尔布藏木坐在正面，虽然我们是宾客，但他却是长者，这种尊敬使他很为高兴。

我跟张干事坐在他的左首，艾仁青、诺尔布特力坐在他的右首。我们每人面前摆了一碗奶茶。

我在桌上放了两块银元，说，跟我们同来的还有九名战士，他们还都在包房外，能不能也给他们每人一碗。

显然，这个提议稍不得体，好像提醒主人，忘记了在风雪严寒中的客人；那两块银元似乎也不太得当，等于在主人脸上扇了一个耳光。诺尔布藏木的脸怫然变色，说了一句蒙语，我不太懂，但意思是明白的：“我是招待尊贵的远方来客，而不是开店卖茶。”

我急忙解释这是红军的纪律，有失礼之处，请他包涵。

诺尔布藏木让艾仁青提着奶壶拿着一只木碗去犒劳侦察班的战士们。回来问我，可以不可以把他们带到自己的毡包里去。

我叫张干事去安排。一说出嘴我就后悔了，我很缺乏盘腿打坐的功夫，我应该借此去活动活动腿脚。张干事大概跟我一样，立即起身钻出了毡包。

这场令人难受的小小误会，反而表明了各自的诚心。诺尔布藏木脸上曾流露过愧悔之情，觉得刚才那句话有些过分。但桌上那两块银元却特别刺眼地摆在那里，像一张尴尬的脸，谁也不愿理它。

我总是千篇一律地向他们宣传红军的宗旨、红军的纪律……他们不相信世上有这样的军队，木然地听着，猜测我们所做的一切是不是一个高超的骗局，欺骗他们把深山里藏匿的家人、牛羊、财物召回村后，我们再来个一网打尽。

他们不理解这样好的一支军队为什么还会失败，更不懂得我们开到冰封雪冻的祁连山来是何目的！

向他们解释合作抗日？他们似乎知道日本鬼子强占了东北，抗日不去东北，反而到没有日本鬼子的西北来做什么呢？

向他解释打通国际路线？为什么要取得外国的支援？在“寒尽不知年”的深山中，他们是无法理解这些道理的。他们弄不清谁是谁非，只关心自己的牛羊不被掠夺，自己的和平生活不被破坏，自己的家庭不被侵扰……

他们注重实际，几段干干巴巴的道理，无法使他们放弃猜忌和戒备之心。

当我说到旺迪登巴要我们到考克赛来时，诺尔布藏木的眼里才闪出了亮光：“他是我的朋友！”

诺尔布藏木的汉语说得比旺迪登巴还熟练一些，这使我非常高兴。我们可以交流思想，但对他当向导不抱希望，他太老了。

我把沿途与旺迪登巴的交情说了一遍，并把他脚踝扭伤的情况告诉了他。

“真的？”诺尔布藏木表示出由衷的关切，“我能把他送回家去，我还要喝他的喜酒呢!”

张干事看到包房里有一把马头琴,他忽发奇想,唱了几句蒙古民歌。正像古成语里说的:明珠弹雀不如泥丸,白璧疗饥不如壶餐。我讲了一大通革命道理,不如张干事几句半通不通的蒙古族民歌。

歌词内容我无法听懂,大概是“情似高山长流水,朋友来到我身边”之类,不是音调不准,就是歌词有误,引得三个牧民哈哈大笑。这就像对不相识的人递上了一支烟,捧上了一杯酒,感情立即发生了共鸣。猜忌戒备的气氛一变而为热情友好。

我向他们保证红军秋毫无犯,有可能为充军粮购买他们的牛羊,如果有青稞就更好,保证公平交易。

他们答应帮忙,但我所发愁的是向导,从他们三人中我找不出合适的人。

黄昏时分,部队到达考克赛。

当旺迪登巴被我们一个身强力壮的战士背到诺尔布藏木的蒙古包里时,三个藏族同胞先是惊讶而后深深感动了。

他们曾记得在五年前,有个叫森木多的牧民被一伙匪帮拉去当向导,后来怕他泄露匪帮的行踪,就把他杀了。

旺迪登巴的脚肿得像娃娃枕头,青紫色,没有十天半月恐难消肿下地。

诺尔布藏木把他放在自己的毡褥上,吩咐诺尔布特力回他的包房去取烧酒。

“你这是怎么了? 老弟! 没有伤着骨头吧?”他关切地问。

“军医说没有……”

“那就好,别看肿得很大,不几天就会消下去的,我用火酒给你擦……”

“谢谢! 我睡到你的包房里这是第三次了……你还没有见过我的新房呢……”

“这回好了,再难离家也得去了。”

“为什么?”

“你当我放心让你一个人回去吗?”

“不！我要拜托你一件事！你要答应我……”

“哪怕十件……”

“红军是天下顶好的队伍,你要替我送他们走出祁连山。”

“应该找年轻人,我老了！再说,谁来照看你呢?”

“我自己能照看自己。”

“不！我不放心。”

“别人没有到过安西和敦煌……”

“有人去过阿木里,还有柯萨尔,他们都比我小二十多岁。”

“不,只有你去,我才放心。红军不能在这里久住,明天又要起程……”

我知道部队借购买牛羊盐巴的机会,在这里休息一天,却没有插断他们的对话。我认定诺尔布藏木不是向导的最佳人选,反倒觉得他推荐的两个年轻人更可靠些。

旺迪登巴是个周详的人,若是诺尔布藏木不合适,他为什么宁愿舍弃密友对自己的照看而敦促他西行呢?他们这番话颇有“徐庶走马荐诸葛”的意味。

旺迪登巴似乎在潜意识中,对这支部队的成败,能否走出祁连山,已经跟他的命运连在一起了。我看着他那显然已经黑瘦了的脸,顿悟到一种人生所谓的使命感。这种使命感是否带有宗教的献身与虔诚,我无法分析。

“不,这是没有办法的事。我的老寒腿一到开春就酸痛,翻不了那么高的山啦!”

我弄不清他说的是真话还是推托。

旺迪登巴沉默了好久。

我不知这样是好还是不好。我对旺迪登巴说明部队明天不走,要在这里购买些牛羊,稍作休整,谁带我们上路,可以慢慢商量。

工委首长来看旺迪登巴,给他带来了两颗银元宝,对他带大军西行尽心尽职表示感谢。

“不！不！我带路的酬金,在出发时尹科长已经留下了！现在想来很是愧心，红军太艰难了，我是应该分文不收的……”说着说着他竟哽咽起来。

“不，这不是酬金，”工委首长深情地拉着他的手，“这是给你的治疗费。我们本想留下一个军医陪你……怕马家军追查，给你带来不利……所以很对不住你，把你一个人留在半路上……”

“啊！是我不对……太大意了，扭了脚……”旺迪登巴的眼里闪动着泪花，“我本应送你们走出祁连山的啊！”

我和张干事都劝旺迪登巴收下，他始终拒收。工委首长说这是红军的纪律。他还是拒收。工委首长就把这个难题交给了我。

工委首长跟旺迪登巴告别之后，我把诺尔布藏木叫出了毡包，请他代旺迪登巴收下。

这种诚心已经不容任何猜疑了。诺尔布藏木答应了三件事：把银元宝交给旺迪登巴；进山给我们买三百头羊；他亲自给我们带路。唯独后一件事我不放心，故作关切地说：“你的老寒腿不碍事吧？也许你说的那两个年轻人……”

“姜是老的辣，”他哈哈笑了，“走出祁连山，难如上西天，他们不行……”

这天晚上，诺尔布藏木的毡包里最为热闹。

我们饱餐了一顿白水清熬的手抓羊肉，而后就是很酽的热茶。不久就消失了民族的界限，变得融洽无间了。

旺迪登巴向他们介绍我时，称我是带枪的“巴格西”。“巴格西”就是“教师”，这是在蒙古族中最受人尊重的职业之一。我愉快地接受了这个带有开创性的称呼——带枪的教师。

后来，诺尔布藏木从毡包的栿幪上摘下马头琴，唱起了我跟张干事都听得懂的歌：

> 假如你认为我的心是热的，
> 你就住进我的毡房；
> 假如你认为我的酒是甜的，
> 你就把酒碗捧在手上。
> ……

第五章　雪　崩

——地方工作科代理科长尹洪菲的自述

在大军凌晨西行时，旺迪登巴被艾仁青搀扶着站到毡房外跟我们告别。我紧握着他的手，说了许多感谢和宽慰的话，他也说了许多祝福红军的话，互道了一声“后会有期”，含泪而别。

诺尔布藏木告诉我，给他留的银元宝放在艾仁青那里，等我们离开后，再给他。

我说很好，也能想象出他接到这份报酬时的激动情状……也许，他已经知道了。

我们已经走出很远，还能看到他的身影。这时我看到“黑箭”如飞似的向我们追来，它的脖项上挂着一个布袋，里面装的是我们给他的银元宝。我们知道他的用意，也只好重新收下，写了个纸条让“黑箭”带回……

诺尔布藏木跟旺迪登巴同样热诚，但他比旺迪登巴阅历深远，在牧民中威望也高，从他替我们进山买羊的交易中，就能看出他的能力。但他始终没有把全村人召回来与红军见面，也没有把他的家里人召回……也许是对红军还不信任，也许怕马家军来追查报复……对于一个城府很深的人，我不便于轻易发问。只把准两点：一、尽一切可能与他搞好关系，便于完成他带路的任务；二、宣传红军宗旨，扩大革命影响。

我们越过崩坤沟、硫磺沟，沿着疏勒河的支流查干布尔嘎斯河西行，然后越过不高的音德尔大坂，偏南而行。我问向导沿河西上可以不可以，诺尔布藏木告诉我，那将走上不可翻越的大雪山主峰，因为这条河就是从主峰上流下来的。可以想见,没有向导,进入迷途,那有多么危险,沿路而来看到的单个的成堆的白骨又出现在我眼前……

我们沿着大雪山南麓的野马河谷向西,在过音德尔大坂时,出现了一场险情。

我和向导气喘吁吁地登上山垭口时,突然看到野马南山上出现了一支马队,大约相距我们有一公里左右。有三匹马,并立在山崖上向我们观望。

我脑子里出现的第一个念头就是遭到了马家军的阻击。因为马家骑兵无法从我们身后追赶,只有可能从南方从青海方向跨过疏勒南山来拦截我们,那么,我们又面临着一场血战了。

诺尔布藏木也不太熟悉南边的山路,面露惊疑之色,生怕我们怪他带错了道路。

工委总部首长已经在用望远镜观望,认为马家军从此山出现实属意外。然后请诺尔布藏木看看是不是马家军的骑兵,并命令部队准备战斗。

这三匹马一红一青一灰,非常精壮,骑马者都穿着皮衣,戴着皮帽,倒挂着马枪,佩着腰刀。

他们向我们指指画画,不像立即发动攻击的模样。但他们有恃无恐,神态怡然,一旦受到攻击,他们或是催马迎战,或是拨马而走,总是立于不败之地。我把望远镜对准了骑红马的人,他的马稍稍超前,似乎是三人中的首领。

他是个四十岁上下的汉子,敦实健壮,胡须又浓又长。“这是盗马帮的田世昌吧!”我不由脱口而出,想起旺迪登巴对我的叙述。

“是他们!”诺尔布藏木恍然大悟,“他们去年到过考克赛,可惜我没有见到……”

工委首长命令警卫连带两挺机枪监视南山,部队仍然继续开进,并命令:“不受攻击不准开枪。”

部队按正常序列行进。那三名骑手与部队隔着野马河谷相对而望，后来又有两匹马登上山崖。共有五匹马，是田世昌要他的部下见见世面，满足好奇心，还是向红军显示实力，不得而知。

河西走廊数月苦战，红军进入祁连山，这些盗马贼肯定是知道的。却不知他们在这场决战中，对红军持何态度。

为了防其从尾部突袭，工委首长要警卫连带两挺机枪在一个无名山包上殿后，掩护部队开进。当我们开过山包之后，那五匹马也从野马南山上消失了，给我留下了难以消失的幻影。

四天之后，翻越龚岔大坂，又遇风雪。如果没有考克赛的三百头牛羊的血肉果腹，毛皮御寒，也许比热水大坂那场风雪冻死的人更多。

在这里，我第一次看到雪崩。在热水大坂时，崩塌的雪峰压死了几十个人，那是在夜间，我仅仅感到它的微震和远雷似的闷响。

当乌云遮顶大风狂啸时，温度突然下降，我们登山时呼出的水汽，立即在眉毛和鬓发上结成白霜，后来，那热气一出鼻孔、嘴巴，就凝结在唇髭上、鼻尖上。我们打着牙巴骨嘚嘚嘚地吐不出声音，舌头僵直得转不过弯来。

我们必须冒雪下山，不然准会冻死在山上！这场风雪来得很突然，不像热水大坂时，事先用晚霞的红光发出警告。这是大自然的一次突袭，它先把风刀雪剑藏在大雪山五千米高的峰峦背后，等我们爬上山垭口无处藏身、无路可退时，猝不及防地发动了冲击，来势凶猛。

漫天飞雪，像海水怒潮，喷溅着白色泡沫，不是下扑而是横冲上旋，犹入蜂群发着嘤嘤之声，向袖口、领口、嘴巴、鼻孔里钻，只打得晕头转向，窒闷欲死。

我们无法面北而行，风嘶啸着撕扯着我们，裹在身上的毡毯像薄布似的飘拂，披在身上的羊皮像纸壳似的坚硬。那风像个发狂的老妖婆，想扯掉我们的衣服把我们撕碎。面对漫天飞雪，我们像落进煮锅里，弄不清是冷是热。那黏滞的空气里，飞动的雪粉像暗蓝色的硫黄火苗，带着一股焦煳的辛辣气味。那雪雾像蒙蒙蒸气……眼前是一片昏黑，这风雪怀着某种阴险，立誓把这支不怕死的部队逼上死亡之途。

队伍不由自主地向陡立的山崖边偎集，以避风寒。

“离开陡崖！当心雪崩！”

诺尔布藏木向队伍喊叫。

我已经失去了时间、地域、冷热、生死的概念，只觉得宇宙混沌未开，上下左右是一个球形的磨盘，在疯狂地旋转中把一切物质研磨成齑粉而后重新塑形。

“躲开！”又有人大喊。

来不及退走的几个前哨被雪冲倒，人们纷纷后退。

诺尔布藏木豹子似的冲上前去，一手揪着一个战士的手，一手拖着一个战士的脚，从雪堆下拉了出来。大约拖了二十米，人们才回味过来，跑上前帮他。那像蒙古包似的雪堆排炮似的追赶过来。

“躲开！”

他一气把两个战士拖出了险区，自己也力尽气绝昏厥了似的跌坐在山路上，望着雪山狂烈的崩塌，脸上挂着胜利的笑容。

我无论如何想不出，这个衰老、干瘦的躯体里，竟然蕴蓄着如此巨大的蛮力！

风雪猝然而来，猝然而去。接着就是万里晴空，光芒刺目了。

前行路已被雪崩堵塞，诺尔布藏木向工委首长建议原路后退，从另外一个较高的山垭口翻山。

风雪婆在我们的行进路上安排了一段撼人心胆的插曲，又给我们一件无价的馈赠，使我终生难忘的一段奇景。

时间已经很晚，工委首长为了稳妥起见，决定退回山脚，在一条能避风寒的山坳里宿营。这个山坳里竟然藏着几座石壁小屋，却没有人居住，屋里铺着干燥的山草，山石间还堆着许多山柴。

黄昏时分，各部已经在碎石垒起的锅灶上煮起青稞糊糊，用枪通条在篝火上烤着羊肉串，而且哼起战歌来：

> 巍巍峨峨祁连山，
> 风刀雪剑裂骨寒；
> 红旗指处峰让路，

战士刀头血未干。

高山苦寒，空气稀薄，歌声随着蓝色炊烟袅袅上升，散淡在高崖雪峰之间，散淡在夕阳余晖里，变成一股冲天的紫气，飘荡开去。

诺尔布藏木跟我睡在一起，向我透露了一个不是秘密的秘密。他问："旺迪登巴在托莱牧场误伤了一个红军吧？"

"你怎么知道的？"我大吃了一惊。这是严令任何人都不准说的。

"登巴告诉我的。"

"他知道了？"我更为吃惊了。

"他当时就知道。"

"噢……我们还一直瞒着哩，这是总部首长的指示……怕他难过。"

"起初，他很害怕，怕你们处罚他……"

"我们不会怪罪他的。"

"开头，我是不愿意给你们当向导的……旺迪登巴说了这件事，我才动了心。"诺尔布藏木缓缓抬起眼睛看着我，掂量了一会儿，郑重地说，"我活了半辈子，没有见过你们这么好的队伍……"

"开头，我也是不想让你来的……"我坦诚地说。

"哟，为什么？"

"觉得你年纪大了……还有那老寒腿！"

诺尔布藏木眯眯笑了，猛然抓住我的手，用力一握。

我觉得被一把铁钳夹住了，忍不住喊叫了一声。

"怎么样？"他问我。

听到我疼得嘘嘘直吸冷气，他黑皱的脸上浮出洋洋自得的微笑，带着一种满足的神色说："若是我年轻二十岁……我就能跟你们打到新疆去！"

"准能！"

"我能当个班长还是排长？"他问得很天真，以为班排长就是很大的官。

"唔，那可不止，你能当比班排长大得多的官，当个连长、营长都不在话下。”

“真的?”诺尔布藏木摸摸胡须,两眼快活得发光,似有火焰在他心中燃烧,忽然自卑而又腼腆地摇摇头说,“不行,不行,我不识字。”

第六章　万佛峡

——地方工作科代理科长尹洪菲的自述

第二天，翻越龚岔大坂，出龚岔山口，就是榆林河谷的大草原。第三天黄昏时分，到达鹰嘴山南麓的石包城，榆林河支流的涓涓细流绕城而过。所谓石包城，是个古城遗址，我们到达时，石包城附近只有十几户蒙、汉人家，住在黄泥砌成的低矮的房屋里。

石包城的遗址，长方形，城墙是用麻岩和花岗岩垒成的。

墙垣残留高度大约有八九米，宽两米到五米，可见当年城堡的坚固和雄伟。如果在墙垣之上再加上箭楼，总在十五米之上。我想起许多关隘锁钥之地，总写上“坚若磐石，固若金汤”。今看此城，此说不妄。

城周的护城壕尚有迹可寻，离城二十米，虽经日久天长风沙填塞，有几处竟有十五米深。壕沿上布满了骆驼刺、索索柴和芨芨草。

诺尔布藏木向我介绍，此城乃薛仁贵征西时所筑，后为樊梨花所补修。

这引起我极大的兴趣。因为薛仁贵是唐代名将，是我小时候读薛仁贵征东、征西通俗小说时的崇拜对象。史料记载：薛仁贵白袍白马，先征东，与高丽军战，冲锋陷阵，勇冠三军溃敌二十万；后与九姓突厥十余万战，发三箭杀三人，突厥气夺，皆降。军中遂有“将军三箭定天山，壮士长歌入汉关”的颂歌。他也打过败仗，在咸亨元年(670 年)吐蕃入侵吐谷浑，薛仁贵率军迎击，因轻敌冒进，大败而归，废为庶人。永淳二年(683 年)复起为右领军卫将军、代州都督，在云山击败东突厥……

此次红军至此城下，千余年前的战争和今天联在一起，余味无穷。

石包城地处要冲，古为兵家必争之地，也是商旅和牧民物资交易之所。工委首长考虑到部队行军已达月余,人困马乏,决定在此休整一天,养精蓄锐,并向当地居民购买粮、盐,以作走出祁连山长途跋涉赴新疆之储备。

此地蒙汉杂居,诺尔布藏木对蒙胞甚熟,便带我军供给部的同志向过路行商或当地居民采购粮食和盐巴及其他可代军用的物资。因为红军骤至,许多行商都远避他处,仅仅购到很少的粮盐。

第二天,天气晴朗,我除了跟当地群众做些宣传外,别无他事,又独自去石包城,总想发现点什么。

城东门侧有一夯土筑台,想是点将阅兵之所。城后小山顶上开出一个方形坪场。我想这就是当年练兵的校场。但土台与校场相距甚远,不知何故。

室内地面留有木柴灰烬层,但我不知是当时人所燃还是后人烤火所遗留。我还找到了一块橘红陶片和灰瓦陶片,有波状饰纹和垂帐饰文,我也不知是何年所遗,在手中握了很久,最后还是丢了。我希望此陶片后来为某考古学家所得,忽发奇想,我又把陶片捡回,用于薇给我的小刀,刻上了两行字:

此陶恭候出土日
属权应归尹洪菲

——于 1937 年 4 月 23 日发现

我怀着一种奇异的心情,把它藏在房基石缝之中。但不知将来会不会出现奇迹。

我身为地方工作科代理科长,细读过几本地方史志,对西域古代文明发生了强烈的兴趣。冥想着古时丝绸之路的繁华景象,跟我们从西渡黄河,转战河西走廊,又纵穿祁连山脉,再横渡万里戈壁、沙漠,到达新疆,脑海里就像两幅透明的画卷重叠起来。

我两眼盯视着古代,古代也盯视着我们。我觉得红西路军的西征,带有原始的、野性的、神秘的中世纪的色彩,感到一种非人间的气息。……这是一种奇怪的感觉,在这样一个空间时间的无限之中,天上人间的万千悲喜剧,无穷无尽地展开。

张干事来叫我,说工委首长要我去研究行进路线。瞧着我两手灰沙,他奇怪地问:

“你在挖什么呢?”

“考古!”

我们一面向回走,一面胡扯淡。

他说:“在所有行当里,我觉得考古最没有意思。……在小学里念书的时候,我就最讨厌那个猿人头骨。你相信人真是猴子变的吗?”

我的确没有想过这个问题,我不能回答,但我顺口回答了一句根本驴唇不对马嘴的话:“如果在这里找到一块秦砖汉瓦,找到一枚‘贵霜帝国’的古钱币,那就价值连城了……”

“什么叫贵双帝国? ……”

“史书上有记载,只是我忘了,是贵霜,不是贵双。”

“恐怕你那贵双帝国换不到一串烤羊肉……”

“这很可能……”我不想反驳他,是啊,人们考今都考不清楚,考古更有何用? 我忽然对一切都觉得兴味索然了,颓然无力地迈着我的双腿。

“还是考考咱们为什么落到今天这个地步吧!”张干事望着渺远的天空,声调奇特而带凄恻,又加了一句,“别看已经走出祁连山,不再经九九八十一难,到不了西天。”

我无言以对。

到总部之后,他们已经开始研究了。工委首长对我独自去逛石包城很不满意:

“游山逛景还没有逛够哇?!”

我又无言以对。

诺尔布藏木向我笑笑,表示某种歉意。

接着,大家都把注意力投到地图上。

我们从石包城翻过鹰嘴山通过水峡口,沿着榆林河,到达了安西县境万佛峡的蘑菇台。

四十多天的艰险历程，终于走出了祁连山！

万佛峡是前山地带峡谷中的一片石窟。从地图上看，这里离安西城大约有一百五十华里，是沙漠中的一片绿洲，仅次于敦煌莫高窟。

诺尔布藏木把我和张干事带往一所古庙，他向我介绍说，这里的住持是郭元亨道长，是个忠厚长者。他还有两个徒弟，三个人种有百亩庙田，过往香客和进山商旅也常在庙中休息，收入丰厚，他可以帮助红军解决许多困难。

因为红军是无神论者，土地革命时期，打土豪分田地的同时也打菩萨。郭道人能否帮助红军，我不抱很大希望。

部队已经陆续到达榆林窟的山峡之中，先至者在原地休息。

此时庙门紧闭。庙门两旁的一排粗大的白杨树的赤裸的枝丫，在中午的阳光下轻轻摇曳。我让张干事去敲庙门。

他非常耐心地敲了好久，不见庙门打开。我们等待了大约两分钟，还不见动静。又轻轻地敲了几下，仍无动静。但我们断定庙里有人。

我像火线喊话一样，提高了嗓门，声调却是温和的、坦诚的："师父！你们不要怕，我们是太平世界来的工农红军，是穷人的队伍……"

接着我列数了红军的纪律之后，让诺尔布藏木出来作证。

诺尔布藏木说了我们是天下少见的义军，说了我们在考克赛的种种好处，而后又说：出家人以行善为本，义军有了难处，理应尽力相助等等。

庙里仍然寂静无声。

"没有法子。"诺尔布藏木摇摇头。

"怎么办？"张干事问我。

"我们只有等待……"我深深叹了口气，无可奈何地说，"向回走吧！"

我们转回身去，非常懊丧，不知道怎样才能说服这些出家之人。我记起在梨园口撤往深山时，路过一个很大的寺院叫康隆寺，它把我们关在庙外，忍受饥寒。我也理解，那是佛教清净之地，怎么能让满身血迹手持刀枪的军队进入？

这里也不例外。只是在石包城购到的粮盐实在有限，几天就会吃光，如果没有充足的储备，怎么能横渡千里荒沙？

筹粮筹款，本不归我负责，打通地方关系，却是我们地方工作科的本分。

“官长，请留步。”

随着声音，从白杨树后，走出一个面貌清癯，目光矍铄，脚穿灰色棉布长靴，身穿灰色道袍的道人来。谷风拂动他宽大的袍袖和黑色的长髯，再加他的悠然出现，确给人一种飘飘欲仙之感。我立即猜出他是谁了，急忙迎上去拱手致歉说：“法师定是郭道长了？”

道人也拱手还礼：“贫道便是郭元亨，不知官长驾到，有失远迎，万望恕罪！”

“刚才不知道长在外，屡次叩门，实在打扰！”

“庙中还有徒弟二人，想是他们惧怕军人，不敢开门！”

我又要把我军宗旨、纪律向他述说，他摇手制止了。

“刚才几位向门内的解说我已全部听到，山门不开，你们并不强入，已经证明是仁义之师。”

“如今来自太平世界的工农红军，正在难中，”诺尔布藏木在旁帮我说话，“万望道长多多帮助！”

“好说，好说，外面风冷，请进庙内一叙。”

郭道人一面说着，登上山门石阶，举手叩门。

山门应声而开。两徒弟早在门内恭候，暗暗谛听庙外发生的一切，见我们跟随而入，颇为惶恐。

我特意向他们微笑，习惯地伸出手去：“两位小师父，打扰你们了！”

这两个徒弟急忙退后，向我们拱手，眼睛惶惶然盯着我腰间的左轮手枪——这是官长的标志。

郭道人吩咐他们备茶。

诺尔布藏木笃信喇嘛教中的黄教，怕进庙之后有违清规，跟我低语了一句，回工委总部去了。主角只能一人，张干事一直跟在我后边。

我们在东厢客房坐定。声明我是打前站的一名科长，我们的首长还在后边，在方便时请他们来拜见道长。

郭道人连道不敢。我让张干事去向工委首长报告此情，最好由军首长出面。

在工委首长没来之前，我就把红军的宗旨，到河西来的困难向他解说了一番。

对于宗教，我没有研究，只是从各类书籍和社会传闻中略知一二，怕出言不慎，触犯清规戒律。我很想问问郭元亨道人是什么法号，不知因由，也不敢动问，只是泛称道长、法师、师父……

不管出于礼貌还是谨慎，我都不能提问，只是讲红军志在消灭世上一切不平，追求的天国是人人幸福的大同世界。我尽量回避共产主义这个词，免得他跟“共产共妻”的反动宣传联在一起。

郭道人见我态度坦诚而且是有文化的人（这在军阀队伍里实不多见），很有一见如故倾心相与的情感。他说：“出家人本来六根清净，世情嗜欲，富贵功名全不为念，立志澄心净虑修真养性，然而树欲静而风不止，终不能超凡脱俗……”

他告诉我，他是高台县人，民国十六年（1927 年），马仲英倡乱河西，处处烽火狼烟，思及河西，年年兵连祸结，民不聊生，国无宁日，看破红尘，到榆林窟投师出家。他忆及幼时家贫，对红军解民众于倒悬、救民众于水火的志气很为同情。

这时，工委首长来了。郭道人见首长衣装破旧，仆仆风尘，却是仪表非凡，恭敬有加。

工委首长先感谢道长的热诚接待，而后提出帮助解决粮盐和牲畜，以备长途跋涉之需，一再说明是按价购买，公平交易。工委首长亦微露口风，大军长期作战，经费困难……含意已很明白——没法出过高的价钱。

我在旁边帮腔，说了句动感情的话。我说：“‘劝君更尽一杯酒，西出阳关无故人’，我们在这里休息一日，明天就与道长辞别了，道长对红军的友情我们终生难忘!”

郭元亨沉思良久:“义师千员,斗米袋盐,杯水无补于车薪。贫道有庙田百亩,这些年颇有积蓄,我将倾尽所有,支援你们。容我稍作预备,明天请派人来寒舍收取。”

工委首长连声道谢……告别后,又告诉我说:“郭道长很好,你要多做些工作,争取他的更大帮助。”

午后,我又去拜访郭道长,暗示我对榆林窟很感兴趣,他立即表示愿意陪我去瞻仰中国的佛教艺术宝库。

据郭道人介绍,榆林窟是敦煌莫高窟的一个分支,中国艺术宝库之一,可惜我不懂绘画,又不了解西域的历史,如牛听琴。

洞窟排列在榆林河谷两岸的砾岩之上,东西两崖相距约百米。郭元亨恪尽地主之谊,尽量详作介绍。

东崖有三十多窟,西崖少一些,有十多窟。郭道人为了不致使我太倦,仅让我参看主要窟穴。

据他说,榆林窟创建于北魏,唐、宋、元、明、清皆有雕塑绘画。我没有去过敦煌,无法比较。但这里保存的自唐到元代八百年间的上千平米的壁画和彩塑,千姿百态,色彩斑斓,已甚惊人。

他说明代嘉靖年间,官兵退守嘉峪关,关外陷于混乱状态,榆林窟逐渐荒废,直到清代,嘉庆、道光年间,才得重修。

他把我带到二十五窟,这里是中唐杰作,有南北天王、文殊、普贤、西方净土、弥勒净土等形象,神态生动,意气飞扬,造型优美。天国世界,楼台亭阁平列环抱;菩提树下,阿弥陀佛,朗声说法;十地菩萨依次拥坐,凝神聆听;上有白鹤飞翔,飞天散花;下有绿波荡漾,荷花盛开。乐队齐奏,美伎轻歌曼舞,把人间理想的世界,幻化成虚无缥缈的仙界佛国……

郭元亨指给我安西的方位,那是西北方向,因为有山相隔,无法看清。正西就是敦煌,我无法看到鸣沙山中那片草叶似的绿洲,只见沙山起伏,在昏黄的夕阳映照下,呈红、黄、绿、白、黑五色,晶光闪烁,像是金、银、珍珠、玛瑙、翡翠所堆成。

郭元亨说那就是有名的鸣沙山，他说此山系纯沙堆起，神异非常，所以叫神沙山。

我问及神异之处。

他说一般纯沙山，沙细如粉，只能堆成沙丘；这座沙山却是峰峦危峭，山背利如刀刃……人登山脊，随足颓落，本该踏平，可是夜风重塑，翌日仍尖峭如初，千年不变，这是一奇。

这一奇有目共睹，不信也得信。

第二奇是人登山时，便闻鼓角丝竹之声。夏日自鸣。人马践之，声达数十里之遥。

这一奇似不可信，问及郭道长可曾亲耳听过？

郭道人点头称是，并向我讲了一个故事，说古代有一将军在此与敌苦战，全军覆没。敌对双方，积尸数万，暴尸荒野，人神皆悲，一夜之间，狂风大作，吹沙掩埋，遂成山丘。沙下两军仍不断厮杀……

两军在沙丘下数千年来仍血战不休，凄厉之情，惨烈之状，思之令人骇极。

第三奇是鸣沙山中有一月牙泉，形似新月。岸有胡杨、芦苇。池中有铁背鱼、七星草，皆作药用。此泉又名沙井，周围沙山环抱，绵历古今，水极甘美，虽有强风狂袭，沙填不满，清明如镜。

榆林窟正北偏东方向是锁阳城。这是古丝绸之路的要冲，就是薛仁贵征西被困之地。

我记得在凉州府志上，说锁阳是一种药用植物，补阳祛阴，故名锁阳。我问郭道长，这锁阳草与锁阳城有什么关系？

他说锁阳城原名苦峪城，就是城里锁阳救了被困的唐军，才改此名。

再向东北方向望去，就是桥湾了。“康熙夜梦桥湾城”的典故就发生在这里。曾有两面人皮鼓挂在桥湾城的庙中，以示对程金山父子贪赃枉法的惩戒。

向东望去，是鹰嘴山的北缘，山峰耸峙，危绝奇险。郭道人说那里有昌马石窟，是因为薛丁山和樊梨花征西时在此养马而得名。

东望嘉峪关，就连点影儿也见不到了。时已黄昏，我们走下崖顶，在庙前告别。

郭道人邀我到他舍下共进晚餐。我欣然答应，但又说明要向上峰报告，得到允许之后才能前来应邀。

他说在庙内恭候。

晚餐是别具一格的，我们每人面前是一碗黄米饭，一碟炒发菜，两颗油炸空心果。颇有古圣贤“食勿求饱居勿求安”的味道，对于我这个长期处在饥饿状况下的壮汉来说，未免太少了。

但我仍然细嚼慢咽地吃。也许郭道人在考察查我呢？他不说话，我也不便多嘴。他在考查我“食不言寝不语”的修养功夫？

吃完之后，徒弟收去碗筷，端上清茶，又加上一碟黑瓜子、一碗醉红枣、一盘葡萄干。清淡极了。

而后，他问起我乃读书之人，为什么要投笔从戎。

我认真地告诉了他。

“九九归一，”他感叹说，“你们寻求的也是那种极乐世界，可是，天地皆空，人生皆幻，无而始有，有而必无。”

他似乎在劝我出家修行，而我却寻求他对红军的帮助，但我只好先静听他的说教，略提几个绝不犯忌的问题，以刺激他的谈锋。

郭元亨虽称道人，行的却是佛事，我弄不清道释能否合一。

他说在明朝嘉靖年间，安西、敦煌榆林窟一带为吐蕃侵占，僧道四散，洞窟庙宇无人管理均被流沙湮没，成为豺狼狐兔栖息之所。数百年间，香火灭绝，人迹罕至。

直到清代喇嘛吴根栋云游榆林窟，见庙宇已废，便立志振兴香火，四处奔走，募化钱粮，动工修缮。许多流落外地的香工道士又回来，一齐清除积沙，而后香火渐盛。

郭元亨的师父马荣贵，是个高僧，对他教训甚严，他的道行日益增进，多种经卷均能诵读。

我问他读哪些经卷。他说佛经、《圣经》、老子的《道德经》他都诵读。这更使我惊讶，他已经超出道人的局限，而成为一位宗教学者了。我趁机问他信奉佛教为什么又称道人？

他为了消除我的误解，也颇有感化我之意，说得很认真。他说，道教产生于中国，渊源于古代巫术、秦汉时的神仙方术。到东汉顺帝时，张陵倡导五斗米教，奉老子为教主，以《老子五千文》为经典，后来流派很多。唐代逐渐兴盛，宋徽宗自称“教主道君皇帝”，各地大建宫观，诏示天下访求道教仙经，达到了道教全盛时期。

唐、宋以后，南北天师道与上清、灵宝、明净各宗派逐渐合流，到元代归并于以符箓为主的正一派；到了金代，王重阳创立以道为主，兼融儒释的全真道，促使儒、释、道三教合流，后又分为全真、正一两大教派。

道教信仰的基本教义是“道”。道是虚无之系，造化之根，明神之本，天地之元……但是他现在信奉的却是佛。

郭元亨生性豁达。他主张无为，他说世上各种教派不下千百，经籍书文成千累万，各种教义无不劝人惩恶行善，仁慈为怀。各教派之间不必纷争，随意来去，各说各的，各信各的，互相尊重，互相交流，兼容并存，即使有悖也可以井水不犯河水。

他向我解释说：南北朝时，佛教徒称道人，道教徒称道士。

接下来，他讲慈航普度，救众生脱离苦海……似有叫我顿悟苦海无边，回头是岸之意。

我则讲红军为了众生幸福，不惜历尽苦难。

此时，夜已渐深。他见我颇有倦意，油灯渐昏，便说：红军义师，军纪严明，使他深为感佩。援笔写出一个资助红军的清单，推到我面前说，他已竭尽所有。我持长单细读：

小麦二石四斗，
黄米六斗，
胡麻油三十斤，
硝盐四袋，
黄牛两头，

羊二十只。

我又看了一遍清单,站起来表示竭诚感谢。

作为一支大军来说,这些资助是太少了,作为一个寺庙来说,竭其所有,的确又太多了。

我说将此单带回指挥部,将公平论价。但我又再次隐约地暗示,大军经费已近枯竭……

道人说:出家之人,施恩不望报,绝不收大军的酬金。

郭道人送我至山门,又命徒弟提灯送我回宿营地。

诺尔布藏木还没有睡,他激动不已,说一早就要回程。在我陪郭道人时,首长接见了他,感谢他带路九天,安然走出祁连山,并赠送他一支马枪一匹灰青马作为带路的酬谢。嘱咐他另寻路程回考克赛,免得与追踪而至的马家军相遇。他拿出在雪崩时,他救出的两个战士给他留下的家庭地址给我看……

他断断续续地叙说着,说得很平淡,但我感觉到有一种激情在他胸中冲动。

他说,明天,他一早就走,要我不要送他。他说:"和亲友分别是很难过的……"这个瘦老头忽然热泪盈眶,把我死死抱住。我一时难以理解,这个年届半百的人,竟然有如此细腻的感情。

我只能宽慰他,说"后会有期"。这几天来,我们的确成了患难与共的战友。

我与他住在废弃的崖壁下的洞窟中(想是当年开凿石窟时工匠的住所),合盖着一条毡毯像家人般睡眠!

我们与马家军这场拼杀,双方伤亡不下三万人!历数河西自古以来的战争,好像人间充满着恨……利害相同就爱就善;利害相悖,就恶就憎。是这样吗?国共既可以合作也可以分裂,不正是由于利害同异吗?我在诺尔布藏木的鼾声中胡思乱想了好久。

天不太亮的时候,我和诺尔布藏木还有张干事悄悄起来。他背上马枪,我帮他拉马,走出峡口。我对哨兵作了说明,却不见了张干事。这种失礼的行为使我很恼火,但不好当着客人的面表示出来。

在峡谷口上,我让他上马,他拒绝了。我们又紧紧拥抱,挥泪而别。

我伫立谷口,望他牵马而行。

我看到在前面的杨柳林中,走出三个人来。

这是张干事跟那两个雪崩被救的战士。我向前奔了两步又停下了,立即感到身为领导的悲哀。

我虽是一个小小的科长,但有我在场,他们都退居幕旁,一切思想感情都不能用自己的方式表达。就像一株被大树荫护下的小树,它无法独曝阳光,向蔚蓝的天空伸展它的硬挺的枝条和翠绿欲滴的嫩叶……

我只能站在五十米之外,观望他们的告别。他们用自己的方式、自己的语言,宣泄自己的感情。

大约过了五分钟,诺尔布藏木拉马走了,不断回头,直到转过二百米外的山脚,他都始终没有上马。

部队吃过早饭,向安西方向进发。

临行前,如数收到郭元亨的全部馈赠,他坚决拒收酬金。

工委首长说:红军正在难处,费用的确十分拮据,今日暂欠,来日定还。当即写下收据,请他收藏,后报有期。

第七章　黑　风

——地方工作科代理科长尹洪菲的自述

这天是四月二十三日。从三月十一日自南流沟突围进入祁连山，已经过去了四十多天，千余人的队伍在没有作战的情况下，减员为七百多人了。

部队越过戈壁平川向踏实行进。过了踏实，就是安西。

总部判断，敌人还没有得到我们西出祁连的消息，即使得此消息，也来不及调动兵力，我们便以矫若游龙的姿态迅速猛进，在敌人来不及堵截的情况下，直达新疆。

这天，气候晴朗，斜风扫面，并不太冷。

戈壁一望无际，全是黑色的砾石，像大火烧后的焦炭。有的如墨，有的灰白，像一片火场后的灰烬。在这单调的黑石滩上，间杂着坟堆般的沙丘。张目远望，一蔸蔸的骆驼刺在微风中颤抖；一簇簇的芨芨草，干透了，像老太婆的白发，在风中摇晃，发出啾啾之声，平添了几分悲凉。

今天的阳光特别亲切，它微笑着，透过凌晨的寒气染红了东南方的天空，把祁连山烧成紫红色，犹如赤热的血从山头涌流下来。

蘑菇台只有郭元亨师徒三人，我们没有找到向导，因为在沙漠、戈壁、平川地区，不像荒无人烟的万山丛中那样容易迷路，凭着地图、指北针和沿途居民就可以到达目的地。

今天天气特别亲切，使我产生了某种怀疑，想到了旺迪登巴在热水大坂时给我的警告。

没有向导，我无法咨询。本来走在前边的张干事，停下等我，兴高采烈地说："尹科长，天气好极了，平地行军，毕竟比爬山舒服，我都出汗了！"

"四十天的苦行，感动了上天！"

"科长，你这话可有点郭元亨的味道……革命不是苦行僧。"

"也许比苦行僧更苦！"

"但比苦行僧幸福！"

"何以见得？"

"可以恋爱……"他的面容上立刻闪出一个明亮的微笑。与他平时的淡泊沉郁和略带忧伤的神情不太协调。

他这随意说出来的话，触动了我深藏的感情，像用竹竿捣了一下蜂窝，弄得我万千思绪嗡嗡乱飞……

闪电似的一瞬，那淡薄模糊的一切，又以惊人的真切，清晰地再现出来——

于薇腼腆的笑容，江子敏的愤慨，吴永康部长的坦荡，还有于刚，在祁连山中的赤石崖前的那尊威严的雕像……不管死的活的，他们现在何方？安宝山我不熟悉，他用什么样的魅力吸引着冷艳如冰霜的江子敏？难道仅仅是为了带领一支黑马小队袭击了黑马旅的后方？

我用什么话来回答张干事的挑逗？

"你错了，恋爱并不等于幸福！"

"不对！我也看过小说，我觉得挺神秘……"

"那就像今天的天气……"

"很美！"

"美的背后呢？"

"美还有背后？"

"你忘了热水大坂那场风雪？"

"在蘑菇台呆了一天一夜，你变得玄了！"

我想，我是有点玄，忽然听到队里有人喊叫。

"快看啊，前边有一座黑山！"

是的，在遥远的地平线上出现了一座黑山。人们爬了四十三天的大山，都爬厌了。

“这是什么山呢？”我不记得地图上有这样一座山峰，其黑如墨。我们是沿着榆林河谷开进，哪儿来的这样的山呢？

张干事断定那是黑山！他之所以说得那样肯定，是我不在的时候，他听诺尔布藏木讲的一个传说故事。他从这个传说中得到了佐证。

他说黑山和祁连山遥遥相对，是一对孪生姐妹，当时姐姐在南，叫南山，妹妹在北，叫北山。人以艳丽为美，山以高耸为雄。姐妹山相约白天长夜间停。妹妹一心胜过姐姐，不惜违约，白天夜间都长；南山却信守誓约，一年之后，北山便比南山高出了千丈……

这种失信行为激怒了山神，向玉皇大帝参了北山一本。玉帝准奏，严惩失信之北山，令火德真君洒下三昧真火，把北山烧成一片焦石，变成死山，永不再长。南山觉得对妹妹惩罚过严，便终年头顶白素，以示哀悼。

此后，南山叫作祁连，北山叫作黑山。这黑色戈壁，就是当年三昧真火焚烧北山时的余烬……

尽管张干事说得很像真的，我仍然不相信黑山就在前面，方位不对。

张干事还不断地向我炫耀他从诺尔布藏木那里得来的知识，竟然考我：“戈壁”是什么意思？

我承认不知为什么叫戈壁，似乎叫乱石滩更为易懂。他说戈壁是蒙古语，就是“难生草木的土地”。我想他大概是对的。本想跟他抬杠：“芨芨草、骆驼刺不就是草吗？”动了动嘴唇还是算了。

我看到张干事骇异地望着他的黑山，干裂的嘴唇慢慢张开，惊诧地喃喃着：“怎么近了？”

果然近了。队伍中有人惊呼：“沙暴！”

在河西走廊转战数月，早听说过沙暴的厉害，但我仍想象不出，眼前越来越近的黑山，跟沙暴有什么联系。“沙暴”，顾名思义，沙漠之暴风而已。“马嘶古碛寒沙白”,即使不白也应该是黄色,怎么是黑的呢?

举目四望,周围是茫茫荒野,无处躲藏。这是大自然的又一次突袭。战士们都不知沙暴的厉害,还在开着玩笑,认定那是一片乌云,希望在一场瓢泼大雨中洗个澡。

黑山徐徐推进,似有一片树叶从中飘出——那是一只山雕,从队伍头上掠过向祁连山飞去。

工委总部指示部队做好迎接风暴袭击的准备,要相互拉紧,就地卧倒,以衣蒙面,头埋沙窝之中,切禁四处乱跑。在风暴来前,班排为单位,寻找沟坎,以作抵挡,并保护好物资器材。

后来又不断补充细则:要放下帽耳,保护好耳鼻口眼,不要抬头观看,以免飞石砸伤。

部队停止了行进,在原地散开,去找沟坎。有的挖坑以作掩体。

“要刮多长时间?!”

“谁知道呢?”

“少说也得一天一夜!”

“去! 去! 就像一阵旋风,一眨眼就过去!”

部队按照总部要求,做好准备,带着大祸即将临头的疑惧,等待着沙暴的到来。沙暴却迟迟不至。只见那座黑山越升越高,横断了北部天际。在黑山和天幕衔接处,呈现出一幅绝妙的景象:

天空由暗蓝变成青紫色,犹如倒悬的海水;阳光照射着那座黑山,那云团似的山顶迸发出绛红色的锋芒,像炭堆上的火苗。

不断地有火星飞迸。黑山不断推进,它是活的,不断地翻滚。不知何时,它忽然改变了山的形态,变成翻卷的乌云,似有闪电抽搐。多数同志认为,准备迎接的是沙暴,袭来的很可能是雷雨。

“雷雨?”这不可能,天气这样寒冷,似乎还在冬季。刚刚经历了祁连风雪的人们,怎么能相信会有雷雨。

“怎么不可能? 四月二十三日清明,谷雨早已过去,早在一个月前就是惊蛰了。”

“这里是大西北,不是鄂豫皖,八月份才收麦子哩!”

争论忽然停止了，传来隆隆的沉雷声。这雷是从地下滚起，像石磙碾轧过来。戈壁滩在重压下沉闷地喘着粗气。

我也觉得全身灼热。

我的头脑是清晰的，忽然记起在史志上看到的“黑水国”。据说在张骞出使西域时，这一带有三十六国，后又分为五十余国，其中被沙暴湮没的有两个繁盛一时的国家，一个是楼兰王国，一个是黑水王国。楼兰是遭黄沙湮埋，黑水国却是遭到一场黑风袭击，一夜之间全国都埋在黑沙之中。

我感到已经被沙石掩埋，我们也像鸣沙山似的，在黑沙山下日夜呐喊，冲杀，金鼓齐鸣。让千年后世的人登上黑沙出来凭吊！

这是一次死的体验。人们总是把死视为最大的畏途，却不知死时却是那么容易，而且不觉得痛苦。就像一个人站在悬崖上向下跳时，一阵心悸，而后就是永恒的宁谧！

“尹科长！尹科长！”我觉得有人推我，并且扒掉我身上的砾石。

我晕沉沉地爬了起来，扭身坐在地上，带着噩梦初醒的诧异，慢慢睁开眼睛。风暴已经过去，戈壁像被犁铧翻耕了一遍，部队也都活转过来。

芨芨草、骆驼刺、索索柴都不见了，一层新的砾石把它们埋葬了。我极目远望，那黑风拖着一股尘埃向祁连山奔逃而去。在那里，它将被撞得粉身碎骨，像魔怪一样，化成一缕轻烟。

此时，阳光复又投射在戈壁滩上。

我突然觉到了难忍的焦渴，把水壶的水喝去了一半。

总部下令检查人数，竟无一人伤亡，但卷走了从蘑菇台带来的牛羊……这很容易使人产生宿命感，甚至有人怀疑，这场黑风是不是道人所为，把给的东西又收了回去。

在我看来，这不过是大自然跟我们开了个玩笑，要我们开开眼界。我忽然想到了两句不是哲理的哲理：

大自然是伟大的，也是渺小的；

人是渺小的，也是伟大的。

部队继续向踏实开进。我的哲思立刻得到了证明,在被黑风肆意蹂躏之后的戈壁滩上,在那被埋葬或是被掘出的芨芨草的根部,竟然露出了盎然绿意。在黑焦炭似的石夹缝里,我忽然看到了一簇不知名的小黄花,我跑过去采撷这冷酷戈壁的赠予,却不由得猛然把手缩回,在那嫩黄的花旁,有一条大如鞋底的四脚蛇,正用它的漆黑闪亮的小眼睛凶视着我,它的暗灰色的粒鳞闪着生涩的光,它的发达的灰白色的鼓膜像蛤蟆似的鼓胀着,好似满怀怨恨,恶声地叫着:"看你敢动!"

我果然畏怯了,带着几分懊恼和厌恶,回到行进的队伍中。我想不出,这小草的嫩芽,这娇柔的小花,这样子凶恶却不害人的蜥蜴,对刚刚过去的那场足以摧毁湮没一个小王国的沙暴,它们怎么看,怎么想,怎么忍受的?

生命是多么脆弱,又是多么顽强。

第八章　黄安老乡

——地方工作科代理科长尹洪菲的自述

黄昏时分到达踏实。第二天凌晨立即起行，过破城子、八龙墩，穿越十工山口，下午三时左右到达刘家庄子和马家庄子。这里距离安西县城十三公里。

为了快速到达新疆，免遭马家军骑兵阻截，应该日夜兼程；但是部队已经十分疲惫，没有必要的休整和稍稍充足的给养，要横渡戈壁沙漠也等于自取灭亡。

工委总部在刘家庄子开会，研究是不是攻打安西。

我没有参加会议，但知道争论很大。

在我看来，打与不打，很难说谁对谁错，只是一种利弊权衡。如果打开安西，部队得到充分补给，对进军新疆无疑是有利的，甚至是必须的。

但是，以疲惫之师，攻击以逸待劳之敌，一向是用兵的大忌。更何况敌人有城可守，打不到狐狸沾身臊，损耗兵力不说，很可能走不利落。

问题在于安西有没有攻下的把握。这又回到了一个极普通又极难判定的困惑之中。

如果安西兵力单薄而且无备，一举攻克，粮弹皆有，打是正确的。

生活中却往往出现"但是""万一""如果"这些严酷的词，它是主观愿望的陷阱，既可以使你反胜为败，也可以使你反败为胜。万事莫不带有偶然性！

正确的判断来源于正确地了解实际情况。这又回到了连普通战士都知道的：知己知彼。

必须派人侦察。

总部首长要地方工作科先向当地群众了解安西情况，是不是有人刚从安西来？是不是有人要到安西去？如果派出武装侦察，显然是下下策，了解不到敌情反而先暴露了自己。

生活立即送给我们一个“偶然”，有一个从安西来的商人，拉着灰色毛驴，向战士们问红军司令部的住址。

一听他的湖北口音，就给我一种亲切之感。他大约有五十来岁，粗壮，微胖，脸色红润，跟我们这些面黄肌瘦的苦行者来比，显得更为鲜艳。他下巴光滑没有胡须，脸上挂着永不消失的笑容。他穿着一件羊皮小袄，领口敞开，冒着蒸蒸汗气，混杂着一股生肉气味。

“老乡见老乡，两眼泪汪汪。”他热烈地跟我握手，把我当成了红军司令部的官长，“我好多年没有见到老家的乡亲了！”他抓着我的手狠劲地摇。

他有如此过分的热情，我不太理解，多少带点应酬的意味，说：“这是人生的乐事，万里他乡遇故知嘛。”我把他领到总部，先让他坐下，接着问他贵姓大名，找红军贵干。

张干事一直跟在我后边，进屋时，他帮助黄安老乡去拴驴，而后向总部首长报告，说有安西来找红军的湖北老乡，要不要带他去见首长。

首长指示我们先谈，摸摸底细。

他说他叫刘永超，是奉安西县县长尹尚谦之命来的。

这不能不使我惊喜万分。正愁不了解安西情况，他倒送上门来了。其中是否有诈？我告诫自己，要极端谨慎地对待。

他从怀里摸出两包宝塔牌香烟，还掏出一包被体温烘暖的葡萄干来招待我们。

我本不吸烟，为了同乡的盛情，我还是点燃了一支。张干事是个烟鬼，看他的眼神，这两包烟他想独吞。

刘永超告诉我，尹县长已经知道了红军西出祁连山的消息，就把他找了去，说他是红军的同乡，叫他来和红军见面。希望红军不要进城，按着红军绕城过武威的办法，愿意派各界代表出面来跟红军谈判……

刘永超说，他是十几年前随乡亲到河西来谋生，后来定居安西做杀猪卖肉的生意。听说红军到安西县境，风闻红军杀人放火共产共妻，人人惊慌。城里豪绅商贾更是胆战心怯，要求县长求兵保城。

因为城里兵少，援兵远在肃州，无法朝发夕至，所以愿意供给红军所需，请红军绕城而过，免得惊扰居民。

乡绅不敢露面，怕红军把他们扣押当作人质，又说红军都是内地人，就推举他前来联系。

红军绕城过武威的内情，我不甚了解，因为当时我不在总部，只是后来从吴永康部长那里知道一部分原因。凉州（武威）是马步青的老巢，是骑五师司令部所在地，河西重镇。马步青河防战斗失利，非常紧张，急电马步芳求援并调兵防守凉州。

据说，当时我军未攻凉州的原因有二。一是想利用马步芳、马步青之间的矛盾，减轻我军西进阻力，争取打通国际路线的任务早日实现，尽量避免敌人纠缠，所以三十军和五军绕武威沿甘新公路迅猛西进，日夜兼程，抢占永昌，攻击甘州。虽然作出攻城姿态，但那是佯示威胁，免得守敌出城拦击我军。另一个原因是，原计划攻击武威的任务由九军担任，但九军在古浪战斗中，损失太大，元气已伤，无法完成此重任，只能弃城而过。

如果按照刘永超所说，不战而胜，绕过安西急速西进，未必不是上策。但我不知道刘永超的话是否可靠，会不会是敌人的缓兵之计？我入伍已八年，可谓老兵，深知兵不厌诈的道理，但我又是文人，惯于纸上谈兵，无法判断其真伪。但看刘永超的表现，很是坦诚。他的积极态度也可理解。在他看来，如果他出使成功，使安西免遭“兵祸”，他在安西城里无疑会身价百倍，他的肉铺不但不受劫掠，而且会因此兴旺发达。

他此次出使联络，带有人质性质，如果有诈，他身在红军营中，必定遭殃。基于利害原因，他说的应该属实。

我叫张干事陪他闲聊，我去总部向首长报告刘永超来找红军的使命。

“有县长的信吗？”

“没有……”

首长决定亲自找他详谈。

刘永超不可能提供更多细节。因为他是一个联络人员，并非谈判代表，也无法回答安西县各界准备答应什么条件，仅仅是试探谈判的可能性。这很可能是缓兵之计——他们先让刘永超出面把红军挡住，尹尚谦则在软抗软磨中等待援军。

刘永超向首长提供了一个我们没有料及的情况，他说城里只有一个通信排。

我对此持怀疑态度，县城应有自己的保安武装。而且，通信排是干什么的？为什么不叫守备队、保安队或是警卫队？

我当着首长的面提出了这个疑问。首长却认为刘永超不是军人，弄不清部队的称谓。

刘永超说，只要红军同意谈判，请首长修书一封，他就立即转回。

这时突然响起了枪声，但不密集。刘永超表情惊愕，不知发生了什么事情。首长不动声色，又询问了一些城内居民情况，而后要我去看看为什么打枪。我还没有站起，参谋长就来向首长报告，说是两百米外的车道上，出现了敌人七名骑兵，显然是敌前侦察，我军迎击后，已经拨马遁去。

很难判断是敌人的增援部队，还是县城里的那个通信排。

首长让张干事陪同刘永超闲聊，照顾他的饮食，要刘永超耐心等待，经过研究之后，才能给他回音。刘永超通情达理，答应恭候红军决断，并说本村也是刘姓，他有几个熟人，可供食宿，不必烦劳红军招待。

张干事只能答应，免得他产生误解，自忖附近村庄全都驻满部队，他脱逃的可能性很小，也就随他的心意，只是告诉他不能远去，以免首长再要会见他时难找。

首长带我到总部，介绍了刘永超所谈的情况。

主张打安西的同志，认为刘永超此来，定是缓兵之计。县城空虚是可信的，因为敌人原本倾尽全力防我东返，把西部兵力调至高台、张掖、倪家营子一带。我们是四月二十三日走出祁连山，当日到达了踏实。今天是四月二十四日，县城得到消息不会太早，请求援兵是来不及的，先把我军稳在城外,在谈判中等候援兵是可能的。

尹尚谦很可能做两手打算,援兵不至,他就贡献一部分粮款;援兵到达,他就刀兵相见。目的只有一个,不让红军进城。因此,必须立即进兵,在对方尚在等候谈判消息做谈判准备时,突然兵临城下,或攻或谈,都很有利。

持审慎态度的同志不主张攻城,认为刘永超前来请求谈判是个阴谋,提供假情况要我们上当,并举出刚才敌人的骑兵侦察,很可疑。

首长让我谈谈我的想法。

我说,刘永超态度坦诚,作为一个商人舍弃身家性命,甘作人质,不像有诈,我是主张攻城的。

反对攻城者却提出了一个更深刻的理由:即使刘永超说的全部是实话,但他很可能是一个牺牲品,他并不了解真情。

这使我想到一种骗术。敌人先骗了他,利用他的真诚来骗我们。

这种猜测由于想象的成分太多,没有真凭实据,说服力自然不大。乘敌空虚不备,攻城必胜的诱惑力越来越强烈。

最后决定攻城。

我对刘永超据实以告。他先是呆愣了一会儿,然后顿足大哭。

他讲红军攻城,是胜是败,他都会变成罪人。我极力予以安慰,但他的焦虑是很有道理的。

如果攻城得胜,尹县长和当地豪绅就会把他当成叛贼,说他把县城的机密告诉了红军,红军走后,他将死无葬身之地;如果攻城失利,红军也会认为他是奸细,引诱红军上当……

他放声哀哭,说他有妻子儿女,即使双方都不追究,他也无法做人……

毫无办法。只能好言相劝,婉词抚慰,而后又叙了一段乡情。

部队做好战斗准备,作战科长带领两个参谋来找刘永超,要他画一张安西城的地形图。

我的同乡顾虑更大,知道越陷越深,但他无法借故推托。一个县城的老居民，不可能对县城一无所知。他那画图的手像疟疾发作似的瑟瑟发抖，汗水带着生肉气息往下滴落。

安西城是用板土筑成，就像一个扩大了的屯庄。除南门和西门外，东城墙和北城墙有很长一段被流沙掩埋，特别是东城墙，被积年累月的风沙堆聚，形成一个斜坡，可以缘斜坡登城。

安西城外围有许多沙堆、土丘，可以掩护攻城部队接近。我看到作战科长面呈喜色，很有信心。

至于刘永超的担忧，他毫不在乎。为了革命胜利，生命都可以献出，还有什么不可以牺牲的呢？革命利益高于一切。刘永超沉重的忧虑，仅仅是一点感情。但他毕竟是我的老乡，我总想给他一点宽慰……

夜幕降临后，部队出发，为了不使刘永超透露攻城的消息，由我和张干事“陪同”他随军而进。他不愿小毛驴冒险，借口它会大叫，留在刘家庄的熟人家里。

我鼓励他勇敢一些，看看部队怎么打仗，并保证他不会有生命危险。但他失情少绪厌闷欲绝，好像我这个同乡对不住他。试想，他的妻子儿女都在城中，他怎么会有兴致观看攻城的冲天火光呢？

十三公里的路程，两个小时就到了。部队悄悄进入进攻出发地。总部设在离城两公里的地方。

一般攻击都选在拂晓，这是守敌最疲倦的时分。这次攻城却选在午夜。

先由一梯队在西门打响，吸引敌人，二梯队便由东城墙的斜坡强行登城。

作战计划应该说是完善的。

我、张干事、刘永超和总部机关的同志伏在沙丘上，观看攻城。大家知道城内只有一排兵力，再加民团防守，似乎用不着郑重其事、大动干戈。

有个教导员在开赴进攻出发地时，竟然遗憾地说：“老虎吃蚂蚱，不够嚼的！”

轻敌情绪固然要不得，但这种充足的信心却十分可贵。

总部的同志竟然不控制灯火，有的在马灯下看图，有的蹲在沙丘上吸烟。

张干事把刘永超的“宝塔牌”攫为己有，现在竟然拿出来招待客人。

红军过武威时，城头的灯火通明亮如白昼，安西城恰恰相反，漆黑一片，死寂如荒坟。

几声枪响揭开了攻城序幕，接着是几颗手榴弹的爆炸声。单调而又凄凉，几乎看不见火光。

“太不来劲了！”有人在旁嘟念着。

甚至有人预言：敌人已经开城投降。

张干事跟刘永超开玩笑说：“今晚，我睡到你的肉店里去，见见你的老婆和你的……”

张干事的下文“……孩子”还没有出口，忽然枪声大作。

“咦？不是只有一个排吗？”有人感到不对。有经验的人都能听得出，这是数百人的齐射。

接着是手榴弹爆炸的火光和十几挺机枪的轰响。

接着是炮弹的啸鸣。

“熄灭灯火！”

随着这声大叫，有三发炮弹尖啸着越过总部上空落到后面两百米的地方，隆隆爆炸了。

接着又有几发，散落在附近，炸起的飞沙溅落在我们身上。灯火熄灭了，敌人失去了目标。但攻城部队却遭到了狂烈的轰击。城墙上一片锣鼓和喊叫声。

“他……他们怎么有炮呢？”刘永超嗫嚅着，连他也看出城里已经增加了敌人。

“敌人援兵到了！”

这是最正确的判断。

总部命令部队停止攻城，退出战斗，以沙丘作掩护，向五营村——王家屯庄、康家楼庄退却。

敌人的骑兵分成几支马队，冲出城门追击，直到在我伏击下纷纷落马时，才发觉这种蛮干行径是一种疯狂，急忙退回城内。

第二天，我们才从受伤落马被俘的一个骑兵连长口里知道：

在红军主力进入祁连山后，马步芳已经通电河西各地驻军，防止共军西出祁连，并估计有可能从嘉峪关外奔向敦煌、安西方向，进入新疆。

马步芳这个判断，是来自军事情况的思考还是来自我方被俘人员之口，不得而知。他在红军未出祁连山时就作了预防，这是肯定的。他命令在西宁驻军的李增荫团尾随追击，并电令驻肃州的二九八旅旅长马步康派兵防守安西。马步康当即派刘呈德团星夜驰援。

尹尚谦向肃州告急时，刘呈德的步、骑兵已经在途中了。

尹尚谦于四月二十三日下午，派刘永超赶往十二村，等待红军，以谈判为名阻止红军进城。他则率领幕僚士绅躲出城外，以防不测。四月二十四日凌晨刘呈德的援兵到达，此时，刘永超已经离城，当然不知有援兵入城。

天刚透亮，敌人即出城向王家屯庄进攻，但敌人兵力有限，只能冲击，却无力包围，我们则凭借屯庄的围墙抵抗。入夜，我们冲破敌人阻拦，向西北方向突进，抢占了由甘入新的白墩子。

敌骑紧追不舍。有几次总部也遭到突袭，连总部首长都挥枪上阵厮杀。

且战且退，在黄昏时分，我们退到了红柳园。红柳园是西进新疆的必经之地，在地图上标有它的大名，其实是个很小的屯庄，只有几家泥屋，还有几家客栈。由于甘新公路从此穿过，它像一个古代驿站，供过往旅客休息、打尖。

它的四周全是青沙石戈壁，生满似花非花似叶非叶的骆驼刺，干硬刺手。中部有一堆一堆坟墓似的风化岩和沙丘。路边有一条干涸的河床像一条死蛇，鳞光闪闪。河床西边一丛丛红柳，赭红色的枝条在沙风中摇曳。

我眼前老闪过刘永超那圆胖红润的脸，从王家屯庄突围西进时，竟没有来得及跟他告别一声。那不是我的疏忽，而是发生了一件意外的事情。

我们抓到的那个受伤的骑兵连长,在夜间不知被谁杀死了,头歪到一边,脖子被马刀砍断了,只有一片皮肉相连……战士们对连日追杀我们的马家军,宁愿违反政策受个处分,也要解解心头之恨。没有什么可追查的,把尸体拖进沙沟里掩埋了事。

这是战争!

在红柳园,我们仅仅来得及喝几口水,吃一把炒麦,马家军就追上来了。这些坏蛋就像甩不掉的影子,紧紧跟随。也许张干事的形容更确切些:

“他娘的,简直像钻到肉里的蚂蟥!”

第九章　星星峡

——地方工作科代理科长尹洪菲的自述

红柳园之战，是西路军走出甘肃进入新疆的最后一战，规模不大，却最惨烈。我们的兵力包括总部机关在内，充其量不过六百来人，被敌人的骑兵冲散，分割。

我和张干事已经和总部失去了联系，随着守卫红土山的三营七连的一个班冲向戈壁滩。这时已经不分机关部队和职务，人人都拿起武器，为生存而搏战。张干事从牺牲者的手里得到一支没有子弹的步枪，我左手提着一把刺刀，右手握着还有三颗子弹的左轮手枪，拼命奔跑。我们听到后面马蹄的哒哒声，也不回头，直奔前面的一道沙丘。

这时的马家军已经很少开枪，他们陶醉在疯狂的劈杀中。我们已经无暇思考生死，奔跑是一种本能。我已经喘不上气来，胸部疼痛难忍，心肺就要炸裂，弹片似的撞开胸腔。

我已经无力举足，被一簇骆驼刺绊倒。张干事右手拖着步枪，跑在我的左面，他毕竟比我年轻，想来拉我一把。

就在突然站住微微转身之际，一匹黄马旋风似的卷过，血光一闪，张干事的头离开脖颈抛掷出去，落在我前面的沙滩上，滚动了几下，不动了。张干事的颈部红血喷溅，他的身体迟疑着挺直了一下，向前仆倒下去。我眼前被一片红光笼罩……

那匹黄马因冲击的惯力向前跑出了几十米，长嘶一声，扬起前蹄，陡转回来，这个匪兵似乎把我也当成死人，他跳下马来，收缴他的战利品。

我猛然坐起，他惊极而呆，愣愣地站住了，不是怕死，而是对死人复活感到奇怪。他宽大的胸脯展露在我面前,相距两米。

我举起了左轮。他等待着……

“你敢开枪?”他的眼睛告诉我,“我刀枪不入!”

“不妨试试!”

我的手抖得厉害,不是恐惧而是脱力,很怕扣不动扳机。

“当——”“当——当——”我把三粒子弹全打出去。他依然挺住,我真怕他是金刚之体,但他的脸扭歪着,摇晃起来,手中的马刀“当啷”一声落在砾石滩上。他向前踉跄了两步,眼睛瞪得奇大,向后仰倒下去,压在张干事的身体上。那匹黄骠马长嘶一声向旷野奔去。

旷野上枪声阵阵,血红的太阳已经跌落在地平线上,它挣扎着,溅着血,像一颗落地的头颅。

我后悔没有抓住那匹马,眼看着它踏起的那溜黄尘……

我听到有人喊我:“尹科长!”

这是乔干事的声音,他和溃散的部队也奔向我眼前那道沙丘。我站了一下,又歪跌下去,腿像抽了筋剔了骨似的绵软无力……

他们以为我受了伤,过来两个人,把我拖起就跑。

夜幕降落下来。我们踩着深没脚踝的细沙踉跄前行,温度骤然下降,我又感到了祁连山里的寒冷。

乔干事跟我形影不离地走着,相依为命共度患难。

张干事的死在我们两人的心灵上投下暗影。一个活蹦乱跳的人,刚刚还跟我开玩笑,前几天还打算跟乔干事摆开战局一决雌雄,眨眼间就去了另一个世界。尽管天天面对着死亡,我仍然不相信是真的,总以为一觉醒来,张干事又会出现在面前。

第二天,我们沿着电线杆子向西北方向走。太阳渐渐升高,戈壁滩的温度又骤然上升,好像走的是一盘鏊子,下面有烈火烘烤。我们都张口喘气,嘴唇干裂得出血,布满豆粒大的燎泡。漠风像热流把灰沙喷到我们身上,鼻孔、嘴里灌满沙粒,汗水冲着脸上的沙泥,喉咙里像塞着一块火炭,向外喷吐着青烟。

在我们前边一个战士走着走着,“扑通”一声跌倒在沙里,死了。不知是渴死的还是累死的。

乔干事的水壶里还有一点救命水,我们沾了沾嘴唇。谁也不多讲话,想多保存一丝生命的津液走完最后的路程。

我们一行十三个人,数我的职务最高。除了乔干事和一位姓赵的连长外,都是战士。

地方工作科的专业,给我带来了许多当地的生活知识,我知道,在茫茫大漠里行军,即使有指北针,也很难说就能走出漠地。唯一保险的方法,就是沿着电线杆子走。这是用时间、科学、生命勘探出来的路线,沿途能找到水源和居民点。

我们在一个叫大泉的地方,喝足了水,还请当地居民给我们做了一餐面片吃。我们不敢休息,生怕马家骑兵跟踪追来。

我们十三人,除了还能踉踉跄跄走路之外,几乎没有任何战斗力了。我的左轮枪已经空无一弹,我不明白,当时为什么把三颗子弹一齐打光。两米距离,当胸一枪就够了。战争中的一切作为都不能用正常逻辑解释。就像那个匪兵,如果他猛然扑向我,我很可能打不中他的要害,他站着,好像希望我把他杀死。

赵连长的驳壳枪里还有三发子弹。七支步枪有三支空枪,其他四支总计有九发子弹。我拿不定主意是不是要重新分配,怕引起纷争,只能听其自然。此外,还有三把卷刃的鬼头刀。我那把刺刀丢失在张干事身边了。

此时的感情,接近于麻木,就是我们在此时此地全部倒毙,也不会引起一丝哀伤。一死无大难,到这种时候似乎什么也不在乎了。可是,肉体里残存的生命力却异乎寻常地强烈,求生之愿像隐隐火苗在脉管里燃烧。即使还有一口气,我们也绝不愿倒下。

我们不分昼夜,沿着电线杆子向前走。我一边走,一边数电线杆,作为奋进的目标,心想:再走一根,我就要倒下了;可是走到后,扶着它喘息一会儿,又下决心:我还可以再走一根。

赵连长把电线杆名之曰:决心杆;乔干事名之曰:生命线。

我们又走了一天,到达了“搞油桩”,这简直不像个地名,在总部的地图上却标着它。

当地居民告诉我们,再走三十里,就是星星峡了。

星星峡,有的图上标着猩猩峡,哪个正确,无从查考。这是从出祁连山就默念的名字,它几乎天天引起我们的遐想。

我从总部的地图上看见过它。

新疆驻有盛世才的部队。他是一个地方军阀,他为什么倾向革命,吴永康部长向我作过简略的介绍:

盛世才是东北人,青年时代,张作霖送他到日本陆军大学留学。回国后,在国民党的总司令部当参谋,而后,当了蒋介石行营参谋处的代理科长,郁郁而不得志。他辞去南京的军职,随挚友鲁效祖到了新疆。

当时的新疆主席是金树仁。鲁效祖是他的秘书长,极力推荐盛世才的德能,希望予以重用。金树仁很讨厌军人入疆,不愿接见,碍于秘书长的情面,才让盛担任卫队营的教练。那时,在新疆,盛是唯一受过高等军事教育的人。他给金树仁的印象不坏——谦恭、尽职、无野心,不久便委任他为军官学校的教官。

大约在一九三一年,哈密民变,如火燎原。金树仁派兵镇压,省军屡战屡败,不得已而重用盛世才,委任他为参谋长赴东路作战,挽回颓势。一九三二年委他为东路总指挥,深入南北山作战。当时马仲英负伤回关内,盛军转战于吐鲁番、鄯善等地,屡战屡胜。一九三三年马世明的回回部队逼近迪化,金树仁又调盛世才带兵回援省城。

此时,金树仁大势已去,内部分裂,于四月十二日发生政变。盛世才为了取得省督办一职,支持了政变者。金树仁被推翻之后,盛世才又杀了政变分子而摘取了政变之果实。

盛世才并未能独霸新疆。他虽握有兵权,地位仍岌岌可危。南疆早就处在割据状态,迪化政权鞭长莫及;北疆仍归马仲英的势力统辖。许多金树仁的旧部也都纷纷起来反盛。

盛世才无法统驭新疆的辽阔地域,他的势力仅限于省城附近几个县区。他面临着几个方面的强敌:由于他参与政变而又杀害了政变者,迪化军政机关离心离德,失去了一部分军心民心。他在新疆根基很浅,虽然掌握了一部分军力,却是孤掌难鸣。

金树仁的旧势力集结在伊犁张培元麾下;回族势力都倾向马仲英;维吾尔族则拥护加尼亚孜。

盛世才要站稳阵脚,必须寻找靠山。南京国民政府对盛施加压力,委任马仲英为新编第三十六师师长,委任张培元为新编第八师师长,与盛世才三足鼎立。

盛世才有感于孤军无助,只能背靠西北,依靠苏联。他制定了六项政策,其中主要两项是:反帝,亲苏。他向苏联领事馆透露:他希望在新疆建立苏维埃政权。盛世才取得了苏联的援助,在一九三四年张培元和马仲英同时进攻迪化时,苏联派出所谓"阿勒泰"军,解了迪化之围,马仲英被迫退向南疆。

经吴永康部长的粗略介绍,我才知道为什么要从新疆打通国际路线。盛世才是由于走投无路才依靠苏联,这无疑是一种投机行径,并不是真正的革命者。是否能像预计的那样,还很难说。

总部在祁连山时就接到中央的电报,不论西路军西去新疆还是北去内蒙古,中央都派代表迎接我们。

傍晚时分,我们到达了星星峡。原以为这里是一个村镇,迎接我们的却是光秃秃的山梁。夕阳从后面映衬着它,我们逆光而望,乱石簇聚的峰顶犹如众神兀立,怀着某种心思凝望着我们。

这时,那山岩活动起来,阳光里有刀光闪动。

"你们是哪一部分?"

两个持枪的士兵站立起来。他们穿着黄呢军服,显然,这是新疆盛世才的部队,我们日夜相盼的友军。

"我们是红军!"

我们的装束说明了一切。

哨兵回过头去,向后面报告着什么,我猜想后面是个哨所。

一会儿出现了一个挎短枪的军官,急急向我们迎来。他穿着剪裁合身的军服,脸红黑,留着唇髭,有二十岁左右,有一种活泼温厚的神情。

"啊!你们来了!……我姓韩,是这里的哨长。"

“你知道我们要来?”

“我们已经等你们多时了!”

“到了! 可到了!”几个战士欢叫了几声,忽然蹲坐下去,站不起来了。

“来人!”韩哨长向山崖上招手。

大约有一个班的友军,从哨所拥出来,把我们半扶半抱地领进了哨所。这是隐在崖后的一座独立小屋!

“来了! 来了!”

“他们来了!”

不断有友军向我们奔来。

从哨所到办事处还有一段路程。

在哨所,我们每人先喝了半茶缸子水。一个年约二十六七岁的军人来迎接我们,他说他是新疆边务处星星峡分处主任王效典,对我们的到来,表现出极大的热情。而后又问:“就你们十几个人? 我们准备了几十辆大卡车呢!”

我说部队在红柳园被冲散,总部和大部队可能很快陆续到达。

王主任叮嘱哨所注意观察,便带我们去办事分处用餐,休息。他们把驻军的通铺让给了战士们,把办事处的两个床让给我跟赵连长或是乔干事住。赵连长和乔干事坚持跟战士们住在一起,让我跟王主任住办事处。

我看到床上铺着洁白的床单,回想四个多月的战斗生活,简直像到了天堂,一想到张干事此时还躺在戈壁滩上,心境便顿时黯然了。

这天晚饭是西渡黄河后最丰美的一餐——抓饭。

抓饭,具有饭菜兼有营养丰富众口皆宜的特点。它是由大米、羊肉、萝卜、洋葱、葡萄干、核桃仁等原料做成。

我一直闷闷地吃着,以致大家的情绪也受到了影响。乔干事竟然提了个使人心酸的问题:“经过九九八十一难,我们总算到了西天,但不知还有多少人能到星星峡来!”

谁也不能回答。

这时,哨位上又传来消息,又有几十名红军到达。我们立即去峡口迎接，是二六八团的杨团长、刘政委他们。

我们相互拥抱，喜泪悲啼。

他们人数太多，来不及再烧抓饭，只好吃早已备好的干粮——馕饼了。

王效典安排二六八团的同志们住下后，回到办事处来。我无法入睡，便跟他闲聊。

王主任是盛世才的人，是不是地下共产党员不得而知，也绝不能问。我把我的身份职务如实地告诉了他，这种以诚相见，使他颇有好感。

他说刚刚跟迪化通了长途电话，报告红军的先头部队已经到达，盛世才听到只有几十人，作了三点指示。他把电话记录拿给我看：

> 1. 要讲红军后续大军很快到达，因为哈密警备司令尧乐博斯与马步芳勾结，对红军怀有敌意，反对红军进疆，非此不足以震慑，使其不敢妄动；
> 2. 由星星峡去迪化必经哈密，准备作战，东西夹击尧乐博斯；
> 3. 即用飞机运送弹药和食品供应红军。

这三条，无疑对红军是有利的。但三条都跟尧乐博斯有关。第一条是要红军提高警惕，有思想准备，第二条就是由防备到进攻了。盛世才如此热烈希望红军快些进疆，是不是一箭双雕，既标榜革命获取苏联好感，又借入疆红军消灭异己——尧乐博斯呢？第三条，当然是提高战斗力的保障，目的还是消灭尧乐博斯。

我们是不是还要既为自己生存又为盛世才消灭异己而战斗呢？我急切地等待总部首长到达。

从王效典给我的地图上看，星星峡离迪化甚为遥远。古代的西域，还要穿过好几个王国。我简直得了戈壁沙漠恐惧症，从地图上，我就能看到黄尘飞卷，“山无缘分水无情，风既毒兮沙亦腥”，又觉得嗓子眼里塞了木炭火，夜的冷，昼的热。

从星星峡穿过大约一百公里的漠野到达苦水。事实上，可能还远，因为地图上的比例尺量不出实际距离，八百万分之一的图纸上，不管高山、湖泊、弯道，全都是平面直线。

越过苦水是烟墩，骆驼圈子，黄口，而后才到哈密。看看这些地名，就叫人产生一种苍凉感。

过哈密，这是很可能发生战斗的地方。尧乐博斯那生满淡褐色鬈毛的圆胖的脸上有杀气腾腾的眼睛，正对着大路，盯视着我们。

我们冲过哈密，是三堡、瞭堡，这是古战场的名字；再过十三间房、七格台，到达鄯善。我不记得在哪个史料上看到的了，说鄯善国，就是古楼兰被沙雨湮没之前的迁徙之地。是否可靠，那很难说。历史，本来就不能较真，总是越传越玄。我读司马迁的《史记》时就有这种感觉，那些栩栩如生的人物，如何说如何想如何做，比他亲自在场都看得清楚，岂不出于虚构？

过鄯善到胜金口，再到吐鲁番、白杨河、达坂城、柴窝堡，就看到迪化了！

第二天，仍得不到支队总部首长们的消息。乔干事、赵连长天刚透亮，就到峡口上瞭望，盼望漠漠旷野里突现出一批人马来。

迪化的长途电话，又送来了异常紧急的消息。

据说（地域辽远，很难有准确信息），尧乐博斯接受了马步芳的密令，已经叛变，把哈密的银行商店一抢而光，并且知道红军少数部队已经到达星星峡，派了一个连的骑兵来收缴我们的武器……

我和王效典都紧张起来，祸起萧墙。有人提出这个消息的真实性。尧乐博斯远在哈密，怎么知道我们到了星星峡？

不过，这是完全可能的，安西之战、红柳园之战，当然会电告西宁，马步芳当然也会电告尧乐博斯。

尧乐博斯本来就是盛世才的对手，红军入疆，正好给他公开叛乱提供了借口和契机。

我们一方面东望后继部队尤其是总部首长快些到达，一方面向西准备迎敌。

星星峡只有一个哨兵班，人数很少，但武器精良，弹药充足。王主任指示尽其所余,装备到达的红军。

我们立即开到峡口后山,那里有四座土堡可供我们守卫。每堡之间有百多米的距离,互成犄角之势。有一座最大的土堡,突出在前沿。我跟几个团的干部都在这个土堡里观察,有一个班的兵力掩护我们。

临行前,我们告诉王主任,应电请迪化快派飞机投掷粮弹。原来一个哨兵班的口粮储备,无法满足大军的需求。

王主任接通电话后,写了一个纸条让人送来土堡。(在此危急时刻,他不能离开办事处值班室。)

纸条上说,盛世才已经从迪化派第四教导大队在苏联"红八团"的配合下,急驰哈密,希望与红军东西夹击尧乐博斯,平息叛乱。另外,已经派人护送中共中央代表来星星峡。随中央代表而来的还有几十辆装运物资的汽车……

这是令人振奋的消息,增强了我们迎击尧乐博斯骑兵连的信心。

第十章　哈迪尔

——地方工作科代理科长尹洪菲的自述

我们在土堡中从凌晨等到傍午。尧乐博斯的骑兵连没有露面，在戈壁滩上却出现了一辆汽车。越来越近，车上只有四人，不像怀有敌意的尧乐博斯的人。

新疆驻军都归盛世才管辖，没有必要贸然开枪造成误会。让守堡的部队保持警惕，我跟几个团领导走下土堡，迎住汽车。

这辆车停在土堡下的公路上。一个军官推开驾驶室的右门，跳了出来。

他穿着考究，体态高大，威风凛凛，武装带是新的，手套雪白，看来是特意打扮了一番。与我们破衣烂衫的穿着，形成鲜明的对比。他越是谦恭，就越显得高傲，越带讽刺意味。那车上的四名士兵也跳下车来，但没有用枪对准我们。

他说，他是哈密警备司令部的副官，叫哈迪尔，奉司令之命来收缴红军的武器。

“理由是什么？”我问。

“因为这里是警备司令的辖区。不准许境外的任何军队入境，入境必须缴械。”

“我们是盛主席请来的部队，”我说，“哈密警备司令部无权干涉省府的决定！”

“省府的决定恰恰是不准境外任何部队入境……”

“边务处办事分处的王效典主任可以作证。”我派人去请王效典。

这时，我们故意给哈迪尔一点时间，让他观察土堡里对准他们的枪口,提示他,我们是先礼而后兵。这家伙并不恐慌,处处表现出在此境地,他是主人的样子。

据王效典介绍,边务处是一九三六年在苏联的建议和帮助下建立的,它的主要任务是保障新疆的安全,事实上,是保证它的独立与割据。这个处由盛世才直接领导,对边界外的任何势力作情报侦察,提供信息,防止异己势力侵入。

王效典来了,他对哈迪尔的使命表示理解,挺客气地互相致意。

在他们交谈时,我看到杨团长向我使了个眼色。

我们退到一旁,他低声说:"恐怕要武力解决。"

我虽是个地方工作科科长,与他们平级,此时却是唯一代表首脑机关的人,他们征求我的意见,自然是对总部的尊重。我表示同意,他便上了土堡。

杨团长战斗经验丰富,留半个班在土堡上居高临下,带半个班来到汽车旁边。

战士们虽然面黄肌瘦,但手中提的却是哨所警卫班的新枪,枪身的烤蓝,在阳光下跳动着一圈圈的幽光。

"王主任,我是奉警备司令之命来的,咱们都是军人,都知道服从命令是天职……收缴省外一切军队的武器,这是省府的命令,王主任也是知道的!"

"红军并不是省外的异军,"王效典说,"他是我们新疆军队的一部分,到迪化以后,就改编成新兵营!"

我听到后,吃了一惊,弄了半天,我们不会上了盛世才的当吧? 心想:也许是王效典应付哈迪尔的托词。

事后我从中央代表那里才知道确有此说。

早在西路军血战倪家营子之时,中央就派出了以刘伯承为司令员张浩为政委的援西军。但那时正处在西安事变之后,局势极为复杂,国共和谈正在举行,援西军再西渡黄河不但极为困难,而且十分敏感。无论西路军困难有多么严重,求援多么迫切,必须照顾到两个方面:一、不能影响和平大局;二、援西军渡过黄河后,不至于重陷困境。

在这种情况下，党中央才通过共产国际与新疆督办盛世才联系，积极进行营救西路军的工作。

一九三三年底至一九三四年初，苏联帮助盛世才击退了马仲英、张培元的进攻，并通过共产国际给盛世才派去大批共产党员干部，以保证他能够坚持进步的立场。

一九三六年，新疆边务处就得悉西路军两万余人西渡黄河向河西走廊挺进。当时尚未明确进疆打通国际路线，盛世才指示边务处加强哈密和星星峡的外界侦察，以观后变。

西安事变之后，边务处曾派人进入河西走廊与西路军进行联系，得知红西路军已经失败进入祁连山中，只好空手而返。

边务处原第二副处长陈培生就是共产国际派去的联共党员，在他的影响下，第一副处长武佐军也倾向革命，对援救红军表现出极大的热情。负责边务处电台的是陈培生的爱人鲁丝，日夜向西路军电台呼号。

星星峡准备迎接西路军并非易事，只能在对持反动立场的哈密警备司令尧乐博斯保密的情况下才能进行。

这样一个动作的背后，也反映出两大营垒的斗争。在西路军与边务处联系的同时，尧乐博斯也没有睡觉，他也跟西宁的马步芳联系如何堵截西路军。

为了迎接这支部队进入新疆，党中央派陈云（化名施平）、滕代远（化名李光）、冯铉（化名小李）、段子俊、李春田等，从莫斯科到达新疆。在抵达迪化之后，曾与盛世才商定，这支部队将以新兵营的名义进驻省城。

王效典主任说的虽是一个理由，哈迪尔却斥之为外交辞令，换个名称并不能改变红军的性质。勒令红军缴械，尚可受到优待。

“如果不缴呢？”杨团长说得很随便，但那低沉的声调里令人嗅到一种火药气味。

“那就消灭！”哈迪尔也说得很随便，冷峭的眼神里却令人感到一种傲慢，好像消灭一支惨败的队伍，易如探囊取物。

“就你们几个？”杨团长微笑了，笑得天真烂漫，斜睨着那四个呆头呆脑的士兵，“你们是来搬运武器的吧？”

"嗯,嗯……"

"我说副官大人,"杨团长仍然笑着,甚至还流露出几分亲昵的神情,"你可太看得起我们这些惊弓之鸟漏网之鱼了!"

"我保证优待诸位……"哈迪尔(后来我才从王效典那里知道,这个名字在维语中含有"有能力"的意思)没有把话说完,只见杨团长目光深处倏然微震了一下:"把他的枪下掉!"

哈迪尔的日式手枪转眼落进赵连长手中,那四个士兵的马枪也落在我军手里。这些复杂的动作,几乎是在几秒钟内全部完成的。

"你们怎么敢?"

哈迪尔高声大叫,气得全身发抖,好像在自己家里被人打了耳光。

"有什么不敢的?"

"我们的骑兵马上就到!"

"你来时不是见到了吗?我们已经恭候多时了!"杨团长指指山头上的土堡,说了句俏皮话,"正等肉下锅,兔子来敲门……感谢副官送来了枪和弹,虽说少了一点……"

"王主任!"哈迪尔不愿跟这个红军打交道了,扭身对着王效典,"你要负全部责任!"

这的确是一个尴尬的场面,政策性极强。尧乐博斯虽然早有异心,毕竟还没有变成行动。电话里虽有叛变之说,但终是传闻,如果因对一个副官不慎,酿成尧乐博斯的叛乱,不能不说事关奇重。也许尧乐博斯有意制造一个"中村"事件呢?① 蛮干不得。

可是已是骑虎难下,我军实力已在他眼中,不能放虎归山。

"哈副官!"王效典还是很有头脑的人,"我不能负责,因为你首先违犯督办军令,动武缴械。新兵团是为了自卫,罪责在你!"

这的确是个很好的理由,我们深感留他的危害,就拉到山沟里处决了。

我们决定把四个士兵放回,让他们在回去的路上,拦住骑兵,就说

① 1931年6月,日本军事间谍中村震太郎在东北进行军事地理调查,被中国屯垦军捕杀,日方便利用此事宣传"满蒙危机",狂热煽动战争,不久,便爆发了"九一八"事变。

红军数千人，在星星峡山上扼守土堡，把哈副官留在哨所里当成人质，然后向他们解释红军是穷人的队伍。

我还问了他们的名字，故作郑重记在本子上，意在加强他们对红军的感情，威慑他们不要做对红军不利的事。

四个士兵走后，我们对司机做了工作，由他驾驶，带上干粮和水，由乔干事和一名战士陪同，开出星星峡，向我们的来路迎接陆续到来的部队。为了不使部队发生误会，我们在车上插上了一面红旗……

我们又有了新的枪弹补充，据守土堡，等待哈迪尔所说的骑兵出现。骑兵却没有来。

第二天，我们接到了总部首长。

从红柳园战斗中冲出来的部队到达星星峡的已有四百多人。

这其间我们得到了尧乐博斯的消息，他的骑兵部队的确开到了苦水，但忽然发现已经处在两军夹击之中，自觉势孤力单，便带骑兵营由苦水改东击为南逃，越过哈顺沙漠直奔青海，投靠马步芳去了。

进入星星峡的左支队在召开庆祝“五一”国际劳动节之时，三架银白色的运输机落在戈壁滩上，给我们送来了食品弹药和服装。

下午二时许，从哈密开来的四十多辆汽车，也到达星星峡。中央代表从车上下来。左支队的全体指战员欢呼过后，顿时彼此拥抱在一起，放声大哭。我所熟悉的人类的一般感情，已经不足以表现这时的心情了。经过一阵漠风骤起雪山崩塌似的感情震荡之后，人们好像不知道应该欢笑还是悲伤，彼此散开又聚拢，欲倾诉又无言。我总觉得张干事的眼睛远远地望着我们……

乔干事向我走了过来，他说：“尹科长，调我到你的科里当干事吧！”

这又勾起我对张干事的怀念。我强作坦然地说：“今天是大喜的日子，别的事放在以后再谈！”

乔干事酸楚地笑了笑：“我们西渡黄河时是两万一千八百人！”

我不知说什么好,万般感受涌向心头。眼前是空旷寂寞的戈壁荒漠,它是多么古老贫瘠,遮天蔽日的黄尘湮没着它。我听到它沉重的喘息,隐隐听到一曲时高时低的悲凉的歌:

夕阳一片寒塞外,
目断千里黄沙中。

红西路军,你在万里长征之后,在滴水成冰天裂地坼的季节里,又冲过巍巍祁连,穿越茫茫瀚海,世上还有哪一支部队可以完成历史上堪称空前绝后的大进军呢?

我的眼睛湿润了,下意识地伸手抓住袋中那把精致的小刀——是江子敏投掷在我胸前的于薇的小刀。

"好冷啊!"乔干事像从梦中唤醒了我,"咱们回去吧。我们那里挤不下了,今夜我跟你在一个床上通腿好吗?"

我点点头,然后和他迎着落日向办事处的值班室走去。

明天,我们就将换上盛家军的新军装,坐上卡车,以新兵营的名义向着落日的地方开进。

"尹科长,你好像心事很重!"

"只是觉着这天地间太静。"我感慨万分地说着,抬眼望去,只见电线杆子整齐的行列犹如一排士兵,向无边的远方延伸,一直伸延到落日的余晖之中。那里有一座不知名的远山,在地平线上微微隐现着,像一支衣不蔽体、经过万里跋涉的部队,站立在那里。

乔干事疑惑不解地看看我,不明白在今天——"五一"国际劳动节,大家欢呼突围最后胜利的时候,我怎么会有如此落寞之情。他说了一句颇有启示性的话:"旧的一章总算翻过去了……"

"可是,岁月的黄沙掩盖不了这一切。"

我们像在凑诗。

不错,红西路军给了我一段诗一般的传奇经历。危难的生活本身就是有钱难买的无价的财富。

乔干事的话并不确切,旧的一章并没有翻过去,新的一章也没有开始。

第五卷

命运多舛

第一章　古庙之夜

早在一九三六年十一月中旬，西路军进至永昌地区时，前进剧团在赴九军驻地演出的途中被敌包围，除了极少数人脱险外，大部战死，一部分落入敌手。当时有二十多名女演员被俘，加上另外七十多名被俘红军，其中有九名妇女抗日先锋团的女兵，押往西宁。

马步芳酷爱歌舞，得悉这些女俘多系前进剧团的演员，是从女红军中选拔的年轻漂亮能歌善舞性情活泼又有文化的姑娘。于是他便成立了一个新剧团，要赵永鉴负责。

按说，参谋处长赵永鉴虽有文化，却并不是领导一个艺术团体的人选。他的唯一的长处是马步芳的亲信，马步芳的私生活几乎全由他谋划安排。他是马步芳小朝廷里的宦官，说白了，那就是未经阉割的“太监”。赵永鉴，字养天，在成为马步芳的亲信之后，改为赵仰天。

马步芳的亲信有两种，掌握军权的亲信非马家亲族莫属，掌握私生活机密却需要外族人。因为维护民族宗教、家族的尊严，他受着严格的制约。他的儿子马继援大了，听到老子还私藏几个女学生玩乐，就声言不把那些婊子搞走，就杀掉她们。

在这些需要隐瞒家人的机密中，他需要赵仰天这样的人。

赵仰天这次来押女俘去西宁，一是调节马步芳和马步青的矛盾，拨一部分女俘给马步青成立另一个剧团；一是防止沿途押送部队再次发生奸俘事件，以保证把女俘安全地押到西宁。

第一天，运女俘的汽车到达张掖。他安排女俘洗澡，而后把她们关进一座古庙里。他指定女俘编成班组，由女俘推举组长，自己管理自己。庙外庙内均上锁。押解哨兵夜晚不得进入。领饭分饭全由班组长分派，这就给女俘以相对的安全保证，开始他们的感化工作。

赵仰天和押解女俘的队长，在女俘洗澡更衣后，仍然强迫年轻标致的陪宿。

李大壮和叶红果毛遂自荐当了班组长。她们担当起保护自己姐妹的重担。

这一夜，她们睡在麦草铺上，有了从老百姓家里征募来的衣服，也有了毡毯和棉被，生活也改善了，却不知未来的命运如何安排她们。

"大姐，不是为了你，我就跟他们拼了！"李大壮让张琴秋摸摸她藏在腰里的剪刀，"我绝不能让那些野兽糟踏我……"

张琴秋握着大壮的手："不，不能这样。"她悄悄告诉李大壮和叶红果，目前形势下，蛮干只能招致无谓的体罚和不必要的牺牲，合法斗争比较有利……只要不干损害革命的事，不妨表示服从；只要心向革命……就可以问心无愧了。

这些话本应给李大壮带来某种宽慰，没想到李大壮却嘤嘤地哭了起来："大姐，我越想越怕！"

"怕？"张琴秋更不理解了，一个天不怕地不怕的人，竟然公开承认怕，"怕什么？"

"我怕他……他是永远不会要我了……"李大壮说完，竟像一个小姑娘似的双手捂脸，哀声痛哭。

"不要你了？"

几个女俘凑过来，都想给这几天来所敬仰的班长些许安慰。

"他在河东……"

"越说越不明白了。"

"姐妹们，我李大壮没有什么可保密的。"她抹干了眼泪，"我把我的身世和你们说说，将来向组织给我作个证明……我李大壮不是怕死的人，可是，当了俘虏之后，我就越想越怕了……"

庙里的油灯在风中摇晃着，女俘们听着李大壮的诉说，她的扁平的脸渐渐灵活起来，越说越流畅，出乎听者的意外，不像出自一个五大三粗的女人之口：

“我一生下地，就死了娘亲。爹爹上山打猎，没法养我，就送给了姓李的人家。亲生父母姓什么，现在我也不知道。……养我的人家也很贫穷，他们养我，就是为了给他家一个三岁的男孩找一个童养媳。我长大了，性子很蛮，婆婆给我起名叫壮壮。我把我未来的丈夫叫哥哥。……从四岁起，我就知道我是他老婆，但不知老婆是什么东西……只知道下地死干活，我有使不完的力气……”

“和我一样，我也是童养媳……”

“别打岔！”

“天底下，就是女人苦！”

“我很能干，手脚快，力气大，长得五大三粗。我那哥哥也还不算坏，家里有我做活，他倒念了几年书。回家以后，还教我认字。我把他当成了真正的哥哥……只是婆婆对我太苛，左看右看总不顺她的眼。

“我们家里养了三口猪，我空下来就去打猪草。我喜欢上了本村地主家的长工，他叫王大成。他时常到山上放牛，就帮我打猪草，半天的活一个时辰就完了。他把草筐放在牛背上，快进村时，就放下来，让我背回去，不让人看到。

“那时，我们九峰山正组织秘密农会，他动员我去参加妇女会，夜里去上识字班……他给我讲很多革命道理，全是从农民夜校里听来的。

“哎呀，我说得太啰嗦了。姐妹们都受过我这样的苦，可是，我的经历，跟你们不一样……”

“那你就拣着不一样的说。”

“就在这时候，风言风语传到婆婆耳朵里。那天，我刚放下草筐，婆婆就把我推到草棚里，手里拿着拌猪食的木棍棒……不由分说，劈头一棒打下来。我一歪头，那木棒劈到我的左肩上。我吓傻了，不知她为什么这样打我，看那咬牙切齿的架势，不把我砸碎是不会解恨了。

“……‘你说，你跟那个王大成在深山树林里做了些什么丑事？……说，肚子里是不是有了那个野汉子的种了？’

“纵有千张嘴也难说清了！我忽然泪落如雨，忘了已经左膀子火烧一样地疼，只觉得满肚子委屈……

“……我眼前晃动着大成哥的影子。‘我冤枉……’我说着。

“这时,我的未婚丈夫冲了进来,不由分说,就是一阵脚踢。好重啊,他的老山鞋就像红烙铁打进我的肉里,我蜷缩成一个球,抱着脑袋任他踢,跺,踩。

“我的下巴骨挨了他一脚。‘你还冤枉?我亲眼看见你们……’他像一个顽皮孩子踢皮球一样踢个不休。

“‘给我往死里打!这个忘恩负义的,从小把她养大,原来是个吃里扒外的养野汉子的坏东西!’我婆婆在旁边助威。

“我公爹站在草棚外唉声叹气……不知是恨我还是怜我。谁也不知道下一步应该怎么办?仅仅是痛打一顿解解恨出出气就完了?

“往后的日子怎么过?我用什么来证明我是无罪的呢?不,我是有罪的,我虽说没有跟大成哥做出那种见不得人的事,可是,我的心是归大成哥了,我想他,见了他心里就顺畅,我真的愿意跟他过一辈子……

“我蜷缩在草棚的墙角上,全身痛得像火烧,打着寒战,一点也没有想到反抗。若是当时,他们真往死里打我,我也就认了……”

“那可不像现在的你,若是我,不拼也得跑啊!”

“我李大壮不是那种甘受冤枉不反抗的人,兔子急了还咬人哩。后来,我想出来了,我当时不还手,是我心里有愧,我不能忘了李家对我的养育之恩……我跟大成哥好,心里也犯嘀咕,我这不是背叛了李家吗?”

“封建思想!”

“也不是!”张琴秋听到这里,也陷入一种矛盾之中。她自认为什么事物都能看透,什么难题都能分析,唯有这个问题她不能作出直截了当的回答。

在这瞬间,她想起了在莫斯科大学时,同学间关于《安娜·卡列尼娜》的那场争论——

安娜的行为对吗?渥伦斯基对吗?卡列宁当然是个大官僚,可是他该怎么办?他是不是一个被侮辱与被损害的人?安娜为了自己的爱情,背叛了丈夫,舍弃了儿子,夺走了吉提的爱人,是不是把自己的幸福建立在别人的痛苦之上？争论是没有结果的，各执一端。那时，陈昌浩对她开玩笑说："我希望你是安娜……"

"那么谁是渥伦斯基？"

"舍我其谁？"陈昌浩指指自己的鼻头。

"滚蛋！当心杜作祥吃了你！"她把门"咣当"一声关了，抱起了她的小玛娅。

"妈妈，你为什么生叔叔的气？"

"他坏！"

"不，他好！他给我唱歌，还给我买胖娃娃！"那时的张琴秋也弄不清陈昌浩是坏还是好。

李大壮所面临的道德抉择，也许没有安娜·卡列尼娜复杂，可是同样难以回答。

"……开头我很难受，总觉得对不住李家，可是，我又不能跟大成哥断掉，一想到不再和他相见，就疼痛难忍，就像拔掉心上的一棵小苗，每条根须都扯着肉带着血，这才真叫左右为难哩。

"我一个山村长大的姑娘，不像城里人那样会谈情说爱，可是不挂在嘴上不等于没有，也许比说出来的更真更深。我们那九峰山上，有几个姑娘不会唱情歌呢？在家里守着父母不敢唱，一到山上，那就笼里黄雀飞上天，没遮挡了。

> 姐是竹子哥是松，
> 能过夏来能过冬；
> 不怕冰雹不怕雨，
> 不怕寒霜不怕风。

"一个痴情的姑娘是什么阻难都不怕的，死也不怕……我只怕婆婆骂的那句话：忘恩负义。我也曾想：要求公公、婆婆、未婚的丈夫，让我跟大成哥走，我愿变狗变马报答他们十七年的养育之恩。其实，这是不可能的，他们绝不会答应，他们会感到多么丢人，他们怎么还有脸面活在世上？

"我又作难了，就像部队做游戏时的那种拔河，两头都有一个我，白天，拨过去——不能忘恩负义；夜晚，拨回来——不能忘了大成哥。天天拉锯，只拉得心上的锯末子纷飞。

“……这个锯是拉不完的，白天与大成哥在山林里见面的幸福，和晚上回家见到家人的痛苦一样重，一样沉，一样深。只有挨着，嘟念着：车到山前总有路。

“可好，这天真是车碰上了山崖船撞上了桥墩，只能车碎船毁了……一顿死打，委屈之情，像河水冲开了一条通道。我的眼前豁然一亮。

“我猛然坐起，跪倒在我的未婚夫、婆婆面前，当然站在草棚门外的公公也算在内，我说：‘十七年来，我没有忘记你们的养育之恩，今天这顿苦打，真也算恩断义绝。你们把我的愧疚之心打碎了，打跑了，即使这样，我也不会忘了你们。’

“我的嘴破了，肿得厉害，每句话都滴着血。他们三人静静地听着，不知是被我这段话说愣了，还是觉得的确打得我太厉害……我深深地向他们磕了个头，猛然跳起，推开丈夫，搡倒了婆婆，冲门而出。公公也没有拦截，我一直跑到了山上……

“这时，我才知道什么叫情投意合，心心相印。……大成哥来找我了，我偎在他肩头，放声大哭：‘他们太狠了！’大成哥轻轻摸着我肿胖的脸……

“‘我们怎么办？’我问大成。他说，我是咱村的农会会员，本来也想吸收你参加的，现在我们不能在村里工作了，不方便，咱们到茅家山去参加红军去吧！于是，我们就去找红军。一路上，我就怕他们不要女的。结果，接待我们的就是一个女兵。她拉了个长凳让我们并排坐下。

“女兵要给我们登记……她刚刚拿起笔，大成哥就一把拉起我说，先等一等，农会给我的介绍信忘在老乡家里了！

“我不明白他为什么撒谎，可他又快又猛地扯住我的手。那女兵也愣愣地看着我们，从我的背后送来一句话：‘别怕，不愿登记不强迫。’

“大成哥不让我说话，一口气把我拉到村外的竹林里。这是怎么回事呀？他喘着气，眯眯笑了。他说：‘壮妹子，我们两个一当了红军，

你是个兵,我也是个兵……'

"我说那又怎么样?他说:'你知道在红军里,当兵的是不能结婚的!'

"我又说,那又怎么样?他又说:'要结婚,就得当大官,我不识字,当大官很难。'……我仍然不明白他的意思,那又怎么样?

"他的脸涨得血红,喃喃地说:'壮妹子,你真笨,我想早跟你成亲啊!'

"我吓得打了个激灵,我的心嘣嘣地乱跳,虽说曾经日盼夜盼跟他在一起,也做过那样的梦……事到临头,总觉得突然。

"怎么早结呢?他说:'我打听过,结过亲当兵,咱们就是夫妻了,可以分到一块,住到一块,如果一登记不是夫妻,我们就一辈子结不了亲了……'

"我大声嚷道:'我不干!新房在哪里?媒人在哪里?我总要有件新衣裳吧?'

"他说:'咱们山歌里怎么唱的来?铺着地,盖着天,月下老人红绳牵……'他指指山头刚刚升起的月亮,媒人来了!在我仰头望月的时候,他一下抱起了我,进了山林。走了不远,就有一个烧木炭人住的棚子,我们钻了进去,里边还有油灯。

"我很奇怪,这一切都好像他事前安排好的一样……他告诉我,他在半个月前来找红军的时候,就见过这个棚子。他很鬼!

"我问他:'你原来就想当红军了?怎么又回去了?'

"他说:'舍不了你。……就是你不挨那顿打,我也要把你抢出来。'

"第二天,再去登记时,王大成、李壮壮就是结发夫妻了……"

"真有趣!"

"你有福,像你们这样情投意合、自觉自愿的可不多。"

"你那大成哥在哪里呢?"

"他在红军当副团长,没到河西来。"

"那你还哭什么呢?"

"我想,一被俘,难脱那些兽兵糟踏,大成哥不会要我了!"说完,泪水又涌出眼眶。

“也不一定都受侮辱……”张琴秋试图安慰她。

“可是谁能证明呢？怎么洗清呢？”

女俘们想起李大壮挨的那场毒打，忽然间紧抱在一起放声大哭。跟笑有感染力一样，哭也有感染力。连最不爱哭的也憋不住了，跟着哇的一声大哭起来。她们变成了一个人的哭泣，一个人的悲伤，连隔壁庙房里的女俘们也哭起来。

命运对女人来说，是严酷的，对女俘来说就更严酷了。男俘，无非是肉体的折磨，非人的苦役生活；可是女俘呢？她们将遭受蹂躏、侮辱，她们不敢展望自己的未来。

黑暗笼罩着城镇村庄和大漠，像堵穿不透的墙，庙廊下阴风阵阵，扒搔着门窗，状如悄悄细语。端坐在莲花上的释迦牟尼，凝然不动。

这里面最为坚强的是张琴秋，她是唯一没有落泪的人，她并非无泪，而是过强的革命者的毅力和自尊压住了爆发的感情。

她不想宽慰她的女伴们，也无法安慰，自己沉溺在苦海之中，怎么能救援他人？泪水哽在喉头，咯咯发响，呼吸都变得窒闷了。她的地位越高，负担也就越重。唯她无泪，唯她的心最为创巨痛深——

婴儿惨死了，她的心头撕去了一块肉；丈夫呢？他安他危？此次西路军失败，他将负多么大的责任？他的心理负担该有多重？

李大壮怕丈夫会误解她，舍弃她！她张琴秋呢？她所害怕的不仅是身体的被玷污。她今年已经三十三周岁了，加上她产后的病体一直没有康复，她可以把头弄成一个草鸡窝；她可以在洗脸之后，再抹上一把灰尘；她可以把本来并不高的身材弯弓下去；她可以故作步履蹒跚；她可以咳嗽不止……对这样的一个年老多病的丑老太，敌人不会有太大的兴趣。

但是，她的心灵呢？她的政治生命呢？

她是一个已经被敌人锐意寻找的西路军的组织部长，能活着出去吗？在这被俘的日子里天知道她的下一步在什么地方？新剧团？工厂？医院？监牢？苦役？在这些地方，不管是死去还是活着，她用什么来证明她的心灵是清白的呢？

会不会还有叛徒的出卖？会不会被恶人坏蛋狗血喷人反咬一口？谁来证明她的无辜呢？

她像立在万丈危崖绝巅，四处都是不可逾越的沟壑。她预感到自己已经身陷绝境无路可走了，一时间万念俱灭。

她紧紧地拉着李大壮的手，这手又宽又厚，有一层细鳞般的糙皮。她不理解，这个妇女独立团的女战士为什么以保护她为己任呢？自己有哪些地方值得李大壮如此崇爱如此钟情呢？仅仅是组织部长的地位吗？

她记得一个文学家说过："当失败不可避免时，失败也是伟大的，而死和绝望也是伟大的。"问题在于不可避免。

她所走的路，是不可避免的。她的心微微出现了转机。我的一生，只要无愧于心，无怍于人，其他也就无所谓了。她只能凭自己过强的意志与毅力向前走下去。直面人生，直面死神，直面自己的良心……走下去。

"大壮！"张琴秋握握大壮的手，"哭，我不反对，哭哭心里会轻松、畅快……我反对绝望。"

"大姐……可是我……"

"我们都还不够坚强……"张琴秋不让李大壮说下去，决然地打断她，"我在上海大学学习的时候，读过鲁迅先生这样一段话：我自己是什么也不怕的，生命是我自己的东西，所以我不妨大步走去，向着我自以为可以走过去的路；即使前面是深渊、荆棘、狭谷、火坑，都由我自己负责。"

"可是，大成哥不要我了怎么办？"

"他既然不要你，他就不再是你的大成哥了。"

"那，我会难受死的……"

"难受死？我看就不该难受，死，人总是要死的……只是别怕。"

"我总觉得世上还有比死更可怕的东西……"

"那比死更可怕的东西就更不可怕！"

张琴秋这些冷静得有悖常理的劝说，连自己也觉得吃惊。她不像是劝说李大壮，而是在劝自己，用这些冷厉的言语，一字一字像箭矢匕首似的向挡在她前进路上的那个可怕的黑影投掷过去……

女俘们的哭泣声变低沉了。她们都隐隐地感到走进一个爬满蛇蝎、游荡着妖魔鬼怪的洞穴，她们要从这个洞穴中穿过去。任何恐惧都不会占据心灵太久，渐渐零乱模糊起来。她们的抽泣声越来越低，累了，最终和睡魔混在一起。

李大壮紧偎着张琴秋睡了。睡得不很安稳，不时地扭动着，嘴里嘟念着："不怕……不怕……不……"

张琴秋想：大壮也许跟她的大成哥相见了。梦是好东西，它可以给任何人带来宽慰……

张琴秋没有猜对，李大壮进入了她一生中最为难忘的一个插曲：

那是她与王大成参加红军游击队之后，环境突然变化，游击队派她到她的家乡侦察，她化装成一个打猪草的姑娘。一个团丁认出了她，把她抓了起来，关到牛棚子里。问她是哪里来，给谁家打猪草。她不能说更远的村庄，猪草遍地皆有，跑这么远来干什么？只好顺口说出了恨透了她的婆婆家。民团要她家来人认领。她想，这下完了！

第二天，她的老公公卖了她养的一口大肥猪，买通了民团的一个队长，把她认领出来，带她到村头，对她只说了一句话："孩子，你快走吧！"

她回到游击队里，原原本本讲了被抓的经过。可是党代表不相信这么简单：没有审问你吗？你说什么了？李家那么恨你，又很穷苦，还会拿钱去赎你吗？这些疑点都是合理的。李大壮无法回答。她急哭了。

党代表只好让她先回班里去，而后派人调查。可是，游击队从九峰岭一下跳到了野猪山，打了几仗，牺牲了好多人，后来就跟另一支游击队合编了，她那被俘（很难说叫被俘）的两天，就成了个人历史上的疑点，永远也查不清了。她打仗勇敢，能吃苦耐劳，就是提拔不起来，也入不了党。本来她就不想当官，她不在乎，只要大成哥相信她思念她就够了！

这些情景，在梦中出现是完全变了形的，她那老公公把她带到村头，指着一条阴沉沉的峡谷说："孩子，你走吧！怕吗？"

"不怕，不怕……"她说着，忽然发现那不是九峰山，峡谷里忽然蹿出一只大灰狼，又凶又猛地向她扑过来；她回身猛跑，顾不上害羞了，一头扑进她公公怀里，大叫一声，醒了过来。

古庙里一片漆黑，只听到张琴秋低声对她说：

"大壮……你做噩梦了。"

第二章　生死之间

从石窝分兵的那天晚上，右支队由两股（王树声和张荣各带一股）又分成了三股，由原总部一局的侦察科长毕占云分带一股，以扇子面形向北、东、南三个方向分散突围。这支机关、后勤、伤病员和妇女团临时混编的支队，散进深山，被敌人骑兵追击堵截，很快就处在失控状态，散成了许多小组，各自为战了。

王树声所带的支队还是有战斗力的，他们由石窝山向北行动，依托祁连山北麓，开展游击战，几乎是等于迎击敌人。这支部队吸引了马元海的大部兵力，使他最初认为是西路军的主力部队。在黄番寺地区与马彪旅激战，击毙敌团长谭成祥、马占成等官兵百余人，苦战至三月十八日。由于敌人两个旅的轮番进攻，这个支队的指战员已大部牺牲、弹尽粮绝，只有少数部队分成小股，散在山中，他们以自我牺牲精神，完成了掩护左支队顺利撤进祁连山的任务。

就在三月十八日这一天，安宝山、江子敏还有两个警卫员占据了一座塌了顶的牧羊人的石壁小屋。

这里是黑河的河谷地带。小屋依山而筑，前面就是开阔的河滩。这里没有下雪，不像左支队在热水大坂时那样寒冷。

敌人大约有一个骑兵营，在河谷间来往飞奔，阻截从石窝山向黄番寺方向突围的红军。

战马在河谷上来往驰骋，炫耀它的武力。从石窝山方向，另外一个骑兵团向南压了过来。

许多散落在河谷里的突围者,在沙石滩上与敌人作最后的战斗,有的战死,有的落入敌手。

后来,据史料统计,在张掖被敌人杀害的红西路军数目是:活埋两千六百零九人,枪杀五百七十五人,烧死五十六人,其他二十七人。在西宁,至少杀俘一千八百人。杀俘总数为五千零六十七人。

也许这个数目不尽准确,可是,这一串鲜血淋漓的数字哪个看了不震惊扼腕,毛发直竖?

安宝山好像预见到了这一天。此刻,他巡视着自己的部下,舔了舔干裂的嘴唇:"我不说是我连累了你们!保护同志是每个战士的责任,更何况我还是你们的首长。即使没有我,你们也不见得就能脱险,所以我对你们不抱任何歉意,也用不着说感谢的话……

"我现在要向大家说很多的话,那是因为我们目前还没有战斗。敌人已经发现了我们,但他们不想马上进攻我们。"

安宝山转身向后山望了一眼,那里枪声一直非常密集。其余三个人谁也不打断他的话。他们都对团长抱有崇拜的感情。

"现在敌人的骑兵是捕捉河滩上的突围者,我们有险可守,他们吃够了苦头,学乖了。等到后山上的敌兵冲过来时,他们就夹击我们,另外,他们还有一个有趣的念头,认为我们是水缸里的鱼,早晚也得落进他们的手里。他们不急,就像山猫抓住小鸟,先不吃,让它在自己的爪爪下发抖,唧唧地哀叫,满足他们杀人取乐的心!

"我们谁也跑不出去,除非去当俘虏!"

"我们绝不当俘虏!"两个警卫员像宣誓一样,沉声回答。

江子敏的嘴上掠过一个微笑。这笑很美,带着某种讽刺的意味。她觉得大喊大叫的那种表态口号,纯属多余。

"那么只有一条路,战斗,死!"

无人讲话,安宝山继续说:"算起来,我死比你们容易:一、我的腿和胳膊都受了伤;二、我的年龄比你们大。可是,我是不愿意死。我一直有一个愿望,想组织一支独立的游击队。这支游击队,人数不要多,要精选,绝不超过一百个人。这个想法,可能经不起一个共产党员标准的衡量,所以我一向承认自己不是完全合格的共产党员。”

江子敏的嘴角上又掠过一个讽刺的微笑,好像在说:“那些自认为合格的倒不一定真合格。”

“当然,我知道革命战争的性质和目标,可是,我总是把战争当成一种艺术……”

安宝山看到江子敏两眼闪闪发光,显然,她知道这是安宝山专向她说的。那两个小鬼,未必懂得团长的意思。

安宝山并不完全是讲给江子敏听,这是内心热情的宣泄,借以排遣他的苦闷和创伤的疼痛,他像登台演讲,向祖国的大好河山诉说他的衷肠:“就这一百人,我把他们训练得刀马纯熟,武艺精湛。他们的体魄品格都合我要求的标准,我可以向革命领受任何任务,但如何去做,全都由我自己做主!”

“革命侠客!”江子敏笑笑,嘴角仍挂着讥讽的神情。

“就算是吧,我想用这一百名战士创造种种奇迹!就像一个画家,我握着这支百人队伍的笔,蘸着革命的油彩,在华夏大地上画出传奇式的图画,它将是史册上光彩诱人的一页……”

安宝山望着河滩上奔跑的敌骑不无憾恨地说:“如果我有一百多骑兵,我就会拿到马元海的脑袋。”安宝山沉沉地长叹了一声,“现在一切都化为泡影了,古人说,谋事在人,成事在天。”

一种无力回天的宿命感在安宝山的潜意识中油然而生。江子敏发现鲜血从他的绷带下洇了出来,难道他的伤口竟然在这平静的激情抒发中绷裂了?

某种沮丧情绪抹去了安宝山的勃勃英气,那苍白的脸突然瘦了许多,却平添了几分历世久远的深邃感:“这是我向你们、向我的一生所做的告别辞,我对你们有个要求——不是命令,可以不听——不做俘虏,也不自杀,战斗而死!”

“我们战斗到底!”两个卫士沉声回答。

“我很高兴!”江子敏还是带着一种笑意,没有讽刺的意味,好像是求之不得。

“没有什么可高兴的！”

“怎么不？你希望的没有达到，我希望的肯定可以达到，我能不高兴吗？”

“你希望什么呢？”

“希望跟你的血流在一起！”

“子敏……”安宝山激动得嘴唇发抖，“我……”

突然，几声枪响从后山传来。

“准备战斗吧！我们都是短枪，把敌人放近了打！”

“只有七发子弹。”

“那就用石头！”

“我只有保安腰刀！”江子敏说。

“把我的枪拿去！”安宝山把枪递过去，“还有三发子弹！”

“我不要！”

一排子弹打在墙壁上，碎石飞迸。这是从侧面射来的。

三匹花马向石壁小屋冲来。

“投降吧！”

“抵抗是死路一条！”

三支短枪齐射！

两个匪兵倒撞下马来，那闪光的马刀插进沙中。其中有一匹空马由于惯力直冲到小屋跟前才扬起马蹄。

如果安宝山的腿没有受伤，他就会一跃而起，抓住马缰，飞身上马而去。现在只能眼睁睁看着那匹花马转身跑走。

第三匹马上的匪兵却把一颗手榴弹投到墙壁之中。一声轰响……浓烟在小屋四壁间翻滚。

安宝山慢慢歪倒下去，一块弹片击中他的脖颈；另一个警卫员抱着腹部跪在地上。

“宝山！”江子敏惨叫一声，把他抱在怀中。她的保安腰刀失落在地上，明亮的眸子里涌聚着难以尽述的感情，“我可以永远跟你在一起了！”

“子敏，我很爱你……”安宝山吃力地表达出了自己的心愿。

"那我就死而无憾了……"

江子敏喃喃着。在这瞬间,身外的世界已不存在了,眼前浮动着一片黑红相混的暗云。

最后的一个警卫员,还俯在断墙上做最后的战斗,一粒子弹突然打中了他的额角,他只是哼了一声,就翻跌在墙下了。

江子敏抱着安宝山,平静的脸上绝无一丝悲伤。

安宝山浑身疟疾发作似的颤动,咬紧牙关,一种奇特的轻松快感冲击着他,簇拥着他,淹没着他。他觉得自己的头猛然一歪,在他往日女友的怀抱中微微睡去。

江子敏伸手摸出保安腰刀。眼睛望着已经死去的安宝山,把保安刀刀锋抵在了自己的左乳房下方:"宝山,我来了……"

她的右手运力猛插……那刀锋刚刚触着皮肉,她的右臂就被一只大手拽住,她被拖了起来。这只大手是那样有力,她的保安刀"当啷"一声落在地上,狗皮帽子也滚落在安宝山的血泊中。

"啊!……女的!"

那个壮如黑熊的匪兵丢下马刀抱住了她。

江子敏在他怀中乱蹬乱抓,一只比拳击家小不了多少的拳头打在她的太阳穴上,她像受了雷击似的软瘫在那个匪兵的怀里……

无顶的石壁小屋喷吐着硝烟。那个一拳击昏江子敏的粗壮如熊的马家军士兵扫视了一下战地,拾起了女红军掉在地上的短刀,插进她挂在腰间的鞘中。

他把她轻轻地放上马背。一种邪恶的欲火在他心中燃烧,他连安宝山握在手中的短枪也不要了,急急地骗腿儿上马,把他的猎物横揽在怀中。那女俘的短发倒垂着,展露出全部秀丽的面容。

这个士兵不再追捕流散的红军,他带着女俘向一道山沟奔去。不久,眼前就出现了一座牧民的小屋。他向小屋打了一枪,目的是想把屋中居民吓走。其实,这是多余。

这一枪却把江子敏震醒了。她在一阵蒙眬的惊诧之后,很快就明白了自己的处境。

江子敏微微闭上眼睛，使自己回到“昏迷”的状态。万千种计谋在脑海中翻腾，她本来想与安宝山死在一起，现在，命运却作了另外的安排。她只好沿着新的路程向前走，任何艰险，她都不会失去勇气。人生一世，草木一秋，死都不怕，还怕什么呢？

强悍的性格在某种意义上来说是天生的，因为世上的性格只有近似而绝无相同。世上只有一个南丁格尔，只有一个贞德，只有一个海伦·凯勒，只有一个秋瑾，也只有一个江子敏。

她心硬如金刚，她柔情如春水。在江子敏来说，一切痛苦哀伤都是懦弱的表现，新生的感召远比求死之念更有力量。她已不再因为安宝山的牺牲感到锥心的痛楚，而在今后求生存的斗争中获得搏战的快感。她在敌人的马上，颠簸着，呻吟着，准备着，期待着……

那士兵在小屋外跳下马，把“昏迷”不醒的女俘放在地上。他后悔那一拳打得太重，在女俘的嘴上捂了捂，还有呼吸。这散发着恶味的手使江子敏恶心。

那士兵认定女俘不会逃跑，不要说是昏迷，就是清醒也难逃他的魔掌。他怀着一种难捺的兴奋，把马拴在屋外的木桩上。

屋门有锁，说明屋里无人。他把螃蟹般的铁锁握在手里，运足力气，“喂嗨”一下，就“吱嘎”一声扭了下来。他很满意自己的蛮力，把那扭断的锁还放在眼前欣赏了一番，正要转身，他突然往上一挺，感到一个烧红的火锥从背部刺进他的左胸。

他叫了一声，向前仆去，正好把门撞开，他就一半门里一半门外仆倒在门槛上。当那“女俘”向门里拖他时，他还不太明白是怎么回事，女俘俊秀的脸像在迷雾中晃动着。他的眼光突然暗淡下去，眼窝塌陷，手脚在地上乱抓乱蹬，他只觉得那“女俘”在他的衣襟上擦刀，他的头猛然一歪，就淹没在黑暗之中了。

江子敏把保安刀入鞘，不动声色，沉着得怕人，这种应变若定临危不惊的非凡静气，只有最勇敢的男子汉才有。

江子敏解开了这个士兵的上装，从他的衣袋里搜出十几块银元。还有一卷钞票，因为沾了血，她抛在一边。然后解下他的马刀、戴上他的狗皮大帽。在她有条不紊的举动中,在山谷间枪声的爆响中,在面对一个血淋淋的尸体的情况下,她始终贯注着一种冷静的激情。

江子敏又从家屋里找到了吃剩的抓饭,吃了几口;又找到几块干肉,用一块破布包起。想了一下,把那卷沾血的钞票放在灶台上。而后走出屋门,把倚在门框上的马枪提起来,挂到马鞍的铜钩上。

那马似乎认生,仰天嘶啸,捯蹬着四蹄,不让江子敏靠近,把缰绳扯得绷直。

江子敏小心翼翼地贴近马身,轻轻抚弄它的青灰色的鬃毛,嘴唇撮拢,柔声嘘嘘,进而抚摸它的脖颈……进而把脸颊贴着马面,好像与它窃窃私语。那马稍稍松弛下来,摇头摆尾……似已默许。

江子敏解下马缰,左脚踏镫,翻身上马,一抖缰绳,那马沿着山谷狂奔而去。

两个月后,有一支五人小队,袭击了马家军的一个哨所,打死了两人,夺走了两匹马。

有人说这是盗马帮所为。

有人说这是流散红军组成的一支游击队,它的首领是一个姑娘。

第三章　他与她

黄昏时分,一个四十多人的小分队,沿着石窝山与牛毛山的峡谷向东偏北方向潜行。他们沿着峡谷走了一夜,在凌晨时分,到达了峡谷的出口。

这个出口是喇叭形,走出去,就是一片开阔的乱石滩。这是一条干涸的河床,峡谷两边跟梨园口一样,都是光秃的石山。如果敌人站在山头瞭望,这支四十人的队伍就很容易被他们发现。

穿过近二百米的开阔地,就到达对面的一条横断山。这座山的褶皱里丛生着灌木林,便于白天隐蔽。

天已微明,他们忽然发现在峡谷两边的山顶上,都有敌人的哨兵。只要晨光将峡口的暗影推开,这支部队就暴露无遗了。

四十人的队伍越过沙滩,肯定会被发现,可是,停在峡口,就更危险。峡口中堆满大如房屋小如斗瓮的巨石。在这种天然的防御工事里,可以坚持一天,可以保证敌人的骑兵冲不进峡口。可是,这支部队的任务却不是战斗,而是护送总部首长返回陕北。

最后决定,冒险也要冲到对面有树林的山中。

一出峡口,山头上的敌人就发觉了,边喊叫边开枪。

小分队也不还击,拼命向对面山岭奔跑。有人被打中了,躺在河滩上,也无暇救护。

有一队骑兵,沿着河谷从北面冲来拦截,所幸的是小分队已经接近了山根。

留下一个班拼死抵住敌人,掩护总部首长进了树林。

幸好,敌人只是一个巡逻小分队,指挥官是个蛮勇却没有头脑的家伙,他把这支小分队当成一般的溃散的突围者,没有穷追。

这支小分队的脱险,谁都知道是暂时的。因为向东,是敌人重点防守的地区,遍地都是敌人,并不仅仅是几道封锁线。

武装保护是保护不住的,唯一的办法是缩小目标。总部首长决定只带两个警卫人员,还有江子文和护士长杜丽珍随行。警卫部队留下就地游击,跟右支队的突围者取得联系。

他们隐蔽的这座山叫松毛岭,翻过去,就是黑河河谷,未来的行程越来越危险。

下午,敌人开始搜山。

这支小分队虽然有几片树林掩护,仍然被敌人发现了,被迫战斗,边打边跑,很快被敌冲散了。

总部首长、两个警卫和江子文、杜丽珍一行六人,在小分队的掩护下,翻过了松毛岭,在山洼里的一丛灌木林中休息,吃了点干粮,决定天黑之后过黑河滩。大家都默默地坐着,茫然若失。互相间都没有话说。既用不着互相安慰,也用不着互相鼓励。每个人都心事重重。

天空布满乌云,西部山区枪声起伏,河对岸仍是光溜溜的黑石山,只是在山根部有些杂草、灌木,在寒风中瑟瑟颤抖。

夜幕徐徐降落,夜风越来越紧,一声一声嘶啸着,凄烈无情。这对突围者来说,未必就是坏事。

"咱们走吧!"陈昌浩先站起来,"当心扭了脚!"

人们都从灌木丛中站起。再下几个陡坎,就是河滩。

"快看!"一个警卫员低叫了一声。

只见对面山上,升起了几处火苗,这是敌人的篝火。艳红色的火苗,在风中抖动着,像融化的沸腾的铜水,上面是紫黑色的天穹。

一处,两处,三处……有十几处或远或近的篝火,散布在山顶上和山口处,很像罗网上的浮标。

幽幽暗夜,墨黑的山峰篝火闪闪,把山岩映成宝石般的墨绿,跳射着异彩。篝火旁人影憧憧,晃来晃去,像一群在火上烤食人肉的恶鬼。偶尔有战马的嘶鸣和一两声喊叫。这是奇异的梦幻般的境界,给人以意想不到的恐怖气氛。

“别管它！走吧！”总指挥说。

警卫员第一个慢慢地走下坡坎，碎石子“哗哗”地向下滚动，仿佛这响声能传到对面山顶的篝火旁边。

随后是总部的两位首长。另一名警卫员紧跟在身后，再后是杜丽珍。她挎着红十字药包。江子文殿后。

他们先把一只脚伸下去，踏实，而后再拔后脚，斜着身子横着脚，一步一探地向下滑，石子不断地“哗哗啦啦”地滚落。

“当心！”

“慢点！”

人人都嘟念着，有时互相搀扶一下，不知是提醒别人还是警告自己。

“拉开距离！”陈昌浩轻声向后传。

这种安排，很难说是出于什么心理，是不是更安全些？是怕聚在一起目标太大？还是想在敌人听到动静突然扫来一排子弹时会减少伤亡？抑或是一种下意识的紧张心理的反映？

大家还是把距离拉开了，但后面的人仍能看到前人的身影。警卫员和首长都已下了河滩。大家习惯地把腰弯下去，像摸向敌人的阵地前沿。

“哎哟！”江子文轻轻地喊了一声，跌倒下去。

杜丽珍听到了，停了下来，转身看见特派员倒在地上。

“怎么了？”

“我的脚扭了，拉我一把！”

这种喊喳声，前面走的人也听到了，但他们不能停。河滩上一片光秃秃的，在暗夜里，那些沙石反而泛着白蒙蒙的光，把暗行者的身影突现出来。万籁俱寂，似乎一点轻响就在整个宇宙间扩散开去。

前行者似乎迟疑了一下，既不能返回也不能询问，只能坚定地向前。希望后边的人自行跟上来。

这是多么关键而又紧张的时刻，那十几处篝火，就像魔怪亮闪闪的眼睛，监视着河滩。

“快走!”

杜丽珍弯下腰把垂到前边的药包推到身后,拉住江子文。她觉得他的手有力地抓住她,仿佛怕她跑掉:“我的脚……不敢踏地……”

“不会伤了骨头吧?”

“很难说……”

“怎么办?”杜丽珍急得要哭,“我得追首长去!”

“你拉起我来,走走看……”江子文紧紧拉住护士长的手不放松。

“好吧!”

杜丽珍左右为难地漫应着,全力把特派员拽了起来,好重! 可是江子文那只扭伤的脚一落地,又“哎呀”一声歪倒下去,把立脚不稳的杜丽珍也拽倒在地,两人同时喘着粗气。

“我不能走了!”江子文哀叹了一声,他仍然紧拉住杜丽珍的手,似乎此时天底下只有他们两人。护送首长,已是十分遥远的事情了。

“怎么去找首长呀?”杜丽珍不知如何是好。她把手从特派员手里拽出来。回头看看河滩,已看不见任何踪影。

他们这个小小插曲耽搁得太久了。杜丽珍直觉得一阵黑色的电击,抽在自己身上,是恐惧、不安、忧虑、懊恼,她分不清楚。这种感觉是无法剖析的,它来得急速、突兀,却又非常复杂。

她知道江子文非常爱她,而且早就木已成舟;她也想尽量爱他,却又始终爱不起来。本来,在长征路上,张国焘就亲自跟她谈过,她总是向后推……他们虽然没有正式结婚,江子文却一直以她的未婚夫自居:张国焘已经谈过了,不是圣旨,胜过圣旨,那不是法定了吗?

每逢他到总医院去,总有人开他们的玩笑:“特派员,你是来看你的那一位……”接着不管有人无人,回头大喊,“护士长,有人找你!”

“去! 去! 开什么玩笑?”

但是,他们两人谁也没有否认过。若即若离,疙里疙瘩,不冷不热,叫人难受,叫人捉摸不透。

其实,江子文在许多女同志眼里,是令人羡慕的对象,既是一个坚定的革命者,又是一表人才。他跟江子敏并肩一站,谁都能立刻认出是一母所生。

杜丽珍想爱他爱不起来，缘由完全是心理因素，这种因素无法改变。就像一盘鲜美的菜，她亲眼看到上面曾有蛆虫爬过，吃下去总是翻胃，总是恶心。

现在，她已经无法再去追赶首长。作为一个忠于职守的护士长，她的心里是什么滋味？更何况，保证首长健康的药品都在自己身边。

对面山上响起了枪声。这枪声在河谷间回荡，像撕裂黑布一样击碎了无尽的暗夜。

“丽珍！在这种情况下，要想回到陕北，是绝对不可能的！我们每个人只能自救！”江子文的声调低沉灰暗，说的却是实情。

“我们怎么办？”

“我们只能先在松毛岭里躲藏几天，等到敌人大追堵过去。”

“往后呢？”

“只能到时候再说了！”

“在松毛岭能藏得住？”

“我白天已经看好了一个地方，是一个小小的石洞，洞口有一棵矮山松，只要把树枝向洞口一拉，外面就什么也看不见了。躲几天是没有问题的……”

“什么时候去？”

“现在就去。”

“你的脚……”

“我觉得好多了！”

“能找得到吗？”

“走回头路就行，我有手电筒。”

“可是……”杜丽珍仍然望着对面的黑石山，“也许首长在那边等我们呢！”

“谁知道那阵枪响是为什么呢？”

“我很担心。”

“无用的担心。”江子文双手拉住杜丽珍，“丽珍！能跟你在一起，我是死而无憾的！忘了我的短处吧。”江子文的声音战栗着。

杜丽珍深深地叹了口气:“我扶着你试试!”

江子文右臂搂着杜丽珍的脖颈,吃力地站了起来。

一只扭伤的脚,平走还可以,要重登走下的坡坎就困难了。但是,江子文凭他的毅力重又回到他们六个人蹲伏的灌木丛。三十分钟前,他们还是六个人,也许他们以后永不相见。杜丽珍依在江子文怀中,望着对面山峰上飘动的篝火,眼眶里登时涌满了泪水,也不去擦,任凭眶满之后,沿着苍白的面颊缓缓流下。

江子文也不宽慰她,望着深不可测的夜空,苦苦沉思。

他们休息了大约半个小时,又继续前行,不再爬坡,江子文的脚仍然痛得厉害。

“就在这一块……”江子文把手电筒向下照了一下,记得很准,他推开山松的枝丫,照着洞口,让杜丽珍先钻进去。

这是一个大约两米见方的不规则的椭圆形的小洞,有一些干黑的粪便,不知是什么兽穴。

江子文也挤了进来。他解下围在腰里的半条军毯,铺在下面。

这个洞口大概是坐北朝南,只听见风啸,却吹不进来。两个人紧紧挤在一起,觉得十分温暖。

“好冷,好冷!”江子文仍然轻声叫着。

“怎么会冷?”

“你忘了我没有围在腰里的毯子了?”

杜丽珍体贴地把他向身边拉了拉,江子文顺势把她抱起,一下子感到她心脏的狂跳,这心跳一直传进他的脉管,溶化在血液中。

“你的心跳得好厉害啊!”杜丽珍喃喃着。她感到头晕目眩。

“你比我跳得更厉害!”

“嗯。”

“丽珍,忘掉过去的一切吧!”

“为什么?”

“我们从今天起,永不分离!”

“嗯……”杜丽珍整个躯体里奔泻着一股灼热的潜流。

“我,我也愿意……”他含混地应诺着,无法控制放纵不羁的感情。

她不愿反驳,也无力反驳。

“那我就是天下最幸福的人了!”

“嗯……”

江子文热切如焚,狂烈地把杜丽珍摁倒下去,吻着她的嘴唇、眼睛……杜丽珍全身瘫软,所有的语言,都变成梦呓般的低语。两人的身心已经融为一体。

杜丽珍栗栗颤抖着,以同样的灼热紧紧攀住他,所有的意志都屈从于人性的力量,承受着江子文加给她的无尽的渴念和激情,即使两人同时滚下深渊,也在所不惜了。

洞口外的夜风,吹动着那棵矮松,发出声声叹息。石窝山的枪声稀疏了,向四周扩散开去。

他们却在小小的石洞中搂抱着睡熟了,什么也听不到,甚至连梦都没有。

第四章　她所知道的

杜丽珍首先醒过来了，睁眼看着黑漆漆的石壁，一时间想不出这是睡在哪里。她的左首微微透进一丝光亮，她的半身，还压着一个热烘烘的血肉之躯……

她带着梦中惊醒的诧异，猛然坐起。她完全清醒过来了，恢复了时空概念，陷入了痛苦的沉思。

鄂豫皖金刚台下有一间农户放耕具的仓房，那里面关押着一个还不谙世事的小姑娘。

那就是六年前的杜丽珍。

夜雨消散了一九三一年八月秋老虎的燠热，关押杜丽珍的牢房却闷得怕人。她身上只穿着一件单衫，也被汗水湿透了。

这是一家农户仓房，后墙上只有一个能爬进猫的小窗，供给室内一缕光线。

杜丽珍做梦也想不到自己被当作AB团抓起来。前几天，还给一个伤员输了血，她说，她的血是O型的，是个万能输血者。她愿意为任何伤员输血。战士们英勇杀敌，奉献出生命，她为战士献出几百CC血不是完全应该的吗？

革命战士在前线作战，受了伤，不死也残，最少是落下伤疤，忍受创痛，而她输血，既无多大痛苦，又不落伤疤。青年人的血旺，几天又恢复了，更何况医院还给她一斤肉一斤蛋的营养补助哩。杜丽珍是诚心诚意的，完全自愿的。自从她参加革命以来，时常受到表扬。护士长不是要她好好干，当医疗战线上的英雄模范的吗？怎么忽然成了反革命了？

她问心无愧，吃睡也很坦然。她完全相信党组织，会把事情弄个水落石出的，绝不会冤枉她。据说，医院的肃反是由军部来的江特派员负责。

杜丽珍对江特派员的印象很好。特派员到医院里来的第三天，就找她谈话。

“天不怕，地不怕，就怕特派员来谈话。”特派员只要找谁，那人离反革命也就不远了。

可杜丽珍不怕。一个十七岁的姑娘，纯洁得像一滴清泉水，连一个歪心眼都不会有，怎么能跟反革命有牵连呢？她很坦然地迎接着江特派员的审查。

特派员找她谈话是很奇特的。她记起了当时所有的细节：就在那间仓房改造的牢房里，特派员坐在唯一的竹床上，自己则坐在一个木墩上。

“丽珍同志，医院政委向我介绍了你的情况。我是很喜欢你的，如果你不是十七而是十八，你就是共产党员了！”

“我的虚岁是十八，属鼠的……”

“可不，实足年龄是十七。”江子文用手掐算着，“我是属蛇的，一九一七年生，比你大七岁。你可知道，蛇可是要吃老鼠的哩！”

显然，特派员是开一个善意的玩笑。一向严肃的江特派员是以喜笑颜开的面容出现在杜丽珍面前的，给她一种温厚亲切的关怀之感。亲近中含有明显的亲昵成分，使她很不舒服。

“你能向我说说你的经历吗？”不是命令，而像请求。

“我的命是很苦的。我十二岁上死了妈妈。爸爸是石匠，天天在山里开石头，给富贵人家盖宅院。我一个女孩子在家，爸爸不放心，就带我到地主家给他们帮工。地主家有个少爷，叫魏洪生，也是比我大七岁。他见我很苦，就要我给他当丫头，给他泡茶、端饭、打扫书房。

“他说我很伶俐，就教我读书识字，陪他念书……我的文化，就是在那个时候学习的。”

“这是存心不良，他没有对你怎么样吧？”江子文神态冷峻，似乎发现杜丽珍身上有了什么缺陷。

“不，他一直对我很好，简直是把我当小妹妹看待……”她不明白江子文说的“存心不良”的含义。“我和爸爸在他家待了整整两年，他们的一个大宅院盖好之后，我们就离开了。”杜丽珍虽然天真烂漫，却也看出特派员的警惕和不快的表情，她把地主少爷对她的帮助和温情省略了。

“回到家后，爸爸把守寡的姨妈娶了来，继母是妈妈的亲妹妹，还带了个比我小两岁的表妹来。按说，我应该是幸福的。我的后娘是亲姨妈啊！可是，我的灾难却从这里开始了……”

江子文极有兴味地听着杜丽珍的叙述。

杜丽珍的表妹是个好吃懒做而又嫉妒心极强的姑娘。她嫉妒杜丽珍比她聪明，比她好看，比她有文化，比她受人喜爱，这种嫉妒变成了仇恨，仇恨变成了残忍。

有一年的夏天，杜丽珍进山砍柴，继母挑唆流氓到山野里去奸污她。她拼命抵抗，并且用柴刀砍伤了流氓，保住了自己的清白，但衣衫却被流氓扯碎了。

杜丽珍被奸污的谣言，立即传开，越传越真，越传越像。她的继母说“鸡蛋有缝苍蝇叮”，借口她败坏了门风，连妹妹也受到牵连，逼丈夫快些把她嫁出去。社会的偏见和风俗使本村本乡倾慕她的人不敢来说亲，她只好嫁到五十里外的山村去。当她发现嫁给一个呆子时，她悲愤极了。她把新房的陈设打了个粉碎，跑到红军医院当了女护士。

半年前，医院里来了一个受伤的团长，就是魏洪生。当两人在病房相遇时，那种惊喜是难以言喻的。魏洪生就是原来那家地主的少爷！

她的惊愕不在于奇迹般的相逢，而在于这个地主少爷怎么会参加革命。

伤员和护士谈话的机会是很多的。魏洪生生动地给她上了一堂真正的共产主义的课。他像彭湃一样，参加革命是为理想不是为私利。杜丽珍从魏洪生身上看到了人的伟大与无私。

当她向魏洪生哭诉她的经历的时候，她猛然扑进魏洪生的怀里，她要魏洪生相信她的清白，尽管传言她被奸污，尽管形式上是结过婚的人，她仍然是处女！

魏洪生表示深深地爱她，而且在条件许可之后，他们将成为终身伴侣。

听着杜丽珍的叙述，江子文的感情十分复杂，就像得到一块无价宝石之后，忽然发现有裂纹。但杜丽珍的美貌、天真与诚实，仍然深深地吸引着他。

“你跟魏洪生没有进一步的关系？”

“你是指……”

杜丽珍不理解江子文说的进一步的关系是什么。

“就是说……那个，……就像今年春天医院里发生的……一样。”

杜丽珍明白了，江子文指的是男女间的肉体关系。

“不！不！这怎么可能呢？”杜丽珍脸涨得血红，急忙否认，“他很尊重我……”

“那就好，我相信你说的是实话，你们之间有感情总是真的吧？”

“是的，很深的感情。”

“杜丽珍同志，你知道我对你的印象是很好的。可是，魏洪生把你牵连了。”

“我不明白……”

“魏洪生是反革命分子。”

“这绝不可能！”杜丽珍像被蛇咬了一口似的站了起来，“我知道他是怎么样作战受伤的。”

“那是假象！”

“这种假能做得出来吗？”

“怎么不能？他为了地主利益什么干不出来？他是奉国民党之命打进红军里来的特务、奸细，是AB团的骨干分子！”

“他怎么把地方的民团拉过来变成红军又去打敌人呢？”

“这些你不懂，我给你看一封敌人送给他的信。”

这是一份原信的抄件：

继慎吾兄无恙：

前由钟俊同志奉书吾兄，幸荷察纳，钦佩无极！比得钟同志返命，即为详呈校座，奉此照办。……

杜丽珍看不懂，她不知道信中提到的继慎和钟俊是什么人，更不知道这信跟魏洪生有什么关系。

“你读完，然后我给你解释！”江子文固执地指着信。

杜丽珍继续往下读：

匍匐来归之子，父母唯有涕泪加怜，或竟自伤其顾之不周耳，宁忍加责难于其子哉！

苍苍者天，于孝行役。分无再见，乃复来归。虽犹千里，心实欢喜。只所须名义防地俟钟俊同志赴赣请示校座自当照给。校座返京百务待决，故一时未能缕缕呈耳，愿吾兄之勿虑也。西望停云，我心劳结，诸希自珍，此候宠命。并颂戎安！

弟曾扩情再拜

九月十九日

杜丽珍看完，如坠五里雾中，不知所云。因此，她对魏洪生的安全抱有极大希望。信中，哪里有关于魏洪生的一个字呢？没有。

“你知道继慎是谁吗？”

“不知道。”

“继慎就是许继慎，他是国民党黄埔军官学校第一期的学生。他跟国民党的特务曾扩情是同学。信里说的校座，就是蒋介石。黄浦生都称蒋介石为校长，自称是学生。都是蒋家门徒。

“信里说的钟俊，就是他们来往勾结的信使，信的内容很清楚，他们是经常书信往来的……”

“那跟魏团长有什么关系呢？”

“许继慎曾经担任红一军的军长，后来改编成红四军时，党中央派邝继勋来代替他。他降为十一师师长，显然，党中央不信任他。后来，又调他到十二师。为什么？因为他搞宗派，培养个人势力。为什么还要他当师长呢？那是因为他和敌人勾结还没有暴露。显然，他是隐藏在我们内部的反革命分子。他为了组织部队举行兵变，就把魏洪生调到师部当参谋主任，他一九二七年春天，到武汉黄埔分校学习，肯定跟国民党军官暗中有勾结。”

“那跟我有什么关系？”杜丽珍完全弄不清这些复杂的人事关系。

“魏洪生已经承认他在部队里发展AB团，他说，你也是他发展的对象……”

“天啊！”杜丽珍不由得惊叫了一声。她相信江子文完全弄错了。魏洪生除了勉励她好好学文化积极工作外，实在没有谈别的。连AB团两个字也是最近才听说的。

她相信魏洪生的感情，相信他正派，相信他是正人君子。

“你以为他真的喜欢你吗？你以为他对你是真诚的吗？他告诉你他曾是结过婚的人吗？他为什么那么亲近你？就是为了发展反革命组织！”

“这不可能！”杜丽珍眼前一阵阵发黑，悲伤地咬着拳头，泪水扑簌簌地向下流。这个打击的确太大了。命运对她太不公道了，在三天之前，她还认为自己是幸福的呢。

无论如何，她不相信魏洪生骗了她。如果是骗她，他为什么那样爱惜她而不占有她呢？

“你应该识破他的假面目，你应该揭发他发展你参加AB团组织。”

“这是绝对没有的事！”

“你只要揭发他，就没有你的事了。我是爱护你的。”

“可是，你叫我揭发什么呢？”

“AB团啊！你知道，我们党的政策是坦白从宽，抗拒从严。”

“我不能诬陷好人！”

“丽珍，你怎么这样糊涂呢？”江子文由于过分关切而显得急躁了，“首先，魏洪生绝不是好人，其次，你是为了自救。只要写个材料就没事了。”

“不！”

“丽珍，你不要叫我失望。请你相信，我是一心向着你的！”江子文说得很有感情色彩，两眼直勾勾地盯着杜丽珍。

这使杜丽珍非常奇怪,但她不敢怀疑特派员对她有什么不良居心。

“相信我,我是非常非常喜欢你的!……你想想吧。”江子文好像向情人告别似的望了“犯人”一眼,恋恋不舍地离去了。他懊丧极了,忘了给岗哨还礼。这是他当特派员后的第一次败仗,两个目的都没有达到。

第五章　她所不知道的

史料：

张国焘把在鄂豫皖革命根据地进行肃反的所谓经验报告中央。吹嘘鄂豫皖的“这一肃反比富田事变所得的经验还大，可以为全党的教训，特别是各个苏区可以利用鄂豫皖根据地的肃反经验”。向其他地区推广后，受害最大的是湘鄂西、赣东北革命根据地。

当时，张国焘、陈昌浩等人是以鄂豫皖大肃反的“成就”超过其他苏区而引为骄傲的，是当作成功的经验而传播到其他苏区的。可是，张国焘后来在《我的回忆》中却把责任推到中央苏区身上。他说：“江西苏区自富田事变开始肃反后，历次进行都不免失之严苛。几乎酿成能发不能收的局面。”

与此同时，他又尽量缩小鄂豫皖肃反扩大化所犯下的罪行。说：“实际被整肃的有许继盛（慎）等百余人，其中判死刑者约三十人，判处各种刑期者约百人……”

史料记载却是这样的：

据不完全统计：在被杀害的红军干部中：军级十七人；师级三十五人；团级四十四人……

据当时肃反的主要负责人之一的陈昌浩讲：到一九三一年十一月中旬，已经“肃清改逆（即改组派）一千人，富农及一切不好分子一千五六百人”。

赤南县苏维埃政府干部共四十八人，被捕杀者四十五人。英山县苏维埃委员十一人，被捕杀者十人；红安独立师一个晚上就杀了二百多；红山警卫团第八连，从战士到连长一百余人一次被杀光。

不管这些历史记载的数字有多少差距，其严酷性是完全可以看得出来的。曾任黄安县政治保卫分局局长的来显安，起初对肃反十分积极，亲手杀死了许多所谓“改组派”“AB团”和“第三党”。但当他逐渐认识到张国焘肃反政策的错误时，他也被当作反革命分子杀掉了。

无独有偶，江子文和来显安是截然相反的。跟他在同一个保卫局的特派员吴化成曾向他流露过类似来显安的情绪。

“伙计，我们采用逼供信的办法我看不行，要重证据。”

“怎么？你动摇了？”江子文怀着敌意盯视着吴化成，“对反革命不用严刑他能交待吗？对敌人，怎样用刑都不过火！”

“你知道我为什么产生怀疑的吗？”吴化成想说服他的同乡好友，举出了一个致命的具有说服力的例子，“我们都是特派员，你不会认为我也是反革命吧？！”

“那怎么可能呢？”

“可是，有些犯人的口供里竟然也把我咬进去了！幸好这个口供落在我手里。所以，我才发现许多口供是靠不住的！”

“竟然有这样的事？”江子文表示出惊诧，他立即想到有没有人借机报复也检举他。

第三天，吴化成被捕了，被杀害在村外的沙河滩上。江子文亲自去查验了同乡的尸体，做到了毫无愧色，毫不动心。

任何人内心都有最隐秘的角落。江子文对张国焘也不是绝对忠诚的。

在他审讯杜丽珍的第二天，发生了一件他意想不到的事情，看守魏洪生的卫兵，竟然跟魏洪生一道逃跑了。出动一个营的兵力，缉捕了一天，毫无结果。

“叛变投敌无疑！”江子文下了这样的结论，并以此上报。报告人和审查报告的人，似乎都没有发现其中有个语病。既然已经是“反革命”了，本来就是敌人嘛，还谈得上什么“叛变投敌”？

不管是叛变投敌也罢，还是当作反革命杀掉也罢，对征服杜丽珍是有利的。

江子文一进医院，就被杜丽珍的美貌秀色打动了，无声的甜蜜和渴慕的痛苦占据了他的心。当他得知，他所倾慕的姑娘已经属于魏洪生时，怅然若失之情变成了一种强烈的占有欲，他立即把肃反的工作重心从红十二师移到红军医院里来。他认为，医院是散布对张国焘领导不满的自由场所。

这种不满，政策界限的随意性是很大的：

既可以说对领导提意见是为了帮助领导，改进领导作风；也可以说成是对领导的恶意攻击。既可以说言者无罪，闻者足戒；也可以说，这是反领导的言论，必须予以严厉打击。

那么，这个性质由谁来定呢？江子文很清楚，是由他来定。那么，他掌握的这部分肃反的权力，也就决定他可以生杀予夺。为了杜丽珍，魏洪生的参加 AB 团的罪名也就成了必然的了！

更何况魏洪生并不是无懈可击。他是破落地主出身，又在武汉黄埔分校学习过，社会关系复杂，这就构成了犯罪的基础。不然，他这个地主富农分子，为什么放着好日子不过而来为革命吃苦呢？当然，张国焘也是出生在官僚地主家庭，但他是领导人，是例外。

对于中央的关于肃反的指示，他是吃透了的。他在政治保卫局干部会议上的发言，张国焘和陈昌浩都是非常赞赏的。一九三一年三月二十八日，王明路线下的中央为处理"富田事变"作出了专门的决议，强调："反对革命势力在苏区内还是一个严重的力量。……他们更侵入我们党、团、红军、苏维埃与工会中，进行他们的破坏工作，以援助南京政府向革命进攻。……各苏区的'改组派'、'取消派'……都必然是江西的'AB 团'第二。……这些反革命的组织，对于我们苏维埃运动，是一个很大的危险，绝对不应忽视这种危险……"

贯彻这样的指示，张国焘和陈昌浩当然需要江子文这样领会深刻、立场坚定、态度鲜明的干将。

当时，张国焘是以中共中央的全权代表、鄂豫皖中央分局书记和鄂豫皖军事委员会主席的三重身份，按其个人意志对鄂豫皖党、政、军来进行“改造”的。他懂得,在清除地基之后才能建立起稳固的独立王国的大厦!

江子文便是清除地基的人!有了张国焘做靠山,他就可以有恃无恐为所欲为了。他握有张国焘的尚方宝剑,只要说一句:“这是张主席的指示”,“这是张主席说的”,就可以畅行无阻了。是真是假,谁有条件去查?谁敢去查?张国焘也不知道他的部下在用他的名义干些什么。

对于江子文的工作作风和生活作风,保卫局的许多同志意见很大,但因他是张国焘最信任的人,也就无可奈何他。陈昌浩既重用他也容忍他。

江子文又像第一次那样进了牢房。他看到杜丽珍坐在竹床上,一种无可慰藉的孤独的痛苦折磨着她。他心中漾起一种怜悯,他对这种恶作剧式的行为是否还要继续下去,产生了动摇。

杜丽珍抬头望了特派员一眼,抿着毫无血色的嘴唇,用麻木的沉默迎接他的到来。

江子文一颗充满希冀的心突然冷了下来,他本来以为杜丽珍是会欢迎他到来的。他并没有做引起她反感的事情啊!他犹豫了一下,也坐在竹床上,跟杜丽珍保持着半米的距离。杜丽珍并没有躲开他。

“丽珍,我今天告诉你一个坏消息……”

“你说吧。”

“魏洪生叛变投敌了!”

痛苦使杜丽珍的嘴角抽搐了一下,乌黑的眼睛震惊地睁得老大。

“派了一个营去追捕他,据说,他已经被打死在山林里了!”他半扭着身子,盯视着杜丽珍的脸。

江子文从没有见过这样的凄苦,她像被冻僵了似的,没有一点生命的气息,摇摇晃晃,眼看就要倒下去了。

这给江子文一个扶她的机会,借以对她进行一次拥抱。刚刚伸出双臂,没想到杜丽珍猛然站了起来,走到了小窗之下……

魏洪生的逃亡对江子文也是一个打击,这应该是他要消除的一个要犯。其实魏洪生并没有被击毙,而是根本就没有找到。他甚至怀疑,那些搜捕他的人即使找到,也会故意把他放跑!

江子文是精明的也是幸运的,当他对杜丽珍的追求濒临绝境而且坠入危险边缘时,结果却化险为夷,取得了成功!

红军医院肃反小组宣布:“杜丽珍的问题在特派员的亲自过问下,已经审查清楚,她与魏洪生反动组织并无联系,当即无罪释放,并向杜丽珍同志道歉。”由此证明“大肃反的绝不放过一个坏人也绝不冤枉一个好人”的政策,在红军医院里得到了正确的贯彻。

那时的杜丽珍说不清自己有多少屈辱和怨恨,只觉得失去了一切,放弃了一切,经过了一次伤痛欲绝的蜕变。她容忍了一切,体验了一切。

将近六年的时间过去了,她还不能真正地理解这一切折磨的根源。但当时混乱与恐惧的感觉,随着岁月的流逝,越来越模糊了,几乎近似梦幻。她不愿回忆这一段经历,就像不愿再触动撕心裂肺的伤疤。

然而,这一切,杜丽珍不曾有片刻稍忘。一有某种契机触动,那久已褪色尘封的一切,又以惊人的真切再现出来。

杜丽珍从这个两平方米的山洞,又想到了大别山的山野,想到昨夜那种可怕的痴狂,又一阵阵反胃。洞口里透进微微的曙色。她看着江子文沉睡中的脸,两个人竟然睡在这样一个山洞里,真是不可思议。她终于想清楚了,这一切都是由于他扭伤了脚。他的脚是那样的疼,一定肿得十分厉害。

她拿过放在药包上的手电筒,照着特派员——不,她的永不分离的爱人的脚,没有脱去包脚布,还穿着马皮割制的毛朝里的“鞋”:两只脚都没有肿胀的迹象。

她的心紧缩了一下,陡然升起一阵恐惧:

这么说,他是装的?怪不得他记住这里有个山洞,难道他早就有这样的预谋?他就是为了跟我睡一夜,竟然做出了这样可怕的事?

杜丽珍又想:那么,他从医院里指名要我跟随首长时,就已经有这个打算了?怪不得不带医生专要我来,他是个什么样的人啊!

杜丽珍心惊胆战了。这种来自历史和人心深层的震骇是很难描绘的。袭来一阵晕厥,她却没有神志不清,恰恰相反,历史上所发生的一切像闪电般迅速地在她意识里闪亮,只是觉得极不可解。

她心里只有一个明确的意念,永远离开这里,永远不再看见这个人。她回头望望洞口那棵摇颤的山松,不知自己应该奔向何方。她僵直地蹲着,唯愿所想所见非真,希望是一场梦幻。

洞里越来越清晰,江子文"哼哼"着,嘴里像嚼着什么东西,翻了个身,面对石壁又沉沉睡去。杜丽珍心上又袭上一阵新的惶恐:他的极端可怕的作为,难道仅仅是为了跟她在一起吗?

山洼里响起一阵枪声。杜丽珍本能地拉住伸展到洞口的松枝,让树倾斜下来,遮严洞口,透过枝叶的缝隙下望:有十几名突围者从山坡上漫卷下来,他们有的背着伤员,有的转身抵抗,有的被击中躺在岩石间。

敌人从山上追赶过来,居高临下地射击,射击,再射击。

有几个突围者又仆倒在山洼里。他们负伤了,无人救援。

杜丽珍猛转身去拉药包。可她的手被已经蹲到她身后的江子文抓住了:

"别动!"

"我要去救他们!"杜丽珍狂暴地把江子文推开,拉住了药包背带。

"你疯了吗?"

江子文紧紧地抱住杜丽珍,把失去理智而奋不顾身的她按到军毯上,沉声地说:"现在谁也救不了他们!白白送死!"

一排子弹打在洞口的上方,松枝纷纷落下,碎石飞迸,沙尘"哗啦"流下,扑进洞中。

江子文死死地按住杜丽珍,直到她无力挣扎,捂脸哭泣,才松开她。把她推进洞底,自己横身挡住洞口。

第六章　难言之隐

杜丽珍终于完全冷静下来。突然间变得成熟了，沉静地面对现实。

太阳从云隙中撒下金色的光线，照耀着山谷，斜射进洞中。

山谷中那场实力悬殊的战斗结束了。突围者丢下五具尸体，而后消失在昨夜他们走去的地方，只留下沾血的枯草和苍裂的巉岩阴沉沉地凝望着天空。

杜丽珍又想到潜过黑河滩向敌人的闪闪篝火走去的总部首长。

她跟江子文对蹲着，但谁也不看谁。昨夜的柔情蜜意和爱的欲望，消失无踪。互相间潜隐着某种恨意。杜丽珍最初醒来时的惶恐和不解，又在心头翻涌。却觉得已经心力衰竭，无力揭开。

江子文注视着杜丽珍的侧影，他惊奇地发现他心目中的女神已经完全失去了往日的丰采。蓬乱干燥的头发像一窝灰草，不再闪着幽光；眼角的深深的皱痕里沾着泥沙；鲜艳微翘的嘴角已经垂挂下去，干裂的上唇，浮肿似的生着灰黄色的燎泡；佝胸拱背，紧蹙着愁烦的双眉……全身上下，没有一点楚楚动人的地方。

这就是我不惜一切代价追求的最完美的女人吗？似乎杜丽珍欺骗了他。原来，她披着一身朦胧的轻纱，像月中仙子飘然而降。而现在，那片轻纱飘走了，显了原形。如果他当年在红军医院里看到今天的杜丽珍，他还追求她吗？绝不！绝不！

阳光透过松枝散射进洞中，在亮闪闪的光束中飘浮着铁锈色的微尘。江子文看到了他与杜丽珍的感情空间里飞动着粉状的泥渣，沉滞、混浊，散发着焦煳的辛辣味。

“难道这一切的努力,都不值得吗?”江子文的痛苦在胸中淤积,随着时间环境的改变,原来宝贵的贬值了,原来美丽的褪色了,“不,这是暂时的,这是战争,这是苦难,任何鲜花都不能在硝烟烽火中散发芬芳。敝帚尚且自珍,无论如何,我要爱惜,尤其是落在今天这个地步,应该相依为命。……”

江子文的心情又开朗了:“丽珍,你饿吗? 我的袋里有马肉干!”

“不!”

“看来,今天是安全了! 只要不出洞,就无人发现。”

“嗯!”

“明天,后天,只要这两天躲过,敌人就会撤走。在跟首长出发时,我仔细研究过这一带的地形……”

一听到总部首长,杜丽珍的满腔火气就爆炸了:“你这个坏蛋! 还有什么脸面谈总部首长呢?”但她强抑住自己的冲动,听听他的安排。

“嗯。”

“我们沿着昨天夜里到过的那条河滩向南,就进入青海。那里有很大的草原和牧场,就像咱们在长征路上见过的那样……而后,我们再转回大别山。……”江子文发挥自己最大的想象力,也找不到通向他所憧憬的那种生活的途径,他只是随想随说。

“大别山? 不是要去陕北吗?”

“我绝不能到那里去!”

“为什么?”杜丽珍又震骇了,接着脱口而出,“这就是你假装扭了脚的原因吗?”

“你知道了?”江子文尴尬地怔了一下,动了动脚,立即就坦然了,“我想过多时了,总部首长可以回陕北,别人也可以回陕北,就是我不能……”

“为什么?”杜丽珍又是吃惊。

“你知道,”江子文为了解释明白,不能不把最大的秘密说出来,“曾中生是被秘密处死的,是由我一手承办的!”

“哦?!”杜丽珍又是吃惊,“这是为什么?”

杜丽珍只知道曾中生曾经是红四军的政委,他到医院看望伤员时还给工作人员作过报告，后来听说犯了错误被撤了职。在长征路上，她听伤员中传说曾中生买通了看押他的卫兵叛逃了。而现在，却变成秘密处决了。

与其说杜丽珍感到惊疑，毋宁说是一种恐惧。她觉得这个世界变得凶险而又陌生了。这怎么可能呢？为什么要秘密处决？

"曾中生是反对张主席的！"

"那跟你回陕北有什么关系？"

"可见你还是太幼稚了，张主席另立中央，这个错误非同小可。中央清算他的错误是必然的，曾中生的事也必然提出来，我就成了替罪羊！"

"怎么，你今天才想到这一点？"

"陈主席也是跟着张主席犯了错误的，当然，他不是主谋，罪过要轻一点。如果这次西路军胜利地完成了任务，也许能将功折罪，陈主席就不会倒，他还能保护我。谁知西路军落到今天这步田地，他就错上加错了。他再一倒，我就无依无靠了，我一定会受到严厉的惩罚……"江子文看到杜丽珍的眼里闪着火光，他认为有必要再解释几句，"我是无辜的，我不过执行命令就是了！"

"那你还怕什么呢？"

"因为……因为……"江子文觉得越陷越深了，不能不和盘托出，但又不能和盘托出！那样，杜丽珍是绝对不会原谅他了。

巴尔扎克曾经说过：一切小说家自以为是地创造出来的可怕的现象，实际上还没有真实的现象可怕。

事实正是这样。江子文每当想起那个深夜的情景，自己也毛骨悚然。多少年来，他像躲避恶鬼似的避免回想那个夜晚，而今天，面对杜丽珍的质疑，深压在记忆底层的恶鬼，便活脱脱地猛跳出来。

"因为什么？"杜丽珍用恐怖、绝望和疲惫的眼神盯视着他，等待他的回答。

"是因为……"江子文的嘴唇颤抖着，脑海里阵阵骚乱的旋风狂卷，嗡嗡轰响，觉得自己已是千疮百孔，从头到脚布满散发着恶臭的脓疮。曾几何时，他还自认为是精明干练政治坚定品格高尚受人尊敬的人，抖开来看，也就应了那句成语：金玉其外，败絮其中。曾中生从血泊中站起来，屹立在他面前，岁月拂去他身上的污尘，成了闪闪发光的金刚！

江子文一向高傲自负的强毅精神垮了。他对秘密处决曾中生一直怀有一种莫名的惶恐和疑忌，一直怀有不祥的预感。他的脱离总部首长另寻出路，貌似突然出现的念头，其实是多年忧虑的集中表现。他无路可走。

江子文哀叹一声，向后仰靠在石壁上，他那全无血色的脸上浮动着绝望的灰尘，像个落进深坑无力自拔坐以待毙的人，不再做无用的挣扎了："丽珍，我是个有罪的人！你恨我吧！"

江子文声音暗哑，给人一种鸟之将死其鸣也哀的感觉。本来准备怒斥他之后愤然离去的杜丽珍，反被江子文的可怕情状吓住了，心头漾起几分怜悯。

"你说……"

"我说过之后，你能原谅我吗？"

"不知道。"

"处决曾中生，我并不单单是执行者。"江子文心灰意冷的声调颇带忏悔的意味，"我是出谋划策的人！"

杜丽珍已经不再惊骇了，心定意宁地听他说下去。

第七章　她向他开了两枪

江子文并没有把全部真情告诉杜丽珍,但他目前的行为却可以解释通了,他的忧虑是合理的。世界上,即使最残忍的杀人越货的江洋大盗,也会为自己的行为找到道德上的庇护,而且可以把理由说得冠冕堂皇。

“往后怎么办呢?”

杜丽珍对江子文的一切言行,几乎失去了判断力。她不明白生活的帷幕后面怎么会含有如此复杂、凶险的真容。杜丽珍平静了,心依然哆嗦着,回大别山去对她是具有吸引力的,那里有许多值得留恋的地方,对魏洪生强烈的思念重又燃起,她像自言自语似的问道:“即使能回到大别山又怎么生活呢?”

江子文没法回答。他的精心安排是一种短期行为,只安排到离开部队不回陕北,跟他所喜欢的姑娘一起生活为止。再往前走,就是壁立的悬崖。

逃回大别山去,仍然像在祁连山中一样,下一步仍然是个未知数。大别山现在是什么样?他不清楚;回去干什么?种地?他无一分田地;做工?他无任何手艺;干革命?一个逃离革命的人,革命队伍中还能容他?白色恐怖之下,他能生存吗?

更何况,他能不能安全到达大别山还是个未知数?杜丽珍会同意他的安排吗?能跟着他去吗?

世上可走的路有万千条,唯独对他,却只有两条路可供选择?一是讨饭;二是投敌!

这两条路也是死路:他讨饭能避开敌人的追查吗?投敌?危险性

更是多重的。只要这个意图一说出,杜丽珍很可能立刻把他打死。一想到这里,他惊惧地看了看搁在药包旁边的手枪,或者他把她杀死……

也许杜丽珍会服从于他,一齐向敌人投降。那么敌人如何对待他们?供养他们,给他们一份财产,让他们过起美满的夫妻生活?生儿育女,安居乐业?痴心妄想!马步芳、马元海即使是菩萨再世,也不会那样仁慈。像马元海、马龙飞这样的好色之徒,会不会只把杜丽珍留下而奖励他一刀呢?他可以出卖机密,可是,整个西路军已经失败了,还有什么机密可言呢?还有什么情报有用呢?

投敌,肯定是自投罗网,最终仍然是鸡飞蛋打。

江子文本来是"左"得出奇的人,把一切悲观失望消沉情绪都视之为反革命,而他现在的观念却完全变了:今朝有酒今朝醉,不管明日是与非,过一天算一天,听天由命吧!

杜丽珍突然一转念,不再追问他往后怎么办了。她伸手摸到了放在药包旁的左轮手枪。

"你,你想干什么?"

"我想问你一件事……"

"拿枪干什么?"

"要你讲真话。"

"我讲的全是真的!"

"魏洪生带着哨兵投敌被打死在山里也是真的?"这是杜丽珍多少年来梦牵神萦的一个问题。她怀着一种疑惧等待江子文的回答。

"你问这个还有什么意义?"

"说!"杜丽珍把枪一抬,枪口对准他前胸,怕江子文夺枪,双手握紧。

"你打死我,你也活不了!"江子文威胁着,一改卑顺忏悔的姿态。心想,也许死了倒比活着好。

"你说!"

"他的确是带着哨兵跑了,或者是哨兵放了他,一齐跑了!"

"我信!"杜丽珍由于心灵干涸和神经收缩而滞缓的血液,突然流畅起来,像汹汹春水给全身灌满了生命与爱的力量。她一直幻想魏洪生还活着,而现在得到了证实。她忽然觉得这个山洞变得开阔了,心,舒展开来,一切苦难都已过去。“我会见到他的!”一种幸福的渴望像闷久了的火堆,被风一吹“噗”的一声在心中升腾起来。

“那就是说,你们并没有追捕他!”

“追捕过了,没有追到!”

“他活着,他活着!”杜丽珍举目向天,像是祈祷。

“丽珍,忘掉过去吧,就像一场噩梦……今后,我的一切都属于你……”

杜丽珍打了个寒战,举着的手枪无力地垂落下来。

“现在,我们两人只能相依为命了,你要原谅我,相信我……我可以对天盟誓。”江子文一下跪到杜丽珍面前。

杜丽珍仿佛不认识眼前这个人了。她对他已经不是愤恨,甚至连憎厌都谈不上,只是一种轻蔑,觉得有点滑稽。她无论如何不能把昨天的特派员和今天的江子文联到一起,就像一座神像,剥掉了色彩,露出了泥胎。

“怎么相依为命法?”杜丽珍又回到原来的问题,“下一步你准备怎么走? 还回大别山吗?”

“不!”江子文摇摇头,“我想过了,回去干什么呢? 能不能回得去? ……那里是国民党的天下了……”他没有把改变主意的新因素说出来,他已经洞察到杜丽珍听到魏洪生还活着时神态大变的原因了。他明白了,感情上的伤口是无法弥合的。

“那只有投敌一条路了?”杜丽珍略带尖刻地问他。

江子文没有想到杜丽珍首先把他的难言之隐提出来,故作犹豫地说:“可以考虑。”

“这就是说,你不反对这样做了?”杜丽珍急于一眼把他看穿似的凝视着他。

“没有别的办法!”江子文哀叹了一声。

“我有办法!”杜丽珍重又把枪抬起来,握枪的手像疟疾发作似的簌簌发抖。

江子文抽筋似的笑起来，借以掩饰内心的惊慌："我们把玩笑开大了……我有最好的出路……"

"出路?"杜丽珍并没有最终下决心对江子文开枪，她的枪口往下一垂。

江子文不失时机地扑过去，既快又猛……就在杜丽珍向后倒的瞬间她扣动了扳机，"乒！乒!"

江子文扼住杜丽珍咽喉的手缓缓地松开了，然后猛抱住自己的下腹，身体弯曲下去，仰起脸来，筋肉抽搐地张开嘴，喃喃地说："丽珍……我不恨你……"

江子文嘴里涌出了一股血，他的身子鱼打挺似的向上一蹿，像要跃起，只纵起一半，就侧着身子猝然仰倒下去，头拱在石壁上，一阵急剧的抽搐。那半片军毯上洇开黑色的血。

杜丽珍就像发热病时看到的幻影一般，先是惊极而呆继而愕然清醒，失神地丢掉手枪，冲出洞穴，被矮树绊了一跤，踉跄了几步，两腿一软，从斜坡上翻滚下去，在一蔸灌木上卡住了……

力竭气尽，不知过了多久，凄冽的山风把她推醒了。她摇晃着站立起来，空阔的脑海里只喧嚣着四个字："离开这里，离开这里……"

山洞里还有她的药包，还有那个叛徒的手枪。她为什么把手枪丢掉？是不是神经错乱了？她不想想。可是，杜丽珍不愿再回到洞中去了。身疲心碎地蹒跚着走下山谷，也不隐蔽，也不观察周围是不是有搜山的敌人，或被俘，或被打死，她已经无所谓了。这时她听见响了两枪，一声很高，一声很低。

枪声是从山洞里发出的。

江子文看到缝有红十字布条的药包，他伸过哆哆嗦嗦的手拖到自己身边，却无法打开，另一只手已经完全脱力了。他又看到了沾血的左轮手枪，手臂停止了颤抖，本能地一伸，猛然握了枪柄，空茫模糊的胸间刹那间涌聚起无边恨火，向着洞口扣动了扳机，一枪射到洞外，一枪打在石壁上。枪内还有一发子弹，他却无力射出了……他无法弄清自己一生是好还是坏，也难辨自己是对还是错，更不知他是冤枉还是罪有应得。

第八章　重新集结的一群

将近两千人的右支队的三股人流，在敌人的追捕堵截之下，全部散落在祁连山东部的山浪中，大股有几十人上百人，小股有十几人几人，有的也只有一人了。就像流过乱石滩的溪水，时聚时散，百人的大股在敌人冲击下散成大小不一的小股，那些小股却又在某个山洼里，某片树林中聚成大股。

他们的总目标是东北方向，沿着河西走廊，沿着西征时走过的路，东返陕北。

目标是直线的，路线却是曲折的。黄河经过九十九道弯才能入海，是因为有重重大山阻挡。河西走廊是平坦的，有饭有水也有地方住，是古代繁盛的丝绸之路，是夹在高山大漠之中的长廊绿洲。唯一不能通过的就是马家军的阻拦，撞上陡崖，激浪翻腾，飞沫四溅之后，被推向两边，右边进入高山大岭，左边进入戈壁、沙漠。

没有任何恐惧，只有求生存的挣扎，杜丽珍走到山峡口，已经是深夜时分。她下意识地沿着黑河滩向北而行。她记得江子文曾说过，要沿赤河滩向南进入青海，她绝不走他指出的路。

黎明时分，她在一个树丛中遇上了一群突围者，五个是机关工作人员，两个部队战士，两个妇女先锋团的人。一个是连长，叫牛桂珍，一个是班长，叫李月仙，加上她，整整十个人。

她们要在这丛树林里潜伏一天，等到天黑再走！

这十个人是健康的，身上只有微微轻伤。天空纷纷扬扬地下起雪来，这对突围者既是一种折磨，也是一种福音，敌人的搜索可以松弛一些了。

他们十人,虽不很熟,也大都见过面,立即形成了一个新的战斗集体。他们一部分是在石窝山分散突围时就在一块,失散了一部分,又新加入了几人,很自然地仍然以突围时的原分队领导人——红五军供给部军需处长吕杰人为领导核心。

吕杰人宣布,要在这个山洼里呆一整天,从军需的观点,先把家安好,养精蓄锐。他先献出了一条军毯,有人献出了一条被单,在树丫上扯起了一个人形帐篷。

十个人偎依在帐篷里,嚼着马肉干和炒麦,伸手接雪水解渴。大家情绪都很低落。不管瞻前顾后,都无快活可言。大家都互相试探着,最后把目光落在吕杰人身上,就像一群濒死之人,望着守在床边的医生:起死回生之术在哪里?

吕杰人不是政治工作者,也不是军事人员,用他平时自嘲的话来说,是文不能治国武不能安邦的人,所以才搞了供给工作。石窝分兵,他带着四十人的小分队突围,说过几句俏皮话:"我吕杰人是民勤县吕家泉人氏,说白了我是本地人,地形熟,语言通,跟着我准能突出去!"

他向小分队挥了一下手,直插牛毛山。但地形熟语言通,在突围时,几乎没有发挥任何作用,跟追剿堵截的敌人遭遇了三次,到达黑河滩时,就只剩下五个人了!

此时的吕杰人身上已经没有任何武器,驳壳枪没有子弹,分兵前送给了左支队的一个战友。他的唯一的武器就是宁都起义前就挂在腰间的一把短剑。但他另外还有两个武器:一个是乐观,一个是幽默。

他说:现在是一个挺大的家族,苦恼的家族,落难的家族。他这话竟然把不少人说笑了。他说这个家族没有父母只有兄弟姐妹。他是这个家族的老大哥。他愿意把这个苦恼的家族变成快乐的家族!人无快乐,纵然当了国王也不会幸福……又有人笑。

他说,我这个老大哥,要向这个新型家族发表就职演说,希望大家鼓掌欢迎!

果然有人鼓掌,又有人笑……

吕杰人没有政治宣言,也没有豪言壮语,他的就职演说完全是即兴的。他说:"苏武牧羊北海边,渴饮雪,饥吞毡。咱们呢,渴饮雪,饥吞干。这干就是马肉干,是毡好吃还是干好吃?”

有人又笑了,把马肉干喷到地上,急忙抓起来,填到嘴里去。

吕杰人一点也不笑,像教师坐在课堂上。他说:“从我这个干军需的观点来看,准是歌词写错了,饥吞毡乃是饥吞膻之误。”

“为什么?”

“毡是羊毛擀的,咱们西路军饿得吃皮带,吃牛粪,就没听说吃毡的!”

“膻是气味,怎么吃?”

“你只知其一,不知其二。我查过《辞海》,除了当膻臭味讲以外,还有羊下水的意思。咱们先不管他是毡还是膻,反正马肉干比羊毛毡好吃!”

又有人忍不住大笑。

“笑可以,但不能放声,当心马家军来抢咱的马肉干!我再问大家一个问题,苏武留胡节不辱,雪地又冰天,穷愁十九年,他受罪的时间比咱们短还是长?嗯?”

又是笑声,杜丽珍没有笑。

“常言说,不经磨难不成佛,九九八十一难熬过去,那就是神仙过的日子。大家数一数,咱们才过了几难?”

又是笑声,杜丽珍还没有笑。吕杰人不管她,只顾自己慢悠悠地说:“我们经过了四个半月的苦战,我想了一句诗,不对,不能算诗,应该是一句对联。这是对联的上联,你们听着,七字句:

千辛万苦含笑受

“我再也想不出下联来了。你们哪个有兴趣,对出下联,我有奖,一块娃娃拳头大的马肉干!”

有人笑:吕处长真逗,拳头就是拳头,干吗是娃娃拳头?

吕杰人不笑,他说,因为它比胡桃大!

“娃娃拳头就娃娃拳头,我来对。”有人抢奖品。

南征北战为人民

“不行,不行,太一般化,后三个字对仗不工,不能得奖。”

这个家族全体活跃起来。

“我来对。”

全心全意为革命

“去！去！”

“呸！呸！”

“越来越差劲。”

这种开心的笑声，从到河西来以后，还是第一次，落到这一步，还能笑，不容易。

“我看，”吕杰人还是笑了笑，拍拍放在身边的挎包说，“这块马肉干还得由我自己吃……”

“为什么？”

“只有我能得奖，你们的都不够水平！”

“慢着，容我们再想。”

杜丽珍无动于衷，她跟所有人的心情都不一样。她离开山洞之后，不知道山洞里发生了什么事情，也弄不清那两声枪响的含义，搞不清江子文是死是活。只要一回想起洞中的一夜，就觉得遍体冰凉。她一生经历过多少不堪忍受的痛苦，可人对痛苦的承受力是无限的，只要有一线希望，哪怕仅是复仇的渴念，仅是要看看未来的结局，就像是一墩干枯的芨芨草，只要有一滴露珠，就活转过来。

杜丽珍活命的这滴露珠，就是魏洪生不是反革命而且他还活着。她人生中残存着的那点生活感召远比她求死之意来得更为强烈。在哀伤欲绝的悬崖上，她重又站立起来，听到了新集体里的笑声。

她也笑了，像沙漠上展露了一点绿意，像枯花上绽出一点微红。她说，我对下联，并一字一字地说出：

左冲右杀返河东

仍然不能令人满意，与上面两句相比，总算跟目前处境、人人的心愿贴得比较紧了！

无人得奖，弄得人人大动脑筋，越对越差劲。

风雪袭击着密林，这十个人在毡毯和被单的屏障下，反有一种融融暖意。

吕杰人成了一个天然的鼓动家，这是连他本人也未曾发现的才华，在“时势造英雄”中应运而生了，他继续鼓起大家的信心。

许多有伤有病的同志，在这三天的突围中，全都“淘汰”了。这是一次马拉松式的长跑，凡是能突出数道重围到达落鹰峡口来的人，都是生命力最强的了。他希望这十个人都能坚持到终点。

“鼓书云：晓行夜宿一路无话，到达了河西，咱们反其道而行之，晓宿夜行一路说笑，到达了河东。……我说的鼓书是大鼓书，不是古书。我现在向你们介绍我的经历，相信我领导的可信性和正确性。

“我是民勤县人，家里很穷，九岁时，给一个瞎眼的算命先生引路，一干就是三年，一直走到嘉峪关外。我们家叫吕家泉，腾格里沙漠就在我们家东边，不管大沙漠戈壁滩，我都经历过，实在没有什么可怕的，当然不要轻易去惹它。从我们家向北不到十里路，我说的是华里，就是苏武庙。我跟那位算命先生在苏武庙住了将近十天。

“后来，我才知道苏武牧羊的北海并不在民勤县，据说是在千里万里之外的贝加尔湖。这个湖在蒙古以外的苏联，那里叫西伯利亚。苏武庙建在我们民勤，是不是他是我们县的人？我问了好多人，都说不知道。连算命先生也不知道。

“我能带你们到达陕北，有三大法宝：第一，我有一张路线图，方向明确；第二，我有指北针，保证不会迷路……”吕杰人一一把宝亮给人看，“第三，我是本地人，口音对头，问路、讨饭，畅行无阻……”

九个人都充满信心谛听着，忘记了风雪的啸叫。

“我在石窝山总部一局，根据军用地图划定了东返路线。现在，图小看不清，我可以在地上划给你们看。……来，大家把头凑过来。最好都要记住，万一我们失散，你们就按我划定的路线走……”

吕杰人伸手折了一根树枝，在地上划给大家看。

“这里是黑河……你们看，我们沿着黑河河谷一直向北走，这就用不着爬大山。从张掖以东二十里堡到太平堡，北面就是龙首山，沿着龙首山南坡向东，过老庙寺，进入山丹县……这是咱们来时的路……沿着龙首山阳坡，顺着汉长城阴面向东走，再到永昌，这也是我们西进时走过的路。不过要偏北走才可以,这里地势平缓,过去叫永昌盆地,是河西走廊的中部绿洲。

“要沿着北边的戈壁滩走。为什么要靠戈壁滩走?当然是避开马家军的拦截。再往东走,就是巴丹吉林沙漠,沿着沙漠南边进入民勤县,穿过石羊河,转向南走,避开腾格里沙漠,进入武威县,沿着长城北面走,进入景泰,也就是一条山恶战的那个地方,再走不远就是黄河了!”

“你把我们转糊涂了……”

“不转不行。我的方针是,宁走十步远,不走一步险。咱们慢慢绕路走。我们的武器已经不足以进行战斗,只能避开敌人,俗话说:惹不起还躲不起吗?”

又有人笑。

“现在除我之外,还有九个人,分为三个小组,男同志分为两组,由王参谋和张供给员各带一组,女同志为一组,由牛桂珍连长负责。就按刚才那副对联做:千辛万苦含笑受,东冲西杀返河东。现在看来东冲西杀不确切……”

有人喊:“那就改成东跑西颠回陕北!”

“我看,也不确切,咱们是只东跑不西颠,就改成‘东躲西藏’吧!‘南弯北绕返河东’也行。不过少了点豪壮之气,少就少吧,何必打肿脸充胖子呢?我就不赞成现在还唱‘马家骑兵不可怕’、‘活捉马步芳’,说空话,不等于自我讽刺吗?咱们不当阿克殴!”

吕杰人把阿Q说得那么笨拙,引得不少人捂嘴而笑。

“好了,我的就职演说完了,大家有问题尽管提!”

有人竟然提了个意想不到的问题:“你跟算命先生游历多年,可让他给你算过命?”

“当然算过,到现在我还记得。他用的是鬼谷子推命法,把你的生辰年月日时报出来,他就送你四句箴言。他送我的四句是:

一生做事似飘蓬,
东奔西走何日停?
半世似如流水去,

后来运至黄金城。

“大家看，我的命运如何？……”

大家交口称赞这是好命，早年坎坷，晚年享受荣华富贵。

“那好！大家跟着我走，先历苦难，后享幸福，这是命里注定的啦！”

吕杰人就这样用他的领导艺术，把大家从绝望的深渊里打捞了上来。

又有人提问：“我们这点马肉干吃完了，吃什么呢？”

无疑，这是个重要问题。原来虽然困难，却可以公开筹粮，现在是晓宿夜行，避开人烟，尤其是进入戈壁沙漠，到哪里搞粮食呢？

“这一点你们不要发愁，跟着军需处长还能没有吃的？更何况我还是本地人哪！”吕杰人一向讲求实际不说空话，“在夜间，天下是咱们的，专找独门独户，分散突围时，我们还分了点经费，可以公平交易，必要时就得打收条讨饭吃了。总之，不会饿死。进入沙漠，咱们沿着边缘走，沿途都有仙草、仙果、沙漠参供应。

“你们不要笑，我搞军需的绝不会空话骗人。我们五军供给部长傅兰荪说过一句名言：搞供给，办实事，空话填不饱肚皮。

“军马未动，粮草先行，我军需处长干的就是这个。咱们先说锁阳草，这种草，当然也可以叫菜，专门生在咸碱滩里，四月萌芽出土，如槌如笔，颜色是红的，严冬挖根吃，到了发芽生叶，那根就像长了叶的萝卜，糠心了！要吃还得趁早……什么时候挖最好，要三九寒天，所以质量最好的称作‘三九锁阳’，不信可以到药铺里去查。现在虽说过了最佳季节，那就请诸位吃次等品，多多包涵。

“还有一种可吃的沙漠野菜叫波棱，菜像红蓝，果实像蒺藜，是唐太宗时尼波罗国进贡来的品种。我没有吃过，不知味道是甜是苦。再就是肉苁蓉，锁阳生在咸碱地，苁蓉生在沙漠里，二月至八月采，咱们走到沙漠时，正是采挖的时候，如果做成羊肉羹，就是慈禧太后的御膳也比不了……”

“吕处长，你把大家说得口水都流出来了！”

杜丽珍从参加革命起，听过多少生动的报告，却没有一个能与吕处长这番讲话相比，它简直产生了起死回生的效果。

风卷雪花从帐篷的缝隙中吹在人们的脸上，谁也不在意这些。

吕杰人继续他勾人食欲的讲演，这是仁慈的，它唤醒人生的欲望；也是残酷的，本来已经饥饿的肠胃在不住地痉挛。

“苁蓉分花苁蓉、草苁蓉和肉苁蓉，产在沙中，号曰沙参。三、四月间掘根。皮有松子鳞甲，形扁黄柔润，多花而味甘。……”

“这就是你说的仙果了？”

“不，我说的仙果，叫柰。柰分三色，青、白、赤。武威、张掖出白柰，酒泉出赤柰。……我们向东走，大概吃不到红的了！……还有一种可吃的东西，那就是戈壁滩上的四脚蛇，我吃过……”

“我的天！”李月仙吓得咂舌头，“吕处长越说越玄了！”

关于饮食，大家已经不存在任何疑问了。王参谋提出了个很重要的问题：“十个人在一起，是不是目标太大了？”

“当然……”吕杰人不知道怎么说好，“打仗人越多越好，脱险人越少越好。”

“不！不！我们死也不分开！”李月仙感情冲动起来，她一下子从吕杰人描绘的美景里回到现实，紧紧抱住杜丽珍，“吕处长，不要拆散这个家！”

第九章　绿洲城

愿望是美好的，现实是严酷的。

黄昏之后，雪停了，天气酷冷，周围是灰蒙蒙一片混沌。北风沿着河谷狂吹，把薄雪旋起。吕杰人命令拆除帐篷准备开进。经过休息，真正的疲倦才充分暴露，全身骨头散了架似的，谁也不想动了。

李月仙说了一句很富感情色彩的话："我真不愿意再走了。我们十个人抱在一起死在这山洼里算了！"

"上路！"吕杰人脸色黑漆漆的，"女子组，跟上我！王参谋小组殿后！小李，你不想吃肉苁蓉羊肉羹了？"

他们走出洼地天就黑了，风如狼爪撕扯着他们的破衣。混沌灰蒙的夜色把天地融为一体，他们弯下腰顶风而行，昏昏沉沉，跌跌撞撞，灰白色的气流玉带似的在他们身上缠绕，把雪末塞进他们的衣缝之中。李月仙老回想着山洼树林中的那个不是安乐窝的安乐窝；杜丽珍眼前却晃动着一个久已陌生而忽有新意的面影——她看到魏洪生在大别山的金刚台畔注视着她，等待着她……

在这种时候，人人都需要一根坚强的精神支柱。

李月仙紧跟在吕杰人后边，像小妹妹跟着大哥哥。吕杰人用比她宽大得多的身躯为她挡住风寒。有时，她索性拽着他的腰带。

不时有人被沙滩上的卵石绊倒。走了大约有一小时，他们就不得不互相搀扶着前进了。

漠风像激流似的向回推他们、搡他们、拖拽他们，咆哮着，狂吼着，哀叫着，预告着前行路上的危险。

他们顶着劲风又走了一个小时，有人提议休息。吕杰人不准。他们在天亮前，必须到达黑鹰山口，那里有密密的树林掩护，只要到达，就可躺地而睡了。

生存的渴望推动着他们挺进，一种使命意识使他们产生出超常的力量。这时，他们才真正领会了平常所说的“奋斗”的含义，他们要战胜大自然与敌人的双重袭击，他们好像要把这种意志力证明给自己看，也证明给人类看，给一个时代留下一代人的勇敢的足迹，而且这个足迹不会泯灭。

走了三个小时，休息了半个小时，吕杰人又催促上路。他打算在凌晨四点钟左右到达山口，再晚了就很容易暴露了。他判定山口上布有敌人的部队，他们就在敌人眼皮底下潜藏一个白天，夜晚，再从敌人封锁线上不是走而是爬过去。

战争，就是互相计算，我判断你怎么想，还要判断你如何判断我怎么想。诸葛亮在华容道上堵截曹操，就是互相反复判断的结果。因为都是兵家，都是奇谋过人，都熟读孙子兵法，都知道实则虚之虚则实之，大家都知道声东必然击西之后，声西击西之正反而转化为奇。

吕杰人不是军事家，他只想了一个反复，敌人只能在山口阻截；而张慎之是滑头，他除了山口阻拦用“正”之外，还派兵深入河谷，中途阻拦而用“奇”。

吕杰人没有到达山口，中途就与敌人遭遇。没有来得及躲避，迎面就泼来一阵弹雨。幸好夜色如墨，风啸雪吼，他们立即卧倒，爬入河谷左岸的山沟。

凌晨时分，身边只剩下两女一男，其他七人就像被暗夜这个古代巨鳄吞吃了似的，全无声息。吕杰人的挎包丢了。最乐观的人也不能不叹口气：“没了地图指北针，就像鸟儿没了翅膀！”

李月仙蹲在草窝里抱头痛哭，她的组长牛桂珍不见了。

吕杰人等三人，像向东北奔流的溪水受到了山崖的阻挡，转向西北，又向倪家营子方向流去，那是个可怕的地方……但危险的地方却成了最安全的地方了，这里已经没有了敌人的骑兵，民团的搜捕清查也不像前几天那样紧，如果吕杰人换成安宝山，也许东返是不成问题的。

他们在几经周折之后，终于到达了淘湾附近的沙漠，到达了自己的家乡。吕杰人充满了信心，即使没有指北针和地图，他也能找到去景泰的路，在那里可以坐着羊皮筏子渡过黄河。他不明白杜丽珍为什么老打听去大别山怎么走。

在这里他们不怕敌人追赶，走得很慢。

凌晨时还觉得寒冷似冰，快到傍午时，太阳就越来越热地烧烤他们了，三个多小时的燥热，使他们感到白昼好像无尽无休，热沙、热风、热浪，一种刺眼的分辨不出颜色的光芒和毒辣辣的阳光交织在一起，整个天空里好像没有空气一样。

李月仙和杜丽珍都是第一次尝到沙漠燥热的味道，它比严寒还使人难受。严寒是可以躲避的，一张床单，一堆篝火或是把自己蜷缩起来。燥热往哪里躲呢？一是钻入地下，一是跳进冰窖……

水壶里还有半壶水，吕杰人存着，这是救命水，不到昏迷不起，谁也不准沾唇。

远处是黄色的沙山，紫红色的烟雾在山与山之间来回浮动。李月仙和杜丽珍不管多么焦渴，汗水还是顺着她们双乳之间和腋窝向下流淌。

那平如黄色海浪的沙漠上，时时飘动着一股细细的向上旋起的黄尘，而后溶进淡紫色的烟雾中。

沙漠万籁俱寂，只有几团风滚蓬草，像出线的足球无声地滚动。在天地相接之处，是涌动的湖水。这湖水是飘动在沙漠之上，像一条挂在半空的河流。

他们再也无力前进了，李月仙跌倒在热沙上："吕处长，我不走了。身上全像着了火……"

她求生的意志全部消失了，唯愿速死，少受酷刑。

杜丽珍坚强一些。但她也觉得全身已近枯焦，到了死亡的边缘。她要求道："吕处长，把那半壶水喝了吧！"

吕杰人不再坚持，让每个人对着壶嘴啜饮一口。

身上的破毡片已经无法披住，可是李月仙把毡片脱去，就赤身露体了。杜丽珍还有一件破军衣蔽体，便把她的毡片扯起来，当作遮阳伞撑着。毡片是绝对不能丢的，夜晚离开它就会冻死。“晚穿棉午穿纱，抱着火炉吃西瓜。”这种独具一格的气候，对进入沙漠的逃亡者来说，并不惬意。

“坐在火红的鏊子上，下面是火焰山吧？”李月仙喝了两口水，有力气了，“吕处长……我们都要烤成人干了！”

“下面不是火焰山，是绿洲城！”吕杰人仍不失其乐观的心态。

“怎么会呢？”

“记得小时候有个歌谣，是这样唱的！绿洲城，在下层，海市蜃楼露真容。……你们听说过海市蜃楼吗？”

“听说过。”杜丽珍说，“也有人真见过……”

“沙漠原来是一片绿洲，在西域连年征战，你征我伐，你冲我杀，真是尸骨堆山，血流成河！玉皇大帝生气了，派了风神卷起无边黄沙就把战场掩埋了。埋了尸首，埋了血迹，也埋了绿洲……

“这绿洲并没有死，它埋在沙层之下，与人世隔绝，成了人间的世外桃源。那里没有战争，没有屠杀，男耕女织，过着和平生活。为了显示它的存在，就让人们远远地看到它。你走它也走，可望而不可即，直到人间停止了一切战争，这绿洲城才真正重回人间来……”

“吕处长，我恨不能钻到沙层下面的绿洲城去。”李月仙一把从吕杰人手里抢过水壶，又喝了一口，“我不想走了，我要到绿洲城去，我要……”她又要喝，被吕杰人一把夺回。

“月仙，你疯了？还有一半路呢！”

“我不走了！”李月仙的眼睛血红，“你也不要走了！吕处长，咱们都到绿洲城去，……你耕田，我织布……”

吕杰人震骇地看看李月仙那血红的脸，以为她神经错乱了：“还有杜护士长呢？”

“她不能去！”

“为什么？”

“你没有听她老打听大别山吗？那里有她的心上人，我没有，我的心上人就是你……自从我跟你突围，我就不愿离开你了……”

吕杰人听着李月仙似真似幻的表白，说得很平静，但比歇斯底里的呼喊更使人害怕，像是死亡的预言，他被震慑住了。

杜丽珍认定李月仙是神经错乱了，但说的并非胡言乱语，而是发自内心实情。面对这样的局面，吕杰人束手无策了。

他们谁也不愿在这火焰似的阳光曝晒下，踏着烫脚的沙尘向前迈步了。嗓子已经干得说不出话来。

李月仙真的伏在地上扒沙……吕杰人惊恐地看着她，拿不定主意要不要制止她。

"好了，好了，有雨来了！"

杜丽珍高兴起来，她看见从西北方向涌起了一片乌云，北大山的远影已经看不见了。

那乌云迅速地向前推进，发着沉雷似的轰响，沉寂的大漠骚动起来，那黑云翻动着膨胀着，像是烈火上的浓烟！

李月仙也不再扒沙窝了，仰起脸来，看着一场暴风雨的临近。她和杜丽珍都不知道沙漠上会不会有山区里的那种下得山洪暴发的大雨，即使无雨，只要乌云遮日也会好受多了。

吕杰人一声不吭，只有他听出浩浩大漠的深沉的呼吸。他从头到脚都被恐怖所占据……"沙暴！"他惊骇地看着迅猛推来的乌云，不敢说出来，嘴里喃喃着，像是祷告上天仁慈。

杜丽珍奇怪地发现，这乌云并不是从天而降，而是拔地而起。越来越近，她嗅到了胡辣味，像胡椒末直刺鼻腔。她更惊奇地发现，乌云下部是黄色的浪涛，像开了水闸时的浊浪，从闸门下向上翻卷，又像黄色的火焰，滚动着，上面是一层浓烟。

"这是怎么回事？"杜丽珍侧身看看吕杰人，只见他脸上布满恐怖。

"等会儿，我们三个要抱在一起！"

"为什么？"杜丽珍已经知道灾难临头，但她还是明知故问，"是不是……"

"也许我们要到绿洲城去逛一逛了！"

吕杰人想微笑一下，结果变成了苦笑。

"我很高兴！"李月仙发出由衷的叫声，她把披在身上的毡片猛力一扯，赤身裸体地把吕杰人扑倒在地，死死地抱着他……发出销魂夺魄的快感和轻轻的呻吟，也许就在这一瞬间，她享受到了人间最大的欢乐。

杜丽珍惊诧地看着这一幕。

太阳突然变黑了，天地一片黑暗，像沉入海底。无尽沙石像冰雹骤雨似的扑落下来，抽打他们，浇灌他们，掩埋他们。

他们紧闭着眼睛，在黄色的海浪中沉浮着，耳、鼻、口中塞满了尘沙。

"啊！"杜丽珍惊叫了一声，只觉着被一个黄色妖魔托起，在半空中飘浮而后又重重地摔在地上……又被旋起……身轻如枯叶。她堕入天地初开时的混沌中。

二十年后，一个驼队在沙漠中发现一对男女的枯骨，紧紧搂抱在一起，却不知道它们的故事。

第 六 卷

前程难测

第一章　杀　俘

杀俘场选在马龙飞黑鹰团驻地——黄家屯东边的戈壁滩上。那里立起了一百根木桩排列的方阵。

每行十根木桩，整整列了十排，每根木桩上绑着一个剃光了头的战俘。

这是马龙飞从三百多战俘中挑选出来的。

马龙飞集中起全团人马，围在杀俘场的四周。

在杀场的顶端，摆着一排长桌，马龙飞阴沉地皱着眉头坐在正中。他的三弟马龙跃坐在他的左首，像一尊凶神，他的半边血痣的脸，在西斜的阳光中呈紫黑色。

他的右首坐着马正良。他是七星军刀的新的获得者，虽是一个连长，却享受着比营长高一级的殊荣。

他们的面前摆着五碗白酒。

在长桌左首略前，有一排长凳，坐着五个披着白色斗篷的杀手，他们是从自告奋勇的十人中选拔出来的。每人膝上横着一把马刀。

这五个杀手，紧盯着十排木桩的行距。

两行木桩左右相错，形成一条夹道。俘虏面对面地被绑在木桩上，每个杀手骑马冲过夹道，左劈右砍冲杀过去，每刀下去，必须有个人头在地上翻滚，让那飞溅的鲜血染红白色的战袍。一口气砍杀过去，二十个人头落地算为优胜，官升一级。

马龙飞把这场杀俘，名之为“血祭”。

一是为了祝贺他的团追堵截杀红西路军战绩卓著，二是为西洞堡战斗中死去的胞弟马龙腾报仇。

原本是由五个杀手，分在五条夹道中同时砍杀过去，以速者为优，这将使观众目不暇给，不能领略各个杀手的技巧。

马龙跃提议，一个一个来，这样可以充分体验杀人的快感。

他们每个人，都将目睹咫尺之内的惨剧，吞咽浓烈的血腥，倾听凄厉的绝命的哀嚎。

马龙飞摸着蓬乱的黑胡须，沉静地坐着。他并不显得特别激动，犹如观赏一场角力。

马龙跃的半边紫脸的另一半黑脸，青筋暴突，不断抽动。他本想亲自动手，却被他大哥否决了。

马正良如坐针毡，一脸怒意，鬓角上的青筋胀起来，脸色黧黑，使人觉得没有选他当杀手，他心中愤愤不平。

河岸边的胡杨林梢浮动着破碎的红中透紫的云朵，在北风的推赶下向上方飘移。

"来吧！"马龙飞站起来，"英雄好汉们，"他目视着那五个穿白斗篷的杀手，"哪一个先上？"

其中一个站起来，粗壮得像条犍牛，他迈着骑马骑惯了的罗圈腿，手提马刀来到马龙飞面前。

马龙飞双手捧给他一碗酒。

第一杀手端酒在手，一口一口咕咚咕咚地喝着，最后一仰脖把酒喝光，将空碗摔在碎石滩上，脸立即涨得血红。他挥了挥刀，发出呼呼风声，轻得像一片苇叶！

然后转身，已经有人牵过一匹黑马。他飞身上去，把马刀高举，在木桩的方阵前来回跑了两趟，做过一切准备动作，突然冲入木桩的夹道，眼看第一颗人头就要落地了，但是，他的马刀在空中转了向，劈在俘虏的右肩上，在俘虏一声惨叫的同时，他也惨叫一声撞到木桩上，落下马来。

全场惊呼。原来他在陡然拐弯转入夹道时，他的斗篷飘起来挂在左边的木桩上，自己反被扯下马来。

“笨蛋!”马龙飞怒不可遏,愤然地叫道,“第二杀手!”

第二个也像第一个一样,履行了开杀仪式。他把第一个杀手的失误归结为喝了太多的酒,而且喝得太猛,他只喝了半碗,把碗摔到了碎石滩上,翻身上马。这是个精明的家伙,他把马刀举起,在来回奔驰耍过威风之后,不是陡然转进“夹道”,而是旋了个较大的弧形,却又出现了失误,第一刀砍去了战俘的半个脸颊,血喷如泉;在扭身劈第二个时,又劈在捆绑俘虏的绳索上……

匪群里响起“嘘”声和呼啸声。

俘虏中有人高叫:“马龙飞!别他妈的丢人了!杀俘虏算什么本领?!”

“有种的放下我来跟你单个较量!”

绑在木桩上的俘虏应和着:“马龙飞,你敢吗?”

有人呼叫,有人吐唾沫。血腥味已经扩散开来。

马龙飞不再叫第三个杀手了!他扭脸看一下三弟,马龙跃也被前两个杀手的失误镇住了,低声说:“让七星刀上!”

这正是考验新任连长是否忠诚的时机,他用臂肘碰了碰马正良:“一连长,你来个漂亮的!”

“团长,七星刀的荣耀是用于战场……”

“拿我的刀去!”马龙跃把自己的马刀杵到马正良面前。

“我的父亲告诉我:不杀失去抵抗力的人!”

“我以团长的名义命令你杀战败被俘的人!在这里你是军人,不是儿子!”

马龙飞登时敛容,厉声呵斥,以拳擂着桌面。

“杀俘将给我带来耻辱。”马正良痛苦地说。

“杀俘给我带来欢乐!”马龙跃傲慢地反驳说。

马正良紧咬着青灰色的嘴唇,脸上露出绝望的神情,低头望着马龙跃杵在他面前的军刀。

这种对峙,使场外的马家军为之瞠目,违抗马龙飞的命令,岂不是太岁头上动土?更何况这是什么样的命令啊!有人在想:马正良的七星刀的荣耀,能不能带给他一颗不怕砍的头颅和一颗勇士的魂魄?

“好吧！”马正良猛然站起，这是下了最后决心说出的两个字。

所有的人都希望看到一场惊心动魄的精彩表演，谁都知道，马正良的劈杀是有名的。

马正良抓起横在桌上的马刀，走到桌前，让人牵过他的乌龙驹，没有喝酒，便飞身上马，抖缰驰入第二排木桩夹道。马刀在阳光下闪了个弧形的轨迹，只听“咔嚓”一声，马刀劈进战俘身后的木桩，乘战马急奔的速力，他猛劲一别，马刀断为两截……

正当人们大惑不解之时，马正良纵马急驰，冲出木桩夹道，从围在屠场四周席地而坐的队伍头上一跃而过，直向东北方向的蛮荒疾奔！

“叛变！”

马龙飞咬牙切齿地喊了一声。

马龙跃已经跳起，从第三个杀手中抓过马刀，翻身上马，大喝一声：“特务连，上马！跟我来……”他并不等待，抖缰追去。

当特务连纷纷上马时，马龙跃已经追出一里之遥了！

戈壁滩上扬起一溜尘烟！

马龙飞怔怔地望着远去的烟尘，陡然间一股透骨的寒气掠过脊背，再逼出一个倡乱的马仲英来，那乱子可就闹大了。

“血祭”被这场意外的变故破坏了。

他不再用飞马斩靶的方式了，吩咐那五个杀手徒步刺杀，沿着五排木桩夹道左刺右劈斩杀过去。

人头滚落在黑色的戈壁滩上，血从受刑者颈项中上喷，犹如红泉，脚下是滑腻黏稀的血浆，血腥弥散浓烈逼人。

这五个杀手各自完成二十个战俘的屠杀之后，那白色斗篷就像从血池中捞出来一般。其中有三个杀手一出夹道就倾跌下去，还有两个用马刀支撑于地才勉强站住，脑袋钩在胸前，声音嘶哑地说：“给我水！”

第二章　救　援

马正良沿着沙漠和戈壁的边沿向家急奔，他要去告诉父亲，他所走的道路是按照父亲的教诲而选择的，希望父亲暂时躲藏，以免受到牵连。

他知道凭他的骑术，凭他的马力，凭他先行之利，无人可以追赶上他。能够与他的马力相匹敌的只有马龙飞的乌骓和马龙跃的黑豹了。可是，他们未必亲自来追，而且等他们上马也就晚了三春了。更何况，他并不怕与他们单独相对。唯一担心的是他父亲以后的处境，他想到不能直接回家，就拨转马头进入了沙漠。

在沙漠和戈壁交接之处，他突然勒住了骏马。

一个死者挡在他的马前。

这具尸体的下身被沙层掩着，脸向下俯着，长长的黑发像一簇黑芨芨在风中飘摇，根部沾满尘沙。

他想扬鞭跃马而去，脑幕上却闪出四个字："是个女人！"

他勒住战马，马长嘶一声转过身来，他跳下马，在尸体前俯伏下来。

他搬着尸体翻转过来，从毡毯片里裸露出女尸的富有弹性的乳房。他摸摸她的胸口，还有微微余温。

"活着！"他猛然把她放开，站开去，上下打量着她。

那女人赤着双脚，上衣是一件糟朽的灰布军装，苍黄的脸在夕阳照耀下，泛着红晕。

"女红军！"

他犹豫地站了一会儿，准备弃她而去。这时他看到那红军的嘴唇翕动起来，发出细如柔丝的声音："水！"

他不再犹豫了，把她抱上马鞍，骑上马缓缓而行。

他最担心的事情发生了。他听到身后隐隐传来马蹄声，转身看，一匹黑马背着夕阳向他追来。

如果此时，他把女红军推下马鞍，脱逃还来得及。但他不愿半途而废。

他准备与追击者短兵决斗。

他的希望落空了，一颗子弹呼啸着从他耳畔飞过，他感到了扑过来的热风。

他向前一倾向后一仰，慢慢地很不情愿地歪下马去。

那女红军也随即滑落到马下。乌龙驹高扬起前蹄，为主人落马仰天长嘶！

这一枪似乎打得很准，落马者身体弓曲着，蜷缩着，在做死亡前的挣扎，腰间仍挂着令人羡慕的七星军刀。

马龙跃勒住战马。那个女红军如何跟马正良在一起，使他困惑不解。他跳下马，把马枪挂在鞍鞒上，手持苇叶长刀。他梦寐以求的七星军刀就在眼前。

他不知马正良伤在哪里，看不到血迹，也许就在身下，他一手持刀一手去掀马正良已近僵硬的身体。

他眼前突然寒光一闪，还来不及作出任何反应，只觉得一把烧红的尖锥打进他的胸膛；他条件反射地用手去护前胸。

"啊，狗养的，你敢……"

"你先对我开枪！"

"我是你的营长！"

马龙跃只觉得那火锥在他胸中搅动了一下，随着短刀拔出，他惨叫一声仰倒下去，一阵雷吼似的咆吼冲进他的脑海。他的身体急剧地抽搐，弓起，痉挛，摊开……

那匹黑豹悟出了发生的事情，长嘶一声，向着火红的落地夕阳狂奔而去。

马正良用血淋淋的短刀挑起死者的皮帽，擦擦刀上黏稠的血污，插进长筒靴的鞘内,又扯下他满是血迹的羊皮袄把女红军包起,重又将她抱上马鞍。

漠风又起,他听到了大自然的呼吸。他立即翻身上马,翻过一道沙梁转向东南方向奔驰。

第三章　隐　居

发生杀俘事件的那天黄昏，在永昌县柴山堡附近，一个名为流泉沟的小村屯前面的小树林里，正伫立着一个满头白发，飘逸，恬淡，面容清癯，颇有超凡脱俗仙风道骨韵致的老人。好像这苦难深重的战乱之世，对他毫无影响，世上一切污浊悲苦之尘沙，都沾染不上他的洁净之心。这里是一片小小的橄榄形的绿洲。他在这里隐居已经七年有余了。

他一个人住着三间房屋，一个幽雅的庭院，院中养着一群鸡鸭还有一只花狗。五年前，他的老伴去世之后，他已经几近隔绝人世了。唯一的联系，就是他那在马家军里的儿子。

他教诲他，却不约束他。儿子走了，只有一个又聋又哑的看门人陪伴着他。

多少年来，老人的心灵之火渐渐熄灭了，他看到的是专制、残杀、自私、愚昧和虚伪，他眼前浮动的是一团团迷茫的黑雾。理智的光辉在哪里？真主的明灯在哪里？真理的昭示在哪里？人间的绿洲在哪里？

起风了，从西北方向的大漠上卷起了漫漫黄尘。

他急忙转回家去，忠实的仆人已经为他准备好晚饭了。这个仆人已近五十岁，是个聋子，是当年跟随他的一个被炮响震破了耳膜的老兵。他身强力壮，会做他爱吃的炒面、抓饭和馕。他们两人已是高度默契，甚至不用手势就知道他需要的一切。

他的晚餐是一个馕饼、一盘腌制的酸白菜、一碟牛肉和一大杯浓酽的糖茶。

吃完饭就进入书房，把明亮的泡子灯捻亮。

这里有堆满书架的典籍。在这一点上,他要感谢马仲英。当这位尕司令在河湟起事忙于杀戮劫掠之时,他也“劫掠”,那就是从各县市图书馆和豪绅的书斋里,掠取人间智慧的结晶。

当一九二九年农历正月二十五,马仲英率部到达永昌城时,他的一位最受宠的随军阿訇失踪了。临行前他给马仲英留下了四句箴言:

子命推来勋业图,
过眼烟云富贵虚;
六亲骨肉成冰炭,
一生苦战空自无。

并言他已去麦加朝觐,终不归矣。

马仲英看着留言,怅然良久,只说了一句话:“惠公此举,可谓急流勇退,乃明智之举也,去就去吧。”

从此,马向真在此买一旧房,重新修缮,遁迹易名,隐居下来,多年积蓄,共有三千银元,自己素来以节俭为美德,有此积累,颐养天年,可保无虞。他将实现用余年著述,来醒世救人的苦心笃意。

马向真在书斋的泡子灯下,专心致志,写他的《世事实录》的第九卷:

山河沉血海,几人能无仇

世上无日不战,国争、族争、教争,吾族不愿战,连年皆战,吾亦不愿战,亦连年皆战,吾儿不愿战,亦无日不战,何也?战争之根源何在?

宽恕吧!世人!且听真主的声音:“真主将降福于宽恕同胞的人,面对宽厚仁慈的真主,心灵真诚的悔罪者,将获得真主的宽恕……”

“所有的人都渴望和平,如果发生战争,穆斯林将设法重建和平。和平是真主规定的,人间不可能有不危及世界安定的战争……”

我查遍了世界十一大宗教,不反对战争者未曾有也,但又使我不解者，战争为什么又无止无休？

所谓十一大宗教者为佛教、基督教、伊斯兰教、儒教、道教、印度教、拜火教、犹太教、耆那教、神道教、锡克教者也。细研其教义，几乎都是劝人仁爱、宽恕、惩恶、扬善，大同小异者也。

请看伊斯兰教教义：

“在末日审判时，每一个灵魂都要根据他的行为受到审判。行善能使你走出罪恶。”

请看佛教教义：

“恶事好做，善行难为。但是，善行将获得最高的报偿。”

请看基督教教义：

“上帝将奖赏善行，惩罚恶行。嘴说善事没有价值，人必须行善，反之则遭谴责。”

请看印度教教义：

“作恶之人不能希望得到最终幸福。神必惩罚他的罪恶。所有的痛苦和灾难皆源于恶行。”

但又使我不解者：人人喜善爱善向善，却善行难举；人人恨恶厌恶远恶，却恶行不绝。

真善美者人人爱之。假恶丑者人人恨之，为何两者并存？此消彼长还是亦消亦长还是不消不长？谁能断言，当今世界，与百年千年之前，与百年千年之后，善多恶多？

教理纷繁，其理则一。人啊，为什么要别人尊重自己而自己却不去尊重别人？

战争无日不断地向后延续，呜呼，豺狼虽狠尚且不伤同类，人却互相摧残，禽兽不如，实可悲也！

吾忖救世之法唯觉悟二字，别无良药。

他忽然听到砰砰的打门声，伴有马嘶，敲声甚急。

他起身开门，院内漆黑。风大难以掌灯。他听出不是敲而是用脚踢。便站在门内问：“哪一位打门？”

“爸爸！我是正良！”

马向真急忙拉开院门。马正良托着奄奄一息的女红军撞进屋内，放在炕上:“爸！快！水！水!”

马向真向后退了一步,惶惑地嘟念道:“真主,这是怎么了?”

“水！水!”

老人提出白铜茶炊。向女红军嘴中滴下,她发出了一声呻吟。

身量高大、肌肉发达、肩宽腰挺但是呆头呆脑的聋哑大叔,瞪着眼睛愣然地看着这一切。

第四章　人生奇缘

杜丽珍慢慢地睁开眼睛，她首先看见俯身向她的那顶马家军的大皮帽，眼中掠过憎恨和恐惧的神情。她已经无力表示什么了。一个心志精力俱已枯竭的人，无法顾及未来将受的凌辱；一个临近死亡的人，只能遵从生理的需求，她所要的是水和奶酪。

她只有一个愿望，在喝足吃饱之后，立即去死。

“姑娘！你不要害怕！”这是那个士兵的声音，“是我从沙漠里把你救出来的……”

杜丽珍把眼睛紧闭起来，她不说话。这几个月的经历给她的印象太深刻了。她何止一次听到马家军战刀的呼啸，何止一次听说被俘女红军的悲惨遭遇。

“救我！”她的心头忽然出现了和死一样可怕的新的恐惧。你救我还不是为了侮辱我?！如果此时有一把匕首，她会积聚起生命的余力向他刺去。

“你不要打扰她了，让她睡吧！”这是那位给她水和奶酪的老人的声音，“来，你帮我。”

杜丽珍故作熟睡，不作任何反抗，任凭这两个男人摆布。羞惭的感觉仍然不断地冲击着她。她知道任何反抗都不能改变自己的厄运，唯一的可能是在备受凌辱之后，离开这个万恶的世界。

“让她睡吧！”还是老人的声音，“我把你妈妈的衣服拿出来给她换上。”杜丽珍听到了开箱子的声音，嗅到了一种年代久远的薰衣草的香味。她听见老人问：“你怎么救起女红军来了？”

“阿爸，说来话长，沙漠上起了风暴，追兵不会很快来到这里，你要给我准备些吃的,我要进山……”

“你说什么?追兵?”

“是的,阿爸,我闯下大祸了!”

“大祸?”老人越来越震骇了。

“是的!我们黑马旅抓了三百多名红军俘虏,团长马龙飞为他战死的弟弟举行‘血祭’,把一百战俘绑在木桩上,让我们飞马砍靶……”

她在似睡非睡之间。父子二人的对话使她生疑,难道马家军里会有这样的好人?

她又觉得那位老人和年轻人善良的目光落在她的身上。她感到羞愧,因为她几乎是赤身裸体落在这两个男人的眼里的。她也知道,并不因此就失去女性的尊严。

室外急风打着房顶。她看到里屋透出的灯光,她听到父子二人在那里喁喁私语。

床头有一身女人的古老的服装,散发着薰衣草的气息。她身上的毡片已经不见了,只有一件稀烂的军装挂在身上。她盖着一条薄被,上面有一件羊皮长袍。她觉得,她应该洗个澡,换上这身衣裳。

她瞪着天棚,又重新回想从石窝山突围后的每一个细节,忽然心中一阵震悚,想到吕杰人的那几句箴言和他说的绿洲城的传说。记不全了,只记得两句:

半世似如流水去,
后来运至黄金城。

她像圆梦似的想猜透这里面的含义。莫非他和李月仙已经真的到绿洲城去游逛了吗?绿洲城和黄金城是什么关系?万里荒沙如金,即使他们已经离开人世,又有什么可怕的呢?

她觉得青春的激情又在血管里流动,充溢着宽恕一切的善意之感,内心涌现出无限柔情,对未来有一种新的期待。

她怀着一种近似宿命的期望,以迎接战争为她的未来安排的一切,对于从未体验过的未来既兴奋又焦虑。但她经过这多年的坎坷之后,似乎什么也不怕了,就像走进一座陌生的深山老林,不管前面是悬崖巨瀑还是豺狼虎豹，她也要勇敢地走下去。虽然她已经离开了集体，孤立无援，但她向前走的愿望，却越来越强烈了。

她沉沉地躺着，依然处在似睡非睡之间，全身舒适，一缕飘飘欲仙的感觉油然从心中升起。

隔壁父子二人的喁喁私语，已经完全从她的听觉中消失了，院外的风啸沙吼声也消失了。

书斋里，父子二人正在安排他们的未来。

“真主会宽恕你的行为！孩子，你是对的。”老人对儿子说，“你往后怎么办呢？”

“我只能进山去投田世昌了。……只怕连累了阿爸。”

“不必担心我，我可以说你没有回家。你不会终身成为盗马贼吧？”

“我只是找个藏身的地方……”

“很好，借地藏身以待时变……将来总有报效国家的机会。”老人说，“也许你能把盗马帮改变成一支义军。”

“阿爸，我会常来家看望你老人家的，遵从你的训导。”

“应该遵从安拉的训导……这位女红军怎么办呢？”

“我想带她进山。”

“她愿意吗？进山，你把她放在哪里？也许把她留在家里更好。”

“遵从她的意愿吧！”儿子由战场上的猛虎一变而为父亲膝前的羔羊，“也许留在你身边更好。”

凌晨时分老人唤醒了杜丽珍，告诉她，聋哑大叔已经为她准备了吊罐与汤瓶，并带她走进挂着门帘的浴室。说：“孩子！我们穆斯林沐浴是不能使用回水的，因为回水不洁净。所以我们没有汉胞用的那种浴池和浴缸……”

老人说的吊罐实际上是个吊桶，置于支架之上，罐内置满温水，抽出罐底木塞，人站罐下，即可淋浴。汤瓶可与吊罐并用，皆符合不用回水的清洁习俗。

杜丽珍沐浴之后，顿觉一身轻松清新，穿上谢世女主人的服装，顿显往日的美丽。

她出来与马正良父子相见。

“对不起！”马正良眼前一亮，面前站着的是一位亭亭玉立的回族姑娘。这身服装，使他想起去世的母亲，一个感情的波浪打在他的心头，“在进山之前，我必须跟你说几句话……”

“我也……”杜丽珍嗫嚅着，“我也要向你表示感谢，你救了我……”她无法说清内心的感激。她的一切表情却比任何语言更能反映她的内心。

“我叫马正良……是黑鹰团的连长。”

“我叫杜丽珍，是红军西路军的护士长。”

“在安拉面前，”老人插进来说，“都是兄弟姐妹。”

三个人一时全都无言。

对杜丽珍和马正良来说，生活的反差太大了。前天，还是战场上互相拼杀的仇敌，今天面对面地站着，亲如家人，这是可以理喻的吗？真能握手一笑泯恩仇吗？人类的仇杀与相爱怎么会靠得这样近？就像隔着一层纸。

“我要走了，”马正良吞吞吐吐地说，“咱们后会有期。”

杜丽珍的脸涨得血红，她怅惘惶乱，心怀感谢却找不到表达的方式：“我……我不会忘……你的救命之恩……”

“我把你托付给阿爸了，你可以放心，他有办法保护你。”

这时，乌龙驹在院门口抖鬃踏蹄长嘶一声，催主人上路。聋哑大叔已经把他的行囊搭在马鞍上。

“那么，再见了，阿爸！再见了，杜丽珍！”

“孩子，你放心去吧！”老人望着即将转身而去的儿子。

马正良接过聋哑大叔手中的马鞭，正欲踩镫上马。

杜丽珍在这瞬间向他喊了一声：“你等一等！”她的感情由微波荡漾成了怒涛汹涌的大海，她用一种令人难忘的姿势跨步过去，抓住了马正良的手。她那双莹亮而略带羞涩的眼里闪着泪光：“你愿意认我这个汉人当妹妹吗？”

一种深感幸运的内心激动使马正良全身发抖:“愿意,当然愿意!”

“那好,咱们一齐向阿爸下拜吧!”

“阿爸!从现在起,我就是你的女儿了!”杜丽珍仍拉着马正良的手,转过身去,两人同时跪拜,“正良哥,从今天起,我就是你的妹妹了!”

马正良的嘴抖动得说不出话来,竟然和杜丽珍抱头痛哭:“阿爸,若是阿妈活到今天,她该心满意足了!”

“孩子们,你阿妈会知道的,我已经看到她的笑脸了。愿安拉保佑你们!”老人也潸然泪下,把他的两个孩子拉了起来,让他们站在自己面前。

老人和杜丽珍站在院外,送马正良上马登程。周围山野在爽凉洁净的空气中满目清新,无尽的彩色舒徐有致地缓缓映入眼帘,镜子般映衬出杜丽珍开朗的心情。

十几个小时前,她还在濒临死亡的荒沙之中,而现在,生活却向她炫射出迷人的光辉了。血腥的屠杀,罪恶的渊薮,苦难的呻吟,在湖水似的明朗的天空下,已经净化。犹如一阵命运的急风暴雨,把尘世上的一切污秽混浊冲刷得干干净净。

马正良刚刚进入山林,后面就响起了急骤的马蹄声。黑马旅特务连的一个骑兵排包围了马向真的屯庄。

他们被风暴所阻,看不到马蹄印,追错了道路,没有追上他们的营长马龙跃。但又不能转回,排里正好有马正良的一个同乡,便转路向他的家中寻找。

杜丽珍要躲藏已经来不及了,即使能够藏起来,被搜出来反而更糟。

马向真一把挽住杜丽珍:“女儿,你不要说话,也不要惊慌,扶着我,我们开门!”

骑兵排长和两个士兵走进来,保持着应有的礼貌:“大伯,马正良回家了吗?”

“你们从哪里来?”马向真故作惊诧,“他不是在部队上吗?”

骑兵排长盯着杜丽珍,他不记得马正良还有姐妹,一时间不知问什么好了:“他真的没有回家吗?”

马向真不给他们思索的余地,急切地问道:“他怎么了?出了什么事吗?”

“是的,大伯。”

“他不是在黑马旅吗?出了什么事?”

“他跑回来了。”

“跑回来了?什么时候?”

“就在昨天晚上!”

“请你们搜吧。”马向真做了个请进的手势,“他到底出了什么事呢?”

“违抗命令!他逃跑了!”

“你们以为他会跑回来连累他年迈的爸爸吗?”

“这是谁?”骑兵排长指着杜丽珍问。

“这是来侍候我的侄女!”马向真忽然忧虑地说,“我担心昨天那场沙暴……你们还是进来搜一搜吧!回去也好交差!”

“既然没有回来,那就不必了。”

“感谢你们的信任,水总是要喝的吧?”

“谢谢!”

老人要守门老兵提出黄铜茶炊,放在院里的棋盘墩上。茶炊前放了一摞黑碗,那些骑兵们轮流喝过,就上马而去了。

老人送他们回程时嘱咐他们:“打听到我儿子下落后,要他来家一趟,他的老父亲病了!”

杜丽珍看着骑兵排扬鞭而去,无限忧虑地问老人:“万一他们知道正良哥在盗马帮和他们作对……”

“他会像我一样,改换姓名的!”

“像你一样?阿爸,你也改换过姓名?”

“是的,既然你是我的女儿,我就把咱家的全部真情告诉你。”

第五章　教　义

马向真的书屋，阳光照得屋里通亮。

“女儿！”马向真叫得很深情，“我希望你能在我这里常住下去，陪我这个孤独的老人度过晚年！”

“是的！”

“你说你能念报纸我很高兴！”

“我是没有进过学校门的人，都是别人教的，在部队里学的。”

“我也可以教你。你说红军的宗旨是为了人人平等，为了穷人不受压迫不受剥削，都过好日子，对吗？”

“是的。”

“这跟《古兰经》里说的阿甸园是一样的。它是天堂的第四层，是安拉许诺给虔诚的穆斯林永居的园林。就像《圣经》里说的伊甸园，也像陶渊明说的那种世外桃源。不过，一个在地上，一个在天上！”

“爸爸，我的悟性不高……我不相信有神。”杜丽珍诚挚地说，“我照直说出来，你不会生气吧？”

“真主永远宽恕说真话的人！”

“我们有个《国际歌》，是这样唱的：从来就没有什么救世主，也不靠神仙皇帝，要创造人类幸福，全靠自己救自己……这就是我出来当女红军的原因了……我们两万多人来到河西，剩下的不多了。”杜丽珍莹然欲泪，“他们都不是为自己而死……”

马向真沉默了好久。他不仅是个虔诚的穆斯林，还是一个学者。他不像有些教徒那样持有偏见，他懂得排斥他人也就是排斥自己，应该兼蓄并包。他的书架上不仅有伊斯兰教的《古兰经》《五圣书》《归真要道释义》,还有基督教的《圣经》,佛教的各种经卷,还有道教的《天宫道藏》。可是唯独不了解共产主义。

他知道眼前这个姑娘所知甚少,但他仍然想让她推开闻所未闻的一扇窗户,看看共产主义的景象。他也听说过共产党是一群共产共妻杀人放火的匪类,但事实证明并非如此!两万多人战斗到最后一口气,绝不是乌合之众。

“他们是为什么而死呢?”

“为革命而死!”

“你说的革命是什么?”

“为了穷人过好日子……除掉人间不平……”杜丽珍无法精确地解释什么是革命。

“你以为那样的日子会降临人间吗?”

“我们就是为了这样的日子才不怕流血牺牲……”

“你知道什么叫‘牺牲’吗?”

“就是死。”

“不对,‘牺牲’是祭神时放在祭坛上的牲畜……是祭品。”

“唔,我一直以为光荣的死才叫牺牲呢。”

“你们也是殉道者。”

“我第一次听你这样的说法。”

“我们都是殉道者,都向往人间的阿甸园。”

“……总有些不一样吧?”

“这叫殊途同归。”

杜丽珍表示不懂。

“康有为著大同书,主张无邦国,无帝王,人人平等,天下为公;孙中山也主张世界大同,天下为公。共产党是不是也主张天下为公呢?”

“共产党主张人人平等……”杜丽珍也听说过国际主义精神,但是,她不知道国际主义怎么解释,更不知道大同世界天下为公和国际主义有什么区别,不敢妄言。

“你看,人人平等,跟康有为的主张是一样的。”

“这些我都不懂。我只知道共产党是为共产主义奋斗到底,为人民过幸福生活而战斗！”

“只有在阿甸园才能得到幸福，这就是伊斯兰教的信仰！你既然是我的女儿，就应该信仰真主！就应该皈依伊斯兰教！”

“爸爸！我……”杜丽珍极为惶惑，她不知道怎么办好，但她绝不愿意让老人失望。她坚信马向真父子不是坏人，在人品上甚至比江子文好上千倍。

马向真看到女儿惶惑的样子，体谅地说：“虔诚是信仰的必备品格，我希望你了解伊斯兰教，希望你能诵读《古兰经》。”

“我看得懂吗？”

“我可以教你……从眼下这一刻起，你就是不进寺院的满拉了！”

“满拉？”

“对，满拉是清真寺学经的学员的称谓，有时也是对穆斯林学者的尊称。有的地方也称毛拉。”

“你为什么还要读《圣经》和佛经呢？”

“因为教义有很多是相同的相通的。”

“哪些？”

“比如《古兰经》里阿丹的故事，就近似《圣经》里亚当。这种近似的地方很多……你读多了就知道了，你眼下是要知道咱们回族的风俗，将来好与附近的乡亲们结识……”

“我愿意学。”

“我们有些习俗也和汉族差不多，比如婚姻，也是父母之命，媒人说合。结婚时还要请宗教阿訇到场，询问双方是否同意结为夫妇。事实上，已经是形式了。然后举行宗教上的尼卡。”

“什么是阿訇和尼卡呢？”

“阿訇就像汉语中的老师或先生，是对有学问的人的尊称，也是主持清真教务的宗教职业者的通称，就像基督教的神父；其中任教坊中最高宗教首领和‘经文大学’教师的阿訇也叫教长阿訇或是开学阿訇……”

“爸爸，你呢？”

“我在教坊当过教长阿訇，后来又随军，做军中教务……我已经看透了人世之凶险，饿虎不食子，人无骨肉恩；人面咫尺，心隔万里。真主亦难治世！”马向真长叹一声，“我现在就是想把我的余年专从著述，化当世，莫若口，传来世，莫若书……”

“女儿悟性不高，恐怕难识教理。”杜丽珍心存戒惧，不知老人把她引向何方。

“小惑易方，大惑易性……”马向真知道杜丽珍可能不懂他这些深奥之词，但他有一种强烈的灌输欲和征服欲。就像他五岁时，父亲就逼他读《论语》一样，即使生吞活剥也总有用。“世之质文，随教而变，入其国者随其俗，入其家者避其讳。刚才我们说的是你必须随俗。回族中一般反对离婚，主张白头偕老；回族女子不能跟非伊斯兰教的男子通婚，可是回族男子可以跟非伊斯兰教的女子结婚。”

“这是为什么？”

杜丽珍总觉得有点悖理，一条路，来回总该一样远啊！

“这是真主的旨意，《古兰经》说：你们不要娶崇拜多神的妇女，直到她们信道。你们不要把自己的女儿嫁给崇拜多神的男子，直到他们信道。《古兰经》还说，不能娶有丈夫的妇女，不能娶自己的直系亲属，除此之外，即使娶俘虏的女性，娶自家的奴婢都是允许的。……至于什么叫尼卡，也可以叫尼康罕，就是结合的意思，就是写合婚证书……”

“女儿一时记不来，恐日后多有冒犯。”

“不知者不为罪。我们的穿着，跟汉族相近，不同的是中年男子都戴白色小帽，穿白布衬衫，黑坎肩，妇女是戴白色或是蓝色的布帽。……你现在穿的这身黑色大襟衫袄，是你过世的妈妈穿的，太老气了，像你这般年纪的姑娘要穿鲜艳的服装。……这要以后去买，至于项链、耳环和戒指，你妈妈的箱子里有……”

杜丽珍本想说她不爱打扮，因怕犯忌，又怕拂老人的美意，就只是听着。心头涌来阵阵暖意。

“我们爱吃拌面、炒面、烩面、油糕、凉粉和羊肉泡馍，我们吃牛、羊、鸡、鹅、鸭、鱼肉，别的肉不吃。

“未经信仰伊斯兰教的人杀宰的，我们是一概不吃的……所以，以后，还得由我来宰杀畜禽。”

“爸爸,我是你的女儿……”杜丽珍激动地说,“……你也应该吃我亲手做的饭。”

“我们还是遵从真主的嘱咐吧……我们很爱喝茶,喜欢喝甜茶,加糖,加枣。

“我们的肉孜节是大节,也叫开斋节,与古尔邦节、圣纪节并称为三大节日。这些礼法,我以后慢慢跟你讲……”

“爸爸,我能不能另外还有一个家呢?……”杜丽珍惶恐地注视着老人,既怕他说出“不”字,又怕引起他伤心。

“你的那个家在哪里?还有什么人?”

杜丽珍告诉了老人,却没有提起魏洪生,那要以后慢慢再说。她不知道魏洪生在不在人间,而且也不知道他是不是还在等她。

“如果正良能躲过这场劫难,我叫他陪你回大别山去,你一个姑娘家,是绝对回不了老家的!”

“谢谢。”

“你的继母是个恶人,她让你吃的苦太多了。父亲是个好人,我希望能见到他。即使你的继母有如此罪恶,只要她能悔悟,真主也会原谅她的。《古兰经》说:众人啊,我确已从一男一女创造你们,我使你们成为许多民族和宗教,以便你们互相认识。在安拉看来,你们之中最尊贵的,便是你们之中最善良的……

“世上的各个民族和宗教都是真主安拉创造的,他只说凡是最善良的便是最尊贵的。《古兰经》谆谆告诫信徒们,你们当亲爱近邻、远邻、伴侣,当款待旅客。……汉人是远邻,如果他们不来侵犯我们,我们就当款待他们……”

“爸爸,各民族都是善良的民族。”

“你的见解很对……让我们都和睦相处共进阿甸园吧!女儿。”老人用一种执拗的顽强,对杜丽珍施加影响,“咱们回回还有一个风俗,希望你要遵守。”

“我遵守!”杜丽珍准备放弃一切世俗偏见,大胆地向前走去。她相信人类的善良。承认别人,是自己有信心的表现。

“那就是每个教徒要有一个经名:一般都是在诞生之日请阿訇或

是长者选取伊斯兰教典中的先贤、圣人及其父母的名字给婴儿命名，不计辈分，不怕相同，只要与家人不重名就行了！我要给你补一个……就叫法蒂梅吧……”

“有什么含义吗？”

“法蒂玛是穆罕默德之女，阿里之妻，是赫蒂彻在麦加所生，曾随其父进占麦加，参加辞朝……”

“什么是辞朝？”

“是指希吉拉历十年(632年)初，穆罕默德聚合麦地那附近各部落穆斯林朝觐麦加……几个月后，穆罕默德就去世了，法蒂玛被什叶派称为‘圣母’，育有三男二女，其子孙是穆罕默德的‘圣裔’，通称赛义德，或称谢里夫，就是出身高贵者的尊称……”

“那么叫这个经名合适吗？”

“所以我怕过分僭越，就改了一个音，叫法蒂梅。”

“我记住了！”

“你既然是我的女儿，除了经名外，还应有一个和我同姓的名字，我想，就叫马正梅吧！”

杜丽珍对老人这样执着热切地安排她的一切，简直有点恐惧了。从宗教信仰到生活习俗直到改姓换名，几乎是步步进逼，丝丝扣紧，间不容发，既柔又韧不容有半点退缩，直到你可怜地屈从于他的一股宗教信仰和人间情结的狂热。

杜丽珍被一种非理性的浪潮推拥着，一步一步向前走去。她既是个被保护者，又受着某种诱惑，她甚至产生了要抽身脱逃的念头。

但她不能走。她好像被一种看不见的感情绳索捆着，既不甘心束手就缚，又无法挣脱开去。

她在老人身边已经生活过七天了。她面前出现的是一个完全陌生的世界，她觉得离开过去的生活已经十分遥远了。

老人像一株大树吸引着藤萝攀附一样，要杜丽珍顺从他，按着他的指引前行。他拿出全副力量摄取她的心灵之泉，要她也为他的信仰和感情献出全部身心。他们已经超越了义父义女的界限，似乎执着地要把她带到阿甸园去。要她对着《古兰经》参禅悟道。

杜丽珍回想起来，她当时认他为义父实在是一时的感情冲动，现在她已经渐渐贴近了他，慢慢变得亲切温馨起来，不时有种似水柔情荡漾胸中，甚至愿意跟老人相依为命了。

她震骇地发现，大别山的影子慢慢模糊了，遥远了。"不！不能变！"她本能地抗拒着这种潜移默化，才七天，她走得多远了啊?！但这种抗拒又显得十分无力。在西路军已经失败的情况下，她到哪里去呢？她未曾被俘，但胜似被俘。她已经有了经名，已经有义父，她不仅是肉体上的"俘虏"，而且连心灵也被"俘虏"了。

她又想到了魏洪生，想到了吕杰人和李月仙……她不知如何评定他们的一生！她避免去想江子文，但江子文却像鬼影一样驱之不去。

她震骇地发现，魏洪生的影子越来越虚幻了，对他的思念越来越淡漠了。

杜丽珍的经历在西路军的一千四百多名女红军中是独一无二的。她原来是个聪慧的姑娘，突逢这场意外，冲出致命的纷乱之后，变成了另外一个人。

她望着堆满橱架的书籍，高达屋顶，这是她从来没见过的。她坐在义父的书斋里，守着火塘，听着老人讲古，讲那些她从来没有听到过的事情。

晚上，她自己睡在一个小房里。她那未曾见过面的义母的一切妆奁、服饰、佩物全都归她所有。

当她沐浴之后穿上这些服装时，马向真失神迷离地注视着她，两眼重又燃烧着青春的光辉，似乎又回到他的青壮年时代，也许感到他如焚的炽情重又燃烧起来。他把这个穿着自己妻子服装的姑娘当成了恋人的化身了！

他是用情人的目光望着她的：那是一种既痛苦又欢欣的目光——过去是丈夫对妻子，现在是父亲对女儿。

就在这天夜晚，她睡了，但未睡熟。她听见地毯上有轻轻的脚步声。她的心骤然狂跳起来，但她绝不相信这位五十多岁的老人会侮辱她。她一面做着抗拒的准备，一边屏息听着，微眯着眼睛。

这时，月光正从窗口照进屋中，呈现着朦胧的白色。她的眼睛早已习惯了黑暗，老人的动作可以观察入微。

老人的脚步极轻，脚下是素雅大方质地柔软富有弹性的地毯。

然后，他坐在炕边的一张木椅上，既是凝视，又是沉思，脸上重又出现了一种憔悴的神色。他默默地大约坐了一顿饭的时间，仿佛在竭力挣扎，正从无尽岁月激流的深处慢慢漂浮上来，微叹了一声，然后缓缓站起，走了出去。她听见老人又在砖铺的院子里走动了很久。

杜丽珍不知如何来体验这段时间的感受，这是一段极可惊异、极有力量、极其神秘而又无限亲切的时间。

杜丽珍慢慢心定神宁了。她觉得老人有很多痛苦，有很多思虑，有很多话要向人倾诉。也许原来他的妻子是他唯一倾诉衷肠的对象，现在，却要向女儿倾诉了。儿子，显然不是老人合适的伴侣，就像仙鹤与山鹰。

杜丽珍静静地躺着，她产生了一种奇异的想法，到底是老人救了她，还是老人的孤寂的心需要她去救。

她发现生活又出现了另一层新意，这种陌生的新鲜感使她激动了好久。

她又想到老人有时脸上出现的那种忏悔的神色，与他的超然世外的隐居环境和与世无争的超然态度极不相称。

"他一定有极大的痛苦！"杜丽珍想，"也许他要讲给我听吧？……他是慈爱的，我也应该像女儿那样爱他……"

第六章　家　史(一)

“我原来是临夏(古称河州)地区的教长阿訇,我对我们回族马家家族有较多的了解,既然你是我的女儿,在这漫漫的冬夜里,你就是我这个寂寞老人倾诉衷肠的人了,你愿意听吗?”

“阿爸,你讲吧!”杜丽珍带着一种宗教的虔诚,“我会当成自己的家史来记取的!”

“我们祖上是河州(现今也叫临夏)摩尼沟何家庄人。我的爷爷辈里最有学问的是马占鳌,他原在本地传经,以后到西安清真寺留学。

“那时大清王朝已经腐败,官吏庸劣贪财昏昧无知。那时太平天国起义的烈火卷到西北,西安深受太平天国的影响。陕西回民向来被地方官府歧视压迫,就借着太平天国的燎原大火,秘密准备起事。

“马占鳌在留学中对太平天国有所见闻,‘穿衣’,也就是毕业,回到家乡,在本庄寺院里做开学阿訇。他能言善辩、敢作敢为,很受本乡教友的尊崇。

“咸丰年间(1851—1861年)青海藏民和蒙古族互相拼杀,清廷不得不多次在西宁镇压,那也是个兵连祸结的年代。接着,巴燕戎格的撒拉族人举行暴动,马占鳌便集合本乡回民群起抵御,屡战屡胜。

“那时,马占鳌是公认的有勇有谋通晓经典的阿訇,自然也就成了回民的领袖。

“同治二年(1864年),马占鳌被推为河州回民暴动的主帅,率队攻击河州城。马占鳌的二弟战死。从此,马占鳌与守城者结下了杀亲大仇,发誓拿下河州。他给暴民下了禁令,破城后,对俘虏不能乱杀,只要他归顺回教就可饶恕。同治三年，攻陷了河州，不乱杀俘虏很得民心，都愿归顺，暴动队伍扩大，到处烧起战火。

“追随马占鳌的人越来越多，成分也越来越杂，纪律越来越坏，部队越来越难管束，这和中国历史上许多农民起义一样。”

杜丽珍耐心地听着，像听一个惊险的故事。

“马占鳌对这种状况甚感忧虑和不满。他召集大小头目们训话，他说：‘开头起事时，大伙脚上穿麻鞋，手里拿着五尺长矛，过着比老百姓还苦的日子；如今大伙抢富了，脚上穿上了羽绫靴，身上穿上了绸缎马褂，变得爱钱爱命不爱民了。不去打坏人，为民变成害民，矛变成铲头了！’

“马占鳌的话说得很严厉，东乡帮头目大为不满，说马占鳌辱骂了他们，聚众包围起来要杀害他，幸亏有一部分人挺身保护他，这才解围。

“马占鳌既愤怒又伤心，他对那些一齐起事同甘共苦而后又变了心的头目们说：‘既然你们恨我，不尊顺我，我也不强来管你们，以后我只守积石关和循化城，河州的事我不管了，你们另推首领吧！’

“东乡帮占了河州，失去了统一指挥，内部又闹纠纷，彼此不服，纪律更坏，酿成自相残杀。

“同治八年（1869年），左宗棠率领湘军入甘肃剿抚。总兵傅先宗、徐文秀等从临洮渡河，直逼河州，东乡帮各头目大为恐慌，只好恳请马占鳌出面维持局面。

“马占鳌说：‘既然要我管辖，就得听我号令，你们要纳经发誓。’

“纳经，就是捧着《古兰经》！众头领一概遵从，马占鳌就回到太子寺主持大局，制定计划。

“后来，互有胜负，傅先宗、徐文秀都被打死，四十营湘军全部溃败，回军大胜。湘军后退三甲集，马占鳌进驻马里庄。

“马占鳌用‘黑虎掏心’的战术取得了大胜。头目们都以为打了胜仗，一定要继续发动进攻，可是马占鳌却忽然提出了投降的问题，大伙都很吃惊。”

“为什么打了胜仗反而要投降？”杜丽珍大惑不解。

“这正是马占鳌的远见。他能从一时的胜利中看到未来的失败，就像你们西路军一样，即使再打几个胜仗，也还是要败。”

“为什么？”

“你听那时的马占鳌怎么说，他说：陕西的白彦虎失败了；宁夏的马化龙也失败了；陕西已告肃清；甘肃也大部平定；只剩下我的河州和西宁两个地方。就像全城都失守了，还剩下两间房屋还在打。屋里的人越拼越少，屋外的敌人越聚越多，屋里的人败是定局，只是早晚的事。与其打败而降，不如乘胜而降。他说，我们两个小县和整个大清王朝作对是不能取胜的，乘胜投降是吃敬酒，失败投降是吃罚酒。过去抵抗大清的罪责，由我一人担承；清廷一定少办善后，宽待大家。若是战败而降，已先战死许多无辜，而后反再严办，又死许多人。知胜不知败，早晚都得惨死，落个霸王自刎乌江……我马占鳌反而对不住大伙！”

“这个道理我要仔细想想才明白。”杜丽珍说，“打了胜仗投降，不是很容易理解的。”

“马占鳌讲得已经很明白了，只是你入世不深，不容易想透就是了。为了取信左宗棠，不使他起疑心，各首领派出自己的儿子去作人质，表示投降诚意。马占鳌的长子马七五、花寺马永瑞的长子马如蛟、洪门马万有的长子马福才，带着投降禀帖到安定城去见左宗棠。

“当时左宗棠正为打了败仗焦虑万分，忽见来降，喜出望外，仔细推敲禀帖，断定是真降，而不是缓兵之计，便欣然接受，并给马占鳌没起字号的长子马七五赠名马安良。

“马占鳌遵从左宗棠的指示，同马悟真、马永瑞、马万有、马海晏等十二首领赴兰州住绣河清真寺，等候传见。

“马占鳌在左宗棠传见时，便自带锁链，言称罪在他一人，希望朝廷宽恕他的部下。

“左宗棠立即应允，并要他为清廷立功赎罪，委马占鳌为督带兼中旗管带，马悟真为左旗管带，马永瑞为右旗管带，马海晏为督标中营步队管带。参加了清军刘锦棠西进的部队，由循化进入化隆，最后进入西宁、大通，结果弯弓反射，为大清效忠，听从驱使，杀自己同教同族……

“辛亥以后，甘肃共分八镇，各镇守使，汉回两族各占其半。

“回族的镇守使有：宁海（现今的青海）镇守使马麒；宁夏的镇守使

马鸿宾;甘州镇守使马麟;凉州镇守使马廷骧。

“汉族的镇守使有:肃州镇守使吴桐仁,河州镇守使裴建准,陇南镇守使孔繁锦,陇东镇守使张兆钾。

“各路诸侯各霸一方,自从陆洪涛护理甘肃督都的命令发表之后,回族各镇守使,以拥护马福祥当甘肃督都的目的没有达到,尤其对陇东将领张兆钾反马一事愤愤不平,汉、回矛盾陡起,当时省城纷纷相传,说各马家军有独立的企图。陆洪涛惧于马家军的武力,不敢立即到兰州就职,其幕僚提议先暂驻定西,再观动静,陆洪涛认为这将被视为怯懦,反而坏事,便毅然到兰州就职视事。

“回族各镇守使虽未公开表示硬抗,但是软顶。督署下达政令,形同虚文,各镇所属县缺,均由各镇自行委任,只是报省备案;驻军粮饷竟然由县署局直接提取。各县民财各政,均由各镇把持,致使省令不出省垣。

“陆洪涛对此情况,极感愤怒。他的部下各将,力主武力征服。战事大有一触即发之势。

“甘肃缙绅名流,晋见洪督军,力言兵端一开,必然兵连祸结,百姓必受涂炭,最终必将结为冤仇,万世难消,反难收拾。

“陆洪涛权衡利弊,接受了他们的建议。省绅清翰林刘尔炘也愿出面调解,乃会同地方各耆绅联电各镇守使,同莅省垣共商要政。

“电文首先对甘肃地方疾苦情况以及汉回和衷共济之必要特予强调,并对各镇之矛盾多作解释,造成局势之缓和。各镇接电,微言大义,表示服从,从此各镇各处信使往还,甘肃局面出现了表面统一。

“其实暗中各怀鬼胎,争权夺利,明争暗斗,反而在烟幕后加剧进行。陆洪涛明知此情,也无可奈何,只好睁一眼闭一眼,任其发展。

“所有各镇,都是标榜爱民为其宗旨,其实没有不鱼肉乡民的官,只是程度不同,各镇横征暴敛民不聊生,又酿成了不尽的祸根……”

老人为此循环反复的动乱战祸,无法医治,引为浩叹,视为人类之悲哀,大有看破红尘之慨。

“这种互相征伐、仇杀,真难分清谁是谁非,全都是为了生存发展,谁有利于我则为友,谁有害于我则成敌,古今一理。

“我只是鉴古观今，再说我们马家军的历史。马福祥是西北军阀的主要人物，他生于一八七六年，比我大六岁。他的父亲叫马千龄。他有三个弟兄：福财、福禄、福寿，他是老四。

“马福祥幼年入私塾读书，十四岁和他的二兄福禄练武，天天演习弓马枪刀。

“后来，马福祥为清廷卖力受赏识，成了宁夏的统治者。为了维护和发展他的势力，派他的儿子马鸿逵与他的侄儿马鸿宾领兵打败了卢占魁、白彦公、金占奎和伪皇帝达尔六吉等地方势力，还堵截袭击了‘白朗’的起义部队……”

杜丽珍只是耐心地听着，她无法搞清这些历史变化的根源和互相间斗争的是非曲直。

“一九二五年冯玉祥的国民军陆续入甘，马福祥为了自保，又重演马占鳌乘胜投降的策略，主动请冯玉祥收编。冯为了笼络西北诸马势力，将其部队改为七师，由马鸿逵任师长，马福祥本人则出任航空督办，转向内地进行活动。

“一九二六年冯玉祥五原誓师，委马鸿逵为国民联军第四路司令，归援陕总指挥孙良诚节制。孙良诚率孙连仲、马鸿逵、吉鸿昌各部经固原、平凉东进入陕西，进攻刘镇华部，以解西安之围……”

第七章 家 史(二)

“军阀争权,三年一小乱,十年一大乱,好像谁也改变不了的定局。”老人长叹一声说,“受战乱之害的,只有老百姓啊! 苍生何罪?

“军阀割据,甘肃自成一局,连年混战。在我们马家分为三个军事集团:一个就是马步芳集团,人称西宁马;马廷贤兄弟;还有马福祥的家族。这三个家族在甘、宁、青三省渊源很深。

“马仲英是马步芳近族兄弟,他的祖父七老太爷和马步芳的祖父是亲兄弟。马仲英童年时在青海贵族式的军事学校里参加军事训练,十几岁时就兼任营长之职。他原名马步英,后来在他倡乱时与马步芳互相猜忌,决意与马步芳决裂,不愿与他同宗同辈,改名马仲英,其弟改为马仲杰。

“在古代,这种同室操戈,兄弟相残的事不胜枚举。马仲英在十七岁时,就以反对冯玉祥为口号,大开杀戒,殃及数十万无辜百姓,因其年幼,人称‘尕司令’。

“马仲英行事鲁莽。我被马麒派去当随军阿訇,与我同去的还有三人,事实上,成了他的参谋部。马仲英所纠合之部众,为清一色的回教徒,并且多半是绿林好汉,战斗力强,破坏性也大,杀人越货奸淫掳掠是家常便饭。所到之处,无论贫富,无一幸免。

“不久,甘肃各地缙绅名流赴兰请愿,冯玉祥将领刘郁芬将马仲英之父扣押,以迫马仲英就范。不料事态日益扩大,冯系将领改变了策略,变招抚为镇压,把马仲英的父亲杀了。派兵剿办,势如燎原火起。

“马廷贤也在陇南举事反冯,与马仲英合兵一起,利用民族纠纷,扩大乱源,导演了一出大悲剧,战火遍及甘、宁、青全境……”

老人沉思了一会儿继续说：

“那一天，我们部队来到永昌一个叫永宁堡的村庄。夜很黑，可是村屯的燃烧的火光把大道照得通亮。一位白发苍苍的老人向我伸出枯瘦如柴的手，后面是跪地哭嚷的村民，那凄厉之声，如今我想来都战栗不止：‘看看吧，你们要粮，老百姓给你们粮，你们要兵，老百姓交出自己的子弟……无非是盼个国泰民安……你们东来东杀，西来西杀，年年杀，月月杀，人死绝，泪流干……你们难道没有父母兄弟姐妹？为什么不给老百姓留条活路呢？……’他指着正在大火中焚烧的屯庄，我看到那些房屋正在大火里塌倒，我立时浑身寒透。我不敢想象民间有多少怨恨痛楚，一时也弄不清我这个熟读《古兰经》的教长阿訇，是不是按照安拉的训示行事，我为马仲英的战争出谋划策，是对还是错？是功还是罪？

“……我一时间万念俱灰，向老人垂下头去，我无法回答老人的责问，只能拉马绕过那群无家可归的难民，回到马仲英的司令部，自知从此很难振作了。那些无家可归的难民的哭号之声，像钝齿的钢锯在我心上拉来拉去。……我当夜就给马仲英留下一封书信，离开了军营……

“我怕他派人找我，便假托去麦加朝觐，以绝其念。……我在这里已经七年了。……我研究历代典籍，研究各教派的经卷，寻找人类通向阿甸园之路。”

“阿爸，你是反对一切战争的了？”

“是的，四海之内皆兄弟也。”

“为什么战争总是不止？”

“这正是我要寻求的。”

“我在革命部队里，领导经常教育我们，战争是分正义和非正义的！我们不一般地反对战争……”杜丽珍自知讲不好这一点，但她心里是明白的，“我就是为了不吃苦不受罪，才参加红军的！我们是为穷人过好日子去打仗的……”

“这个正义和非正义的定义由谁来下呢？马仲英打冯玉祥是正义还是非正义的呢？”

“这就看站在什么立场上说话了?”

“这就又难分清了:你认为红军过黄河打马家军是正义的了?”

“当然。”

“那么,马家军认为打红军也是正义的!这不公说公有理婆说婆有理了吗?”

“对人民有好处战争就是对的,摧残人民的战争就是不对的!”

杜丽珍以她有限的知识说出对战争的理解。

“可是,什么战争不摧残人民呢?……哪一方的炮火不伤人呢?……河西走廊有多少城镇村庄化为废墟?”

杜丽珍觉得可以回答,只是她说不出来。她相信总医院的政委可以回答,她相信陈昌浩政委更可以讲得头头是道。

老人不再追问她了,继续说马仲英的历史。

“一九二九年夏,冯系将领吉鸿昌给马仲英几次歼灭性的打击,马仲英内部也起了分化,与马步芳的矛盾也日益加深,渐渐山穷水尽,濒临绝境。

“谁知蒋介石出面干预,给马仲英带来转机。蒋介石把马仲英捧为西北杰出人才,实指望在军阀混战中,作为被己利用的一支力量,他急令马仲英率部离甘,听候改编,以避吉鸿昌的锋芒。

“但是,马仲英部多是当地土匪,不愿离开山头,当走到绥、宁交界的时候,部属哗变,拒绝开进,并另推马仲英之侄马谦权行代理执行,撤返宁夏境内,议请冯玉祥收编。马仲英及其亲信遂赴南京。

“蒋介石对马仲英只身到南京,大失所望,暂派往中央军官学校深造。几经转折,他第二次回到甘肃,兵不血刃,立即又接受了马谦的兵权。

“一九三〇年夏,中原大战之后,冯玉祥集团已经瓦解,甘肃已是无政府状态,东部匪势日炽,百里成霸,河西走廊就成了马步芳的一块禁脔。马仲英不甘示弱,与之交锋,又失败了,只带着五百人逃到嘉峪关外,进入新疆。……那时我已经离开他到这里来隐居了。”

第八章　野　外

杜丽珍坐在书斋里,聚精会神地看着马向真写的《世事实录》。这是用毛笔正楷写的,她有些地方完全看不懂,马向真就像对待小学生一样,不厌其详地向她解释。

杜丽珍一边读,一边觉得人生之难测。如果在半个月前,有人预言她有一天,安闲地坐在一位虔诚穆斯林的书斋里阅读《古兰经》和《世事实录》,那她准会认为这个预言者是个疯子。

院子里已是盎然的春色,温馨的南风正带着山林的清气从窗口吹进书斋,燕子在院中来往翔掠,金黄色的迎春花的柔条间溢满了小鸟呢喃的繁音,桃枝已经冒出了红色的嫩苞,期待着从远方走来的汹汹春色。

杜丽珍走神了,她望着窗外,目光漠然,眼前却晃动着石窝山的影子。她忘不了那个两公尺见方的石洞,她仍然猜不出那一声远一声近的枪响的真情。她下意识地打了个寒噤,那山洞中一夜的惊悸重又向她袭来,似乎在向她展露一个极其复杂的隐秘的启示。

她那已经追忆不起来的吕杰人从瞎眼算命先生那里得到的箴言,反而以可怕的清晰记了起来:

一生做事似飘蓬,
东奔西走何日停。

此时深想,反能附会出一番深意。

“正梅! 你好像正想什么? 今天天气真好,咱们出去走走吧!”

马向真的声音很低,却圆润而又清晰,深含抚爱的语调有一种特殊的魅力。他正在继续写他的《世事实录》，杜丽珍的一切活动仍在他的视线之内。

杜丽珍还不习惯“正梅”这个名字，有时老人唤她数声，她才回味过来。她顺从地站起来，带有几分歉意地说：“好吧！阿爸！我大概不是个好学生，老走神。”

“是我写得枯燥，不能吸引你。”

“不是……是我不太知道那时的情况！”

“等我写完这一卷，我就说给你听。”

他们走出庭院，聋哑的老仆向他们额首致意，并用手势询问主人回不回来吃午饭。马向真进山，有时中午是不回来的。马向真向他示意他们不会走出很远。

庭院极为整洁，表现了回民爱卫生的习惯。院中种了各种花草，巨大的葡萄架占去庭院的四分之一；几株沿院墙而生的枸杞，从支架上垂挂下修剪过的枝条，缓缓地摇动着；两株高大的枝叶浓密的广玉兰，雍容、傲岸地挺立着，仿佛告诉主人，再有两个月的时间，它就会把乳白色的大如茶杯的花朵奉献给他们。

“女儿！咱们走远还是走近？”老人挽着杜丽珍的左臂，走出院外。

“走远走近我都行！”杜丽珍顺从地说，“女儿什么大山大河都过了，戈壁沙漠也过了，这些日子我的体力完全恢复了！”

“那么，咱们应该走远一点！”

“爸爸今天不想写了？”

“我希望跟你多呆一会儿，”老人温和地说，“等到环境安静了，爸爸带你到西宁，看看最大的清真寺。”

杜丽珍未解老人的心意，她看过的寺庙已是不下数十了，顺嘴回答道：“我希望爸爸能看看大别山的金刚台……我的家就在……”杜丽珍猛然打住了，她发现老人的脸上露出一种近似绝望的神情，她不敢再讲原来的家了，而且对清真寺如此淡漠，已是近似亵渎了。

“你看，祁连山的雪峰有多么高！”

“是的！”杜丽珍又感到老人的执拗，甚至有一种变态心理，他是立志在短期内，把她改造成一个真正的穆斯林和一个真正的女儿。

这种近似疯狂的热情如此强烈，使杜丽珍既敬畏又胆怯。他是决心让她忘掉从前的一切，脱胎换骨。老人在其他方面是完全通情达理的，只有这一点绝不通融。

一阵长久的沉默。

杜丽珍知道，跟老人谈话，一不能提红军西路军，二不能提大别山她的家！最初，他允许说几句，后来，他要把她从过去的漩涡中拽出来。

“女儿，你是真主赐给我的，今生，你不要离开我！”

“爸爸……我愿意侍奉你的晚年，我是红军总医院的护士长……”

不小心，又触到了老人的疼处，她急忙收住了口。

大西北的春天，总是姗姗来迟，但它终于降临了。

温软的南风从南山的丛林中徐徐吹来，带着融雪后的微寒，冷龙岭的雪峰仿佛变暗了，山腰部的积雪上出现了斑驳的黑块，马营河里橄榄绿色的雪化水，淙淙流向干涸的田野，僵冷的大地复活了，枯黄的山坡披上一层绿，骨瘦如柴的牛群在山坡上散开，发出欢快的哞鸣，羊群像撕碎的白云，在山坡上移动。远处，隐隐传来悠扬的歌声。

灿烂的阳光在山野间流泻，蒸腾起一层薄薄的雾气，像袅袅的轻烟。

杜丽珍早已失去了那巨大的狗皮帽子，绸制的嵌着金边的黑色盖头，在春风里飘拂，上面绣着野百合花的图案。她应该戴绿色的，那是未婚姑娘的饰品。但是，战乱之中，义母没有留下姑娘时的用品。

马向真穿着藏青色的准白，这准白是近似汉族的长袍，头缠雪白的达斯达尔，而不是平时戴的那种白色号帽。这种缠巾是在清真寺作礼拜时的一种庄重的头饰，类似汉族的礼服礼帽。

杜丽珍不明白爸爸今天为什么修饰得如此严整。

她还发现爸爸换下了冬天穿的麦斯海（皮袜子），穿上了灰色的布袜子，好像作长途旅行。

大地在甜甜地温馨地笑着，云雀在高空唱着春之颂歌。此时环顾茫茫群山，不能不心扉顿开，胸怀酣畅，野草的芬芳气息泉水似的浸入肺腑。

脚下的金雀花和窈窕的飞燕草,各自临风搔首,摇曳弄姿。几株高大的山毛榉和赤杨把它的树冠推上高空,拦阻飞动的流云。啄木鸟“梆梆”的叩击声,像报平安的守更人的木梆一样,宣告这是一个和平宁静的远离尘嚣的世外桃源,一切都是美丽的和谐的,充满着勃勃生机。

这对刚刚死里逃生的杜丽珍来说,是一种不可思议的奇迹。一种微妙的惆怅和忧郁在她心头荡漾:我怎么会来到这里?我的那些战友们呢?她的心又沉入漫长的往事回忆之中……

马向真引领她慢慢地走上了高坡,向远望去,平静宁谧的群山展接天际,南望祁连,雪峰高耸奇绝,伸展到看不见的远方。

山间的一切景物,树林、花草、陡崖,乃至天空的雄鹰,都引起杜丽珍对大别山的联想。

天空蔚蓝,有几朵白云在高空飘浮。大自然并不因人间发生的悲剧而有所改变,远处的迤逦的山峰像是从远方赶来团聚。向北望去,大漠像黄澄澄的大海,苍凉广袤,空旷,仪态漠然地尽人俯视。然而,杜丽珍却又看到李月仙紧紧抱住吕杰人的情景……

杜丽珍急忙收回目光,山下的树丛中有个几十户人家的村屯隐现在她眼前。

清真寺的仙桃似的圆顶高踞在村屋之上,那里已经升起午饭时的缕缕炊烟。

“爸爸,那里有人家!”

“那是个村屯,叫三溪湾!……这里人家都很富裕,有的人家编织红柳筐篮,有的人家擀毡,有的人家鞣制毛皮,都是工艺人家……”

“我们大别山(她又犯忌了)也有编柳条筐的。只是擀毡和鞣制毛皮的我没见过。”

“去吧!咱们去看看吧!”

“来不及回家吃午饭了吧?”

“没有关系,会有人家招待我们的!”

不等杜丽珍应允,老人就率先向村屯走去。他们跟见到的村民都互道“撒拉姆”。这是“你好”“平安”的问候。一片淳朴之风扑面而来。

他们先看了擀毡，这毡是高寒地带的必需物品，毡分春毛毡、沙毡和绵毡，其中以春毛毡和绵毡最佳，因为沙毡是山羊毛制的，绵毡则是绵羊毛制的，柔软、舒适、匀称、洁净。通常有四六毡（即宽四尺长六尺）、五七毡、单人毡和伊斯兰教作礼拜时用的拜毡。他们还会擀制毡帽、毡鞋、毡靴……

他们又去看鞣皮。先用钝刀把皮板上的残肉和油脂铲净，再把皮浸泡在水里，这里有狗皮、羊皮、狼皮、狐狸皮……浸泡之后，在温热水中刷洗，再在硝水中过滤，然后经过下皮、翻缸、起缸、晒皮、喷水、钝刀铲软、快刀铲光、除灰等十八道工序。

杜丽珍受不了制革作坊的臭味恶味，呃呃欲呕，但她强忍住，随同老人看完，正是晌午时分，他们向清真寺走去。

"正梅，你知道一个穆斯林，每日要做五次礼拜吗？晨、晌、晡、昏、宵，今天是星期五，是主麻拜（也叫聚礼）的日子，咱们去做礼拜吧！"

杜丽珍只能点头应允。

他们看见村民们都穿着整洁的服装走进清真寺去。

"爸爸，我恐怕要失礼的！"杜丽珍畏怯地说。

"你跟着我做就是了。"老人停在寺门，对身边的杜丽珍说，"你看，这里虽然是山村小寺，它的神圣是一样的。这门的对联是跟西宁东关清真寺一样的：

> 日非真不耀，月非真不明，至教不真，不能万古；
> 天得一以晴，地得一以静，圣人得一，以参三才。"

这个乡村小寺已经站满了人，礼拜还没有开始。

老人对杜丽珍说："法蒂梅……"

杜丽珍吓了一跳，仿佛这声音是从天上来的，她对这个名字太陌生了。

"你面向的壁龛，就是麦加克尔白。"

"麦加我知道，那是圣地。"

"克尔白就是麦加圣地中的一座立体方形的石殿，也叫天房。礼拜有七个顺序，必须依次完成，你要跟着我做。第一，双手举于头的两旁，口诵‘真主至大’；第二，端立，置右手于左手上，口诵《古兰经》前章；第三，鞠躬，双手捉膝，行鞠躬礼；第四，直立，抬起双手，口诵‘赞颂主者，主必闻之’；第五，跪下，两手掌附地，叩首到鼻尖触地；第六，跪坐；第七，第二次叩首……”

这时伊玛目（主持礼拜者）已经站在众人的前列。

杜丽珍第一次对着麦加克尔白口念“真主至大”，她的声音是颤抖的！

杜丽珍几乎失去知觉地机械地跟着伊玛目做完了所有的动作，两手老痉挛不止。她仿佛昏迷不醒，只觉得身处另外一个世界，心灵仿佛被涤罪之净火焚化了，脸色苍白，精疲力竭，不知是上升还是下沉……这种恍惚感，直到马向真挽起她的左臂，轻声说：“走吧，女儿。”她才清醒过来。

他们走出教堂，四月的阳光已经炽热地炫目地照射着这个古朴的屯庄……

马向真总是避开杜丽珍的目光，免得审视自己创造的奇迹而受到太大的震动。他顺理成章地为真主创造了一个新的穆斯林。

“女儿，饿了吧？所有大门都是对我们敞开的。”

“爸爸，我一点也不饿。”杜丽珍不敢说她参观鞣皮作坊时已是不断反胃，“我想找个树阴坐会儿！”

她的确需要安静地休息一下，舒散一下奔放过于猛烈的激情……不知为什么，觉得病了似的周身疲累不堪。

他们在一棵高大的白杨树下落坐，草丛已经绿了，其中有几棵蒲公英，嫩黄的花向着杜丽珍微笑。

杜丽珍不知为什么老是想哭，她内心里漾起阵阵伤疼，就像一个出嫁的姑娘，不得不遵从父母的意愿登上花轿一样。

父母之命是不可违抗的，她不能忘了父母的养育之恩；礼拜的事实也是不容反悔的，她已经跪在真主面前，发誓至诚不二了。

她激动得太厉害了，难以理解身外的一切。她有一种“失身”的感觉。

她意识到，她从清真寺出来，自己已经变成另外一个人了。这个礼拜五的阳光像一把闪光的宝剑，把她的一生斩为两截。

她记起，她向着麦加克尔白跪拜的时候，不知从何方有一道太阳光强劲地投射到她的眼前，在那光流中她听到一个声音："真主至大，……赞颂主者，主必闻之。……我信真主，至诚不二……"这声音热切、昂奋、悠远，在高大穹窿中震颤回荡。她不知道这是众人的声音、义父的声音还是自己的声音，她只知道她的心头一阵飓风吹过，全身如树叶簌簌发抖，其声清晰可闻，她似乎什么也看不见什么也感觉不到了。

她知道从此之后，过去的一切已经结束，生活为她翻开了新的篇章。她不能放声大哭，开始她仰脸向上，不让盈眶的泪水流下，但泪水无法回流，反如涌泉奔突；她猛然把头一低，双手捂脸，眼泪从指缝中涌出。

马向真绝不安慰她，也不埋怨她，受埋怨的应该是他自己。他把这个悲苦无告的落难的姑娘拉拽得太猛了！"真主！原谅我的自私吧！我拯救一个灵魂，必须毁灭一个灵魂！"他喃喃着，等待着，看着姑娘抽搐的双肩，就像审视着自己创造的奇迹，看着一个灵魂在阵痛中诞生，另一个灵魂在剧痛中惨死。

前者是善，后者是恶。马向真只觉得身体里有一种力量向上冲涌，他轻轻触动着杜丽珍的右臂："女儿，安拉说，你们之中最尊贵的，便是你们之中最善良的，那么，你是最善良的也就是我们之中最尊贵的了！……你放声大哭一场吧，跟你的过去告别，从今后，咱们一起踏上去阿甸园的路途……"

"爸爸！"杜丽珍抹着眼泪，"我只是觉得心里难受。"

"女儿，这是应该的！"老人语调中饱含着一种至诚的慈爱。

杜丽珍扭身俯在老人肩头放声大哭起来。老人轻柔地抚摸着她的柔发，眼中汪出了泪水。

"假如你那未见面的妈妈活到今天，看到有你这样一个女儿，她会高兴得发疯的！……不过，这一切，她都会看到都会听到的！……咱们到阿甸园去和她相聚。”

“在家里的照片上，我看着她，她也看着我……”

“女儿，爸爸是个自私的老人，我在真主面前已经告罪了，真主原谅了我，启示了我。……我在真主面前，听到你宣誓信仰真主，至诚不二……是吗？”

“是的！”

“这我就放心了。昨夜我梦见你妈妈告诉我，应该遵从真主的意愿，安排女儿的前程！”

“女儿的前程？”

“是的，你是真主送到我家来的，你是赤身裸体让正良抱回来的！”

杜丽珍脸上一阵绯红。

“你过去的生命已经死在沙漠上了，现在的你将是我们家的人，你的婚姻也应该遵从父母之命，你应该和正良成亲，从今天起，你已经是真正的穆斯林了……”

这些突如其来的命运安排，疾如闪电，杜丽珍无法辨别是福是祸是有幸还是不幸，简直在命运之锤的连连撞击之下，有点昏迷不醒了。

她曾几度产生过逃离的念头。她逃向哪里？大别山现在是什么样子？陕北是什么样子？也许她迈出院门第一步就落进马家军的民团手里。石窝分兵后的经历又历历在目。二万一千八百能征惯战的部队尚且不能保卫自己，她一个姑娘有什么能力保护自己？纵使没有敌人，身无分文，能走出多远？

她想到了，自己预想争取的前程，很可能是可望而不可即的海市蜃楼，是一个陷阱，一个悬崖，一个深渊！

更何况，她能背信弃义而置老人的痛苦于不顾吗？她能背叛自己的誓言吗？

她慢慢从命运急遽的冲击中苏醒过来，还想把记忆犹新的往事一一重溯，再领略一遍正淡化的新奇的感受。要想真正了解这一切所含蕴的奥妙哲理，也许必须有位哲人的剖析，也许必须有很久的沉淀反刍，也许还须要有一颗善良和燃烧的心吧？

“爸爸，……一切遵从真主的安排吧！”

"这就是最大的悟觉！女儿，让我们感谢真主吧！"老人缓缓地把杜丽珍扶起，他的一切都如愿以偿，不由心扉顿开，立即提议说："咱们回家吧！你聋哑大叔准备的饭茶，也许已经冷了！"

杜丽珍失魂落魄地站起来，顺从地跟着老人走。他们还要翻过一个不高的山梁。

这时，一个骑马的人正从山梁那面登上山岗，向他们张望了一会儿便迎面而来。

"爸爸！"杜丽珍激动地低声说，"好像是正良哥回来了！"

"是他！"老人一眼认出了儿子！

那骑马者跳下马来，向他们喊叫："爸爸！丽珍！"

他们双方都急急向前奔跑！

第九章　盗马帮

马正良由一位牧民引导，在一间低矮的石壁小屋里见到帮首田世昌。

田世昌打发牧民走后，突然转身用一把长刀抵住了马正良的胸脯。他脸色先是如火燃烧而后变成铁青色，刀尖直杵到肌肤，甚至感到了对方的心脏的跳动。

“说，你是不是马龙飞派来的奸细！”

马正良凝然不动。他仔细地打量着盗马帮的首领：他大约有四十五岁上下，敦实健壮，脑袋又大又圆，头发乌黑透亮，胡子又浓又长，目光犀利，全身的肌肉久经风霜，蛮悍中带着柔韧。他的腮帮上有一条刀痕，破坏了他端正的脸型，增添了几分狰狞。马正良没有移后半分，反而淡淡地笑了：“我以为你是个很有胆量的好汉，在你的司令部里，先拔刀相向，即使不算失礼，也是有失沉着……若要动武也得等我把刀拔出来嘛！”

田世昌满脸通红，把刀收回：为自己的冲动和浮躁感到羞愧。

“那好！你请坐！”然后他笑笑，解释说，“我不过是试试你的胆量嘛。”

马正良坐到身后的炕沿上，看到屋外几个盗马贼正剑拔弩张地向屋里张望，他沉静地把自己的七星军刀从腰带上摘下，放在桌上：“田首领！你能不能让屋外的人退下？你总不会认为我会刺杀你吧？”

“为什么？”

“我有话向你一个人说！”

田世昌略略沉思了一下，挥手让门外的人退去，并叫人递上两碗糖茶来。

“我是马龙飞黑鹰团的一连连长，是马家军之鹰，第二把七星军刀的获得者！”

“我很敬佩！”田世昌略带讽刺地说，“你正前程无量的时候，忽然来投奔一个盗马贼，我就更敬佩了。……你可知道，我是黑鹰团的眼中钉吗？”

“正因为这样，我才来投你。”

马正良把自己脱离黑鹰团的经过说了一遍后，道：“我把马龙跃杀了，他是我们的营长，再加违令拒不杀俘，我是双重的死罪。”

“你犯这样的罪似乎不太值得。”

“我是遵从真主的意旨。”

“我就是叫信仰真主的人逼反的！”

“他那是违背了真主的意旨，正像他屠杀俘虏。”

“你来投奔我会有什么前程呢？”

“咱们是同乡，同教……同命运……”

“你是临夏人？”

“是的，是摩尼沟何家庄！”

“啊！那就更近了，我家离何家庄只七里地！”

“我父亲就是临夏清真寺的教长阿訇。”

“我父亲也是，说不定他们都认识！”

“请问你父亲大名？”

“田福荣！”

“父亲提起过。不过，他在寺里时间很短，以后就担任马仲英的随军阿訇了……”

“原来我们还有世谊！可以兄弟相称了。”

“这就是我来投效的原因。”

“你不会成为马仲英第二吧？”

“不可能！我并不想扩大自己的势力！”

这么说着，田世昌依然猜忌地审视着投诚者。他估量不出，马正良给他带来的是福还是祸。这种忌惮之心，并不是绝无根据的。

田世昌是甘南临夏人，东乡族。这个民族旧称“东乡回”“东乡土人”或“东乡蒙古人”“蒙古回回”等，因多数聚居河州东乡，故名东乡族。这个民族是十三世纪的一支信仰伊斯兰教的蒙古人、回回色目人和当地的汉、藏、回等民族长期相处发展而成。元代初叶曾编入“探马赤军”从事屯戍，属于逊尼派，强悍，尚武。

他原来是个有名的马贩子，善识名马，经常通过河西走廊将伊犁马贩往内地，收益甚丰。

他的父亲是开学阿訇，所以他也精通文字，所受的教育与马正良颇多近似，当时也是一个正直勇武的青年，只是贩马之后，熏染了商人习气。

两年前，他在新疆的昭苏、特克斯一带买到一批伊犁马。这种马古称“天马”“西极马”，体格高大矫健，结构匀称，气质灵敏，头秀美，眼大眸明，毛色以骝为主，栗毛与黑毛较少，因而黑马也就特别珍贵。其中有两匹被马龙飞看中，一匹红如火焰，一匹黑如焦炭。红马名为“火焰驹”，以示此马堪与关云长的千里追风赤兔马媲美。黑马则名为“黑珍珠”。田世昌只答应售出红马，而且要价极高。黑马自骑，暂不出售。

马龙飞认为受了侮辱，但不动声色，只买了几匹次马。

田世昌和他的三个伙伴赶着三十匹骏马，走出大约七十多里路时，忽然马龙跃带一个骑兵连追赶上来，说昨夜里黑马旅有两匹良马被盗，当即指出“火焰驹”和“黑珍珠”就是所失之马。

田世昌大怒，与马龙跃争执。马龙跃遂命士兵将田世昌连人带马一起带往黑鹰团，把他打得皮开肉绽，投入监牢，并将两匹马烙上军马印记。红马送给了马步青，黑马自己骑用。

田世昌在监牢中认识了一个东乡族的卫兵。他从腰带里取出一块金条，请其偷放他出去。哨兵本来就对田世昌深表同情，知道他受了冤枉，便偷了两匹马，两人一起逃。

田世昌回到家乡，纠集了三十多同族弟兄，对马家军进行疯狂的报复，两次劫掠了马步青的军马场，把军马驱散。那几千匹膘肥体壮毛皮油光锃亮的战马，散落在祁连山中，多数为牧民捕获。

冤仇越结越深，报复引来的后果是反报复。马步青一时很难搜捕到出没在祁连山中或是隐藏在牧民中的盗马者。他通过官府逮捕了所有盗马贼的家属，要他们下书田世昌，逼他们放下武器，全部投降，方可免其家族死罪。

田世昌的队伍本来就缺乏凝聚力，遇此重压，很快瓦解，一部分为救家人投降了马步青，一部分交保回家，只有十几名无家无业者随田世昌在祁连山中潜藏。田世昌的父母、妻子、儿女全部被杀，与马家军结下了血海深仇。

面对马家军的强大势力，田世昌远离家乡，在祁连山中没有根基。以东乡族的身份，要号召起众多牧民参加他的队伍是困难的。

他知道红军能征惯战，趁红军西路军溃散之际，他想大量吸收红军散失人员作为队伍的基干，但收容到的大都是伤员。他不得不把他们舍弃，可仍存在着希望。在祁连山里，曾追随过西路军左支队的行踪，却无法使红军小股从大队中分离出来。

后来，他带领十几个人，在黄草沟袭击了押解俘虏去西宁的一个骑兵排，救出了二十几名西路军的被俘人员。但在逃跑过程中，又大都失散。留在他们队伍中的只有两人，一个是在战场上失踪的团政治处主任于家林，一个是西北地质调查所的考古学家万中元。后者是在路过临泽时，被当作红军西路军的侦察人员抓起来的，弄得他有口难辩，只好到西宁时再说，没想到中途被盗马帮救了出来。

田世昌精密策划而且风险极大的一次劫俘行动，并没有达到预期的目的。他前后左右都想过，他的盗马帮的生涯面对马家军的强大优势，很难维持下去，他赖以生存的只有两个依靠：一是祁连山的高峰深谷，不乏藏身之地；二是各大牧场的牧民对他们怀有敬畏之心，供给他们情报、食宿和弹药，是他们的掩护者。

但这两个依靠也并不十分可靠。高山苦寒，冰冻雪封，深山岩洞的生活不会令人羡慕。积年累月长期坚持下去是很难忍受的，看不见出头之日，自然也就失去了耐力。牧民畏惧于政府和马家军的威胁，田世昌是政府的通缉犯，扭送者有赏，藏匿者重罚，于是他们来时被热情接待，刚刚离开就被告发。有几次受到马家军突袭，田世昌的脸上还挨了一刀,这下就更有了盗马贼首领的标记,无论如何化装,也不能隐瞒身份了。

于家林曾劝田世昌改变盗马帮的劫掠性质,组建一支与红军相近的革命部队,他愿意做他们的政委,但他未能说服他。田世昌认为,不要说建立一支不大的游击队,就是有西路军这样大的军力,不也是以失败而告终吗?

于家林不是安宝山,他不懂得,大军失败不等于游击队不能生存。如果由安宝山来驾驭这支队伍,以祁连山作依托,可以在中国大西北的广袤的土地上,任意驰骋,东征西杀,神出鬼没,谁也不能奈何于他。

于家林不乏勇敢,却缺乏军人气质。万中元紧紧地抓住他,邀他一道去考察古楼兰,于家林慢慢被他说动了,他原想争取盗马帮的信心动摇了,采取了借地藏身的态度。

田世昌找不到目标,看不到出路,他深感要有一个军师为他指点迷津,但万中元和于家林都不是合适的人选。马正良的归顺,为他提供了一个契机:

马正良是真正的回民,又是回族之鹰,他比东乡族的首领有更大的号召力和凝聚力。马仲英十几岁就能率众造反,发动了河湟事变。他的号召力在很大程度上就取决于他是回族。

马正良有没有马仲英的号召力?很难说。问题是用什么口号来号召,师出无名是不行的。马仲英打的是反冯的旗号,马正良打什么旗号呢?无论如何,他难以同马步芳、马步青这样有深厚根基的人抗衡,到头来还是失败。至于目前国际国内形势是否有利于他们的发展,这绝非田世昌所能预见的。他不是军事家,更不是政治家,连他自己也知道成不了大气候。

他们吃过晚饭之后,田世昌决定把于家林、万中元和他弟弟田世荣找来,在石壁小屋里开会。

万中元极力主张,盗马帮脱离祁连山,跟他一道去考察古楼兰。事后,带他们出国。他说他懂英文法文希腊文。只要挖到几枚贵霜帝国的钱币,就够他们受用半生。这在所有人听来都是无稽之谈,连有学问的于家林也讽之为“痴人说梦”。

于家林认为,目前的根本任务是加强力量,以祁连山为依托,进行游击战争,以待时变。于家林虽然对国家军政大局有所了解,但不可能做出有用的判断。田世昌、马正良对外界一无所知,对他的“以待时变”一笑置之。

他们都同意扩大力量。

根据牧民传说,有几百名西路军战俘改编为补充营,在冷龙岭的山沟里开山筑路,一餐饭只有一马勺粥。许多人无法忍受繁重的劳动,冻死、饿死、累死了不少。于家林极力主张去营救他们。这里边有很多军事人才,他们可以帮助盗马帮脱出困境。这是一个具有很大吸引力的建议,田世昌认为可行。最后决定派人去与施工部队取得联系,建立内线,里应外合,举行一次暴动,把拉出来的战俘,编成一支游击队。

马正良实在不放心父亲和义妹,自告奋勇去完成接头联系、建立内线的任务。他可以顺路回家看看。

马正良的归来,挽救了杜丽珍的失落情绪。她对这个精壮的英俊男子,产生了一种依附感。

“就是他,把赤身露体的我从沙漠中救了出来……他为了我,耽搁了路程,才被马龙跃追上,才被迫杀了他,走上了亡命之路。……如果他仅仅是违抗杀俘的命令,是可以逃脱的,只要离开黑马旅就行了,现在,他是无法得到宽恕的了!”

一种感恩的情绪从杜丽珍的心头油然而生。

聋哑大叔像玩魔术一样,为他们准备了极其丰盛的晚餐。

一盘发菜,这是聋哑大叔的拿手好菜;烩牛蹄筋、一盘油香卷、一盘油花饼,还有马向真的家乡风味——河州包子和临夏抓羊肉。

饭后,他们每人面前放了三炮台盖碗五香茶。

这种茶,杜丽珍第一次喝。三炮台盖碗茶的饮法非常讲究,配料丰富,先在茶里放上云南沱茶或三春尖茶,再放上冰糖和桂圆,倒上滚沸的名为牡丹花的清泉水,这是三香茶。如再加上葡萄干和杏干就是五香茶了。

晚餐之后,明月已经升起,皓皓无言。

老人端出古琴。他说:“正良,正梅,今夜正是良宵,是我一生最愉快的一天,真主旨意,天赐良缘……

“我们回族婚礼的习俗,送麦海勒(男方送给女方的彩礼)婚礼应该选在‘主麻日’(伊斯兰教的星期五),新郎新娘跪坐,由阿訇念尼卡罕。”

“是的,爸爸!”杜丽珍和马正良同声顺从地说。

“今天,我给你们抚琴,唱几首贺喜歌。……你们可以跟着我唱。

“我的第一曲是赞颂壮士:

茫茫宇宙人无数,
几多男儿是丈夫;
陇上壮士爱弓马,
偏坐金鞍射单于。

“我的第二曲是赞美妇女的:

不把黄金买画工,
进身羞与自媒同;
始知绝代佳人意,
即有千秋国士风。

“我的第三曲是赞美恋情的:

乱绳千结伴愁深,
越罗万丈表长寻;
杨柳在身垂意绪,
藕花落尽见莲心。

“‘嘤其鸣矣,求其友声’,这是《诗经》里赞美人间友情的。我的第四曲就是为人世间的友谊而唱:

人生结交在始终,
莫为升沉中路分;

一生好山思同看，
天涯酣歌共知音。”

新婚三日之后，马正良骑马去冷龙岭完成解救战俘的使命。

杜丽珍彻底地完成了自己的蜕变，已经是一个合格的穆斯林了！

马向真完成了他的“杰作”之后，便全神贯注地完成他的《世事实录》了。

马正良的三天婚期，使他的使命遭到灭顶之灾。马家军的另一名内线，已经先于他两天到达了补充营。

第十章　不成功的营救

原木搭的工棚在火中燃烧。盗马帮的人马隐藏在冷龙岭的密林里，等候着补充营暴动者的到来。

窑山峡工兵营的暴动者，山洪暴发一般向山沟冲去。他们高举着杠棒、撬棒、锤头和铁钎，冲过警戒线，夺取枪支。散入山林。呼喊声、枪声汇成一股嘈杂的怒涛，沿着山峡翻卷下去。一张张凶蛮的黑脸淌着汗水，血红的眼睛喷着火焰，牙齿闪着白光，没有帽子，蓬乱的长发在脑后飞动着，他们的前面还有一件举在长竿上的黑衣权作揭竿而起的战旗。

他们没有口号，只有狂怒的吼声："冲啊！"

"站住！"

枪声。

"打死他们！"

在警戒线上发生着短促的格斗。

受伤者的嚎叫，挣扎，扭曲，痉挛。

山风中飘动着硝烟和血腥味。

"跟我来！"这是马正良，他的面孔因叫喊而歪扭着。他没有骑马，一手举着长刀，一手举着那面黑衣做成的旗。这是暴动时约好的信号，只有跟随着黑旗冲出的方向，才会受到盗马帮的接应。

但暴动的队伍只有一部分跟随着他。多数人向四面山林间散去，树枝扯碎他们的破衣，抓烂他们的皮肉……子弹在他们身边乱飞，暴动者纷纷仆倒在地上。

马正良率领的暴动者大约有四十多人,跟潜伏在密林中的盗马帮会合了。

以田世昌为首的盗马帮,掩护着四十名红军俘虏,向一个山洼里退去。

他们已经胜利地突围出来了,想在林间空地上休息一下,吃点东西,编成班组,撤回营地。

刚刚下马坐好,四周机枪响了,子弹从他们头上旋风般的卷了过来。

有人喊道:“投降吧!你们跑不了啦!”

这时一个盗马贼突然喊道:“马正良是叛徒!把我们引到伏击圈里来了!”

田世昌用枪指着马正良:“这是怎么回事?”

“他才是马家军派来的奸细!”马正良怒不可遏,“是他把集中地点出卖了!”

那个盗马贼向他打了一枪,子弹打在马正良的肩头上。马正良闪电般地冲过去,七星刀刺进他的胸腔。

其他人无法弄清他们谁是真正的奸细。

又是一排子弹飞过他的头顶。

“投降吧!”

包围者并不想打死他们,他们奉命活捉盗马贼首领田世昌。

马正良肩上流着血,却未伤筋骨。他知道这时已经无法辨清,便飞身骑上一匹黄马,不顾一切地向外冲去。一排来不及瞄准的子弹向他射来,他把头俯在马脖子上,那黄骠马旋风似的卷向山口,马蹄下溅起沙尘。

又一阵枪声。他的马像一个黄球似的抛了出去,一阵长嘶,跌倒下去。马正良跌下马来,如果不是骑术高超,他就撞死在岩石上了。

在国共合作、共同抗日的民族统一战线口号声中,马步芳屠杀红军被俘战士的暴行,遭到了青海甘肃各族民众各界开明人士的强烈反对。他为了缓和社会舆论的谴责,弥补劳工的不足,先后将三千一百名红军被俘人员推到苦役的死亡线上。拘禁在新二军补充团(包括工兵营)的约二千八百人,义源工厂约七十人,毛顺皮毛厂约十人,军乐队三十人,中山医院二十多人,其他有少数人在大通煤窑、修械所的电台服役。

一九三七年春天,马步芳便下令组编新二军补充团工兵营,由马腾任团长,后由六百团团长孟全录接任,全团排以上军官由马部军官担任,其余全部是红军被俘人员。

补充团的主要任务是苦役,有的修乐都县碾伯至民和县享堂的山间公路,有的开掘乐家湾铁骑沟窑洞,有的修西宁城西惠宁桥和昆仑中学校舍,有的修民和至永登的窑山峡公路。最苦最难的就是这个工兵营。

石方工程极为繁重。当时的刑罚称为三大套:打背花、砸骨拐和打屁股。

暴动的情绪在工兵营中燃烧。

暴动的计划,在红军被俘人员中早就酝酿很久了,苦无外应,迟迟未能发动。

这次暴动,双方都得到了消息。红军被俘者得到了马正良带来的消息,约定了暴动日期、突围方向和集结地点。

但这个计划被打进盗马帮的奸细报告了补充营的看押部队。

本来他们可以把暴动消灭在发动之前,但马步青却指示借此暴动诱歼盗马帮。

这次暴动和诱歼,双方都组织得很不高明,正如两个拙劣的棋手,水平低下,却也能分出胜负。

田世昌在突围时,被击中头部,当即死去。盗马帮随即瓦解。

马正良潜回家中暂避。半个月后,持马向真的信,去宁夏投奔马鸿逵。

一九四一年一月,他在马鸿逵骑兵第二旅当连长,在五原梅岭庙抵抗日寇进犯绥西五原、临河时负重伤,复员回到家中。

第十一章　古楼兰的诱惑

于家林在盗马帮里，处在师爷的地位。他先被马家军所俘，后被盗马帮所救，等于两次被俘。

田世昌对他还算信任，但不让他掌握部队。

在祁连南山，驻马远望左支队开进的时候，就有他。他曾出现过一提马缰冲下山去投入自己队伍的冲动，但终于克制住了。那样很可能双方都对他开枪。当时，他心中非常难过，望着西去的队伍，颇有有家归不得的感觉。

盗马帮全部覆没，只剩下田世昌的堂弟田世荣一人逃回。

马家军认为田世昌已被全歼，由于内奸被马正良杀死，所以没有来袭击他们的留守营地。

盗马帮只剩下三人：一个主人田世荣，两个俘虏于家林和万中元。他们完全自由了，却无路可去。按他们三人的各自意向，三人一定会分道扬镳。

田世荣早已无家可归，盗马贼的名声和马家军的搜捕使他无地藏身，只能流落荒山为匪。

于家林当时并没有前后眼，他只知道西路军已经失败，红军已经改编为国民革命军第八路军，归国民党领导。如果他能预知未来，知道八年抗战胜利之后，再举行三年解放战争，知道一九四九年共产党会取得政权，那么他此时此地的行动，也许另作考虑。但他不知道，甚至连一九三七年五月在兰州成立了一个八路军驻甘办事处都不知道。

他怎么能按后来的结果去安排眼前的去向呢？早知今日，何必当初？他不能预知未来。他对以后的前程，感到一片迷茫。

万中元是个考古迷，他坚定不移地要去考察古楼兰遗址，为此不惜献身。他之所以不能成行，是因为失去了向导、骆驼、装备和生活资料。他虽然固执，但他知道目前的处境。如果得不到于家林和田世荣的支持，他就无法完成自己的使命。

现在，盗马帮营地里，他们三人中只有于家林有指挥能力和权力，他有军事经验，有文化素养，而且还有一支短枪，是田世昌给他的。

他知道盗马帮还在牧民中存有十一匹从山丹军马场劫来的马匹，这些都是财富，但他找不到前进的目标。

三个人中，只有万中元的目标明确而且坚定不移。

万中元提议，他们把十一匹马变卖，换成三峰骆驼和生活资料，去探楼兰。

于家林和田世荣坚决反对。对他们来说，探察楼兰遗址等于送给老农一部名人手稿，还不如一把烟叶来得实惠。

学究气有时表现得最不学究，万中元对他们的特点做了细致的分析：

田世荣是穆斯林，曾跟随田世昌在中苏边界伊犁河流域购买名马，熟悉地理又会多种民族语言，堪作向导；于家林可以做他的助手。他只要能说动于家林，探古楼兰的行动就可以定了。这位学究懂得，“秘密”就像一个薄纱蒙面的少女，魅力无穷。于是，他用西域举世无双的神秘色彩诱惑于家林就范。

他说，他去古楼兰，是决心揭开这个王国的消失之谜，写出一部举世震惊的《古楼兰考》。他建议于家林，从战争角度写一部从楼兰兴亡看人类战争；从远古时代写到红军西路军的失败……“你为什么不写一部奇书留给人类？你记住我这句名言吧：要写奇书，先做奇人！”

在牧人的石壁小屋中，万中元用他对西域的了解与迷恋，说服他的伙伴们。他发现于家林已经动心了。

他说：“考古学家就是依据实物和史料来研究人类社会历史的科学，探讨历史的发展规律。你于家林是军人，参加过多年战争，你应该去考察古代战争，不是写孙子兵法，而是写一部《战争探源》。考察人类为什么会有战争？人人恨战争，为什么还要参加战争？……你能说说清楚，就是一大功绩，这就是和古楼兰一样神秘的课题！”

“我考察战争，也用不着去楼兰。”

“考察楼兰，肯定有利于考察战争。那种到楼兰去寻找古物的考古学家，是缺了一条腿的考古学家。楼兰在战争中生，在战争中灭。人人讨厌战争，人人离不开战争，自古皆然……”

万中元的怪论，在于家林听来，颇有新鲜感。未被认识的真理，最初也往往被视为怪论。

“最早提到楼兰的大概是出使西域的张骞，可是张骞出使西域的直接目的，是寻找被匈奴击败了的大月氏人，结成军事联盟，以便从东西夹击匈奴。他对楼兰没有兴趣。

“早在战国时期，匈奴，也叫胡人，活动在燕赵秦以北地区，是游牧民族。有个首领，名叫冒顿，他组织了一个强大军事部落联盟，自封单于。单于，就是最高统帅的意思。

“他向南进攻中国，向西进攻邻邦大月氏部落，统治了大漠南北广大地区。

“大月氏部落也是一支游牧民族，使用的语言是伊朗语系的一个分支。这个部落统治着黄河河套以西到疏勒河之间的草原地区。咱们现在站立的地方，就是原来大月氏人的领土，这很有趣。这个大月氏部落和历史上的贵霜王朝一样，名声很大。

“汉初时，国力尚弱，对匈奴的侵扰，基本上是防御政策。直到公元前一一〇年后，西汉武帝时，才对匈奴转为进攻征讨的政策。多次进军漠北，使匈奴受到很大打击，到宣帝甘露二年（公元前52年）呼韩邪单于附汉，次年来朝，前后近七十年的汉匈战争，才告结束。

“公元前一三八年，汉武帝刘彻建元三年，派张骞出使西域，寻找大月氏部落。

“当时，对汉人西域是一个谜。到底大月氏的后裔在什么地方，汉人也是一无所知的。张骞是武帝的侍卫武官，他体魄健壮，头脑灵活，具有坚韧不拔的精神，符合担当此重任的条件。

“这个使命异常艰巨，是真正的探险，除了大自然的凶险之外，更危险的是必须穿越他的敌人匈奴统治的广大地区。想想吧，那比我们去探楼兰艰难得多，危险得多。

“张骞率领一支百余人的队伍。他有一个队友，名叫唐邑夫，是个匈奴人。他向武帝提供情报，说大月氏部落遭到失败之后，退往西方，大月氏国王被匈奴惨杀，大月氏国民都非常憎恨匈奴。这就有了联合夹击匈奴的基础。唐邑夫既是张骞的忠实朋友、翻译、向导，也是他的参谋。你说他是好人还是坏人?”

“当然是好人?”

“可是在匈奴来说，他却是个叛徒。”

“我同意，这就是立场问题……”

“看，这就有了你研究的课题了。张骞所走的道路，几乎跟西路军的道路是相同的。他西渡黄河之后，就沿着河西走廊西进，走出长城之后，就被匈奴扣留，押送到单于大本营。

“当时的单于已是冒顿单于的第三代，他对张骞采取了和缓政策，用今天的话来说，叫作优待俘虏。找了一个最漂亮的匈奴姑娘给张骞作妻子。唐邑夫，在匈奴看来本是民族的叛逆，但他作为汉朝的使者，也得以免刑。

“张骞在匈奴那里住了十年，还生了儿子，渐渐有了行动自由，但他仍然不忘寻找大月氏的使命，在公元前一二八年终于携带妻儿、唐邑夫和部分随员逃往西方!

“张骞所介绍的楼兰是很简单的。他给汉武帝的报告里是这样写的:‘地沙卤’，也就是沙漠也是盐碱地;‘少田，国出玉’，可见遍地珍宝;‘多葭苇、柽柳、胡桐、白草，民随畜牧逐水草，有驴马，多橐它’，橐它，也就是骆驼;居民有‘户千五百七十，口万四千一百’在两千多年前，这就是个不小的国家了;有‘兵两千九百十二人’，可见当时的国防是多么重要……”

“一万四千一百人，有两千九百十二个常备兵，”于家林掐指计算着，“这个比例可够大的了!”

“不到五个人就有一个兵，”万中元说，“战争来了，除老弱妇孺以外，就得全民上阵。”他从战争入手，一心说服于家林。同时，他还发现似懂非懂的田世荣也渐渐有了兴趣,“楼兰,原属匈奴,汉使来往于西域,假道楼兰,常常遭劫。汉武帝元封三年,派王恢率军七百突袭楼兰。这一仗打得很漂亮,楼兰王降服归汉。

“汉武帝死后,楼兰王又叛汉,汉将傅介子率兵突袭,刺杀了楼兰王,另立国王,将楼兰王国改为鄯善国……又将都城南迁,迁到罗布泊南岸,把楼兰的旧都变成汉朝的军事重镇,变成西域的交通大驿了!

“你想想吧,这一段历史多么有趣,多么复杂曲折而又深奥,汉武帝两次派兵突袭楼兰,改国名,迁国都,置军侯,设都护,不够你研究几十年的?”

“能找到当时的史料吗?”

“史料不少,再加上你亲探楼兰遗址,肯定有新发现。‘九里山前古战场,牧童拾得旧刀枪。’如果我们能找到当时的刀剑弓矢,比贵霜帝国的钱币更有价值。”

“我怕什么也找不到。”

“那就看我们的决心了。我们所去的地方,长期以来被世界考古学家、历史学家、冒险者、旅行家、探险家视为‘神秘土地’、‘地理禁区’。西方国家的许多人,不管是英国的斯坦因还是瑞典的斯文赫定,俄国的科兹洛夫、日本的桔瑞超都不惜工本接二连三地从尼泊尔、印度、巴基斯坦、阿富汗等国越过边境,进入我国,发掘走了许多文物和财宝。他们经历过多少困难?你看过斯文赫定的《亚洲腹地旅行记》吗?”

“没有。”

“他在旅行记里是这样说的:‘每走一步就有一个发现……’可是我们自己,近在眼前,却对楼兰一无所知,我们能不惭愧?”

“问题是有无必要,”于家林说,“我本来既无兴趣,也无信心……现在听你一说,兴趣倒是有了……我不信能找到这个地方,说不定白跑一趟,弄不好把命搭上……”

“这说明你的无知!”万中元用了个伤人自尊心的激烈的词,的确,到公元三世纪后,就“史不记楼兰,传不立鄯善”,这个显赫一时的王国竟然销声匿迹了……这正是它的神秘之处,也正是它的价值所在。

“是的，是很艰难。我国的考古学家黄文弼教授曾于一九三〇年和一九三四年两次到达了罗布泊地区，可是，没有找到楼兰，空手而返，功亏一篑。

“他没有找到，不等于我们找不到，相反，由于他找不到，才更显出我们找到后的价值。一九〇〇年，斯文赫定写了一个古楼兰王国的考察报告，使他名扬四海。其实他是贪天之功，那是我国维吾尔族的一个名叫爱尔迪克的向导发现的，是个很偶然的机会……”

“偶然的机会？”

“是的，简直歪打正着。斯文赫定走到沙漠上，渴得要死，遇到几棵柽柳，认定树下有水，可是忘了带镐头，就派爱尔迪克回宿营地去取。由于狂风骤起，爱尔迪克走迷了路，结果瞎猫碰上死老鼠，见到了一座古城废墟。”

“好悬！”于家林叹道，“如果不是忘了带镐头，他们就跟楼兰失之交臂，也像黄文弼教授一样，无功而返了。”

“不只忘了带镐头，而且还得迷了路……这的确有点谋事在人，成事在天了。”

“这就是生活中的偶然性，”于家林说，“我们三个人碰在一起，不也是偶然性吗？一个考古迷，一个革命者，一个盗马贼，三个人坐在一块说楼兰，就是写到书里也不会有人相信。”

“我就信。大千世界，无奇不有，平淡无奇的生活是平庸的生活，喜欢平淡无奇生活的人，是平庸的人。……我现在就是动员你们两位跟我一道去创造奇迹。……我这是指给你们两人最好的前程。……你们想想吧，除此之外，你们还有什么出路呢？”

于家林和田世荣尽皆默然，的确，他们不去楼兰，下一步怎么办呢？

田世荣除了当土匪外别无出路。

于家林呢？不见得有比田世荣更好的前程。他有文化，是个革命者，这恰恰给他增加了危难。他还能回到革命队伍里吗？两次被俘如何交待？能不能回到革命队伍里都很难说。他不是本地人，他的生存能力比田世荣差远了。田世荣能当个“合格”的土匪，他连当土匪的资格都不够……

万中元的确打中了他们的要害，然后继续发动进攻，决心征服他们："你说为革命而献身，我说为科学而献身！我看，没有一种比为人类文明献身更高尚的了！

"为了考察历史之谜我是不怕死的。有许多探险家为了探查世界之谜也是不怕死的。你看外国有许多自费的登山家、旅行家，他们为了什么？他们为了探测人生之秘，探测大自然之秘，宁肯倾家荡产，宁肯死于外乡……你读过中国的徐霞客游记吗？"

"当然读过！"

"你记得他的日记是怎么写的吗？"

"不记得！"

"他生平好读奇书，'囊无余钱，亦解衣市之'，宁愿不穿衣服也要买，当然是奇书。"

"这不是有点疯傻了吗？"田世荣说。

"傻的还在后边呢！他看了很多书，互相矛盾，以讹传讹，'山川面目，多为图经志籍所蒙'，他要亲自去看看，写一部真正的书。他的旅行是'不记年，不计程，旅泊岩栖，游行无碍……无险不披，能霜露下宿，能忍数日饥，能逢食即饱……'他对他儿子怎么说？'你们只当我死了，不用拿家务事来烦扰我。'当他在湘江遇盗，被抢得精光时，别人劝他回家，他怎么说？'我带一把锄头走，何处不可埋我的尸骨呢？'他登山一定要到最高峰，他钻洞一定要钻入最深处，他研究河一定要追溯到源头，途中有多少艰险是从来不加考虑的！"

"的确有不达目的誓不罢休的劲头，这种精神很可贵。"于家林赞叹地说。

"他在游嵩山时，人家告诉他上山有两条路，一条是大道，一条是险峻的小道，他毫不含糊地选择小道。在南宁，为了寻找犀牛洞，曾经三误三返。有时他探索岩洞的内部构造，往往脱光了衣服爬进去，全身湿透，弄得像泥猴。辛苦了一天，晚上就睡在人家的牛棚旁、猪圈边……"

"那可是太苦了，谁受得了？"田世荣摇摇头。

"可是他的日记里是这样写的：'虽食无盐，卧草，甚乐也。'……那时候，他已经五十多岁了。”

“真不容易。”

“所以他才天下闻名，后人对他推崇备至，称他的游记是‘世界真文字，大文字，奇文字，古今游记第一。’”

“这是称赞他的精神吧？”于家林看过徐霞客的游记，但并不觉得像万中元说的那样奇特。

“不！绝不！”万中元竟然愤慨起来，好像于家林亵渎了他心目中的英雄，“他不止把山川之伟美、自然的景观、人间的瑰奇贡献给你，而且很有科学价值，在地理学发展史上，做出了超越前人的贡献。

“首先是在地理地貌方面，他对石灰岩地貌的考察与研究，不但在中国，就是在世界上来说也是最早的。欧洲人最早研究石灰岩地貌的是爱士培尔，在1774年。徐霞客生于明代万历十四年（1586年），死于崇祯十四年（1641年），他比徐霞客晚一百三十多年。

“在水文方面也是独特的。他经过实地考察，打破了传统的岷山导江的说法，而肯定了金沙江是长江的上源。其他在气象、植物、动物方面都有独特的发现。

“徐霞客从二十二岁出游太湖到逝世，前后有三十多年，北至盘山，南至崇善，东至东海，西至腾冲。有人问他，三十多年的游历是不是倦了？他说：‘未也，吾于皇舆所及，且未悉其涯涘，’也就是没有找到源头；‘西粤、滇南尚有待焉，’也就是还没有去；‘即峨眉一行，以奢酋发难，草草至秦陇而回，非我志也，’由于兵荒马乱而没有再向西走，非常遗憾；‘自此当一问阆风昆仑诸遐方也。’如果他活得长一些，他还要登昆仑，以至到更远的地方！可惜他那个时代还没有火车飞机……若是步行踏遍千山万水，不活三千年是不行的！……潘次耕序《徐霞客游记》是这样说的：‘途穷不忧，行误不悔，瞑则寝树石之间，饥则啖草木之实，不避风雨，不惮虎狼，不计程期，不求伴侣，以性灵游，以躯命游，亘古以来，一人而已。’”

“他的确是一位热爱大自然的人！”于家林赞叹说。

“他是一个真正的伟大的爱国主义者！”万中元觉得于家林又把徐霞客看低了，“我们都缺少他这种追求真实不畏险阻的科学精神，他留给人们的财富是无价的！他是个伟大的人……”

“当然，当然。”

“外国人是怎样评价斯文赫定的？称他为与死为侣勇敢无双的探险家。”

万中元又回到了考察古楼兰上：“史书记载，汉武帝元丰三年（公元前108年）冬，遣赵破奴击虏楼兰王，复败车师，亭幛自酒泉列至玉门。

“楼兰国破家亡，国土不会亡，城市不会亡，国民不会死绝，那么楼兰是什么原因消失了呢？怎么会荡然无存了呢？

“我想找出楼兰国和贵霜帝国的渊源。我相信，在古楼兰的遗址中，能找到贵霜钱币。如果找到它，我们就有足够的经费去探古代的大月氏了！……我们就是当代的马可·波罗了。

“你们也许听说过马可·波罗吧？”

田世荣摇头。

于家林也只是听说过。

“他是意大利旅行家，威尼斯人。他在中国一转悠就是二十年，那简直是徐霞客第二。当然，他给忽必烈做了十七年的官，条件比徐霞客好。他所到之处，对山川地理风俗民情作了大量考察。

“他回国后，在威尼斯与热那亚的战争中当了俘虏……就像咱们先当马家军后当盗马帮的俘虏一样……”

“盗马帮是救你们……”田世荣抗议着，但不认真。

“反正是一样……”万中元笑笑，“他当了俘虏坐了监牢，这也许是好事。他在狱中向难友口述东方见闻，就像我在向你们口述楼兰国一样。他的难友鲁思梯奇笔录成书，名叫《东方见闻录》，盛赞中国的地大物博文教昌明，还讲了日本和南洋的风土人情，给欧洲的知识界、商业界、航海界，打开了一扇天窗，使他们面前展现出一片新的天地。这本书一下子成了惊世之作、传世之作。”

“可惜没有看过！”

“我看过！”

“真像你说的那样好？”

“怎么说呢?”万中元带着一种向往的神情说,“我总觉得我将来写一本《万中元西行记》会比它更好!”

“不会是吹牛吧?”

“不!我们现在的条件比他好!他只是凭记忆、口述,更主要的他是外国人,隔靴搔痒。我们不费吹灰之力的事情,他要花很大力气去了解。许多事情,他只感觉到它,却不能理解它……”

“他对中国那么喜欢,为什么还要走呢?”

“那是奉命出去的,当时伊尔汗国派使官向元室求婚,马可·波罗奉命护送公主出嫁,走海路,经过马来西亚、印度到波斯。若是有个地图,我就能指给你们看!……”万中元热切得令人感动,说着说着,他折了根木棒在地上划。

“好啦,再划也看不清楚,你总算说服了我,”于家林说,“咱们就当一个现代的马可·波罗吧!……田兄,你呢?”

“我是无家可归之人,也只好舍命陪君子了!”

第七卷

归宿，归宿

第一章　酒后密谈

河西走廊的战火熄灭了，仅有几处灰烬冒着余烟。

马元海、张慎之回到西宁，大肆鼓吹取得的“胜利”。

伪《青海日报》作了极为夸张的报道，弄得西宁喧嚣一时。

伪《青海日报》连日登载：

四月十一日至十四日，我军凯旋，马军长偕同省党委员赴门源县城迎接；距省垣西北三十里之莫家泉湾，省慰劳会备宴席欢宴官兵，各机关首长各法团领袖在此候接并事招待；省垣全体民众及各县代表在城北十里之惠宁桥至西城门前欢迎，燃放鞭炮，欢声雷动；省垣公共体育场由省政府新二军司令部备有宴席欢宴官兵，由马军长等亲自招待，分别面慰。各法团各民众在会场周围燃放爆竹欢呼狂舞。宴后马军长亲送各官兵民团每人国币十五元、白布一匹、鞋袜各一双、手巾一条。各部队返驻营地，各民团即时解散，欢声响彻云霄。

自四月十五日起至十七日止在小校场召开庆祝（欢迎凯旋将士）大会，十五日上午九时大会开始……西宁、湟源、互助、大通、门源、循化、贵德、化隆、同仁、都兰、乐都、民和等各县农工商各界民众代表均来省参加，情意之挚切，益令各将士感奋无已，继呼口号摄影娱乐欢宴，颇极一时之盛；至晚七时提灯游行，行列计省政府省党部及新二军司令部等机关职员，各手提红纱灯，望之如列星。此外各机关法团学校自制之花灯花样繁多，备极精致，有飞艇火车宫殿牡丹花鸟白鹤双羊，灯光辉煌如同白昼，游行时军乐队前导，秩序井然，经省垣西大街、大什字、东大街、东关至晚十时许始行散队，沿途牌灯矗立万众拥挤，高呼庆祝胜利欢迎凯旋将士之声达里外。

五月十八日，伪《青海日报》又以醒目的标题补充报道：

在各界热烈欢迎中，马忠义等昨晨抵省，陈专使马军长均赴莫家泉远迎，匪伪军长孙玉清等昨押解抵省。

五月十八日，马指挥忠义搜剿黄番寺一带残匪时，缉获伪第四方面军第九军军长孙玉清，及伪总政治部要员四名，昨均行押解抵省。孙玉清为湖南人，年约三十岁，其妻前俘虏抵省后，现安置医院中云。

一九三七年四月十六日（夏历三月初六，星期五）马步芳偕马元海去东关清真寺做礼拜，之后，回到馨庐。马步芳兴致极佳，在啜饮糖茶之余，问及参谋长的表现如何，是否可由上校晋为少将。因为这是第一位跟马家军没有血缘关系的人，给此重衔，是否欠妥？

马元海沉吟良久，很难对张慎之作出评价："此人的确聪明过人，见多识广，对征战之事，虽说也有些不错的主意，多是纸上谈兵，不切实际，用兵过慎，搞军事并非所长，倒是对古代西域的地下宝藏很有研究……"

"噢……怎么会谈起探宝来了？"马步芳似有触动，而后不禁笑了，"过去，许多外国人到中国大西北来，掀起过探宝热，可是什么也没有找到，为了骗到钱，净拣些破砖烂瓦，当成古物，全都是骗局。张慎之对此有兴趣，不过是给你去烦解闷罢了。"

"可是，张慎之讲得很像真的，他做过专门研究。"

马元海把听到的高昌宝窟说了一遍，他记得很是详尽，可见反复思索过多次了。

马步芳先是姑妄听之，后是嗤之以鼻，嬉笑道："这都是财迷心窍的人想出来的，全是无稽之谈。没想到你们连日苦战，倒有如此闲情逸致……"然后他把话题一转，"听说盗马贼田世昌两次劫救俘虏，你有好办法消灭这股盗贼吗？"

"成不了气候，只要用周瑜打黄盖的苦肉计，打进他的内部，一网就打尽了！”

“这是个好主意。”马步芳觉得这位姑表还是粗中有细的人。

马步芳对探宝越是没兴趣，马元海就更认为有必要说服他：“张慎之是个军人，他凭什么对探宝有这样多的研究？为什么老跟我说？我左想右想，他是有目的的……”

“子涵，不去说他了。明天西安行营的代表肖致平先生来省，代表委员长慰问剿匪将士，带来慰劳款两万元，你看怎么分法好？”

马元海感到军长对探宝毫无兴趣，深表遗憾，但又不好再说，只好回答马步芳的提问：“我看，给青海参战部队一万，给负伤官兵每人五元，其余的派人送往凉州，给骑五师算了！”

“这样也很公平，不过照顾到与骑五师的关系，我看就二一添作五，青海一万，甘肃一万，怎么分法，由各部长官自定。”

“其实，骑五师出力很少……”

“只要子涵哥不计较就行了！反正都是自己的部队。”

“子香，我老想，如果咱们把高昌国的宝窟挖出来，咱们马家大西北的独立王国就可以建立了！”

“你这是糊涂话，你怎么信起无稽之谈来了？即使真有，那也会后患无穷的！”马步芳作出送客的姿势，首先站起来，“子涵今天喝多了，早些休息吧……”

马元海只好悻悻地站起来，准备离去；马步芳似乎有意把他的思绪从富可敌国的高昌宝窟引开去，用征询的口吻说：“我想送肖致平先生一幅长毛绒地毯、一幅提花毛毯，你看是不是轻了一些？”

马元海觉得这事应该问姚秘书长而不应该问他，但他还是说了：“在战乱之中，这些地毯虽说名贵，未必实用。我看还是送他们几袭旱獭裘皮和几匹乔科马，还应该给西安行营主任一份……”

“也好，骏马归长官，轻裘归夫人，还是子涵想得周到。”

马步芳送马元海走至馨庐门口，才转回到客厅。

第二章　化名者

马元海走后半小时，马步芳在书斋中静坐了两个小时，而后召副官马忠林来见。

这马忠林原名马玉龙，是宁夏马鸿逵的随从副官，因为握有主人的重大机密，害怕灭口，潜来西宁投奔马步芳，化名以求自保。

若要人不知，除非己莫为。世上绝对秘密的事是很少的，没有不透风的墙。

那是七年前的秋天。马鸿逵在中原大战中，反冯投蒋有功，蒋介石任命他为讨逆军第十五路总指挥兼徐州警备司令。

马鸿逵的总指挥部设在山东泰安铁路宾馆。他站在宾馆大厦的平台上，极目远眺四野形胜，壮志满怀，有种帝王之气充溢胸中。值此群雄纷争、各霸一方之际，正是他叱咤风云之时。

马鸿逵生于光绪十八年（1892 年），原籍是甘肃河州韩家集阳洼山，是马福祥的长子，马福禄的侄儿，五岁起随叔所率“安宁军”过着军旅生涯。

光绪二十六年（1900 年）八月，为抵御八国联军，马福禄在北京正阳门殉难，马福祥则护送慈禧太后和光绪皇帝乘军辎重车逃往西安。那时九岁的马鸿逵就坐在光绪皇帝后面第三辆辎重车上。

到西安后，其祖父马千龄携其孙奉旨进西安行宫叩见慈禧。

慈禧、光绪回京后，特旨授马福祥以“提督记名”之职“留甘任用”之权。

马鸿逵在家塾中读四书五经，苦不堪言。他崇武厌文，喜动厌静，自谓：“视塾馆为监狱，视书本为畏途。”他十三岁那一年，其父便以千两纹银为他买得了“蓝领知县”的空缺。

一九〇六年，马鸿逵十五岁，因父调任青海西宁镇总兵，他随父在西宁读书。十六岁与甘州提督马进祥之次女马柏芳结婚。马柏芳生于一八九八年，比他大八岁。他十八岁进入甘肃陆军学堂。

一九一一年，马鸿逵二十岁，他秘密加入同盟会，在时局动荡的险风恶浪中，很快就显露出过人的才智与胆魄。他策划反清武装起义，因事泄而遭镇压，陕甘总督长庚派人将其押送其父论处。此时马福祥任平凉路巡防统领，便怒斥一通之后，令其在“昭武军”中任教练官。

一九一三年袁世凯委任马福祥为宁夏护军使，他在“昭武军”中任营附。一九一四年因马鸿逵围剿反袁的白朗起义军有功，被授予少将军衔。该年秋天入京，任袁世凯大总统府的侍从武官。这一年他二十三岁。

一九一五年，“昭武军”奉袁世凯令改编为“宁夏新军”，由马鸿逵任司令，但仍留总统府。

一九一六年一月一日至三月二十二日，袁世凯称帝，授马福祥三等男爵，任马鸿逵为洪宪皇帝侍卫武官。六月六日袁死后，改任总统黎元洪的侍从武官。七月一日，张勋以调解黎元洪与段祺瑞的“府院之争”为名，率“辫军”拥戴被废黜的清朝末代皇帝宣统复辟。段祺瑞进京驱张拥戴冯国璋为代总统，马鸿逵因其父与冯是盟兄弟，仍任冯的侍从武官。十月段驱冯拥徐世昌为总统，马鸿逵遂离京返回宁夏。段祺瑞控制北京政府后，将宁夏新军改编为第五混成旅。马鸿逵任旅长，驻兵宁夏。

马鸿逵生逢乱世，却如鱼得水，顺应时变，审时度势，野心很大，纵然不能一统天下，也要威震一方。他认准自己有雄才大略，未来定是鼎助霸业的统兵巨擘。

一九三〇年三月，蒋介石任命马福祥为安徽省主席。马家势力遂向中原扩展。四月，蒋、冯、阎大战于中原。八月二十四日，马鸿逵部攻占山东泰安，阎军败逃。

父亲已据有安徽，儿子亦应雄踞山东，遂将自己亲信安排为各县县长。其中泰安县教育局赵文勋为讨封赏，向马鸿逵献策献宝。

他说欲成霸业者，必有镇国之宝。据他累年考证，在泰安嵩里山有唐玄宗李隆基的祭天玉牒和其他宝物埋藏于此，唐书上有明确记载，可以发掘。

马鸿逵闻之登时敛容，责之为妄言。即使真有，他也绝不会成为盗宝之国贼。

两年前(1928 年)孙殿英盗清东陵慈禧墓案，震动全国，举世惊骇，似此掠国大盗，举国共讨，人神皆愤。马鸿逵岂敢重蹈覆辙？遂将赵文勋呵斥一顿，挥之而去。

赵文勋为此气馁心丧，叹息而归。

马鸿逵即召亲如父子的随从副官马玉龙来密商此事。

他们首先确定发掘此宝与盗东陵墓完全不同，不会引起举世憎恨；其次是发掘方法，孙殿英以军事演习为借口掩护盗墓，显然是笨办法。他们两人权衡再三，认为东陵墓藏有宝，人人皆知，嵩里山有宝，则很少人知道，即使有史籍可考，也未必真有。唐玄宗李隆基距今已有一千二百多年，埋下此物，谁敢说至今还会留存？它已经是千年之谜千古之秘了！

只要做得秘密，可保无虑。

数日之后，他们找到了发掘最佳方案：假借为中原大战中十五路军阵亡将士修造陵园和纪念碑之名，可以堂而皇之地动土。并把赵文勋远调他县去当县长，即日赴任，以避其眼，塞其耳，堵其口，暗奖其功。

一切准备就绪，调动一团人开始挖掘，由马玉龙监工指挥，时时在工地来去巡视，密切注意挖掘进程和出现的迹象。嵩里山是个不高的山丘，一个团挖了八天，几乎都挖遍了，仍然不见踪迹，马玉龙已经失去了信心。马鸿逵却要他坚持下去，挖满十五天为止。

结果在第九天上，挖到了一块圆形磐石，大如餐桌，有双龙戏珠隐纹镂刻其上。马玉龙立即命令全团停工，撤离工地休息，当即报告马鸿逵。

马鸿逵和马玉龙计议周密，由马玉龙带领传令班和警卫人员，拿着撬棒锨镐，说工地挖到一座古坟，可能埋葬着古物，怕施工部队乱镐捣碎，所以带他们去慢慢发掘。

此时整个嵩里山已是万坑千穴,稀疏的树木也尽挖倒,工地上却空无一人。他们撬起石板,露出石槽,槽中盛一黑色木盒,异香扑鼻。木盒为紫檀木制,略大于一部线装古书,盒盖上刻有朱红篆文。

马鸿逵急忙抱起,而后审视篆文,当众大失所望地说:“我当墓中埋有财宝,没有想到这是一部佛经。你们谁认识上面的篆文?……噢,没有一个人认识,我来念给你们听,这叫‘大般若波罗蜜多经’。我不信佛,实在无用,玉龙,你明天上泰山把它送给老和尚去……”

传令班信以为真,大家对这个猪肝色的文书匣子,还没有一盒红锡色香烟更有兴趣。

马玉龙带着一种厌恶的神色,用一个事先从伙房里带来的脏面袋子,随意一裹,带回指挥部去。马鸿逵更是面呈沮丧,犹如上当受骗之后有苦说不出的那种神色。

马鸿逵不识篆文,但他照样描下,把顺序打乱拆散,请两位老学究分别去辨认,两人写回的篆译楷为:

首恐李子诚基

顿惶隆臣天诚

译篆者根本不知道是什么意思。马鸿逵取回之后,再按原顺序排出:

天子臣李隆基诚惶诚恐顿首

县师爷赵文勋说的完全正确。这是唐玄宗封禅泰山的祭天玉牒,盒中有八条长一尺宽一寸的绿翠,上面刻有祭天牒文。这是价值连城的国宝,唯有马玉龙和马鸿逵两人亲眼所见。

谁知事过不久,不知从何渠道传出了风声,连《大公报》的记者也来专访。

马鸿逵矢口否认,但无法解释修建烈士陵园为何挖遍嵩里山。马玉龙感到马鸿逵已经猜疑到他身上,便夤夜逃走。此时,宁夏三马(马福祥、马鸿宾、马鸿逵)青海二马(马步芳、马步青)已成鼎足之势,他只能投奔马步芳。为不损害宁、青马家军的关系,以免引起纠纷,也为安全所计,马玉龙遂更名为马忠林,隐藏在馨庐之中。为了感谢马步芳的救命之恩，办事特别尽心尽力。

马玉龙，现在是马忠林了，应召前来，为的是他有泰安嵩里山挖宝的经验，他跟马鸿逵策划的发掘与藏宝过程也颇有参考价值。他们两人在书斋中坐了三个小时，已经完成了精细的安排。

判断：

张慎之有泰安县教育局赵文勋之类似的动机，因为不借助相应的兵力，无法开掘，无法保密，也无法保存。

张慎之定有赵文勋所掌握的史料依据。

高昌国宝窟有可能存在，但比嵩里山工程浩大得多，无法实现。

张慎之很可能指桑言槐，以虚掩实，以假掩真，以远掩近。《汉书西域传》记载，西域初为三十六国，后又分为五十余国，丝绸之路繁盛时期，东西的文化财富大交流，国库丰盛，墓藏遍地。数千年之积聚，西域地下定有无穷宝藏。破砖、碎瓦、陶片、绳头，皆称无价，更何况稀世奇珍？

张慎之可能握有比嵩里山更为有据的史料。

马步芳当即取出《凉州府志备考》，查究永昌县志。他记得凉州有高昌府，是不是张慎之故以高昌国掩之？

张慎之曾在他面前夸耀自己是汉代名臣张奂之后，马步芳与马忠林便沿此线索细查，屡有新奇发现。

武威，古称姑臧，后称凉州。

公元三九七年正月，后凉广武郡公、河西鲜卑族秃发乌孤自称大都督、大将军、大单于、西平王，改元太初，建都西平（今青海西宁）是为南凉，三九八年十二月秃发乌孤改称武威王。

秃发乌孤死后，其弟秃发利鹿孤即武威王位，改称河西王。利鹿孤死后，其弟秃发傉檀即位，更称凉王，改元弘昌，后秦委他为车骑大将军、凉州刺史镇守姑臧。傉檀在姑臧中南城内修建了高昌殿，让他十三岁的儿子明德归作《高昌殿赋》，明德归"援笔即成，影不移漏"，赞称曹子建再世。

马步芳认为张慎之所说的高昌国，就是凉州的高昌府，地下宝藏是否与他祖上张奂做武威太守有关?

措施:

立即严刑威逼张慎之交出发掘宝库的史料依据,或是宝窟详址。将其秘密处死。

处死之法:将其秘解山中,刺杀,或推入山沟。

后考虑不妥,改为温和之法:委以发掘重任,许其高官、厚禄、重赏,一俟宝窟发掘成功,一杯毒酒或一杯药茶送其归西。

第三章　慎之终于慎之

张慎之对马元海大谈挖宝之后，自感有失谨慎，过分直露，时时怀有戒惧，早已作好应变之策。天下英雄所见略同。在他应召晋见马步芳时，他已经完全明白了自己的处境，他假定马步芳已经完全知道了他的秘密。

他完全懂得鸟雀尽而良弓藏、狡兔死而猎狗烹的道理，就像身在东吴的诸葛亮一样，在"祭东风"之前，他是安全的。

他听了马步芳询问及允诺之后，便喜形于色，如实相告，并请马忠林随他回家，去取宝窟指南图。他说得极为诚恳，而且兴奋异常，好像宝窟已在囊中："这宗财产原应归于马家，不管马文禄取此宝的手段和来源，毕竟是他所存……"

他把挖掘此宝的种种思考和忧虑和盘托出，马步芳和马忠林皆颔首叹服，以致感到挖掘财宝之后若是将他秘密处死未免太过分了，甚至情愿给他以丰厚的奖赏，与其有宝共分，有福共享。

马步芳认为张慎之提供的挖掘方法是可行的，以军事演习为名，挖堑壕和地下掩蔽部，不会引起任何猜疑，且有指南图指引，工程量甚微；即使被人发现，也无伤大局，一不是清东陵墓葬，二不是嵩里山国宝，仅仅是马文禄掠夺的不义之财，挖取出来充作军需有何不可？埋在地下岂不浪费？

道义上完全说得过去。

马步芳当即宣布：此事仅有他们三人知道。此财宝发掘成功之后，以六、三、一分成。马步芳得六，张慎之得三，马忠林得一。

张慎之提到马元海可能生疑。

马步芳笑笑说:“那时他已经在海南听他的藏曲看他的藏舞了。”

开掘宝藏的布置是很周密的:

马步芳第一道命令是驻肃州的骑兵团移防甘州集训,派步兵团进驻肃州,由原河西参战部队总参谋长张慎之指导步兵作城防演习,“发掘宝窟”均以“挖掘掩蔽部”为代称。

开掘工作由张慎之和马忠林共同负责。

马步芳另派亲信监视张、马二人行踪。

真正负责开掘地下掩蔽部的“部队”,是从补充团里挑选的红军战俘,以便在挖出宝藏之后,以其“图谋不轨、组织暴动”为名,尽杀灭口。

多想出智慧,张慎之几乎就像旁听了马步芳和马忠林两人的预谋。若要他处在马步芳的地位,他也会那样干,这里面谈不上正义与仁慈,只能是以诈对诈,以奸对奸,是智慧的较量。

张慎之即使完全明白了自己的处境,要摆脱也是十分困难,犹如狐狸已入笼中,没有高超的智谋,绝难自救。

张慎之毕竟是张慎之,他在开掘之前,就预先写好了一封信。原文如下:

军长钧鉴:

开掘工作已按期进行,对施工情况详记如下:

第一天,我偕忠林按图作精确勘察。

第二天,开始动工,军士效命,工程进展颇速。职恐挖掘物受损,令其缓掘,深及三尺,仍未见迹象,甚急。唯见有几处土质松软,乃挖掘而后填实之痕迹。

我与忠林详视,仍不能断其原因,心中焦躁不宁,喜忧参半。

遂令挖掘部队休工,我与忠林独留工地,用铁锹仔细挖掘,因土质松软,极易掏出,乃一洞穴,其形如灶坑,穴壁坚实……

一个突如其来的念头,如锤击顶,几近昏迷,汗水涔涔而下,暗自思忖:莫不是此窟已被人发掘而去?

昔曾闻马仲英倡乱之后,兵布河西走廊,传有挖宝之事,确有此乎?为保持挖掘之信心,未敢言明,今留填坑之土一包,望日后延请专家化验，当知发掘之年代矣。

果如职所判断，此宝窟已为人发掘，军座费神劳师，空无所得，皆职之罪也。

职虽知罪而又心怀冤屈，本是诚意献宝而绝非有意欺君罔上自取其咎，因不知能否获得军座原宥，故不能不畏罪潜逃他乡暂避，以免军座威怒之下严惩重罚。望军座顾念职追随马家军有年，恪守职能，聆听明训，同矢救国之热忱，共除祸国之暴类。胥遵上命，未敢稍懈。如获宽恕，职当重回军座麾下，奉以驱驰。

敢布腹心，唯希明察。

职　张慎之　敬上

张慎之借用诸葛亮借东风之法，借来东风之日，便是趁机逃亡之时，但他深知自己的处境绝非当年诸葛亮可比，诸葛亮只要逃离东吴就可保安全，而他则不能。

古谚云：狐因其皮而亡，麝因其脐而死。

诸葛亮借到东风之后可以避祸；他张慎之如果把宝挖出，他就绝无活命的可能了。

他的结论是此宝绝不能挖出。

所以他早用保密锁钥之法修改了宝窟的坐标。此法犹如密码保险锁，只有他心里明白，别人即使得到钥匙，亦无法打开：名为南，实为北；名为一，实为六。

他必须作出此宝已为他人挖走的迹象，以绝马步芳继续追查之念。

这封信在他带部队出发之前早已拟定，并且将其夫人、儿子送往老家以观动静。

张慎之的这种自救式的安排，当然是权宜之计，在逃亡之后，他将另投明主。宝窟秘密仍在他手中。

他决定再挖掘一天，就把信和一包土放在马忠林的桌子上，而后骑上一匹骏马，带上挖掘部队的薪饷扬长而去。

他相信马步芳不会大事张扬地追捕他，那会引起各种猜测和传闻。马步芳只能哑巴吃黄连有苦说不出，他把足智多谋的军座给耍了。当然这是万不得已！

然而,事情的发展却完全出乎张慎之的意料。

与张慎之的“兴奋情绪”恰恰相反,马忠林的心绪反而低落下来。他非常忧虑,这天晚上,他心事重重地来找张慎之。

“参谋长,今天挖到的那个坑,你说像不像墓穴?”

“很难说,”张慎之说得十分谨慎,“可里边为什么没有尸骨?”

“也许是已经迁葬了!”

“可能!”

张慎之认为马忠林的判断是对的,那是一个长约一丈,宽约六尺的深穴。他写在信中的洞穴之状是假的,他是想把此墓穴改成藏宝之穴,好给马步芳造成宝已被人挖走的印象。

“我想,挖不到宝也许反而更好!”马忠林吞吞吐吐地说,颇似试探。

“为什么?”张慎之大吃一惊,以为马忠林已经看透了他的心思。

“我是因为马鸿逵泰安挖宝逃到这里来借地藏身的,现在又来挖宝,我们再向哪藏身呢?”

张慎之默然,心里却雪亮。他记得一位哲人说过一句名言:“友谊最巩固的基础莫过于有一个共同的敌人。”他们两位挖宝者面临的将是同样的命运,但他不能急于表态。他需要马忠林更进一步地展露内心。

“马副官,你说这话很危险,咱们六、三、一分成,不是言定了吗?我想,我们三人都不是言而无信的人。”

马忠林又沉默了,考虑能不能把他与马步芳的密谋说出来。

“我想,咱们再挖一天,碰运气吧……”张慎之明知不可能挖到,但不能不做做样子,“我想,刚才你的忧虑也许是不必要的……”

马忠林悻悻地走了,他决定挖出来之后,再把危险告诉张慎之,也许能想出更妥善之法。他非常奇怪,张慎之是聪明之人,为什么不懂得螳螂捕蝉,黄雀在后的道理?

马忠林在张慎之门口停了一会儿,几欲转回。这几天,他彻底想通了:挖出宝窟,张慎之先死;张慎之死后,他也必死。

张慎之完全洞察了马忠林的心理,却不动声色。他的思绪从原来的潜逃的设计中摆脱出来，另寻万全之法，他又开始想入非非了。甚至后悔不该误指坐标。早知马忠林有此心思，还不如按真坐标将宝挖出，将马忠林杀死然后带宝潜逃。

这真是踏破铁鞋无觅处，得来全不费工夫，原想的挖宝千难万险，现在却水到渠成了。这不正是马步芳播种他收获，马忠林撒网他捉鱼吗？

此时，他需要有几个心腹配合，也需要把真正的坐标方位告诉马忠林，不然，有什么理由改变挖掘方向呢？

这时，挖掘的工地上又挖到一个墓穴，是个女尸。墓中除了几件陶器外，还有一个首饰盒。

这真是意外的收获。这是一个嵌有金线的紫檀木盒，当场就打开了：里面有祖母绿耳环一副，金项链一挂，翡翠领花一枚，镶红宝石的金戒指一对，发着暗淡的光泽。

本来，这座小小的古墓可作文物考古来研究，可是当时的大兵们，谁也不去考虑这些，仅仅是在挖堑壕时，发了一点小财！

几乎没有引起任何风波，只起了一丝小小的涟漪，收工时，也就慢慢平静了。

马忠林以此受到了启发，他跟张慎之商量，说：

“我看挖宝已经无望，宝窟已经被前人挖走。只掘到两处墓葬，一处空穴，一处有尸首和未烂的首饰，这些首饰已当众开验。我们全部交给军座就算完成任务了！”

“这个想法很对！”张慎之引而不发，“可是，咱们得拿出让军长相信宝已被前人挖去的证据……”这个主意他在来挖宝前就想好了，但他要马忠林说出来，不争夺这种可以送命的发明权。

“就说挖到了一个空穴！”

“你说对了，”张慎之做出恍然大悟的样子说，“也许那第一个空无尸骨的墓穴就是原来的宝窟呢。它之所以是长方形，那是因为要放两个圆缸……”

“一切合情合理！”马忠林高兴地说，“就这样，我们可以复命了！”

事有凑巧，他们回到西宁时，“七·七”卢沟桥事变发生了。举国震动,好像他们举行这场小小的军事演习,就是为这场“事变”进行的,谁也无暇细究了。

马步芳大失所望,但两人所言情况不容置疑。他派去监视张、马的亲信也做了同样的证实,也只好私宴为他们两人接风……

一场恶果化险为夷。

第四章　麦加朝觐

史料:

一九三八年三月,国民政府正式任命马步芳为青海省政府主席。是年,马步芳派喇平福去果洛强征草头税,激起康赛和康干部落反抗,击毙驻军数十人,喇平福被处死。马步芳派骑二旅马忠义等两团去镇压,屠杀藏民千人。

一九四〇年至一九四二年间,马步芳先后多次对玉树、同仁、同德西部藏族牧民、哈萨克牧民进行了残酷镇压。屠杀牧民、抢劫财物、焚烧寺院,使广大牧区人民遭受严重灾难。

一九四五年八月,西宁乐家湾发生兵变,八十二军参谋长金耀星被变兵击毙;一九四六年六月玉树驻军兵变,青海南部边区警备司令马正魁被变兵击毙。

一九四九年五月上旬马步芳与宁夏马鸿逵在民和县会晤。七月二十七日,国民党政府正式任命马步芳为西北军政长官。八月十四日马步芳由兰州乘飞机赴广州参加国民党召开的西北军事联防会议。会后马步芳转赴台湾晋见蒋介石,八月十九日返回兰州。二十四日,解放大军逼近兰州,马步芳回到西宁。

一九四九年八月二十六日(夏历闰七月初三),星期五,伊斯兰教主麻日,穆斯林于西宁东关清真大寺举行集体礼拜,诵读《古兰经》,伊玛目宣讲教义,三千教众报答真主化成之恩。

正午过后,马步芳从中五门的花岗岩石阶上走下来,听到有人从侧面喊他:“胡赛尼留步!”

马步芳悚然而惊，是谁喊他的经名？

他停下脚步，转身看到一个须发皆白、面貌清癯、目光矍铄的老人。他看不出老者的确切年龄，但状貌魁梧，挹五行之秀气；心神宣朗，识天地之玄机。绝非凡俗，乃立正恭敬地问道："乃宾衣[①]有何教诲？"

"你诵读《古兰经》了吗？"

"穆民诵读过了！"马步芳谦恭地回答。

"《古兰经》说：'你们当亲爱近邻、远邻、伴侣，当款待旅客。你这样做过了吗？"

马步芳打了个寒战。他不回答，遍体血液加速流动。

"你向麦加克尔白跪拜过了？"

"跪拜过了！"

"你的五功完成了吗？"

"穆民由于军务政务繁忙，朝功未完！"

"穆罕默德亲制朝觐制度，凡身体健康、备有路费和旅途方便的穆斯林，不分性别，一生中须在希吉拉历十二月内集体朝觐麦加正朝一次。你可准备实行？"

"是的！我要实行！"马步芳在激情躁动之后，显得出奇的沉静，"穆民将在朝觐之时，反省我的一生！向安拉悔罪！"

"荀子言：'人之性恶，其善者伪也。'汉朝杨雄言：'人之性也善恶混，修其善则为善人，修其恶则为恶人……'"

"穆民深知罪孽深重，祈求安拉宽恕……"

"悔罪的时候到了！"

"敢问乃宾衣尊姓大名？"

"哈吉[②]，马向真！我刚从麦加归来，为你带来了真主的声音……"

"穆民将终老圣地，诵读《古兰经》，谨遵圣训……"

---

① 乃宾衣是伊斯兰教对直接得到或通过天使、做梦得到安拉启示的人的称谓，亦称"先知"或"使者"。《古兰经》中指名为先知的有二十八人，与使者相同。据称伊斯兰教共有十二万四千名先知，三百二十名使者。先知直接领受安拉的启示，而使者还负有专门使命。

② 哈吉亦译哈只。伊斯兰教对到过麦加朝觐的教徒的一种荣誉称号，后演为一种头衔，冠于履行朝觐仪式者的姓名前。

“世情嗜欲，悉伐性之刀斧；富贵功名，皆迷心之鸩毒。世人迷误，致使纷争不止，生灵涂炭，身沾血腥……《古兰经》虽人人诵读，几人真正身体力行？去悔罪吧，只有善良的人才是最尊贵的人，权势地位财富为你带来忧虑，仁爱会使你精神安宁……”

“穆民谨遵安拉默示……”

马步芳低首恭立有顷。

当他仰起脸来时，那老人已经转过六角形的唤醒阁，消失在教众之中了。

他眺望远远延伸的山林，那充满古意的野性的氛围，似乎袭入了他的灵魂，木立许久，仍无法参透那神秘的意旨。

史载：

马步芳一九四九年八月二十七日携眷乘飞机抵重庆。

这就是他在西宁清真大寺礼拜后的第二天。

十月，国民政府行政院第五十二次会议，以马步芳擅离职守，给予“撤职议处”的处分。

其实马步芳在携眷离开西宁时，就自行解职了。

希吉拉历十二月九日，麦加大朝之日。

全世界的穆斯林，从四面八方不同方位向麦加克尔白跪拜祈祷。

一个袒胸露背赤脚，不作任何修饰，仅用白布缠身的四十七岁的穆斯林，和万千教众一起，从位于麦加城西北三十里外阿尔法特山的帐篷里走出来，砾石硌烂了他的双脚，汗水从他的双鬓潸潸流下，炎阳烧烤着他，如火如烙，奔走在去麦加城的沙砾路上。这是一段极为艰苦的历程，让那些污浊的心灵，在这种苦难中去寻求净化。

这里举世臣民，皆成一色，在安拉面前，人人平等。赤脚袒胸身裹素白，在滚烫的沙砾上去体验人间的痛苦吧，沉思你的罪孽吧！这时人人都是虔诚的教徒，不分休戚荣辱，不分尊卑贵贱，不管是王公贵族还是平民百姓，都是一个赤子。用同一种语言虔诚祈祷，人人在内省外涤之后，以洁净之身心方能进入麦加的“禁寺”。

数以十万计的穆斯林，不顾长途跋涉之苦，不惜耗尽资财，像白色浪潮一样拥向麦加的克尔白。位高权重显赫一时的马步芳也卷进这白色的波浪里，像一滴水，一个泡沫，随着人流向麦加走去。

这一路他想了什么？

这一路他默祷了什么？

这一路他看到了什么？

这一路他领悟了什么？

麦加位于沙特阿拉伯西部希贾兹境内的峡谷之中。四周山峦耸立，气候干燥炎热。它是伊斯兰教的圣城，也是穆罕默德诞生和创立伊斯兰教的地方。

麦加，原为阿拉伯半岛多神崇拜和朝觐的中心。公元六三〇年，穆罕默德进占麦加，为“安拉之道”在伊斯兰旗帜下与多神教徒举行圣战（亦称吉哈德），清除其他偶像，独信真主。

麦加清真寺称圣寺，位于城中央，据《古兰经》教义，在此地禁凶杀、抢劫、械斗，又名“禁寺”。欧麦尔哈里发时筑了垣墙。后历代哈里发不断修缮扩建，日益宏伟壮观。全寺有大小门六十四个，有七座高九十二米的尖塔，六座塔分别耸立在三座大门两侧，第七座与直径为三十五米的圆顶毗邻，寺院极大，可容三十万人做礼拜。

朝拜者的主要仪式之一是“转天房”。

天房（克尔白）用蓝色石块筑成，高达十五米。天房东南面有一方黑石，高一点五米，是朝觐者必须亲吻和抚摸之圣物。黑石之上有四根柱撑的圆顶小阁，四周围着方形的栅栏。这里有易卜拉欣（安拉的六大使者之一）建造克尔白时留下的脚印。

附近还有圣景渗渗泉，是为圣水。

据伊斯兰教传说，易卜拉欣之妻哈哲尔为替口渴的儿子易司马义寻找泉水，曾在萨法、麦尔卧两山之间奔走七次，返回麦加时，流水便自易司马义脚下涌出，后人称此为渗渗泉。

朝觐者仿此，也往返两山之间七次，以示虔诚。

阿尔法特山上,遍野都是帐篷。

马步芳终于挤到了天房之前,按逆时针方向,绕过七周之后,亲吻着黑石。这方离地面一点五米直径三十厘米略带微红的褐色石,由于是易卜拉欣遗留的圣物,便成为凭吊先贤圣人悔罪的遗迹。他恳求真主赦宥一切罪过,希冀死后进入阿甸园!

“我这一生有恶也有善!”马步芳面对着真主,发自内心地忏悔,“我杀了很多人,但我并不是为了自己!……我也奴役过好多人,我让他们拼杀,我让他们修路,我让他们种树……并不为我自己!我在青海,推行六大中心工作,我发动民众:编组保甲,训练壮丁;修筑公路,植树造林;厉行禁烟,兴办教育……民众拥戴我。”

这时,他又听到另一个声音,仿佛来自远方,来自西宁清真寺的唤醒阁前:“其善者伪!伪者骗也!”

马步芳如雷殛顶,几欲昏倒,目光呆钝,突然变得憔悴苍老了。宇宙之声在他耳畔轰响:

“你名为他人,实为自己。为了名誉、政绩、统治的巩固,哪个统治者不知人心之重要?欲夺先予,以善掩恶,为善的动机何在?你有多少勾心斗角、争权夺利?你有多少私心杂念利欲隐秘不能示人?知罪吧!悔罪吧!赎罪吧!”

“安拉!我是有罪的!”

马步芳俯下身去,吻着“玄石”,一时间耳无所闻目无所视,外界的一切空蒙暗淡闪烁交织,浮动起一团团浑黄的霭雾。人群挤进挤出他全然不顾。

他的心灵深处猝然产生了一种难以遏止的怯惧与惶悚:真主对他的一生将如何评价?末日的审判终将降临到他头上:行善者进“天国”,作恶者入“火狱”,那狱中毒焰仿佛在他眼前熊熊燃烧。

他突然从现实的空间和飞驰的时间中隔离出来,静止在那里,审视他的一生。他一生处在尔虞我诈、明争暗斗、剑拔弩张的争权夺利之中,杀人无数,善恶难分,是非莫辨,他站在历史的审判台上,聆听宣判。“天国”遥远,“火狱”很近。

这是一个令人震骇的瞬间，仿佛即将到达的风暴已经预悬在他的头顶之上。他力尽气绝，慢慢顺着方石向下滑落下去，他要昏倒了。背后有一双手从两腋抱住了他，把他搀扶起来。

马步芳对谁也不注意，只有脚步随着搀扶他的人向外移动，完全像个喝醉了的人。他任凭那双有力的手搀扶着，步履艰难竟如老人。他们迎面而来的是朝觐者的人山人海，全像虚寂幻灭的形影。

马步芳已开始意识到自己的景况，心存畏惧，生怕踉跄失足跌倒。

他们来到了渗渗泉边，一杯圣水，使马步芳从昏晕中醒转过来。犹如昏睡方醒，全身脉管热血充盈。

"色俩目(萨拉姆)，"扶持他的穆斯林说，"咱们到麦尔卧、萨法山奔走去吧！"

这时，天色黄昏，太阳已经收敛了它的威势。

"好的！"

马步芳跟随他的教友在萨法、麦尔卧两山间来回奔走了七次。

这天晚上，他宿在木兹德里凡。在这里，每人要取石子三十六枚，以备到米纳山大射。

次日，住米纳山，接着"宰牲开戒"。受戒者解开裹身白布，穿上衣服，齐鬓、修饰、杀生，在米纳山投石子举行大射礼，历时三日方罢，这是朝觐者最后一功。

鹅卵石纷纷向山中石鹊投掷，犹如冰雹，以示教徒矢志如石。

麦加朝觐之后，哈吉·马步芳又步行到麦地那谒陵。

穆罕默德在麦加创立伊斯兰教后，受当地多神崇拜的贵族迫害，于六二二年迁至雅兹里布，建立政教合一的宗教公社，改该城名为麦地那。穆罕默德死后葬此。城内有"先知寺"，为穆罕默德所建，是伊斯兰教的圣地之一。

哈吉·马步芳拜伏在穆罕默德陵墓前，其声如泣："我相信末日审判，我愿追随至圣，永留麦地那！"

二十四年后，哈吉·马步芳死于麦加。进阿甸园乎？入火狱乎？无人知晓。

第五章　马元海之死

人人都走向自己的归宿。

在河西走廊穷凶极恶屠杀红西路军的三百旅旅长(后晋升为新编骑兵军军长)韩起功于一九四九年九月二十六日向解放军投降。

一九四九年十月十一日《甘肃日报》刊载:

> 张掖九月二十八日电:马匪新编骑兵军军长韩起功,于青海祁连设置局所属八宝寺,前来向我军投诚时,他的腿已被部下打伤,是骑着向藏民强要的牦牛来的。早在我军八月中旬进军临洮时,该军破坏洮河渡桥,企图背水顽抗,作垂死挣扎,经康乐县苏家集一仗,成立不到一个月的"骑兵军"一万七千余人,即被打得落花流水,全部崩溃。韩起功仅率少数残部潜至八宝寺。因我军早已捷足超过八宝寺,解放了张掖。其部下复将韩平日搜刮人民得来的212两黄金、470余块银元全部拿走,并将其痛打一顿,以解平日敲榨压迫之恨。韩感到日暮途穷,走投无路,遂于二十六日前来投诚。我军除严正指出其各种罪行外,仍本宽大政策,予以适当安置,容其戴罪图功,重新做人。韩受我宽大后,即向青马流散残匪发出招降文告,略称:"马步芳主力全部崩溃,罪首南飞,弃我等于祁连山下,自感计穷,毅然来甘州(张掖)投案自首。蒙解放军予以宽待,感激良深,回想我等助纣为虐,苦害人民,抓兵逼粮,奸淫抢杀,罪孽深重,死有余辜。而今投解放军戴罪图功,正是悔过自新良机,深望早日放下武器,重新做人,否则自取灭亡,悔之晚矣。"

韩起功至死不悟，策划监狱暴动，被临夏分区军法处处决。

一九五一年四月七日的《甘肃日报》关于镇压韩起功的报道如下：

> 甘肃省人民法院临夏分院及某师兼临夏分区军法处，于三月二十六日，联合宣判并处决了一批罪大恶极的反革命分子。
>
> 在所处决的三十六名反革命匪徒中，有解放前血债累累，解放后又不接受我军宽大教育，反而策动反监暴动的原马步芳“新编军”军长韩起功。

一九四九年十一月五日（农历十月十五日，星期六）下午，西宁的西关大街上的市民越聚越多了！临街楼房的窗口挤满了人，劈劈啪啪地响着爆竹声。

“快看马元海啊！”

“在哪里？”

“马上就要过来了！”

“还有谁？”

“好多好多，有马步芳的堂兄马步祥。”这是马家家族政权创业发迹时的十五营营长！

“有马元海的儿子八十二军的少将高参马仲彪。”

“还有马廷祥的弟弟马元祥，是个少将旅长哩！”

“马廷祥是不是在河西被红军打死的骑五师的参谋长啊？”

“就是。”

“这些家伙，怎么会投降了？”

“他们跑到都兰县……想当山大王……内部不和，互相残杀，当不成，无路可走了！……”

“听说是一个姓兰的医生去招降他们的！”

“他们是想取道柴达木前往西藏，再逃往印度，只是藏民太恨他们了，过不去！”

“别说了，快看，他们过来了……”

人们向前拥挤过去。

“乡亲们，向后靠，向后靠！”押送者向人群呼叫着，推拒着。

"不要打！他们是投降的！"

押送他们的解放军维持着秩序，拦挡着挥动拳头的市民，他们没有想到市民会这样愤慨。

有人站在房顶上，孩子们打着尖利的呼哨，向马元海丢石子。

有的向他们投掷果皮、破鞋、垃圾、秽物，往往落在人群中；有人大骂，有人欢呼，有人喊叫！

一片喧闹嗡嘤之声。人群随着投降者移动。

解放军为他们开路，不断地喊叫着："不要打！他们是投诚的！"

"我们优待俘虏！"

"王连长，恐怕要出事！"押解者向他的领导说出自己的忧虑。

"早知这样，晚上进城就好啦！"王连长承认考虑不周，但已经晚了。

战士们的帽子被人群挤掉了，嘟念着，对这种安排表示不满。

"应该秘密进城……"另一个埋怨着。

"也不知是谁把消息传出去的！"王连长向战士们解释着，"本来是想悄悄进城的。"

临街的窗口都打开了，挤满了张望的面孔，目光专注，凝神屏息，他们好像看节日的杂耍，怀着无穷的好奇心。

沿街爆响着鞭炮声，人群中发出尖叫声，不知是惊骇还是振奋。似乎人人都借这个机会发泄胸中的怨恨、积愤、郁闷等等不同的激情。

那投诚者低着头，弯着腰，把帽耳放下，把皮领竖起，不让人群看到他们的面容。

马仲彪本来是昂首阔步地走，可是，他的脸上挨了一个烂柿子和一块湿牛粪后，就把头低下去了。

一个穿着鲜艳满脸脂粉的妇女，突然冲过人群撞开护送投诚者的解放军，一把揪掉了马元海的灰鼠皮筒帽，又疾如电闪，猝不及防，抓住了这个匪首的衣领："马元海，你还认识我吗？"

马元海张口结舌，呆瞪着眼前这个虽然标致却已人老珠黄的女人，只见她眼含怒火口吐愤恨……如果此时，她手持尖刀，马元海就躺在自己的血泊里了。

“我……”马元海不认识这个妇女,他被她的疯狂吓住了。

“你也有今天！……”

“我向民众服罪!”

“你好好认一认我吧!”那妇女咬牙切齿地叫着,“我就是当年叫你强奸过的红军女俘……后来,又把我卖到妓院里……”

“我向你认罪!”马元海向她跪了下去。

“我本来想带把剪刀捅死你……”那女俘嘴唇战栗得厉害,两眼因愤恨发出怒火,那揪住领口的手狂乱地发抖,“那太便宜你了。你毁了我的一生！你毁了多少人家啊！你是注定要进地狱的！……我怎样才能为我的姐妹们报仇呢？千刀万剐也不能解我十二年的心中之恨……我……我……”这女人好像被十二年来的凌辱憋昏了,像临死前的痰厥,声泪俱下,“我……我咒你不得好死……”

她一口痰吐到马元海的脸上,抓他领口的手一松,那女人昏倒在地上。

这是多么令人眩惑震骇的一瞬。好像在猛旋的漩涡里两块被湍流冲下的岩石,猛撞在一起,引得四周激浪翻腾,又像一锅沸粥。外面的人拼命向里挤,里面的人又拼命向外钻,他们全身都被汗水浸透了。

“踏死人了!”有人喊叫了一声。

王连长和另一个押解战士,仿佛猛醒过来,把她架出投诚者的行列,扭头命令部队快些将投诚者押走。

“大嫂,你家住哪里?”王连长问嚎啕大哭的妇女,“你有冤情可以告诉人民政府……”他不太相信这个涂脂抹粉妖里妖气的女人会是一个红军。他身虽为连长,但这个解放战争中才入伍的青年人,不懂得那段历史,甚至连“西路军”三个字都未曾听说过。

“我听说你们解放军就是从前的红军……我请你们替我找两个人,他们会来救我……”

那女人哽咽着从她的香荷包里拿出一个纸条,交给王连长,扭头冲过人群,消失在空空的小巷中。

王连长把纸条向口袋中一塞,推开人流,回到护送者的岗位上。他没有经验,却并不呆笨,直觉告诉他:马上就要出事!

王连长醒悟过来,他不能再押着投诚者穿过漫漫长街了,那会出大乱子的。他命令护送的战士突然转进一条小巷,绕道回团部交差。

那些聚拢在漫漫长街上的市民们空等了两个小时,才醒悟到不会再从他们面前通过了。议论,就像沸汤泼雪似的扩散开去,集中到一个焦点上:"熙春院的一个妓女一尖刀把马元海杀死了!"

"不! 不是尖刀,是剪刀!"

许多人都跑到出事地点去看血迹,没有见到。

有人却解释没有看到血迹的原因:

一、去的地点不对;二、已经有人清洗过了。

吃过晚饭,王连长坐在灯下,才想起那个女人给他的纸条,是用铅笔写在香烟盒纸上的:

> 我是被马家军俘虏的女红军,被卖在熙春院,艺名于春花。我本名于薇,原单位是红军西路军前进剧团。请你们为我寻找两人,他们可作我的证明:
>
> 于刚,我的弟弟,原在总部警卫排。
>
> 尹洪菲,剧团编剧,我的爱人。

后面的"我的爱人"涂掉了,但划得不坚决,还能辨认。

一九四九年十一月十日《青海日报》头版刊登了一条消息:

> (本报讯)我军解放西宁时,伪青海省参议会议长马元海和马匪团长马步祥等,逃往都兰一带,在我大军威势震撼和政治宣传感召之下,他们明白了充当土匪无出路,于十月二十五日,率百余人,携长短枪七十五支、机枪三挺、战马三十四、骆驼三十六峰、牛二十四头,向共和国人民政府投诚,受到我当地党政军民的欢迎,于本月五日到达西宁。

马元海到达七团团部群工股,全身像从臭水里捞出来的。随着他的笨重庞大躯体倒在墙边靠椅时发出的沉响,紧跟着便听到一阵受伤野兽嘶叫般的嚎哭:"给我洗脸水!"

他用黑色的大手抹着毛毵毵的黑脸，一把一把地向下抹，一边嗷嗷大哭。

马元海的哭是奇特的，这是一种真正的“嚎”！他仰起脸，哀痛直接从喉咙里向上喷出，只有没有哭过的人才有这样的哭，只有心碎胆裂的人才有这样的哭。

这种哭不管是护送者、投诚者还是接待者都不理解，都不胜惊奇，只有被弹片打中心肺的人才会这样哀痛！

“快打水来！”群工股长催着负责接待的工作人员，因为他们没有来得及准备，本来是走过漫漫长街到这里来吃晚饭的，他有些急躁。

所有人都看着他哭，默默无言，对这种粉碎性的感情宣泄很不理解。过了一会儿，才有人悄悄问投诚者：“这是为什么？”

“有个女人吐了他一口痰！”

“这有什么？没有伤筋断骨……不是早擦干了吗？”

一个战士端来了一盆水，马元海顾不上“不用回水”的习惯，用手捧水向脸上泼，泼，泼，然后，用手揉搓。

晚饭，是专门请清真饭馆的师傅到部队厨房做的贵德手抓羊肉。这是马元海的家乡饭，可是，他没有下咽。这个从不生病壮如犍牛的人，突然病了，力尽气绝地坐在饭桌前，抱头痛哭。

马元海被送回他的家乡——贵德。

马元海有些神经错乱了，在战场上冲杀了大半生的人，被西关大街上那一幕景象吓昏了。

那位女红军战俘，并没有用尖刀刺他，甚至连个耳光也没有打到他那毛毵毵的腮帮子上，仅仅是从悲痛的肺腑里喷出一口浓痰，这口浓痰积聚着十二年生活的苦辣味。

痰，是一种精神报复，也许是世上最狠的惩罚。

这口痰，像噩梦似的缠住了马元海，像贴在他脑海里的黏胶，洗不净，扯不掉，他老觉得脸上有滑唧唧黏糊糊的富有弹性的蛋黄色的液体，在蠕动在爬行，近乎残忍。

他很想用剃刀把那块脸皮刮掉，可是，他知道，这是无法割掉的，那不是痰，而是恨，已经浸入他的膏肓。

他老嗅着四处都是湿漉漉的恶腥味,那黏液越来越扩展,淹没了他全身。

他在这种恶味中不能入睡。

他一天天消瘦下去。他不能忍受这种酷刑。

“救救我吧! 真主!”

后来,他要他的家人,送他到近在咫尺的青海湖去散心。

浩瀚澄澈的湖水,上接蓝天,下连碧野,四周是一望无际的缀满红花的草原。青海,青海,这里便是青色的海洋啊!

湖中的沙岛、海心山、海西山、鸟岛,一齐拥入他的眼帘。

成千上万的飞鸟腾空翻飞,红的、白的、蓝的、花的,犹如彩色的雪片飘散在天空。

海心山上的古刹白塔隐约在薄云之间,波涛拍岸,鸥翔鱼跃,宛如仙境。

这一切仍不能解脱马元海厌闷欲绝的心境,仍不能摆脱那口浓痰的缠绕。

不久,他就死了,骨瘦如柴,皮包骨头……他在死时不断嘟念着:

“安拉,饶恕我!”

第六章　悲　歌

一九六八年四月二十二日的深夜,纺织工业部副部长张琴秋,完全不知道丈夫和女儿的消息。但她知道他们都失去了自由。

她坐在六层楼的窗前,脸色灰黄,死了似的,沉默着,回想着她的一生——那是多么复杂的一生啊!她背诵着三年前陈昌浩抄录给她的几首诗:

一

世界的大路是拥挤的,
回响着你车辇的隆隆的轮声。

二

从你自己摆脱出来,
站在野外;
你将在你的内心里,
听到大千世界的响应。

这诗,给她带来片刻的宽慰。但是,“造反派”的吼声却永远跟随,使她无法得到片刻的安宁:

“你叛变之后出卖了谁!快说!”

“交待!交待!……”

她的心灵天天面临着酷刑的折磨。

“我交待过了!我没有叛变,更没有出卖过谁,我是被别人出卖的!”

她已经重复地说过写过几百遍了。她预感到死神的黑影已经罩上了她的人生旅途，她准备坦然地迎接它，已是心定神宁无所惊悸了。

但是，张琴秋不甘心就此死去，她所崇敬的伟大诗人的声音在鼓励着她：

苦难是人生最好的教师，
忍耐吧，悲痛的日子更要镇定；
当那纯洁的真理之风横扫大地，
肮脏的垃圾就清除得干干净净。

是的，她在河西走廊被俘的经过已经详细地交待过了。她又回想起在西宁羊毛厂里做苦工的那些日子；那些被俘后编进新剧团的姐妹们，千方百计营救她的日子；后来，她被叛徒出卖，关进国民党南京反省院中的那些日子；党把她营救出来，一九三八年春回到延安，在安吴堡青训班担任生活指导处主任的那些日子……

她的交待材料汇集起来，可以印成很厚的一本书，那是充满纯情、坦诚、沾满血泪的书。

她已经不想再重重复复地写那些交待了。在丧失了人性和理智的年代里，谁能听到她悲苦的心声呢？

一百度的灯泡把室内照得通亮，窗外是一片漆黑。两个红卫兵守卫着她，一个手里执着木棒，一个手里提着皮带，像一条死蛇……几百个日日夜夜，交待者疲倦了，审讯者也疲倦了。

千百遍地重复还有什么意思？张琴秋终于明白了，有人要她口供的目的并不是为了澄清什么，而是要她死！

死比活着容易得多，当痛苦刺入骨髓时，她多么愿意领略一次与世长辞的快乐？

她把那两个打瞌睡的红卫兵唤醒了，一个十六岁，一个十七岁，还是两个不懂事的娃娃。

"我唱个歌给你们听好吗？"

"不准你唱反动歌！"

"你不是要我的反动口供吗？"

"对！你快交待！"

他们两人都拿出了笔。

"你们记录吧！"

张琴秋背着灯光望着漆黑的窗外：

"浩，玛娅，还有西路军蒙难的蒙冤的战友们姐妹们！我能对你们说什么呢？我的交待材料已经堆成了山。

"我实在无话可说了，我给你们唱一首歌吧，唱给你们，也唱给我自己……"

她回头对看守者说道："我唱的是外国话，你们记不下来，请打开你们的录音机吧，这是我最后交待的罪证……"

"我们没有录音机，你说中国话！"

这是命令，审讯者用棍棒敲着她的脊背。

"也好，我用中文唱，唱给我丈夫、女儿、战友和自己。"

同志，你光荣牺牲，离我们远去，
你受尽了折磨和痛苦；
你曾为人民得到解放历尽万难，
不惜洒尽热血抛却头颅！

"不对！你唱的是革命歌！"守卫者又用棍棒捣了她一下，"不准叛徒唱革命歌！"

"要她唱！"另一个提皮带的说。

同志，你去了，敌人不会再把你欺凌，
你周围是自己的姐妹弟兄。
放心地闭上你的眼睛吧，
你的未竟事业有我们来担承！
同志，压在心灵上的不再是伤悲，
闪在眼睛里的已不再是泪水；
如今向您的遗体告别，
捧一抔黄土掩埋您的骨灰！
……

张琴秋无法再唱下去了,抱头哭泣。

两个守卫者呆愣着。他们一时间不知歌词里有多少反动的东西。

张琴秋哽咽着,断断续续地唱着:

同志,沸腾的热血冲撞在心头,
敌人不消灭,誓不甘休;
我们在你墓前宣誓,
一定为你报这血海深仇!

"这是极端反动的宣誓!"守卫者迅速记录着,"这是万恶滔天的罪状!"

张琴秋不再哽咽,清晰地唱着,便于守卫者记录。

同志,也许我们也会牺牲,化为泥土,
仅仅是为后人铺一条路;
面对你的英灵,衷心地祝愿,
愿未来的人世间充满光明幸福!①

"浩,所有牺牲的战友们,这是唱给你们的葬歌……我将带着叛徒、特务种种恶名死去,是没有人会为我唱葬歌的,所以我也唱给我自己……"

张琴秋猛然起立,带着自己的葬歌从窗口纵身跳了下去……

张琴秋含冤而去,"四人帮"的结论是畏罪自杀,自然是十恶不赦,死有余辜。一九六八年十年动乱才进入第三年,一个人的悲剧的帷幕落下了,一个时代的悲剧却远没有结束。

这一个夜晚,很黑。

恐惧的夜晚终于为光明的白昼所代替,魑魅魍魉化成了一摊脓血一缕黑烟。

十一年之后,一九七九年六月二十四日,《人民日报》刊登了这样一条消息:《张琴秋同志追悼会在京举行》。

---

① 张琴秋唱的是一支俄罗斯《葬礼进行曲》,原来是一首俄国民意党人的战歌,十月革命后又改为革命歌曲《光荣的牺牲》。

为张琴秋同志含冤去世昭雪，悼词是这样写的：

> 张琴秋同志参加革命四十多年来，一贯忠于党，忠于人民，忠于无产阶级革命事业，她对伟大领袖毛主席、敬爱的周总理和朱委员长以及老一辈无产阶级革命家，怀有深厚的无产阶级感情，努力学习马列主义、毛泽东思想，无论在战争年代，还是在社会主义革命和建设时期，她都是勤勤恳恳，兢兢业业，忘我地工作，为共产主义事业，贡献了自己的一切。她的一生是革命的一生，战斗的一生，全心全意为人民服务的一生。

悼词自然带着七十年代的色彩。在《人民日报》的消息中介绍了她出狱后的工作情况：

> 抗日战争期间，张琴秋同志在延安，积极从事党的妇女工作，担任过抗大女生大队队长，中国女子大学教务处处长等职。解放战争期间，她担任中央妇女委员会委员，曾出席国际民主妇联第二次代表大会；一九四七年至一九四八年，她在雁北、冀中、渤海等地区农村，参加了伟大的土地改革运动。全国解放以后，她从事经济工作，担任纺织工业部党组副书记、副部长，对发展我国纺织工业作出了重要贡献。

张琴秋活到六十四岁，面对她的一生，该说什么呢？泰戈尔面对世界，说过一句很圆滑很俏皮也很有寓意的话：

> 世界及其居民的活动，
> 都具有神秘的魅人的特征。
> 世界在踌躇之心的琴弦上跑过去，
> 奏出忧郁的柔声。

人们总会找到它的教训的。

第七章　多伦多风雪

一九七七年十二月二日，深夜。

加拿大第二大城市多伦多，被百年不遇的猝然而至的暴风雪震慑住了，不是骚乱，而是沉寂。仿佛整个世界又回到了混沌之中，狂风把前天落的一英尺厚的积雪重又吹动起来，与天空中的落雪搅在一起，疯狂地歇斯底里地飞舞，无情地蹂躏着大地。

多伦多东郊官办的老人免费医院的木板房，发出吱吱嘎嘎的碎裂声。它和这个城市的二百六十万居民一起在暴风雪的摇滚乐中狂抖。他躺在铺着厚毛毡罩着白床单的病床上，静听着室外暴风雪的吼声。

一股毛骨悚然的寒气，在室内弥漫开来，袭入他的肌骨。他看到什么了？一副骷髅披着黑色斗篷，左手执着类似草原上刈草用的那种钩刀，站在他的床前，伸出白骨如爪的右手，似要抚摸他的额顶！

他用一只瞪得奇大的眼睛惶悚地盯视着它，仿佛室内森森的冷气是从这个瘆人的骷髅中喷吐出来的。

他清醒地意识到死神已经来临。

他想到了延安，有一年延安的风雪也是这样大。是哪一年？已记不清了。他离开延安已经三十九年零八个月了，凡是见过他的人，恐怕没有一个能认出这个临近死亡的人就是张国焘。

严重的中风使他的脸歪扭得厉害，左边的嘴角眼角吊上去，左眼微眯，右眼奇大，像两个不同的脸拼在一起。原来丰腴的手上青筋毕露；白皙的脸上布满深茶色的斑块，那是岁月洒落的尘埃。富有光泽的浓密的黑发一丝不存，稀拉拉的几缕长长的灰发，正像河西走廊戈壁滩上被风霜摧折的几棵茅草。

暴风雪愈来愈残忍地冲撞着饱经风霜的病房，张国焘仿佛觉得病床在摇晃。这使他想起两年前，还没有中风瘫痪时，和他夫人杨子烈，坐在安大略湖游船上被狂风吹走时的情景。那是一次难忘的历险，差一点葬身鱼腹。

他又感到了即将沉船的那种恐惧。室外的风雪高嚎低吟，像为他即将离去的灵魂唱一曲粗粝的挽歌。

壁炉里的火焰渐渐熄灭下去，室内变得暗淡了，一盏十五度光的壁灯，成了室内唯一的光源。

死神的黑影消逝了，对面墙上，米开朗基罗的《哀悼基督》在冥冥中隐现出来。

这幅画，张国焘已经望过千百遍了，自从一九六八年六月十日由章力生为之施洗皈依基督之后，他就把自己的灵魂献给了耶和华。

但是，他的灵魂并没有得救，在怨天尤人的回忆与悔悟中，反而越来越沉重了。在他的参悟中：人生是一个难渡的苦海。

张国焘看到基督斜躺在圣母的双膝上，看不到他的表情，却能感受到他的痛苦。圣母低头凝望着死去的儿子，脸上布满神圣的忧伤，像凝望着人世间的苦难。

"基督是无罪的，他是至诚至善的化身，是为人间的罪行而受苦……"张国焘斜吊的嘴角抽搐着，发出只有上帝才能听清的喃喃声。

他已经活了八十二岁了，皈依基督的虔诚，无法改变生活的烙铁打在他灵魂上的烙印。

自从他瘫痪之后，躺在洁白的病床上，面对着受苦的基督和忧伤的圣母，他无时不在思考。

正视内心的隐秘，是需要勇气的。但这些作恶给他带来的不是忏悔而是满足。他对于行恶，认为是一种报复，是一种收获，是一笔讨还的债务，是曹孟德"宁要我负天下人，不要天下人负我"的强者意识，是一种合理的竞争。不然，不是太冤枉太委屈自己了吗？不然，不是太吃亏太让人丧气了吗？无私，对于张国焘来说，这是一句漂亮的空话，只有傻瓜才相信这是真的！

张国焘的一生回想，产生了种种纠缠不清的意念，丛生出百端不平的感慨，扭结成不可名状的委屈和怨恨。一种无法排遣的激动凝聚成一种烦躁的寻衅的恶念。如果他能够起床，他将从壁炉的余火里抽出一块燃烧的木柴，把整个医院、整个多伦多，乃至整个地球一齐化为灰烬！

“是谁决定了我的命运？是谁使我流落异乡？是谁使我中风不起？是谁葬送了我？”

圣母像清晰起来，脚踏洁白的云朵从天而降。张国焘听到了来自天空的庄严的震撼心灵的声音，这是他在受洗时听到的声音：“你要记住圣子的苦难，为了你们在人世间的罪恶，为了你们的苦难，为了你们的堕落的灵魂得救，他牺牲了！

“但是，自私的世人啊！你们却只想着自己的苦难，只想到自己的委屈，你们想过你给别人造成的伤害吗？你想到别人的苦难不比你们更深重吗？你们想到那让儿子钉死在十字架上的圣父圣母的悲痛吗？比起圣父从天堂的神座上俯视着耶路撒冷城外的加尔佛莱那鲜血淋淋的十字架时的悲痛来，又算得了什么呢？”

张国焘听着天国纶音，世上之人，哪个没有痛苦？就是连圣父圣母也在所难免，我的那点痛苦又算得什么呢？

张国焘突然热泪盈眶，他的委屈、愤慨情绪一扫而光，变成了虔诚的忏悔。

“主啊，我是有罪的！”

“只有知道自己罪恶而且诚心忏悔赎罪的人，才能升上天堂！”

“我已经没有时间赎罪了，我能以我的善行抵销罪恶吗？”

“像你这样罪孽深重的人，把你一生放在良心的天平上衡量善恶功罪，你自己能得出什么结论来吗？”

“很难。什么是历史？有人说过：历史是胜利者的宣传。我冤杀过很多人，可别人也冤枉过我……但人类的天性永存，即使我在作恶时，良心也不曾泯灭。”

张国焘在临终前，渴望净化自己的灵魂，以便升上天堂。是不是他的灵魂反被这种渴望所污染呢？这是一种二律背反，为了升天堂而行善，这种善行是不是为升天堂预付定钱呢？

死亡，有一种净化灵魂的神力，许多心灵的秘密，往往在弥留之际坦露出来。

张国焘的泪水打湿了枕头。他身上袭来一阵寒战。

“护士小姐！护士小姐！”他竭力喊叫，发出的却是微弱的喃喃声。“我将冻死！”他思忖着，“这是多么奇特的死法！”

妻子不在身边，儿子不在身边，护士也不在身边，只有墙壁上的悲哀的圣母……

壁炉里的火焰已经熄灭了，屋子里一片昏黑。他只穿着一件蓝条子的亚麻布睡衣，全身已经僵了。灰败不堪的脸，在昏暗中浮现出一片苍凉的光。那只可怕的含泪的眼睛合上了，像沉入了永恒的无梦的长眠。

生命，并不轻易地离他而去。

他想起了他认识的人，想到那些人的死，他反而庆幸起来，他不比那些人好，也不比那些人坏！

他心境奇迹般地变得异常平静超然，仿佛大彻大悟之后，一切功过是非全然不再为念了。

终于，他看到病室里的那盏昏暗的灯摇晃了一下，熄灭了。

第八章　尾　声

——原西路军地方工作科代理科长尹洪菲的自述

一

一九八四年的秋天，我离休后的第四个年头，才实现我重访河西走廊的夙愿。我离开那里已经是四十七年了，这四十七年，我无时不想旧地重游，看看往日浴血苦战的战场，看看流落在甘宁两省的难友们。

人类在惨绝人寰的苦难中所进行的悲惨壮烈的苦斗本身就是史诗。

我不记得历史上还有哪一次比西路军两万一千八百人的奋战更为悲壮的了。

过去萦绕在我心头的一切，与其说激动我的感情，毋宁说激动着我的想象：

往日的战地还能辨认吗？那些失去音讯的战友在哪里？他们是怎样生活的？我们相见之后该是多么激动啊？都已经老了。四十七年，在人生来说，时间是太长了。我从我的满头白发完全可以想象得出来，他们如果活着，该是儿孙满堂了！但是，在我眼前出现的仍是他们四十七年前的风貌。

去年，我在北京开政协会议的时候，碰到了红西路军的许多战友，历数那些已经不在人世的同志，真叫人黯然神伤。

使我吃惊的是，他们说于薇还活着，还说曾给我和她弟弟于刚写过一张纸条，是在西宁街头见到马元海之后写的，但这张纸条却始终未能找到。

据说吴永康部长和安宝山团长已经牺牲。这本来是预料中的事，在那种情况下身受重伤是无法突围的。死去的确比被俘好，不然，他们是很难度过十年浩劫的！张琴秋同志就是例子。

我最想见到的有这样几个人，首先是于薇，但我不知道能否见到她，见到后将是什么样子？

其次是想见江子敏。据说她流落在祁连山中，根据她那种刚烈的性格，我简直无法想象她能活得下来。

杜丽珍，我并不很熟。据说她是流落在河西的女同志中最幸福的一个，现在是一个叫三溪湾的村屯的女教师……当然，我也想见到她。

还有，于家林，这是一个神秘的人物。据说，他跟随一个考古学家考察过楼兰王国，后来他竟然成了一位考古学家。一九四七年，又随西北工业研究所和西北地质调查所组织的科学考察队去考察柴达木盆地。他一定有很精彩的经历告诉我。于家林原是总部的通信参谋，他是个爱幻想的人，走上这样一条路，也算各得其所了……

当然，我去重访旧地，很可能想见到的不一定见到，见到的很可能是不认识的人，那也没有关系。只要是西路军的人，我们就会有共同的语言、共同的感受、共同的情怀。

我，作为一个离休的大军区政治部的顾问，到河西走廊还是很容易的，坐飞机到达兰州，再由兰州军区派专人专车陪同。

河西走廊的变化太大了，天翻地覆的变化。这些，我早从许多报刊和文学作品中看到了。

兰州，我是第一次到，兰州市的负责同志陪我游览了市容。他是个很有学问的人，向我介绍了兰州的历史，先去了五泉山、白塔山，而后去了八路军驻兰办事处。

八月，这是河西走廊的最佳季节，吃不完的瓜果，看不完的胜景，气候最为宜人。

在兰州住了三天，而后沿我们当年的行军路线西行，那皑皑的祁连山的雪峰又出现在我眼前。陪同我的同志问我有什么感触，我在他的本子上写下了两句话：

祁连山不因其起伏而失其庄严

西路军不因其失败而失其伟大

他说，这是一幅很好的对联，可以写在纪念馆的展览厅里。我说不行，顶多写在留言簿上。……后来怎么处理，我就不知道了。

从兰州出发，八月十五日下午三时到达武威，稍作休息后，就去新城——原来马步芳骑兵旅司令部，去看当年西路军女俘种的红军杨。当地也叫“五星杨”。这是夹道栽种的两排高大傲岸的白杨树，我数了一下，两百零七棵。因为围墙和建筑已经改造，被一条横路截断，到底是多少棵，已经无从可考了。

我已经是七十四岁的人了，不再像四十七年前那样容易激动，但我手扶着粗壮的树身，听着茂密的树叶的哗哗声，好像抚摸着战友们的手臂，听着她们的絮絮低语。

我的眼前那样清晰地出现了她们的身影——穿着破衣烂衫，在黄沙飞卷的寒风里，挖开冰冻的沙砾，抬水，栽树。那是一群苦役犯式的强制性劳动。据陪同的同志说：当时敌人下了命令，一人一棵，只准种活，不准种死，树死人亡……现在有二百零七棵树，是不是意味着当时女俘的大致数量呢？

这里，有没有于薇种的树呢？这飒飒的声音，是不是因我的到来她在嘤嘤低泣？我想到那些女俘，白天是苦役犯，夜间被兽性大发的匪兵们奸污，她们承受了多大的不幸？如果我现在见到于薇，会是什么样子呢？满是皱纹的眼角，稀稀拉拉的白发，没有牙齿的嘴巴，呆痴的目光，迟缓的动作，嘶哑的声音，愁苦的情态，会不会像重锤似的把我美好记忆中的形象打得粉碎？

现在，我的记忆的花瓶里插的还是四十七年前的散发着芬芳的鲜花，当它变成无声无味无色的枯枝败叶时，我将作何感想呢？我那急切要与她相见的心愿产生了动摇，抹上了凄惨的灰色。要与她相见，那是需要勇气的！就像去重新揭开已经愈合的伤口。

“于薇！于薇！我今天来看你了！在这枝叶繁茂的白杨林里，我听到了你的声音：‘我给你的裁纸刀呢？’‘我带在身边！’‘那么说，你是爱我的！’……”

她那给我小刀时的音容笑貌又出现在面前，闪电般的一瞬，久已模糊淡忘的一切又真切清晰地再现出来：她看准了一个与我单独见面的机会，脸上涨起一层红晕，很腼腆，甚至有点笨拙地说："尹……"她不知如何称呼我，嗫嚅着，"我……想送你一把小刀……我的心爱之物……"

也许她觉得自己的羞涩是可笑的，腮抖动着，放着异样的光。那是处女特有的色泽，差不多就要落泪了。我怀着一种惊疑和悲喜，恍恍惚惚地接受了那把小刀。

她的身体翩然一转，跑走了。

这是一种感情的突袭，我惊疑地呆立着。这是多么难言的时刻，心中漾着女性带来的温馨，有种神驰天外的感觉。在当时，我的印象里，她算不上美丽，但那种处女的纯真却深深地打动了我。

就是今天回想起那一瞬，也会觉得精神振奋，往日的恋情重又复活。

大概我呆愣得太久了，陪同的同志触了一下我的臂肘，递给我一根铅笔粗的白杨干枝：

"尹顾问，你看，在折断的横断面上有个鲜红的五角星……"

"是的。"我接过来。

他很神奇地告诉我说："这是红军女俘的心血凝成的……只有她们种的才有。"

这的确是一个美丽的故事，注入了后代人对红军的崇敬缅怀之情。但我知道，这是白杨的一个树种，在我们大别山的家乡，也有这种白杨树，撅断干枝之后，其中也有一个红五星。但我不愿揭破，我宁愿接受这个美好的传说，让它流传。

二

一九八四年八月十六日上午十时。

我们驱车到达永昌城东二十里铺附近。这里是当年前进剧团被围后与敌苦战的地方，村屯的墙上还留有当年的弹痕。由于抠挖弹头，那些弹洞扩大了。

陪同的同志虽然介绍了当时的战斗情况，我仍无法想象出当时战斗的情景。一路上这种对往日旧踪的凭吊无止无休。

中午在一小镇的饭馆吃浆水面，这是甘肃各地最普遍的风味小吃，陪同的同志一直为这样简单的饭抱歉不止。我说，那时候，我们捧着牛粪吃，就像吃炒面一样。

这话使饭馆里的食客满坐皆惊，有的竟过来问我是不是从北京来的首长。我说：我既不是从北京来的也不是首长，是当年红西路军的老战士。

“真的吃过牛粪？”有人不相信是真的。

“吃过……”

“什么味道？”

我承认我没有吃，但别人吃过。

我们说话间，有位老人忽然伏地要我替他申冤。

我急忙扶他起来，让他坐下，听他申诉。陪同的同志生怕给我增加麻烦，要他去找当地政府，我还是要老人说完。他枯瘦，秃顶，驼背，有一张毫无生气的黑皱皱的脸，看上去有八十岁了。他的叙述是断断续续的，但我最终弄明白了：

他有个弟弟，曾经救过两个失散的红军，给他们带了一袋粮，夜里把他们送走了。那两个红军给他弟弟留下了一张纸条，那时马家军搜查红军，弟弟怕查出证据就把纸条烧掉了。可是马家军在他家里搜出了一个小挎包，弟弟害怕马家军追查，就说他贪财，在野外打死了一个红军伤号拣来的。

那时，在城郊，遍地都是尸体，总算糊弄过去了。……“文化大革命”一开始，就有人检举他谋财害命杀了红军。

弟弟有苦没处诉，又拿不出红军留下的纸条来，连红军姓名也不记得了。“活活打死了！他……他连累了全家……”老人声泪俱下，又要下跪，“我们……这些反革命家属可怎么活啊！……天地良心，……老天掉下个证据来啊！我要死了。我戴着反革命的帽子死不瞑目啊！……我那些侄儿孙儿怎么活啊？我的苦再有两年就到头了，他们哪一年才到头啊！……”

陪同者紧紧从后面拉着他，不要他再跪下去，也不要他仰倒下去，一个劲地说：“我们不管这些，你去找政府去……”

他目视饭馆的那个姑娘，似欲把这个棘手的事情托付给她，我们好脱身而去。

“大叔，”我断定他比我老得多，“我一定帮助你！”我果决地说，“我帮你写信，我帮你找到政府！”

即使我今天走不成，住在这个小镇上，我也要完成援救的心愿。他心怀感谢地抬起头来，泪光闪闪的眼里流露着诚敬：“去年时，从北京来了两个首长，路过这里，我赶来时，他们已经走了，到张掖、高台去了……”

他们来河西我是知道的，在北京开会时，我就见到他们给中央写的报告，里面充满了对老战友的无限深情。

那报告的大意是，流落在甘肃、青海和宁夏的红西路军的同志，大约有一千二百人，以甘肃最多，约八百人，青海次之，约二百多人，不少同志是从敌人的屠刀下和活埋的万人坑中逃出来的，其中妇女占了很大比重。

女同志的命运是最为悲惨的，被迫做苦工者有之，被逼为敌人妻妾者有之，被转卖改嫁数次者有之。男的则大多流落在农村牧区或煤窑，有的靠乞讨度日，受尽了凌辱；有不少人改为回、藏族，信仰伊斯兰教和喇嘛教。

建国后，只有少数人被分配工作，待遇很低，在政治上受到歧视。历次运动都不放过他们，尤其是“文革”期间，几乎无一幸免，打成“叛徒”“逃兵”“变节分子”和“张国焘的走狗”，受到残酷迫害。

他们向中央提出建议：为红西路军的流落人员正名；改善他们的待遇；全部给予公费治疗等等。

不久，在中央的关怀下，就得到令人感动的解决：

一、西路军流落人员一律称作“中国工农红军西路军老战士”，并发给证书；

二、无正式经济收入者，每月发抚恤金四十元；

三、医疗费全由政府有关部门报销；

四、可以酌情修建西路军烈士陵园。

当西路军流落人员捧到为其正名的证书时，无不热泪盈眶，感谢党对他们的关怀。

但是，并不是所有地方都已经落实得很好，这只能随着党风的端正才能解决。我又看到了那老人凄楚的脸。当然，他是属于另外的问题。我说：

"大叔！你放心，你的问题不解决，我不走！"

我们把老人扶上车，开到村政府停下来。镇长接见了我。陪同者作了介绍。我不能像在饭馆里那样把自己称作普通一兵，那将很难办事。我把我的头衔全摆出来。

有那位老人跟着，镇长已经猜出是什么事了：

"首长，这件事很不好办，他拿不出证据……"

"你是说他拿不出证明救援西路军的证据吧？"

"是啊！"

"你有他杀害西路军的证据吗？"

"有个挎包……"

"那是救援的证据呢还是杀害的证据呢？"

"他对马家军说是杀害的证据。"

"在自己人面前呢？"

"他当然说救援的证据了。"

那镇长做出有事要忙的样子，不耐烦了，觉得我这个老头多此一举，为个行将就木的老反革命费唇舌真不值得，已经定了的事，对也罢错也罢，还翻腾它干什么？

"若是你救援了西路军，在马家军刀压脖子的时候你怎么说？"

他似乎在想。

"……你可知道，在自己人面前说实话是诚实，在敌人面前说实话不就是傻瓜了吗？"

"可是，这件事是群众通过上级批准的，怎么能改呢？"

"怎么就不能改？……过去的一些西路军的失散的同志叫红军流

落人员，现在不是改成西路军老战士了吗？”

“那是中央批准的……不是中央说话，谁能改得了？”他用自己胖胖的脸点点那老人说，“他的事总不能惊动中央吧？改不改有什么关系？”

我要发火了，一股怒气从心头向上冲涌。陪同的同志直向镇长使眼色，那意思是不要跟我硬顶，答应照办其实不办不就得了吗？反正老家伙是过路之人，应付应付算了。

我本想下定决心处理此案，住在这里不走了，可是，我总有走的一天。那老人可怜巴巴地望着我，像是望着一个为民请命的英雄，生怕我败下阵来。

我终于明白了，没有整个党风的好转，我一个尹洪菲和风车搏斗，不比唐·吉诃德还蠢吗？即便我倚老卖老使出全身解数，把镇长打得低下头来，我走后的一分钟里，他会不会又把余怒发泄在老人身上？

陪同的同志那个眼神是深刻的。他是个很热心的同志，这个眼神不是他对人漠不关心的结果，而是通达世事的结果。他太了解镇长这些人的作风了。

有人说，人老了像孩童，我七十多岁的人反倒不如这个陪同我的小伙子通达人情了，是后生可畏，还是人世可畏？

的确，这个老人活不了几天了，充其量还活五年，他还需要什么呢？多少年都过来了，再委屈几年又有什么了不起？受委屈的人多了，你，一个老头子，就是戴个反革命亲属的帽子，没有打你又没有关你，戴久了，也就习惯了，算了。

再说，我的确拿不出证据来，证明你的弟弟无罪，那张焚烧的纸条不会显灵重现，即使重现，你仍然是有罪的，既然那些流散红军已都打成“叛徒”“逃兵”“张国焘的走狗”，你救援了他们不就等于救了“叛徒”“逃兵”“走狗”吗？

这是多么深奥的辩证法啊！算了，我服了，我败了。我哀叹一声，做着最后的挣扎：“这样好不好？”我已经完全没有火气了，冷静如凝冰，全身寒彻，“咱们不搞株连……”我连“封建”二字都不敢说，“那个与流散红军相遇的（我不敢说救援了）人已经死了，也就一人做事一人当了……他们的子孙……用不着对他的祖上的行为负责吧?”说这段话时,我不但无火而且老是想哭。……我败得好惨!

“好!好!首长的指示完全正确!”镇长也由烦躁变得轻松愉快乃至喜笑颜开了,“我们从来就是一人做事一人当,从来都是实事求是,所以他们……”他用脸点那老人,“绝对不是反革命,可既然他是他弟弟的亲属,弟弟是反革命,当然也就是那个(他避开‘反革命’三字,可见他很聪明)亲属了……”

“完全正确!”我差点把这四个字喊出来。的确正确到无懈可击,这是合格的一个镇长,事情还是原样……是我无理,是那个老头无理……

我们驱车经山丹去临泽,一路上,很懊丧,只觉得那四个车轮子在响着:

“滑稽,滑稽,滑稽,滑稽!”

三

这种惘怅的心情,使我急切地要去看看杜丽珍。她现在叫马正梅了。据党史资料征集委员会的同志告诉我,她现在是三溪湾回族小学的女教师,备受群众尊敬。所谓“文革”中流落红军“无一幸免”地被打成“叛徒”“逃兵”“张国焘的走狗”的说法,可能要稍作更改,马正梅大概是没有受冲击的唯一幸免者了。

征集史料的同志告诉我,这有三个原因:一是因为她的丈夫马正良牺牲在抗日战场上,是英雄;杜丽珍在沙漠上是被救而不是被俘;再就是她已经成为一个虔诚的穆斯林了,她是注定要进阿甸园的了……

“七十岁的人了,还像五十岁那样年轻。”征集史料的同志告诉我,“仍然给孩子们上课……遗憾的是她不写自己的回忆录。如果你去劝她把一生写出来,准精彩。”

他简单地向我介绍了杜丽珍的经历,使我感到一片朦胧之美。悬念是最具有吸引力的,我想象着与她见面的情景,想见到一个奇迹。但我的想象力太贫乏了,无法组成一个完整的图形。

她在她的学校里接见了我。

她那心定意宁的神情使我震骇，她看看我，像接待一个陌生来客，意态漠然。“萨拉姆！”她向我致意，却没有握手。

我审视着她，就像看着一个从云端降落下来的人，娴静高雅，流露出一种端庄奇妙的丰采。她和蔼可亲，却又给我一种严格的距离感。

显然，她还记得我。我们见面不多，在剧团和总部时，也算得上点头之识。她不跟我叙旧，只是很礼貌地对我不远千里来看她表示谢意，把我当成一个陌生的来自远方的客人。

这不是杜丽珍了。我不知四十七年来谁改造了她的灵魂，她的神情体态给我一个爽心悦目的印象，她那沉幽的天地澄清、身外一切皆成空虚的意念却使我骇然。

她的教室清洁得一尘不染，在井然有序的办公桌上，有一卷古色古香的《古兰经》，给我一种通灵达性的异禀之感。

我的面前摆着一杯糖茶。

她漠然地听着我简述我的来意，恍若面壁，目光宁静幽远，仿佛正小心翼翼地去重究一个人的悲凉的命运的奥秘。当我提到她所熟悉的那些人时，她宁静得令人难以置信。她绝不向我打听江子敏和于薇的下落。当我提到江子文时，她似乎在目光深处有种寒气倏然闪动了一下。

她这种温软的拒人千里之外的意态使我无法与她畅叙衷情，但我不忘资料征集办公室的同志的嘱托，提议她写一篇回忆录。

她笑笑：

“有人说：‘生命中最珍贵的一切都变成了往事。’我要永远记住；

“有人说：‘生命中最痛苦的一切却在记忆中永存。’我要永远忘记。

“不要记述，不要回想，不要怀念，既然我们都是善良的人，我们最终要在阿甸园里相会……”

她先站了起来。我知道告辞的时间到了。

她不冷不热地送我上车。当车开动后，我从车后窗望她，她已经翩然转身向教室走去。我心情黯然地望着她，目光随车倏然远去。

她没有任何冲动,沉静得像灌了铅水。她像一只空灵超然的仙鹤,在苦难深重的战乱之世悠然而来又悠然而去。世俗污浊之气,人生悲苦之情似乎都与她无关,一种超然物外的逸气袭上我的心来。

四

一九八四年八月十九日。

我们凌晨从驻地张掖出发,一小时后到达临泽。这里有条新铺的公路通倪家营子,还要去梨园堡和梨园口。上午时间不够,我们驱车先到高台,参观烈士陵园,在县政府吃过午饭再返回张掖。

红五军在高台苦战六昼夜,几近全部壮烈牺牲。

我向烈士公墓致哀,在红五军军长董振堂和政治部主任杨克明的纪念亭前凭吊之后,陈列室的同志们捧出笔砚要我留字纪念。我写了"威慑敌胆震烁古今"八个字。

离午饭还有五十分钟,县政府陪同的同志提议去看望一位病重的西路军老战士。

他闭着眼睛仰卧在床上,他的家人守护着他。

他原来是湖北麻城县人,是红九军的一个排长。他病得很重,几近弥留,听说有远道来的首长看他,他艰难地睁开眼睛,把手伸给我。这是一只灰败不堪枯瘦如柴毫无生气的手,老是抖个不停。我握那只手,只觉得森森寒气向我袭来。

我向他说了一些无用的希望他早日康复的话,说这些话,心中很不是滋味。我看着他那被病魔折磨成青绿色的脸,不知再说什么好了。

他向我喃喃着一句话:"你说,咱们怎么就跟着张国焘犯了错误?……他那个路线害得咱们一辈子不得翻身!你说……"他那混浊的眼睛紧紧地攫住了我。

我告诉他现在已经实事求是了,不这样提了。

"是吗?"他怀疑我的真诚,以为我用假话来宽慰他。但对一个垂危的病人,我怎么能说服他呢?我能拿中央的指示给他看吗?

一想到他含着如此凄苦之心死去,脚下就有股寒气上升。

我又说了几句宽慰的话，他的眼睛合起来了。那灰冷的目光消失了，像窒息在深不可测的沼泽里。

五

一九八四年八月二十一日到酒泉，登上嘉峪关。二十三日到安西。我又想到了我的同乡和他的小毛驴，我不敢去打听他的肉铺，万一他为了那次攻打安西全家遭难，那将给我满是伤疤的心上再添一道伤口。

二十四日到敦煌，我上了郭元亨曾指给我看的鸣沙山，看到了神奇的月牙泉。

我们在月牙泉流连了一个小时，骑骆驼回鸣沙山原地。但月牙泉畔的寺庙古建筑已经倾圮无存了。

夜居敦煌宾馆，以期夜闻鸣沙山下百万大军厮杀之声，但什么也没有听到，却梦见郭元亨道人在万佛峡迎接我们的西行大军。

六

一九八四年八月二十七日，原路返回张掖，休息半天。二十八日到达民乐县城。

关于河西人民群众掩护、营救西路军伤病、失散人员的事例非常之多，已有多种史料出版。唯民乐县党史办给我的几份反面材料不易见到，今摘录两件，以使读者看到另一面的真情：

民乐县人民法院刑事判决书

(58)刑字第32号

……

被告马居芳于一九三七年三月间，因我红军西征时失利后有一红军身患疾病，并带大烟、白洋、衣服等物，被其发现骗到自己家中，见财起意，为了得财便产生了杀害红军之心。该犯与其父马文章商谋好,在某夜晚,借家庭不敢留红军以送走为名,把我红军领到萧家庄南的深沟里,该犯用木棒将我红军活活打死,将财物全得,尸体于次日被群众发现才埋掉。以上犯罪事实,在庭审中被告供认不讳。

审判员　王占魁

人民陪审员　李永年

曹立德

一九五八年十二月五日

书记员　李得珍

民乐县人民法院刑事判决书

(58)刑字第252号

……

被告高凌嵩解放前不参加劳动,专依剥削为生,且依仗反动势力与其兄高凌烟(处决)霸占农民的田地……尤为恶劣的是于一九三七年有两名红军身带枪支,流落于山中,被其弟高凌汉(已故)发现骗到羊圈上,要买我红军战士的枪支,言定价格,就回家与高凌嵩商议,但被告却以毒辣手段,叫高凌汉打发红军回去。高到羊圈上,就与被告高廷良(给高凌嵩放羊的)策划,若杀了红军给白洋二十元。被告高廷良为了给地主效力,就和牧工高乐天以付枪价为名,将两个红军骗到馒头山,而高凌汉携犬持枪,随后赶去,放犬咬、枪打击死一名,另一名因枪击未准,被告高廷良以木棒打死,终于使我两名红军战士死于被告的手中。

……

审判员　刘浦

人民陪审员　胡占廷

金凤英

一九五八年十月二十五日

书记员　王精华

七

八月二十九日过祁连山扁都口去青海西宁。下午四时翻越大坂山，本来预计六时到达西宁，路因车祸所阻，结果夜间十时才到。

据说于薇在解放后，曾从良嫁给西宁东郊杨沟湾的一个农民，现有一子二女。驱车前往，只有十五分钟就可到达。

夜间，我想象着同于薇见面可能出现的情景，想到沿途见到的那位反革命家属——老头，想到已成为地地道道的穆斯林的杜丽珍，想到高台城区那个生命垂危的老排长，想到杜丽珍送给我的那几句富有哲理的话："'生命中最痛苦的一切却在记忆中永存。'我要永远忘记。"

是的，杜丽珍已经把过去的痛苦忘记了，我却不能忘记，但是，有没有必要再重新让它在心头升起？

我已经没有勇气见于薇了。

如今已经事过四十七年，一想到她的被俘，想到她被奸污，想到她在妓院那些年月，我就立刻遍体冰凉。

在坚强有力的新生活的感召之下，又生儿育女，往昔的痛苦已经悄悄隐退，我去看她，再让她回想一遍她所经受的凌辱吗？我这把小刀怎么办？还给她吗？是不是在她备受凌辱之后再扇她一记耳光？

也许年龄对感情有一种腐蚀作用，感情也像手脚一样，变麻木了，不再有那种敏锐的刺激感觉，对于那些伤折心情的往事已经无所惊悸不再感到不安了。

我暗自思忖，我去见她，将自己内心倾吐一次，也许能解除她心头的积郁，掀掉她压在心头的一盘巨石，让她轻松一些。

我敢不敢一试？万一结果是另外一种呢？

八

一九八四年九月一日，由西宁回到兰州。

我费了很大的劲才查到考古学家万中元教授的家，我认为从他那里肯定能得到于家林的消息。

老教授已在十年前去世了。他的女儿——一个中学里刚刚退休的地理教师接待了我。

她说于家林是先于她父亲死去的。大概是一九六八年的夏天，学校的造反派揪斗他，把他打成了叛徒，死在牢里。怎么死的她不知详情。我也不想细问，人都死了，怎么死法是无关紧要了。

她说于家林和她父亲四次进入沙漠进行考察，第一次是考察古楼兰，第二次是考察塔克拉玛干大沙漠，第三次是考察柴达木盆地，第四次是考察塔里木盆地，成果甚丰，可惜她父亲得了眼疾，许多考察记录尚未整理出来就去世了。现在，她想把他们两人所存资料整理出来出版。

我要求给我一页于家林的手迹，以作对亡友的纪念。她婉言拒绝了，却答应给我看看他的考察笔记。

这笔记丰实极了，它把我引到远古的神秘之中了，烟波浩渺，漠漠黄沙，金戈铁马，奇异的物象，神奇的传说。难怪许多外国人不惜资本不顾安危接二连三来探索这块神秘的土地。

据他们考察，最早踏上这块地理禁区的是一个俄国人，叫布鲁耶鲁娃斯基，是一八七六年发现了罗布泊。瑞典的探险家斯文赫定在一九〇〇年到中亚探险发现了楼兰遗址，当然，第一眼看到的是他的向导我国维吾尔族的爱尔迪克。

一九二七年、一九三〇年、一九三四年，斯文赫定又连续三次到达此地考古，不知有多少珍贵文物落在他的手中。

我请求主人，让我抄录一段以作为对战友的怀念，也想写进我的回忆录中。我知道这有些勉为其难，女主人犹豫再三，还是答应了。这种资料上的保密是必须的吗？是为了发现权还是科研中的门户之见？不得而知。

为了不致引起女主人的不快和担忧，我把抄录的一段与科学绝无关系的记载给她看，在她的允许下我才能带走。这一段是于家林完全从历史和军事角度写出的：

在楼兰故址考察了三天，所带食物和水不够，就像飞机无油一样，稍作远航就不能返回了。……

汉，永平十六年(公元73年)大将窦固、耿秉领兵出酒泉远经沙漠讨伐匈奴，占领了匈奴的根据地伊吾庐。

此后，班超率部下三十六人，出玉门关到达鄯善，这是楼兰人南迁之后改的国名。鄯善王热情接待班超，待若上宾。忽报有匈奴使者率大军急至，就驻扎在国都左近。

鄯善王畏惧，不敢再款待汉使。班超闻之，率三十六人在夜间突袭匈奴大营，杀其使者，取其首级，掷于鄯善王前。……其勇其智令鄯善举国叹服。

自此，汉、匈之间，为争夺西域的统治权连年征战，班超为了这场长期战争，在茫茫漠野之域，献出了自己的一生……

我希望女主人早日把万中元和于家林的资料整理完，使他们的辛劳、勇敢、智慧的结晶公之于世。

九

使我魂牵梦萦的是江子敏的下落，但她却渺无音信。我问过许多人，甚至连她的姓名都不知道。只有梦境给我各种各样的启示：

有一次，我梦到往日的战场，又回到了石窝山。但那山已是林木森森，河水滔滔。江子敏引我登上峰巅，她的腰间挂着一把长刀。周围的风物粗野苍凉，刮着强劲的山风。

山间忽然冲出一支红色的骑兵，向着遍地鲜花的草原奔去。她似乎向我暗示，那就是安宝山的骑兵队。当我转身问她，她为什么不在骑兵队时，忽然发现不是江子敏，是于薇站在我身边……以后的梦境就极度混乱起来，无法记述。

后来，又梦见她一次，是她在兰州五泉山公园里演出《廖棚卖柴》。这是一个妇女到廖棚卖柴时与一个站岗的白匪兵两人的对唱，白匪兵向她诉说自己被抓后的苦楚，对亲人的挂念，她就向他宣传革命的道理，要匪兵回军营宣传红军主张，而后全连哗变投降了红军。

忽然有人喊敌人来了，枪声大作，炮声隆隆。我被惊醒，原是一场风雨……

醒过之后，似梦非梦。在我知识范围内的许多古今中外的奇女子，在我脑海里翻腾。江子敏本应成名的，她是天才的音乐家，可只有长笛给她吹；她是天才的演员，可是只有草台子上的《廖棚卖柴》供她演；她美丽，聪敏，性如钢情如火，却得不到真正的爱情；她勇敢无畏，却没有立下战功。

她的命运引起我万分痛惜。当然，也许没有必要痛惜，因为具备英雄品格的人很多，能成为英雄的人却很少。社会之风把优良的种子吹落在青石板上，把干瘪的种子吹落在沃土之中……生活是不公正的，难怪屈子哀叹"黄钟毁弃，瓦釜雷鸣"了……记起一位哲人说过：你是英雄，还要有命运之手把你放在英雄的底座上。

十

一九八四年九月五日，结束了我的河西之行。

一切往事的回想使我惶惑，将自己的内心倾吐一次，也许能解除我心头的压抑。

历史的尘封似乎覆盖了一切，就像黄沙湮没了楼兰古国，但终究不会久久湮没。经过岁月激流的冲刷，它会像泉边岩石那样更加清晰地显露出来。

遵从马克思的那句名言吧！

"把历史的内容还给历史！"

还给历史，谈何容易。这需要探险家的吃苦耐劳和勇敢无畏的精神。

答编者问

——代后记

一

问：在很长的一段时间里，一直把写红西路军当成一个难题，甚至称之为“禁区”，最近（1990年4月5日）《人民日报》刊载了伍修权同志为《悲壮的征程》所写的序言，说此书出版，“为人们了解、研究和学习西路军的历史事迹提供了一部真实、丰富和生动的革命历史读物及优良传统教材”。你能否说说自己的想法？

答：红西路军这个题材，对文学来说，还是一个有待大力开垦的处女地。

关于红西路军长期不能充分宣传，我认为有这样的原因——

在我党大事年表上，是这样写的：

> 西路军失败后，曾发展到三十万人的红军，只剩下了不到三万人，这主要是王明、张国焘的严重错误造成的恶果。……

再看许多史料上的大同小异的记载：

> 一九三六年秋，机会主义分子、叛徒张国焘，为了避免对国民党反动派和日本帝国主义的斗争，企图在大西北搞块地盘，向中央闹独立，假借中央名义，让红五军、红九军、红三十军渡河西征，广大指战员不明真相，受其蒙蔽，在张国焘错误路线的指导下，西路军遭到覆灭性的挫折。

可悲的是,在十一届三中全会前,许多亲身经历过的一些西路军老同志的回忆,也都是这样写的。

这是完全不符合真实情况的,如果按照以上的口径去写,既不符合历史真情,也会引起四方面军同志的强烈不满,把他们坚决执行中央指示进行的艰苦卓绝的斗争,说成是执行了张国焘的错误路线,显然是不公正的。

如果按照真实情况来写,很可能被扣上替张国焘翻案的帽子。

正像《祁连雪》(甘肃人民出版社 1985 年 5 月出版)的两位作家在该书后记中说的:

"……我们终于完成了一个反映西路军壮烈斗争的剧本,哪知祸从天降,'四害'猖狂,一场浩劫,我们和其他写过红西路军题材的同志,均以'表现错误路线'的罪名挨了批判,完成的剧本也付之一炬。"

在十一届三中全会的拨乱反正、实事求是的精神鼓舞下,有关红西路军的真实史料、文献、回忆录才得以大量出版。正像马克思说的"把历史的内容还给历史",恢复了红西路军的真实面貌,先后有大量的有关红西路军的史料、回忆录、报告文学和文学作品出现。

红西路军已经不是有争议的敏感的历史事件,而是应该大力恢复真实面貌广为宣传的革命历史题材了。

二

问: 你能谈谈目前已经有哪些有关红西路军的史料和作品出版吗? 你有什么看法和想法?

答: 最新出版的有《中国工农红军第四方面军战史》,其中有专章全面地概述红西路军的整个战斗历程和经验教训。还有刚刚出版的《悲壮的征程》,该书序言中指出:"人们将从这部书中,知道革命斗争不仅有胜利的欢乐,更有失败的血泪,没有失败,就不会有胜利;没有血泪,也不会有欢乐。而回避失败的历史,必然是虚假的和残缺的。……相信这部书会受到广大读者特别是中国革命现代史研究者、爱好者的欢迎。"我也相信这一点。

近几年出版的还有徐向前元帅的《历史的回顾》、李天焕的《气壮山河》、程世才的《悲壮的历程》、吕黎平的《星光照西陲》、周纯麟的《血战河西走廊》、秦基伟的《苦战临泽》、饶子健的《漫漫西征路》；关于红西路军回忆的合集有《祁连雪》《血染河湟》，报告文学有《西路军女战士蒙难记》《西部悲歌》等，至于各地区党史资料征集委员会编印的有关红西路军的史料和回忆就不胜枚举了。

以上这些史料和回忆的出版，均受到广大读者的欢迎，为我创作《碧血黄沙》提供了可靠的依据。对于马家军方面的史料现在出版的已有《青海三马》《宁夏三马》，还有《青海文史资料选辑》中关于马家军的大量回忆和记述。关于伊斯兰教也有《伊斯兰教历史百问》《宗教大辞典》等出版。目前写红西路军的史料、回忆、报告文学已经很多很多，尚没有见到一部长篇文学作品来反映红西路军这一悲壮的历程，所以我认为出版《碧血黄沙》，正是广大读者所希望的。

三

问：目前写《碧血黄沙》这样的题材当然不会有异议了，虽然已经有了大量读物出版，受到了广大读者的关注和好评，但是，这不等于没有难度。如果站在更高更广更深的历史层面上来写，在艺术处理上有哪些难处理的问题呢？

答：在没有总体把握红西路军失败的历史渊源和主客观条件时，总觉得有许多难处理的问题：比如在部分四方面军的同志中有埋怨情绪，甚至认为中央不太关心这支部队；失散在河西走廊的红军也有许多委屈，……我认为搁置不如解决，回避不如说清。所以，我在小说中直面现实。

在艺术处理上，《碧血黄沙》首先阐明了一个大家所关心的深层次的问题，就是局部与全局的关系。

西路军的失败，正像恩格斯所说："历史的必然要求和这个要求实际上不能实现的"悲剧性的冲突，带有历史的必然性。

由于西路军执行打通国际路线任务时，正值西安事变前后，国内形势变化不定，中央把西路军当成一支战略力量，配合河东的政治、军事斗争。由于形势多变，交给西路军的任务也必然多变，一会要他们东返，一会要他们西进，一会又要他们停住……从全局上来说，这种要求是必然的合理的。

但是，西路军处境极端困难，任务忽东忽西，他们失去了战场主动权。当时，他们也不可能了解全局的复杂性，因而有许多埋怨情绪。这也是可以理解的。

这就像一支打阻击的部队，从全局利益，要求他们与阵地共存亡，不惜一切代价挡住敌人援军，以保证兄弟部队围歼敌人的胜利。从这支打阻击的部队局部来看，他们吃足了苦头。

在战争中为了全局牺牲局部是正常的。

这个道理讲透了，埋怨情绪也就没有了。

在艺术处理上，《碧血黄沙》还阐明了另一个大家虽议论纷纷却不便言明的深层次的问题：就是理智与感情的问题，也就是“以弱掩强”的问题。

流落在河西走廊的散失的红军对此颇有微词，认为要他们自寻生路，就是把他们抛弃了。西路军宣布失败后，尚有近三千人，石窝山分兵，分为左支队和右支队。左支队为主力部队，沿祁连山西进去新疆；右支队（分为三股）基本上是后勤人员伤病员和妇女，向北、向东、向南突围，分散游击，有人称之为丢包袱，吸引敌人，掩护主力（三十军）近千人西进。

这在感情上来说，有人想不通，宁愿同归于尽，也应该“以强掩弱”，主力部队应该掩护伤病老弱妇女突围。但从革命利益上来说，应该理智地看待这个问题，与其同归于尽，不如保留革命火种。就像一个战士背着伤员脱险，敌人追至，丢下伤员感情上说不过去，不丢伤员就会双双落入敌手，理智的办法是伤员要求把他丢下，掩护战士脱险，牺牲一个保存一个。

这样双方都能听从理智的召唤，也都表现得很高尚，这个道理讲透了，埋怨情绪也就没有了。

《碧血黄沙》是历史小说，是文学作品，只要在大的方面符合历史事实，是允许根据艺术需要进行虚构的，不虚构就没有文学，不虚构就成了史料汇编。历史上没有人拿陈寿的《三国志》，去要求三分真实七分虚构的《三国演义》。

可是我们有很多老同志不习惯于艺术规律，许多史家也绝不容忍虚构，这就很容易求全责备扼杀艺术作品。

所以笔者在重大史实面前，是十分慎重、严谨的。

四

问：《碧血黄沙》是一部纪实性很强的长篇小说，在历史事实与艺术虚构方面你是否也谈一谈。

答：我还想再引用一次《中国文化报》记者访问我时说的那段话，他说："文学和史学毕竟是两种属性，把小说当作历史来研究，可以；当作历史来要求，则不可以，因为文学需要虚构，不虚构就没有文学也没有艺术。"

有个别的读者，尤其是不熟悉艺术规律的读者，很容易拿着史料汇编来跟小说对照，所以，我在小说中，把某个部队番号、人名虚起来，免得来信问：某团团长姓王你怎么写成姓李了。

即使按照史料写，也是困难的，比如九军军长孙玉清的死，很容易找到四种截然不同的说法：

一、《长征——前所未闻的故事》370页中说："军长孙玉清被绑在炮口上炸得粉身碎骨"；二、有的说他死时当面骂马步芳："你们杀吧，二十八年后，老子还是一条好汉"；三、有的写他亲口向敌人承认自己的身份，与敌人同吃同住，卑躬屈节，由阶下囚成了马步芳的座上客；四、孙玉清宁死不屈，刽子手马昌龙挥舞屠刀，将他杀死在马忠义住所后院的马厩内。

马元海死的说法也是多种多样的，有的材料写毙伤马元海、马廷祥以下官兵三万余人；有的写他被解放军活捉，把他囚在木笼里在西宁游街，解放军要枪毙他，未及行刑，他就自杀在狱中；有的说他被老红军战士兰彦民招降，不仅没有逮捕他，反而在减租减息中保护他顺利过关，一九五一年三月病死家中。

文学作品只能在不违背大的历史真实的情况下，根据艺术需要刻画塑造自己的艺术形象。

像马元海的总参谋长原名张时之，小说中的张慎之是艺术形象，不是生活中的张时之。

五

问：《悲壮的征程》序言一开头就说："举世闻名的红军长征结束不久，在甘肃河西走廊，发生了惊心动魄的红西路军战败的历史悲剧。"我认为这是很准确的说法。可是现在有个别老同志把"悲剧"当成贬义词，认为谈"过五关斩六将"才是赞扬，谈"夜走麦城"就是抹黑，你能否就写悲剧谈谈你的看法？

答：认为写悲剧就是抹黑，这是一种误解。悲剧事件，本身就是一部壮美的史诗，用马克思的话说，悲剧就是"把美好的事物毁坏给人看"。被毁坏的东西是美好的东西，它才引起人们的赞美、同情、伤悼、怀念、感叹，为之痛哭落泪，才称得上感人至深。

失败，并不影响其伟大！巴黎公社只活了几十天，但它仍然是伟大的！

悲剧包含了人类历史、经验、教训、智勇、豪迈、崇高的全部瑰奇，所以它历来是文学的上乘。凡世上不朽的名著，无一不是悲剧。真正能够打动人感动人的莫不来自悲剧，因为它把人类的品格推到了极端。

朱光潜在《悲剧心理学》中写道："悲剧是人类激情、行动及其后果的一面放大镜，一切都在其中变得更宏大。"悲剧是展现人类与苦难、死亡、灾变、失败进行斗争崇高品格的舞台。惠特曼说："当失败不可避免时，失败也是伟大的，而且死和绝望也是伟大的！"当一个老母鸡为了保护它的鸡雏而仰头跟扑下的恶鹰搏斗时，即使它失败了，那不也是伟大的吗？

席勒在他的《论悲剧题材产生快感的原因》中说："只有在暴力的状态中，在斗争中，我们才能保持住我们道德本性的最高意识，而最高度的道德快感总是由痛苦伴随着。”

人的伟大、尊严、大智、大勇、无私、无畏等崇高品格无不体现在巨大、宏伟、深刻、严酷的生死搏斗之中。

所谓悲壮者,不悲焉能壮乎?

美国戏剧家尤金·奥尼尔说:

“认为悲剧就是不幸,那完全是现代人的看法。古希腊人和伊丽莎白时代的人就比我们懂得更多些。他们感到悲剧给人带来的巨大鼓舞,悲剧能够在精神上激励他们,使他们更加深刻地了解生活。通过悲剧,他们摆脱了日常生活中的无谓的操心,他们看到悲剧使他们生活高尚。”他又说:“悲剧并非我们土地上生长的吗?不,我们本身就是悲剧,是已经写和尚未写成的悲剧中最令人震惊的悲剧。”

我们的胜利是由千百次失败、挫折、千万人牺牲流血换来的。连老祖宗都懂得失败是成功之母。千百次失败千百次斗争,才谈得上不屈不挠,才谈得上排除万难不怕牺牲去争取胜利,才能让人们知道革命的艰难,才能使人们感到革命成果的可贵。“八一”南昌起义失败了,秋收起义失败了,才有了井冈山道路。这就是恩格斯说的“历史的必然要求和这个要求的不能实现”的悲剧性的冲突。南昌起义、秋收起义是历史的要求,但在那个历史条件(敌强我弱)下,却不能实现这个要求。

陈天华死了,邹容死了,秋瑾也死了,他们的斗争不可能取得胜利,但是他们是后人胜利的铺路的石子,他们不失其伟大!

胜利,就像一棵银杏树,当孙儿们去摘取白果时,不要忘了种树的老爷爷!那老爷爷种树见不到果,他的悲剧在兹,他的伟大也在兹。

我之所以反反复复说一些尽人皆知的道理,主要是反映了自己谨小慎微的心态,生怕有人不理解文学规律,生怕有人认为写失败就是抹黑,生怕天天讲要实事求是的人,就是不实事求是,生怕有人不理解邓小平同志提出的“写什么和怎么写,只能由文学家在艺术实践中去探索和逐步求得解决。在这方面,不要横加干涉”的精神,所以拿出古今中外名家对悲剧的论述,拿出马克思和恩格斯的名言来加以抵挡。这是一个作家的苦衷。

只有在充分执行双百方针和遵循艺术规律指导下,党所要求的“无愧于我们伟大人民、伟大时代的优秀作品”才会产生。

一个“不求高难度,只求不失误”的运动员,是创造不出好成绩的。

六

问:上海青年评论家毛时安以《寻找形式》为题在《书讯报》著文说:《湘江之战》显然是一部不同于以往历史小说的极其独特的作品……表现了作者对长篇小说,尤其是长篇历史小说(作品)形式的寻找思考和创造。……

你的这部《碧血黄沙》仅就形式而言,显然不同于《湘江之战》和《皖南事变》,你在创作过程中是如何寻求这种形式的。

答:关于形式的追求,我无法从文学理论角度来谈,毛时安在谈到文学作品形式的重要性时,引证莎士比亚在《仲夏之梦》中说过的话:

“诗人的笔即与这些无以名状的东西定形。

“并且对于空中的乌有,则给以居处与名。”

毛时安说:“事实上,在内容(素材、经验、思想)与完成的内容(艺术作品)之间的区别,就是形式。”

丰富的内容与尽可能完美的形式如何理解,这只能由读者和文学评论家去阐明,我想先说一说我去大西北之后的感受。

我生长在山东渤海大平原的盐碱地上,而后从军,经历过济南战役、淮海战役、渡江战役、上海战役到警备上海,后调往南京从事文学创作。为写《海岛女民兵》跑遍了浙江、福建沿海的主要岛屿。而后到过越南,到过老山前线,也到过塞外,也到过巴基斯坦,也到过苏联的塔什干和撒玛尔罕沙漠。但没有一处像大西北这样给我留下强烈的深刻的独特的奇异的印象。这是一个神秘之地,魅力之域。

浩浩大西北,崇山万仞,雪峰触天;平漠万里,寸草不生;古长城连断无际,伸向天边;草原如茵,绿洲如海;沙丘嫩黄,戈壁焦黑;茫茫旷野,沉默如死,寂然无声。无尽的色彩舒徐有致地映入眼帘,婉顺柔从。一旦漠风怒卷,天地撼动,群山怒号,暴烈绝情,似乎要把地球撕成碎片抛向宇宙深处。

它是严酷的沉重的，是轻佻的跃动的；它是苍老的荒凉的，是年轻的热烈的；它是原始的野性的，是现代的柔情的；它是枯死的单调的，是鲜活的丰富的；它是坦荡的舒畅的，是隐秘的艰涩的；它是极美的也是极丑的，是极善的也是极恶的；它是欢乐的也是凄惨的，是富饶的也是贫穷的；它是冷酷的也是热情的，是具象的也是抽象的；它是实在的也是虚幻的，深沉雄浑浩瀚如海的；它浅露纤细如方寸盆景置于案几之上……

我从来没有看到世间声色、景物、时代、人生，有如此极大之反差。

在二十世纪八十年代进口的丰田面包车上，沿着七十年代铺设的柏油路，以每小时一百公里的速度巡视着中世纪的战场。

铁马冰河入梦来，我清楚地看到霍去病、卫青、班超……并马驰骋而来，在无边的漠野上踏起漫漫黄尘，刀光剑影，角弓啸响，箭矢交坠……牧马、胡骑前，滚动着匈奴浑邪王、休屠王的血淋淋的头颅。

成吉思汗征服西夏血流成河，在这血溅黄沙尸堆戈壁的河西走廊上，连年战乱竟和丝绸之路的繁盛统一起来，就像沙漠与绿洲，崇山峻岭和漠漠平野统一起来一样，和谐而又自在。刀剑的铿锵和悦耳的叮当的驼铃是统一的；战场厮杀和轻歌曼舞是统一的；战马的蹄印和深深驼窝是重叠的；西路军、马家军的搏战和古代的征杀是应和的；汉长城的烽火狼烟和西路军的篝火是相映的……

谁也理不清西域数千年的社会动荡，谁也说不出西域有多少王国、民族、部落的融合，谁也难评莫高窟、榆林窟、文殊山艺术的精绝，谁也难以估计在黄沙湮没的古城镇古墓葬中有多少珠宝珍奇。

大西北，在一览无余之中隐含着无尽的奥意，这里包容着人类的大悲欢、大变迁、大离合、大忧患；这里有勇敢的灵魂，有远古的掠影，有平凡的伟大，有沉默的奋发；这里处处有象外之境、言外之意；这里让你涌动起一种潜在的鲜明的历史意识；这里不乏生活的色彩哲理的发现；这里也燃起生活的虚幻感和宗教观念，引起你超越时空的思考；这里每走一步，你都感到用二十世纪九十年代的脚踵踏着史前的尘埃；这里每块砾石都有一种寓意超越的特质，无以名状，却闪着内在的灵光。

这就是我河西走廊之行的感触。

另外一个明显的感觉就是不管是西路军还是马家军，他们每个人的命运与归宿没有一个是相同的，没有一个跟自己的愿望是一致的。

有关西路军的史料和作品已经很多了，怎么能脱开千篇一律地在小说电影中看过千百遍的那种冲冲杀杀？怎么能超越红军好，马家军坏，马家军残暴，红军遭难受辱的尽人皆知的一般的简单的是非判断？怎么改变几个贯穿人物像几根线扭成一股绳那样的结构，来包容几万人（敌我双方）的各自不同的命运呢？怎么能把事件的总体，把历史、社会、人生、道德、文化、物象、色彩的总体，总括在一部作品之中？我努力拓展审美视野，努力向生活的深层穿越，努力向人物的心灵窥探。

艺术不像物品，是不能重复的，每个作家的每部作品都面临着另辟蹊径的艰辛，也冒着失败的风险。

这部作品的样式并不是锐意求新的结果，而是内容决定了形式。至于成败得失，孩子已经生下来，是美是丑只能由广大读者和评论家去评头论足了。

说到这里我想感叹几句，我在执笔过程中，老是这样想：

凡是跟红西路军有关的人——西路军自身二万一千八百人也好，六万多马家军官兵也好，当地各民族居民也好，不管是健在的或是离开了人世的也好，他们都是炎黄子孙，都有伟大的，渺小的；正确的，错误的；高尚的，卑劣的；清醒的，盲目的；幸运的，倒霉的；正义的，邪恶的；凶残的，人道的；也好也坏，不好不坏的。他们带着各自的满足和遗憾，带着得意和委屈，带着怨恨和自责，带着欣慰与痛苦，从历史深处走来，向历史深处走去，留下沉重的思索和无穷的哲理。

成功也罢，失败也罢，凡是历史的经验教训对后人都有同等的价值。

有的贪天之功，有的代人受过，唯有历史诚实公正。正像古人所言："爱而知其恶，憎而知其善。""怒不过夺，喜不过予。"有好说好，有坏说坏。不要锦上添花，也不要落井下石。没有的不要硬加，已有的不要抹去。不要迎合一时所需失去永久的诚实，也不要翻烧饼式地今天捧煞明天打煞。对事业，要拼搏，对于人，要祥和，要实事求是，不要在历史耻辱柱上留下骂名。

对于形式，我认为可以不拘形式。一般衣服的纽扣都在胸前，也不妨把纽扣放在背后；一般绘画，侧面人只能看到半边脸，有时也可把那半边扳过来给人看。

对称和不对称，自然景观的缺陷和人工雕琢的完整，极美和极丑，大概是辩证的，审美情趣是多种多样的。有人案头不摆天女散花，却摆一个鞋儿破帽儿破的丑济公。

七

问：正如你上面所说，小说既写了马家军残暴的一面，也写了马家军的士兵多数是良家子弟，也有的反对杀俘，还救援濒临死亡的女红军；既写了马家军打红军的一面，又写了马家军也打国民党冯玉祥、孙殿英，也打日本侵略者，甚至是抗日战场上的英雄。这是不是从利于民族团结来考虑的？

答：有这种因素，但不完全是如此。现实生活要实事求是，历史就更应如此，只讲一面理的历史是片面的历史。正像我们写抗战史不能回避国民党淞沪抗战和台儿庄血战一样，应该尊重历史，应该有起码的诚实。

我们共产党人是以解放全人类为己任，是有国际主义精神的，胸怀应该是广阔的、坦诚的，不应有农民式的狭隘心理。不敢正视历史真实，是虚弱的表现，写出历史的复杂性，才能给人以智慧以哲理性的启迪，这是符合两点论的，是历史唯物主义和辩证唯物主义的。

任何过分的溢美和丑化都是对历史的亵渎，都是对后人的欺瞒，都不可能经得住历史的考验，都会引起后人的摈斥和憎厌。写真史写信史是历史的生命。生活真实和艺术真实是文学的生命。说的是假的，人家也没有当成真的，反而把真的也当成假的，连古人都懂得“假作真时真亦假”效果是相反的，只有真的才能使人心服。

八

问：你对史料运用采取了极为谨慎的态度，在大量的史料中你有哪些取舍？

答：我把所见到的史料，集中起来，反复比较，采用我认为最合理的更为接近真实的说法，有些对小说无大裨益的一些素材我舍弃了，比如：

一、甘肃省、张掖地委党史资料征集研究委员会编印的《红西路军史料》第五辑104—105页有这样一段文字：

“过黄河以来，一直提‘有我无马，有马无我’的口号，经过一段战斗尤其古浪受损以后，出现过几次违反优待俘虏政策的事，在战场上抓来几个俘虏后在送解到上级单位途中，枪杀、刀砍俘虏兵，使之拼命地逃跑。这同时有重伤、轻伤、未伤的人跑回去，敌人便以此在他的部队和地区作活教材，使之为他们拼命和不敢支持我们，从十二月初以后，就很少抓到俘虏了……”

史料写出来，无疑，是一个很好的教训，如果把杀俘付诸形象就不好处理。

二、《红西路军史料》第四辑93页有这样的记述：

由于上几着“棋”失算，我军西进的企图未能实现，就走进了死胡同，完全失掉战争的主动权，处于被动挨打的境地。敌人占领了高台，打了“龙头”，扼住我西去的咽喉，气焰更加嚣张，立即回马大举进攻临泽。在此生死关头，二十二日下午，我十四师师长兼四十三团团长郭锡山借口去看阵地，不一会儿，他的警卫员跑回来说：“不好了，不好了。”我问：“出了什么事？”“郭锡山跑了！”“跑到哪里去了？”“敌人那边。”“你干吗不打死他？”在战争年代，警卫员是负有随即处决叛徒的责任的。警卫员边哭边说：“我们走到前面战壕，距敌人很近，他说‘把你的盒子枪给我，打个远目标’。我给了他枪，他顶上子弹对准我‘你跟不跟我走？’我问‘到哪里去？’他指着敌人的阵地‘那边’。我不去，他就一个人跑了。我让放哨的战士开枪，他们开了几枪，没有打着……”他懊丧极了。

郭锡山完全知道我守城部队的虚实，他的叛变又给我们增添了新的困难。但是，叛徒的可耻行为，激起了我们更加同仇敌忾，义愤填膺。

昼夜不息的炮轰后，敌人开始攻城，我伤亡日渐增多，火力、兵力越来越困乏，工厂里的女战士也都投入了守城战斗。

二十三日凌晨，红九军来一二百人。他们是在掩护西路军总部的夜行军时，中敌人伏击失掉联系的。他们听到这里枪声激烈，就赶来了。一个不幸的消息传来，局势十分不妙哇！

我们团在政委万汉江领导下，与兄弟部队密切配合，又激战了两天，敌人始终不能得逞。二十四日黄昏，总部通信员越过重围送来命令：放弃临泽，突围向倪家营子靠拢。

……

以上情节，形象地去写，还是很有意味的，但我还是舍弃了。

三、还有许多出版的史料中写了马家军强奸女俘的情景。比如：

“这些下贱的畜生，刚才搜她们的东西，撕她们的衣服，折腾了两个小时……”

“第二天，山下有人喊：‘红军同志们下来，我们的队伍来了！’我们藏在山上的女的，不知道真假，都出来了，被抓住了。路上，好多女的被强奸死了……”

像这些情景，小说原想写一章于薇等女俘被强奸的经过，后来还是舍弃了。

我在第二届全国人民代表大会第一次会议期间（1959 年 4 月），与于连庚、尹家成三人，持许世友同志的亲笔介绍信，在京进行过二十七天的访问，先后访问过徐向前、王树声、周纯全、倪志亮、张琴秋以及其他四方面军的首长。但那时多是谈的鄂豫皖根据地的情况，红西路军的情况谈得很少。

本书写作之时，徐向前元帅还健在，作者只能根据他本人的回忆录中所记载予以介绍，未能进行艺术形象的塑造，与之对立的陈昌浩同志由于缺乏相应的矛盾冲突的观照，而孤掌难鸣，相对削弱，这是个遗憾。

九

我写完最后一笔，轻舒了一口气，伟美的大西北的旷野又映现在我面前，我怀着由衷的诚敬瞩望着它，心胸像受了洗涤，一切疲倦了无踪影。大西北的粗犷的漠野，唤起我无尽的柔情。

这次我们大西北之行，得到了兰州军区首长的大力支持，得到了兰州军区创作室的朱光亚等许多同志的热诚帮助，得到了甘肃省武威、张掖、高台、酒泉、安西和青海省的党史资料征集委员会的热情帮助。在此向他们深深地致礼。

由于掌握史料所限，且众说不一，在比较、鉴别、引用时，疏误之处必将难免，尚祈广大读者批评指正。

西路军西征示意图

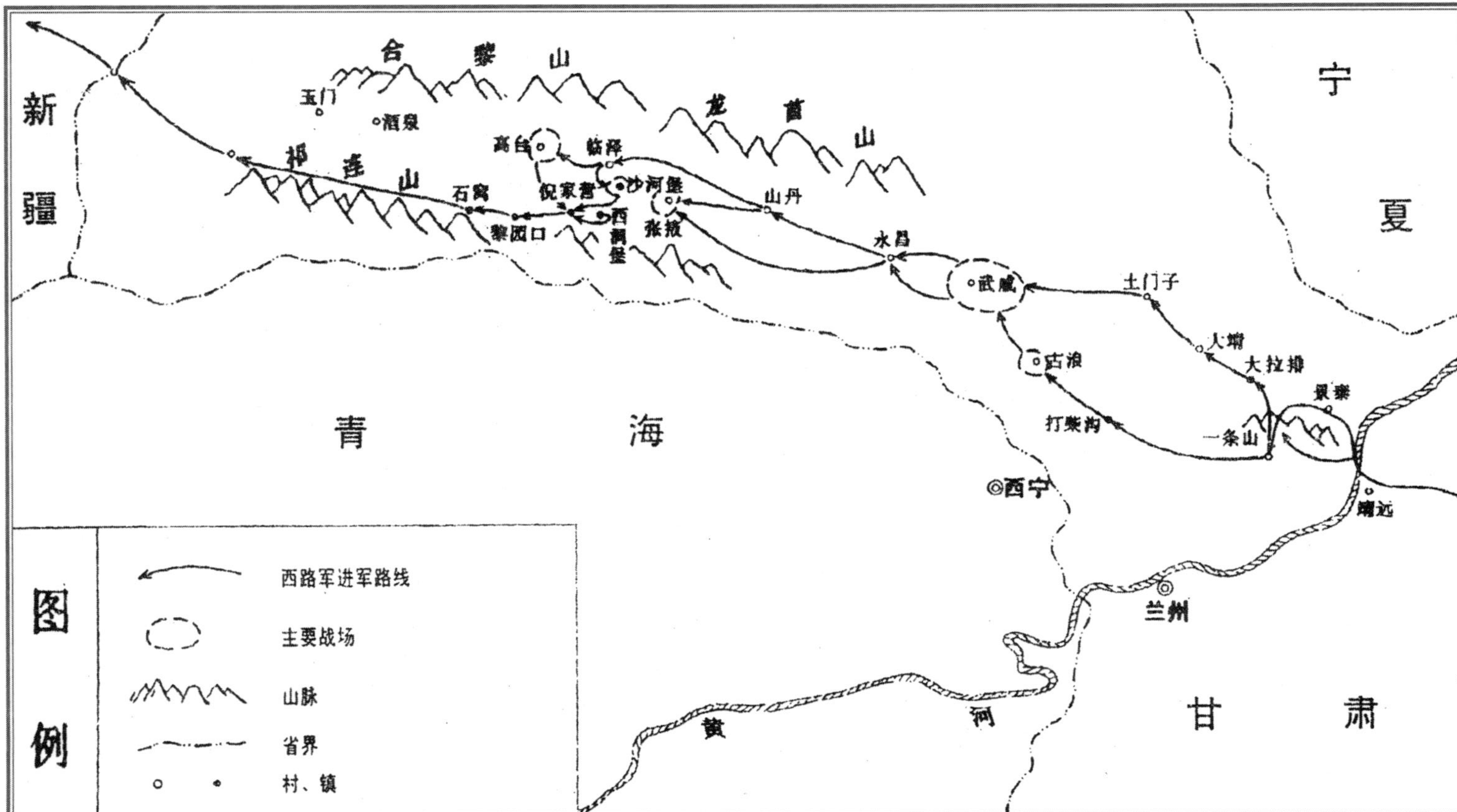
新疆
宁夏
甘肃
青海
合黎山
龙首山
祁连山
玉门
酒泉
高台
临泽
沙河堡
倪家营
西洞堡
张掖
石窝
黎园口
山丹
永昌
武威
土门子
大靖
大拉排
景泰
一条山
古浪
打柴沟
西宁
靖远
兰州
黄河
图例
西路军进军路线
主要战场
山脉
省界
村、镇